劳伦斯典藏系列

劳伦斯中短篇小说集

（修订版）

Selected Tales and Novelle of
D.H.Lawrence

【英】D.H.劳伦斯 著

黑马 ———译

团结出版社

图书在版编目（ＣＩＰ）数据

　　劳伦斯中短篇小说集 / （英）D.H. 劳伦斯著 ；黑马
译. -- 修订本. -- 北京 ：团结出版社，2020.3
　　书名原文：Selected Short Stories by D. H.
Lawrence
　　ISBN 978-7-5126-7571-1

　　Ⅰ．①劳… Ⅱ．①D… ②黑… Ⅲ．①中篇小说－小说
集－英国－现代②短篇小说－小说集--英国－现代 Ⅳ.
①I561.45

　　中国版本图书馆 CIP 数据核字(2019)第 264684 号

出　版：团结出版社
　　　　（北京市东城区东皇城根南街 84 号　邮编：100006）
电　话：（010）65228880　65244790　（出版社）
　　　　（010）65238766　85113874　65133603（发行部）
　　　　（010）65133603（邮购）
网　址：http://www.tjpress.com
E-mail：zb65244790@vip.163.com
　　　　fx65133603@163.com（发行部邮购）
经　销：全国新华书店
印　装：三河市东方印刷有限公司

开　本：170mm×240mm　　16 开
印　张：36.5
字　数：514 千字
版　次：2020 年 3 月　　第 1 版
印　次：2020 年 3 月　　第 1 次印刷

书　号：978-7-5126-7571-1
定　价：108.00 元
　　　　（版权所属，盗版必究）

译者序言
——劳伦斯中短篇小说创作历程

渐行渐远，高蹈飘逸。

按照国际上一些较为权威的学者理论，劳伦斯的中短篇小说大致划归为三个创作阶段，即早、中、晚三期。因为我一直以翻译为己任，不敢率然作研究性大论文，只谈些作为译者的阅读经验，没有高屋建瓴的答疑解惑功用，有些见解并非独家，而是多年阅读他的传记和评论过程中积累下的被我认可的别人的论点，基本上是二手知识综合，仅多了一些自己的"消化"和转述而已。在此我要向很多英语国家的劳伦斯学者致谢，是他们的研究著作滋养了我，培养了我的文学鉴赏眼光，并且在一定程度上决定了我翻译的质量。本文试图通过多篇代表作浅析其创作历程，揭示这三个阶段里小说在艺术表现上的内在联系、发展和嬗变，揭示劳伦斯的创作从写实主义到现代主义的自然演变，并从当代文论的角度反观其后现代主义的审美潜质。

一

《菊香》（*Odour of Chrysanthemums*）《干草垛中的爱》（*Love Among the Haystacks*）和《普鲁士军官》（*The Prussian Officer*）等作品属于1907—1914年的第一个阶段。这个时期劳伦斯的长篇小说代表作是《白孔雀》和《儿子与情人》，也就是以写实和自然主义为特征的创作期。这个时期的劳伦斯先是在诺丁汉大学读师范班时开始练笔，后来是在伦敦郊区的克罗伊顿镇当小学教师时开始给新兴的左派文学刊物《英国评论》投稿，一手诗歌，一手小说，成为伦敦年轻作家里的新星，而且作为来自矿工家庭的作家，他被视为难得的"天才"，其作品的活力对苍白浮华的小资产阶级作家文风来说是一种强有力的涤荡和震撼。

20世纪初叶写实主义和自然主义仍是小说写作的主流，劳伦斯写作初期继承的是以哈代和乔治·爱略特为代表的浪漫写实主义风格，但有所创新，从一起步就在继承传统写实主义的同时向现代派借鉴，虽然最终并没有完全成为后来人们推崇的典型的那一批现代派作家，如乔伊斯、普鲁斯特、艾略特和伍尔夫夫人，而是另辟蹊径，自成一家。按照作品出版时间算，劳伦斯颇具现代主义意义的长篇小说《恋爱中的女人》其实是早于现代主义的代表作《荒原》出版的，而且这还是拖延了几年出版的结果。多少年后人们评论劳伦斯时把《恋》说成是小说里的《荒原》，这应该指的是两者在精神和气质上的契合，尽管《荒原》的作者艾略特从来都睥睨劳伦斯。

《干草垛中的爱》应该说是老套的写实主义作品，从中可以看出哈代和乔治·爱略特的影响：一幅幅浓淡相宜的英国乡村风景画如琼浆佳酿醉人，纯朴幽默的20世纪初英国农民形象跃然纸上。让我们想到福克斯所言劳伦斯是"了解英国乡村和英国土地之美的最后一位作家"。但劳伦斯在这个基础上有所突破和创新，因为他更与这温馨风景中的英国劳动者心灵相通、血脉相连。这样的景物中一个平实温婉的爱情故事，其高度艺术化的传达使文本的阅读享受大大超越了故事本身，成为对英国乡村审美的亲历和对英国乡民心灵的造访。在这个故事里，劳伦斯已经开始注重揭示人物的潜意识，因而部分地放弃了严密的叙事形式，叙事结构趋于松散，情节及其发展并没有传统小说里的缜密逻辑和因果关系，一些看似次要的段落反倒成为揭示人物内心的重要线索。恰恰是这种现代叙事形式赋予了这个传统故事以阅读的魅力，否则它就流于一般，仅仅是"乡村和土地之美"的牧歌而已。

在劳伦斯等新晋青年作家眼中，此时文坛上的巨匠是那些"爱德华时期的大叔们"（如班奈特、威尔斯、高尔斯华绥，甚至萧伯纳），他们的作品叙事形式古板，语言雕琢过分，因此无法表现现代人深层次的心理活动，更难以触及潜意识的萌动。所以劳伦斯写作伊始就有突破旧的写实羁绊的冲动并付诸实践，也因此绽露现代主义的端倪。

《菊香》是劳伦斯在《英国评论》上的发轫之作，他以此跻身文坛。作品描写一位矿工的妻子在等待迟归的丈夫时审视他们肌肤相亲但心灵相异的婚姻生活，揭示女主人公凄苦的心境。丈夫在井下窒息而死，妻子为死去的丈夫擦身时，她熟悉的躯体却恍若陌路。小说以强烈的心理震撼见长。有评论家甚至指出这篇小说简直如同一幅油画，画的中心是一个悲伤的妻子在为死去的丈夫清洗身体，生死相对时，这位新寡产生"顿悟"。"顿悟"的写法据说是现代派小说的重要特点（以乔伊斯和普鲁斯特的作品为代表），凸现的是人物的心理风景。从《菊香》开始，劳伦斯的小说就在传统的写实与现代派的写意与表现之间营造新的气场，他无法丢弃现实生活，因为现实是他必须依傍的背景，而他又不甘心仅仅成为一支描绘现实的画笔。于是他有意无意之间借助陌生化、表现主义和象征主义的手段重构现实，甚至不惜放弃叙事的严谨，淡化情节，突出主题。其结果就是小说叙事的张力得到强化。这样的写法从技巧上论应该与劳伦斯从小练习绘画和写诗有很大的关系，我们读到的是一个画家和诗人笔下的小说，其文字怎能不是浓墨重彩、紧张而凝练？有人称这样的写法是"戏剧诗"。劳伦斯根据同样的情节创作的话剧剧本《霍家新寡》（*The Widowing of Mrs. Holroyd*）则在这方面体现了劳伦斯的用心，这个剧本后来又被拍成了电影。大段的独白和新寡为亡夫擦身的聚光镜头完全表现出了前面所说的那种油画质感。

至于小说中被认为无处不在的象征、意象、暗示，我认为，青年劳伦斯可能不是刻意为之，而是一种不自觉的非理性写法，与现代主义方法高度契合，在后人看来颇具现代派的风范。如小说伊始，一个妇人走在火车和篱笆之间，被解释为象征着故事中死去的矿工丈夫夹在生活的困境中，暗示着他"窒息"而死的结局。菊花本身就是死亡的象征，一开始就给读者不祥的预兆。小说开头的那一段火车头 "came clanking, stumbling down from Selston with seven full waggons"，这一句里很多单词都压头韵，这种拟声的写法被看作是对矿区残酷压抑背景的揭示，是对工业主义的抗议，等等。这样一来，一个简单的故事，却在不简单的叙事中获得了多重的解读，读者在陌生化的叙事和强化的人物内心与外部风景的氛围营造中获得了全新的阅读体验，这是对传统小说的继承和超越。

同一时期创作的不少优秀短篇小说都是写实文学的蓝本，但又都在现代叙事上开始有所突破。值得一提的还有《白长筒袜》《受伤的矿工》《施洗》和《牧师的女儿们》等，最后一篇应该是《查泰莱夫人的情人》的雏形。

早期的业余创作期，那正是劳伦斯在生活上捉襟见肘、爱情上迷惘焦灼的时期，但也是他在文学创作上生机勃发、清纯质朴的时期。这些小说取材于作者最为熟悉的故乡诺丁汉小城小镇生活，人物性格鲜明，叙述语言清新细腻，浓郁的地方风情和草根人民的道地口语，这些都是其他同时代的英国作家们所难以企及的品质，非劳伦斯莫属。当年的劳伦斯成为伦敦文学界突然闪烁的一颗新星，凭的就是这种鲜活、灵动和血运旺盛的文字。这一段时间的写作为劳伦斯铺就了通往大师地位的最初一段石子小径。看一个大师成名前的小说如何精雕细琢、苦心经营，方能洞悉大师何以成为大师的轨迹。

《白长筒袜》取材于劳伦斯的母亲年轻时参加舞会的一件轶事：在一次舞会上她信手从衣袋中拉出一块白手帕，可却尴尬地发现那是一条白色长筒袜。劳伦斯仅仅采用了这一个小小的有趣情节，却苦心经营出一篇精致的短篇小说来。

少妇埃尔茜真心爱新婚丈夫惠斯顿，将他当作可依赖的忠实靠山，但她又隐隐约约感到自己无法抵挡她的前老板亚当斯的挑逗。每年情人节亚当斯都送礼物给她，令她想入非非，不禁回忆起婚前一个舞会上与亚当斯热烈的交往。

亚当斯活泼、性感、舞艺高超，这样的人对不谙世事、情窦初开的少女不能说没有诱惑力。故事就这样用白描的手法写埃尔茜潜意识中受着亚当斯的吸引，与之热烈共舞的场景。即使后来她嫁给了惠斯顿，仍然保留着几分孟浪，理智上拒斥着亚当斯的追求，潜意识中仍怀有几分钟情神往。作者并没有刻意描写埃尔茜"良心"上的痛苦与两难，只是通过有节制的叙述细节，让读者去捕捉这一层意蕴。事实上，埃尔茜在婚前就处在这种矛盾之中了。道德观的规范使得她"许给"了惠斯顿就无法再同时与亚当斯发展关系。实则她潜意识中既有对性自由的追求又受着道德的约束，婚后依然如此。小说揭示的就是这种下层女孩儿的道德观与贞操观，真是对道德不着一字却处处透着道德的力量。

小说的结局是美好的：小两口互敬互谅，和好如初。埃尔茜通过耍弄丈夫也排遣了自己潜意识中对另一个男人的幻想，心理上求得了平衡。而这一切，都是要读者细读方可理会的。悟出这层意思，我们才明白，这篇小说为何不受重视。人们往往会把它仅仅看成是一篇写小两口怄气的小品。

因为是青年时代的作品，《牧师的女儿们》尚显青涩，但十分纯美，应该是没有任何理念掺杂其中的纯"血液意识"之作，是劳伦斯最富人性味的婚恋小说。它描绘怀春女子因性的萌动而生出美好的感情，以形而上的肉感美取胜，处处流露着性感与肉感的温情。但小说并未落入"色绚于目，情恋于心，情色相生"的窠臼，而是将这"情色"二字置于广阔深厚的现实生活背景中，社会地、心理地描摹不同阶级的男女如何冲破偏见相爱，情、性、理熔于一炉，使故事可信，感人。批评大师利维斯在《小说家劳伦斯》中把这篇小说列入"劳伦斯与阶级"的主题下作为代表作进行详细的论述，认为这种爱情超越阶级的鸿沟是"生命""战胜"了势力和阶级偏见。

人们倾向于认为《牧师的女儿们》里有后来惊世骇俗的《查泰莱夫人的情人》的雏形，后者从前者脱胎而出。一个作家如果在故乡的成长超过了二十年，他的想象力便会终生为故乡的背景所牢牢钳制。劳伦斯浪迹天涯，写下了不少异域风情浓郁的现代主义作品，多年后，在他生命临近终点时，他的虚构与想象的箭头再次射中诺丁汉和伊斯特伍德矿区小镇，以那里的森林为舞台，导演了一场回肠荡气的纯爱戏剧，为世界文学贡献了康妮和麦勒斯这样一对不朽的情人。可谁又知道，两个人物早在十几年前劳伦斯的中篇小说《牧师的女儿们》中就初露端倪，劳伦斯在潜意识中一直在完善和丰富着他们的形象，他们一直在劳伦斯躁动的想象生命中成长。于是牧师的女儿终于成长为康妮。十几年的孕育，终成正果。有心者不妨把《牧师的女儿们》与《查泰莱夫人的情人》作一对照，体验一下这种孕育－成长过程。

而到了 1914 年的《普鲁士军官》，这种传统与现代结合达到一个高峰，成为早期与中期的分水岭。《普鲁士军官》是一篇有着双层甚至多层解读意义的小说，是一部可以同麦尔维尔的名著《比里·巴德》相媲美的悲剧经典之作。浓墨重彩涂抹出的是沉默中爆发的心灵紧张，与一幅幅浓艳爆裂的印象派写生似的自然景物相呼应，向读者的心理承受力辐射着非人的能量。虐待中发泄的快感反过来成为对施虐者的摧残。但透过这一切，我们冥冥中感受到了一种潜意识中或许可以称之为爱的情愫，但这种美好的人性却因其难以名状而倏忽即逝。爱，这里没有你的位置！似乎只有欲望的煎熬、挫败、变态的激情和涌动着的施虐－受虐欲。当人的欲望被置于某种错综复杂的气场中时，当感情和理性的交锋将其主体——人推向非理性的迷狂境地时，那种悲剧委实令人扼腕。

从现实主义小说的分析角度看，完全可以说成是一位下层勤务兵受到他的凶残上司的恶毒虐待和迫害，忍无可忍，从而"哪里有压迫，哪里就有反抗"，奋起抗争，掐死了这个凶恶的军阀。这样理解大抵是不算错的。那个没有具体姓名的上层军官的确是在利用自己的官职企图达到自己的某种目的，而他的迫害对象又是那样一个朴实、诚挚甚至憨厚纯良的乡下兵，其手段又是那么残忍。读之都会令人为之动容：对这军官恨之入骨，对那敦厚的勤务兵充满同情。这篇小说无疑揭露了军队中毫无人性的等级观念和残暴的征服欲。仅从这一点出发，将这篇小说冠之以"写实力作"是当之无愧的。

但我们同时又感到我们的阅读经验对这个解释不够满足：我们的直觉和情

感思维似乎在受着作品"怎么写"的撩动，其特有的叙事方式和浓郁的悲剧氛围在撕扯、在震撼我们心灵的深处，令我们读之难以平息。我们很快发现，刚才得出的"写的是……"被它的"怎么写"推翻了。原来"怎么写"与"写什么"浑然一体时，整部小说的解读才算完整。

这时我们会联想到美国大作家赫尔曼·麦尔维尔的著名中篇小说《比里·巴德》，也是一个阴险的军官折磨一个英俊下属的悲剧故事。

于是我们会发现，这种故事的写法与我们中国式的同类小说写法很不一样。

最大的不同在于整篇小说只选择了两个人物，不交代背景和故事线索，不知"前因"，也没有细致的情节发展，而是直接写两个人强烈细致的心理感受和情绪的紧张对峙。继而我们发现整篇小说在揭示人的心理能量时，这种能量在浓烈地向我们的心理承受力辐射着非人的力量；我们还会发现，整部作品中外景的描述与人物内在感受的紧张及其对读者的冲击是"内外呼应"的。这种种心理能量形成了一个张力场。我们对这小说中一连串成段成段的外景描写感到喘不过气来，那一片片浓烈的色彩恰似一幅幅暴烈的印象派绘画，如凡·高的风景画一样。

于是我们开始感到仅仅是用"压迫－反抗"的视点并不能完成对小说的诠释：在小说的写实之表层下或背后涌动着"阶级分析"所解释不清的黑暗海域。

英美一些研究者认为，劳伦斯的创作中这种继承传统（情节、人物、背景及社会环境）的小说要素但赋予小说以新的感觉的写法是"幻象现实主义（visionary realism）"。他的小说中，仍然有具象的写实成分并具有现实主义的解读意义，这是因为他坚持取材于现实生活。但其叙述语言却是超现实的"幻象语言"，使故事脱离表面的有效意义，向深层发展、散射，从而使故事在"迟延"中获得更为复杂的意义。这种幻象语言在以后的长篇小说《虹》和《恋爱中的女人》中达到了登峰造极的地步。不难看出，其特点是在写实成分上以高压的手段加强内心的张力，使人物或生活的表面变形，以凸显现实背后或表层深处最为本质的东西。

于是我们懂得了，为什么一个在传统写实主义的观点中简单的"压迫－反抗"的"阶级斗争"故事要用如此的色彩泼墨般的涂抹而出；为什么那两颗随时绷紧的心永远处在沉默中千钧一发的爆裂前夕。这一切都构成了一台"心理剧"或一部"戏剧诗"。

《普》亦是劳伦斯对同性情色题材的深刻探索。当时德国军队中此类丑闻并不鲜见。劳伦斯对此表现出了敏锐的洞察力，从而艺术地再现并表现了这样的真实。

由此我们读出了两人之间难以言表甚至是无法沟通的同性情色张力。较为明显的是军官一方，他被勤务兵那悠然自得、青春勃发的肉体美所吸引。这种爱欲由于难以名状而令这军官烦躁不安，最终表现为残酷的虐待，他在折磨士兵的暴行中获得快感。而那位士兵虽然在抗拒着军官的虐待，但事实上他情感上也受着军官的吸引，对他有依赖。最终士兵掐死了军官，似乎是报了仇，但他却因此神情恍惚而死。他死后，人们把两具尸体并排而放，这个意象被一些人解释为对"结婚"的暗示。

二

《英格兰，我的英格兰》(*England, My England*)《买票嘞！》(*Tickets Please !*) 和《你摸过我》(*You Touched Me*) 等写于 1915 年之后，属于劳伦斯短篇小说甚至包括长篇小说的第二个创作期（1915—1922）。这种划分有时显得过于武断，这一点从 1914 年的《普鲁士军官》与其后的《英格兰，我的英格兰》在创作特征上的近似就可以看得出来。

从表象上看，《英格兰，我的英格兰》描述的是至纯至美的婚姻如何在现实生活中异化，风清月白的日子如何在世俗的压力下变得难以忍受，进而爱情之花在不知不觉中凋谢枯萎，两性之间的沟通变得难于上青天时，生的欲望就被死的诱惑所替代。表象上是一个凄美的爱情故事，但其意蕴却大大超出了其故事情节的表层，其叙述似乎有着自身强大的生命张力，唤起的是读者感官上的深层次共鸣，这种共鸣的振幅甚至是多层面的。劳伦斯的幻象写实笔法在此达到了新的高度。

1915—1922 年间，劳伦斯发表的中短篇小说基本上都有第一次世界大战的背景，从现实的角度说，第一次世界大战彻底改变了大英帝国在世界上的地位，如人们常说的，英国为欧洲和平充当了主力，结果是英国自己从此下降为二流国家，一蹶不振，帝国的威风和辉煌不再。劳伦斯和很多作家一样是所谓的"良心反战"者，但他与其他和平主义者的不同之处是，他认为这场战争从根本上说是英国的工业主义与德国的军国主义之间的矛盾造成的，两者皆为恶。因为他在大战期间因健康原因不能上战场，只能留在后方，耳濡目染、亲身经历了英国国内的种种病态现状，所以他的作品都是间接触及战争的。这一阶段的主要作品当然是《英格兰，我的英格兰》，此外还有《玩偶上尉》《狐狸》《买票嘞！》及《你摸过我》。这些作品除了《英》中有一小部分战场上的情节，其余都不是直接描写战争的，而是写国内的人们特别是两性之间的"战争"。这些作品因为少了战争的直接动态因素，反而更加深入地对人性和人的心理进行挖掘，作品的情感张力更加得到强化，前一阶段创作中的戏剧诗、心理剧、幻象写实主义、象征主义等元素更为凸显，劳伦斯的写作进一步向现代主义发展。

值得一提的是，同一时期劳伦斯最重要的作品是《恋爱中的女人》，被文化研究大师霍加特认为是英国小说的最高峰作品之一。劳伦斯在该小说的前言里声称："这是一部在第一次世界大战期间成形但与大战本身无甚关系的小说。不过，我希望不要把小说置于一个特定的时间段中。这样一来就可以把小说人物的痛苦看作是战争所致。"我想这段话足以说明这个阶段里劳伦斯的小说与第一次世界大战的若即若离关系——没有大战但大战无处不在。

《英格兰，我的英格兰》是劳伦斯的短篇精华，被认为是对英格兰（而非广义的不列颠英国）之民族性格和原型意识的深入挖掘，这种挖掘又因为其独特的写法而得到了完美的表现，应该说是立意与手段的高度匹配之作。劳伦斯曾多次表示他是真正的英格兰人，他的英格兰人本性就是他的眼光，他说这番话时使用的是 my Englishness 这个词，而非 British。这个 Englishness 本身透着自豪与狷介，与现在人们讽刺英国人视野狭窄时用的 Englandishness 意思完全相反。由此可见，以当初在英国文坛上惨遭睥睨的卑微之身，劳伦斯坚定地主张自己的 Englishness，他对自己的文学定位是多么明确：他就是立足英国，继承最本真的英国文学传统，为英国人而写作，正如他初涉写作时就说过的那样："我得写，因为我想让人们——英国的人们——有所改变，变得更有脑子。"

小说中一对年轻的夫妻代表了英格兰民族中的两种文化特质：务实的苦行精神与空灵虚幻的审美精神。正是这两种精神造就了大英帝国在物质和文化上的傲世。但一旦这两种并行不悖的英格兰精神体现在一个家庭，特别是一对夫妻身上，就造成了对抗与分裂，水火不相容。艾格伯特以平凡之身沉迷于传统的舞蹈和音乐的收集研究中，与现实生活全然若即若离，与现实的结合点只有激情的性爱。这是个典型的劳伦斯式英国男人。而妻子则是代表着基督教苦行务实的一面，她承认艾格伯特是一个高级的生命（a higher being），但婚后日常生活的摩擦让她趋于现实，渐渐意识到了这个高级生命在现实中的苍白无用。他们结合于美的激情，但美与激情终于因为现实生活的琐碎实际而变得暗淡。这两种特质如果在一个民族身上并行不悖，它们造就的是辉煌的文明。但由夫妻二人分别以其化身出现在一个家庭中，就造成了不可避免的婚姻悲剧。同时小说似乎在暗示英格兰在近现代过于偏重务实和物质，轻精神和审美而不可避免地走向民族性格的分裂与堕落。其结果就是幻灭和毁灭。

艾格伯特在生活的压抑下自觉地选择了当兵上战场，这时妻子似乎又开始自觉尽其妇道。但她这个时候绝非出自激情本身，而是出自基督教的理智献身精神，她是在为一个战士尽妇道，而非像她婚姻开始时那样是出自激情。这个时候的夫妻性爱毫无激情可言，根本失去了性爱的本质，成为一种堕落。

艾格伯特最终战死沙场，似乎那是他最佳的选择。

《买票嘞！》则在写实与心理暗示上达到了极致，不仅生动地描述了英国中部乡村小镇被一条有轨电车串起的风貌和风俗民情，也深刻地揭示了战争期间后方女多男少的情形中下层劳动女性的性苦闷及其由此带来的无意识的性暴力，这种潜在的性压抑甚至是她们自己都没有完全意识到的。而这种暴力又与战争的大范围的暴力相互映衬。

《你摸过我》是一篇精致凝练的短篇小说，但如同冰山的一角，其意蕴之丰富，内涵之深邃，有待得到多方面的挖掘。

战争前后的英国小镇上，一家制陶作坊主人家的两位千金过着封闭的优雅小日子，与大墙外火热的现实生活全然隔绝。她们寻不到与自己门当户对的男子结婚，她们的优越感也吓跑了很多想求婚的人，她们渐渐变成了老姑娘。而这个时候，父亲当年从救济院领养的养子哈德里安从刚刚结束的大战的战场上回英国探望这门亲戚。姐妹二人立即警觉，以为他是冲父亲的财产而来，对他极为防范并大加冷嘲热讽。一次意外，姐姐错把睡在父亲床上的哈德里安当成了父亲抚摸，结果唤醒了年轻人的激情，坚决要娶这位"表姐"。姐妹二人都认为他是为了巧取家产，对他大为蔑视。而哈德里安则坚称是表姐的那一阵抚摸让他生出了爱情的温柔，他不是为了钱才要娶表姐的。他不断重复的一句话就是"你摸过我呀。"其朴实动情跃然纸上。最终在病危的老父亲的强力帮助下，表姐终于屈就下嫁。

这么一个表面上看来十分有英国中部特色的短篇小说，几乎充斥着传统的一切因素：阶级、金钱、高攀、下嫁，应该是一个很流俗的故事。但在劳伦斯笔下，除了传统小说中对话的生动逼真，除了外在景物和人物的真实描摹，读者似乎感到一些次要的情节和人物似乎暗流涌动，在不断凸显着某种对整个故事的操控力量，这就是那个似乎永远卧病在床的病危的老父亲，还有老人与养子－女婿之间的微妙关系，似乎这些决定了这种看上去不可能和不般配的婚姻终得玉成。劳伦斯的小说之所以是传统与现代的高度融合，其表层似乎永远有一个传统的写实框架，总是有一个可以提炼的故事梗概，但整个故事的叙述却完全脱离了写实主义的轨道。

在这个故事中，我们最终发现，老父亲是一个关键人物，如果不是他为了弥补膝下无子的缺憾领养了这个孤儿，如果不是他以剥夺继承权相威胁，那个清高孤傲的女儿绝不会下嫁。最终我们看到隐匿在小说中的暗流——老父亲与养子的关系居然是一个重要的无声胜有声的没有在场的在场。而两个女儿的喧嚣竟然会退为次要。这个缺席的主线最终由老父亲满意地看到女儿嫁给养子时对养子说的一句话得到"点题"："你终于是我的人了。"

暗流涌动，背景随时取代前景凸显意义，这种写法诉诸读者的情感介入，诉诸读者的全方位体验，这标志着劳伦斯现代小说笔法逐渐走向成熟。

三

《公主》（The Princess）讲述一个出身于家道中衰的望族女子，自髫龄起便被父亲当成公主培养，性情高远但脱离社会生活。作为一个老处女，她到墨西哥旅游时受到剽悍英俊的当地导游的吸引，性意识隐约觉醒，身不由己奉献了自己。但清醒后旧的"公主"意识复萌，意欲逃走。但男子不肯放弃，最终被当成坏人射杀。"公主"从此身心脱胎换骨，彻底改变了性情。

《太阳》（Sun），一位美国上流社会女人厌倦了与商人丈夫之间缺乏性激情的苍白生活，带儿子远赴西西里岛接受日光浴治疗。在那里终日裸露身体，接受着太阳的抚慰，生命能量得到恢复，性的意识重又萌发，与当地农夫产生了默契。小说描写女人肉体意识的活动和性意识被唤醒的历程，文笔优美典雅，极具形而上意味。

《爱岛的男人》（The Man Who Loved Islands）被研究者认为是劳伦斯晚期小说中的杰作，他以纤敏的散文笔法，舒展着一幅幅北欧色彩的海景，将一个隐士的向往与现实的挫败丝丝入扣地昭示出来。那种水天一色的惨淡美丽是如此可望而不可即，正如劳伦斯的神赐笔触一样教人望洋兴叹。大师不可模仿，皆因境界不同；同样的视点上，人们的眼光可以差若天壤，皆因其维度不同。同样是男人，未必能参透劳伦斯对男人的独特体验。这里似乎也有那么点儿爱，甚至有了孩子。这种爱，压抑无奈，教人追问：世上果真有这样淡漠隔膜的夫妻吗？

《木马赌徒》(*The Rocking Horse Winner*)：一个富家男孩在爱情荒芜的家庭中备受忽略，在父母对金钱的追逐刺激下竟然求助于一匹摇动的木马，靠着在木马上终日疯狂起伏"奔驰"获得赛马赌博的灵感，以求下对赌注，获得巨额的赌金，挽救家庭，也吸引父母的爱。这个孩子最终精神崩溃而惨死。这是劳伦斯作品中收入选本和拍摄电影次数最多的一篇小说，似乎仅仅是因为语言凝练，情节简洁而富有动感。但小说传达的意绪则扑朔迷离，洗练的表面下深藏着多重的心理意义，被视作他最优秀的短篇小说。

《美丽贵妇》(*The Lovely Lady*)：一个心灵扭曲的贵妇，用强烈的变态母爱控制儿子，令儿子面对其他女性无所适从，丧失爱的能力。她的第一个儿子因此抑郁而死，第二个儿子又在她畸形的母爱控制下难以将息。只因为贵妇在梦中坦白了自己的内心世界，其卑下心理昭然于世，才使儿子得以解脱厄运，贵妇亦因此精神崩溃而死。

《母女二人》(*Mother and Daughter*)：丧夫的老妇人心理变态，一心要与女儿厮守残生。她毁了女儿的第一次婚姻，竭尽全力讨女儿欢心，建立一个温馨的母女之家，但女儿因为受了性压抑，变得憔悴不堪。女儿终归是要嫁人的，且是嫁给了母亲不屑一顾的老男人。母亲人财两空，黯然神伤。母女二人竟然反目成仇，恶语相讥。

《人生之梦》(*A Dream of Life*)是典型的劳伦斯式男人体验小说。在温暖的天国夕阳色彩中，一个历尽沧桑的中年男人梦回故土，其情之苦，教人恻隐难抑。男人的故乡永远被他流浪的脚步丈量着，无论它消失得如何彻底，它都在某种超验情境中栩栩如生地被他拥有着，连一片瓦、一扇门都在这种状态下复活。而对故土的眷恋是与对亲情的向往交织难解的，对亲情切肤的体验化作纯美如斯、爱意绵绵的散文体小说，在这个日益物欲化的汹汹世界中显得更为清丽，因而弥足珍贵。

《逃跑的公鸡》(*The Escaped Cock*)，一部寓言体小说，完成于劳伦斯逝世前半年，是他的最后一部虚构作品。小说以惊人的想象力，讲述基督复活的故事。缠绵的语言缠绵地叙述着半似幻境中基督与女祭司两情相悦的缠绵爱情故事。肉体的复活把基督还原为血肉之躯，播下了生命的种子。当时是冒着渎神的危险写下的血肉文字，但劳伦斯真的是无所畏惧了，因为他的肉体已经感觉到了死亡，他在用这部小说为自己死后超度并祈祷着一个血运旺盛的辉煌复活。

以上是劳伦斯晚期（1923—1928）八个中短篇小说的梗概，但这个时期劳伦斯的小说比前两个时期的小说更加难以被"梗概"，因为他的创作晚期是一个频繁变幻不定的实验期，他开始尝试更为极端的写作方法，笔触伸向宗教、神话、寓言、童话和讽刺喜剧小说。游历美洲并再次羁旅南欧，他的阅历更为丰富，对生命的反思日趋深刻，这其中对墨西哥的阿兹台克文明和南欧的伊特鲁里亚文明的探索和体验，还有对弗雷泽的人类学巨著《金枝》的研读，对他的文学创作产生了深刻的影响。

大多数现代派作家和艺术家都有着类似"生活在别处"的经历，甚至生活主要在别处，远离故土，流浪他乡成了他们的基本生活和生存方式，这种行动艺术本身就是他们文学创作的有机部分，无论他们以此反叛故土的压迫还是乞灵异乡文明来拯救他们认为濒死的西方文明，这种流浪都丰富甚至决定性地影响了他们的文学创作内涵和方向。劳伦斯或许是他同代甚至所有英国作家里对以上两个消失的文明之根进行不倦的探索并乞灵于斯的唯一一人。正是这样的乞灵与探索使他的文学创作底蕴更加丰厚，意象与象征纷呈，叙述语言更富挑战性，他在无形中开始成为具有全球视野和文化学、人类学意义的世界级作家。这让我想起劳伦斯曾夸下海口说他要走遍所有大洲，为每个大陆写下一本小说。早年甚至说要步行到俄国去游历。到他中年的时候，他开始实现这样的梦想，至少为澳洲和美洲写下了小说如《袋鼠》《羽蛇》《林中青年》，大量小说里欧洲大陆与英国背景交错；其非虚构作品里更是充满异域风情和性灵，如著名的《美国经典文学研究》《墨西哥的清晨》《伊特鲁里亚各地》《意大利的薄暮》《大海与撒丁岛》及德国随笔等等，他还苦心翻译了意大利作家乔万尼·维尔迦的长篇和短篇小说。可以说从1912年与弗里达私奔到德国，他就开始超越自己的 Englandish 视野，作品中欧洲未来派和表现主义初露端倪，被传统的英国文学界看作是 unEnglished。可惜他英年早逝，否则或许他能走遍五大洲并真的为每一洲都留下一本小说。有批评家说，到他的创作晚期阶段，劳伦斯对小说创作的把握全然超出了写实主义的局限，也超出了"后福楼拜"的现代主义小说的范畴，自然主义的写实和现代主义的表现方式都不足以表达他对人类社会和世界的认识，他必须借助神话和寓言及宗教的象征，把人类行为纳入神话和寓言的模式中去表现之。而对词语的游戏把玩，则使他在语言层面上甚至具有了后现代作家的特征。

《公主》和《太阳》与他在美洲时期的代表作《羽蛇》和《骑马出走的女人》大概写于同一个时期，与此同时他还写下了散文名著《墨西哥的清晨》。把这两个短篇与他的一系列美洲－墨西哥－意大利题材的作品相联系，就能看出这两篇作品如同一套华美贵重的首饰中的两个精巧的耳坠，借此可对这个时期劳伦斯的创作进行一番管窥。两篇作品分别写了两个白种女人对原始自然力量的膜拜，作品中处处流露出原始主义旨趣，似乎在乞灵原始力量对他认为濒临灭亡的欧洲文明实施拯救。两篇小说都精心营造了一个富有原始神韵的现代伊甸园，两个女人都在这样的氛围中失去了文明重压下的自我，开始向自己的女性自我回归，这个过程纯美如斯，宛如童话，两个"人的女儿"似乎在这样的地方被唤醒，几乎找到了"上帝的儿子"，一个是半人半神的墨西哥古老种族的后代，一个是西西里纯朴的农夫。但她们最终又都在现实的重压下屈服了。

一个意乱迷狂，一个重归苍白的白人的社会。但在这两篇短篇小说中，我们开始看到几年后《查泰莱夫人的情人》的女主人公康妮的雏形越来越清晰了。"康妮"一直在成长，从早期的《牧师的女儿》到这两篇小说里的女主人公，再到《少女与吉普赛人》，逐渐成熟。不难看出，康妮最终也是一个"睡美人"的童话原型人物的变种，《查泰莱夫人的情人》本身也是一篇成人的童话，康妮与麦勒斯癫狂般的性爱戏剧背景——那片森林和林中木屋不啻现代社会的一个伊甸园。劳伦斯对于神明的寻找从墨西哥的雪山到意大利橄榄林覆盖的西西里岛，最终回归英国中部的舍伍德森林，将童话的模式嵌入残酷的工业主义煤乡里的一片净土，完成了康妮与麦勒斯的现代神话。因此可以说这两个女人是未来的康妮的一些基因，而童话公主的白马王子则被置换为富有原始生命活力的现代隐士和局外人，他们的社会身分甚至都是"下等人"，但他们游离于社会之外，超然、本能，充满着冥冥的血性力量，似乎肩负着唤醒"人的女儿"的重任，扮演着某种"上帝的儿子"的角色。

《爱岛的男人》全然以人间童话寓言的叙述语言开始，只是没用"从前有个……（Once upon a time）"，开头一句是"There was a man who loved islands."。同一时期的《木马赌徒》也被认为是现代寓言，开始的句式相同："There was a woman who was beautiful……"

这个中篇小说的灵感来自劳伦斯的一次赫布里底群岛的旅行，那里的岛屿和岛湖让他感到是世界的晨曦时分，如同《奥德赛》一般的氛围。它貌似现代的《鲁滨逊漂流记》，又令人想起当代英国小说戈尔丁的《蝇王》，从本质上说是对英国文化传统中"岛屿意识"的继承，同时又颇具创新。它集逃避、隐士、探险、拯救、嘲讽、自嘲于一体，整篇故事与童话的海景交织，被认为是20世纪文学最难忘的篇章，其叙述语言与作者意欲表达的理念完美相容，可以说是一场孤独的狂欢，是文字的盛筵。这样的小说似乎已经是后现代小说的文本了。

《木马赌徒》以童话的句式开篇，是一个荒谬绝伦的现实故事。整个家像被施了魔法，每个角落里都回响着"要有更多的钱"的窃窃私语，这种声音几乎令人发疯。在贪婪的父母的冷落中，男孩子保罗竟然要借助超自然的办法乞灵上天赐给他灵感去下赌注在赛马会上赌马。孩子赢了钱，但精神崩溃了，死了。这个小说揭示的是现代金钱社会中家庭关系的彻底异化和女性的毁灭力量：保罗的母亲贪恋金钱，不仅夫妻形同陌路，也丧失母爱、冷落孩子。

《美丽贵妇》和《母女二人》则进一步揭示了现代社会中家庭关系异化和女性毁灭力量的主题。前一篇似乎是浓缩的《儿子与情人》，其中母亲的控制欲毁灭了第一个儿子并差点也把第二个儿子扼杀，完全是精神食人者的恶魔形象。第二篇中的母女完全像男人一样组成了无男性的家庭，家庭关系呈病态状。母亲要控制女儿的生活，女儿要寻找正常的爱情生活而备受挫折。最终女儿挣脱了母亲的控制，找到了自己的爱情归宿，但这个丈夫却是个年过花甲、体态臃肿的亚美尼亚人，她似乎找的不是丈夫而是父亲，因为她一直生活在缺失父亲的家庭中。

这三篇小说气氛压抑沉重，但又时而在叙述中爆发出刺耳的嘲讽声。故事情节的荒诞，叙述手段中融入的童话、寓言甚至超现实的哥特式灵异成分与叙述语言的游戏化都表明劳伦斯的晚期写作摒弃固定的形式，开始了肆无忌惮的文体实验游戏了。这种写作更能在后现代语境中获得知音。

以下两篇《人生之梦》和《逃跑的公鸡》以寓言、神话和幻象的语言表现男人最后的孤独、隐忍和神化般的复活，特别是淑世和救世的英雄主义惨败之后的复活。前者幻想的是灭亡的伊特鲁里亚文明和生活方式在英国中部的 2029 年复活，后者则是耶稣基督对自身前世的反思，神性消弭，人性复活。两篇小说都如梦如幻，闪烁着天国的温暖色彩，散发着男性肉体的热量，叙述语言是劳伦斯所推崇的"阳物语言"（phallic language），这就赋予其寓言以肉感与血性，将劳伦斯的理念与神话完美融合，是劳伦斯式的独特神话，完全属于后现代文学的表现范畴了。

如果说《人生之梦》是劳伦斯借助伊特鲁里亚文明的因子对英国生活的建

设性表现,《逃跑的公鸡》则是他借助弗雷泽的《金枝》对耶稣基督的颠覆性表现和解构－重塑,复活的耶稣与女神爱茜丝的女祭司的性爱在 1928 年的人们看来完全是渎神的笔法。不要忘记,这个中篇是写在《查泰莱夫人的情人》边上的小说,可以说与这篇长篇交相辉映,相得益彰,一篇是人的复活,一篇是神的复活;一篇是人在大战后的欧洲废墟上营造着性爱的天国,一篇是耶稣基督拯救人类失败后走下神坛,还原肉体的男人本身。耶稣基督复活后陷入了沉重的反思:"我试图强迫他们活,所以他们就强迫我死。总是这样,强制。退缩毁灭了前进。现在我该独处了。"

他甚至反思自己前生对人类的爱和被爱:"说了半天,我是想让他们用死的肉体来爱。如果我是以活生生的爱来亲吻犹大,或许他永远也不会以死来吻我。或许他对我的爱是肉体的爱,可我却以为这爱跟肉体无关,是僵尸之爱——"

劳伦斯在最后的小说中仍然在扮演"爱的牧师"角色,这一次,他借助耶稣的复活对正统的基督教精神进行了修正,为它注入血肉,补充肌理,因为它趋于否定肉体生命并回避"肉体的复活"之说。

劳伦斯二十来岁上以一篇短篇小说《序曲》获得《诺丁汉卫报》征文奖并开始在文坛上崭露头角,以《逃跑的公鸡》(又名《死去的人》)落幕,似乎这是上天的刻意安排。以诗人和长篇小说作家为己任的他误打误撞进入短篇小说的写作领域,不期亦成大家,同样领其风骚。其中短篇小说精致、洗练,反倒避免了他在长篇小说里因其篇幅之长而容易出现的大段的人物说教,读之更赏心悦目,自成风流。其五十多篇短篇创作被认为是从质朴的写实主义到精心铺陈的现代主义再到高蹈飘逸的后现代主义的完整历程。无论什么主义,都是论者各自的观点,作为读者,我们关注的是劳伦斯作品对我们的情感产生的冲击,关注的是读了他的作品我们的内里有什么样的改变,用文化学大师霍加特的话说:读了这样的小说,我们对自己人格潜流的感觉从此变了:它改变了我们看待自己的方式,看待我们与他人之间关系的方式,看待社会的方式,看待时间与代际、家庭与地域和空间的方式。总之，这样的小说是不是符合劳伦斯自己给小说下的定义："闪光的生命之书"呢？（Richard Hoggart: *Between Two Worlds*，2001．）

参考书目：

1. Introduction by Anthony Artkins，*The Prussian Officer and Other Stories*，by D. H. Lawrence，Oxford，1995.

2. Introduction by Michael Bell，*England*，*My England and Other Stories* by D. H. Lawrence，Penguin，1995.

3. Introduction by N. H. Reeve，*The Woman Who Rode Away and Other Stories* by D. H. Lawrence，Penguin，1996.

4. Introduction by Brian Finney，*Selected Short Stories* by D. H. Lawrence，Penguin，1989.

5. Introduction by Keith Saga，*The Complete Short Novels* by D. H. Lawrence，Penguin，1990.

6. Weldon Thornton: *D. H. Lawrence*，*A Study of the Short Fiction*，Twayne Publishers，New York，1993.

7. Kingsley Widmer: *The Art of Perversity*，*D. H. Lawrence's Shorter Fictions*，University of Washington Press，1962.

目　录

序　曲[①]

"甜蜜就是痛苦后的欢欣……"[②]

一座小农庄的厨房里，一位个子矮小的女人正在切着面包和黄油。红彤彤的炉火辉映着她的脸颊和围裙，脸颊发红发亮，可她灰白的头发上却没有一丝亮光。

她动作娴熟地把软了的黄油抹在面包上，又从膝盖上的大面包条上切下大块大块的面包来。都摆满了两大盘了，可她还在接着切。

屋外光杆儿爬山虎藤蔓在啪啪地敲打着窗棂。

这位头发花白的母亲朝上看看，把黄油放在壁炉台上，起身出去查看。她看到附近阴暗的森林上一条狭窄的天空是阴沉的。于是她转身去屋子另一端，透过那扇深陷在墙内的小窗户去看天空，发现北面的天空阴沉得更厉害。

她叹口气转过身，从红亮的长把儿暖床器上拿起一块抹布来，垫着，从烤炉里取出面包。然后摆好桌子，准备给五个人开饭。

屋角里一阵轰响，是钟响了，五点了。很多农家厨房里的钟表都快半个多

---

①　这是劳伦斯发表的第一篇作品，如小说的题目《序曲》，奏响了劳伦斯作品发表和出版的前奏曲，从此一发而不可收。小说写于1907年，参加《诺丁汉卫报》的圣诞节小说比赛并获得了"快乐圣诞"类小说奖，发表在1907年12月7日的该报第17版上。本书注解多意译自英文原版的注解，但也有部分为译者注。译者所撰条目散落于编译的注解条目之间，加"译者注"字样，如有错误，文责自明。

②　见约翰·德莱顿（John Dryden，1631—1700）的颂诗《亚历山大的筵席》。

小时。这小个子女人赶紧忙碌起来，从牛奶房里拿来牛奶什么的，又从火上取出烤着的土豆，然后朝着窗外焦急地窥视起来。她经常这样盯着大门看有没有来人，看得脖子都疼了。

院门响了一下，她跑到窗前，但马上就转回身来，拿起搪瓷茶壶，从小包里倒出点茶叶到壶里，再冲上水。屋外响起靴子铁掌刮泥的咔嚓声，随之屋门咣当一声开了，进来一个胡子拉碴的魁梧男人。他肩膀缩着，身体朝前倾着，一看就是个干了一辈子重活儿的人。

"哈喽，老妈，"他快活地大声喊着，"我是第一个吗？别的孩子都还没来吗？弗莱德说话就到。"

"我巴望着他们来呢，"他妻子说，"再不来就赶上下雨了。"

"唉，"他表示赞同，"刚开始掉点儿，是冻雨。我觉着有点雨夹雪。"说着他重重地坐进他的扶手椅里，看着他的妻子，她跪在地毯上翻着炉子里的面包，又从炉子上端下一大罐煨好的苹果。

"我说老妈呀，"他快活地微笑着说，"这是你我的又一个圣诞节，一年一个就这么过去喽。"

"可不是，"她回答说，发了一下午的愁，这会儿有话说了。"一年年来了又去了，可是咱们从来就没啥起色。"

"好像是吧，"说着他的快活劲儿让一丝遗憾打断了。"今年咱们确实是运气挺差的。不过咱们得朝前奔呢，咱们可从来没有哪个圣诞节没过好过，你瞧，都二十七年了——二十七年了。"

"是，也许是吧，可是你说弗莱德吧，一年挣的钱都没超过三镑，还有那俩在井下干活儿的。"

"行啦，我又能怎么着？要是我没有损失了一大半儿牧场，还有两头牲口——"

"要是——！除了这个，他还有什么前途？他一年又一年给你干活儿，可到头来什么都得不到。你在他那个年纪上，二十五的时候，你都成家了，有了俩孩子。他现在跟谁成家去呀？"

"我不知道他想成家啊。他还挺满意的嘛。别替他操心了，别惹他心烦。他不成家是不会离开咱们的。再说了，咱们也许明年就好了呢，把现在的补回来。"

"随你怎么说吧。"

"姑娘，今天晚上你可别烦心啊。没错儿，事儿没咱们想得那么好。我从来没想到要看到你干这么多的活儿，可是咱们一直过得挺舒服的，方方面面都不错，是不是？"

"我从来没想到我的大儿子在二十五岁上成了个农民，另外两个当了矿工在井下干活儿。我的俩儿子竟然在井下挖煤！"

"我肯定是尽了最大的力了，还有——"这时他们听到屋外有人在刮鞋底，就不再说了。

大儿子拖着脚步进来了，他的大靴子和绑腿上沾满了泥水。他脱掉淋湿的外套，站在炉前地毯上，双手伸到身后烤起火来。

他微笑着看着母亲在厨房里忙来忙去，说：

"你看上去暖洋洋的，舒服，妈妈。我跟着最后一辆车上来时，就想着你穿着大白围裙在忙碌，准备好了茶点，还看外面的天气呢。有这些儿子，您现在是不是挺满意，特别开心？"

她笑了，笑得怪模怪样的，顺手就倒好了茶。男孩子们从井下回来了，浑身湿乎乎、脏乎乎的，脸上只有雨淋过的地方是干净的。他们换了衣服，坐在了桌边。老二是个大块头，粗粗拉拉的，长着长鼻子，下巴也大，眼角周围布满了逗人的皱纹。老三叫阿瑟，是个英俊的小伙子，黑发，黑眸子，脸上的污垢也掩不住红润发亮的脸色。他说笑起来，红嘴唇和白牙齿，还有眼白，跟脸上的黑煤灰相映成趣。

"妈，看到你我好高兴，"他看着母亲说，眼神里毫不掩饰地露出一个孩子的爱。

"当妈的，你还要怎么样呢？"丈夫说。

她咬了一口抹了黄油的面包，抬起头露出一个奇特逗趣的眼神，好像她得到的仅仅是她理所当然应该得到的赞扬，就这样她就感到欣慰和快乐了，只是她有点羞涩，还有点疑虑。

"小伙子啊，"亨利说，"这是圣诞夜，炉火要烧得最旺才行。"

"对，我还得再吃个土豆，圣诞节就是要大吃一顿。咱们要干什么？要有个聚会吗，妈？"

"是啊，只要你想有就有。"

"聚会，"父亲笑道，"谁会来呀？"

"咱们可以请人来呀。可以请奈丽·威切里，她来过，还有大卫·卡顿。"

"咱们现在可不能请奈丽来，"亨利说，"我星期天早晨在大路上见到过她。她正跟另一个年轻的女人一起坐马车回家。看到我，她停下来问家里有没有挂着浆果的冬青，我跟她说没有。"

弗莱德边喝茶边看书，这时他抬起眼睛看过来。他的眼睛是深棕色的，有点像母亲的眼睛，这双眼睛无论看到谁都会吸引人。

"林子里藏着一棵，"他说道。

"是有，"急性子的亨利回答说，"可那不是咱家的，对不对？要是她那么傲气，都不来看咱们，我干吗要为她砍树呢？如果她来这儿，说她需要，我会给她弄来半个树林子。可她坐在双轮马车里朝下看着你问：'你家篱笆里凑巧有带浆果的冬青？普里斯顿连一根树枝都找不到，没法装饰家里，可我家又要有些人要从城里来。'我就告诉她我们都急得直喊呢，因为我们也没有冬青装饰自己的家，还有我们更不会有这东西，因为没人来，城里不来人，乡下也不来人，要不是有什么人什么事提醒我们，我们弄不好就忘了过圣诞节了。"

"那她怎么说？"母亲问。

"她说她不好意思，我跟她说可别介，看人比看什么冬青更有意思。另一个女孩就笑，说想知道是什么人。我告诉她谁都行，只要别像冬青那样身上长刺儿就行。"

"哈哈！"父亲笑道，"她听懂了吗？"

"那个女孩儿拿胳膊肘杵了杵她，她俩就都笑了。然后奈丽让我今晚送那些化妆演员①过去，我说行，不过他们现在不去了。"

"为什么？"弗莱德问。

"比利·辛普森长了一脸的脓疙瘩，沃迪已经去诺丁汉了。"

"拉姆斯里磨坊今天晚上没人逗乐儿了，"阿瑟说。

"要我说啊！"亨利大叫起来，"咱们去吧。"

"我们怎么去？咱们仨人吗？"阿瑟问。

"对，"亨利坚持说，"咱们装扮起来，让他们认不出我们，开个玩笑哈！"他突然冲正看书没注意他的弗莱德大喊一声："嘿，咱们去磨坊演哑剧去呀！"

"谁演呀？"老大有点吃惊地问。

"你和我，还有咱们阿瑟。我演魔王。"

说着他扭曲着脸，扮魔鬼相儿，逗得大家大笑。

"去吧，"父亲说，"你能给咱家带来好运。"

"啥！"他大喊道，"我装傻充愣就行？人们说傻瓜有好运。那聪明人该有多傻啊。好吧，我演魔鬼——妈，你害怕不？那你演啥，阿瑟？"

"啥都行，"阿瑟回答道，"咱们把红颜料抹脸上，加上点煤灰，他们绝对认不出我们来。这就去吧，弗莱德？"

"我不明白。"

"得了，我想去看她跟她的朋友，看她是不是很神气。咱们可以在她家洗涤间里留下一些冬青树枝。"

---

① 指化妆的哑剧演员，打上黑脸，穿上奇装异服，挨家挨户走访，上演传统的圣乔治话剧，制造欢乐气氛。这个戏剧里有几个人物：圣诞国王、骑士圣乔治和他的敌人，还有医生和魔王。演出结束后魔王端着盘子讨赏钱。劳伦斯小说《虹》第五章里有类似的情节。

"那好吧。"

吃过茶点，大家都帮着干活，有挤奶的，有喂食的。然后弗莱德拿了一把修剪篱笆的刀和一盏防风灯到林子里去，要砍下一些浆果多的冬青树枝。回屋后他看到弟弟们在镜子前大笑着。他们脸上抹得又红又黑，嘴唇上方还粘上了马毛，弄成奇形怪状的胡子，这么一弄根本认不出谁是谁了。

"哎哟，你们真是讨厌啊，"母亲大声说。"哦，把万能的主的造物歪曲成这样，真是可耻啊！"

弗莱德洗了洗，开始打扮，谁也无法说服他用颜料和煤灰。他把衣袖高高地绾到肩膀上，用一张给马用的条纹大毯子把自己裹起来。然后用一块白布裹住脑袋，打扮成沙漠里的贝多因人的样子。他看看自己，挺满意，又从墙上摘下一把旧宝剑，用肌肉饱满的一条光胳膊夹住它。

"行了，"他想，"挺像画儿一样，我看上去不错嘛。"

"哎哟，真棒，"他一进厨房，母亲就感叹起来。听母亲这么说，他的眼里高兴得直放光。这个年轻的农民好像挺激动的。他黝黑的皮肤在白布映衬下显得温暖油亮，黄色的灯光掩饰了皮肤的粗糙。他的眼睛目光炯炯，真像个阿拉伯人，还有，他的大手握紧时，晒得黝黑的胳膊上肌肉立刻绷得紧紧的。

那条黑毯子裹在身上，加上带帽子的披风，一下让这青年农民变得光彩照人，实在是神奇。而他平时即使是穿上自己最漂亮的衣服都显得不合身，笨笨拉拉的，亚麻的领子衬得他脸很粗糙，那是因为他总是在阳光下干重活儿。

他们出门穿过自己的两块地，再穿过邻家的两块地，那边就是磨坊了。天上飘下了一些小雪花儿，一下来就化了。地面湿了，夜色漆黑。不过他们认识路，很快就到了通向磨坊院子的大门口。看门的狗看到他们开始狂吠，不过他们呼唤着狗的名字"特里普，特里普"，那狗就不叫了。

亨利用力擂着门，声音洪亮地大喊："你们需要演哑剧的吗？"

一个男人来到门口，是个高个子，黑皮肤，笨乎乎的样子。

"我们不需要，"他鼻子哼哼着说。

"魔鬼来啦，"亨利当当地敲着他带来的盘子。"魔王来啦，就是要到这里来。"

这时一个高个子的漂亮农家女来到了门口。

"谁呀？"她问道。

"魔王，你很熟悉他，"那边回答。

"那我得问问爱伦女士，看她需要不需要你们。"

红黑脸儿的亨利冲那使女眨眨眼睛，说："千万别让撒旦待在门口的台阶上啊，"说着他就进了洗涤间。

那女孩跑了，然后很快就听到有女人欢快地说笑着朝厨房这边走过来。

"让他们进来吧，"一个人这么说。

这三个人鱼贯而入，开始朝厨房里四下打量起来。他们只看到贝蒂坐在离他们很近的沙发上，她那个黑脸粗暴的父亲坐在自己的扶手椅里，还有两个女人影影绰绰的，她们坐在壁炉边角落里的座位上。

"啊，"魔王说，"有点像是这样，有点热。魔鬼在这里感觉宾至如归。"

于是他们开始演大家都熟悉的老式圣诞节荒诞剧。魔王很使劲地演着，不停地喧嚣，逗着乐儿。圣乔治由弗莱德扮演，演得很投入，很认真，很是逗趣，但是在一个节骨眼儿上，他完全忘词儿了，不过很快就被魔王给理顺了。阿瑟很紧张，演得很尴尬，于是魔王替他说了一大半的台词。

一通儿打闹，又是捅刀子又是摔倒在地，又是敲打滴油盘子，还有可笑的补台词儿，戏总算演完了。

大家安静地等待着。

"好了，接下来是啥？"暗处阴影里有个女人问。

"该您了，"魔王说。

"你想干吗呢？"

"您有心多少给点就行。"

"可是，"另一个声音说，这个人他们都熟，"我们没这个心。"

"你不怎么知道你演的角色，"那个叫布兰奇的陌生人说，"裹毯子的那个大个子一分钱都不该给。"

"那我呢？"阿瑟问。

"你嘛，"同一个声音说道，"你是个乖孩子，女人们喜欢。感谢就是对你最大的酬劳。"

他脸红了，嘴里含糊不清地叽叽一句什么。

"魔王该给打赏，"魔王建议说。

"给魔王一份儿赏钱，奈尔，"布兰奇说着又笑得快背过气去了。奈丽就往石板地上扔过来一枚大银币，可是她有点紧张，银币没扔好，滚到扶手椅里的普里斯顿脚下了。

"半克朗！"① 他大叫，"给他们一个三便士的镚子儿② 就得了，他们可不值这么多。"

这话令骑士圣乔治难以忍受。他穿着这身可笑的服装，站在嘲弄他的心上人淑女和她那个讥笑的朋友面前，实在受不了了。

他扯下那身斗篷，解下腰带，一把甩掉，另一只手抓回了正准备去捡起钱币的魔王。他站在那里，圣乔治变成了一个简朴的青年农民，卷曲的黑头发乱蓬蓬的，眉头紧皱，两只胳膊赤裸着露在外面。

"你怎么不让他拿那个钱？"布兰奇问。"好吧，你到底想要什么？"她又问。

"什么都不要，谢谢，我很抱歉，打扰你们了。"

"好啦，"他拉过那不情愿的魔王，三个人开始往外走。布兰奇看着这个不愉快的骑士拖着步子朝外走，一边走一边放下缩起的袖子，就笑个不停。

---

① 旧时英国的硬币，相当于当时的二先令六便士。

② 三便士硬币相当于四分之一先令。早年间一英镑等于二十先令，一先令等于十二便士，一英镑等于二百四十便士。

奈丽没有笑。看到他转过身去，她又看到了他小时候的样子，那时她的父亲还没有靠买卖牛发财，她还是个穷人家的野丫头。可后来他父亲发财了，磨坊也变成了大农庄。牛老板死了之后，她就成了唯一的女主人。这之后他们的二管家普里斯顿带着贝蒂和萨拉来住下，负责管理农庄。

　　从那之后奈丽就很少见到她的老朋友了。她在城里住了很长时间，回来后去看他们，发现他们变得冷漠生分了，所以就没再去看他们，自打上次她跟弗莱德聊了几句到现在，都有一年没见了。

　　她想了没一会儿思绪就被打断，是贝蒂在洗涤间里尖叫，随后那小女孩就发疯般的跑进了厨房。

　　"怎么了？"她父亲问。

　　"那儿有个人抱住了我的腿。"

　　这时奈丽突然觉得自己很孤单。普里斯顿划了根火柴，就着亮光观察起来，回来时他带回了一捆发亮的冬青树枝，上面挂满了鲜红的浆果。

　　"这就是你说的那个人，"父亲说，一把将树枝甩在桌子上。

　　"啊，可真好看！"布兰奇大声说。奈丽站起身来，看了大家一眼，就匆忙穿过过道进了起居室，布兰奇跟在她身后进来。进屋后，令布兰奇惊讶的是，奈丽坐下就哭了。

　　"这是怎么回事啊？"布兰奇问。

　　过了一会儿她才回答布兰奇。"太让人难过了，"奈丽吞吞吐吐地说，"太孤单了。我肯定威尔、哈利、露易，还有所有的人都不会来了，要不然不会出这种事。真可耻，真可耻。"

　　"可耻什么？"布兰奇问。

　　"什么，他给我准备了冬青，过来看我——"她脸红了，不说了。

　　"你指的是哪个？那个贝多因人？"

　　"我都好几个月没见过他了，他会认为我是个傲慢差劲的人。"

　　"你不会是说你对他上心了吧！"

奈丽又开始流泪了。"我就是,我希望这个讨厌的农庄和金钱不要把我们分开。他再也不会来了,再也不会,我肯定。"

"那,"布兰奇说,"你得去找他。"

"是,我会的。"

"那就走吧。"

这时那几个失望的兄弟已经到家了。弗莱德扔下他的贝多因服装,穿上了自己的外套,嘴里叨叨着去村子里的事。然后他就出去了。他母亲无奈伤心地看着他出去,他父亲颇为吃惊地从眼镜上方看着他,眼神里流露出一个父亲的同情。他们听到他拖着脚步穿过院子进了谷仓里,就知道他很快就会缓过劲儿来的。随后另外两个儿子也出去了,厨房里没有别的声音,只有钟表的滴嗒声和翻阅报纸的声音,还有就是案板的咣当声,那是母亲在擀面皮做馅饼。

在漆黑的谷仓里,伤心的贝多因人对自己说,他活该,是时候停止欺骗自己了,别瞎想了,人家没那么在乎你,即使她请他留下,他怎么可能呢?他怎么问得出口?她一定认为他是特别想当拉姆斯里磨坊的主人。多傻啊,往那里跑一趟,多傻呀!

"可是,"他又跟自己争辩,"随她怎么想吧。我不在乎。她想得起来就想,我曾经用我爸的皮子给她换的靴子底,她是穿着我修过的靴子回家的。她能记得我妈教她写字,教她做像样的针线活儿。我想她应该有时候想起这些来。"

随后他又告诉自己他相信她不会忘记这些。他完全感觉得到,她希望结束这种长时间的生分。

"可是,"问题又来了,"为什么她不来结束这一切呢?呸,是我自己拿自己当回事了。她更想念职业学校里那些能说会道、满脸堆笑的家伙们。随她吧,我在乎个啥?"

突然他听到谷仓后面田野里有人在说话,就坐起来倾听。

"哦,这是个一般的泥坑,"有人说。"咱们无法从大门进去。那就翻草垛院子的篱笆过去吧。他们装了些新栏杆,你行吗,布兰奇?这儿,就在紫罗兰花丛跟草堆之间。真幸运，他们在前面房子里过圣诞！小心，低头钻李子树。咱们敢去吗，布兰奇？"

"走啊，走啊，"布兰奇小声说，于是她们就溜到了那扇小窗户前，灯光从窗口流泻出来。弗莱德悄悄溜出谷仓，藏在大水罐后面，看到她们猫着腰靠近窗口朝里面窥视。

厨房里父亲坐着抽着烟，似乎在看报纸，可实际上是在盯着炉火。母亲在小馅饼上盖上面皮，时不时还要擦一下眼睛。

"布兰奇啊，"奈丽悄声说，"他出去了呀。"

"看样子像，"另一个表示赞同。

"也许他没出去呢，"奈丽大胆地说，"他很可能在客厅里呢。"

"也是，"布兰奇说。"我觉得咱们得看到他，他正难受呢。不过他肯定不会让他妈看到他难受的样子。"

"肯定不会，"奈丽说。

听到这里弗莱德忍不住窃笑。

"可是，"她又疑虑地说，"如果他出去了，咱们怎么办呢？咱们怎么跟他妈说呢？"

"跟她说咱们是来玩儿的呗。"

"要是他出去了呢？"

"留下，等他回来。"

"如果是很晚了呢？"

"这是圣诞夜啊。"

"也许他压根儿就无所谓呢。"

"你这么想吗？我觉得也是。可是你很明白你需要他。"

"这你是知道的，布兰奇。其实我一直想他。"

"那就开始吧。"

"什么？唱《好国王温塞斯劳斯》？"

屋外两个声音突然唱起圣诞颂歌来，把屋里的一对老父母吓了一跳。母亲想跑到门口去，可她丈夫却使劲挥手让她回去。"让她们唱完，"他目光闪烁着，说："让她们唱完。"

两个姑娘怕被看见，就离开了窗户，站在水罐附近。老的颂歌唱完了，奈丽又开始唱好听的意大利乔尔达尼的歌：

再回身，抚平我的伤，
离开你，我心疼痛。

她唱的时候手握着老李子树的树枝，离弗莱德那么近，只要他一探身就能够到她的外套。她那甜美又忧伤的歌声令他感动，真要控制不住自己站起来张开双臂抱住她。

她一唱完，房门就打开了，门口站着那个矮个子女人，向她张开了双臂。

两个姑娘都迈开步要朝她走过去，可这时弗莱德开始低声呼唤"奈尔，奈尔，"一把将她搂进怀里。奈丽又惊又喜地悄声叫了起来。布兰奇进了厨房，关上门笑了。

布兰奇坐在低矮的摇椅中，前后摇晃着，她既开心又激动，欢快地东拉西扯起来。不过她那敏锐的女人的眼睛注意到了那位母亲，她坐在丈夫椅子边的沙发上，把手放在丈夫手上。她还看到那位丈夫一只手握住了那只僵硬但微微发亮的手，怀着不变的旧情在摩挲着。

那一对儿很快就进屋了，奈丽满脸通红。她无言地跑过去吻那矮个子女人，停了一会儿又接受了那位父亲平静的拥抱。随后，她摘下自己的帽子，用手把受潮打了卷儿的棕色鬈发向脑后拢了拢。

她已经完全放松了。

教堂彩窗碎片 ①

布奥威尔现在是，不如说曾经是，英国最大的教区。这地方人烟稀少，只散落着很少住家，他们来自附近人烟稠密的三个大煤矿村。除此之外，归这个教区的有一大片林子，那是老舍伍德森林的残余部分，有几处山坡草场和耕地，三孔煤窑，再有就是一座西多会②修道院的废墟。这座废墟位于林地坡下茂盛的草场上。五月天里，透过橡树林的缝隙，能看到蓝光闪烁的风信子如水波荡漾。修道院只剩下圣坛站台的东墙还没倒，墙上爬满了野生常青藤，鸽子则卧在高雅窗户的花窗格上。要说的就是这扇窗户。

布奥威尔教区的牧师是个四十二岁的单身。早年得过什么病，造成他身体右半边轻微瘫痪，所以走起路来拖拖沓沓的，为此他的右嘴角向上咧着，扭曲成一个鬼脸儿，浓重的上髭都掩盖不住这副鬼脸。牧师扭曲的脸上特别令人可怜的地方是他的眼睛，目光既精明又哀凉。你很难接近考普兰先生，没错，他的灵魂有点像他扭曲的脸，除了自嘲就是讽刺。当然，完全宽容和慷慨的人几乎没有。让大老粗儿们嘲笑他吧，他只是用另一半脸微笑着，眼中没有恶意，只是安静地表示说：看你们什么时候不笑了。他的教民们不喜欢他，可谁也说不上他有什么罪过，只是说："就是说不准他什么时候会害你。"

---

① 该小说初写于 1907 年，最初的标题是《红宝石玻璃》，后以现小说名发表于 1911 年 9 月号的《英国评论》。又经过修改收入劳伦斯的第一部短篇小说集《普鲁士军官等小说》（1914）。根据英国的劳伦斯专家 Paul Poplawski 与译者的通信所言，因为小说的背景是 15 世纪，所以作者有意使用了一些古英语的词汇。这些古英语在中文翻译中都译成了现代汉语，望读者明察。

② 西多会是天主教班尼蒂克教派的一支，以严格解释班尼蒂克教义著称。

那天晚上我和牧师在他的书房里用餐。这房间令邻里所诟病，是因为屋里的雕塑装饰：有《拉奥孔》和其他古典作品的仿制品，还有铜和银制的意大利文艺复兴时期作品。其余的物品不是黑的就是黄褐色的。

考普兰先生是一位考古学家。但他并不拿自己的爱好当一回事，所以就没有人知道在这方面他的话有什么价值。

"你看，"他晚饭后对我说，"我又为我的大书找到了一段儿。"

"什么？"我问。

"我没有告诉过你吗？我在编一本英国人的《圣经》，是他们心灵的《圣经》——他们面对未知发出的感叹。我在家里发现了一个片断，说的是从布奥威尔一跳就够得着上帝。"

"哪儿？"我问，我被吓了一跳。

牧师看着我，闭上了眼睛。

"只是在羊皮纸上，"他说。

然后，他慢慢地摸到了一本黄色的书，一边翻译一边念出声来：

"我等唱诗之时，闻东边大窗碎裂，窗上乃吾主悬于十字架之画像。某为吾等惹怒之贪婪恶魔将可爱的玻璃人像击碎。吾等见到恶魔抓窗之铁爪，亦看到一张通红脸庞，如篮中之火燃烧，冲吾等怒目而视。吾等心碎腿软，欲死不能。那小人之臭在教堂弥漫。

"但是，我们敬爱之圣人等从天而降护佑吾民。那恶魔呻吟嚎叫——当即吓倒，溃退。

"清晨日出之时，有人战战兢兢去到薄雪覆盖之地，发现吾圣之图像被掷下摔碎，窗上则遗下可恶之一洞，似乎是圣体之伤口，经魔鬼触动，圣体汩汩淌血，流至雪地，如金子闪光。有人将血收集，以图神之居所欢乐……"

"有意思，"我说。"从哪儿得到的？"

"从布奥威尔的史记中，是十五世纪的记录。"

"布奥威尔修道院，"我说，"那儿只有很少几个僧侣。我不知道他们让什么吓怕了。"

"我不知道，"他重复。

"有人爬了上去，"我猜，"试图进去。"

"什么？"他微笑着叫道。

"那，你觉得呢？"

"差不多一样，"他回答。"我把它写进了我书的注解里。"

"你的大作吗？请跟我说说吧。"

他在油灯上加了个罩，让屋里几乎全暗了下来。

"我不光剩下个声音吧？"他问。

"我可以看到你的手，"我回答。

他完全走出光圈。然后他开始悠悠地发出嘲讽的叙述：

"我是纽索普庄园罗莱斯敦家的农奴，在那儿管马厩。有一天，我给马梳毛，可它却咬我。它是我的老对手。我就打它鼻子，打那以后它一有机会就踢打我，弄伤了我的嘴巴。我抓起一把斧头照着它脑袋就砍。这魔鬼大嚎一声，张开大嘴狠狠地咬住我，不过我还是制服了它。

"因为我杀这匹马，他们就用鞭子抽我，抽到他们以为我死了才住手。我很皮实，因为我们这些驯马的农奴饭量大。就这么壮实，他们还是抽得我动弹不了了。第二天晚上，我就放火烧了马厩，马厩的火又把他们家房子给引着了。我看到房子上冒起红红的大火来，看着窗外人们在逃跑，每个人都是只顾自己逃命，主人自己也不过是吓破胆的一个人罢了。天寒地冻，可我让大火烤得直流汗。我看到他们都转回来看，全都烧得一片火红。他们哭了，屋顶塌下去，火焰又弹起来时，他们全哭了。他们像狗踩在风笛上一样大声哭嚎。主子大骂我，可我却躺在附近的灌木丛里哈哈笑。

"火势减弱了，我吓坏了。我跑到树林里，可火在我耳边和我的眼睛里噼啪作响。一连几个小时，我满脑子都是这大火，然后我就在蕨草中睡着了。醒来时已经是晚上了。我身上没东西盖，给冻僵了。我不敢动，生怕我的脊梁像薄冰一样粉碎了。我躺着一动不动，直到我饿得受不了，我才活动活动，让自己忍住身上的疼痛。我开始寻找吃的，可什么吃的都没有，只有野蔷薇果。

"我转悠了很久，人都转晕了，又倒在蕨草丛里了。我头上的树枝冻得咔咔作响，我吓得四处张望，觉得在星光下树枝像人的头发一样，我的心都不跳了。然后又响起了咯吱咯吱的响声，随后突然'呜'的一声响，响声又弱了，像吹哨子。我像一根木头栽倒在蕨草丛里。但凭着那个特殊的哨子声，我知道这只是冰裂了，或者是冰面冻缩了。我是在湖上方的树林里，离庄园只有两英里远。可是，当湖面再次'空空'作响时，我吓得攥紧了冻土，我每块肌肉都跟冻硬的地面一样僵硬。我一整宿都不敢挪动我的脸，只能绷得紧紧的平贴着地面，趴在地上，就跟钉在地上似的。

"到了早上我依然没动，我还静静地躺着做梦呢。挨到了下午，我疼得不行了，就疼醒了。我哭了，一动就疼，疼得我喘不上气来。然后我又气得要死，我用手拍打粗拉拉的树皮，想靠这个减轻我的疼痛。我愤怒地晃胳膊踢腿折磨自己，直到我活活疼倒在地。可我跟疼痛抗争，又扭又摔，算是挣扎过来了。然后就快到晚上了。太阳晒了一天，可天一点都没变暖和。傍晚时分我觉得天又冷了。我知道天又要黑了，想起我熬过的那么多时辰，我就怕，这场折腾让我几乎变了个样儿，我干脆就穿林子逃走算了。

"可是，跑着跑着我看到橡树上吊的五具尸首，他们已经僵硬，跟棍子似的了，得在那里待上好几宿。这比什么都可怕。我转过身跌跌撞撞穿过树林，出了林子，来到一片树木稀稀拉拉的地方，这里只有些乱七八糟的山楂树，从那里我来到湖边上。

"满天都是红的，湖上的冰闪闪发光，好像那冰是暖和的。几只大雁蹲在冰上，像石头戳在那里。我想到玛莎，她是湖对岸高地上磨坊主的女儿。她的头发是红色儿的，像风中的山毛榉叶子。我常牵着马去磨坊，她总送给我吃的呢。

"'我以为，'我对她说，'你这绺儿头发落下来，是松鼠坐在你的肩膀

上呢。'

"'他们叫我狐狸,'她说。

"'我要是你的狗多好,'我说。我一赶着马去磨坊,她就给我熏肉和好吃的面包。一想到蛋糕、面包和熏肉,我就晕,跟喝醉了似的。我掏过兔子窝,一整天啃木头吃。昏头昏脑的,我感觉不到伤口疼了,也感觉不到荆棘扎我的膝盖,只顾跌跌撞撞往磨坊跑,不怕人,也不怕死,就怕身后林子里的黑暗,跑得气喘吁吁。

"我跑到林子口上,下面就是池塘,我没有听到什么响声。我知道这地方总是哗啦哗啦响着水声,可这会儿却鸦雀无声。这么静,安静得吓人,我赶紧往前跑,忘了自己,忘了冷。林子似乎在追我,我摔倒了,刚好倒在猪棚边上。磨坊主来了,骑着他的马,跟着狗,狗在叫。我听到他骂天气,骂他的仆人,骂我,他出去找我,可白费工夫,他什么都骂。我躺在那儿,听到棚子里有哑奶的声儿,我知道,里面有母猪,大部分还吃奶的小猪仔儿都宰了给明天的圣诞节用。磨坊主会盘算,让母猪在这个时候产仔儿,正好给人们过节摆宴席用,靠卖乳猪赚钱。

"黄昏时四下里都安静了下来,我就打断门栓,进到棚里。母猪哼了一声,但没有过来。然后我蹑手蹑脚地朝她温暖的身体爬过去。她奶水太足,可只剩下三只小崽儿,憋得她怒气冲冲的。每隔一阵子她就打小猪仔,猪仔们就尖叫。趁着她忙这事,我就在黑暗中朝她爬过去。我打着哆嗦,不敢接近她,好半天也不敢把我的脸贴上去。我又饿又怕,浑身哆嗦,最后还是用胳膊挡着脸吃了她的奶。她自己的小崽子打着滚儿冲我尖叫,可她觉得舒坦了,躺着直哼哼。最后,我也吃醉了,晕倒在那儿。

"我是让磨坊主的叫喊给吵醒的。他女儿哭了,他就生气,欺负她,赶她出来喂猪。她弯腰挑着扁担过来了。她来到猪棚门口,发现门栓断了,吓得站在那里。听到猪哼哼,她才小心地走过来。我一把搂住她,用手捂住她的嘴。她在我怀里挣扎起来,我的心噗通噗通直跳。后来她认出了是我,她倒在我胳膊上，但把脸转过去，让我吻了她的脖子。眼泪模糊了我的眼睛，我不知道是为什么，还以为是马踢伤的嘴巴疼得我掉眼泪呢。

"'他们会杀了你，'她低声说。

"'不，'我回答。

"她轻声哭着把我的头抱在怀里，亲我，她的眼泪弄湿了我，暖和的头发蹭着我，让我浑身都温暖了起来。

"'我不会离开这里，'我说，'给我一把刀，我保护我自己。'

"'不，'她哭了，'啊，不嘛！'

"她走后，我躺下，手压住她刚刚贴过的胸膛，孤独比饥饿还难忍。

"后来，她又来了，我看到她在门口弯着腰，提着一盏提灯。她的眼睛在披散下来的红头发后面看着我，我感到我怕她。不过她这次来是送吃的来的。我们一起坐在昏暗的灯光里，我还时不时会颤抖，嗓子就是咽不下东西去。

"'如果，'我说，'我吃你给我带来了这些吃食，我就能睡觉，直到有人找到我。'

"然后，她拿走了其余的肉。

"'为什么，'我说，'我不应该吃吗？'她眼里含着恐惧的泪水看着我。

"'为什么？'我说，但她还是没有回答，我吻了她，可我那受了伤的嘴真让我恼火。

"'这是我的血，'我说，'粘到了你嘴上。'她光洁的手擦擦她的嘴唇，看看手，然后看着我。

"'离开我，'我说，'我累了。'她就起身离开我。

"'但是带刀来，'我说。她举着提灯靠近我的脸，像是看一幅画儿。

"'你看我的样子，'她说，'就像一头上了绑的牛犊等着挨宰。你的眼睛黑黑的，瞪得大大的。'

"'我会睡，'我说，'但很快就会醒来的。'

"'别在这儿待着，'她说。

"'可我不能睡在林子里啊,'我实话实说道,'我害怕,我宁可怕人和狗的声音,也不愿听树林里的声音。给我拿刀来,明天一早我就走。我现在可不能一个人走。'

"'搜找你的人会抓到你的,'她说。

"'给我一把刀就行,'我回答。

"'哎呀,走吧,'她哭了。

"'不,现在——我不'

"她举起了提灯,照亮了她自己的脸和我的脸。她蓝色眼睛里泪水已经干了。我把她搂住,她是我的人。

"'我会再来的,'她说。

"她去了,我双手抱在胸前,躺下睡了。

"我醒来时,发现是她疯狂地把我摇晃醒的。

"'我做梦了,'我说,'梦见一大坨东西,仿佛它是一座小山,压在我身上,高高地悬在我头上。'

"她给我披上斗篷,给了我一把猎刀和一包吃的,还有什么别的东西我没注意。她把提灯藏在自己的斗篷里面。

"'咱们走吧,'她说,我就盲目地跟着她。

"我来到寒冷的外面时,有人摸我的脸和我的头发。

"'哈!'我叫道,'谁呀?'她使劲抱住我,让我别出声。

"'有人摸我了,'我大声地说,我仍然昏昏欲睡着呢。

"'哦,嘘!'她叫道,'是下雪了。'房子里的狗开始汪汪叫。她在前面跑,我跟着她。来到浅滩上,她飞快地跑了过去,可我却踩破了冰面。这下我才知道我是在哪里。是雪花扑打着我的脸。要是林子里的话,那里可是既没风,也没有雪。

"'你听,'我对她说,'听,我还半睡着没清醒过来呢。'

"'我听到头顶上有什么在嚎叫,'她回答,'我听到林子里像有蝙蝠在吱

吱叫。'

"'把你的手给我,'我说。

"我们一边走一边听到很多东西叫。一忽儿我们面前出现了一个白东西,她吓得大叫起来。

"'不,'我说,'别松开我的手,'很快我们就过了雪地,从那以后她再也没有害怕过。

"'你一拉我的胳膊,'我生气地说,'就碰疼了我肩膀上的鞭伤。'

"那以后她就在我身边跑,像小鹿跟着鹿妈妈跑一样。

"'我们要跑过山谷,再过河,'我说。'然后我们踩着冰面钻进深山里去,跟逃犯们在一起。狼都从这一带被赶走了,它们追着鹿群进山。'

"我们说话间就来到飘着大雪的一片闪闪发光的地方。

"'啊!'她惊讶地大叫起来。

"那会儿我觉得我们已经跨过了边界进入了仙境,我不再是人了。我怎么知道大雪中都有什么样的眼睛在冲着我发光呢,空气中都有什么样的精灵?我就等着,看会发生什么。把她都给忘了,忘了她就在那里。我只是感到那些精灵在我身边盘旋叫唤着。

"她就抱着我,一个劲地亲我,那个时候,就是有什么狗、什么人或者魔鬼来害我们都害不成,她会不顾一切拼命的。然后我们冲着雪地上的彩色影子走过去。我们发现自己来到了一扇明亮的门前,那里的彩色光芒照在雪地上,和白雪混在一起了。玛莎从来没有见过这样的地方,我也没有。这扇门闪着美丽的红光,像火一样。我们惊呆了。

"'这是仙境',她说。待了一会儿又说:'谁能抓住这样的——啊,不能!'

"红的和蓝的光柱穿过了漫天的雪。

"能有这样一点点光,就像一朵小红花,只要一点点,像木莓的猩红色,戴在胸前,那她就是圣母玛利亚。'

"我甩掉我的斗篷,甩掉累赘,朝着那阴影爬上去。我先是站在石头沿儿上，然后是踩着厚厚的积雪，我朝上爬。我的手上有红有蓝，可我无法把这颜色弄下来，就像蛾子翅膀的颜色一样，可那颜色在我手上呢，它还在越下越大的雪花中飞来飞去。我高高地站在一个冻僵了的男人的头上，向更高处伸出我的手去。我摸到了那明亮的东西，觉得它很凉。我想把它摘下来，可摘不下来。她在下面哭了，让我回到她身边去。我摸到了一个棱儿，我就用我的刀砸它，就在那片红光中砸开了一片豁口，透过豁口，我看到下面一张张吓得惨白的天使的脸，哀伤地朝上看着。他们都有两张脸，发型是圆的。我就一把抓住那闪闪发光的红色，揪住它。可我脚下那个冰冷的男人沉下去了。我觉得我掉到了雪地上，摔得粉碎。

"很快我就站了起来，我们朝着小河跑去。跑到光滑的冰道上后我们就放心了。能这么顺当地走，就跟休息一样。可是身边狂风大作，雪刮了我们一身，刮得我们东倒西歪的。我拉着她，她就在风中忽忽悠悠着顶风跑。慢慢的，雪小了，林子里也不刮风了。我不那么累了，也不冷了。只是觉得四周一片漆黑，头上一道惨白，月亮在我们前边走。我觉得月亮在从我身边走开，感到很多树在我身边转啊转，转得我眼花缭乱，感到我肩膀上的伤口疼，感到我拉着她的胳膊要折了。我就那么追着月亮走，顺着小河走下去，因为我知道哪儿有水哪儿就有逃犯们的屋子。可她却不声不响地倒了下去。

"我把她扶起来，爬上河岸，岸上落叶松沙沙作响，脚下是干树枝，树枝上布满了疙疙瘩瘩的干松汁。我拖着她进了林子里，把她放下。我折下一些毛茸茸的树枝垫在下面，我就抱着她在干树枝上迷迷糊糊过了一夜。我搂着她，用自己的身体护着她，她就像一颗果仁包在壳子里那样。

"天亮了，我给冻醒了，我呻吟着，可是看到我胳膊上那一团红头发，我的心就热乎。我看着她，她睁开眼睛也看着我的眼睛，她笑了，笑容里透着害怕。她像是掉在了陷阱里似的，又把头缩回去了。

"'我们有没有打火石？'我说。

"'有，在荷包里，有燧石、打火镰和火绒盒，'她回答。

"'上帝都会祝福你的,'我说。

"在一个空地方,我点燃了落叶松枝,她是怕我,在边上走来走去,但不过来。

"'来吧,'我说,'咱们吃点东西。'

"'你的脸,'她说,'沾满了血。'

"我撩开我的斗篷。

"'来吧,'我说,'你冻坏了都。'

"我抓了一捧雪,用雪擦脸,然后在斗篷上擦干我得手。

"'我的脸上没血污了,你不用再怕我。过来吧,坐在我身边吃。'

"我切冷面包时,她猛然就抱住了我,亲我。她蹲在我面前,抱住我的膝盖,哭了。她把脸贴在我脚上,她的头发散开,跟火一样。我对这女人弄不懂了。'别这样,'我叫道。听到我的话,她抬起头看我。'别,'我叫着,眼泪都下来了。她的头贴在我胸口上,我的眼泪就涌上来,流了一脸,流到她头发上,像雨水一样打湿了她的头发。

"然后,我想起那天夜里的彩色光,就从怀里掏出那东西来。可我发现它又黑又粗糙。

"'啊,'我说,'这真神奇。'

"'黑石头!'她惊讶地说。

"'这是前晚的红光。'我说。

"'这是魔术,'她回答。

"'我扔掉它吧?'我说着举起石头,'要怕,我就扔了它吧?'

"'它红了,亮了!'她大叫。

"'这是一块血石,'我回答说,'它会伤害我们,让我们死在血泊里。'

"'把它给我,'她叫道。

"'这是我的血,'我说。

"'给我,'她低声要求道。

"我说：'这是我的生命石。'

"'给我，'她恳求道。

"我给了她，她举起这石头，笑着，冲我笑着，向我伸开双臂。我和她嘴对嘴亲着，亲她雪白的脖子。她没有退缩，只是开心得浑身发抖。

"后来我们醒了，林子黑了下来，火灭了，我们睁开眼，朝上看，感到是淹没在树梢上浓浓的光中了。叫醒我们的是狼的嗥叫声。"

*　　　*　　　*　　　*

"不过，"牧师突然站起身说，"从那以后，他们过得很幸福。"

"不会吧，"我说。

鹅　市①

一

　　走过黄昏，走过鹅市前夜火把的光影，走过次日黎明时分凝重的晨雾，成群结队的鹅迈着疲惫的脚步蹒跚而至。人们给可怜的鹅掌上都抹了沥青，算是给它们穿上了鞋，好走路。鹅群顺着石子路断断续续进了城。下午最后来的是一位村姑，赶着十二只鹅。她显得闷闷不乐，因为她姗姗来迟了。这姑娘身架粗大，皮肤白皙，模样还算周正，但说不上漂亮。她需要好好雕琢雕琢，否则线条就显得粗了点儿。可能是累的，她耷拉着眼皮，让人看着不舒服。她冲磨磨蹭蹭的鹅群吼着，鼻音挺重。其中一只傻乎乎的鹅一屁股蹲在路边的地沟旁不走了，那模样儿挺可笑但也怪可怜的：瞧它，扬着头蹲在那儿，任凭那姑娘的脚怎么踢，它就是不动弹。姑娘大声骂着，然后提溜起那怨声载道的家伙，赶着另外十一只可怜的东西朝前闷头赶路。

　　没人注意到她。这个午后，女人们没有像往常那样坐在门槛上缝着棉长筒

①　这篇小说的初稿出自劳伦斯的第二任女友露易·布罗斯（Louie Burrows）之手，后由劳伦斯重写并发表在 1910 年的《英国评论》第四期上。1914 年又对此进行了重大修改。鹅市即鹅成熟的季节里以贩卖鹅为主的集市，在 1870 年代诺丁汉的鹅市每次都要举办十天。以后鹅市逐渐演变成一种娱乐活动。法律规定每年 10 月的第一个星期四开市，为期三至四天。

袜①或双手飞快地翻腾着一摞摞的白花边儿②闲聊。高大的黑房子里，织袜机不再发出"嚓—咔—嗒—嘣，嚓—咔—嗒—嘣，吡—吡吡"的叫声。她拖着步子走到霍勒斯通街，从鹅市上回来的人们拿她开涮，问她几点了。她没有回答，冲他们直甩脸子。花边市场街安静得像安息日，连门上的铜招牌都因着人气不旺显得黯淡无光。这里似乎弥漫着午后愤愤然的气氛。这女子在景象凄凉的一座大货仓前站了站，这里曾经被大火吞噬过。她看看那倾斜着要倒塌的墙，又看看墙下她那群摇摇摆摆的白鹅浑然不知痛苦的样子。如果那墙结结实实倒在鹅身上，她肯定会大笑起来，庆幸自己终于摆脱它们呢。不过那墙终归是没有倒塌的，所以她还得穿过街道，在安全的这一边急追着她的鹅们。这时她的脸色变得更加不好看。她可是知道什么是买卖交易，那是最可恨的敌人。它伸出它的手来关了工厂的门，让织袜子的工人丢了岗位，织了一半的网就那么半途而废了；是买卖交易这东西神秘地堵塞了小小的财源，它甚至比瘟疫还黑暗神秘，竟然让一城的人挨饿。开市的第一天下午，鹅市上笼罩着不景气的阴郁气氛，这个女孩子在这样的下午带着十一只好鹅和一只瘸腿鹅朝家禽街③大步走去，她要去卖鹅。

这全怨法国人！大伙儿都这么说，尽管谁也弄不清是怎么一回事儿。反正法国跟普鲁士交恶④，吃了败仗，打那以后诺丁汉的买卖就不好做了！

淡淡的雾霭开始弥漫起来，黄昏降临了。随之集市上的人们点起了火把，

---

① 将机织的定型棉布片缝成长筒袜。这类活计一般由工厂外包给女人们干。在《儿子与情人》的第二章中，缝一打袜子的工钱是两个半便士。当时二十个便士为一镑，劳伦斯当小学教师的年薪是九十五镑。

② 这里指抽花边线，即将缝住机制花边的线拆开。此景在《儿子与情人》第十章中有描写。

③ 这是一条真实的街，位于诺丁汉中心广场的南端。前面提到的两条街位于东面不远处的花边生产和交易区内。

④ 指 1870—1871 年间的普法战争。

嘴里骂着该死的夜晚。这女孩子还坐在家禽街上，她那群没卖出的鹅无精打采地待在铺了石子的地上。旁边的一个男人是卖兔子和鸽子等活物的，他摊儿上的油灯亮着，发出"呲呲"的响声。

二

在城里另一个地方，靠近斯内顿教堂，另一个姑娘站在门外朝黑夜里打量着。她高高的个子，身材苗条，打扮得一丝不苟，显示出她颇有教养。她的头发样式挺简单，衬着轮廓清晰、面色苍白的脸盘儿。她微欠着身子朝街上望着，倾听着街上的动静儿。她极力装出是不经意来到门边的样子来，不过她在门口一再徘徊，一听到有脚步声，就立即站直了身子。可是过来的不过是个寻常男人，于是她立即傲慢地挺直腰板儿，面带微笑朝他头顶上方眺望。那人止步不前，透过开着的门瞟了一眼让深红色的灯光照得亮堂堂的客厅，又看看灯前这身着棕色绸衣站得直直的苗条姑娘。不过那姑娘朝他头顶上方眺望着。于是他便从她眼皮下走了过去。

一会儿，她浑身一震，开始猜测起来。又有人从马路那边过来了。她跑下台阶去，举止颇有节制地迎上去，快言快语但吐字清晰："威尔！我还以为你去集市上了呢。我出来听听动静儿，真以为你去了呢。进来吧，嗯？"她不安地等了一会儿。"我们都等你来吃晚饭呢，"她满心渴望地又加了一句。

那男人长着一张方脸盘儿，说起话来上嘴唇朝上斜翘。他犹豫了片刻才慢吞吞拿腔拿调地调侃起来：

"我万分抱歉，真的，露易丝。不好意思。我得去看看厂里怎么样。谋事在人，成事在魔鬼。①"他调侃着在黑暗中转过身去。

"倒也是，威尔！"女孩儿十分失望地说。

_____

① 源自成语 Man proposes，God disposes（谋事在人，成事在天）。

"真的，露易丝！我都快疯了。可我得去干事儿。他们可能开始躁动了，你知道的，"他冲集市那边扬扬下巴说。"那群挑事儿的①人闹腾起来怎么办？！他们干起活儿来都有点没头没脑的了，弄不好他们都敢放火——"

"威尔，可别这么想——！"姑娘大叫着，很是浪漫地把手搭在他胳膊上，扬起头诚挚地看着他。

"我爸不放心，"他表情沉重地垂首看着她说。他们如此这般地对视了一会儿，他又说：

"我倒是可以待上一会儿。一个小时没有问题，我想。"

她诚恳地看着他，以半是失落半是坚定的口吻说："不，威尔，你得走。你最好走——"

"真不凑巧！"他喃言着无所适从。随后，他看看街上没有别人，伸手便搂住她的腰，欲语还休道："你好吗？"

她让他搂了一会儿，他亲了她，那架势倒像是他害怕自己的举动似的。他们俩都感到不自在。

"那就——！"他终于说道。

"那就再见了！"她说着松开了他让他走。

他在她身边又磨叽了一会儿，似乎是不好意思。随后也说了句"再见"就扭头走了。她听着他的脚步声渐渐远了，这才打起精神转身回了屋。

"嘿！"她走近饭厅时父亲正看报纸，他抬起头瞟了她一眼冲她打招呼。"怎么了？"

"哦，没什么，"她声调平静地说。"威尔今天晚上不来吃晚饭了。"

"怎么，他去集市上了？"

"那倒不是。"

"嗬！那他忙什么去了？"

---

① the Lambs，指的是受雇以暴力、威胁和骚乱手段扰乱选举的人。

露易丝看看父亲回答说：

"他是去厂子里了。他们怕工人们闹事儿。"

她父亲凝视着她。

"那，那好哇！"他模棱两可地说。然后他们坐下吃晚饭了。

三

露易丝早早地回了闺房。她卧室里生着火呢。她拉上窗帘儿，然后撩开一条缝隙，看外面的夜色。她看到的只是茫茫夜雾，连集市上的灯火都看不大清，不过倒是有微弱的喧闹声远远地传过来。虽说看不见什么，但她能模模糊糊地看到自己影子。她走到梳妆台前，把脸朝镜子凑过去瞧着自己。她这样看了好一阵子，然后站起身，换上睡衣，拿起一本《芝麻与百合》①读起来。

半夜里她被家里的一阵稀里哗啦声吵醒了。她坐起来，听到来回走动的急促脚步声和焦急的说话声。她穿上睡袍，出去到母亲的房里。她看到母亲正站在楼梯口上，便快言快语但口齿清晰地问：

"妈，怎么了？"

"哦，孩子，别问我！上床去，去呀！非把我急死不可。"

"妈，怎么了嘛？"露易丝厉声道。

"你爸不去就好了。我可是认真的啊。他本来就感着冒呢。"

"妈，告诉我到底怎么了？"说着她挽起母亲的手臂。

"是谢尔比家的厂子出事了。我还以为你听到救火车的叫声了呢。杰克那会子还没到厂里呢。咱们家的厂可别出事儿呀！"

露易丝回到闺房穿戴停当，将头上的辫子盘起，穿上大衣就出了家门。

---

① *Sesame and Lilies* by John Ruskin，出版于 1871 年的罗斯金演说集，话题包括优良举止、图书与阅读和妇女教育问题。

她急匆匆地朝下等城区赶去，路边的树上在往下滴着雾水。走近时，她看到雾气沼沼的天上闪着火光，禁不住紧紧地咬住嘴唇。她紧赶几步走进人群里，扬起瘦削高贵的脸盯着火势。随后她发狂地看着人群中被火光映红的脸，看到了父亲，便急火火地朝他挤过去。

"哦，爸爸，他没事儿吧？威尔他——？"

"没事儿，怎么会有事儿呢？你不用来这儿。来，这是辛普森，他会送你回家的。我的烦心事儿多着呢，我得看着我自己的厂子。回家去，你在这儿我什么也干不成。"

"你看见威尔了吗？"她问。

"回家去，辛普森，你马上送露易丝小姐回去，这就走！"

"您真不知道他在哪儿吗，爸爸？"

"这就回家去，我这儿不需要你，"父亲专横地命令道。

泪水涌上了露易丝的眼睛。她看看大火，吓得她眼中的泪水立马就干涸了。大火仍在往上蹿着，这神奇的大火甚至让她忘了生父亲的气，忘了他是怎么轻视她和她的情人了。随着一阵木头的碎裂声，二楼塌了，呼啦啦陷入熊熊烈焰中，随之火舌朝四面八方喷射，把围观的人吓得心惊胆战。她眼看着机器上的钢条烧得白热，烧得歪七扭八。地板一块接一块塌落了，随着木头架子烧断，烧红了的机器稀里哗啦掉了下来。空气变得令人窒息。天上的雾气被大火吞噬了，火舌向上喷着似乎要将夜空燃烧。时不时的会有一块块缠花边用的纸板冒着火盘旋着飞上天空。待在这升腾的火海边实在危险。

头发花白的老辛普森是巴克斯顿公司的经理，露易丝一转过脸来听他解释，他就把她拉走。这个矮墩墩的老头子脾气暴着呢。他所向披靡地在人群中挤出一条路来，露易丝自顾昂着头紧闭双唇跟随着他往外走。他领着她走了好一阵子，一直一言不发。后来他终于忍不住爆发了：

"他们想怎么着？他们能怎么着？他们甭想熬过这段倒霉的日子。他们呼地蹿起来，像蘑菇一样，蹿得房子那么高，可心里是空的，站不稳。我还记得威廉姆·谢尔比给我跑腿那阵子。不错，有些人能吃小亏占大便宜，有些人还能空手套白狼呢，可早晚他们会发现这行不通。威廉姆·谢尔比一天就发了，可他一宿也就灭了。你不能只想着交好运。没准儿呀，他还觉得这场火是福呢，反正他的买卖也快不行了。不过人不能这么容易就解了套儿。这种人多了去了。不能这样儿，真的。可着火是我最不希望的事儿，盼啥咱也不盼这个呀！"

露易丝急匆匆地走着，把这气喘吁吁的悲伤经理带到了自家门口。她受不了他如此唠叨。好半天也没有人来为他们开门。露易丝跑上楼，发现母亲穿戴整齐可扣子又都解开了，她因为心跳过速倒在女儿屋里的椅子上忍着，那本《芝麻与百合》被她压扁了。露易丝给她喝了些白兰地，女儿坚定的口气和果断的举止使得这善良的老媪基本上恢复了常态并返回了她自己的卧室。

随后露易丝锁上了自己闺房的门。她瞟了一眼镜中自己被火熏黑的脸，把压扁了的罗斯金那本书从椅子上拿开，坐下就抽搭起来。啜泣了一会儿，她镇静下来，站起身用海绵擦拭自己的脸。在这个生死攸关的晚上，她准备休息了。不过她不是去睡，而是从乱糟糟的床上扯了一条绸被子把自己裹起来，坐在床上痛苦地想事儿。已经是半夜两点了。

四

露易丝醒来时，炉火已经熄了，炉架上满是冷灰。晦暗的晨光从半开着的窗帘中悄然而入，有点羞羞答答的。头一动就疼，她的脖子麻了。这女子一觉醒来，脑子里全是昨天的事儿。她叹口气，振作一下精神，将被子裹得更紧了。一时间她坐着想得出了神。她脸色苍白，悲痛无奈，这使得她的脸看上去像一副面具。她还记得当她打听自己的恋人是否安全时，父亲的回答是那么恼怒——"没事儿，怎么会有事儿呢？"她明白他是怀疑厂子里有人故意放火。他可是从来都不喜欢威尔。可是，可是——露易丝的心重得像坠着铅块儿。她觉得她的恋人是有罪的，又觉得自己必须隐瞒他上次跟她说的秘密。她感到自己正受着盘问——"你最后一次是什么时候见到这个男人的？"但是她要保守秘密，不能透露他说去看看工厂的话。真无聊，现在又变得那么可怕。她的生活算是毁了，什么都无所谓了。她必须要表现得有尊严，从此认命。即便威尔不受到谴责，他也是有罪的，她明白这一点。她知道他们之间算是完了。

　　黎明时分，外面仍弥漫着黄色的雾霭。露易丝在她的盥洗室里木然地打扮着，恍惚觉得她得挣扎着在惨淡的尘雾里度日。在这个不可思议的时候，她强烈地渴望摆脱掉浑身疲惫的桎梏，投入到遥远的东方黎明的光芒与温暖之中，那里有个身影模糊的恋人在等待着。在想象中很容易愉快地迈开步伐离开另一个晦暗潮湿的世俗黎明，一往无前地跨入永恒的晨光中去。可谁又能躲过自己的背字呢？于是露易丝重复着无聊的穿戴过程，最终她令这无聊的动作变得有了意义：她穿上自己的黑衣服，在领口别上一枚黑色的胸针。

　　她走下楼梯时，发现父亲正吃着羊排。她快步走上前吻了他的额头，然后退到饭桌的另一头。父亲看上去很是疲惫，甚至有些憔悴。

　　"你起得很早啊，"他沉默片刻才说。露易丝没有回答。她父亲又吃了一会儿才说：

　　"吃一块儿吧，来一块儿！按铃儿要一只热盘子来。呃，什么？为什么不吃？"

　　露易丝受了伤害，但她不动声色。她坐下，端起了一杯咖啡，一点要吃东西的意思都没有。她父亲正聚精会神地吃着，早忘了她了。

　　"咱们家杰克还没有回来呢，"他开口了。

　　露易丝为之微微一振，"还没有吗？"

　　"没有。"一阵沉默。露易丝感到害怕了。难道她弟弟也出事了？这种恐惧离她更近，也更令她烦恼。

　　"谢尔比家的厂子清理了，毁了。我们差点儿就跟着——"

　　"您没损失什么吧，爹爹？"

"没什么。"又沉默片刻父亲说："我再穷也不当威廉姆·谢尔比。话说回来了，这也许就是运气不好——这你不懂。但不管怎么样，我怎么也不想在放火的名单上再加一个人。着火时谢尔比还在'乔治酒馆'呢，不知道那孩子在哪儿——！"

"爸，"露易丝冲口道，"您干吗说话那个味儿的？好像是威尔干的似的。"她的话戛然而止。父亲看着她苍白木然的脸道：

"我没那个意思啊。我连想都没这么想过。"

露易丝感到自己要哭出声来了，便起身出了屋。她父亲叹了口气，然后胳膊肘拄在膝盖上冲着火炉子轻轻地吹了一声口哨儿。他此时脑子里并没有想她。

露易丝下到厨房里叫前厅的女仆露茜跟她一起出去。她还是有点缩手缩脚的不愿独自出门，怕别人死盯着她看。现在她有一种不可抗拒的冲动，要去那惨剧发生的地点看看，得出自己的结论来。

这年轻女子和女仆出门上了街时，各个教堂钟声齐鸣，八点半了。靠近集市的地方，皮肤黝黑、下肢细弱的男人们正滚着一桶桶的水朝市场那边去。而那些眉毛浓重、身着天鹅绒紧身衣的吉普赛女人则提着牛奶罐、大铜水罐、面包条和早餐包在便道上匆匆而过。人们刚刚起床，在那些穷街陋巷里，家家户户在往门外的石子路上泼着剩茶叶。这时，露易丝身后楼上一把茶壶掉下来摔碎了，她闻声回身朝上看，看到上面的窗口露出一个醉眼迷离的男人的脸，正哆哆嗦嗦傻乎乎地盯着他的茶壶呢。她猜这个男人说不定想谋害她呢，想到生活如此悲哀，她走着走着禁不住浑身发起抖来。

在这个阴沉的十月早上，烧毁的工厂黑乎乎一片令人毛骨悚然。窗框子全烧得七扭八歪，残垣断壁一片。厂内则是一片废墟瓦砾：红锈斑斑的铁器看上去仍然很烫；木头烧成了炭，黑亮黑亮的；水湿的废物堆上还冒着缕缕青烟呢。露易丝站在那里看着。这一切要是他干的，就让他烧死在这儿，烧成灰，彻底消失算了！这么想想她感到心里好受多了。看来他只能永远活在她心中了。

那心地善良的娇小女仆在她身边忧伤地絮叨着。沉默片刻，她突然惊叫起来：

"呀，那不是杰克先生吗？"

露易丝猛然转回身，看到她弟弟正同她的情人一起朝她走过来。这两个人都一身泥土，衣冠不整。十来个小时没见到威尔了，他的眼眶子都青肿了。露易丝看到他们过来，脸色变得煞白。他们脸色阴沉地看着工厂，一时间没顾上看姑娘们。

"那要不是我家露易丝才怪呢！"杰克叫着，这个混蛋还喘着大气打保票呢。

"天呢！"另一个人厌恶地叫着。

"杰克，你上哪儿去了？"露易丝心疼地叫着，并不看她的情人。她如此声色俱厉，弄得她的情人不得不装疯卖傻替自己开脱。

"去监狱了呗，"她弟弟说着露出一脸疲惫的笑容。

"杰克！"姐姐厉声道。

"真的嘛。"

威尔·谢尔比在地上搓着鞋笑了，他把脸转过去，不让她看到他的乌眼儿青。她瞟了他一眼。他感到了她的极度愤怒和轻蔑，便鼓起勇气直视着她，颇为嘲讽地笑了。不幸的是，他的笑容并不能掩饰他青肿的眼，那模样依旧阴森可怕。

"我是不是看上去挺好看的？"他问，嘴巴令人厌恶地咧着。

"太好看了！"她说。

"我觉得也是嘛，"他说。说着他扭脸看着毁坏了的父亲的工厂，心里一阵痛苦难过。那女子站在那儿居然跟没事人儿似的！哦，上帝啊，他感到厌恶。随之他转身回家去了。

三个人一块儿走着，露易丝生着闷气。她弟弟疲惫紧张不堪，但嘴还不闲着，自顾自地没完没了地絮叨着。

"我们闹着玩儿来着！我们遇上了鲍伯·奥斯本和弗莱迪·曼瑟尔，他们也上家禽街来了。那儿有个卖鹅的姑娘，坐在那儿就像会叮人的虫子，像泥捏的，她和她的鹅。是威尔出的主意。他给了她三个便士，请她开始逗鹅玩儿。她骂了他，骂了他一句什么，这时就有个人把一只公鹅杵了过来激他，另一个人就往他眼里喷水。他站起来大骂，就惹了麻烦。嘿！我们把那些拿着喷壶和小鞭子的鸟东西们给打退了，我们自个儿也差点儿玩儿完。老天爷！那些傻瓜们，真有两下子，他们简直是昏了头，直冲我们杀将过来，打得一塌糊涂。实在好玩儿，你从来没见过吧？然后那个女孩儿站起来，照着一个人的下巴颏儿就是一拳，接着又打我们。最后，比利一把搂住了她的腰——"

"哦，行了！"威尔痛苦地叫起来。

杰克看看他，苦笑一下接着说："我们说我们要买她的鹅，就一人抓了一只，他们拦着不让，我们就围着市场转起圈儿来，比利跟那女孩儿走在前头。那些大笨鹅则呱呱叫着乱飞。哼，我以为我非给折腾死不可。后来我们想让那个女孩儿把鹅收回去，她一听就火儿了。她拉了另一伙儿人给她助阵，接着又是好一场乱打。那女孩儿拼命打威尔，要跟他拼命。就是她打了威尔一个乌眼儿青，我们也拼了，真的，打得稀里哗啦，好玩儿极了，后来就来了警察把我们抓了起来。我不知道那女孩儿后来怎么样了。"

露易丝看看这两个男人。她脸上毫无笑容，倒是她身后的女仆咯咯窃笑。威尔难过得什么似的，一个劲儿地看着女友和毁坏的工厂。

"爸爸怎么受得了哇？"他痛心地问，但声音很是谦卑。

"我不知道，"她冷冷地回答说。"父亲很不好过。我相信大家都认为是你放的火。"

露易丝在控制着自己的情绪。她已经给了他一击。她控制着情绪冷冷地责备了他，一时间因为彻底报复了他而暗自得意。他满身满脸脏乎乎的，没个人样儿，狼狈不堪。

"嗨，那是他们弄错了，"说着，他嘴唇向上翻了翻。

他们莫名其妙地并肩走到一起，似乎他们相互属于对方了。她是他良心的守护人。她还远没有原谅他呢，但又很舍不得放他走。他走在她身边，像个小孩子，好像在等着处罚后赦免。他顺从了她，但他翻起嘴唇的样子却透着十足的痛苦和不屑。

受伤的矿工

　　他配不上她，大伙儿都这么说。可她不后悔嫁给了他。他十九岁上就来求婚了，那会儿她二十。他是人们称之为精瘦的小个子那种人，矮个儿，黑皮肤，一脸的热情，昂着头，挺着胸，走起路来神气活现，让人想起一只交尾季节的鸟儿，浑身紧绷绷的充满活力。他是个好样儿的工人，在矿上挣着一份优厚的薪水。他家境不错，攒下了点儿钱。

　　她是"高地"餐厅的厨娘，高挑个儿，皮肤白皙，文文静静的。霍斯普在街上看到她，就开始在她身后尾随，从此对她紧追不放。他不喝酒，人也不懒惰，尽管有点头脑简单不算聪明，但浑身充满了活力。她掂量了掂量，还是答应跟了他。

　　他们婚后就搬到斯卡基尔街住了。那座很像样的宅子有六间房，装修是他们自己做的。这条街沿着长长的陡坡而建，街道很窄，不像街道，倒像隧道。房子的背面俯瞰着邻近的牧场，那是一片宽阔的谷地，有农田，有树林，谷地的底部是煤矿。

　　他在自己的家里俨然是一家之主。而她对矿工的生活方式则一点也不熟悉。他们是周六晚上结的婚，可周日晚上他就说：

　　"把我的早饭摆在桌上，把我下井用的东西都放在火炉跟前。我得五点半就起来。你什么时候想起再起来。"

　　他教她怎么用报纸铺在桌上当桌布。她刚一表示不同意，他就说：

　　"大清早儿的我可不要你的白桌布。我让你凑合你就得学会凑合。"

　　他把他的厚毛头布裤子、干净的背心或者说是厚法兰绒坎肩儿、一双长袜子和井下穿的靴子——摆放在炉前烤热了，以备明早穿。

"你看明白了？每天晚上都得这么准备。"

五点半他离开了她，根本没说句再见，穿着衬衫就下楼去了。

他下午四点回到家里时，晚饭已经给他准备好了。他一进来就把她吓了一跳：一个矮小健壮的人，脸上一条条的黑道子，黑得难以形容。她身着白罩衫，围着白围裙站在炉前，白白净净的，纯粹是一幅美人图。他穿着沉重的靴子笨重地走了进来。

"今儿过得怎么样？"他问。

"我准备好了，就等你回来呢，"她温柔地说。他一脸黑，棕色眼睛里的眼白冲她闪动着。

"我也盼着回来呢，"说着他把他的马口铁水壶和午饭包放在碗柜上，脱下外衣和坎肩儿，摘下围巾，拽过扶手椅坐在炉前。

"吃饭吧，我饿坏了，"他说。

"你要不要先洗洗呀？"

"洗什么洗？"

"唉，你不能这么就吃。"

"噢，得了吧，太太！我在井下不是也不洗就吃午饭？上哪儿洗去呀？"

她端上饭菜，坐在他对面。他一头一脸全是黑的，只有眼白还是白的，嘴唇是鲜红的。看到他张开红嘴唇露出白牙来吃饭，她感到心里不是滋味儿。他的胳膊和手上沾着一块一块的黑；他那壮实的脖子黑得不那么厉害，因为有领子挡着，这还让她心里舒坦点儿。屋里有一股井下的味道，让人难以说出是什么味儿，潮乎乎的呛人。

"你的小褂儿肩膀那块儿怎么那么黑呀？"

"我的坎肩儿？是顶子上往下滴答水闹的。这件是干的，我上来时换上的。那儿有几个大衣架，我们换好衣服就把湿的搭那上头晾干。"

他跪在炉前地毯上光着膀子洗起来，这样子令她又害怕起来。他一身的肌肉，似乎十分专注地干着自己的事，心无旁骛，就像一头健壮的动物。他站起来擦着身子，赤裸的胸脯正对着她，看到他粗壮的胳膊上鼓起的肌肉，她不禁感到有点厌恶。

不过他们总的来说还是幸福的。有这样的老婆他真是骄傲得什么似的。井下的男人们尽可以拿他开涮，尽可以想法子把他从老婆身边引走，但他们怎么也不能不让他为自己的老婆感到骄傲，什么也不能削弱他那近乎孩子般的满足感。晚上他坐在扶手椅中跟她聊天，有时听她念念报纸。天气好的时候，他会到街上去，像其他矿工们那样蹲在地上，背靠着自家客厅的墙根儿，和过路的人逐个儿打招呼。要是街上没有过路的，他会照旧心满意足地蹲着抽烟。家境这么富足，怎能不满足呢？这媳妇算是娶对了。

他们结婚还不到一年，布兰特和威尔伍德公司[1]的工人们就开始罢工了。威利参加了工会[2]的罢工，所以他们的日子开始紧巴起来。家具钱还没有付清，又欠了新债。她发愁，费尽了心思，他则把这些往她这边一推了事。不过他是个好丈夫，把自己挣的钱都交她管。

罢工闹了十五周才结束。回矿上工作还不到一年，威利就在井下事故中受了伤，膀胱破了。在巷道里，医生说要送医院。可这年轻人昏了头，疯狂地大叫起来，半是因为疼痛，半是因为怕上医院。

"你回家吧，威利，你应该回家去，"管事的说。

有个小伙子通知她准备好床。她二话没说，立马就铺好了床，可是当救护车到达时，她听到了他挪动时疼得直叫，她感到自己几乎要垮了。人们把他抬了进来。

"您应该把床支在厅里，太太，"管事的说，"那样等会儿我们就用不着费

---

① 这是个虚构的煤矿公司名。当年伊斯特伍德的矿业公司名称是 Barber Walker & Co.。

② 这里指诺丁汉郡矿工协会。协会的会员参加罢工可以得到每周十先令的罢工补贴，相当于一个矿工周薪的三分之一到四分之一，另外还给十三岁以下儿童每人一先令。

劲往楼上抬他了，也省得您上上下下地跑腿儿。"

现在说这话太晚了，他们已经把他抬上了楼。

"他们让我躺在那儿，露茜，"他叫着："让我在煤堆上躺了俩钟头才把我抬出了矿坑。疼，露茜，疼。哦，露茜，疼，疼死了！"

"我知道你疼得厉害，威利，我知道。不过你必须得忍着点儿。"

"你可不能这样儿，孩子，你媳妇儿心里受不了，"管事的说。

"我忍不住，疼，疼死了，"他又大叫着。他这辈子还没病过呢。他的手指头压碎了那回，他还敢看那伤口。可这回是从里到外的疼，把他吓坏了。疼到最后，他总算是消停了，疼得没力气了。

过了些时候她才给他脱了衣服给他洗洗身子。这种事他不让别的女人干，这种男人一般都挺羞涩。

他在床上一躺就是六周，疼得死去活来的。医生弄不大清他到底怎么回事，几乎不知所措。他能吃能喝，体重没轻，力气也没减，就是没完没了地疼，疼得他几乎走不了路。

到第六周上，全国大罢工开始了①。他开始早晨很早就起床坐在窗户边上。到罢工第二周的星期三，他像平时一样凝视着街上。这个脑袋圆乎乎的年轻人看上去仍旧精力充沛，可脸上却露出被追杀的恐慌表情。

"露茜，"他叫道，"露茜！"

听到他叫，一脸苍白和疲惫的她忙跑上楼。

"给我一块手绢儿，"他说。

"干吗，你不是有一块吗？"她说着靠近他。

"那块我不能碰，"他叫道。说着他在衣袋里摸索一阵掏出一块白手帕来。

"我不要白的，给我一块红的，"他说。

"要是有人来看到你这样多不好，"她说着给了他一块红手帕。

---

① 1912 年的全国煤矿工人大罢工要求最低工资和新的工资标准，从 2 月持续到 4 月。

"再说了，"她继续说道，"为这事儿你也没必要把我叫上来呀。"

"我肯定又该疼了，"他有点恐惧地说。

"不是那么回事儿，你知道的，不是，"她说。"医生说了，那是你想象那儿疼，其实并不疼。"

"我里边疼，难道我会没感觉？"他叫起来。

"山上下来一辆牵引机车，"她说。"那车会把他们驱散的。我这就去给你做布丁。"

她离开了他。牵引机车开过来了，震得房子直颤。车过去后街上安静下来了，但人们没有散去。街道中间，一群十五岁到二十五岁的小伙子们在玩弹子。另外一小群男人在人行道上玩着什么。街上的气氛很是阴沉。威利能听到男人们没完没了的叫声。

"你骗我！"

"没那事儿！"

"出那个鲜红的球儿。"

"我四换一。"

"别介，给我吧。"

他想出去，想去玩弹子。疼痛让他脑子变得不那么清醒了，几乎不知道控制自己。

不一会儿，又有一群人吊儿郎当地上了街。工会这个早上发钱，在原始卫理公会教堂发钱，每人都领到了半金镑硬币。①

"们儿！"有个声音在叫。"们儿！"

这是一种召唤人的叫法，可能是"哥们儿"叫顺了嘴就这么叫了。这声叫惊得威利差点从椅子中跳出来。

---

① 罢工补贴是在伊斯特伍德的原始卫理公会的学校教室里发。半金镑硬币是一个金币，价值十先令。

"哥们儿！"一个人粗声大气地叫着。"跟我去看诺队跟维拉队比赛不？①"

很多玩弹子的人都站了起来。

"啥时候啊？火车停了呀，②咱得走着去。"

街上因为有了这些男人而显得热闹起来。

"都谁去诺丁汉看比赛？"还是那个声音。叫喊者是个大块头的醉汉，帽子遮住了眼睛，一个劲儿地喊着。

"来呀，你们，都来呀！"众人大喊，满街筒子都回荡着男人们的叫喊。他们分成了好几拨儿，显得激动万分。

"诺队赢！"那大块头叫着。

"诺队赢！"小伙子们叫起来。他们喊得声嘶力竭。这些人，只需一声喊就能闹起来。细心的当局对此十分关注。

"我去，我去！"这伤员隔着窗户叫起来。

露茜忙跑上楼来。

"我要去看诺队跟维拉队在草场上比赛，"他宣称。

"你，你不能去。没有火车，你走不了九英里。"

"我就是要去看比赛，"他说着站起身来。

"你知道你不行。坐下安静会儿。"

她把手放在他身上。他则摆脱了她的手。

"让我一个人待着，让我一个人待着。是你弄得我伤口疼，就是你闹的。我要上诺丁汉看足球去。"

"坐下，让人们听见不定怎么说呢。"

"让我走。放开我。是她，是她闹的。让我走。"

他抓住她，小小的脑袋疯狂地晃着，像狮子一样强壮。

---

① 指 1912 年 3 月 13 日诺丁汉乡村队和阿斯顿·维拉队在诺丁汉举行的足球赛。

② 1912 年大罢工期间，北方和中部铁路公司的火车大多停运了。

"哦，威利！"她叫着。

"是她。是她。杀死她！"他叫着，"杀死她！"

"威利，人们会听见的。"

"又开始疼了，我告诉你吧，再疼我就杀了她！"

他完全丧失了理智。她跟他撕扯着，防止他往楼梯那里跑。她终于挣脱了不住地叫喊狂骂的威利，赶忙招呼那个二十四岁的邻居女孩儿，她正在街对面擦窗户呢。

伊瑟·麦勒[①]是一个富裕的计量员的女儿。听到叫声她害怕地从街对面朝霍斯普太太这边跑来。听到威利大喊大叫，人们都跑到街上来了。伊瑟疾步上了楼，发现这个新婚之家干干净净，井井有条。

威利在屋里摇摇晃晃地追着缓缓后退的露茜，喊叫着：

"杀死她！杀死她！"

"霍斯普先生！"伊瑟倚着床叫着，脸色如同床单一样煞白，身子颤抖着。"你在说什么呀？"

"我告诉你吧，是她把我弄疼的。告诉你吧，就是这么回事。杀死她，杀死她！"

"杀死霍斯普太太！"那颤抖的女孩儿叫着。"可你是那么喜欢她呀，你知道你喜欢她。"

"疼，我疼死了。我要杀了她。"

他说着说着平缓了下来。他坐下后，他老婆就瘫在了椅子里，无声地哭泣起来。泪水顺着伊瑟的脸流了下来。威利坐着，凝视着窗外。随之，原先那受伤的表情又出现在脸上了。

"我刚说什么了？"他问着，眼睛可怜巴巴地看着自己的老婆。

---

① 麦勒这个姓在劳伦斯家乡比较常见。日后劳伦斯在《查泰莱夫人的情人》中命名男主人公为麦勒斯。

"什么！"伊瑟说，"你是让什么鬼附体了，说'杀了她，杀了她！'"

"我说了吗，露茜？"他支吾着。

"你不知道你都说了些什么，"年轻的老婆轻柔但冷淡地说。

他一脸的气恼，咬着嘴唇哭出声来，面对着窗户哭得难以自持。

屋里三人哭成一团，抽抽搭搭的。突然，露茜一把抹干泪水，走到威利身边。

"你不知道你说了些什么，威利，我知道是这样的。我明白，你一直不知道。没关系，威利。只是别再这样了。"

过了一会儿大家都平静下来后，她同伊瑟一块儿下了楼。

"看看有没有人在街上看我们，"她说。

伊瑟走到厅里，透过窗帘缝朝街上窥视着。

"哎！"她说，"要命啊。琳娜和赛文太太在傻乎乎瞪着大眼盯着看呢，还有那个嚼舌根的阿尔索太太。"

"但愿她们没听到什么！要是传出去说他疯了，他们就要停发补贴，[①]我知道他们会这么干。"

"他们绝不会因为这个停发补贴的，"伊瑟反对说。

"反正他们停发过一些人的——"

"不会传出去的。我谁也不告诉。"

"哦，不过要是真传出去了，咱们可怎么办呢？……"

[①] 依照当时的英国工人补贴法案，不能因工人有精神病症而停发其补贴。法案中对此类情况有专门措施：补贴由照顾病人的亲属代领。但各地情况不同，伊斯特伍德可能会有停发情况发生。

施 洗

英国公学①的女校长走下学校大门的阶梯，平时都向左转，可这次却向右。还差五分钟就四点了，两个急忙往家赶着去给丈夫做晚饭的女人停下脚步瞅她。她们朝她的背影盯着看了一阵子，然后面面相觑，做个女人才做的鬼脸儿。

那个远去的身影着实有点可笑：她又瘦又小，头戴一顶黑草帽，一件粗粗拉拉的开司米外套把裙子整个裹着。如此一个衣着粗陋的弱小人儿却故作姿态地缓步前行，那几步走儿也显得荒唐。西尔达·罗伯坦姆还不到三十岁呢，这个年纪的人走起路来按说还不至于那么循规蹈矩的，她这样全是她的心脏病闹的。她脸盘儿不大，面带病容，不过还不算难看。她抬着头朝前看着，一路穿过市场，活像一只羽毛肮脏的黑天鹅。

她转身进了面包师伯尔曼的作坊。店铺里摆着面包和蛋糕，一袋子一袋子的面粉和燕麦片，一块一块的咸肉、火腿、猪油和香肠。那股杂味儿并不难闻。西尔达·罗伯坦姆站了好一会儿，照着柜台上的一把大刀又是敲又是推，眼睛盯着那高大闪光的铜秤。这下总算惊动了楼上的人，一个下巴上长着黄胡子的男人阴沉着脸下来了。

"干吗呀？"他问，并不为自己迟到抱歉。

"您能不能给我拿六便士的杂拌儿蛋糕和油酥点心，再加上几块杏仁饼？"她的话说得快，但显得有点紧张。她的两片嘴唇说起话来似风中的树叶子发

---

① 伊斯特伍德的英国公学是一所小学，由新教徒于 1874 年创办。

颤，吐字含混，就像有一群羊挤在门口往外拥。

"我们这儿没杏仁饼，"那男人态度生硬地说。

很明显他听清了那个字，干站着等她的反应。

"那我就吃不上了，伯尔曼先生。我真失望。我喜欢那些杏仁饼，这你知道，我可不怎么舍得吃。你不觉得人懒得娇惯自己吗？娇惯自己还不如娇惯别人呢。"她神经质地笑了一声便打住，连忙用一只手去遮脸。

"那，您要点儿什么呢？"那男人问，脸上一丝笑容都没有。很明显他并没有听她说，所以显得更加不快。

"哦，你有什么我就买什么吧，"女校长说着脸有点红了。那男人缓缓地晃悠着，从每只盘子里取了蛋糕，一块块地扔进纸袋里。

"您妹妹还好吗？"他问，似乎是在跟面粉勺子说话。

"您指的是哪个？"女校长马上问。

"最小的那个，"那脸色苍白的男人弯着腰不好意思地说。

"爱玛！哦，她挺好，谢谢你关心她。"女校长的脸红得什么似的，可话茬儿还是尖酸刻薄的。那男人哼了一声，把袋子递了过来，眼看着她出了店铺，连句"回头见"都没说。

她得穿过整条大街，有半英里长吧，慢慢地一步步挪着，她感到是在受折磨，羞得脸都红到了脖子根上。不过她还是提着白纸袋子，竭力显出无所谓的样子来。走进田野里，她似乎弯下了腰。她面前是宽阔的峡谷，远处的林子隐没在夕阳中。峡谷中间，巨大的矿井冒着白烟、喷着蒸汽，矿工们正从井下上来。一轮玫瑰红的满月就像一团烈焰飘浮在远处黄昏中的东方天际上，正从迷雾中浮出。这景色很美，将她心中的愠怒和哀愁着实化解了不少。

穿过田野，她就到家了。这是一座新盖的实惠村舍，造得一点都不小气，这种房子一个老矿工用自己的积蓄是造得起的。在小厨房里，一个黑脸女人正坐着照料白罩衫中的婴儿。另一个阴郁粗鲁的年轻女人站在桌旁切着面包和黄油，她一脸的萎靡卑微相儿，表情显得挺不自然，又有点儿莫名其妙的烦躁。她姐姐进来时她根本不回头看一眼。西尔达放下蛋糕袋子就出了屋，不跟爱玛说话，不搭理那婴儿，也不理会为下午的事来帮忙的卡琳小姐。

就在这时父亲从院子里端着一簸箕煤进来了。他是个大块头，但快散架子了。进门时他用空着的那只手抓住门想站稳，可一转身他还是打了个趔趄。他开始一块一块地往火上加煤。一大块煤从他手中掉下来，落在白净的炉前地毯上碎了。爱玛·罗伯坦姆扭头看看气得粗声大气地叫起来："你看看你！"随后她故意压低了嗓门儿道："我待会儿就扫了它，你就别麻烦了。让你弄，你还不得一头钻火里去？"

可父亲还是弯下腰清扫他掉的那堆东西，一边扫一边说："这讨厌的东西，愣从我手指头缝儿里掉出去了，跟小鱼儿似的。"口齿虽然不清可还不忘讨女儿的好。

他嘴上说着身子就朝炉子歪过去了。吓得那浓眉女人大叫一声。他的手忙去扶炉子以救自己一把。爱玛转身一把将他拉开了。

"我不是跟你说过吗！"她粗声粗气地叫着。"瞧瞧，烧了自己个儿没有？"

她紧紧地抓住比她高大的父亲，将他推进椅子里去。

"怎么了？"另一间房里传出一声尖叫。说话者露面了，是个二十八岁上下容貌姣美但态度生硬的女人。"爱玛，不能那么跟爸爸说话。"随后口气虽然不冷但话茬儿同样尖刻地说："瞧你，爸，你干吗呢？"

爱玛气哼哼地退到她的桌子边上去了。

"没，"老头儿遮遮掩掩地说："没什么。忙你的吧。"

"怕是燎着手了，"那黑眉毛的女人说，话音里半是训斥半是怜悯，像是在说一个惹事儿的孩子。伯莎握住老人的手看看，发出了不耐烦的"啧啧"声。

"爱玛，拿那管药膏来，还有几块儿白布，"她厉声命令道。妹妹忙放下切着的面包，刀子还插在里头，就转身走了。对一个敏感的旁观者来说，这种顺从比不从还让人难以忍受。那黑脸女人朝孩子弯下腰默默地像个母亲一样悉心照料那婴儿。小婴儿笑嘻嘻地在她腿上不停地扭来扭去。

"我说这孩子一准儿是饿了，"她说。"他上回吃东西是什么时候？"

"就在吃饭前，"爱玛蔫蔫儿地说。

"老天爷！"伯莎叫道。"既然有了孩子，就不能饿着他呀。我跟你说过，孩子两小时就得喂一次，可现在都三个小时了。抱过来，小可怜儿，我来切面包。"她弯下腰去看那孩子，不禁笑了，用自己的手指头捅捅他的脸蛋儿，冲他点点头，口中念念有词儿地叨叨着。然后她转身从妹妹手中接过面包条。那女人站起身把孩子交给他母亲。爱玛冲那个乳臭未干的可怜小婴儿弯下腰去。她一看他就讨厌，可一摸他，又有一种爱火焚身的感觉。

"我就觉得他不会来了，"父亲抬头看看墙上的表不安地说。

"胡说，爸，那表快！现在不过才四点半！别那么坐不住站不住的！"伯莎不停地切着面包和黄油。

"开一听儿梨，"她冲那女人说，声调柔和多了。然后她进了另一间屋。她一走，老头儿就又开口说话了："我就是觉得，他要是想来，这会儿就该到了。"

爱玛正对孩子专心致志呢，没有接他的话茬儿。父亲已经不拿她当一回事了，反正她已经变得自轻自贱了。

"他会来的，他会来的！"那个外人安慰着他们说。

几分钟后，伯莎冲进厨房，摘了围裙。家里的狗疯狂地叫了起来。她打开门，令狗停止了狂吠，说："它这就不闹了，肯达尔先生。"

"谢谢，"说话人嗓音洪亮，随之是自行车靠在墙上的声音。牧师进来了，是个瘦骨嶙峋的大个子丑男人，神情显得紧张。他进了屋直冲老父亲而去。

"呃，您好吗？"他低头冲着那大个子矿工问候着，声调很悦耳，老头儿是被运动失调症①给毁了。

他的声音很温柔，不过他似乎是装着看不清弄不明白。

"您是把自个儿的手弄伤了吗？"他安慰老人说，眼睛看着白布。

"没有，就是一块讨厌的煤掉了，我手一扶，搭在炉子边儿铁架子上了。我还寻思着你不来了呢。"

那熟悉的"你"和责怪是老头儿无意中在报复呢。那牧师笑了，半带点讨好，半带点得意。他满心里都是说不出来的柔情。他的脸转向那年轻的母亲，她立即气得红了脸，因为她正露着怀呢，模样不雅。

"您好吗？"他十分轻柔地问，似乎是她病了，他在关心她。

"我还行，"她尴尬地回答着跟他拉拉手，但没有站起身来，转过头去掩饰着心头的愤怒。

"好，好，"他斜着眼睛朝下看着孩子，那婴儿正鼓着嘴在那结实的奶头上哑着奶。"好，好，"他似乎陷入了沉思。

待他转过神儿来，他同女人握握手，眼睛却不看她。

不一会儿，他们都进了隔壁的屋子，那牧师犹犹豫豫地想搀扶一下瘸腿的老人。

"我自个儿行，谢谢，"那父亲烦躁地说。

大家很快就落了座，但坐在桌前的每个人感情上都隔着一层。晚茶在中间的厨房中用，这是一间丑陋的大屋子，只在特殊场合下才用。

西尔达是最后出现的，那骨瘦如柴但笨拙的牧师忙起身来迎她。他怕这个富裕的老矿工的家，也怕这几个粗鲁任性的子女。不过西尔达可是她们中的女王，她最聪明，上过大学学院呢。她觉得自己对全体家庭成员负有责任，有责任让大家行为举止高雅。罗伯坦姆家的人就是与普通的矿工之家不同。忍冬村

---

① 一种神经系统紊乱症，四肢活动无法协调。这种病是由梅毒引起的，不过这一点在劳伦斯时代是不为人知的。

舍①在大多数人眼中很了不得，是这老头儿亲手所建，他很为此得意。西尔达是大学学院训练出来的小学校长，不管受到怎样的打击，她都要保住这座房子的威望。

为这个特别场合她穿上了一件绿色巴里纱的衣服。但是她很瘦，脖子显得太长，看上去挺难受的样子。不过牧师却与她几乎充满了敬意地打着招呼，于是她便得以摆出尊贵的架势落了座。在桌子的另一端坐着精神崩溃的大块头父亲。父亲身边是小女儿，她在照料着不安分的婴儿。牧师坐在西尔达和伯莎之间，瘦骨嶙峋的躯体笨拙地动来动去如坐针毡。

桌子上摊了满满的吃食，有水果罐头、马哈鱼罐头、火腿和蛋糕。罗伯坦姆小姐②密切注视着这里的一切，她感到这个场合十分重要。那年轻的母亲——这严肃场面本是因她才有的——却阴郁难受地吃着，冲她的孩子挤出几分笑来，一当她感到孩子的小胳膊小腿儿在她膝上有力地折腾，她就会情不自禁地笑起来。伯莎是个心直口快的人，这时只关心这孩子。她就是看不起妹妹，压根儿不拿她当一回事儿，但那婴儿在她眼里可是一线光明。罗伯坦姆小姐现在关心的是社交和谈话。她的手轻微颤动着，嘴巴不停地说着话，特别紧张。快吃完饭时，桌上没声儿了。老头儿用他的红手帕擦擦嘴，随之他蓝色的眼睛瞪着，眼神儿变得奇怪，开始口齿不清地冲牧师说话了。

"好吧，牧师，我们请您来为这个孩子施洗，您来了，大伙儿肯定都挺感激的。我不能眼看着这可怜的孩子得不到施洗，她们是不想带他去教堂——"说到这儿他似乎陷入了沉思。"所以啊，"他又开始说，"我们请您来家里干这件事儿。我倒不是说我们不难为情，我们挺不好意思的。我不中用了，孩子妈也没了。我不想让我的女儿落到这步田地，可，她命该这样儿，说什么也没用

---

① Woodbine，忍冬，即金银花。当年英国有一种廉价的香烟牌子是"金银花"。伊斯特伍德镇上离劳伦斯家不远处确实有一座村舍名为金银花村舍。

② 这里指大女儿西尔达。在此劳伦斯遵循的是19世纪中产阶级的习俗，以姓氏称呼一家中未婚的长女。

了……有一样我们得感谢主：她们从来不知道什么叫饿肚子。"

罗伯坦姆小姐这个家里的贵妇人听这段话时一直挺直腰板痛苦地坐着。她对很多东西都特敏感，这番话让她听得目瞪口呆。她能感到小妹妹的耻辱，然后心头又闪过一丝对孩子的疼爱，要保护那婴儿包括其母。听着父亲那番宗教味儿很浓的话，她感到困惑；家里的这个污点让她反感透了，人们因此可以对这个家戳脊梁骨的。父亲的话吓坏了她，让她感到备受折磨。

"这是挺让您为难的，"牧师细声细气地实话相告。"今天是让您难为情了。不过这是主赐福的时候。有一子赐给了我们。① 所以啊，咱们高兴庆祝吧。如果有什么罪恶介入了我们中间，让我们在主面前净化我们的心灵吧。"

他继续说着，那年轻的母亲抱起抽泣的婴儿，将他的脸埋在自己的头发中。她受了伤害，脸上隐隐露出几许愤怒来。不过她的手依然姿态优美地抓着孩子。人们闹这种情绪全是因为她，她又为此气得什么似的。

伯莎小姐站起来进了小厨房，回来时端了一瓷碗水，把水碗放在茶具中间。

"好了，我们准备好了，"老头儿说。牧师开始诵读仪式致词。伯莎是教母，两个男人是教父。老头儿低着头坐着。这场景挺有意思的。最后，伯莎小姐抱起孩子将他交到牧师怀里。这个丑陋的高个子男人脸上露出虚假的爱意来。他从来没有卷入生活中，女人们对他来说都不是活生生的人，不过是从《圣经》上读来的什么东西而已。当他问这孩子该叫什么时，那老头儿猛地抬起头来说："约瑟夫·威廉姆，随我，"说完话他几乎喘不上气来了。

"约瑟夫·威廉姆，我来给你施洗……"那个牧师奇怪的唱诗声音又响了起来。婴儿则十分平静。

"咱们祈祷吧！"大家都松了口气。他们跪在各自的椅子旁，只有那年轻

---

① A man child is born unto us. 见《旧约·以赛亚书》9：6和《旧约·耶利米书》20：15："A man child is born unto thee."。

的母亲没有跪下，她弓着身子伏在婴儿身上，借此掩饰自己。牧师开始犹犹豫豫地念他的祈祷词。

此时此刻，人们听到有沉重的脚步声顺小路过来，在窗下止住了。年轻的母亲抬眼看看，看见她兄弟一脸的煤黑，正在窗外龇着牙乐呢。他红红的嘴唇嘲讽地撇着，一脸的煤黑，金黄的头发倒是挺光亮的。他跟姐姐的目光相遇了，禁不住笑了。随之他的黑脸就消失了。他直接去了厨房。女人抱着孩子坐着，一肚子的气。她恨这个祈祷中的牧师和眼前这情绪化的一切，也恨透了自己的弟弟。她现在是又气又无能为力，只好坐着洗耳恭听了。

突然她父亲开始祈祷。他那熟悉的高声轰鸣着震耳欲聋，让她都变得麻木了。人们都说他的脑子开始不行了。她相信这是真的，因此总是躲着他。

"我们请您，主，① "老人叫着，"来照看这个孩子。他没有父亲。那又怎么样？在您面前肉体凡胎的父亲又算什么？这孩子，他是您的孩子，是您的。主啊，除了您，还有谁是父亲呢？主啊，当一个男人说他是父亲时，打一开始他就说错了。因为，您是父亲，主。主啊，请您打掉我们的自以为是，不要以为孩子是我们的。主啊，您才是这孩子的父亲，这孩子没有父亲。哦，上帝，您会抚育他长大成人。我就站在您和我的孩子之间。我跟他们自有相处的办法，主。我站在您和他们之间，我让他们跟您分开了，那是因为他们是我的孩子。他们长歪了，那都是我的过错。主啊，除了您，还有谁是他们的父亲呢？可我却站到了你们之间，因为我，他们成了石头下的植物。主啊，如果不是因为我，他们或许会是阳光下的树木呢。让我担这个罪吧，主，是我跟他们搞了个恶作剧。如果他们从来不知道有父亲这么一说儿，也许会好得多呢。没有哪个男人是父亲，主，只有您才是。他们永远也不会超过您，可是我妨碍了他们。把他们举起来，消除我为他们做的一切。让这个孩子成为一棵水边的柳树吧，没有父亲，只有您，哦，上帝。唉，我希望我的孩子们一直是这样，没有父

---

① 这段话中大多数句子仿效《圣经·诗篇》。

亲，只有您。我一直像压在他们身上的一块石头，他们挺立了起来就恶毒地咒骂我。让我走，请您把他们举起来吧，主啊……"

那牧师不明白一个父亲的感情如何，跪在那里听得犯晕，他根本不懂为人父的特殊语言。也只有罗伯坦姆小姐能有所感触，有所理解。此时她的心开始颤抖，感到痛苦了。那两个年轻点儿的女儿则跪在地上闻而不知其声，麻木不仁。伯莎在想着婴儿，而年轻的母亲则在想着孩子的父亲，她恨他。这时屋外的水槽子那儿有响动儿。是家里的小儿子在使劲儿弄着响动儿，他在泼着洗澡水，一边泼水一边生气地抱怨着：

"胡说八道吧你就，满嘴流哈拉水儿的老傻瓜！"

父亲继续祈祷着，听得他心头直冒火。桌子上放着一只纸袋子，他提起袋子来念道："约翰·伯尔曼，面包，糕点类"。读到此他龇牙做个鬼脸。这孩子的父亲就是伯尔曼作坊的面包师。祷告仍在中厨房里进行着。劳利·罗伯坦姆收紧纸袋口，把口袋吹胀了，然后一拳砸破了它。纸口袋的爆破声很响，把他逗乐了。但同时他又不安起来，因为他感到不好意思，又怕他父亲。

父亲立即停止了祈祷，屋里的人都站了起来。年轻的母亲忙进了洗涤间。

"干什么呢，你这个傻子？"她质问。

那年轻的矿工拨拉着婴儿的下巴，哼起歌儿来：

拍打拍打做蛋糕，面包师，
快烤蛋糕给我吃……

母亲一把把孩子抱开。"闭上你的嘴，"她说着脸都红了。

扎个眼儿，穿根棍儿，

放进炉子好美味儿……①

他咧咧嘴，露出脏乎乎的红嘴唇和白牙，嘴角上带着几分嘲讽和不快。

"我恨不得抽你个嘴巴，"孩子妈阴郁地说。他又开始唱，她便打了他一巴掌。

"现在该怎么办？"父亲说着蹒跚进来。

那小子又开始唱。他姐姐阴郁愤怒地站在一旁。

"那怎么就让你烦了？"罗伯坦姆家的大小姐尖刻地问爱玛。

"老天爷，你的脾气怎么就改不了？"

伯莎小姐进来了，把瘦骨嶙峋的婴儿抱了过去。

高大的父亲漠然地坐在椅子里，目光空洞，身体虚弱。他任他们爱怎么样就怎么样，他已经心力交瘁了。可是有某种力量，某种不由自主的力量像一个符咒埋在他体内。他这副崩溃的身板儿就像一块磁石控制着这些人。他这艘破船依旧主宰着这座房子，甚至在他濒临崩溃的时候他都能让他们顺从他。他们从来没有生活过；他的生命和他的意志一直在控制着他们、遏止着他们。他们不过是几个半半人儿。

施洗的第二天，他就蹒跚着出现在门道里，声音洪亮、依旧充满活力和快乐地宣布："雏菊在大地上灿烂绽放，成群结队地拍手欢呼，欢呼早晨的到来。"② 他的女儿们闻之都心情沉重，对他避之不及。

---

① 这是一首幼儿歌谣。而把面团放进烤炉在俚语中表示怀孕。

② 参见《旧约·诗篇》55：12。

菊　香

一

　　那小小的四号机车车头拖着满载的七节货车从塞尔斯顿那边咣咣当当摇晃驶来。到拐弯处，机车轰响声大作，要全速前行。那轰鸣惊得荆豆丛中的小马驹子一跃而起，可它只慢跑儿步就甩开了小火车。阴冷的午后，荆豆丛若隐若现。一个女人正顺着铁道向安德伍德赶路，见车开过来，忙挎着篮子躲到树篱笆中，盯着机车上的脚踏板①缓缓从眼前滑过。货车一节接一节地隆隆蠕动而过，她让黑色的车厢和篱笆夹在当中无能为力。随后，列车朝前方的灌木林逶迤而去。枯败的橡树叶在那儿悄然飘落，淡淡的暮色正悄悄爬上林梢，铁轨边啄食红蔷薇果的鸟儿听见火车开来也纷纷散去，消失在苍茫的暮霭中。在开阔地带，车头上冒出的青烟沉落在田野上，没入草棵子中去。田野上一派空旷寂寥，通往芦苇塘②的那片沼泽地上的桤木林曾是野禽的乐园，现在它们却离它而去，全都栖身在刷了沥青的家禽窝棚里了。矿井口出车台高耸在池塘边，燃烧的火焰如同血红的伤口在向灰色的边沿侵蚀，③午后的光线像是凝滞了一般。再往前，锥形大烟囱和布林斯利煤矿那粗笨的黑色井架高高耸起。井架上两个

---

①　指火车司机驾驶室的台阶。

②　最早用于给机车加水后来用作消防用水的水源。

③　矿井口上堆放的垃圾杂物由于缺氧而缓缓燃烧。

轮子在空中飞速旋转着，卷扬机发出一阵阵痉挛声，把矿工们从井下运上来。

火车汽笛长鸣着驶入了矿井边的宽大停车场，那里停靠着一排又一排的货车。

矿工们或形单影只或三五结伴，幽灵般的踏上回家的路。在侧轨路基旁，从煤渣路往下走几步的地方有一座低矮的村舍。房子被一条瘦骨嶙峋的粗大葡萄藤牢牢地缠绕着，似乎是要拉掉那屋上的瓦顶。砖砌的小院，四周星星点点开着几朵淡淡的报春花。小院的尽头，狭长的花园倾斜向下，一直通向一条灌木丛生的小溪。小溪旁有几棵枝桠丛生的苹果树和野李子树①，还种着几棵干巴巴的卷心菜。路旁残败的粉红菊花恰似挂在灌木丛上的几件粉红布片子。这时从花园中那个毡顶鸡窝里弯腰走出一个女人，她关紧门又加了锁，这才掸掸白围裙上的渣渣末末，直起腰来。

这女人身量高挑，神态威严，相貌不凡，两道眉毛生得奇黑，光洁的黑发分得一丝不苟。她伫立片刻，目不转睛地看着沿铁道而过的矿工们，随后目光转向那条小溪。她表情镇定平静，但紧闭的双唇流露出些失望。这样伫立了一阵子，她叫道："约翰！"

但没人答应。她等了片刻，又一字一顿地问：

"你在哪儿呢？"

"这儿呢！"灌木丛中一个孩子的声音很不乐意地回答道。于是女人瞪大眼睛张望着，厉声道："你在小溪边上吧？"

为了让她看见，那孩子从鞭子一般高耸的悬钩子丛中站了出来。这是个五岁的男孩儿，矮小但结实。他默默地站在那儿，模样倔强。

"行了！"母亲口气缓和了下来，说，"我还以为你在溪水边呢。你记不记得我说什么来着？"

男孩子一动不动，也不回答。

---

① Winter-crack tree.

"来吧，进屋吧，"她更和气地说，"天快黑了。你外公的火车头就要开过来了！"

孩子老大不情愿，磨磨蹭蹭地往前走着。他身上穿的裤子和坎肩儿，布料太厚太硬，不是这么小的孩子穿的，肯定是用大人的衣服改的。

他们娘儿俩慢慢往屋里走着，他一边走一边揪扯那些残败的菊花，一把一把地扬在小路上。

"别这样，招人烦，"母亲说。他不揪也不扬花瓣了，可母亲却突然凄切地折下一枝挂着三四朵蔫花儿的花梗，把花贴在自己脸上。母子两人走到院子里时，她的手犹豫了一下，没有扔掉那花儿，而是把花插在围裙带上。母子两人站在台阶下，看着停车场那边回家的矿工们。小火车一转眼就开了过来，车头滑过村舍，在门前停了下来。

司机从车头驾驶室里探出身子来，这是个长着花白连鬓胡的矬老头子。

"来杯茶好吗？"他神气活现地说。

老人是她父亲，她说这就去沏，说着进屋去了。不一会儿她又出来了。

"我星期天没来看你，"花白胡子的矬老头说。

"我也没盼着你来呀，"女儿说。

火车司机哑口无言，随后又恢复了那种快活的神态说：

"噢，你听说了？嗯，你觉得怎么样？"

"我觉得太快了，"她说。

小老头听了她的责怪，不耐烦地摆摆手，哄她说："一个男人还能怎么着？我才这个岁数，就像个外人一样坐在自己家的火炉边上烤火，那叫什么日子？反正早晚我得再娶，那还不如早点儿，这关别人什么事？"他的口气冷漠得可怕。

女人没说什么就转身进屋了。老头倔强地站在驾驶室里，一直等到她端着装有茶和抹了黄油的面包片的盘子出来。她走上台阶，停在吱吱作响的机车脚踏板边上。

"你不用给我拿黄油面包，"她父亲说，"一杯茶就行了——"说着他美美地呷了一口，"真不错。"他又呷了几口才说："听说瓦特又下酒馆了。"

　　"他不去才怪呢，"女人痛苦地说。

　　"我听说，他在'纳尔逊爵爷酒馆'里吹牛说他不花半镑的酒钱就不出酒馆的门。"

　　"什么时候说这话的？"

　　"星期六晚上，我保证，没错儿。"

　　"像他说的话，"她苦笑道，"他才交给我二十三先令。"①

　　"哼，一个大男人连怎么花自己的钱都不会，就知道胡造，真叫出息！"一脸灰白胡子的男人说。女人听了这话，不禁掉过头去黯然神伤。她父亲喝干了最后一滴茶，把杯子递还给她，抹抹嘴叹了口气说："唉，这事真叫人挠头，真是的——"

　　说话间他的手一拉操纵杆，小火车就憋足劲呼哧一声朝岔道口轰隆隆驶去。女人又朝铁路那边望去，夜幕已笼罩着铁路和货车，看不大清了，只见一群群矿工神情凝重，跨过铁道朝家走去。卷扬机急匆匆转动着往井上运人，偶尔才停顿一下。伊丽莎白·贝茨又看看那阴郁的人流，扭头回屋去了。她丈夫还没回来。

　　厨房很小，辉映着火光。烧红的煤块堆到了烟囱口，燃着熊熊的火焰。似乎整个屋子都因了那雪白、温暖的壁炉和映着火光的铁炉围栏才焕发出生机。桌上已铺好了桌布，该吃茶点了。桌上的茶杯在阴影中隐隐发光。那男孩子坐在厨房尽头的楼梯上，用刀拼命削一块白木头，他几乎全然被阴影遮住了。时值下午四点半，他们默默地干等父亲回来吃茶点。母亲看着儿子阴郁地跟那块

---

　　① 当初二十四先令为一英镑。劳伦斯的父亲每次都要扣下几个先令喝酒，余下的钱交妻子养家。一般情况下每天的工资是二十五先令左右。最多时挣四十先令，他会扣十先令喝酒。最少的时候才十六个先令，即使如此，他也要扣半个先令去喝酒。《儿子与情人》中有大致的记载。

木头较劲，从儿子的沉默和固执中看出儿子脾气随她；从儿子那只顾自己不顾别人的样子中看出这孩子也随他父亲。此时此刻，她心里只有她丈夫。或许此时他从自家门前悄然溜过去下酒馆了，不吃家里摆好的晚饭，让别人白等一场。想到这儿，她看了看表，然后端起土豆到院子中去把水滗掉。花园和小溪对岸的田野笼罩在深不可测的黑夜之中。滗过的水在夜色中冒着热气，她端着锅站起身时，发现铁道和田野那边通往山上的大路上路灯全亮了，闪着橘黄色的光芒。

再看看路上，回家的矿工越来越少了。

屋里，火势正在减弱，火光把屋子映成了暗红色。女人把平底锅放在炉旁的锅架上，又把调好的布丁放在炉口上，随后就伫立不动了。噢，屋外传来了年轻人急速的脚步声，令她高兴，有人握住了门闩，接着进来一个小姑娘。她脱掉外衣，摘下帽子，同时带下一绺鬈发遮住了双眼，她的头发正由金黄变成棕色。

母亲责怪她从学校回来得太晚了，还说，冬天天黑后就不要再出门了，待在家中。

"妈，干什么嘛，这算黑天呀，灯还没点上呢，爸也还没回来嘛。"

"是啊，他还没回来，可差一刻就五点了，你没看见他吗？"

女孩变得严肃起来，眨着一双蓝色的大眼睛，若有所思地看着母亲说：

"没有啊，没看到他。怎么了，是不是他又从家门口溜过去，上了'老布林斯利酒馆'？不会，妈，他没去那儿，我没看到他。"

"他会躲你，"母亲狠狠地说，"他会想法子躲开你，不让你看见他。不信拉倒，他这会儿准是坐在'威尔士亲王'那儿，要不怎么这么晚了还不回来？"

女孩可怜巴巴看着母亲。

"妈，那咱们自个儿吃茶点吧，好吗？"

母亲把约翰叫到桌旁，随后又开门朝屋外黑乎乎的铁路方向扫了一眼。那边一切早已消停下来，听不见卷扬机的声音了。

"没准儿，"她自言自语道，"他是留下挖巷道顶子呢。"

他们坐下来吃着茶点。坐在门口的约翰几乎是藏在阴影中。他们谁也看不清谁的脸。女儿趴在炉围上，在火上慢慢地烤一片厚厚的面包。约翰坐在一边望着她，在黑影中他的脸模糊不清。他觉得在火光中，女孩的身影跟平时不一样了。

"我觉得火光里头什么都好看。"约翰说。

"是吗？"母亲问，"为什么？"

"红红的，还有好些小洞，让人觉着舒服，都能闻到它的味儿了。"

"那是该加煤了，"母亲说，"要是正赶上你爸爸回来，他又该埋怨说，一个男人从井下湿透了回来，家里连火都没有。还是酒馆里好，那儿老是热乎乎的。"

大家沉默了一会儿，男孩抱怨说："安妮，快点。"

"我这不是正忙着弄嘛！我又不能让火快点。"

"她磨磨蹭蹭，故意慢慢腾腾的，"男孩嘀咕说。

"别这样瞎想，孩子。"母亲说。

不一会儿，幽暗的屋里就响起了咬脆面包片的声音。母亲吃得很少，只顾一门心思喝着茶想心事。思忖片刻她猛然站起身，绷着脸挺直了脖子，很明显她火了。低头看看炉台上的布丁，她终于吼了出来：

"一个男人，不回家吃饭，真叫丢人！把饭烧煳了算了，管它呢。他从家门口溜到小酒馆去了，我倒给他做好了饭，干坐着等他回来吃，这可真是——"

她出去了一会儿，回来后就一块一块地往火上加煤。墙上的影子渐渐暗了下去，最后几乎漆黑一片。

"我看不见，"约翰在黑暗中咕哝着。母亲不禁笑道：

"反正你知道怎么往嘴里塞。"她把簸箕放到门外，像个影子似的回到屋里来。男孩又不高兴地嘟哝起来："我看不见嘛。"

"小祖宗！"母亲恼怒地叫道，"一到天黑，你就跟你爹一样讨厌！"

说归说，她还是从壁炉台上的一捆纸里抽出一根纸捻儿来，点亮挂在屋正中的油灯。她伸手去够灯时，露出了怀孕后粗圆起来的腰身。

"妈呀！"女孩叫起来。

"怎么了？"母亲正要把玻璃灯罩罩上，听女儿一喊就停了下来。她举着手回头望女儿时，灯上的铜座儿映出她的娇容。

"你围裙上有一朵花！"孩子惊喜地说，母亲这样子在她看来有点不同寻常。

"嗨，"母亲松了口气叹道，"我还以为房子着火了呢。"她重又把灯罩放好，等了一会儿才把灯芯捻高。随之地板上晃动起一个模糊的身影来。

"让我闻闻，"女孩儿仍兴高采烈地说着，走上前去把脸贴在母亲腰间。

"去，傻丫头！"母亲说着挂起了油灯。灯光映出她们不安的神色，让女人感到无法忍受。安妮的脸还贴着她的腰。母亲便气恼地把花儿从围裙腰带上揪下来。

"别，妈妈，别揪下来呀。"安妮叫着拉住母亲的手想把花枝插回去。

"胡闹！"母亲说着转过身去。女孩把那朵蔫菊花贴上自己的嘴唇叮叮着："这味儿多香呀！"

母亲冷笑一声道："才不呢，我一点儿也觉不出它香。我嫁给他时就是开着菊花的季节，你出生时也是开菊花的季节，他第一次喝醉了让人们给抬回来时扣眼里还别着一朵棕色的菊花。"

她看看孩子们，孩子们正睁大眼睛微张着嘴思量着。母亲默默地坐在椅子中摇晃了一会儿，然后看看表。

"差二十就六点了！"她强作无所谓的样子以掩饰自己的痛苦，说："哼，这回准又是别人把他弄回来不可。他算在那儿生根了！可是，他别带着一身矿坑里的泥水滚到我这儿来，我绝不给他洗。让他挺在地上算了。唉，我怎么这么傻，怎么这么傻！我嫁给他，就是为这个，上这个脏窝里来，上这个满地跑耗子的地方来，就是为了让他从家门口溜过去。上星期两次了，这回他又——"

她欲语还休，站起身去收拾桌子了。

一连一个多钟头，两个孩子蔫蔫儿地专心玩游戏，他们玩的花样很多，两个人也不吵闹了，生怕母亲发火，也怕父亲回来。贝茨太太坐在摇椅中用米色的厚法兰绒做一件背心，撕扯布边的时候，发出一阵沉闷的撕裂声。她用力缝着，边缝边听着孩子们游戏的响动声，渐渐地消了气，靠在椅子上歇息，只是不时睁开眼看看，伸直耳朵去谛听。有时她心中的怒气也没了，就停下手中的活计去分辨屋外枕木边过路的脚步声。这时她会猛抬起头厉声呵斥孩子们"别出声儿"，可脚步声又从门口过去了，让她再次安下心来，孩子们还在自顾自做他们的游戏。

可最终安妮长叹了一口气，玩儿腻了。她看看用拖鞋摆成的火车，厌烦了这种游戏。她可怜巴巴地求助于母亲道："妈——"可又说不出口。

约翰像一只青蛙那样从沙发下钻出来，母亲抬起眼皮瞟了他一眼，说："瞧瞧，瞧瞧你的袖子吧！"

男孩儿伸出胳膊看看衣袖没话说了。这时，铁道那边响起了粗哑的喊叫声，弄得屋里的人们立即紧张起来，原来是两个人聊着天从家门口走过去了。

"该上床了。"母亲说。

"爹还没回来呢。"安妮带着哭腔说。可母亲却很勇敢地说："没事的，别人会把他弄回来的——像根木头桩子一样被抬回来。"她的意思是她不会跟他吵闹的。"让他睡在地板上，自个儿醒酒吧。这么折腾一回，明天他准上不了班！"

孩子们用法兰绒布揩干手和脸，十分安静。换上睡衣后，他们做了祈祷，男孩只是咕咕哝哝的。母亲低头看着孩子们，女儿脖颈后垂着一蓬绸缎般的棕色鬈发，男孩的小脑袋上则长着一头黑发。一时间她心中燃起一团怒火，恨死他们的父亲了，是他教这娘儿仨不快活的。孩子们见状忙把头扎在她的裙子里求得安慰。

贝茨太太再下楼时，屋里已是空空荡荡，透着一种等待的紧张气氛。

她拿起针线活儿埋头一口气缝了一个时辰，此时她又气又怕。

二

钟声敲过八点了，她猛然起身，把针线活扔在椅子里。她走到楼梯脚下的门边，打开门谛听起来。随后又走出去，把门锁上。

什么东西在院子里折腾，把她吓了一跳，尽管她知道那是老鼠，这地方老鼠闹得十分厉害。夜晚漆黑一团。在停着货车的大停车场上，一丝亮光也没有，倒是车场前方的矿坑顶上亮着几盏灯，黄色的灯光很微弱，还有井口出车台在夜空中火光熊熊。她沿着铁道急匆匆前行，然后穿过岔道口来到白门旁的栅栏阶梯①前，从那儿上了大路，这才感到不那么怕了。人们在朝新布林斯利走去，她能看到房里的灯光了。再往前走二十码就是"威尔士亲王酒馆"那宽大、温暖又亮堂的窗户了，男人们大呼小叫的喊声听得清清楚楚的。她真是傻透了，还以为他出了什么事呢！他不过是在"威尔士亲王酒馆"里喝酒罢了。想到此她犹豫了，她还从来没有到酒馆来找过他，说什么也不能这样。于是她继续朝路旁那一排零乱的房子走过去，上了房屋间的一条通道。

"找里格利先生？是这儿，你找他吗？不，他这会儿不在家。"

那干瘦的女人从黑乎乎的洗涤间探出身子看着贝茨太太，厨房的百叶窗中透出一道昏暗的光线照在贝茨太太身上。

"是贝茨太太吗？"那女人语气颇为敬重地问道。

"是的，不知你家先生回来过没有。我们那位到现在还没回家。"

"还没有！哦，杰克回来过，吃了饭又出去了。他睡前要溜达半个钟头。

---

① Stile，篱笆间供行人穿越的窄阶梯。

你去过'威尔士亲王'了吗？"

"没有——"

"没有，是不喜欢吧！那鬼地方。"那个女人有些絮叨，弄得双方都很尴尬，随后又说："杰克没有提起过你家先生。"

"是吗，他是在那儿生根了！"

说这话时，伊丽莎白·贝茨太太很痛苦，也很有点不管不顾了。她知道院子那头的女人正站在门口听她说话，可她不在乎。就在她转身要回时，里格利太太说："你等等，我这就去问问杰克知道不知道什么情况。"

"算了！别，我可不愿意——"

"没关系，我还是去吧，您进来帮我看着孩子，别让他们下楼去玩火。"

伊丽莎白·贝茨小声推托着进了屋。那女人忙说屋里太乱、不好意思。

那厨房实在有点见不得人。长沙发和地板上扔着小衣服、小裤子和小孩的内衣，四下里乱扔着玩具。餐桌上铺着黑油布，桌面上扔着一块块面包和蛋糕、面包皮、剩汤剩水和一壶凉茶，十分零乱。

"嗨，这算什么，我们家也这样乱，"贝茨不看屋子，只冲那女人这么一说。里格利太太在头上包了一条披巾，一边急急忙忙往外走一边说："我马上就回来。"

贝茨太太落了座，看着这不整洁的房子，觉得很不顺眼。然后开始数地上乱扔着的大大小小的鞋，一共有十二双。她看着那乱七八糟的一地东西，叹口气自言自语道："也难怪！"这时院子里响起两个人的脚步声，随后里格利两口子进了屋。贝茨太太忙起身相迎。里格利是个大块头，身架宽大，他的头看上去有棱有角，一边太阳穴上横着一道伤疤，是在井下挂的彩，由于伤口里渗进了煤灰，这条疤看上去像文身那样发青。

"他还没回家？"里格利也不寒暄就直截了当地问，但他对贝茨太太是敬重和同情的。"我说不上他现在在哪儿。但他肯定不在那儿！"他指的是"威尔士亲王"酒馆，说着他摇摇头。

"没准儿他上'紫杉酒馆'去了吧，"里格利太太说。

又是一阵沉默，很显然里格利心里有话要说。

"我出来时他还没干完，"他说，"下班哨子声都响过十分钟了，我们才走。我冲他喊了一声'你走吗，瓦特？'他说：'你们先走吧，我待一会儿就走。'就这么着，我和鲍尔斯就到了井口底下，以为他就会跟着下一拨儿人上来呢。"

他不知所措地站着，像是别人在责怪他甩了伙伴似的。这会儿，伊丽莎白·贝茨又一次认定出事了，忙打岔说："我觉得他是去'紫杉酒馆'了，你说得没错儿。这不是第一回了，烦死人了。他非得让人抬回来不可。"

"这可真是的！"里格利太太跟着伤心地说道。

"我这就上迪克家去，看看他在不在那儿，"里格利忙说，他是怕自己慌了神，也怕对贝茨太太不够周到。

"哦，那太麻烦您了，算了吧，"贝茨太太加重语气说道；可里格利明白他的建议正中对方的下怀。

他们跌跌撞撞地走到门口，贝茨太太听到里格利的老婆穿过院子打开了邻里的门。一时间她似乎觉得心里空落落的。

"小心！"里格利提醒她说，"我说了多少回了，得把门口这些坑坑洼洼填平了，要不非有人在这儿把腿摔折了不可。"

听他一说，她这才打起精神，跟着他快步走去。

"让孩子们自己睡，屋里没个人看着怎么行？"她说。

"那是，"他客气地说。说话间他们到了贝茨太太家的大门口。

"那，我去去就来，别着急，他不会出什么事的。"这个工头[①]说。

"太谢谢您了，里格利先生。"她说。

"瞧您说的，"他结结巴巴地边说边走，"我一会儿就回来。"

---

① Butty，可以翻译成工头，但这种工头只是一组挖煤工的领头人，自己本身也和工人一样下井挖煤。他负责给全组工人平分工钱，余下的零头大家一起喝酒用。

屋里静悄悄的。伊丽莎白·贝茨摘下帽子和围巾，又把卷起的小地毯铺开。①

随后她坐了下来。九点多了，远处卷扬机刹车闸的刺耳声音教她心里一惊一乍的，她又一次感到全身的血在汹涌着，令她痛苦不堪。她一只手叉着腰自言自语地大叫："怕什么！这是九点钟值班的安全检查员下井了！"

她静坐着谛听，听了半个钟头，听乏了。

"我这是怎么了？"她自顾自怜地说，"这样只能伤自己的身子。"

说着她又拿起针线活儿来。

差一刻十点时，外头响起了脚步声。有一个人！她盯着门，门开了，进来的是个戴黑帽子披黑色毛披肩的老妇人，是他母亲。婆婆大约六十岁年纪，苍白的脸，蓝眼睛，满脸皱纹，脸上一副悲恸的神情。老妇人关上门，烦躁地朝儿媳妇转过来叫道："唉，利兹，咱们怎么办？怎么办呢？！"

伊丽莎白猛然一惊，问："妈，怎么了？"

老妇人在沙发上坐下，缓缓摇摇头说："不知道，孩子，我没法儿告诉你！"伊丽莎白焦躁地望着老妇人。

"我不明白，"老妇人深深地叹息道，"我愁死了，什么时候是个了结啊。我什么都经历过了，真够了！"她哭诉着，也不擦眼泪，任泪水往下淌。

"您这是怎么了，妈？"伊丽莎白打断她说，"这是怎么回事？出什么事了？"

老祖母慢慢揩了揩眼睛。伊丽莎白直言直问，算是止住了老妇人的泪泉。她缓缓地擦干泪，哽咽道："可怜的孩子呀，你这苦命的孩子！我不知道该怎么办，不知道，你眼下又是这个样子。这可是个事儿，真是个事儿！"

---

① 劳伦斯的原稿中有一段写伊丽莎白出门前戴上了帽子和围巾，并且为防止地毯被溅上火星着火而卷起地毯。但这一段在《英国评论》发表前被劳伦斯删除了，后来出版时也没有恢复，于是出现了目前令人费解的这一句。

伊丽莎白沉静了片刻问："他死了？"话一出口，她的心不禁狂跳起来。尽管她为这句过分的话感到难堪，脸上有点发热，可她还是问了。这一问真把老太太吓坏了，几乎马上清醒了。

"别这么说，伊丽莎白！我猜没那么坏，没有，愿上帝保佑，伊丽莎白。我刚坐下，准备上床前喝一杯，杰克·里格利就来了。他说：'贝茨太太，你得上铁路那头去一趟，瓦特出事了。你得先去陪她，等我们把瓦特送回家去。'我都来不及问他一句话，他就走了。这不，我戴上帽子就直奔你这儿来了。我心里说，'唉，那个可怜的孩子，要是别的什么人猛丁儿告诉她，她不定会吓成什么样。'利兹，你千万别为这事伤身子，你知道那会是什么后果。怀上多长时间了，六个月还是五个月了？唉！"老女人摇摇头说："光阴一晃就过，一晃就过呀！"

伊丽莎白这时在想别的事：要是他死了，她靠那一小笔抚恤金和自己挣的那点钱能过日子吗？她心里在飞快地盘算着。要是他伤了呢，矿里是不会送他上医院住院的，那就得住在家里，伺候他可真是件烦人的差事。不过，或许他在家养伤倒可以把酗酒的坏毛病改了呢。他每次生病在家，她都不让他喝酒。一想到这情景，她眼眶就情不自禁湿了。可是，这个时候怎么能如此动感情？她得先替孩子们着想，他们不能没有她，孩子们才是最让她操心的。

"唉，"老妇人又说起来："他头一次把工资交给我，似乎就是一两个礼拜以前的事。他真是个好孩子，伊丽莎白，他是个好孩子，跟别人不一样。可我不明白他怎么会变得毛病这么多，不明白。在家时，他是个活蹦乱跳的快活的小伙子。怎么会变成一个惹麻烦的人，真让人头疼！愿主宽恕他，让他改改吧。但愿，但愿这样。你跟着他过，麻烦挺多吧，伊丽莎白，肯定是这样。可他跟我在一起时，他是个快快活活的小伙子呀，真的，不骗你。真不明白，怎么现在……"

老妇人仍在自言自语地叨叨着，那种单调的话很招人烦。伊丽莎白对此置若罔闻，只顾一门心思想自己的事。听到卷扬机咔咔嚓嚓的快转声和刹车闸的尖叫声，她吃了一惊。但卷扬机马上就减速了，刹车闸也变得悄无声息。老妇人对这种声音并没在意，伊丽莎白则提心吊胆地等待着。婆婆还在唠叨，偶尔安静一会儿。

"他不是你儿子，利兹，这就不一样。不管他变成了什么样，我总记得他小时候的模样。我慢慢学会了懂他的心思，学会了让着他。你现在得让着他们了——"

都十点半了，老女人还在说："麻烦事没个完。你再老也得碰上麻烦，老成什么样也有麻烦——"这时大门咣的一声被撞开了，台阶上响起了沉重的脚步声。

"我去，利兹，你让我去。"老妇人叫着站起身来。可伊丽莎白已抢先一步到了门口。来人是穿矿工服的男人。

"他们这就把他送回来，太太。"那人说。伊丽莎白的心跳停了一下，随后又狂跳起来，几乎令她喘不过气来。

"他，伤得厉害吗？"她问。

那男人扭过头去冲着黑夜说："医生说他过去好几个钟头了，医生在矿灯房里给他做了最后的检查。"

说话间，站在伊丽莎白身后的老妇人一下子瘫坐在椅子上，双手交叉，痛哭失声："哦，我的儿，我的儿啊！"

"轻点！"伊丽莎白紧皱眉头说，"安静点，妈，别把孩子们吵醒了，千万不能让他们下楼来！"

老妇人颤抖着呜咽。那男人正要往外走，伊丽莎白上前拦住他，问："是怎么回事？"

"嗯，我也说不清，"那人很局促地回答。"他在干最后一点儿活，工头儿都走了，很多东西塌了下来。"

"压死了？"寡妇浑身一颤叫道。

"没有，"那人说，"是在他身后塌方的。他是在掌子面下头干活，塌下来的东西倒没压住他，只是把他堵在里头了，是憋死的。"

伊丽莎白吓得直往后退。她身后的老妇人在叫："什么？他说什么？"

那人提高声音说："他是憋死的！"

于是老妇人嚎啕大哭起来，这倒让伊丽莎白放心了。

"哦，妈，"她把手放在老妇人身上，说："别惊醒孩子们，别惊醒他们。"

她自己情不自禁地抽搭着；老妇人颤抖着在鸣咽。这时伊丽莎白想起人们就要把他抬回来了，她得准备准备。"他们得把他放在起居室。"她自言自语着，一时间脸色苍白地干站着不知所措。

她点燃一支蜡烛，走进那间小屋。屋里又冷又潮，可她无法生火，因为屋里没有壁炉。她放下蜡烛四下里打量着。烛光辉映着玻璃烛台，辉映着那两个插着粉红菊花的花瓶，辉映着深色的桃花心木家具。屋里弥漫着菊花那阴冷、死一般的幽香。伊丽莎白驻足望着那些菊，又转身去掐算长沙发和碗橱之间的空地上能不能放下他。她把椅子拉开，那样就放得下他，还可以绕着他走过去。然后她又取下一块旧的红桌布和另一块旧布，铺在地上，代替地毯了。离开起居室时，她全身直发抖，忙从衣橱抽屉里拿出一件干净衬衫放在炉边上烘干。这一段时间里她婆婆一直在椅子里摇晃着身子鸣咽。

"您得让让，妈，"伊丽莎白说。"他们这就要把他抬进来了。来，您坐到摇椅里来吧。"

老妇人木然起身，坐在炉火边接着哭泣。伊丽莎白到食品储藏间去拿另一支蜡烛。刚进那间没顶棚的小披屋里，就听到人们来了。她站在门道里，静静地听着。她听得出，他们走过了墙根，正踢踢踏踏地下那三级台阶，一片嘈杂的脚步声和窃窃私语。老妇人不哭了。人们进了院子。

这时伊丽莎白听到矿井经理马修斯说："吉姆，你先进，小心！"

门开了，两个女人抬眼望去，只见一个矿工抬着担架的一头倒退着进来。她们能看到死人的那双矿工钉子靴。抬担架的人停住了脚步，上首那人在门楣下猫下了腰。

"把他放哪儿？"矮个子、胡子花白的经理问。

伊丽莎白打起精神，手持未点燃的蜡烛从食物储藏室里走出来，说："放在起居室里。"

"放那儿，吉姆！"经理指点着人们抬着担架绕进了那间小屋。人们笨手笨脚在两个门道里转动时，把盖在死人身上的衣服碰掉了。于是两个女人看到她家的男人光着上半身，他在井下干活时是光着上身的。老妇人见此情景不禁吓得低声呜咽起来。

"把担架放边上，"经理厉声说，"把他放在布上。小心点，小心！看着点儿——"

有一个人碰翻了一只插着菊花的花瓶，那男人尴尬地愣了一下。随后人们把担架放在地上。伊丽莎白并不注意她丈夫，她进屋后头一件事就是去拣碎花瓶和散乱在地上的菊花。

"稍等一会儿！"她说。

三个男人默默地等着她用抹布把水擦干。

"唉，这是什么事呀，你看看这事弄的！"工头难过困惑地用手搓着额头说，"这辈子从来没遇上过这样的事，从来没有过！他何必要耽搁着呢。我头一次碰上这种事！呼啦一声就掉下来了，活活儿堵在里头。就那么四码不到的一小块地方，没擦破一块皮。"

说着他低头看死人。那死人光着膀子趴着，一身的煤灰。

"大夫说是'窒息'。这是我碰上过的最吓人的事。好像是存心这么干的，从上头掉下来把他堵在里头，就像捕鼠的笼子。"说着他用手猛然往下一挥。

站在一旁的矿工们扭过头去，说不出话来。

这可怕的事令大家都毛骨悚然。

这时他们听到女孩子在楼上尖叫着："妈，妈，谁来了？谁呀？"

伊丽莎白忙跑到楼下，开开门厉声命令道："睡觉去！嚷什么，快睡觉去，没什么事。"

说着她走上楼去。人们听见她脚踩木楼梯的声音，又听到她脚踏在那间小卧室的泥灰地上的声音，她说的话也听得真真切切。

"这是干什么？怎么了，傻孩子？"她的声音很冲动，有点装出来的温柔劲儿。

"我以为来了一些人，"孩子可怜巴巴地说道，"他回来了吗？"

"回来了，是别人把他送回来的，别大惊小怪的，快睡吧，乖一点儿。"

人们能听到她在卧室里的说话声。大家在下面等，她在给孩子们掖被子。

"他喝醉了吗？"女孩儿怯生生地问。

"没有！没——他没有！他——他睡着了。"

"就睡在楼下？"

"对，别出声了。"

屋里一片寂静，不一会儿，人们又听到那孩子惊恐的声音："什么在响？"

"没有什么，我说没什么就没什么，你担什么心？"

那孩子听到的是奶奶的呜咽声。她全然不管，只顾坐在椅子里抖着身子呜咽。经理把手放在她胳膊上要她"小声点！"

那老妇人睁开眼看看他，让他这么一打扰，很有点惊诧。

"几点了？"那孩子又可怜巴巴地小声问，这是她钻回被窝前的最后一个问题。

"十点了。"母亲更轻柔地回答说。说完她还得弯下腰亲亲孩子们。

马修示意人们离开。他们戴上帽子，收起了担架，从尸体上迈过去，踮着脚出了门。这些人走出去很远才开始说话，生怕那两个仍未入睡的孩子听见。

伊丽莎白走下楼梯，看到婆婆一个人待在起居室俯身凝视着死人，泪水落在儿子身上。

"咱们得收拾收拾他，准备给他入殓，"伊丽莎白说。她把水壶放在火上，转回来跪在死人脚下，开始解他的鞋带子。屋里点着一支蜡烛，显得昏暗阴冷，她为了看得清楚些，不得不尽力弯腰，脸都快贴到地上了。最后她终于脱下了他的靴子，把它们扔到了一边。

"您得帮帮我，"她低声对老妇人说。她们一起动手脱去了他的衣服。

女人们站起身，看着他死后那稚嫩而尊严的样子，心中立时生出敬畏，伫立一旁，她们这样站了好一会儿，看了好一会儿，老妇人不禁啜泣起来。伊丽莎白感到自己遭到了拒斥，因为她看到他躺在那里，一副不可侵犯的样子，与她毫不相干。她不能接受这样的事实。于是她把手放在他身上，表明他是她的人。他的身子仍然有点温热，因为井下很热。他母亲双手捧着他的脸，语无伦次地叨念着，一串老泪如同从湿树叶上落下一般，潸然而下。这位母亲并没哭，而是泪如泉涌。伊丽莎白抱住丈夫的身子，脸和双唇亲吻着他的遗体，她似乎在倾听，在询问，试图寻回他们之间的某种联系，可她办不到了，她被排斥了，他是无法渗透的。

她起身去厨房，倒了一盆热水，拿来肥皂、绒布和一条软毛巾。

"我得给他洗洗。"她说。

老女人木呆呆地站起来，看着伊丽莎白仔细地为他洗脸，用绒布抹着他唇上那一大蓬胡子。她是因为心里怕极了，才如此尽心地伺候他。这一举动招来老妇人的妒忌。

"让我来擦吧！"老妇人说着跪在尸体另一边，伊丽莎白洗，老妇人为他揩干身子，老人头上的黑色大帽子不时地碰到儿媳的黑发。她们这样默默地干了好一阵子。她们并没有忘记她们是在洗一个死人，但触摸这个死人对两个女人来说其感觉是大相径庭的。两个女人全被巨大的恐怖攫住。母亲感到白养了一个儿子，这纯粹是一场空；而妻子则感到人与人之间心灵上的隔绝，连她体内怀着的婴儿都不过是与她不相干的一块重物。

终于洗完了，他是个体形优美的男子，脸上毫无酗酒的痕迹，他生着金色的头发，肌肉发达，四肢健美。不过，他已是个死人了。

"保佑他吧，"母亲说。她一直目不转睛地看着他的脸，深怀恐惧。"好孩子，愿上帝保佑他！"她轻声叨念着，怀着巨大的恐惧和深深的母爱。

伊丽莎白又一次跌坐在地上，脸贴在他的脖子上，不住颤抖起来。可她得离开他，因为他已经死了，她活生生的皮肉不能再与他的肌肤相亲。于是她感到莫大的恐惧与厌倦：她是那么没用。她的生命也随之而去了。

"好孩子，白得像牛奶一样，像一周岁的娃娃那么干净，保佑他吧！"老女人又在自言自语。"身上没一点斑痕，白白净净，美得像个初生的婴儿。"她嘟囔着，口气中流露出骄傲。而伊丽莎白则捂上了自己的脸。

"他走得安安静静，利兹，像睡着了一样。像不像一只漂亮的小羊羔？唉，他算是省心了，利兹。他给堵在里头那会儿，他就想开了。他给堵了一阵子才死，要是想不开，他就不会死得这么平静。小羊羔儿，亲爱的小羊羔儿。可是他痛痛快快地笑过，我就爱听他笑，他大笑起来就像孩子一样开心，利兹——"

伊丽莎白向她男人望去，只见他的嘴没闭紧，在小胡子遮盖下微张着。他的眼睛半闭着，但在昏暗的光线下没有星点光泽。火热的生命已离他而去，他与她已十分陌生。她知道他从此就是一个陌生人了！她感到腹中有一块寒冰，那全然是因为恐惧。她曾经与这个陌生人结为一体，可他现在只能令她恐惧。难道这就是她与他之间的意义——火热的生命掩盖下的彻底分离、互不相干？想到此，她害怕地掉过头去。这铁的事实太教人无法接受。他们之间什么也不存在，可他们又确实融为一体过，赤裸裸的肉体一再相交。每次他占有她时，他们两人其实都像现在这样是两个互不相干的孤独之人，他同她一样毫无责任感。孩子呢？那只不过是腹中的一块冰罢了。她看着这个死去的男人，心中一腔冷漠，分明是在说："我是谁？我干了些什么？我一直在跟一个并不存在的丈夫搏斗。可他始终存在着啊。我哪一点做错了？我一直跟什么一起生活着？现在明白了，就是跟眼前这个男人。"恐惧之中，她感到自己的灵魂死了：她明白她从来就没有认清他，他也没看清她。他们是在黑暗中相见，在黑暗中相搏斗，根本不知对手是谁。现在他看清了，也沉默了。她一直是错的。她对他的看法是错的，他不是她认为的那种人，可她自以为对他很熟悉。其实，他一直都跟她形同陌路，他与她的活法不同，感受也不同。

她看着他赤裸的肉体，感到畏惧和羞愧，因为她一直错看了他。他是她孩子的父亲呀。想到此，她不禁有些灵魂出壳。她羞涩地看着他的裸体，似乎她不曾与之相交过。那躯体是自成一体的，在她眼中是可怕的。看看他的脸，她把自己的脸掉转过去冲着墙。因为他的模样与她的不同，他的行为也与她不同。她曾经拒绝了本来的他，可现在她看清了那是什么了。她拒绝的是本真的他呀。那才是她的生命，也是他的生命。她因此而对死亡充满感激，因为是死恢复了事实的真相。从此她明白自己并没有死。

一时间她心里涌动起对他的悲悯之情。他受过的是什么样的罪呀？这个孤立无援的男人经历了怎样一场恐怖啊！为此她痛苦万分——她没能帮他一把。这个赤裸的人，他受到了残忍的伤害，对此她却爱莫能助。剩下的就是孩子们了，不过孩子们是属于生活的。这个死人与他们无关。他和她不过是生命的通道，生命通过他们喷泻而出，注入到孩子们身上。她是一位母亲，但是现在她才懂得做一个妻子有多么可怕。这个做丈夫的死了，可他肯定感到了做个丈夫是多么可怕。伊丽莎白觉得，到了另一个世界后，他和她将会形同陌路人。假如他们在彼岸世界相遇，只会对自己的往事感到羞耻。因了某种神秘的原因，孩子生了出来，孩子来自他们双方，可孩子并没能使他们融为一体。现在他死了，她知道他永远离她而去了，永远跟她没了关系。她眼睁睁地看着她生活中的这一幕落了下来。在生活中，他们相互排斥，现在他算是告退了。她感到一阵痛苦袭遍全身。就这么完了。在他死之前他们俩之间就早已没了希望，可他一直是她丈夫，多么微不足道啊！

"找到他的衬衫了吗，伊丽莎白？"

伊丽莎白转过身去不言语。尽管她尽力像婆婆期待的那样哭泣并痛苦欲绝，可她就是做不出，只能沉默。她走进厨房，拿出了衣物。

"烘过了，"她说着攥攥这儿捏捏那儿，看看是不是全干了。她不好意思去移动他。她或者别人有什么权利动他？不过，她还是很谦卑地把手放在了他身上。为他穿衣很困难，他沉沉的。她感到十二分的可怕：他怎么会这么沉，这么毫无反应，跟她这么隔绝！这种因距离感产生的恐怖令她难以承受，那是一道望不到边的鸿沟，可她又必须越过那条鸿沟向远处眺望才行。

总算替他穿好了衣服。她们用一条单子把他盖上，把他的脸也包上了，让他依旧躺在那儿。然后她关上了小客厅的门，免得让孩子们看见，这才松了口气，心情沉重地收拾起厨房来。她知道生活是她的直接主宰，她得活下去，就得向生活屈服。而面对死亡这最终的主宰，她则胆怯而羞涩地退缩了。

牧师的女儿们

一

林德里先生是第一个来阿尔德克罗斯当牧师的人。这里的农舍仍像小村子初成时那样静卧于此。一到阳光明媚的礼拜天早晨，村民们就穿过街巷和田野去两三英里外的格雷米德教堂做礼拜。

可是，随着这里的煤矿得到开采，大路两边建起了一排排简陋的房子，住进了一批新居民。他们算得上是残渣废品般的劳工中脱颖而出的精兵强将。新房建成，新矿工来了，这些乡民和农舍就被人遗忘了。

为方便新来的矿民，得在阿尔德克罗斯建一座教堂。由于经费短缺，小教堂建得很没样子，像一只驼背的石头泥灰老鼠蜷卧在村舍与苹果园之间的田野上，离大路边的新房子远远的。西边角上的两座角塔楼，看上去就像老鼠的两只耳朵。这个样子显得心有余悸、怯生生的。为了掩饰新教堂的猥琐模样，人们在它周围种上了些宽叶常青藤。这样一来，小教堂就掩映在绿叶丛中，在田野中昏睡着。而四下里的一座座砖房却缓缓向它逼近，大有把它挤垮之势。其实它不用别人挤，它早已自暴自弃了。

厄尼斯特·林德里牧师在二十七岁新婚不久就来主持这座教堂，这之前他在萨福克当副牧师。他只是个在剑桥读书并得了学位的普通青年而已。他妻子是剑桥郡一位教区长的女儿，是个自以为是的少妇。她父亲一年内把他的千镑积蓄花得精光，一分钱也没给林德里太太。于是这一对新婚伉俪来到阿尔德克罗斯，靠大约一百二十镑的年薪维持一种优越的地位。

这些粗犷鲁莽、怨气冲天的新矿工居民对他们夫妇并不热情。林德里先生习惯了农民的生活，他认为自己无可争议地属于上层或有身分的人。尽管他对名门望族毕恭毕敬，但他总归是他们的一员，而与黎民百姓不是一个层次的人。对此他深信不疑。

他发现这里的矿工们并不接受这种安排。他们的生活用不着他，他们冷冷地这样告诉他。女人们只是说："他们忙着呢。"要么就说："唉，你们来这儿干吗呢？俺们又不信你那个教。"① 至于男人们，他只要不惹恼他们，他们就还算对他不错。他们对他的蔑视是通过嘻嘻哈哈的玩笑流露出来的，对这种成见他只能认了。

最初的愤懑演变成默默的厌恶，最终这种情绪变成了对周围群氓们有意识的仇恨和对自己无意识的仇视，他不得不把自己的活动范围局限于几户农家。他不得不忍气吞声。他总是靠自己的职位来获得在人们中的地位，一点脾气没有。现在他一贫如洗，甚至在这个区里的庸俗商人眼中也没有社会地位了。他不想同他们友好交往，这是性情使然；可他又无力在他愿意获得承认的地方树立起自己的威望来。那就只能脸色苍白、孤独自怜地离群索居，混日子而已。

最初他的妻子恼羞成怒。她摆出一副盛气凌人的架势来示威，骄横乡里。可她收入过于微薄了，应付商人的账单令她穷相百出，若再装腔作势就只能招来大家一通冷言讥讽。

她的自尊心受到了致命伤害，她发现自己在这个冷漠的人群中十分孤独。她开始在家里和家外大发脾气，可她很快就发现在家外发火是要付出惨重代

---

① 英国的市民和工人中有一批人是不信英国国教的新教徒，这些新教徒所属的主要教派包括：浸礼会、公理会、卫理公会、长老会、贵格会、唯一神教派和联合新教。小说中的林德里是英国国教的牧师，可见不受新教徒们的欢迎。当年劳伦斯故乡伊斯特伍德镇上的英国国教教徒主要是保守的中产阶级人士和乡民，劳伦斯认为这些人很势利。劳伦斯的父亲成家立业后就几乎不进教堂了，孩子们跟随母亲参加公理会教堂的活动，应该说是在公理会教堂里长大的。

价的，所以只能躲在家中闹一闹了。她的脾气太大，大得令她自己都恐惧。她发现自己仇视自己的丈夫，她甚至知道如果她不加小心，她就会毁了自己的生活，从而给丈夫和自己都带来灾难。意识到这种恐惧，她开始平静下来了，也全然被这种恐惧击垮了，痛苦不堪，只有这阴暗贫陋的牧师宅邸是她在世上唯一的避难所了。

每年生一个孩子，她几乎是机械地尽着母亲的义务，这纯粹是强加于她的。渐渐地，她被自己强烈的愤懑、痛苦和厌恶压垮了，终于病倒，卧床不起了。

孩子们倒是长得很健康，但他们得不到温暖，一个个很呆板。他们的父母对他们施以家庭教育，把他们教得傲慢而虚荣，从而残酷地把孩子们置于上层社会之中，不与周围的庸俗世界为伍。这样，孩子们生活得很孤独。林德里家的孩子个个模样秀气，一看上去就知道是那种穷酸而与人格格不入的斯文人家的孩子，干净水灵得出奇。

日复一日，林德里夫妇完全没了办法，一年到头苦苦地挣扎也只能混个勉强糊口，可仍旧不忘鞭策孩子们，用斯文优雅的标准要求他们，鼓励他们胸怀大志，给他们肩上压担子。礼拜日早晨，除母亲之外，全家人都上街去教堂。长身长腿的姑娘们穿着又瘦又小的上衣，男孩子们则身着黑衣，下身穿着不合身的灰色裤子。孩子们从父亲的教民面前走过，净洁的小脸儿上毫无表情，孩子气的嘴傲慢地紧紧抿着，像面临着什么厄运一样，幼稚的眼睛已经目空一切了。领头的是大姐玛丽，她又瘦又高，面容姣美，高傲纯洁的神情表明她志向高远。老二露易莎则长得矮胖，神态坚毅，她没什么志向，倒是有不少敌意。她负责照管小点的孩子们，玛丽则看管大点的。矿工们的孩子眼巴巴看着牧师家这些脸色苍白、与众不同的一行人默默走过，他们感到与这几个穷酸的孩子格格不入。他们嘲笑那几个小儿子裤子不合适，其实是感到自愧不如，于是只剩下愤愤不平的份儿了。

后来，大姐玛丽就当了家庭教师，收了几个商人的女儿教着。露易莎则负责管理家务，来往于父亲的教民家庭之间，教矿工的女儿们弹钢琴，每上二十六节课收费十三个先令①。

二

在玛丽大约二十岁上的一个冬日早晨，瘦小无奇的林德里先生穿着黑大衣，头戴宽檐毡帽，腋下挟着一叠白纸向阿尔德克罗斯走去。他是去分发教区年历的。

这个脸色苍白、表情木然的中年男子站在铁道口旁等着火车隆隆驶过开往矿井那边，这条铁路上火车整天咣咣作响。一个戴着木假肢的人拐拐达达地前来开闸门，②让林德里先生过去。他左边的路基和道路下方坐落着一片村舍，透过光秃秃的苹果树枝可以看到村舍的红屋顶。林德里先生穿过矮墙，走下踩塌了的台阶，朝村舍走去。灰暗的小村子，静卧在一个远离隆隆的火车和煤车的小小世界里，那里光秃秃的黑豆果枝干下一簇簇雪花莲静静地含苞待放。

牧师刚要敲门就听到一声响，他转过身，透过敞开的棚门，看到一个头戴黑边帽子的老妇人正弯腰在一堆红铁罐中忙着，她正往一只漏斗中倒清亮的液体。他闻到了一股煤油味。那老妇人放下罐子，取出漏斗放在架子上，这才手拿一只铁壶直起腰来。她的目光正与牧师的目光相遇。

"啊，是你呀，林德里先生！"她有点不高兴地说，"进屋吧。"

牧师进了屋，看到温暖的厨房里有位身材高大一脸白胡子的老头坐着吸鼻烟。那老头声音低沉地咕哝一句什么，意思是请牧师落座，从此就不再理会他，自顾自地盯着火炉子出神儿。林德里先生坐在一旁等着。

---

① 劳伦斯中学毕业后在诺丁汉城里的一家假肢厂当小职员，每天工作十二个小时，周薪是十三个先令。

② 《恋爱中的女人》中看道口的工人也是个独腿、戴假肢的人。

老妇人又进来了，她的黑边帽子缎带垂到了披肩上。她中等身材，浑身上下透着整洁。她手提煤油罐上了台阶走出厨房。这时传来有人上台阶进屋的脚步声。这是一间小杂货铺，墙板架上摆着几个包，屋中间空地上放着一台老式大缝纫机，旁边堆着些活儿。女人走到柜台后面，给刚进来的女孩子递过一个煤油壶，又从她手中接过一个罐子。

"我妈说请您记下，"女孩子说完就出去了。老妇人在账本上记了一笔，然后拎着罐子进了厨房。这时那高大的丈夫站起身，给本已熊熊燃烧的炉中又添了些煤。他的动作缓慢而慵懒，一看就知道是个行将就木的人，长这么一副粗大身架，当裁缝显得笨重累赘。年轻时他是个出色的舞迷和拳击好手，[1]现在变得寡言少语、呆板迟钝了。牧师无话可说，试图没话找话。可是约翰·杜伦特却不睬他，自顾沉默一旁。

杜伦特太太铺好了桌布，她丈夫往自己杯子中倒了啤酒，一个人自斟自饮起来，边喝边抽烟。

"您也来点儿？"他冲牧师咕哝一声，那句话像是从胡子中挤出来的一样，一边说一边把目光缓缓移到酒壶上。他脑子里也就这么一点事了。

"不，谢谢了，"林德里先生谢绝了，尽管他很想喝点啤酒。但在一个酗酒的教区里，他必须以身作则不喝。

"我们得喝几口酒才能挺住，"杜伦特太太说。

这女人怨声载道的，像谁欠她的。她在忙着摆桌子准备十点半的午点[2]，她丈夫坐起身准备就餐了。牧师坐在那儿浑身的不自在，那妇人却坐在炉旁的圆形扶手椅上一动不动。

这女人本是贪图安逸，可却命运不济，家庭生活乱糟糟不算，丈夫又天生

---

① 这个人物的外形似乎是取材于劳伦斯的祖父，他高大结实，年轻时是个拳击好手，后来来到矿区当了裁缝。而这座房子恰恰就是现实生活中劳伦斯祖父家的写照。

② 当地人在午饭前吃的一顿小吃。

懒惰，别人怎么样他都不关心，连自己也不知道自爱。这样一来，她那张相当漂亮的四方脸上便露出一股怨气，那神态看似一生中被迫不情愿地侍候人，总在无可奈何地压抑着自己。这女人身上还有一点特别之处，那就是一种哺育和管教儿子的霸气和自信。不过，她连儿子们也懒得管。她倒是更喜欢经营她的小杂货铺，坐着拉货马车去诺丁汉，逛逛大货栈，采购采购她要的东西。但她不爱管她的儿子们，嫌他们烦。她只喜欢最小的儿子，因为他是最后一个孩子，生完他，她就算解脱了。

牧师偶尔走访的就是这类家庭。杜伦特太太是依照教规把儿子们抚养大的。这倒不是因为她信教，这只是一种习惯而已。杜伦特先生也不信教，可他却极其上瘾地读着《约翰·韦斯利的一生》①这种狂热布道的书，从中获得了快乐，宛如炉边的温暖和酒中的醇香。但如果说他对约翰·韦斯利感兴趣，那就错了。事实上，他对他一点也没兴趣，就像对约翰·弥尔顿没兴趣一样，后者他连听都没听说过。

杜伦特太太把她的椅子挪到餐桌旁，叹口气说："我什么也不想吃。"

"怎么，你不舒服？"牧师关切地问。

"那倒不是，"她叹息道。她紧闭着嘴坐了一会儿说："我是不知道我们的日子会变成什么样。"

牧师是个饱经磨难之人，不会轻易对别人表示同情的。

"遇上什么烦心事儿了？"他问。

"哼，我能有什么烦心的？"老妇人叫道，"我只能在救济院里了却残生了。"

牧师毫不动容地听她说话，心想，在她这富裕小窝里，她知道贫困是什么！

"我想不会的，"他说。

---

① 约翰·韦斯利（1703—1791）英国圣公会牧师，卫理公会创始人。

“我本想留一个孩子在身边的——”她悲叹道。

牧师只是无动于衷地置若罔闻。

“我老了还指望着他呢！天知道我们会落个什么下场？”她说。

牧师倒不信她哭穷，只是想知道那个儿子怎么样了。

“阿尔弗莱德出什么事了吗？”他问。

“我们听说他去皇家海军当兵了，”她恨恨地说。

“当海军了！”林德里先生惊叫道，“我想他能在海上为女王和国家效力，没比这更好的事了。”

“他该回来伺候我，”女人叫道，“我要我儿子守在家里。”

阿尔弗莱德是家中的老幺，母亲对他溺爱有加。

“你会惦记他的，”林德里先生说，“这自不必说，可话又说回来了，他走这一步没什么可后悔的。”

“你是站着说话不腰疼，林德里先生，”她刻薄地说，“你以为我愿意让我儿子听喝儿，像猴子一样去爬绳子？”

“可，他是在海军里服役呀，这没什么脸上挂不住的吧？”

“什么挂得住挂不住的，”老妇人气哼哼地叫道：“他去了，让自个儿去当牛做马，他会后悔的。”

这女人又气又急，嘴头子又损，气得牧师一时语塞。

“我看不出，”牧师急扯白脸、有气无力地反唇相讥，“为女王效劳倒跟下井挖煤一样给说成是当牛做马。”

“他在家里才自在，自个儿是自个儿的主子。我知道，他会发现当兵跟在家不一样。”

“没准儿他一参军还能出息了呢，”牧师说，“参了军，就甩了那些坏哥们儿，再也不酗酒了。”

杜伦特家的儿子里出了好几个臭名昭著的酒鬼，阿尔弗莱德也难说不会那样。

"这话说的，"母亲叫了起来，"他凭什么不能喝几杯？酒钱又不是偷来的！"

牧师被噎住了，他觉得这话中有话，是在暗示他的职业和仍然没付的账单。

"不管怎么说，平心而论，听说他当了海军，我很高兴，"牧师说。

"行了，林德里先生，就冲我一年比一年老不中用，他爸又不怎么干活儿，你还高兴？你还是去为别的事儿高兴吧。"

说着说着这女人就哭起来，可她丈夫对此无动于衷，吃完一顿肉饼又喝起啤酒来。随后他转身面朝炉子坐着，一副旁若无人的样子。

"反正我对那些在海上为上帝和祖国效力的人都肃然起敬，杜伦特太太，"牧师固执己见地说。

"说得好听，敢情干那脏活儿的不是你儿子，"女人尖酸地说，"不是自个儿的孩子，说出话来就是不一样。"

"要是我有个儿子当海军，我会为他感到骄傲。"

"算了吧，人跟人哪儿能一样呢？"

话说到这份儿上，牧师起身告辞，顺手放下一卷纸，说："我带日历来了。"

杜伦特太太打开纸卷看，脱口说："我就爱点颜色儿艳的。"

牧师没理她。

"带上给钢琴师的捐款，"女人说着起身从壁炉台上拿了装钱的信封走进店里去，回来时信封已经封了口。

"我只能出这么多了，"她说着递过信封。

林德里先生走了出来，衣袋里装着杜伦特太太给露易莎小姐教钢琴的报酬。他就是这样挨家挨户地上门去送年历，这是老一套了，十分无聊。最教他感到烦恼的是他得跟那些半生不熟的人一遍遍打招呼。送完年历，他总算回到了家。

饭厅里炉火不太旺。林德里太太正歪在沙发椅上，她这几年可是越来越胖。牧师正在切着冷羊肉，矮胖的露易莎红光满面地从厨房走了进来，玛丽小姐则端了蔬菜上来，这姑娘肤色偏黑，却长着洁净美丽的前额和漂亮的灰眼睛。小孩子们小声说着话，可他们并不那么高兴。这屋里的气氛似乎很不热烈。

"我刚到过杜伦特家，"牧师一边递着一份份的羊肉片一边说，"听话荏儿，好像阿尔弗莱德是偷着跑去当海军的。"

"当兵对他有好处，"病病恹恹的林德里太太粗声粗气地说。

露易莎正在照料最小的孩子，听到此，抬眼看看母亲，表示不爱听。

"他干吗这样儿啊？"玛丽问，那声音低沉而好听。

"可能是寻点儿刺激吧，"牧师说，"咱们感恩祷告吧。"

孩子们都坐好低下头去感恩祈祷，祈祷一完就又都抬起头来听父母谈他们爱听的那件事。

"他也就这回做了件正事，"母亲声音低沉地说，"省得像他那几个兄弟一样成为酒鬼。"

"他们家也不人人都是酒鬼呀，妈，"露易莎噘嘴说。

"就算他们不是酒鬼，那也不说明他家教养好，瓦特·杜伦特可是丢人现眼出了名。"

"我跟杜伦特太太说了，"牧师狼吞虎咽地边吃边说，"他这么做算是最佳选择。他这个年龄正是最危险的时候，正好走得远远的，省得受诱惑干坏事。他多大了？十九？"

"二十，"露易莎说。

"都二十了！"牧师重复道。"当兵对他大有好处，让他遵守纪律，树立责任感和荣誉感，没有比这更好的事儿了。不过——"

"不过，唱诗班缺了他，我们会想他的，"露易莎说，那口气像是与父母意见相左。

"可能吧，"牧师说，"可我宁可听说他在海军里平安无事，也不愿眼看着他在这儿染上坏毛病。"

"他染上什么坏毛病了？"露易莎执拗地问。

"你又不是不知道，露易莎，他跟从前不一样了。"玛丽不紧不慢地说。露易莎闻之奄拉下脸来。她想否认，可她心里又明白玛丽的话不错。

在她心目中，那小伙子是个善良、有感情的乐天派，他总教她感到心里热乎乎的。自打他走了，仿佛这些天天气都变冷了。

"没有比这么做更好的了，"母亲又加重语气说。

"我也这么看，"牧师说。"可我刚这么说，他妈就差点儿哭起来，"听他的口气挺委屈似的。

"她关心孩子们什么了？"女人说，"她只想着他们的工资。"

"我觉得她是想让儿子在家陪她，"露易莎说。

"没错儿，她是这么想的，可那会让他像那哥儿几个一样学会酗酒，"母亲反驳说。

"杜伦特家的乔治就不喝酒，"女儿不服气地说。

"那是因为他十九岁上在井下让火烧了个半死，他吓坏了。当海军把酒戒了总比挨一次火烧再戒酒强得多。"

"没错儿，"牧师说，"一点没错。"

对此，露易莎同意了。可是她对小伙子一下子离去许多年感到气愤。她也才十九岁呀。

三

玛丽小姐二十三岁那年，林德里先生得了场大病。那时家里穷到了极点，用钱的地方太多，进项儿又太少。玛丽和露易莎小姐还没有求婚者呢，她们哪儿来那样的机缘？在阿尔德克罗斯她们一个够格儿的小伙子也遇不上。而她们挣的那点钱不过是大海中的一滴水罢了。这种没完没了的贫寒和无望的苦挣，生命空虚得可怕，让姑娘们寒心了，也麻木不仁了。

林德里牧师卧病不起，就得另请一位牧师来主持教堂的工作。恰巧，他一位老朋友的儿子正赋闲家中，要三个月后才去上任做牧师。他表示愿意无偿地来此地教堂工作。人们都热切地盼这小伙子来呢。他二十七八岁，是牛津大学的硕士，论文是罗马法方面的。他出身于剑桥郡一个世家，有些私房钱，还没成家呢。他要去北安普顿郡的一个教堂供职，薪金不菲。这时林德里太太又举新债，压根儿不在乎丈夫病不病，该借还得借。

待马西先生驾到，林德里一家人不禁大失所望。他们期盼中的是个手执烟斗，声音浑厚，比家中大公子悉尼举止文雅的年轻绅士。可来人却瘦小枯干，架着眼镜，身形比十二岁的孩子大不了多少。他腼腆至极，相见无语，可又那么自负。

"真是个小怪物！"林德里太太第一眼见到这位紧扣教士服的年轻牧师，心里就暗自大叫起来。也因此她这些天来头一回感谢上苍赐给她的孩子都这么模样儿可人。

这年轻牧师没有正常人的感知能力。他们很快就发现他缺乏健全的人的感情，可思辨能力很强。他是靠这活着的。他的身材之纤小，叫人匪夷所思，可他却心智不凡，他一加入人们的谈话，就立即变得左右逢源、抽象、高妙起来。没有由衷的惊叹，没有强调真理，也没有什么个人信念的表达，只有冷淡和理智的陈述。这让林德里太太无法接受。她每说一点什么，这小个子男人就会看看她，声音细弱地斟词酌句一番，教她顿觉如坠五里云雾，恨不得在地上寻缝钻将进去。她感到自己是个傻瓜，干脆三缄其口算了。

可是，她内心深知，这是个尚未婚配的绅士，他很快就要拿上六七百镑的年薪了，管他人怎么样，手头宽裕就行！这人可真是一块天上掉下来的馅饼。这二十二年算是把她的情调儿全磨光了，只剩下贫困折磨的痛苦了。所以，她看中了这个小个子男人，认为他算得上挣体面钱的表率。

这人有个顶顶讨人嫌的毛病，那就是，一经发觉别人的反常荒唐处，他就会自顾嘿嘿讪笑起来。要说他还有点幽默，也就是这自顾自地笑了。脑子笨的人在他看来简直要笑死人。任何小说在他看来都无聊、无意义，而对于正话反说之类的幽默，他则报之以好奇，继而像解数学题一样分析，或者干脆置若罔闻。他简直就无法与人结成正常的人际关系。他无法加入简单的家常话中，人家说话时他要么在屋里默默踱步，要么坐在饭厅中紧张地左顾右盼，总是离群索居在自己那冷漠稀薄的自我小世界中。他时而作一番嘲讽的评论，却听似无关紧要，要么就发一声干笑，听着又不像笑，倒像嘲弄。他不得不维护自己的形象，避免露怯，在回答问题时便惜言如金，只答是与不是。其实这说明他不解其意，内心紧张。在露易莎小姐看来，他甚至分不清张三李四，可他却靠近她或玛丽小姐，和她们的接触在不知不觉中教他振作。

　　除了这些缺点，他工作起来可最令人起敬了。他人虽然腼腆得不可救药，可工作起来却绝对恪尽职守。他能理解基督教教义，是个彻底的基督教徒。能为别人做的事他绝不推诿，尽管他是那么无力与人交流沟通，也帮不了人家什么忙。这不，他现在就在精心照料病中的林德里先生，细心摸清他管辖的教区和教堂事务，理清账目，开列出贫病人员的名单，走东家串西家，想为大家做点什么。他听说林德里太太为儿子们发愁，就开始想办法送他们去剑桥念书。这番古道热肠几乎令玛丽小姐心生恐惧。她对此充满敬意，但又敬而远之，这是因为，马西先生做这一切时，似乎没意识到人的存在，没意识到他帮助的是人。他仅仅是像解数学题一样来解决已有的难题，干的是精打细算的善事。还有，他似乎是把基督教教义当成了准则。他要信仰什么，非得经过一番深谋远虑抽象思索认可，然后这才变成他的宗教信仰。

　　对他的所作所为，玛丽小姐是崇敬的。为此，她决定要照顾好他。她强迫自己这样做，唯唯诺诺的，一心想干好。可他并不明白她的心。她陪伴着他遍访教民，表情冷漠，但心里很崇敬他，不时为眼前这个缩着肩、大衣扣子直扣到下巴上的小个子动了恻隐之心。她模样儿周正，举止文静，高挑个儿，文静中透着漂亮，但她的衣着挺寒伧，围一条黑丝巾，身上不着一件毛皮衣服。可她怎么也算是个大家闺秀。人们看到她陪伴马西先生在阿尔德克罗斯街上走过，就会说："天哪，玛丽小姐可算赚了。你们见过这样一条病恹恹的小虾米吗？"

她知道他们在如此这般地说她，这让她不免怒火中烧，为此她更靠近了身边这个小个子，似乎是要保护他。管他们说什么，反正她能懂他的优点，并懂得尊重他。

他既走不快，也走不远。

"你一直身体不好吗？"她问，不卑不亢的。

"我内脏有毛病。"

说这话时他并没注意到她微微颤抖了一下，沉默中她低下头恢复了镇静，又开始温顺地对待他了。

他喜欢玛丽小姐，玛丽为了热忱地照料他，定下了规矩：他巡访教民时，要么她亲自陪同，要么由妹妹陪伴，尽管这样巡访的次数并不很多。不过有些上午她是不能得空儿的，这时就由露易莎代替她了。而露易莎小姐无论怎么努力，也做不到像对待女王那样对待马西。她无法敬重他，心中只有反感。每当她从他背后看去，发现这个小罗锅儿与病恹恹的十三岁男童别无二致，就十分厌恶他，恨不得弄死他算了。但是，玛丽十分有正义感，这教露易莎不得不在姐姐面前自惭形秽起来。

那天，他们要去看望杜伦特先生，他瘫在床上，快死了。露易莎要陪这个小矮子牧师去，为此感到莫大的羞辱。

倒是杜伦特太太面对真正的麻烦时显得一派平静。

"杜伦特先生怎么样了？"露易莎问。

"还那样儿，我们也没指望他缓过点儿来。"回答是这样的。

那矮个儿牧师站立一旁观望。

他们上了楼，三个人站立床边看着那老人枕在枕头上的灰白头颅和被单上露出的花白胡子。此情此景教露易莎小姐大为震惊害怕。

"这太糟糕了，"她打了个冷战说。

"我早就这么想过，会是这样的，"杜伦特太太说。

听了这话，露易莎对她顿生畏惧。两个女人很不自在，都等着马西先生开口说点儿什么。可这个矮罗锅儿却很紧张，干站着不说话。

"他还清醒吗？"他终于问。

"可能吧，"杜伦特太太说。"听得见吗，约翰？"她大声问道。那僵在床上的人蓝色的眼睛呆滞无力地看着她。

"还行，他听明白了，"杜伦特太太对马西先生说。除去那眼中呆滞的目光外，这病人全然跟死了一样。三人静立一旁不语。露易莎小姐尽管倔犟，可在这死气沉沉的气氛重压下，也不禁心情沉重起来。是马西先生在影响着她，教她本本分分地待在那儿，他那非人的意志把大家全控制住了。

随后，他们听到楼下的响动，是个男人的脚步声，一个男人在低声叫着："妈，你在楼上吗？"

杜伦特太太一怔，走到门口。但那人已经步伐坚定地迅速跑上楼来了。

"我差点赶不上，妈，"那不安的声音响过后，他们看到楼梯平台上出现了那个水兵的身影。他母亲过去，扑向了他，她是突然意识到她要依靠个什么。他搂住她，低头去吻她。

"他还没过去吧，妈？"他急切地问道，试图控制住自己的声调。

露易莎小姐的目光从那站在平台阴影中的母子俩身上移开了去。她和马西先生在场并目睹这情景，这一点教她无法忍受。马西先生显得紧张，似乎让母子二人流露的感情弄得很不自在。他是个见证人，浑身紧张，他无意看到这一切，因此显得很麻木不仁。而在古道热肠的露易莎看来，她和马西的在场似乎是万万不该的。

这时杜伦特太太走进卧室，脸上的泪还没干。

"露易莎小姐和牧师在这儿，"她颤抖着哽咽道。

她那个红脸膛儿、身材颀长的儿子忙挺直身子敬礼。露易莎忙把手伸了过去。这时她发现他那双淡褐色的眼睛露出认出了她的神情，随后他咧嘴笑笑，露出一口白白的小牙，这种打招呼的样子正是她过去喜爱过的。一时间她感到不知所措了。他绕过她向床边走去，靴子在灰渣地上咔咔作响。他颇为庄重地低下头，手抚着床单颤抖着声音问：

"您好吗，爸爸？"可那老人却视而不见地死盯着他。儿子一动不动地站了好几分钟，才缓缓地退开。这时，露易莎看到，他喘息时，蓝色水兵服下胸脯的线条很美。

"他认不出我了，"他转身对母亲说，脸色渐渐发白。

"不会的，我的儿，"母亲叫着，可怜巴巴地抬起头。突然，她的头伏在他肩上，他忙俯身抱住她，任她失声痛哭了一会儿。露易莎发现他的身子抽动着，啜泣出声，不禁转过身去，泪流满面。那老父亲仍然僵直地躺在白色病床上。马西先生在那个皮肤黝黑的水兵身影映衬之下，显得那么古怪、黯然、渺小。他是在等待。露易莎小姐此时只想去死，一了百了，绝不敢回头去看一眼。

"我要不要做祷告？"牧师细声细气地问。大家闻声便跪了下去。

露易莎让床上那个僵死的人吓坏了。随之，听到马西先生细声细气漠然的祈祷声，她心头亦闪过恐惧。平静下来之后，她抬起头来。床的那一边露出母子二人的头来。一个头戴黑色花边帽子，帽子下面露出细小的后脖颈来；另一个一头褐色头发，发丝焦黄干枯，密密麻麻如缠绕一团的金属丝，脖颈晒得黝黑，很硬朗，极不情愿地低着头。那老人的一大把花白胡须仍然纹丝不动。祷告仍在进行着。马西先生的祷告声流畅而清晰，使得人们不由自主地要服从于神的意志。他就像是在统治着所有这些低着的头颅，毫无激情但却坚定地统领着他们。他这样子教露易莎感到害怕。但在整个祈祷过程中，她又不能不对他生出敬畏来，这就像是在预先感受无情冷酷的死亡，领教纯粹的公理。

那天晚上她对玛丽讲起这次造访。她的心和她的血脉，一想到阿尔弗莱德

·杜伦特双臂抱住他母亲的情景，就全然为之占据。还有，她一遍又一遍回想起他哽咽的声音，每念起，那声音都会像一股烈火燃遍她全身。她想用心把他的脸看得更清：让阳光晒得黑红的面颊，黄褐色的眼睛里目光曾是那么柔和、无忧无虑，现在却充满了恐惧，透着紧张的神情，还有那只让太阳烤红了的漂亮鼻子和那张一见她就不禁莞尔的嘴巴。一想到他那挺拔优雅、充满活力的身躯，她便禁不住感到骄傲。

"他是个漂亮的小伙子，"她对玛丽说，那口气，似乎他并不长她一岁。言外之意是她对毫无人味的马西先生深怀恐惧，甚至是仇视。她觉得自己应该保护自己和阿尔弗莱德不受马西先生伤害。

"马西先生在那儿，"她说，"一觉出他在场，我就恨。他凭什么在那儿！"

"当然，他最有权利在那儿了，"玛丽小姐沉默片刻说，"他可是个真正的基督徒。"

"在我看来，他倒跟弱智儿差不多，"露易莎说。

漂亮文静的玛丽小姐沉默片刻说："哦不，他可不是弱智——"

"得了吧，他让我想起六个月甚至五个月的婴儿来，倒像是没长好就早产了似的。"

"不错，"玛丽说，"他是缺点什么。可他也有他了不起的地方。他实在是个好人——"

"那倒是，"露易莎小姐说，"可是他看上去并不像。他凭什么让人拿他当好人？！"

"可他就是好嘛，"玛丽坚持说，随后又笑着补充说："行啦，你怎么也不能否定这一点。"

她的话音中透着固执。她自顾沉静地打着转。她心里知道将要发生什么。她知道马西先生比她强壮，她必得屈从于他。在肉体上，她比他强壮，为此感到高他一头，她肉体的自我很是看不上他。但在精神上她却受着他的钳制。她明白留给她的时间还有多久，全家人都看着她呢。

四

几天后，老杜伦特先生死了。露易莎小姐又见到了阿尔弗莱德，可他在她面前显得僵化，并没把她当人看待，而是把她当成高于他的某种强有力的意志，而他像另一种意志站在她面前。她从来未曾感到自己如此这般地与别人决然隔离着，这样被一层钢板隔离的感觉教她又困惑又恐惧。他这是怎么了？她真恨军队上的训练，恨透了，它让阿尔弗莱德变了一个人。他变成了一个意志，屈从于凌驾他之上、与他作对的意志。这一点，令她难以认可。他让露易莎感到可望而不可即。现在，他是把自己放在一个低下、屈从于她的位置上，以此来躲她，避免同她有什么联系。于是，他便这样漠然以对，完全像低她一等的样子。

她感到匪夷所思，落寞地独自苦思冥索。她那颗发狂、固执的心无法不想，它不肯放弃自己的思想和权利。有时，她干脆不去想他，凭什么为一个比她低下的人生出烦恼？

可她还会再想起他来，几乎要恨他。他就是用这种法子来逃避她的。她觉得他这样做纯属懦弱。他平静地把她摆在高人一等的阶级中，把自己摆在低一等的位置上，远离她，让她无法接近自己，仿佛这个爱着他的活生生的女人根本不算数似的。但她绝不让步，一心要咬住他不松口。

五

不出半年工夫，玛丽小姐就嫁给了马西先生。他们根本就没有谈恋爱，也没人对这桩婚姻品头论足。不过，人们都冷漠地注视，期待着。那天马西先生向玛丽求婚，这小男人那微弱干涩的声音竟令林德里先生浑身颤抖起来。马西先生显得十分紧张，但口气又是那样奇特的不容置疑。

"我感到十分高兴，"牧师说，"不过，主意要玛丽自己来拿。"说着，他在桌上移动《圣经》的纤手还在发颤。

这个小个子男人决心已下，走出屋去找玛丽小姐了。他在她身边坐了半天，听她说了一会儿，这才开口说话。玛丽对即将到来的事感到害怕，直挺挺地坐着，心里惴惴的。她感到似乎自己的身子会挺起来把他挤到一边去。可她的心却颤抖着、等待着。她几乎是在企盼着，几乎求告他了。这时她知道，他就要开启尊口了。

"我已经向林德里先生求过了，"马西牧师说。这时，她突然扭头去看他小小的膝盖。"求他降尊接受我的求婚。"他深知自己的短处，不过他是铁了心了。

她越坐越冷漠、越无动于衷，几乎像石头一样了。他紧张地等待着。他是不会去说服的，他本人都不曾听到过说服的话，他只顾走自己的路。他看着她，对自己充满信心，但吃不准她的心思。他开口说：

"做我的妻子，行吗，玛丽？"

她的心依旧冷漠、无动于衷，自顾骄傲地端坐着。

"我得先问问妈妈再说，"她说。

"那好吧，"马西先生说，一转眼他就走了出去。

玛丽去找母亲，心情冷淡，表情漠然。

"马西先生求我嫁给他呢，妈妈，"她说。林德里太太依旧眼不离书，毫无表情。

"嗯，那你怎么说？"

这两人都保持着镇静和冷漠。

"我说我要先问问您再回答他。"

这等于是在提问一样。可林德里太太并不想回答，便在长沙发上焦躁地移动起自己沉重的身子来。玛丽小姐双唇紧闭，镇静地端坐着。

"你父亲认为你们是不坏的一对儿，"母亲似乎心不在焉地说。

然后再也无话，两人都三缄其口。玛丽小姐没跟露易莎小姐谈这事，而厄尼斯特·林德里牧师则退避三舍。

当晚，玛丽小姐接受了马西先生的求婚。

"好吧，我嫁给您，"她说着，甚至向他表露出几分柔情来。

这让他不知所措，但心中欢喜。她看得出他在向她靠近，能感到他身上的男人味儿，感到他流露出的某种阴冷和得意。她自顾端坐着等待。

露易莎获知此事后，虽沉默不语，但心中对谁都恨恨的，甚至对玛丽也是这样。她感到自己的信念受到了伤害。难道她心目中真正的东西竟可以这样无所谓吗？她想逃走。她想到了马西先生，这人身上有某种奇特的力量，某种难以言状的力量。他有某种他们无法扭转的意志。想到这儿，她突然感到一阵脸热。如果他来找她的话，她会把他轰出门去。他永远也别想碰她一下。想到此，她开心了。高兴的是，她的血会高涨，只要他靠她太近，不管他怎样摧毁她的判断力，不管他是个怎样好的人，她的血都会淹死他。她觉得这么个开心法儿有点变态，可她依旧开心。"我会把他轰出门去，"她说。为说出这句开诚布公的话感到心满意足。也许，她应该感到玛丽是个比她自己品位更高的人。但玛丽是玛丽，她是露易莎，这一点也是无法改变的。

嫁给马西后，玛丽也试图变成他那样纯粹理性的人，没有情感和冲动。她把自己封闭起来，对开始感到的痛苦、受到的羞辱和伤害带来的恐惧报以木然冷漠。她不要感知，就是不要。她成了一种纯粹的意志，对他听之任之，她选择了某种命运。她要做个善良和纯洁正直的人，她会生活在一种她不曾领略过的自由中，摆脱世俗的顾虑。她一心一意要得到自己的权利。她把自己出卖了，但她获得了新的自由。她摆脱了自己的肉体。她把自己的肉体这个低等的东西出卖了，换取了更高尚的东西，那就是摆脱物质后的自由。她认为她为自己从丈夫那儿获得的一切付出了代价。因此，她以一种独立之身，骄傲而自由地活着。她是用自己的肉体做代价的，从此不再想它，她很高兴摆脱它。她换取了她在这世上的一席之地，这是理所应当有的了。剩下的，就只是去行善，过高尚的精神生活。

她极难容忍别人与她和她丈夫同时出现在同一个场所。她的私生活是她的一大耻辱。但她可以做到秘而不宣。她住在离铁路几里远的小村牧师住宅里，几乎是与世隔绝。看到一些人对她丈夫表示厌恶，像看待"病例"一样用那种特殊的眼神看他，她感到很痛苦，似乎这是对她肉体的羞辱。不过，大多数人在他面前还是神魂不安的，这总算让她恢复了点自豪。

如果让她由着性子来，她会恨他，恨他在屋里转来转去的样子，恨他那缺少人味儿的尖细嗓音，恨他的小罗锅儿，恨他那张没长开的脸，它令她想起早产儿来。但她强使自己守着妇道，照料他，公平地对待他。她同样在内心深处怕他，感到自己像奴隶。

他的举止上倒也挑不出什么毛病。照他的做人标准，他可是个十分公正善良的人了。可他的男人味却表现为冷漠，自我，十分的霸道。别看他个子矮小，身子骨儿虚弱，发育不良，这种秉性却是她始料不及的。这是这笔交易中她弄不明白的一件事。她因此干脆不去想它，相安无事拉倒。但她隐隐觉得她是在戕害自己。说到底，她的肉体并不是那么容易说摆脱就摆脱掉的。可她却想过这样轻易把它打发掉，唉，有时她真想挺身去死，举起手来，一挥，把一切都毁掉拉倒。

他对自己所处的环境几乎秋毫无察。他对家务事不闻不问，而她在家中可以为所欲为。的确，她在很大程度上摆脱了他。他可以独自悄无声息地坐上个把小时。他很善良，很周到，甚至显得牵肠挂肚的。可一旦他认为自己是对的，他就会盲目而固执，那种男人气颇像一台冰冷的机器。在很多问题上，他都是逻辑上正确，或者他的主张两人都能接受。就是这样，她没有什么可反对的。

不久，她发现自己怀孕了。从此第一次在上帝和男人面前感到了恐惧。这是她注定要经历的，这是女人之道。孩子出生了，是个漂亮健康的婴儿。她双手捧着孩子，心里止不住一阵酸痛。她那受到蹂躏、一直沉默的肉体将由这个男孩儿来代言。无论如何，她要活下去，尽管活下去远非易事。没有什么是彻底完结了的，她一遍又一遍地端详这孩子，看得几乎要恨起来，可又因着爱而备感苦涩。她恨他，因为他使得她在肉体上又复活了。当她难以在肉体上活着时，她不要复活。她只想蹂躏她的肉体，贬低它，消灭它，只生活在精神中。可现在有了这个孩子，这太残酷、太折磨人了，因为她必须爱这个孩子。她的目的又碎成了两半。没有目标、没有方向，她并非是真的存在。作为母亲，她沦落为一个破碎卑贱的东西了。

本来没什么人之感情的马西先生，现在却对"他的孩子"这个念想着了迷。孩子的降临，突然占据了他的全部感情世界。这孩子成了他牵肠挂肚的事，让他一心为孩子的安全和健康担忧。这可是件新鲜事，似乎他自己成了个赤裸裸的新生儿，全然能意识到自己的赤裸，为此满心恐惧。他这个一生中漠视他人的人，现在一心关注起这孩子来了。他倒也没有跟他玩耍、亲吻他或照料他。他什么也没为这孩子做。但这孩子就是支配着他，既充满了他的心同时又令他脑子一片空白。对他来说，全世界上就只有这孩子了。

他妻子同样还要忍受他这样的问题："他为什么要哭呢？"孩子刚一出声，他就会提醒说："玛丽，孩子有动静了。"喂食时间刚过五分钟，他就会焦躁不安起来。这些，玛丽都要忍受。她这是自找，所以现在她必须听之任之。

六

在黯淡的牧师住宅里，露易莎小姐正为姐姐的婚姻感到痛苦万分。订婚时她就大叫着反对这桩婚姻，却让玛丽一句平静的话给封住了口："露易莎，我不同意你对他的看法，我非嫁给他不可。"从此露易莎就心存深深的怨恨，三缄其口了。这种岌岌可危的情形令她内心发生了变化。因为反感，她便疏远了死心眼儿的玛丽。

"我宁可光着脚沿街乞讨也不嫁那个人，"一想到马西先生，露易莎就会这么说。

但是玛丽会以另一种方式显示自己的勇气。因此，实事求是的露易莎便突然感到她的偶像玛丽出了毛病。玛丽怎么可能纯洁无瑕呢？一个人是不可能行为龌龊而精神高洁的。露易莎不再相信玛丽精神高洁了，不再相信她真诚了。如果玛丽是个超凡脱俗但误入歧途的人，父亲为什么不保护她呢？那是因为他图钱。他并不赞成这桩婚姻，可他却退却了，就是因为他图钱。母亲则明显地对此漠不关心：她的女儿们可以自行其是。她母亲是这样宣称的：

　　"别管马西出什么事，反正玛丽的日子有着落了。"如此昭著而浅薄的算计激怒了露易莎，她忍不住叫道："我宁可进工厂干活，有个着落，也不这么结婚。"

　　"那是你父亲该管的事，"母亲粗暴地噎她。这句旁敲侧击的话很是刺伤了露易莎小姐，为此她简直恨透了母亲，也有些恨起自己来，这股怨气憋在她心中好久了，不住地在往上拱啊拱的，到最后她终于说了出来：

　　"他们错了，他们全错了。他们辗碎自己的灵魂，换来的是一钱不值的东西，他们心中压根儿就没有一丁点儿爱。我可是要有爱的。他们想让咱们也否认世上有爱，是因为他们从来没有见过爱，他们想让咱们说爱压根儿不存在。可是我就是要有爱，我还要去爱，这是我天生的权利。我爱哪个男人我才会嫁给他，我最上心的就是这个事儿。"

　　露易莎于是变成了孤家寡人。因为马西，她跟玛丽掰了。在露易莎眼里，玛丽嫁给马西纯属自甘堕落。她真是不忍去想那个有着高尚理想的姐姐怎么会如此在肉体上自轻自贱。玛丽这一步走的，真个是错、错、错！她优越什么，她被玷污了，毁了。姐妹二人从此不睦。她们的确相互爱着，一生都爱着，但她们分道扬镳了。倔犟的露易莎感到心头又增添了新的沉重，不禁阴沉起脸来。她要走自己的路了。可路在何方？前方的世界虚无缥缈，令她深感孤独。她怎么才能算得上找到了自己的出路？但是，她铁了心要去爱，要得到她所爱的男人。

七

儿子三岁那年，玛丽又有了个孩子，是个女儿。那三年过得很无聊，既像一辈子，又像一场梦。她说不上像什么。只是，她总感到头顶上负着某种重压，在压迫她的生命。唯一出过的一件事，是马西先生动了个手术。他总是瘦弱不堪，他妻子很快就学会了按部就班地照料他，把这当成了她的一份义务。

不过生下女儿的这第三年上，玛丽感到压抑沮丧。圣诞节越来越临近了，牧师住宅里的圣诞节是黯淡乏味的，每一天都是那样千篇一律地淡然无光。玛丽很怕，似乎觉得那黑暗正向她压下来。

"爱德华，我想回家去过圣诞，"她说着，不禁感到心中生出了恐惧。

"可你不能把孩子扔下呀，"丈夫眨着眼说。

"我们都去。"

他想了想，若有所思、静静地盯着她。

"干吗想走？"他问。

"因为我想换换环境，那样会对我有好处的，对养奶也有益。"

他听出了妻子话中的坚决，颇为茫然。她说的话丈夫并不很明白，但他冥冥中感到玛丽是铁了心了。自玛丽生儿育女始，无论是临产前还是哺育婴儿，他都把她当成一个特殊的人。

"带孩子坐火车会不会伤着她？"他问。

"不会，"做母亲的说，"怎么会呢？"

他们上路了。上火车后，天开始下雪了。从他坐的一等车厢的车窗向外看去，这小个子牧师凝视着大片大片的雪花从窗前掠过，像一道窗帘横贯田野。他一心只想着孩子，生怕车厢里的穿堂风吹着她。

"坐在角落里，"他冲妻子说，"搂紧孩子，靠里。"

她照他的话往里挪了挪，目光扫向窗外。他的存在总像一块铁秤砣压在她心头。现在总算可以躲避他几天了。

"坐那一头，杰克，"父亲说，"那儿风小点儿，来，坐到这扇窗边来。"

他焦虑地看着儿子。可他的孩子却是这世上最拿他不当回事的人。

"看啊，妈妈，你看！"儿子叫。"正好飞到我脸上了——"他指的是落在脸上的雪花。

"那就坐到这个角落来，"父亲又说，那声音像来自另一个世界。

"这一片儿跳到这一片儿上头，妈，它们又一块儿溜下去了！"儿子欢快地跳着脚说。

"让他坐这边儿来，"小个子男人在叮嘱老婆。

"杰克，到这块垫子上来，"母亲白皙的手拍拍那垫子说。

儿子照她说的，默默地蹭过来。待了一会儿，他故意尖着嗓子叫：

"看犄角儿里呀，妈，雪都堆成堆儿了，"他的手指头演戏般地抚着窗棂、指着雪花儿说，随后虚张声势地冲母亲转过身来。

"堆成堆儿了！"她也叫道。

儿子看到了母亲的表情，得到了她的反应，心有点定了下来。尽管他心里还有点不安，但他再一次确信他得到了母亲的关注。

他们下午两点半到了牧师家，连午饭都没吃。

"你好呀，爱德华。"林德里先生虚与委蛇一番，摆出一副岳父样儿来。可跟这个女婿到了一起，他总感到错位，因为他自叹不如。因此他尽量视而不见，充耳不闻。老牧师看上去苍白瘦削，形销骨立，灰头灰脑的。不错，他还是那么傲气。不过，随着孩子们一天天长大成人，这股子傲气已经日薄西山，随时都会枯竭，他只能变成一个穷困潦倒的可怜角色。林德里太太一门心思只注意她的女儿和外孙子外孙女，毫不在意她的女婿。露易莎小姐则咯咯笑着逗孩子们玩儿。马西先生站在一旁，驼背的样子显得他挺矬。

"噢，美人儿，小美人儿！小冷美人儿坐火车来了！"露易莎小姐一边逗着小婴儿，一边蹲在炉前毯上解开白羊毛襁褓，让婴儿的身子烤烤火。

"玛丽，"小个子牧师说，"我觉得最好给婴儿洗个热水澡，免得她冻着。"

"我倒觉得没这个必要，"孩子妈说着，过来用手小心地捏捏小东西粉嘟嘟的手脚。"她不冷。"

"一点儿也不冷，"露易莎叫着，"她没着凉。"

"我这就去拿他的尿布来，"马西先生一门心思地说。

"我到厨房里去给她洗吧，"玛丽换了一副冰冷的口气说。

"不行，女佣在擦洗那儿呢，"露易莎说，"再说，孩子这时候也不需要洗澡啊。"

"最好洗一个，"玛丽平静地说，她听丈夫的话。这样子颇令露易莎恶心，也就不言语了。小个子牧师臂上搭着法兰绒尿布缓缓走下来时，林德里太太说：

"你是不是也洗个热水澡，爱德华？"

林德里太太话中带刺儿，可马西先生却闻而不知其声，因为他正一门心思准备给孩子洗澡呢。

屋内光线昏暗，陈旧破烂，相比之下，屋外的雪景倒像个童话世界了：草坪上的雪一片洁白，灌木上也粘着一挂挂的积雪。屋里墙上挂的几幅死气沉沉的画儿，看不大清画的都是什么，四下里昏暗一片。

只有壁炉前让火光映得亮一些，人们把澡盆安放在炉前地毯上。马西夫人的黑发仍像平时那样梳盘得光顺，一派贵妇人气。她跪在澡盆边，腰围一条皮围裙，抱住手脚乱蹬的孩子。她丈夫站在一边，手握毛巾和绒布去炉前烘热。露易莎心中恨恨的，没心思分享给孩子洗澡的乐趣，自顾自地去摆桌子。那男孩儿正手抓门把儿吊在门上，奋力拧着把手想开门出去。他父亲扭身看到他，便说：

"离开门，杰克。"可他的话等于白说，杰克自顾自地拧得更使劲儿，跟没听见一样。马西先生忙向他瞪起眼来。

"玛丽，他必须离开门，"他说，"门一开穿堂风就进来了。"

"杰克，离开那儿，乖啊，"母亲说着手脚麻利地把浑身水湿的婴儿放到她膝盖上的毛巾里，然后回头望望，说："去跟露易莎姨妈说说火车上的事儿。"

露易莎也怕那门开了，就站一边看着炉前地毯上的人们。马西先生手持绒布立在一旁，像是在协办什么仪典。如果不是因为人人心中生着闷气，这一景儿倒也颇为可乐。

"我想看看窗户外头嘛，"杰克说。他父亲忙转过身不理他。

"露易莎，把孩子抱到椅子上好吗？"玛丽急急地说，孩子父亲太弱，怕是抱不动。

给孩子包上绒布后，马西先生又上楼去拿下四只枕头来，把它们架在炉围杆上烘烘。然后他站在一边看母亲喂孩子，全然让孩子迷住了。

露易莎继续去准备饭菜。她也说不清为什么自己那样郁郁寡欢。林德里太太则像往常一样，默默地躺在一边注视他们。

玛丽抱孩子上楼去了，她丈夫抱着枕头紧随其后。不一会儿，他又下楼来了。

"玛丽干吗呢？干吗不下楼来吃饭？"林德里太太问。

"她和孩子在一起。屋里挺冷，我得让女佣生个火，"说完若有所思地向门边走去。

"可玛丽还什么都没吃呢，恐怕要感冒的是她，"母亲愠怒地说。

马西先生看似闻而不知其声，可又望望岳母，说："我这就给她送吃的去。"

说完，他出门去了。林德里太太气得在沙发上辗转反侧。露易莎则一脸怒气。不过谁也没言语，那是因为她们家花的是马西先生的钱。

露易莎上楼来了，看到姐姐正倚坐在床边读一张废报纸片。

"不下来吃饭吗？"妹妹问。

"一会儿就去，"玛丽平静而拒人千里地说，教人接近不得。

就是这一点最让露易莎恼火。她于是下了楼，冲母亲说：

"我出去一下，可能不回来吃茶点了。"

八

大家对她外出不置一词。她戴上那顶村民们十分熟悉的皮帽子，穿上那件旧风雪衣就走了。露易莎矮墩墩的，相貌平平。她的下巴厚重，随她妈；额头高耸，随她爸；而那双若有所思的灰眼睛则谁也不随，是她自己的，一笑起来，这双眼睛显得十分漂亮。大伙儿说得对，她这模样儿看上去阴沉沉的。要说她哪一点最顺眼，还得数她那一头浓密光亮的金发，可说是流金溢彩。这头美发长在她头上倒也说不上不般配。

"我这是去哪儿呀？"她来到雪野中，喃喃自语。她毫不犹疑地迈开了步子，不过那全然是身不由己，一直下了坡，朝阿尔德克罗斯老村子走去。谷地里林木森暗，矿井气喘咻咻，喷出一束束圆锥形的烟柱，高大笔挺，显得比山上的雪还白。不过，在这死静的空中，一束束烟柱还是显得影影绰绰。露易莎不知自己走向何方，直到到了铁路岔路口，看到被积雪压弯的苹果树枝垂向篱笆，才想起她必须去看看杜伦特太太。原来那些正是杜伦特太太家园子中的树。

现在，阿尔弗莱德又回到家中，与母亲一起住在大路下方的村舍中。白雪皑皑的园子很陡，从路边篱下和铁路交道口开始铺展下去，就像一个坑的一面，直斜到墙根下。深陷其中的村舍因此得以遮蔽。屋顶上的烟囱刚刚与路面一般高。露易莎小姐踏着石阶下来，下到小后院中。这里一片昏暗隐蔽，存放煤油的小棚子上歪着一棵大树。身陷其中，露易莎颇觉得踏实。她叩了几下敞开的门，四下里张望着。园子从矿坑边开始变窄，像一条细舌伸展过来，一片雪白，这景色令她想起不出一个月，园子里的黑豆果树丛下会冒出密实的雪花莲来。身后园子边上垂下的残破石竹花朵现在全披着雪被，一到夏天那洁白的花朵就会碰撞露易莎的面庞。她在想，花儿垂首蹭你的脸时你便伸手去采，那该有多惬意啊!

她又敲敲门,探头往里张望,看到厨房里深红的火光,炉火辉映着砖地和印花布做的椅垫子。这真是一幅明亮动人的景色。她走过洗涤池时发现,那张年历还挂在老地方。屋中空无一人。

"杜伦特太太,"露易莎轻声呼唤道,"杜伦特太太。"

她又顺着砖阶拾级而上到了前屋,那儿仍旧摆着小柜台,台子上放着一捆捆的活计。她在楼梯下又呼了几声,仍没回音。她这才明白杜伦特太太出门去了。

她转身来到院子里,寻着那老妇人的脚印儿上了通往园中的小径。

她从树丛和悬钩子新枝下钻出,来到矿床旁。白雪笼罩着宽大的园子,园中光线昏暗,影影绰绰的树丛掩映在积雪中。左首上方,小小的矿山火车轰隆隆驶过。而身后则是一片树林子。

露易莎在裸露的小径上边走边左顾右盼,随之关切地叫了一声。原来是看到那老妇人正坐在白雪覆盖的卷心菜地中蠕动着,菜地中一片乱糟糟的。露易莎朝她跑过去,发现她正忍不住低声啜泣着。

"您这是怎么了?"露易莎叫着,一下子跪倒在雪地里。

"我——我——我正在拔一棵甘蓝根儿,就,哎呀,身子里头什么在撕扯我,疼死了,"老妇人连痛带惊,抽抽搭搭,上气不接下气地说。"这块儿疼,疼了有些日子了,这会儿它又犯了,哎哟!"她大口喘着,手捂住肚子歪下去,像是要疼昏了,一张脸在雪地里显得蜡黄。露易莎忙去扶她。

"这会儿你能自个儿走了吗?"她问。

"能,"老妇人长出一口气道。

露易莎扶她站起身来。

"拿上那棵菜,给阿尔弗莱德晚饭时吃,"杜伦特太太喘着气说。露易莎拣起甘蓝根儿,扶着老妇人艰难地走回了屋。她给老人倒上白兰地,扶她躺到睡椅上,说:"我这就去请大夫,请您等一会儿。"

说完她跑上台阶，到几码开外的小酒馆儿去。老板娘见到露易莎小姐来，吃了一惊。

　　"您能马上给杜伦特太太请个大夫来吗？"她说，那口气有点像她父亲命令别人。

　　"怎么了？"老板娘惊讶地问。

　　露易莎朝路上瞟了一眼，看到杂货店的马车正朝伊斯特伍德驶去，就跑过去向车夫讲了几句请医生的事。

　　露易莎回屋时，杜伦特太太躺在沙发上，脸扭向一旁。

　　"让我帮你上床去吧，"露易莎说，杜伦特太太没表示不同意。

　　露易莎对劳动阶级的生活很是熟悉。她拉开橱子最下方的抽屉，找到几块抹布和绒布。她拿井下用的旧绒布垫着，抽出炉架子，包起来放在床上。又从儿子的床上扯了条毯子，跑下来，把毯子放在炉火前烤着。随后帮小个子老妇人脱去衣服，抱她上楼。

　　"小心别把我摔地上，当心呀！"杜伦特太太叫着。

　　露易莎没理会她，只顾抱着她快步上楼。她无法在这儿生火，因为卧房里没壁炉，地板是灰泥抹成的。她抓过那盏灯，点亮后放在角落里。

　　"灯光也能让屋里有点热乎气儿，"她说。

　　"是啊，"老妇人呻吟道。

　　露易莎又拿几块烤热的绒布，换下从炉架上取来的那几块。然后她做了一只麸皮袋子①，放在老妇人腰腹部，她那儿长着一个大肿块。

　　"我早就觉出来那儿长东西了，"老妇人低吟着，这会儿那地方不很痛了。"可我什么也没说过。我可不想给咱们阿尔弗莱德添麻烦。"

　　露易莎不明白，为什么"咱们阿尔弗莱德"就该不知道这事儿。

　　"几点了？"老妇人凄惨地问。

---

　　① 装满麸皮的布袋子，烤热后用来热敷，镇痛消肿。

"差一刻四点。"

"哎呀！"老妇人悲呼，"再过半小时他就回来了，可是我饭还没做好呢。"

"我来做，行吗？"露易莎轻声问。

"菜在那儿，贮藏室里有肉，还有一个苹果馅饼热热就行了。不过，你可别做呀！"

"那谁来做呢？"露易莎问。

"天知道，"病恹恹的老妇人呻吟着，顾不上想这许多了。

露易莎还是做了饭。这时医生来了，认真地检查了一遍后，脸色很沉重。

"大夫，什么毛病啊？"老妇人抬头问，那可怜巴巴的目光中全无希望。

"长瘤子①的地方皮撕破了，"他说。

"唉！"她喃喃着转过身去。

"这样子，她会说不行就不行了，不过也许那瘤子会化掉呢，"老医生对露易莎说。

露易莎又上楼去了。

"他说那个瘤子兴许会自个儿化了，你就全好了，"她说。

"唉！"老妇人喃喃着。这话哄不住她。她又问："火旺吗？"

"旺，"露易莎说。

"他需要屋里火旺旺儿的，"杜伦特太太说。露易莎忙去照管炉子。

自打杜伦特死后，这寡妇就很少上教堂了，露易莎一直对她很友好。姑娘心中吃准了：没有哪个男人像阿尔弗莱德·杜伦特这样打动过她的心，她认准他了。她的心是属于他的。为此她和他这个爱挑剔、讲求实际的母亲之间也自然相互同情起来。

阿尔弗莱德是这老妇人最宠爱的儿子，可他仍像几个兄长一样任性、盲目，只顾自己。像别的男孩子一样，中学一毕业他就死活要下井当矿工，这是

---

① 医学不发达时人们对不明原因的肿块均称瘤子。医生一般不予手术。

使自己尽快成为男子汉与其他男人平起平坐的唯一途径。这个选择令其母心寒，她本希望让小儿子成为绅士的。

尽管如此，儿子对她的感情始终如一，那份感情很深，但从不溢于言表。她什么时候疲倦了，什么时候添了顶新帽子，儿子都看在眼里。有时他也为她买点小东西。他其实很依恋母亲，这一点，母亲却看不出。

他并不令母亲打心里感到满意，因为他看上去不那么有男子气。他时而爱读读书，更爱吹吹短笛。看他为了吹准音调，头随着笛子一点一点的样子，她就觉得好笑开心。这叫她对他生出柔情、怜悯的慈爱来，但绝非敬重。她对男人的要求是矢志不渝，不受女人的影响，一心进取。可她知道，阿尔弗莱德依赖她。他参加唱诗班，是因为爱唱。夏季，他在园子里干点活儿，喂喂家禽喂喂猪什么的。他还养鸽子呢。周六他会去参加板球队或足球队的比赛。尽管如此，在她眼中他还是不像条汉子，不像他的几个兄弟那样是独立自主的男子汉。他是她的宝贝疙瘩——她为此疼爱他，可也为此有点恨他不争气。

渐渐地，母子二人之间产生了点儿对立情绪。于是他开始像几个兄弟一样酗酒，不过不像他们那样喝起来不要命，他还是喝不糊涂的。母亲见此情景，真是可怜他。她是顶疼他了，可又对他不满意，因为他离不开她，就是不能自行其是。

再后来，他在二十岁上偷跑去当海军了。这下子把他练成了个男子汉。他恨透了当兵服役、逆来顺受。几年中他一直同那个受着军规约束的自我进行斗争，要挣回自尊，他是怀着一腔的无名火、羞耻感和压抑的自卑感抗争着。最终他摆脱了屈辱和自恨，获得了内心的自由。而对被他理想化了的母亲的爱则一直支撑着他，让他有希望和信念。

他终于回家了，已经是小三十的人了[①]，但仍像个孩子一样幼稚单纯。只有沉默这一点是早先不曾有的，那是在生活面前表现出的无言的谦卑，因为他

———————————

① 19 世纪末的海军军人一般都要服役十年。

惧怕生活。他几乎是纯洁无瑕的一个人，过于敏感，总是见女人就躲。男人们之间常聊点性什么的，但不知何故从不对准具体的女人。他时而与想象中的女人放纵；但一见到真女人，他就深感不安，唯恐避之不及。若有女人接近他，他会敬而远之，避之千里。可过后他又会为此深感耻辱，内心深处自觉不算个男人，或者说不算个正常男人。在热那亚，他同一个下级军官去过一家酒馆儿，那儿常有些下等女子光顾，寻找情人。他手把酒杯坐着，那些女子看着他，但没人过来找他。他知道，即便她们过来找他，他也只会为她们买吃喝，因为他可怜她们，为她们缺吃少穿担忧。但他不会跟她们中的任何一个走，他为此常感到羞愧，看着那些洋洋自得、浑身激情的意大利人身不由己地往女人身上凑，心中不禁妒火横生。他们才是男人，而他则不是。他坐在那儿，像是矮人三分，感到自己像个人见人躲的讨人嫌。离开小酒馆儿，一路上幻想着自己跟某个女人交欢，越想越觉过瘾。可果真有女人送上门来，他又会因为她是个血肉之躯而不敢造次。如此无能，像是断了主心骨一般。

在国外时，有好几次他出去喝酒后，跟伙伴们去逛正式营业的妓院，可那种龌龊卑劣的场景又教他惊疑不已。真是无聊，毫无意义。他感到自己患了阳痿症，不是肉体上的阳痿，而是精神上的阳痿：并非实际上的阳痿，而是内心的阳痿[1]。

他心怀这个秘密回家来了，那陌生、不安分的自我依旧折磨着他。海军训练练就了他一副好身板。他意识到自己身材健美，很为此骄傲。他游泳、练哑铃以保持健美。除此之外他还打板球、踢足球。他读了些书，开始有了自己的信念，这一套是从费边社[2]的社员们那里学来的。他吹起短笛来是把好手，人们公认他是个内行。但耻辱与短处仍旧像溃烂的伤疤一样长在心灵深处。他外表虽然健康快乐，可内心却痛苦；表面上自信优越，心里是自惭形秽。他想

---

① 这一段描写与《虹》中有关汤姆·布朗温早期性生活的描写十分相似。

② Fabian Society, 1884 年成立于伦敦，主张渐进实现社会主义。

变得残忍以求改变自己，仅仅是为了获得解脱，摆脱这种耻辱与难堪。眼看一些矿工毫不畏惧地一往直前扑向自己的目标求得满足，他不禁暗自妒忌他们。一切，他真想不惜一切去获得这种自然冲动和冒失，直奔目的，满足自己的欲望。

九

在井下干活并非让他感到不快活。人们都很喜爱他。感到与众不同的倒是他自个儿。他似乎是在掩饰自身的污点。即便这样，他心里还是吃不准，大伙儿是否真的不拿他当傻瓜，觉得他没他们那么有男子气从而看他不起。于是他外表装得很有男子气，这一招竟把他们蒙住了。对此，他很吃惊。他生性活泼，所以一干起活来就显得快活，在井下他感到自在。他们光着膀子干活儿，干得浑身热烘烘、黑乎乎的，时而蹲着聊上几句。凭着安全灯的微光看人只能看个模模糊糊。四下里采下的煤渐渐隆起来，巷道里一根根木头撑柱看上去就像低矮、黑暗的庙宇里的房柱。随后拉煤的小马到了，年轻的马夫会从隔壁七号坑道带个口信儿或从马槽里带一瓶水来，有时也会传点井面上的新闻。这么一天下来，日子过得挺快活。白天里在井下干活儿，气氛很轻松愉快。一群男人与世隔绝关在井下，相互间充满哥们儿义气，心情舒畅。在这个危险的地方，他们什么活都干，挖煤、装车、修复掌子面，坑道中隐约弥漫着神秘与冒险气氛。这一切对他来说并非不迷人，让他不再那么渴望井上的空气，不再畅想大海了。

这一天，活儿很多，弄得杜伦特无心闲聊，整个下午只顾默默干活儿。

"放工"时间到，大伙儿拖着沉重的双腿来到井口下面。井下办公室粉刷过的白墙十分耀眼。人们熄了灯，一群人围坐在竖井口下。黑乎乎的水珠子顺着井壁流到污水坑中。远处，电灯在主坑道上闪烁着。

"是下雨了吗？"杜伦特问。

"下的是雪，"一位老工人说。小伙子听后很是高兴，他就喜欢上井时天下雪。

"这场雪赶在圣诞节前下了，真是时候，是不？"老人问。

"嗯，"杜伦特回答。

"圣诞晴，坟头多，"[①]另一个人叨念起一句谚语来。

杜伦特闻之笑起来，一笑就露出小尖牙来。

罐笼降了下来，这群人排上了队。这时杜伦特发现打了眼儿的笼拱顶上有雪花儿，心中一阵高兴。他幻想着：雪花儿下井走一遭是否也很开心。可是，这些雪花转眼间就跟污泥水混在一起变成了黑泥汤子。

他喜欢自己身边的一切，因此常常面带微笑。可这微笑下面却藏着许多怪想法。

升上地面后他几乎感到眼晕，因为雪光刺眼的缘故。顺着井台边走过，把灯交还给办公室后，他再一次置身于开阔的空间中，白雪的世界在闪亮，他情不自禁笑了。黄昏的天光下，两边的山峦呈现出淡青色，树篱则看上去凋敝暗淡。铁路中间的雪地让行人踩得一塌糊涂，一路上尽是赶路归家的矿工们黑黑的身影。但在他们前方，远处的积雪仍旧平缓，一直铺展到黑墙一般的矮灌木丛边上。

西半天上呈现出一抹粉红，一颗巨星朦朦胧胧地高悬空中。脚下矿区的灯光。[②]

一片暗黄，照亮了四周的建筑。老阿尔德克罗斯村那边，一排排房屋中摇曳着灯火，在淡青的暮色中明灭。

杜伦特走在矿工们中间，心中充满了生机和喜悦，大家都因为有了这场雪

---

① A green Christmas, a fat churchyard，这句是英文谚语。green 做"无雪"讲，"fat churchyard"意为墓地新埋进更多死人。西人盼圣诞节下雪有如中国人盼春节除夕下雪一样。——译者注

② 1907—1910 年间，伊斯特伍德矿区已开始通电。

而兴冲冲地打开了话匣子。他喜欢和他们在一起，喜欢这雪白的暮色世界。走到园门，他停下脚步，看到路基下方家中的灯光辉映着沉静淡蓝的雪地，他的心不禁微微发颤发热。

十

铁道边大门旁的栅栏上开着一扇小门，他锁了这扇门。现在他开门时注意到从厨房里射出来的灯光一直照到外面的灌木丛和雪地上。他想，这是一支蜡烛，怕是要点到天黑才换上油灯吧。他顺着陡径滑到平地上，他喜欢在平缓的雪地上首次留下脚印儿。随后他才穿过矮灌木丛走向家里。屋里的两个女人听到他在屋外的刮板①上刮沉重的靴子底，又听到他开门时的说话声。

"妈，靠点蜡能省几滴煤油？"他喜欢亮点儿的油灯光。

他放下瓶子和盛午饭的布包，正要把大衣挂在洗涤间门后，露易莎出来了。他吃了一惊，随之笑了。

他眼睛里刚刚露出笑意，便忽地沉下脸来，他害怕了。

"你母亲刚刚出了点事儿，"她说。

"怎么回事？"他大声问。

"在园子里，"她说。他手持外衣犹豫片刻，然后挂上，转身进了厨房。

"她上床了吗？"他问。

"上了，"露易莎小姐说，她发现很难骗过他。他默不作声，走进厨房，沉沉地坐在父亲那把旧椅子中，开始脱靴子。他的头挺小，形状很漂亮。那头棕发，长得密实而硬挺。这副样子，无论出什么事，看上去都显得快活。他穿着厚毛头布裤子，散发着井下的腐臭味，换上拖鞋后，他拎着靴子进了洗涤间。

"怎么回事？"他恐惧地问。

---

① 住家门外安放的一块金属刮板，用来刮去鞋底上的泥垢。

"是内伤，"她回答。

他来到楼上，母亲见他来了，显得还算平静。露易莎能感到他的脚步在震动着楼上卧室的泥灰地。

"您干什么了弄成这样？"他问。

"没什么，孩子，"老妇人艰难地说。"没什么。你别担心，儿子，比起昨天和上周来，今儿个的事儿真不算什么。大夫说我伤得不太厉害。"

"您干什么来着？"儿子问。

"我正拔一棵白菜，我猜是劲儿使过了。因为，哦，真疼啊——"

儿子赶紧看她一眼。她忙挺了挺身子。

"可是谁又不会说疼就疼一下子呢？每个人都会有这种时候，孩子。"

"可是，伤哪儿了？"

"我也不知道，"她说，"不过我猜没什么大不了的。"

墙角里的大灯罩着一个墨绿色灯罩，幽光中看不清她的脸。他此时真是百感交集，吓得浑身缩成一团，眉头紧蹙。

"您干吗要为棵白菜拼老命呢？"他说，"地都冻得硬邦邦的，您还拔呀拔的，非要了您的命不可。"

"反正得有人去干这个，"她说。

"那也不能把自个儿弄伤了呀。"

这些等于白说。

露易莎在楼下听得一清二楚，心不由得沉了下去。看起来这母子二人是争不出个所以然的。

"你真以为没什么大不了的，妈？"沉默片刻后他又恳切地问。

"是没什么大不了的，"老妇人痛苦地说。

"我可不想让你——你——受——受罪，你知道的。"

"去吃饭吧，"她说。她知道她活不长了，而此时又疼得厉害。"他们是在娇惯我呢，是看我老了才这样的。露易莎这姑娘不错，她快把饭做好了，你赶紧下去吃吧。”

母亲这样打发他走，令他感到自己又蠢又羞。他不得不转身离开，心中十分难受。他下了楼，母亲也高兴了，她好一个人呻吟出声儿了。

他又开始照老习惯先吃饭，后洗澡。露易莎在张罗晚饭，干这事儿教她感到新奇又激动。她浑身紧张，试图弄明白他和他母亲的心思。她看着他，可他却别过头去，不看晚饭而是去看炉火。她是在用心观察他，想看清他是个什么人。他的脸和胳膊又黑又糙，像个陌生人，脸上蒙了一层黑煤灰。她看不清他，也不能理解他。棕色的眉毛，专注的目光，紧闭的双唇上粗拉拉的小胡子，她只熟悉这些。至于他是什么人，裹着一身煤灰坐在桌旁，她看不出来，这令她心痛。

她又跑上楼去，旋即拿了法兰绒布块和麸皮布袋下来烘一烘，因为杜伦特太太的伤又疼了起来，需要镇痛。

这时他正吃到一半。他放下叉子，突然感到一阵恶心。

“这能镇痛，”她说。他看看，自觉无用，只能干看着插不上手。

“她疼得很厉害吗？”他问。

“我想是的，”她说。

此时他真是手足无措，话都说不上来。露易莎很忙，又上楼去了。此时那可怜的老妇人正痛得脸色煞白，冷汗津津。露易莎忙东忙西，为她解除疼痛，心里着实替老妇人难过，不禁脸色阴沉。忙了一会儿，她坐下来，守着。老妇人的疼劲儿渐渐过去了，慢慢昏睡过去了。露易莎仍旧在床边默默坐着。这时她听到楼下的水声，随后又听到老妈妈微弱但口气强硬的声音：“阿尔弗莱德一个人洗身子呢，他需要人替他搓搓背——”

露易莎不安地听着，想弄清这老女人话里的意思。

“不搓背他就难受得慌——”老妇人一心想着儿子，没完没了地说。露易莎忙起身去擦掉她发黄的额头上的汗珠子。

“我这就下去，”她安慰老妇人说。

"那就麻烦你了，"老妇人喃言道。

露易莎又等了一会儿。杜伦特太太闭上眼，表示这儿没事了。露易莎转身下了楼，她，或那个男人，他们有什么重要的？关键是要替那生病的老妇人着想。

阿尔弗莱德正光着膀子跪在炉前地毯上，伏在一只大泥瓦盆^①上洗着身子。他每天吃了晚饭后，都要这样洗洗。他的几个哥哥以前也这样做。但屋里这一切对露易莎来说却是陌生的。

他在动作单调地往头上搓肥皂，搓起白沫来，一下又一下，无意识地搓着，还不时用手抹抹脖子。露易莎在看他洗，她一定要正视他。这时他把头扎进水中，涮净肥皂沫，再抹去眼里的水。

"你母亲说你需要别人帮你搓背，"她说。

真奇怪，她竟要介入到人家的日常生活中去，这让她有多么难受！露易莎觉得她是让人逼着干这种亲昵的勾当，几乎要令她恶心。这事儿多俗气，像是硬把人往一起赶似的，让她没了主心骨儿。

他扭过脸来，很是滑稽地朝上看着她，弄得她不得不板起脸来。

"他倒着看人的样子多么逗人啊，"她想。无论如何，她和那些不相干的人感觉不同。他的胳膊就泡在黑水中，连肥皂沫都黑乎乎的。她几乎无法认为他还是个人，他无动于衷地照老习惯在黑水中摸索着，捞出肥皂和布块，递给身后的露易莎。随后，他直愣愣听话地等待着，两只胳膊直挺挺地插在水中，支撑着沉重的身子。他身上的皮肤白皙无瑕，如同不透明的白玉石一般。露易莎看出来了，他这个人就像这种皮肤一样。这样子颇令她着迷。于是她渐渐地不再感到隔膜，不再畏缩不前，躲避同他和他母亲的接触。这里成了活生生的生命中心，教她感到心中热乎乎的。这健美洁净的男人肉体教她寻到了某种归宿。她爱他，爱他那白皙的身子散发出的超人热量。不过，他那让阳光晒红的

---

① 这种泥瓦盆的内侧上了釉子。

脖子和耳朵则更有人的气息，让人感到好奇。她感到心中涌起一股柔情，她爱他，甚至爱这奇特的耳朵。他这个人成了她亲爱的人。她想着，放下毛巾，上了楼，一时间心绪不宁①。这一生中她只熟知一个人，那就是姐姐玛丽，除此之外的人全是陌生人。可现在她的心就要敞开了，她要结识另一个知己了。这令她感到惊奇，感到内心充盈②。

"他肯定舒服多了，"露易莎进屋时，那病中的老妇人只顾叨念着。露易莎没说话，此时她正心事重重，为自己的责任所累。杜伦特太太沉默片刻又惨兮兮地说：

"露易莎小姐，您千万别见怪啊。"

"这有什么？"露易莎说，她心动了。

"我们习惯这样儿了，"老妇人说。

这句话再一次教露易莎感到自己被排除在他们家的生活之外了。她痛苦地坐下，失望的泪水只能往肚里咽。怎么会是这样呢？

这时阿尔弗莱德上楼来了。他洗得干干净净，穿上了衬衫，现在看着像个工人样儿了。可露易莎觉得她和他就像两个陌生人，各有各的生活轨迹。想到此，她又感到失落。唉，要是她跟他的关系能定下来、不分开，那该多好。

"您现在感觉怎么样了？"他问母亲。

"好点儿了，"她懒洋洋、不动声色地说。她如此令人奇怪地轻描淡写，拉开距离，只说让儿子安心的话，在露易莎面前把母子关系弄得很僵。阿尔弗莱德从而变得毫无用处，一钱不值。露易莎暗忖她是否失去了他。相比之下，这位母亲倒显得真实，儿子倒不那么真切。这令露易莎不解，心生凉意。

---

① "心绪不宁"这一句，有的学者认为是与《圣经》呼应。天使加百列预言处女玛利亚圣灵感孕将成为耶稣之母，玛利亚听后"心绪不宁"。见《路加福音》1：26—38。此处暗喻露易莎身心相许。

② "充盈"的英文 pregnant，是个双关语，主要是"怀孕"的意思。再次暗喻贞女玛利亚圣灵感孕，暗示露易莎身心相许。

"我最好还是去叫哈里森太太来吧？"他说，等母亲做决定。

"我想我们是该找个人来，"她回答。

露易莎站在一旁，不敢介入他们的事。他们的生活中没她的份儿。除了是个来帮忙的外人，他们认为她与他们无关。他们无意中伤害了她，对此她无可奈何。可她还是忍了，坚持说："我留下来伺候吧，您这儿没人可不行。"

这话教那母子不好意思了，不知说什么才好。

"我们能想法子找到人来，"老妇人有气无力地说。事情到了这个地步，她已经无所谓了。

"我怎么也得待到明天再走，"露易莎说，"到那会儿再说吧。"

"怎么能麻烦你呢，"老妇人呻吟道。可她总得有人管才行。

露易莎算是被正式接受了，她为此感到高兴。她想分享他们家的生活。自然她自己家里很需要她，特别是因为玛丽一家回来住了，家里更需要她。但他们必须学会没她也能对付。

"我得给家里写个便条，"她说。

阿尔弗莱德·杜伦特看着她，随时待命听她吩咐。他自加入了海军服役，就变得会察言观色，随时听从吩咐。不过这种言听计从中仍显出某种主见来，露易莎喜欢他这一点。可她仍然感到难以接近他。他总是那么恭顺，讷于言敏于行，这样反教她弄不懂他是个什么人了。

他目光热切地望着她。她发现他的眼睛是金棕色的，瞳孔很小，是那种目力极远的眼睛。他警觉地站着，像军人那样待命。他的脸庞仍然透着风吹日晒过的黑红。

"你需要笔和纸吗？"他像对待上司那样毕恭毕敬地问，这比沉默还让她难以应付。

"是的，请给我纸笔，"她说。

他随之下楼去了，在她看来，他是那么内敛，一举一动都透着全然的自信。她怎么才能接近他呢？因为他是不会朝她这边靠近一步的。他只会全心全意、无动于衷地听她吩咐，乐于听她的，但是要与她保持相当的距离。她能看得出他确实高兴为她做点事儿，可如果她有所表示，他就会迷惑不解，甚至感到受了伤害。一个男人穿着衬衫在屋里转来转去，坎肩儿不系扣子，领口敞着，等待吩咐，这让她感到奇怪。他的动作很好看，似乎浑身充满了活力。她被他这种完美吸引住了。可是，当一切停当了，再不需要他了，她反倒不敢正视他，一见他那垂询的目光她的心就会发抖。

她坐着写便条时，他把另一支蜡烛挪近她。那强烈的烛光映着她的鬈发，照得沉沉的发卷熠熠生辉，像一片卷起的浓重金黄羽毛。她的后颈很是白嫩，布满了卷曲的金色汗毛。他盯着她的脖颈，如梦如幻，陶然忘机。她可望而不可即，那么精致的人儿，她就是令他难以企及的梦中人，仅看着她都会教人神魂颠倒。她与他毫无关系。他不敢斗胆去接近她，她坐在那儿，与他隔着一段美妙的距离。但是有她在这屋里，简直就教人觉得秀色可餐。虽然他为母亲深感痛苦不堪，可他仍能领略到今晚这屋里活生生的美好氛围。烛光辉映着她的秀发，令他痴迷。是的，他有点敬畏她，但是她与他们母子共处于这奇妙、令人难以言表的环境中，又教他感到些许振奋。一出了屋，他又感到后怕。抬头仰望，星光灿烂，脚下是皑皑白雪，又一个夜晚渐渐降临了，把他包围在夜色之中。他很怕，几乎感到被黑暗湮没了。这弥漫的夜色是怎么一回事？他又是谁？他认不出自己，也认不出四周这一切。他不敢去想他的母亲，可她的身影又在心中挥之不去，教他感到会发生什么。他无法从她身边逃脱，是她把他带入了一团无形未知的混沌之中的。

十一

他痛苦地走上大路，一肚子的迷惑不解，只觉得似乎有一块烧红的烙铁烙在胸口上。不知不觉中他摇摇头，竟有几滴泪水洒在雪地上。可他不信母亲会死，这时他想的是另一件更大的事。他到了牧师家，坐在厅里等玛丽把露易莎的东西放进一个包里，心里还在想，自己为何这样苦恼。在这座大宅第中，他感到羞愧寒伧，感到自己就像个小听差似的。玛丽同他说话时，他几乎要举手敬礼。

"是个老实人，"玛丽想。这种居高临下的感觉成了治她心病的一剂镇痛药。她是个有身分的人，所以她能赐恩悯人：她所能有的就剩下这点感觉了。她不能没有身分地活在世上。离开某种确定的地位她就无法有自信；不做一个上流妇人，她就无法有自尊。

阿尔弗莱德走到栅栏门前，他再一次感到伤心起来。这时他看到了新的天空景象。他伫立一会儿，望望北斗七星升上了夜空，又望望远处田野上明晃晃的积雪。这时心头的忧伤变得如同肉体的疼痛一般。他紧贴着大门，咬着嘴唇，喃喃着："妈妈！"悲伤如此深重，割心剜肉般的疼痛，如同母亲的病痛在他身上一阵阵发作，是那样剧烈，几乎令他无法站立住。他不知道这疼痛来自何处，也不知为什么。这与他的思绪无关，几乎与他自身无关。只是这疼痛纠缠着他，他必须屈从于它。他心灵的潮水难以名状地汇成洪流，通向死亡，他被不由自主地裹挟着，思想与意识的碎片被卷进洪水，如一钱不值的东西。波涛涌过，又碎成珠玑，把他载得很远。小伙子醒过闷儿来后，走进屋来，立时变得兴高采烈起来。屋里的情景似乎教他兴奋了起来。他感到情绪高涨，莫名其妙地开了一通儿玩笑。他坐在母亲病床一边，露易莎坐在另一边，他们似乎都觉得开心。可谁知道呢，夜色中，恐惧正向他们袭来。

阿尔弗莱德吻过母亲就去睡了。脱了一半衣服，他又想起了母亲，立时痛苦像两只手一样紧紧地揪着他的心。他蜷缩在床上，好久不能放松自己，以至于他过度疲劳，连起身脱衣的力气都没有就睡过去了。半夜时分他才醒来，发现自己都冻僵了。这才起身脱了衣服，钻进被子重又入睡。

差一刻六点时，他醒了，马上又想起了什么。他穿上裤子，点燃蜡烛举着进了母亲的房间。他用一只手挡在蜡烛前，以免烛光照在床上。

"妈！"他喃喃道。

"哎，"母亲回答。

停了片刻他又问："我能去上班吗？"说完他等着回答，心跳得厉害。

"孩子，要是我是你，我就去。"

闻之他的心一沉，很是失望。

"你让我去？"

说着，他遮烛光的手落了下来，烛光立即照在床上，借着光亮，他看到露易莎正躺在床上看着他。见到灯光，她马上闭了眼睛，把脸半埋进枕头中，背对着他。他发现她的头发就像闪亮的雾气笼罩着她圆圆的头，两条辫子弯弯曲曲窝在被子里。此情此景令他吃了一惊。他伫立着，颇为坚定自信。而露易莎则缩成了一团。他的目光这时与母亲目光相遇了，他让步了，不再自信，不再有主心骨。

"对，去上班吧，我的孩子，"母亲说。

"那好吧，"他说完吻了母亲一下就走了，又失望又痛苦，心情很是沉重。

"阿尔弗莱德！"母亲有气无力地叫了一声。

他心情紧张地走回来。

"怎么了，妈妈？"

"你总是做该做的事，对吗，阿尔弗莱德？"眼见儿子要离开自己，母亲情不自禁地说，她怕了。儿子明白她这话的意思，因此感到十分恐惧。

"是的，"他回答。

她又向他转过脸颊。他吻了她，又走了。满怀着失望与痛苦，他上班去了。

十二

中午时分，他母亲去了。他是在坑道口听到她的死讯的，因为他心里早有准备，所以这噩耗并没令他震惊，可他还是浑身发起抖来。他十分镇静地往家

117

走去，只觉得呼吸困难。

露易莎小姐仍然在家里。她已经把能做的都做停当了，她三言两语把情况对他说明白了，可她还是有点放心不下。

"你早就料到了，所以你并不太震惊吧？"她抬头看着他问。她目光沉静，黑黑的眸子审视着他。她也感到困惑，他这个人是那样莫名其妙，让人琢磨不透。

"我想，是吧，"他呆呆地说着，朝一边看去，他承受不住她凝视他的目光。

"我不忍心想你事先毫无预料，"她说。

这次他没说话。

他感到此时她在身边让他感到十分拘束。他想独自待会儿。亲友们陆续到了，露易莎离开了，就没再来。迎来送往，忙东忙西，这对他倒没什么。只是隐约感到有些悲伤，但表面上还算平静，可独自一人时，他内心的悲伤会变得狂烈，一阵阵爆发如疯病一样。发作之后，他又会平静下来，几乎又清醒了，只是仍感到困惑。以前他从来不曾知道一切都会垮掉，连他自己也会崩溃，乱作一团，乱得一塌糊涂。似乎他的生命已冲破了其界限，他已经迷失在一片浩瀚惊人的洪荒中，无涯无际，杳无人烟的洪荒。他已粉身碎骨，随波逐流。他默默地喘息不止，随之痛苦又上心头。

吊唁的人都离开了矿坑边的这座宅院，只剩下这年轻人和一位上了岁数的管家，随之那没完没了的折磨又开始了。积雪溶化后冻成了冰，一场新雪随后又给灰暗的大地裹上银装，然后又化了。世界一片灰暗泥泞不堪。夜晚，阿尔弗莱德无所事事。他的生活中总是有些零碎小事。他并不明白，他是以母亲为中心、受着母亲吸引的，是母亲支撑着他。即使是现在，一旦老管家离开他，他会照老习惯做事。但是他生活中少了力量，失去了平衡。他坐着，装作读书，可却双拳紧握，紧紧把握着自己，忍受着什么，他自己并不明白是什么。他在田间黑乎乎、湿乎乎的小径上走着，一直到累得走不动为止。他这不过是在逃避，逃避那个他非要返回的地方。干起活来他还行。若是夏日时分，他尽可以在园子里劳作，消磨时光，直至上床的时刻。可现在不行，他无处可逃，无以解忧，无人相助。他，或许天生就是敏于行，拙于思；重实干而轻体验的。现在他因着惊恐而无法行动，就像一个泳者忘记了如何游泳。

一个星期中，他都在竭尽全力忍受这种窒息和挣扎，后来他精疲力竭了，他觉得自己必须要摆脱这种状态。自我保护的本能变得十分强烈。可问题是，他该向何方？小酒馆儿对他来说没有任何意义，那地方去了没有好处。他开始想到移居国外，到了另一个国家他会感到好得多。于是他给移民站①写了信。

葬礼后的那个星期日，杜伦特家的亲人们都上教堂做礼拜时，阿尔弗莱德看见了露易莎。她显得漠然、拘谨。同她坐在一起的玛丽则一副傲慢、拒人千里的样子。林德里家别的人也在场，显得与众格格不入，阿尔弗莱德视其如远方的来客，毫不在意他们。他们与他的生活毫无牵连。做完礼拜，露易莎走过来同他握手说：

"如果你愿意来，我姐姐想请你哪天来吃晚饭呢。"

他看看玛丽，玛丽向他点点头。玛丽向露易莎提出这个建议，纯属发善心，嘴上这么说了，心里其实并不以为然，不过她对自己的想法也没太仔细分析。

"行，"杜伦特不自然地说。"我会来的，只要你们欢迎我。"说着，他心里隐约觉得不对劲儿。

"那就明天晚上来吧，六点半左右。"

他去了，露易莎小姐对他很热情。因为家里有孩子，所以就没有放音乐。他双手紧握放在腿上坐着，沉默寡言，无动于衷。坐在这群人之间，他无言地

①　这类机构在 19 世纪末的英国随处可见，当局鼓励人们移民到殖民地或自治领地如加拿大、南非和澳洲。劳氏的亲戚中有几位成了移民。而移民到北美则成了劳氏小说中经常的情节，如《白孔雀》中萨克斯顿一家想移居北美；《查泰莱夫人的情人》中的麦勒斯也说过想移居加拿大的话。

冥想。他和他们之间没话可说。对这一点他们同他一样清楚。不过他心里很有主意，慢慢地熬着时光。林德里太太管他叫"小伙子"。

"坐这儿来好吗，小伙子？"

他坐过去了。叫他什么都行，他们跟他有什么关系？

林德里先生则用一种不寻常的语调对他说话。那语调透着慈爱，但不免有些居高临下。杜伦特对这一切都不挑剔，也不感到受了伤害，只是随它去。但他绝不想吃什么，他感到在他们面前吃东西是件困难的事。他知道他这个人不合时宜，但他还是要尽自己的客人义务再待上一会儿，只能哼哼哈哈地寥寥数语回答问话。

离开牧师家后，他一脑子的困惑。这顿饭总算吃完了，他为此庆幸，说走就走，现在他更加渴望的是一走了之，奔加拿大。

露易莎小姐很痛苦，生他们所有人的气，也生他的气，可又说不出缘何恼怒。

十三

两天后的下午六点半，露易莎来到矿坑边的村舍，敲响了门。他已经吃完晚饭，女仆已经洗刷完回家去了，可他还一脸一身脏地坐着，等会儿他要去"新开酒馆"。最近他开始下酒馆儿了，因为他总得去个什么地方。他需要同别人有所接触，在嘈杂声和热腾腾的气氛中几个钟头说过就过。可他没动窝儿，他独自一人坐在空荡荡的屋子里，都坐得不大自在了。这时门响了。

开门时他仍旧一身煤灰。

"我一直想来看看，我想我该来的，"说着她朝沙发走过去。他在想，她为何不坐进母亲的圆扶手椅中。要是女佣坐进去，他会感到怒不可遏的。

"按说这会儿我是该洗过澡了，"他说着瞟一眼墙上的钟，钟上装饰着蝴蝶和樱桃图案，标着厂家的品牌"T. 布鲁克思，曼斯菲尔德"。他的黑手在脏乎乎的袖子上蹭了蹭。露易莎看看他，发现他对她态度中的淡漠，她怕的就是这个，它使得她无法接近他。

"恐怕，"她说，"我请你去吃饭没请对。"

"我不太习惯这个，"说着他笑笑，露出两排稀疏的白牙来。他目光却在似看非看着。

"不是这个意思，"她忙说。她表情恬静优雅，深灰色的眸子里透着善解人意的目光。他有点怕坐在那儿的她了，因为他开始注意起她来。

"你一个人怎么过？"她问。

他的视线转向炉火。

"呃——"他不安地扭动着，话没说出口。

她沉下脸来。

"你这屋子真闷，火烧得这么旺，我得脱下外套，"她说。

他看着她摘了帽子，脱了外衣。她穿着奶黄色开斯米短外套，绣着金线边儿。他觉得这件衣服十分漂亮，领口和袖口都很熨帖。这身打扮教他赏心悦目，顿感心情松快不少。

"你想什么呢，连澡都忘了洗？"她颇为亲切地问。他笑着转过头去，黑脸上一对眼白十分醒目。

"噢，"他说，"我没法儿跟你说。"

一阵沉默。

"你打算一直保留这座房子吗？"她问。

他让她问得不安起来。

"我也说不上，"他说。"我说不准要去加拿大。"

她开始静静地聆听。

"为什么？"她问。

他又在椅子中扭动起来。

"呃，"他缓缓地说，"换个活法儿。"

"什么样的活法？"

"活路多了，种地，伐木或下井，我不太管它是什么。"

"你要的就是这个吗？"

他没想过，所以答不上来。

"我不知道，"他说，"试试才能知道。"

她感到他正离她远去，会永远离开她的。

"离开这座房子和这块园子你舍得吗？"她问。

"我说不准，"他不情愿地回答着。"我想我家弗莱德会住进来，他一直想住进来。"

"你不想安顿下来吗？"她又问。

他斜靠在椅子扶手上，转身向着她。她脸色苍白，神情沉郁，既沉静又淡漠。她的头发因着苍白的脸色更显得油亮。在他看来，她沉稳、坚定，在他面前总是那样。他心神不定，感到痛苦烦躁，连四肢都感到一阵阵抽搐，全是因为恐惧与痛苦所致。于是他扭过身去。这种沉默着实令人难以忍受。他不能忍受她再坐下去了，那简直教他五内俱焚，难以将息。

"今晚儿要出去？"她问。

"只去'新开酒馆'坐坐，"他说。

又沉默了。

她伸手去取她的帽子。她想不出再说点什么，只能走了。而他则坐着盼她走，图个松口气。她心里明白，如果她这样出去，就说明她输了。可她还是继续往头上戴着帽子，说走就走，她是让什么推着走的。

突然间，一阵剧痛有如电光从头通到脚，让她一时间失魂落魄。

"你让我走吗？"她压抑着感情说，但掩饰不住煎熬的痛苦，似乎这句话是不由自主冲口而出的。

他那脏兮兮的脸闻之变白了。

"为什么？"他身不由己地转向她，害怕地问。

"你让我走吗？"她重复着。

"为什么？"他又问。

"因为我想跟你在一起，"她强忍着一肚子火说。

他不禁动容，前倾着身子，死死盯住她的双眼。他深受折磨，思绪很混乱，不能自已。露易莎似乎僵如铁石，直勾勾地看着他的眼睛。一时间，他们双方的心袒露无余。是痛苦，教他们难以忍受下去了。他垂下头去，浑身微微战栗。

她转过身去拿外衣。她彻底死了心了。她的手在抖，可对此全然无知。她披上外衣，这时屋里的空气骤然紧张起来。离开的时间到了，这时阿尔弗莱德抬起头来了。他的眼睛如玛瑙一样毫无情感色彩，只有黑眼珠上透着痛苦。就是这目光迷住了她，教她失去意志，失去自我生命，她感到自己崩溃了。

"你是不需要我，对吗？"她无奈地说。

他闻之眼睛痛苦地抽动了一下，这表情令她瞠目。

"我——我，"他想说，可又说不出口。有什么东西在拉扯着他，从椅子上站起，靠近她。她伫立不动，如同被施了魔法，就像一头失去抵抗力的猎物那样。他不自信地试着把手放在她胳膊上，一脸的奇怪表情，那根本不是人的样子。她木然伫立。随之，他笨拙地张开双臂拥住她，粗粗拉拉地一味搂紧她在怀中，憋得她几乎失去知觉，他自己也几乎晕倒。

他紧紧拥着她，渐渐地开始感到天旋地转，只觉得自己在倒下去，身不由己地倒下去；而她则小鸟依人地顺从，神魂颠倒，痴醉如死一般。这时他已感到天昏地暗了。待他们双双清醒，似乎是长睡初醒一般，这时他又明白了。

半晌，他的手臂渐渐松开，她松了口气，用双臂搂住了他，像他刚才那样。他们紧紧拥抱着，无言地把脸掩在对方怀中以证实这是真的。她的双手在他身上抖得更厉害了，满怀爱心地把他拉入自己怀中。

最终她的脸从他胸前挪开，抬起头看着他，眼中泪光莹莹。他心领神会，却又感到恐惧。他是同她在一起，她发现他一脸的沉郁与困惑。但她认定他了。一时间她悲喜交加，泪如泉涌。

"我爱你，"她双唇颤动，啜泣道。他垂下头伏在她怀中，闻而不知其声，这突如其来的幸福与激动教他难以承受，几乎令他肝肠寸断。他们在沉寂中静默片刻，激情稍有缓冲。

她想看他。她抬起头来，发现他的瞳孔小而黑，目光奇特，炯炯有神。确实是奇怪的眼神，令她心折。他的嘴巴在向她的双唇贴近，渐渐地，她垂下眼睑，等他的嘴巴来寻找自己的嘴巴，愈来愈近了，直到全然被他的嘴巴封住。

他们就这样静默了许久，全然为激情、哀伤和死亡混杂的感觉所缠绕，心无旁骛，只是在痛苦中拥抱，相吻，那热吻中和着苦涩，恐惧变成了欲望。最终她松懈下来。他感到似乎心受到了刺痛，但仍觉得欣喜。他几乎不敢看她一眼。

"我很快活，"她这样说。

他握住她的手，心中感激和欲望交加。此时他还不知说什么好，只是欣慰至极。

"我该走了，"她说。

他不解地看看她，不懂她为何要走，他只觉得他们二人从此再也不能分开。但他又不敢强迫她，只是无言地捏紧她的手。

"你的脸黑乎乎的，"她说。

他笑道："我的脸把你的脸弄脏了。"

他们相互心存畏惧，不敢说话。他只能让她靠近自己。少顷，她要洗脸。他去打了些热水来，站在一旁看她洗。他此时欲语还休，不敢开口，只眼巴巴地看她擦脸、梳理头发。

"他们会发现你的外衣给弄脏了，"他说。

她看看自己的袖子，不禁开怀而笑。

这笑声叫他满心自豪。

"你怎么办？"他问。

"什么怎么办？"她问。

他支吾着难以启齿。

"拿我怎么办？"他说。

"你打算让我怎么办？"她笑问。

他把手缓缓伸向她。怕什么！

"先把你自个儿弄干净再说，"她说。

十四

他们愈往山上走，夜色愈浓。他们紧紧相依，觉得似乎这夜色也通人性，生机勃勃。他们默默地朝山上走着。最初，街灯还能照到他们的路，几个行人擦肩而过。他此时比她还害羞，只要她稍有松懈，他就会放开她的。可她不，她紧紧地抓住了他。

再往前，他们走入了田野中真正的黑暗里，他们不想说什么，只在沉寂中感到越来越近。他们就这样走到了牧师家大门口，站在枝干秃裸的七叶树下。

"我真不想让你走，"他说。

她哑然失笑，喃喃道："明儿再来，问问我爸。"

这时她感觉到他的手把她的手捏得更紧了，便同样哀怨同情地笑笑，吻了他，放他回家了。

回到家，那悲哀又一阵阵袭上心头，他一时忘了露易莎，甚至忘了母亲，而正是因为母亲他才生出压抑，就像伤口在发炎一样。尽管如此，他心里还是挺得住的。

十五

第二天晚上，他衣冠楚楚地去牧师家，感到这一步非走不可，也不去想象那是个什么情景。反正他不拿这太当回事。他相信露易莎，这桩婚姻是命中注定的缘分，他感到命运在保佑着他。他用不着担什么责任，露易莎的家人跟这件事也无甚关系。

他们带他进了小小的书房，里面没生火。待了一会儿，牧师才进来，语气冷漠、颇有敌意地问："小伙子，我能为您做点什么？"

毋庸置疑，他全然知道了。

杜伦特抬头看着他，就像一个水手看着上司一般，一副恭顺的样儿。但他心里什么都明白。

"我想，林德里先生——"他彬彬有礼地开口，但旋即脸色变白了。现在他觉得说出该说的话本身就是亵渎神明。他在那儿算干什么的？可他还是得继续站下去，因为非走这一步不可。他恪守着独立与自尊，绝不能跐前蹩后，他一定不能先替自己打算，这件事绝非他个人的事。不能有这种感觉。而应当把这件事当作自己最高的义务。

"您是想——"牧师再问。

杜伦特虽然此刻口舌干涩、难以开口，但还是稳健地说："露易莎小姐——露易莎愿意嫁给我——"

"是您请求露易莎小姐，问她愿不愿下嫁您，对吧——"牧师纠正他道。这令杜伦特想起，他还没有向她求婚呢。

"如果她肯下嫁于我，先生，我希望您，您不会反对。"

他笑了。这是个英俊的男人，牧师不会看不出。

"我女儿愿意下嫁于您吗？"林德里先生问。

"是的，"杜伦特正色道。说这话教他不无痛苦。他这时感到了他和这位长者之间与生俱来的敌意。

"到这边来好吗？"牧师说。他带杜伦特进了饭厅，玛丽、露易莎和林德里太太都在座。马西先生则坐在墙角，守着灯。

"这个年轻人是来向你求婚的吗，露易莎？"林德里先生问道。

"对，"露易莎说，眼睛则盯着杜伦特，只见他像军人似的直挺挺站着。他并不敢看她，但能意识到她。

"你这小傻瓜，怎么能嫁给个挖煤的！"林德里太太厉声吼着。她臃肿的身体裹在一件松松垮垮的银灰色睡袍里，斜靠在沙发上。

"行了，妈，"玛丽叫道，声音不高却语气严厉，透着傲慢。

"你靠什么养活一个老婆？"牧师夫人粗鲁地问。

"我？"杜伦特回答道，"我想我会挣足够的钱。"

"好呀，你能挣多少？"又是那个粗鲁的声音。

"每天七个半先令，①"年轻人回答。

"以后还能涨吗？"

"我希望会。"

"你们准备住在那间小破屋子里吗？"

"我想是的，"杜伦特说，"只要那屋子不坏。"

他并不太生气，只是有点儿憋屈，因为他们不认为他够格儿。他知道，在他们眼里，他不够格儿。

"那她就是个傻瓜，傻瓜才会嫁给你，"林德里太太粗鲁地叫着下了结论。

"别管怎么说，妈妈，这是露易莎的事，"玛丽明明白白地说，"咱们别忘了——"

"她自己酿的苦酒，自己喝呗，但是她会后悔的。"林德里太太打断玛丽的话说。

"不管怎么说，"林德里先生说，"露易莎也不该不管家里人的意见，想怎样就怎样。"

"爸，那你要怎样嘛？"露易莎厉声道。

---

① 相当于一周二镑五先令，一年一百一十七镑。这份工资在 1890 年代算较高的了。矿工工资较之其他工种要高。劳伦斯于 1908 年开始教小学，其年薪仅仅九十五镑。

"我是说，如果你嫁给这个年轻人，我这牧师就不好当了，特别是如果你们还住在这个教区的话。假如你们远走高飞，事情就简单多了。可在这个教区，在我眼皮底下住在一个矿工家里，这简直不可能。我要保住我的职位，这个位子可不是无足轻重的。"

"过来，年轻人，"露易莎的母亲粗着嗓子叫道，"让我看看你"。

杜伦特"刷"的红了脸，走过去站住，但又不是十足的立正姿势，因此不知把手往哪儿摆。露易莎见他如此顺从默然地站着，很是生气。他该表现出男子汉的样子才对。

"你能不能把她带得远远的，别让人们看见你们？"母亲说。"你们俩最好走远远儿的。"

"可以，我们可以走。"

"你想走吗？"玛丽明确地问。

他环视四周。玛丽看上去十分庄重，一派雍容。他脸红了。

"如果我们碍别人的事，我就走，"他说。

"如果只为你自己考虑，你还是想留下来吗？"玛丽说。

"这儿是我的家，"他说，"那屋子是我出生的屋子。"

"那，"玛丽转向父母道，"爸，我实在不明白，您怎么可以提出那样的条件来。他有他的权利，如果露易莎想嫁给他——"

"露易莎，露易莎！"父亲不耐烦地叫着。"我不明白，露易莎为什么不能像个正常人那样呢？她怎么会只替自己着想，不把家放在心上？出了这种事已经够让人受得了，她就应该尽量做点儿补救的努力。如果——"

"可我爱这个人呀，爸，"露易莎说。

"而我希望你爱你的父母，希望你尽力别损坏他们的名誉。"

"我们可以到别处去生活，"露易莎说着，已经泪流满面。她终于感到自己受了伤害。

"哦，对，这很容易做到，"杜伦特忙跟着说。他脸色苍白，垂头丧气。

屋里一片死寂。

"我觉得这样的确是个好办法,"牧师喃喃道,他现在平静多了。

"很可能是个好办法,"那病中的老妇人沙哑着嗓子说。

"当然了,我觉得我们该为提出这样的要求向你道歉,"玛丽居高临下地说。

"不用,"杜伦特说。"这样对大家都好。"这事总算了了,他松了一口气。

"那,我们是在这儿宣布结婚呢还是去登记?"他字正腔圆地问,很像在挑战。

"我们去登记,"露易莎果断地说。

屋中又是一片死寂。

"随便,如果你们有自己的小九九儿,就悉听尊便吧,"母亲加重语气说。

马西先生则一直坐在昏暗的屋角中,没人注意到他。听到此,他才站起身说:"该看看孩子了,玛丽。"

玛丽站起身,迈着庄重的步伐走出屋去,矮小的丈夫尾随其后。杜伦特望着那瘦弱的小个子男人走出屋的背影,若有所思。

"那么,"牧师颇为和蔼地问,"你们婚后去哪儿呢?"

杜伦特怔了一下,说:"我在考虑移民。"

"去加拿大还是别的地方?"

"我想去加拿大。"

"呃,那太好了。"

又没人说话了。 .

"那我们可就不能常见到你这个女婿了,"林德里太太粗俗但又不乏亲善地说。

"是不会常见了,"他说。

说完他就告辞了。露易莎同他一起走到门口,沮丧地站在他面前,怯怯地说:"你不会太介意他们吧?"

"我倒没什么，只要他们别介意我就行！"说着他俯下身吻了她。

"咱们快点结婚吧，"她含着泪喃喃道。

"行，"他说，"明儿我就去巴福德。"[①]

---

① 去安排结婚登记事宜。巴福德的原型为诺丁汉附近的巴斯福特。《白孔雀》中一对情人亦到"巴福德登记结婚"。

干草垛里的爱 [1]

一

这两大块地位于朝南的山坡上。刚刚收过干草，田野上呈现出一片草绿色，在阳光辉映下，闪烁着耀眼的光芒。往上走，半山腰的地边上拉着一道高高的篱笆，在柔光闪烁的草地上投下黑暗的阴影。干草垛正在堆起来，堆得刚刚高过篱笆。草垛堆得奇大，但因为它微微闪烁着银光，看上去倒像没有什么分量似的。田野上的草绿色亮得平和，耸起的草垛一团蓬乱，亮得耀眼。

空荡荡的马车正从篱笆缺口中穿过。低处的草地上排列着一溜溜割下等待晒干的草，满载的马车就从那个远远的角落出发，爬上山驶到草垛这边来。翻晒干草的人们白色的身影在草地上依稀闪现。

兄弟俩等待着装草的车上来，趁机歇歇。他们抬起胳膊用衣袖擦擦额头上的汗。天儿热，刚才又垛了一车草，连热带累，他们直喘粗气。草垛很高，他们站在上面，比篱笆还高呢。草垛很是宽大，似一艘空船，阳光照射进来，烤得草垛热乎乎的，散发出的甜味令人窒息。哥儿俩渺小得无足轻重，一半身子陷在这松散的大沟中，恰似立在冲着太阳耸起的祭坛上一般。

---

① 这篇小说大致取材于劳伦斯 1908 年 7 月同艾伦·钱伯斯一起在干草垛下度过的一个晚上，那时他正帮助钱伯斯一家翻晒干草。1911 年 11 月初写成后投给《英国评论》杂志，被以"过于虚妄"的理由退稿，后于 1913 年重写。以后他的第一本小说集出版时，劳伦斯仍对其不够满意，便搁置一边，直至 1930 年才在他身后发表。

弟弟莫里斯是个二十一岁的英俊小伙子，大大咧咧，快快乐乐，充满活力。他有一双灰色的眼睛，在调侃哥哥时，目光显得很亮但又因着强烈的情感显得困惑。他黝黑的脸上带着同样特别的笑意，有点儿期盼，有点儿兴奋，又有点儿紧张，那是第一次动感情的年轻人才有的表情。

"你说，"他斜靠在叉子把儿上说，"你想没想到你给了我个机会？"说着说着他笑了，随之又陷入苦苦的思索中，苦中作乐。

"我才不这么想呢，你想得太多了点儿吧，"乔弗里反唇相讥，话音里透着点讥讽。弟弟将了他一军。乔弗里是个大块头的家伙，比莫里斯大一岁。他蓝色的眼睛中目光游移，眼神溜得很快。他的嘴巴十分敏感。你会感到他那巨大的身子在悄然紧缩。他过于敏感，敏感得有些病态。

"可我还是知道你怎么回事儿，"莫里斯逗他说。"你偷偷溜走了，"这话说得乔弗里浑身一激灵，倒退一步。"你觉得那是咱们在这儿的最后一夜，你就把我扔下，自己出去睡了，其实是该你睡这儿。"

他禁不住笑了，看乔弗里怎么办。

"我没有溜出去睡，"乔弗里反驳道，显得笨笨拉拉的，沉重的身体退缩着。"爸不是让我弄煤去了吗？"

"哦，对，对，我们都知道，可是，哥们儿，你知道你干什么了，就是不说呗。"莫里斯嘿儿嘿儿笑着躺倒在草垛上。他脑子里除了这矮矮的草垛和烈日当空的天，再也没有别的。他攥紧了拳头，把胳膊甩到面前，再次绷紧了肌肉。很明显他十分感动，他的感觉太强烈，甚至说不上愉快，不过他还是笑着。乔弗里站在他身后，刚好看到他红红的嘴唇和唇上嫩嫩的黑胡须，一笑，细毛向上卷着，露出牙齿来。哥哥将下巴抵在叉子把儿上，向田野上眺望着。

远处淡淡的蓝色轮廓就是诺丁汉城。这之间，乡村笼罩在蒸腾的热气中，地上东一绺儿西一绺儿的矿井烟雾袅袅升腾着。但在近处，在山脚下，架着高高篱笆的公路那边，则只有静静矗立的老教堂，教堂领地掩映在树丛中。这广阔的视野只能令乔弗里感到厌恶。他掉转视线，去看草垛下驶过田野的马车，那空空的车像一只巨大的虫子爬下山去，装满草后又爬上来，像一艘船摇摇晃晃。再看那拉车的马，棕色的头低着，棕色的腿抬起来顽强地蹬进地里。乔弗里希望马车走得再快些。

"你没想到——"

乔弗里闻之一惊，心头一紧，目光朝下看看躺在自己下方的弟弟，他那晒得黝黑的胳膊下，一张形状漂亮的嘴巴在嚅动着说着什么。

"你没想到她会跟我在一块儿，要不你就不会把我留下了，"莫里斯说着竟笑起来，那是他想得激动了。乔弗里气得脸通红，恨不得一脚踢上去，踢那张唠唠叨叨不拾闲儿的嘴，那嘴就在他脚下呢。安静了一会儿，莫里斯又乐不可支地说起来，一字一句叨念着德文道：

> 我还小，我心纯洁，
> 那里没别人，
> 只有耶稣。

莫里斯暗自笑着，想起了什么，极度痛苦地蜷缩起身子打个滚儿，将自己埋进草垛中。

"你能用德文祈祷吗？"草丛中传出他呜噜呜噜的问话来。

"我才不呢，"乔弗里吼道。

莫里斯窃笑。他的脸埋在草中，在黑暗中能够重温一下昨晚的经历。

"亲她耳朵根儿下边儿是什么滋味儿，兄弟？"他的语调极其躁动不安。他扭动着身子，依旧因着第一次接触到爱情而惊奇。

乔弗里心绪不宁，只觉得脑子里混沌一片，看不清眼前的景物了。

"她胸脯儿上有那么两个好玩意儿，一抓一把，"莫里斯低沉着声音挑逗着，他似乎是在自言自语。

这兄弟俩都羞于跟女人打交道，直到这次收干草之前，他们熟悉的女人只有他们的母亲，在别的女人面前他们显得沉默、愚笨。他们跟着一个傲慢的母亲长大，这种女人在乡下卓尔不群，因此，普通女孩子总是不入他们的眼，她们不如他们的母亲。母亲讲一口纯正的英语，举止娴静，可一般的女孩子说话总是高声大气的。这两个小伙子就是这样纯良地长大成人，可身心备受折磨。

莫里斯又一次激他，令哥哥深感窝火。乔弗里大有陷入病态的危险，因为他太缺少生气，缺少兴趣。牧师家的园子就在坡顶的地头，那个外国家庭女教师透过篱笆跟他们聊过天，把他们迷住了。园子里有一大片接骨木树丛，树上大朵的奶黄色花瓣散落在园中小径上，飘到地头上。乔弗里一闻到接骨木的花香就会惊得向后退缩，因为闻到花香就想起了那个奇特的外国人的声音，他在篱笆下的地里甩着大镰刀割草时那个声音教他惊心动魄过。一个小孩子穿过了篱笆豁口，那家庭女教师用德文叫着追过来，把花儿蹭落了一地。她看到一个男人站在阴影中，吓得挪不动脚步，随之让他身边的耙子绊了一跤。看到她一头栽下去，乔弗里忘了她是个女人了，悉心地将她扶了起来，问："您伤着了吗？"

她笑着用德语回答他，边说边皱起眉头让他看自己的胳膊。她让荨麻刺扎得够呛。

"你需要羊蹄草，"他说。她闻之不解地皱起眉头。

"羊蹄草？"她重复着。他不由分说用那种绿叶子替她擦起胳膊来。

现在她喜欢上了莫里斯。可她最初似乎是喜欢他乔弗里的。现在她同莫里斯一起花前月下的，还让他亲。乔弗里强忍痛苦，但没有做任何抗争。

他不知不觉地朝牧师家的园子望去。她就在那儿，穿着棕黄色的衣服。他摘下帽子，抬起右手向她致意。那金黄色的小小身影站在土豆畦里向他若无其事地挥了挥手。他依旧痴迷地保持着原有的姿势，左手执帽，右手高举，陷入沉思中。从她若无其事的招呼中，他能感到她是在等莫里斯。那她是怎样看待他乔弗里的呢？她为什么不要他呢？

听到车把式赶车上来的声音，莫里斯忙站起身来。乔弗里仍旧伫立着，一脸的阴沉，想着想着高举的手就放松了下来。莫里斯面向着山头，目光炯炯地笑了。乔弗里放下手臂看着。

"哥们儿！"莫里斯笑道，"我不知道她在那儿呢。"说着他笨拙地挥起手来。在这方面，乔弗里比他强。哥哥看着那女孩儿。她跑到小路尽头的树丛后，这样就不会被房子挡着了。她疯狂地挥动起手帕来。莫里斯没看懂这一招，只听到了一个孩子的哭声。女子的身影消失了，再出现时，手上举着一团白色的儿童衣服包，快速朝山上的一棵高大的白蜡树跑去。只见她迅速爬上树，爬到一根横亘如篱笆的粗枝上，站稳后甩着双手向这边飞吻起来。她那副外国架势令这兄弟俩大为激动。莫里斯挥舞着手中的红手帕高声大笑起来。

"喂，你得悠着点儿吧？"下面传来一声嘲弄。莫里斯倒了下去，羞得满脸通红。

"不用！"他叫着。

下面响起一阵开怀大笑。

装满干草的车驶了上来，"哗哗"地掉转车头，车尾冲着草垛，随后停住车，车前挡着横木免得车向下打滑。兄弟俩手持叉子在草堆中来回走动着。这时一个满面红光的壮汉子爬上草车顶。他转过身来，粗粗的眉毛下一双眼睛仔细观察着山坡上的动静。他看到了白蜡树下的女孩儿。

"哦，就是她呀，"他笑道。"我就以为是个姑娘嘛，可我看不清。"

当爹的开心诙谐地笑着，开始从车上卸草。乔弗里站在草垛上接爹甩上来的大叉大叉的草，再甩给莫里斯，由莫里斯接住、摆好、摞成垛。爷儿仨在强烈的阳光下默默地干着活儿，全然被劳动的激情凝聚成一体。爹一时放慢了翻草的速度，去拢脚下的干草。乔弗里等待着，静等的时候他叉子上的蓝齿在闪光。草又堆积起来了，他的叉子抄底后一甩，干草"刷"的上了草垛，莫里斯接过这一叉草，悉心地摆弄好。一叉又一叉，三个男人的肩膀弓一样拉开又缩紧。他们都穿着洗得发白的淡蓝色衬衣，衣服紧紧贴在背上。爹像架机器劳作着，结实浑圆的膀子单调地弯下又耸起，他干起活来就这么一门心思。乔弗里甩开膀子干着，他那宽大的肩膀大开大合，潇洒地叉着草。

"你是想捅我个跟头是吧？"莫里斯生气地问。他得加劲儿干才能抵挡得住乔弗里的攻势。爷儿仨紧张地干着，像是有谁在逼着他们干似的。莫里斯干起活儿来很是轻快，不过他得动脑子才行。他把干草往草垛边沿儿上堆时，他得叉着草走上一段，这样他就赶不上乔弗里上草的速度了。平常，哥哥总是把草上得位置尽量合适，弟弟需要他上到哪儿他就上到哪儿。可今天，他只上到草垛中间。莫里斯在草垛上疾速来回奔跑着，样子很帅，可这活儿太多了，够他受的。另两个男人只顾紧张地你送我接，干得有板有眼。乔弗里仍然把草乱扔一气，莫里斯又热又累，不禁大汗淋漓，开始起急。乔弗里一下又一下地用胳膊擦着额头上的汗，像个动物一样动作单调地干着。看到莫里斯如此辛苦，他心里满足了，又叉起一叉草。

"你这是往哪儿扔呢，傻子！"莫里斯喘息道，因为哥哥把那叉子草扔歪了。

"我想往哪儿扔就往哪儿扔呗，"乔弗里回答道。

现在莫里斯十分愤懑地苦干着。他感到汗水就顺着身子往下淌。汉珠子流进他的长睫毛，模糊了眼睛，他不得不停下手中的活计，狠狠地把眼睛抹干净。他黝黑的脖子上青筋暴起，如果这活儿还这么紧张地干下去，他觉得自己非发作不可，不发作就得垮掉。这时他听到父亲的叉子在刮哧车底了。

"行了，就这最后一点儿了，"父亲喘息道。乔弗里将最后一点儿干草随意地甩上草垛，摘下帽子擦起汗来。他站在日头下，脑袋在冒着热气，得意地看着莫里斯吃力地清理草垛。

"你不觉得底角儿太往外斜了吗？"下面传来爹的声音，"你最好往里拉拉，行不？"

"我还以为你是说下一车呢，"莫里斯不高兴地说。

"嗨！是这么回事儿。不过，这一垛底角是不是那个了点儿？"

莫里斯显得不耐烦了，不理这个茬儿。

乔弗里跨过草垛，把叉子戳到看着别扭的那个角落。"是——这儿吗？"他粗声大气地叫着。

"嗯，是不是有点儿松？"那边传来恼火的声音。

乔弗里用叉子扎进凸出的角落，将身子斜在叉子把儿上使劲儿往里推。他认为草垛动弹了。于是他又使出全身的力气猛推，推得大草垛直晃。

"你想怎么着，你个傻瓜！"莫里斯抬高嗓门儿叫着。

"你说谁傻瓜呢？"乔弗里说着还想推。这时莫里斯跳将起来，一胳膊肘把哥哥搡到一边去了。在晃晃悠悠走了形儿的草垛上乔弗里站不住脚，摔趴下了。莫里斯试了试那角落，愤怒地说："挺结实的嘛。"

"好，行了吧，"父亲打着圆场道。"你该歇歇儿了，反正离装车还早着呢，"他又若有所思地说。

这时乔弗里爬起来了。

"你要知道你推搡的是谁，我告诉你啊，"他恶狠狠地威胁道。看莫里斯接着干活儿，他又继续说："你不许再骂人是傻瓜，听见没有？"

"下回不叫了，"莫里斯嘲弄地说。

他默默地围着草垛干活儿，走近了哥哥。哥哥斜靠在叉子把儿上站着，活像一座阴沉的雕塑凝视着田野。莫里斯的心跳加快了。他继续朝前干，直到他的叉子齿尖戳上了乔弗里的皮靴，发出刺耳的声音。

"你能不能换个地方看啊？"莫里斯威胁地问着。那大块头没有回话。莫里斯像狗一样噘起嘴来，支起胳膊肘，想把哥哥搡进草垛中去，以此让他腾地方。

"你推谁？"乔弗里发出低沉恐怖的声音。

"推你呢，"莫里斯轻蔑地说。兄弟俩立时支起架子来，如两头对阵的公牛。莫里斯铆足了劲儿要把乔弗里挤开，乔弗里则竭尽全力倾身顶住。莫里斯站不大稳，打了个晃，乔弗里不失时机地压了过来，都把他挤到草垛边上了。

乔弗里嘴唇都白了，他伫立着听那个声音，终于听到弟弟摔下去了。随之他眼前一阵发黑。他还保持着站立姿势，那是因为他麻木了，没有力气移动。他听不到下面的声音，只是依稀觉得远处传来一声尖叫。他又一次倾听，突然感到一阵惊恐。

"爹！"他大叫，扯直了嗓门儿大叫。"爹！爹！"

峡谷中回荡着这叫声，引得山坡上的小牛抬头朝这边看。男人们的身影，他们从山底的田里纷纷跑过来。近处，一个女人正穿过高处的田野奔跑而来。乔弗里揪着心等待着。

"啊——啊！"他听到那女孩儿发出陌生的狂叫。"啊——啊！"随之是外国腔的哭叫："啊，你死——了吗？！"

他恼怒地站在草垛上，不敢下去，只想钻进草垛中躲起来，可心情太沉重，无法弯腰躲起来。这时他听到大哥过来，喘息着问："出什么事了？"

随后跟来的是打工的，还有他爹。

"你干什么了？"他还没有转出草垛的角落，就听到父亲问。他低沉着嗓音痛苦地说：

"他完蛋了！我不能把什么都弄到草垛上去。"

片刻的沉默后，大哥亨利干脆地说："他没死，他缓过来了。"

乔弗里听到了，但并不为此高兴。他巴不得莫里斯死了呢，至少那样就了结了，省得弟弟责怪他，省得看着妈妈进病房。要是莫里斯死了，他绝不解释，一句话也不说，他们要是愿意，宁可让他们绞死自己。如果莫里斯只是摔伤了，大家全知道了，那乔弗里就永远也别想抬起头来。大家都知道了，他还怎么做人呢？非痛苦死不可。他想落个踏实，知道得确切一点，哪怕是知道自己害死了弟弟呢。他必须弄清楚心里才踏实，否则非疯了不可。他现在太孤独，最需要的是同情。

"没死，他醒过来了。他真醒过来了，"雇工说。

"他没有——死，他没——有死，"那外国女孩儿满怀激情、怪声怪调、悠悠地说，"他没有死，没——有。"

"他需要一点儿白兰地，你瞧他嘴唇都什么色儿了，"亨利干脆冷静地说，"你能给他弄点儿来吗？"

"什么？弄？"那女孩儿没听明白。

"白兰地，"亨利清清楚楚地说。

"白兰地！"她重复道。

"你去，比尔，"父亲咕哝道。

"嗯，我这就去，"比尔说着穿过田野跑了。

莫里斯没有死，也不会死。这一点乔弗里现在才明白过来。最重的惩罚终于没有了，他为此感到欣慰。但他不愿想自己如此继续下去，他现在宁愿退缩。过去，他曾经一次次希望自己能变得像莫里斯那样无忧无虑、敢说敢做，再也不唯唯诺诺、处处退缩。可现在他真想永远这样蜷缩起来，像一只没壳的龟。

"哈——啊，他好多了！"那女孩子疯狂地叫了起来，随之她开始哭泣，那奇特的哭声惊动了男人们，惊得牲口毛都乍了起来。她抽抽搭搭的哭泣声伴着弟弟渐渐醒来时忍不住的呻吟声，乔弗里闻之不禁打个冷战。

雇工小跑着回来了，身后跟来了牧师。喝了点白兰地后，莫里斯呻吟得更厉害了，不时打起嗝儿来。乔弗里听着，感到备受折磨。他听到牧师在询问，大家同时你一言我一语地解释起来。

"就是那个人，"女孩儿叫道，"是他打倒了他呀！"

她尖叫着，要报复。

"我看不是这么回事儿，"当爹的对牧师说，声音响亮但又似拉家常，语气中似乎在说那女孩子不懂他的英语。

牧师结结巴巴地同他孩子的女教师说着德语。她则连珠炮似的回答着，令牧师应接不暇。莫里斯正发出微弱的呻吟声和叹息。

"哪儿疼啊，儿子，啊？"爹心疼地问。

"让他自个儿待会儿吧，"亨利冷静地说，"他至少是太紧张了。"

"你最好看看骨头有没有伤着，"牧师着急地说。

"活该他命大，掉在了那堆干草上，"雇工说，"要是掉在这截子木桩子上，他就没命了。"

乔弗里在想自己会不会有勇气跳将下去。他狂热地想过让自己一头冲出草垛，只求一头扎下去死个干净利落。狂乱之中，他又希望自己别这样。一想到要如此蜷缩着在病态中走完一生，一生孤独、乖戾、痛苦，他就要大喊出声。一旦他们知道了是他从高高的草垛上把莫里斯打下去的，他们会怎么想？

人们在下面跟莫里斯说着话。那孩子已经相当清醒，能微弱地回答人们的问话了。

"你们到底在干什么呀？"父亲悄声问，"你是跟咱们家乔弗里逗来着吗？哎，他在哪儿呢？"

乔弗里的心提到嗓子眼儿了。

"我可不知道哇，"亨利怪腔怪调儿地说。

"去找找哇，"父亲求着他说。现在他对一个儿子放心了，又开始替另一个着上急了。乔弗里不能忍受大哥爬上来尖着嗓子好奇地质问他。于是这个有罪之人毅然决然登上了梯子，打了钉子的靴子往下滑了一磴。

"小心点儿，你，"过于紧张的父亲叫道。

乔弗里像个罪犯一样站在梯子下，心虚地瞟着这群人。莫里斯躺在草垛上，脸色苍白，浑身有点抽搐。那外国女孩儿跪在他的头边。牧师把这男孩子的衬衣一直掀到胸部，在他身上摸索着寻找断裂的肋骨。父亲跪在另一边，雇工和亨利站在一旁。

"找不出哪儿摔断了，"牧师说，话音儿里略带失望。

"没有摔断哪儿，"莫里斯喃喃着笑了。

爹吃了一惊。"唔？"他说着朝莫里斯弯下身去。

"我说了不是，我没伤着，"莫里斯重复道。

"你们刚才到底干什么来着？"亨利冷漠嘲弄道。乔弗里扭过头去，他直到现在还没有抬起过头来呢。

"我怎么知道，"他阴沉地说。

"得了吧！"那女孩儿责备道。"我看见他把他打倒的！"她甩着胳膊肘动作剧烈地比划着。亨利讽刺地撇撇嘴，上唇长长的小胡子都歪了。

"不，姑娘，没有，"脸色苍白的莫里斯笑道，"我滑下去时，他还离我远着呢。"

"啊，什么呀！"外国女子不解地大叫着。

"咿，"莫里斯开心地笑着。

"我想你是弄错了，"当爹的怜悯道，他笑着看看那女孩儿，似乎她"不行"。

"不，"她叫道，"我看见了嘛。"

"不对，姑娘，"莫里斯恬淡地笑笑说。

这姑娘是个波兰人，名叫波拉·雅布罗诺斯基，今年才二十岁，轻快如猫，笑起来也像一只猫，样子蛮奇特。她有一头生机勃勃的金发，富有活力地鬈曲着、荡漾着，衬着她的面庞。她长着一双美丽的蓝眼睛，眼睑长得很有特色，她似乎一眼就能看穿什么，随之那眼神又变得像猫一样倦怠。她的颧骨颇具斯拉夫特色，脸上布满了雀斑。很明显，那个脸色苍白、性情冷漠的牧师不待见她。

莫里斯躺在她的膝盖上，脸色苍白地微笑着，她则像情侣一样紧拥着他。他们那副样子让人本能地觉得他们成为一对儿了。他受了伤，她随时都会为保护他而拼命。她看着乔弗里的目光充满了仇视。她弯着身用带有外国腔的英语安抚着莫里斯。

"你爱怎么说就怎么说吧，"她笑笑，随他怎么说。

"你是不是最好去看看玛格丽？"牧师说，话音里透着指责。

"她跟她母亲在一起，我听到她说话了。我这就去，"那女子漠然地笑笑道。

"你觉得你能站起来了吗？"父亲仍旧着急地问。

"嗯，还行，"莫里斯笑道。

"想起来吗？"女子抚摸着他，弯下腰，脸几乎要贴上莫里斯。

"我不急着起来，"莫里斯笑得脸上开了花。

这件事令他感到出奇的欣慰，成了主子。这令他心花怒放。他立时感到浑身充满了新的力量。

"你不急，"她重复着，琢磨着这话的意思。她笑得很温柔，她这是在伺候他。

"她下个月就得离开我们，因为茵伍德太太烦透了她了，"牧师向莫里斯的父亲不好意思地说。

"怎么，她——？"

"太疯，不听话，没礼貌。"

"哈！"

父亲莫名其妙地笑了。

"我再也不要外国女人当家庭教师了。"

莫里斯浑身一激灵，抬眼看着那女子。

"你要站起来？"她快活地问。"好了？"

他又笑了，露出牙齿来，显得很迷人。她抬起他的头，站起身来时她的手仍然抱着他的头，然后不等别人帮忙她架着他站起身。他比她高多了。他紧紧地抓住她坚实的肩膀，靠在她身上，只感到她浑圆结实的乳房紧贴在他的腹部，他笑了，喘不过气来。

"你瞧我挺好的，"他喘息着说，"就是受了点儿伤。"

"你没事儿了吗？"她兴奋地叫着。

"是的，没事儿了。"

说完他走了几步路。

"我没事儿了，爹，"他笑道。

"挺好的了，你？"她叫着，带着请求的腔调。他开怀大笑着，低头看着她，手指抚弄着她的脸颊。

"对，只要你觉得好就行。"

"只要我觉得好！"她重复着，喜上眉梢。

"她三个星期后就该走了，"牧师安慰着莫里斯他爹。

二

说话间他们听到了远处矿井上的汽笛声。

"他们下班了，"亨利漠然地说，"咱们今天用不着垛那个角了。"

当爹的焦虑地四下里张望一下。

"我说莫里斯，你肯定没事儿了吗？"他问。

"是的，我没事儿了。不是跟您说了吗？"

"那你就坐这儿，一会儿饭就送来了。亨利，你上草垛上去。基姆哪儿去了？噢，他在照料马呢。比尔，还有你，乔弗里。基姆装车，你们管卸。"

莫里斯在榆树下坐下缓缓劲儿。那姑娘跑回去了。他决心要求她嫁给他了。他自个儿有五十镑，母亲也会给他钱娶媳妇的。他想了好一阵子，不知该怎么办才好。他从车上拿下一只蒙着布的大篮子，里面装着饭。摆列开，有一大张兔肉馅饼，土豆冷盘，大块的面包，大块的黄油，还有一块厚厚的大米布丁。

这两块地离家有四英里，属于伍基家有好些年了，他家几代人一直在这地上劳作。到这代人，当爹的继续劳作，每个人都盼着干草丰收呢。这顿饭就算野餐了。他们用牛奶车运来了晚饭和茶点，是当爹的早上把车赶来的。孩子们和雇工们则是骑车来的。收干草的季节断断续续有两周。坡地下方就是阿尔弗里顿通往诺丁汉的公路，过路人多，因此夜里就得有个人宿在篷子下的干草垛中看工具。儿子们轮流夜宿于此，他们对此不以为然，因此他们急于今天干完活儿。可是莫里斯一出事，地里的活儿就拖下来，接不上茬儿了。

车装满后，大家都围坐在白布单子周围吃饭，白布单子铺展在篱笆和草垛之间的一棵树下。伍基太太总是让他们带上一块干净的白布，并给每个人带上刀叉和盘子。伍基先生对这种摆列的方式总是感到自豪，因为每样东西都安排得井井有条。

"那什么，"他快活地坐下说，"这样看上去是不是挺像回事儿？"

大家都围着白布单子席地而坐，在大树和草垛的阴凉下，边吃边眺望高处的田地。从树阴下看过去，那金色的草地像流水一样，在热气中溶化。拉着空车的马在几码开外闲荡着，然后停下来吃草。四周一切都静止了。草垛旁驾辕的马吃着草，不时丁零当啷地松弛一下身上的束缚。男人们沉默地吃喝着，当爹的在读报纸，莫里斯靠在一副马鞍子上，亨利在读《祖国》杂志，其余的人都忙着吃饭。

这时比尔叫起来："嘿，她又来了！"大家都抬眼望去，看到波拉端着一只盘子穿过田野过来了。

"她带了什么东西勾引你的胃口来了，莫里斯？"大哥逗他说。这时莫里斯正就着冷土豆吃一大角儿兔肉饼呢。

"嗯，要不是才怪呢，"当爹的笑道，"别吃那个了，莫里斯，你要是让人家失望可没劲啊。"

莫里斯臊眉耷眼地四下里看看，不知道拿自己手里的盘子怎么办好。

"把它拿过来，"比尔说，"我把它吃光喽。"

"给这病号儿送东西来了？"当爹的冲少女笑道，"他这会儿看上去挺好的。"

"我带了点儿鸡肉来，给他的！"她孩子气地冲莫里斯点点头，莫里斯羞红了脸，笑了。

"你不是想撑着他吧？"比尔说。

大家大笑。那女孩子没听懂，也跟着笑了。莫里斯腼腆地吃着他那份东西。

当爹的很是为儿子的腼腆心生怜意。

"过来，坐我边儿上，"他说，"呃，姑娘！他们是这么叫你吗？"

"我坐你身边，大爷，"她老实巴交地说。"我的名字，"她说，"叫波拉·雅布罗诺斯基。"

"叫什么？"父亲问，其他人爆发出大笑来。"再跟我说一遍，"父亲说，"你叫——？"

"波拉。"

"波拉？哦，好，是个稀奇古怪的名字，啊？他叫——"他冲儿子点点头。

"莫里斯，这我知道。"她甜甜蜜蜜地说着，盯着那当爹的眼睛笑了。莫里斯羞得脸红到了耳朵根子。

人们询问她的来历，得出结论说她来自汉诺威，她父亲是个店铺老板，她是从家里逃出来的，因为她不喜欢她爸。逃出来后她去了巴黎。

"噢，"莫里斯他爹有点怀疑地问，"你在那儿？干什么呢？"

"在学校，一家女子学校。"

"喜欢那儿吗？"

"哦，不，没有生气，没有生气！"

"怎么？"

"我们出门，是两个两个的，得在一起才行，就这。哦，没有意思，没有意思。"

"嗨，原来是因为这个呀！"莫里斯他爹惊叹道，"巴黎没有意思！那你觉得英国就有意思了？"

"没，没有。我不喜欢这儿。"说着她冲牧师做个鬼脸儿。

"来英国多久了？"

"圣诞节那会儿来的。"

"以后干点儿什么呢？"

"我要去伦敦，或者去巴黎。啊哈，巴黎！没准儿结婚呢！"说着她看着莫里斯他爹的眼睛笑了。

莫里斯他爹也开心地笑了。

"结婚？跟谁呀？"

"不知道。我要走了。"

"乡下太安静了是吧？"父亲问。

"太安静——嗯！"她点头同意。

"让你做黄油和奶酪你不反对吧？"

"做黄油——嗯！"她冲他做了一个兴高采烈的姿势，"我喜欢。"

"哈，"父亲笑道，"你愿意，是吗？"

她拼命点着头，目光闪烁。

"只要变个样儿，她什么都喜欢，"亨利断言道。

"我想她会的，"父亲赞同说。他们没想到她竟然全听懂了他们的话。她凝视他们一会儿，然后低头沉思起来。

"嘿！"亨利大叫着向人们发出警告。一个流浪者穿过篱笆懒洋洋地朝这边走来，此人衣衫褴褛，形销骨立，一副牛皮哄哄的样子。这个鬼鬼祟祟的小瘦子，尖削的下巴颏上飘零着好几天也没刮的胡子，懒洋洋地走过来了。

"你们这儿有点活儿干不？"他问。

"有点儿活儿？"莫里斯他爹重复着说，"怎么，你没看见我们快干完了吗？"

"哎，我发现你们这儿少个帮手，我觉得，你们没准儿能让我干上半天的活儿呢。"

"干草都快收完了，你还有什么用？"亨利不屑地说。

那人懒洋洋地靠在草垛上。别人都坐在地上。他有点儿居高临下。

"任你们谁我都能比试比试，"他吹着牛。

"你看着像那么回事儿，"比尔笑道。

"你平常都干什么？"莫里斯他爹问。

"照理说我是个帮工的。可是我替老板干了点儿坏事儿，挨了顿揍。他倒是赚了，我给开了。他开除了我，就当是没有重用过我似的。"

"他怎么这样！"莫里斯他爹同情地叫了起来。

"他就这德性！"那人强调说。

"可是我们这儿没活儿给你干呀，"亨利冷漠地说。

"这位爷说什么呢？"那人莽撞地说。

"没活儿，我们这儿没你能干的活儿，"当爹的说，"你可以吃点儿什么，要是你乐意。"

"那敢情好，"那人说。

他得到了剩下的那份儿兔肉饼，大口吃将起来。他那股子下作赖皮劲儿让亨利厌恶，其余的人则拿他当怪物。

"好吃，来劲，"那浪人哑巴着嘴说。

"想要一块抹黄油的面包吗？"父亲说。

"那才算个饱呢，"这就是回答。

这回那人吃得更慢了。他在场令四周的人尴尬得说不出话来。男人们都点上了烟锅子。饭吃完了。

"你们不需要帮手？"那浪人最后说。

"不。我们能对付这点儿活儿。"

"你们从来没有缺儿要补吗？"

父亲攗了他一把，说："你还算有力气。"大家不喜欢这种热络样儿，可他还是往陶瓷烟斗里添上烟，跟大家一起抽起来。

大家默默地坐着时，另一个人穿过篱笆缺口走过来，悄没声地靠近了。这是个女人，身材娇小玲珑。她脸盘儿小，脸色红扑扑的，模样憨厚，就是有点儿酸楚漠然。她戴一顶水手帽，头发紧紧向后梳着。这模样显得干净，利索，爽快。

"你找着活儿干了吗？"她问自己的男人，对别人理也不理。

他羞愧地说："没有，他们这儿没活儿给我干。他们也就给了我一口吃的。"

这人实在是个无赖。

"你就让我在那个胡同里等上一天吗？"

"你要不愿意就别等，你可以走。"

"那，你来吗？"她不屑一顾地说。他晃晃悠悠地站起身来。

"你用不着这么急嘛，"他说，"你再等等，没准儿能等上点儿活儿呢。"

说到此，她才第一次瞟了一眼这些男人。她挺年轻的，如果不这么强硬冷酷，模样儿会挺漂亮的。

"您吃饭了吗？"莫里斯他爹问。

她带着怒气看了他一眼，扭过身去。她的脸一副小孩儿模样，跟她的表情形成极其鲜明的对比。

"你来不来？"她冲那男人说。

"他不好意思着呢。想吃就吃点儿吧，"莫里斯他爹好言相劝道。

"你都吃什么了？"她冲那男人怒视道。

"他把剩下的兔儿肉饼全吃了，"乔弗里说，听上去有点气恼，带点儿嘲讽，"还吃了一大块抹黄油的面包。"

"那，那是他们给我吃的，"那男人道。

那年轻的女人看看乔弗里，乔弗里也看了看她。两人之间似乎挺有缘分。他们跟这个世界都那么格格不入。乔弗里尖酸地笑笑。可她则严肃有余，竟气得笑不出来。

"这儿还有块饼呢，您来点儿？"莫里斯开心地说。

她颇为轻蔑地瞟了他一眼。

她又看一眼乔弗里，他似乎懂得她的意思。她转过身去，默默地走开了。那男人只顾咂巴着烟斗。大家全敌意地看着他。

"咱们该干活儿了，"亨利说着站起身脱下外衣。波拉站了起来，眼前这个浪人教她颇为困惑。

"我走啦，"她粲然笑道。莫里斯站起身，温顺地跟着她。

"够劲儿，啊？"那浪人说着冲女孩儿背影点点头。男人们不怎么懂他的意思，一个个全讨厌他。

"你是不是该走了？"亨利说。

那人听话地站起身来。这是个懒洋洋的泼皮。乔弗里恨透了他，恨不得除了他。他真是个令人头疼的东西，粗俗无理，无情无义。

"也不给我点儿什么带给她。她一天没吃什么了，这我知道。我带回去，她就会吃。也没准儿她比我弄到的还多呢。"说这话时他露出妒忌而又不屑的表情。"那她就会苛待我，"他自嘲道。说着他抄起面包和奶酪，塞进口袋里。

<h1 style="text-align:center">三</h1>

乔弗里整个下午都闷闷不乐地干着活儿，莫里斯则给马刷洗。天儿热得出奇。越到下午，越是闷热，浑浊的空气把阳光搅得一片模糊。乔弗里跟比尔往车上装草，脸色还是那么阴沉沉的，不过悬着的心算是放下了，因为莫里斯没袒露实情。自打吵了架，兄弟俩谁也没搭理过谁。但他们的沉默中流露着友爱，几乎是深情。他们两人都很动情，正因此，才难以有什么交流，但内心深处，他们都十分敬重对方。莫里斯特别快活，对什么都热情洋溢。但乔弗里仍旧对大部分事物表现得沉郁冷漠。他感到孤独。干活的人们之间自由自在的交流令他茕茕孑立。可他偏偏又是个不能忍受孤单的人，很怕自己在广漠混乱的人世间形单影只。他谁也信不过。

地里的活儿干得很慢。天热难忍，人人都垂头丧气的。

"咱们还得干上一天才行，"人们聚到树下喝茶时父亲说。

"可得一天才行，"亨利说。

"得有个人留下来，"乔弗里说，"最好是我。"

"不，兄弟，我来吧，"莫里斯说着，心情迷乱地低下头。

"今儿个晚上又留下！"父亲大声说，"我看你还是回家吧。"

"不嘛，我留下，"莫里斯犟嘴道。

"他想会女人呗，"亨利给大家挑明了说。

当爹的对此很是考虑了一下。

"这我可不知道哇，"他若有所思道，显得不安。

莫里斯还是留了下来。快八点时，太阳落山了，男人们骑上自行车，父亲套上马车，大家全走了。莫里斯站在篱笆豁口中看着他们走了，马车驶过收割后的草茬儿地，摇摇晃晃下了山坡，自行车在马车前迅速驶下去，像影子一样消失了。都穿过篱笆门，随之，椴树下的路上响起了嘚嘚的马蹄声，他们走了。这年轻人很是激动，发现自己形影相吊，心里很是怕了起来。

夜色从峡谷里弥漫开来。陡峭的山坡上已经开始有马灯在闪烁，村舍的窗户开始亮了。一切在莫里斯眼里都显得奇特，好像以前压根儿没见过似的。篱笆那边，一棵巨大的椴树清香扑鼻，教人感到它似乎要开口说话。这树令他吃惊。他深深地吸了口浓郁的树香，伫立着，期待地倾听。

山上，马在嘶鸣，是那匹小母马。随之，马群疾步奔向远处的篱笆，蹄声如雷。

莫里斯不知所措，只顾围着草垛不安地打转。热浪滚滚，热流如潮，晚上要等很久天才能凉快下来。他想去冲个澡。篱笆墙下有个清水槽。水槽子在低地上绿茵茵的篱笆下，一汪清泉从水槽子上方渗出来，注满水槽。水槽子上方遍布沼泽的毛茸茸的合叶子恍若青烟一样在暮色中散发着浓郁的甜香。夜色并不那么黑暗，因为天上有一轮明月。所以，当傍晚的褐色从天空上隐褪后，黯淡的月夜仍然有些发白。篱笆间紫色的风铃花黯淡了下去，知更鸟儿蓬乱的粉色羽毛变得苍白，合叶子辉映着月光，看似磷光闪闪，空气中花香袭人。

莫里斯跪在条石上洗着手臂，又洗脸。那水真是清冽。还有一小时到九点波拉才能来呢。所以他决定晚上洗澡，而不是等到明天早上。他不是浑身黏糊糊的吗？波拉不是要来跟他说说话吗？一想到这，他就兴奋。他把头浸在水槽里时在想，那些光滑的淤泥里的小东西们怎么消受这肥皂味儿。他只顾乐着把衣服摁进水里。随后，他从头到脚把自己洗了个遍。他这是站在田野里一个清新但偏僻的角落里，白天里都没人能看得到他，更甭说在这朦胧的月光下了，他就像这蓬蓬勃勃的花儿一样不惹人注意。夜晚看上去与往日不同，他不记得以前看到过晚上有这种银灰色的光芒，更不曾注意过月光如此强烈，就像有人住在那银色的宇宙中一样。高大的树影朦胧如同蒙在披风中，如果它们开始向后移动，他一点也不会感到惊讶。他擦干身子时，感到空气中有什么在悄然浮动，在轻柔地抚摸他的腹部，其滋味美妙绝伦：有时这抚摸令他震颤，乐不可支，似乎他并不孤独。那些花儿，特别是那些合叶子令他销魂。他伸出双手去触摸那种轻柔。花儿触到他的大腿。他笑着采撷花朵，将柔滑的花瓣涂了一身，香了一身。一时间他犹豫着，辨不清自己。是这灰黑的夜色让他清醒了，这世界从来没有如此亲切，如此美丽，他还从来不知道自己竟如此奇妙呢。

九点时分，他在接骨木丛下等待着，内心十分慌张，但觉得值当的，因为他感到自己的了不起之处了。她来晚了，九点一刻才来，迫不及待地飞也似的来了。

"真是的，她就是不睡"，波拉气急败坏地说。莫里斯腼腆地笑笑。说话间他们朝着昏暗的坡地里溜达开去。

"我在那间卧室里坐了一个钟头，"她忿忿地叫着，深深地吸了口气道："呵，总算喘上这口气来了。"说着她笑了。

她很是热情奔放，浑身充满活力。

"我想，"她说起英语来拙嘴笨腮的，"我想，我喜欢——往——那儿——跑！"她指着田野那边说。

"那，咱们就跑吧，"他莫名其妙地说。

"行！"

说话间她就跑开了，他在后面追。尽管他年轻，腿长，可就是难以追上她。开始他几乎看不到她，只能听到她衣服的窸窣声。她跑得奇快。后来他终于超过了她，抓住了她的胳膊，两人喘息着站住，相视莞尔。

　　"我能赢，"她十分轻易地肯定说。

　　"你不行，"他说着发出奇特的大笑。他们上气不接下气地走着。突然，他们遇上了三条黑影，是三匹马在吃夜食呢。

　　"咱们骑马吧，"她说。

　　"什么？光着背啊！"他说。

　　"你说什么？"她没听懂。

　　"我是说没有鞍子呀？"

　　"没有，对，是没有。"

　　"嘿，姑娘！"他冲那母马说着，说话间就抓住它额前的鬃毛，牵着它朝草垛走去，在那儿给它上了笼头。这是一匹身强力壮的高头大马。莫里斯扶女子坐好，蹬着马车轮子爬上马背坐在她前面，两人骑马朝山上一路小跑而去，姑娘紧紧地抱住他的腰。到了山顶上，二人凭高四下里眺望起来。

　　天上遮着一块乌云，天色黑将下来了。左首，树木葱葱的小山一片漆黑，山下沿大路两旁的村舍里依稀明灭着几许灯光，衬得这山有趣了不少。小山的右首丛林密布。前方则是一片广漠的夜景：摇曳的村舍烛光星星点点溅落，一簇闪烁的灯群看似矿区里一场精灵的聚会；一座村庄像是一片灯火的营地，远处的铸铁厂上空一片红光微明，而最远处的城市则一片灯火阑珊。看着这远近的夜景，她的手臂搂紧了他的腰，他的臂肘也紧紧地夹住了她的胳膊。马在不安地挪动着，他们搂紧了。

　　"你不想这就走吧？"他问身后的姑娘。

　　"我跟你在一起，"她温柔地说。他能感到她贴得更紧了。他奇怪地笑笑。他怕吻她，尽管特别想。他们在躁动不安的马背上静静地坐着，凝视无尽的夜空中星星点点的灯火。

"我不想走，"他有点祈求地说。

她没有回答。马仍在不安地挪动。

"让它跑，"波拉说，"快跑！"

马不听话了，令莫里斯有点恼火。他踢它，打它，于是它一头朝山下冲去。姑娘紧紧地抱住小伙子。他们这可是在崎岖陡峭的山上骑在无鞍的马背上啊。莫里斯的手紧紧抓着，双膝紧紧夹着马。波拉紧紧抱住莫里斯的腰，头紧靠在他的肩膀上，激动得什么似的。

"咱们得下去，得下去，"莫里斯叫着，激动地大笑着。可她波拉只顾紧紧地贴在他背上。母马所向披靡地穿越过田野。莫里斯觉得随时会被甩到草地上去，拼命地夹紧了马肚子。波拉紧贴在他的背上，好几回差点儿弄得他松了手。这一对儿男女都在竭力挣扎着。

最终，那母马总算喘息着停了下来。波拉滑下马背，莫里斯马上也下来站到她身边了。他们都激动万分。不知不觉中他搂紧了她，微笑着吻她。他们如此这般好一阵子没有动弹，然后默默地朝草垛走去。

天黑得不行，夜空上乌云笼罩。他搂着波拉的腰，波拉也搂着他的腰。快到草垛时，莫里斯感到头上掉雨点儿了。

"要下雨了，"他说。

"下雨！"她满不在乎地说。

"咱们得把苫布给盖上，"他严肃地说，可她对此不理解。

来到草垛前，他进了棚子，出来时身上驮着沉重的大苫布，在黑暗中走得摇摇晃晃的。自打开始收草，这苫布还没用过呢。

"你要干什么呀？"波拉说着走近他身边。

"把它遮草垛顶儿上，"他说，"盖在顶儿上，省得它淋湿了。"

"哦！"她叫道，"那儿，上头！"

他卸下了身上的重负，说："对。"

他摸索着把长梯子架在草垛一侧，可是却看不清垛顶。

"但愿它稳稳当当儿的，"他轻声道。

几滴雨点儿敲打着苫布，听上去像还有什么人似的。巨大的草垛之间黑得什么似的，她看看这墙一样的草垛，禁不住往他身上蜷缩。

"你把它弄上去？"她问。

"对呀，"他说。

"要我帮忙吗？"她问。

她真帮上忙了。打开苫布，他先拽着苫布的一头儿爬上陡峭的梯子，她则托着另一头儿紧随其后。两人就这样默不作声、小心翼翼地爬上了摇摇晃晃的梯子。

四

他们正往草垛上爬时，大路旁的门口亮起了灯光。是乔弗里来帮弟弟遮苫布了。他怕打扰他们，就默默地骑车到棚子那儿。草垛旁的篱笆对面有一间波纹铁顶的房子。乔弗里让车灯开路，可没有那对情人的影子。他觉得自己看到了有个影子躲开了。自行车灯淡黄的灯光在黑暗中扫过田野，照亮了雨点儿、雨雾、叶影和摇曳的草丛。乔弗里进了棚子，可那儿没人。他慢慢地走着，任性地朝草垛走去。他走过马车时听到有什么朝他倒下来。他朝后退一步，躲开墙一样的草垛，只见高高的梯子沿垛墙滑下，带着刺耳的响声倒在地上。

"什么声儿？"他听到莫里斯在高处小心地询问。

"什么东西倒了，"是那女子怪里怪气但近乎开心的声音。

"不会是梯子吧，"莫里斯说着扒着草垛扫了一眼，然后又趴下看看。

"是，啊！"他叫道，"咱们把梯子撞倒了，布也跟着掉下去了，快往上拉。"

"咱们就憋在这儿？"她颤抖地叫着。

"是啊，要不我大声喊，让牧师家的人听见。"

"哦，不嘛，"她赶紧说。

"我才不呢，"他说着笑了。

一阵子急雨扑打着苫布。乔弗里躲到另一座草垛下去了。

"小心你脚底下，这儿，让我来拉直这一头儿，"莫里斯十分体贴地说，既是命令又是爱抚。"咱们得坐在它下头，反正是淋不着了。"

"淋不着！"女孩儿重复着，放心了，但又有些激动。

乔弗里听到草垛上苫布拉拉扯扯的"沙沙"声，还听到莫里斯叫她"小心！"

"小心！"她学舌道，"小心！你说'小心！'"

"嗯，我要是不呢？"他笑道。"我并不想让你掉下去，不是吗？"他的口气很硬，但又对自己吃不准。

他们好一会儿没作声。

"莫里斯！"她说，声调儿可怜巴巴的。

"嗯？一会儿就没事了，"他略带愠怒地哄她。

"我没事儿，"她重复道，"我没事儿，莫里斯。"

"你知道你没事儿。我不能管你叫波拉。我能管你叫眯妮吗？"

眯妮是一个死去的姐妹的名字。

"眯妮！"她惊叫起来。

"对，行吗？"

她操着浓重喉音的德文回答了他，惹得他大笑，笑得浑身颤抖。

"来，过来到这下边来。你觉得你想回牧师家躲躲吗？要我叫什么人来吗？"他问。

"我才不呢，不！"她火了。

"肯定不吗？"他坚持道，几乎要发火。

"肯定，我肯定。"她笑了。

听到最后一句，乔弗里转身走了。雨下大了。孤独的哥哥没精打采，痛苦地走向小棚子，雨点子在棚顶上噼噼啪啪敲打得正欢。他难过，嫉妒死莫里斯了。

他的自行车灯朝下亮着，在三面墙的棚子地上洒下微黄的光芒，照亮了脚印斑斑的土地面，一把把工具摞了房梁那么高，边上是颜色发灰、死气沉沉的金属架子。他摘下车灯，在棚子里照了一圈。屋里堆着马具、工具、一只巨大的糖盒子、一堆高高的草垛，再有就是波纹铁皮顶子上的房梁，都那么死气沉沉，那么硬邦邦的。他将车灯往黑暗中照照：夜空中什么也没有，只有雨点儿穿过夜雾悄然落下，四下里黑影绰绰。

乔弗里吹灭了车灯，冲向草垛。他想替他们架上梯子，不定什么时候他们要用呢。他坐在那儿，艳羡莫里斯的福气。他原先只是想象，现在可是有了具体目标了。在他的一生中，还没有什么能像这个女人一样如此撩拨他的心呢。波拉是个奇特的外国人，跟普通的女孩儿不一样：她比任何他认识的女孩儿都更加撩人，更有女人味儿，更亮丽，更迷人。于是在她跟前，他更感到像一只蜡烛旁的飞蛾。他本来是可以疯狂地爱她的，可是却让莫里斯捷足先登了。他一遍又一遍地想着同一个问题：亲吻她，让她搂住你的腰，那是什么滋味儿？她对莫里斯有什么感觉，愿意抚摸他吗？莫里斯行吗，能迷住她吗？她是怎么看他的？她几乎看不上他，就像拿田野里的一匹马不当回事一样。她为什么要这样？他又为什么不能让她肃然起敬，去取代莫里斯？他绝不要那样强求一个女人的尊敬，他总是对她让步得太快。如果有个女人能看清他的价值，啊，那该有多好呀，尽管他那么窝囊，那么倒霉。他真想吻她啊。他如此这般想了又想，像个疯子一般。雨点子在棚子顶上敲得山响，不一会儿变得轻柔了，变成了滴答声，在屋外滴落。

乔弗里的心跳到了嗓子眼儿，缩紧了身子。有一个黑影围着棚子的柱子转悠，弯着腰走了进来。年轻人的心剧烈地跳动着，喘着说不上话来。这是惊讶而不是恐怖所致。那个影子朝他摸索着走过来了。他跳将起来，张开大手抓住了它，喘息起来。

"抓住了！"

没有反抗，只有一声绝望的啜泣。

"让我走，"是女人的声音。

"你想干什么？"他声音低沉，粗暴地说。

"我觉得他就在这儿，"她绝望地哭泣着，发出轻轻的抽抽搭搭声。

"你见到你不想见的人了，是吧？"

听他的口气这么霸道，她想离开他。

"让我走吧，"她说。

"你在这儿想见到谁呢？"他问，这回声调自然多了。

"我丈夫，吃饭时你见过他了。让我走吧。"

"怎么，是你呀？"乔弗里叫道，"是他甩了你了？"

"让我走，"女人阴郁地说着想挣脱开。他发现她的袖子湿得厉害，握在手中的她的胳膊很是细弱。突然，他感到惭愧得慌：没错儿，他伤害了她，攥得人家太紧了。他的手松开了一些，但还是没有放开她。

"那你在这儿东找西找，找的就是那个卑鄙小人吗，吃饭时见到的那个？"他问，但她没有回答。

"他在哪儿甩的你？"

"是我甩的他，就在这儿。从那以后就再也没看见他。"

"我倒觉得没他更好，"他说。她没回答。他干笑一声，说：

"我觉得你是再也不想见他了。"

"他是我丈夫，只要我拦着他，他就跑不了。"

乔弗里卡壳儿了，不知该说什么才好。

"你穿没穿外衣？"他问。

"你什么意思？我带着呢。"

"你湿透了，不是吗？"

"我没法儿干着，雨那么大。可他不在这儿，我还得走。"

"我是说，"他谦卑地说，"你是不是湿透了？"

她没有回答。他感到她在发抖呢。

"你冷吗？"他感到惊奇，关心地问她。

她没有回答。这让他不知道该说什么。

"等等，"他说着从口袋里翻找火柴。他擦亮了火柴，将火柴拿在自己粗硬的大手中。他是个大个子，看上去很是焦虑。借着照在她脸上的火光，他发现她脸色挺苍白，一脸的倦容，头上那顶旧海员帽子淋了雨，耷拉着。她身穿一件浅褐色质地光滑的短上衣，上面淋了雨的地方黑乎乎湿透了，裙子也湿了，直往靴子上滴水。这时火柴烧完了。

"啊呀，你湿透了，"他说。

她没有说话。

"你要不要在这儿等雨停了？"他问。可她并不回答。

"你要是待在这儿，最好把衣服脱了，裹上毯子。箱子里有一块盖马的毯子。"

他等待着，可她就是不开口说话。于是他点亮了车灯，在箱子里摸索着抻出一条棕色带猩红和黄条子的大毯子来。她纹丝不动地站着。他用灯照照她，发现她脸色苍白，嘚嘚地颤抖着。

"你特冷吗？"他关切地问。"脱了外衣，摘了帽子，把这个裹上吧。"

她木呆呆地解开那浅褐色的大扣子，摘了帽子。她的一头黑发向后梳着，显得眉毛靠下，规规矩矩的。这样子不那么像姑娘了，倒像个因生活所迫早熟的女人。她身材娇小、灵巧，眉清目秀的。可现在她浑身发抖，直抽搐。

"你不要紧吧？"他问。

"我走到布尔威尔，又走了回来，"她颤抖着说，"就为了找他，从早到晚水米没沾牙呢。"她并没哭，因为她疲惫心烦，哭不出来。他惊讶地看着她，张嘴说："天，"莫里斯就爱这么说。

"你什么都没吃呢！"

说着他转身去翻箱子，剩下的面包都存那儿，还有那块大奶酪，糖和盐什么的，桌上的用品全在里面，还有点儿黄油呢。

　　她疲惫地坐在草堆上。他为她切了片面包，抹上了黄油，还夹上奶酪。这她要了，可吃得无精打采的。

　　"想喝点什么，"她说。

　　"俺们这儿没啤酒，"他说，"我爹不喝。"

　　"我想喝水，"她说。

　　他拿起一个罐头盒，一头冲进湿漉漉的黑夜中，沿着那黑乎乎的篱笆墙根儿，下山到水槽边。回来时发现她裹紧了毯子坐在灯光昏暗的棚子里。水淋淋的草弄湿了他的双脚，他顾不上了，因为心里想着她呢。给她递水时，她的手碰到了他的，他感到她的手指头热乎乎、光溜溜的。她的手在发抖，把水弄洒出来了。

　　"你难受吧？"他问。

　　"我止不住，是又累又饿闹的。"

　　他抓挠着脑袋苦想着，等她吃那片抹黄油的面包。吃完了，他又要给她一片。

　　"这会儿我不想吃，"她说。

　　"你总得吃点儿什么吧，"他说。

　　"现在我吃不下了。"

　　他犹豫不决地把面包片放在箱子上。随后是一阵长长的沉默。他垂着头站了起来。那辆自行车像一头休息的动物，头朝着墙，闪闪发光。那女人弓着背坐在草堆上发抖。

　　"你暖和点儿了吗？"他问。

　　"我会一点点暖和起来的，让你费心了。我占了你的地方了。你今儿要在这儿过夜吗？"

　　"是的。"

"我这就走，"她说。

"不，我不想让你走。我在想怎么能让你暖和起来呢。"

"别为我操心了，"听话茬儿她是有点儿恼了。

"我是来看草垛的。你就脱了鞋袜，把湿了的衣服全脱了，裹上那块毯子，你个头儿小，毯子够用。"

"这会子正下雨呢，快停了，我说话就走。"

"我去看看草垛有情况没有。把湿衣服脱了吧。"

"你还回来吗？"她问。

"没准儿不了，得到早上呢。"

"哦，这雨说话就停。我不该待在这儿，我也不能让人为了我待在外头哇。"

"你不会把我赶出去的吧。"

"不管怎么样，我不会待在这儿的。"

"好了，等我回来再走行吧？"他说。她没言语。

他出去了。他刚走不一会儿，她就吹灭了灯。雨一个劲儿下着，夜色漆黑一片，四周一片寂静。乔弗里四下里听着响动儿，除了雨声就是雨声。他站在草堆之间，可只听到了细细的流水声和沙沙的雨声。一切都消失在黑夜中了。他想，死也不过如此吧，不少东西在沉寂中被黑暗消融了，抹掉了，但仍旧存在着。在这漆黑的夜色中，他感到他自己几乎销匿了。他怕的是看到的东西跟从前不一样了。他跌跌撞撞、近乎疯狂地摸索着往回走，直到自己的手摸到了湿漉漉的金属。他一直在找一丝儿亮光。

"是你把灯吹灭的？"他问道，担心回答他的是沉静。

"是的，"她可怜巴巴地回答。听到她的声音他真高兴。他摸索着进了漆黑的棚子，撞上了箱子，只听得一阵东西叮咣落地的声音，这箱子的一部分是当桌子用的。

"是灯，刀子和杯子掉了，"他说着擦亮了火柴。

"杯子没碎。"说着他把杯子装进箱子里。

"可是油灯里的油洒了，这件又老又破的东西。"他赶忙吹灭了火柴，都烧到他的手指头尖儿了。然后他又点亮了另一根。

"你不想让灯亮着，是吧。那我就走了，你躺下歇着吧，我不占你的地方儿。"

他借着火柴的光亮看着她。她看上去就像奇特的一小捆儿东西，整个儿是棕色的，亮丽的毯子边儿露出来了，一张小脸儿冲着他。火柴快灭时，她发现他露出了笑容。

"我坐这头儿就行了，你躺下吧。"

他进来坐在草堆上，跟她隔了一段儿。

"他可真是你男人？"他问。

"就是嘛！"她严肃地说。

他只是"哦"了一声，就又不说话了。

不一会儿他又问："你这会儿暖和过来了？"

"你干吗操这份心呢？"

"我没操心。你跟着他是因为你喜欢他吗？"他小心翼翼地问，他就是想知道。

"不，我巴不得他死了呢。"说这话的口气很是轻蔑。但随后又一字一顿地说："可他是我老公。"

闻之他"扑哧"一声乐了，说："真的！"

随后他又问："结婚有年头儿了？"

"四年了。"

"都四年了，那你有多大了？"

"二十三。"

"刚二十三吧？"

"五月份就够了。"

"那你比我大四个月。"他对此琢磨了一番。漆黑的夜里只有他们两个人的声音在响，令人不安。

沉默了一会儿他问："那你就这么流浪吗？"

"他以为他是在找工作呢，可他压根儿什么工作也不想干。我跟他结婚时他在切斯特菲尔德的马贩子那儿当马夫，我是那儿的女仆。孩子刚两个月，他就不干了，从此逼得我四处奔走。人们都说打滚儿的石头不生苔，老这么流浪下去——"

"孩子在哪儿？"

"十个月上就死了。"

话说到这儿他们都没话可说了。过了好久，乔弗里才试探着说句同情的话儿：

"你是不指望什么了。"

"我指望过无数次了，夜里我浑身发抖，病得要死。可我们不是说死就能死呀。"

他沉默片刻，结结巴巴地说："那你可怎么办呢？"

"我要找到他，只要我守在路边上。"

"为什么？"他好奇地朝那边看过去，尽管看到的只是黑暗。

"我非找到他不可。不能什么都照他的法子来。"

"可是你为什么不离开他呢？"

"因为我不能什么都照他的法子来。"

她口气极其坚定，甚至有点报复的意味。他坐着胡思乱想，深感不安，替她难过得慌。她十分安静地坐着，似乎只是一个声音，一个精灵。

"你现在暖和过来了吗？"他问，心里还略有恐惧。

"热乎点儿了，可是我的脚啊！"听上去很是可怜。

"让我用手给你暖暖吧，"他说，"我还是挺热的。"

"不，谢谢，"她冷漠地说。

说完这话，她在黑暗中觉得自己伤害了他。他让她撅得难受，好心没得好报。

"我的脚怪脏的，"她颇为自嘲道。

"呃，我的也是，话说回来了，我差不离儿见天儿洗澡，"他说。

"我不知道得多久才能暖过来，"她悲叹。

"来吧，把它们放我手里。"

她听到他轻轻地擦火柴盒，随之他那边亮起了一团磷光。然后他手持两团冒着青烟的火苗向她的脚靠过去。她怕了。可她的脚感到疼了，这种感觉促使她将脚底部轻轻地放在那两股青烟上。他那双大手握住了她的脚背，那是一双温暖又结实的大手。

"这脚像冰一样！"他十分心疼地说。

他尽力暖她的脚，将那双脚捧得离自己很近。她会时不时地感到自己浑身震颤，脚尖上能感到他的温暖，那双脚就捧在他的手里。她朝前倾斜了身子，手指尖轻柔地抚摸着他的头发。他为之一振。她开始小心翼翼用指尖轻轻地梳理他的头发了。

"好点儿吗？"他轻声问着，猛然朝她抬起头来。她猝不及防，手滑落到他的脸上，手指尖落到他的嘴上，赶紧抽回来。他伸出一只手去捉她的手，另一只手攥住了她的双脚。他那只摸索中的手碰到了她的脸，好奇地摸起来。那张脸是湿的。他小心地将自己的粗大的手指头放在她的眼上，触到的是两汪泪。

"怎么了？"他压低声音，哽咽道。

她倾下身子，紧紧地搂住了他的脖子，因着痛苦而发疯地将他拥进自己怀中。过去四年中她对生活万念俱灰，耻辱和沦落感挥之不去，让她变得性格孤僻，意志刚强，直至她的大部分天性变得麻木迟钝了。现在她又变得柔弱，她生命的春天会很美丽。而在此前她已经走上了通往丑陋老妇的路了。

她将乔弗里的头拥进自己的怀里，她的胸怀在随着喘息起伏着。他惊呆了，充满了幻想，任这女人怎样都行。她在无声地哭泣着，泪水落在他的头发上。他也像她一样大口地喘息着。最终她松了手，他一把搂住了她。

"来，让我暖着你吧，"他说着抱她躺在他的膝上，强壮的手臂将她揽向自己怀中。她很是娇小温存。他紧紧地抱着她，暖着她。过了一会儿，她抽出一条胳膊来拢着他。

"你真大，"她喃喃道。

他将她拥得更紧了，开始低头把嘴巴凑过去寻觅着。他的唇触到她的额头了。她缓缓地迎合着将自己的嘴巴递过去，张开双唇跟他接了一个吻。这是他的第一个爱情之吻。

五

乔弗里醒来时，正是寒冷的黎明。那女人仍睡在他的臂弯中。女人熟睡中的脸唤起了他全部的柔情。她紧闭的嘴巴似乎表明她决心承受任何难以承受的东西，这张嘴巴的样子同她娇小的面庞形成了对比，教人顿生怜意。乔弗里将她紧紧抱在怀中。有了她，乔弗里感到他就能够击溃那些蔑视他的口舌，挺起腰板儿来，秋毫无伤。有她来完善自己，他就有了主心骨儿，从而变得坚强、健全。他是那么需要她，爱她爱得发狂。

就在此时，天亮了，却亮得死气沉沉的，是姗姗来迟的一个灰蒙蒙、又冷又湿的早晨。天色缓慢而痛苦地变亮了，但乔弗里发现并没有下雨。盯着屋外变化中惨白天色的同时他还意识到了别的什么。他朝下瞄了一眼，发现她大睁着眼睛在看他呢。她长着一双金棕色的眼睛，眼神平静，立即冲他流露出会心的笑意。他也笑了，笑着低下头去吻她。他们好久没说话，良久，他才好奇地问她：

"你叫什么名字？"

"丽蒂娅，"她说。

"丽蒂娅!"他好奇地重复道,显得很是腼腆。

"我叫乔弗里·伍基,"他说。

她只是冲他笑笑。

他们沉默了好久。在清晨的光线里,任什么都看着小。夜里觉得高大的树木,现在萎缩成了灰不溜秋的小东西,在苍白的天空中显得多余。雾正浓,光线难以穿透。一切似乎都在寒冷中病病歪歪地颤抖着。

"你常在外头睡觉吗?"他问。

"不怎么经常,"她说。

"你不会追他了吧?"

"我不得不这样,"话是这么说,身子却朝乔弗里依偎过来。这令他突然生出惊恐。

"别这样,"他叫道。她看出来了他是怕他自己。她随他去,不说话了。

"我们难道不能结婚吗?"他若有所思地说。

"不能。"

他对此很是费了一番心思,终于说:

"你能跟我去加拿大吗?"①

"看吧,两个月以后看你还怎么想,"她平静地说着,一点儿也不显得痛苦。

"我还会这么想,"他感到受了伤害,反唇相讥道。

她没有回答,只是平静地看着他。她是要随他愿意怎么对待她的,但是她不会坏了他的财运,不,不,也不要拯救他的灵魂。

"有什么亲戚吗?"他问。

---

① 19世纪末,政府鼓励人们移民到殖民地或自治领如加拿大、南非和澳洲。劳伦斯的亲戚中有好几位移民。移民到北美是劳伦斯小说中常见的情节。《白孔雀》中萨克斯顿家想移居北美。《牧师的女儿们》中男主人公决定移民到加拿大。《你摸过我》里面也有类似情节。

"在克里契有个出嫁的姐姐。"

"在农庄上？"

"不，嫁给了一个农庄雇工，不过她过得挺舒服的。我可以去那儿，如果你想让我去的话，等我找到个有活儿干的地方再说。"

他对此想了想。

"你能找一家农庄吗？"

"在格林哈尔有个农庄。"

他觉得以后有指望了：她会成为他的帮手。她同意去找她姐姐，找个有活儿干的地方。到春天，他说，他们就坐船去加拿大。他等待着她的同意。

"你会跟我走吗？"他问。

"时机成熟了就行，"她说。

她对他的不信任令他垂下头。她有理由不信任他。

"你能不能走到克里契去？或者从朗利磨坊到安伯门？只需要走上十英里。从那儿，咱们就可以一块儿上亨特山。你得从我家街口过，我可以抽身回去给你取点儿钱——"他臊眉耷眼地说。

"我身上有半镑钱，且花着呢。"

"让我看看，"他说。

她在毯子底下摸索了一阵子，掏出了那张钱票。这让他觉得她是不靠他的。痛苦地想了一想，他告诉自己她会离自己而去。他因着愤怒而鼓起勇气问：

"你去打工时是用自己的名字吗？"

"不。"

他愤然，恨透了她。

"我发誓再也不见你了，"他说着狠狠地发出一声干笑。她张开双臂搂住他，用力将他拥进自己的怀里，泪水随之涌上眼眶。他因此放心了，但并不觉得满足。

"今天晚上能给我写信吗？"

"是的，我会的。"

"那，我能给你写吗？我写给谁呢？"

"写给布里顿太太。"

"布里顿太太！"他痛苦地重复道。此时他感到十分不安。

天色大白了。他看到灰蒙蒙的雾气中篱笆在滴着水。这时他对她讲了莫里斯的事。

"哦，你不该！"她说。"你应该把梯子给他们竖起来，你应该这样。"

"我，我才无所谓呢。"

"去吧，这就去弄，我要走了。"

"不，你别走。等着见见我家莫里斯，等等，那样我才好告诉他呀。"

她默许了。他得到了她的许诺，说等他回来再走。她整了整衣服，到了水槽边，方便了一下。

乔弗里溜达着到坡地上方去。雾气中，草垛湿漉漉的，篱笆水淋淋的。尘雾从草地上升起，像水汽一般，附近的小山被雾气笼罩着，看上去影影绰绰的，峡谷里，一些杨树梢儿翘首挺立，倒是显得轮廓清晰。他不禁冷得打起哆嗦。

草垛那边没声儿，他什么也看不见。他想也许他们不在那儿了。可他还是把梯子扶起来放到原来的地儿，然后到篱笆墙下去拢干树枝子。他正在一棵冬青树下撅着死树杈儿，突然听到宁静的空中有人说话："呀，我湿了！"

他倾听着。是莫里斯醒了。

"你坐这儿来！"是那小子的叫声。

随后响起了那个外国女孩儿的声音："什么，哦，哪儿呀！"

"嘿，梯子就在那儿呢。"

"你说过它倒下去了。"

"是呀，我是听到它倒下去了，可我既摸不着，也看不见啊。"

"你说它倒下去了，你瞎说，你是个骗子。"

"不是，我明明在这儿——"

"你跟我说瞎话，让我在这儿过夜，你骗我——"她气得什么似的。

"我明明是站在这儿——"

"瞎说！瞎说！瞎说！"她叫道。"我不信，再也不信你了。你下作，你下作，下作，下作！"

"行了吧！"现在轮到他发火了。

"你这个坏蛋，下作，下作，下作。"

"你下来不下来？"莫里斯冷漠地问。

"不，我才不跟你走呢，你卑鄙，竟然对我说瞎话。"

"你下不下来？"

"不，我不想要你。"

"那好吧！"

乔弗里透过冬青窥视着，发现莫里斯在试那梯子。梯子的最高一磴比草垛的边沿儿还低了点儿，靠在苫布上，因此往下走挺危险的。那女子从草垛顶上苫布的那一边看着他。他悄悄地往下滑着，引得她尖叫起来。他上了梯子以后，就撤了苫布，将布朝身后扔开，以便她下来。

"你下来不？"他问。

"不，"她剧烈地摇着头，很不高兴。

乔弗里感到有点儿看不起她。可莫里斯还是在等待着。

"下不下来？"他叫道。

"就不，"她火儿了，像只野猫。

"那好吧，我走。"

他下了梯子。到了下头，他扶着梯子站好，说：

"来吧，我扶着呢，稳当。"

没有回答。他一只脚蹬着最下面的一磴耐心地等了好一阵子。他脸色苍白，一脸的倦容，冻得浑身缩成了一团。

"你到底下还是不下来？"他终于发出了最后通牒。

上头还是没有回答。

"那就待上头吧，待够了再说，"他咕哝着走了。走到草垛另一边时，跟乔弗里走了个对面儿。

"怎么茬儿，你在这儿呢？"他叫起来。

"都这儿蹲一宿了，"乔弗里说，"我是来帮你遮苫布的，可我发现都遮上了，梯子也倒了，我就以为你走了呢。"

"是你把梯子支起来的？"

"是我。"

莫里斯想了一想。乔弗里努力跟自己斗争着走出自己的谎言圈套。他终于脱口而出道：

"你知道昨天吃饭时来的那个女人吧，她又回来了，在棚子里躲了一宿雨。"

"啊——哈！"莫里斯说着眼睛亮了，苍白的脸上泛起了笑意。

"我得给她弄点儿早餐。"

"啊——哈！"莫里斯又这么重复了一声。

"是那个男人没出息，不是她，"乔弗里声辩道。莫里斯觉得自己没资格说他。

"你可以去看看嘛，"他说，"看她怎么样了。"乔弗里很是平静，不像自己。他倒似乎有点烦，有点焦虑，乔弗里以前可没见过他这样。

"你怎么了？"哥哥问，他心里高兴了，坦然了。

"没什么，"莫里斯这样回答。

他们一起来到小棚子里。那女人正叠着毯子。她刚梳洗了一番，看上去清清爽爽，很有几分姿色。她的头发不再紧紧地盘在脑后，而是低低地绾个发髻，头发将耳朵半遮着。原先她是故意将自己弄得姿色全无，现在她整洁、俏丽可人，一身的女人魅力。

"你好，没想到在这儿见到你，"莫里斯尴尬地说着，笑笑。她阴郁地看着他，没有回答。"不过，昨夜在棚子里总比在外头强，"他补充道。

"是的，"她回答。

"你能多弄几根树枝来吗？"乔弗里问道。指使别人对乔弗里来说还是头一遭呢。莫里斯言听计从，晃晃悠悠走进了外头潮湿寒冷的清晨里。他没有到草垛那儿去，因为他要躲避波拉。

乔弗里在棚子门口生起火来。女人从箱子里拿出咖啡来，乔弗里把马口铁罐放到火上煮了起来。他们准备早餐时波拉来了。她没戴帽子，头发上还粘着几根草呢。一脸苍白的她看上去并不得意。

"啊，是你们呢！"看见乔弗里她叫了起来。

"你好！"他回答道，"这么早就出来了？"

"莫里斯呢？"

"不知道，他这就该回来了。"

波拉不说话了。

"你什么时候来的？"她问。

"昨儿夜里就来了，可是我谁也没见着。我忙了一阵子，还支上梯子准备给草垛遮上苫布呢。"

波拉明白了，不说了。莫里斯抱着柴捆儿回来时，她正蹲着烤手。她抬头看着他，可他却把头扭过去不看她。乔弗里的目光与丽蒂娅的目光相遇了，笑了。莫里斯把手伸过去烤火。

"你冷吗？"波拉温柔地问。

"有点儿，"他很是友好地回答，但显得很拘谨。四个人都围火而坐，喝着浓浓的咖啡，每人吃着一小片烤咸肉。波拉急切地盯着莫里斯的眼睛，可他却躲着她的目光。他温存，但绝不看她的眼睛。而乔弗里则不停地冲丽蒂娅笑着，可丽蒂娅一脸的阴沉。

那德国①姑娘平平安安回了牧师家，她溜出去的事除了家里的女仆别人都不知道。不出一星期，她就同莫里斯订了婚，待她的解雇期一到，她就到农场上住了。

乔弗里和丽蒂娅则以心相许了。

①　原文如此。——译者注

退求其次

"哎哟，累死啦！"弗朗西丝气哼哼地大叫一声，就坐在了树篱边的草地上。安妮站在一旁吓了一跳，不过她对她亲爱的姐姐这种喜怒无常早就习惯了，就对她说：

"嗬，你昨天从利物浦大老远的回来累成这样了？你以前每次从那儿回来不都是挺累的吗？"说着她挨着姐姐扑通一下也坐下了。安妮是个聪明伶俐的孩子，才十四岁，但身材丰腴，还明事理。弗朗西丝则大她不少，大概有二十三了，总是心血来潮，好冲动。她是这家孩子里最漂亮伶俐的了。她裙子上粘了不少八仙草的草籽儿，她正气急败坏地往下择呢。她脸蛋儿漂亮，脸色黑里透红，头上盘着黑发，表情却平静如水，晒黑了的纤细的手正忙着择草籽。

"不是旅行的问题，"她反驳道，她觉得安妮还没明白过来。安妮闻之，眼睛看着亲爱的姐姐，眼神里充满了疑问。这充满自信的小姑娘，想法很实际，在猜这个心血来潮的姐姐的想法。这时她突然发现弗朗西丝正盯着她看呢，感到姐姐那双深邃而热辣辣的眼睛充满着挑衅。于是她怕了。弗朗西丝特有的这种突如其来的强烈的咄咄逼人表情常常令人不知所措。

"怎么了嘛，可怜的老姐？"安妮说着就搂住了姐姐那轻巧但执拗的身子。弗朗西丝笑得花枝乱颤，就势依偎在了妹妹那含苞欲放的丰满的胸脯上，要从妹妹那里得到点安慰。

"没啥，我就是有点累，"她喃喃着，眼里的泪花直打转。

"那肯定是了，你还以为是什么原因？"安妮安慰她说。安妮竟然说话像个大姐，甚至母亲，这令弗朗西丝感到好笑。其实安妮还是个无忧无虑的少女，在她眼里男人就像大个儿的狗一样。而二十三岁的弗朗西丝则备受煎熬。

乡下的早晨一派静谧。阳光下的公地上布满了阴影，热气在山坡上隐隐蒸发。褐色的草地似乎在微微文燃，橡树叶子都快晒焦了。远处浓荫掩映下的小村屋依稀可辨，房顶有红色，也有橙色。

一阵风吹过，公地旁小溪畔的柳树枝猛然一阵狂舞，似有宝石闪亮飞落。安妮重新摆正坐姿，伸开双腿，在腿窝里放上一把榛子，那榛子根上是浅绿色，头上晒得黑里透红。然后她就开始咔咔地嗑着吃起来。弗朗西丝则垂着头陷入了痛苦的思绪中。

"哎，你记得汤姆·斯麦德利吗？"小姑娘一边把榛子仁从壳里使劲儿剥出来一边问。

"应该还记得吧，"弗朗西丝带着嘲讽的口吻说。

"嗯，他送给我一只野兔子，是他自己逮的，跟我的那只家兔一起养，还活着呢。"

"那不错啊，"弗朗西丝漠然地说，话音里透着嘲讽。

"那当然不错啦！他说打算带我去参加奥勒顿狂欢节，可从来也没说话算话过。可是，他却把牧师家的仆人带去了，让我看见了。"

"他应该带呀，"弗朗西丝说。

"不行，他不应该！我就跟他这么说了。我还跟他说我要把这事儿告诉你，这不就跟你说啦。"

她嘎巴一声咬开了榛子，剥出果仁，自鸣得意地嚼起来。

"带谁还不是带？"弗朗西丝说。

"那或许是吧，可我还是喜欢他喜欢得不行。"

"为什么？"

"就是喜欢。他就不该带一个仆人去。"

"他完全有权利啊，"弗朗西丝坚持说，她的口气显得公正又冷静。

"他没权利，因为他说过要带我的。"

弗朗西丝让她的话逗得大笑起来，笑完了，心里舒坦了。

"哦，也是，我倒忘了这茬儿了，"说完她又问："你说一定要告诉我，他怎么说？"

"他笑了，说'她才不会为这事儿着急上火呢。'"

"还别说，真不会，"弗朗西丝对此嗤之以鼻。

她们都不说话了。耀眼的阳光洒满了公地，蓟草枯黄，丛丛的黑莓沉寂无声，荆豆壳呈现出棕色，这景色看上去亦真亦幻。小溪对岸是辽阔的阡陌纵横的农田，大麦茬地发白，方正的麦子地深黄，牧场则是一片片的浅黄褐色，一条条的休耕地颜色泛红，林子和小村庄颜色发暗，如同装饰品一样镶嵌在田野上。广阔的农田一望无际，一直铺展到山脚下，棋盘一样的田地垄格看着越来越小，在远处隐没在蒸腾的黑乎乎的热气中，只剩下白色的大麦茬方块地还清晰可辨。

"哎哟，这儿有个兔子洞！"安妮突然大叫一声，"要不要盯着，看会不会钻出来一只？你别害怕，懂吗？"

两个姑娘纹丝不动地坐着。弗朗西丝四下打量，觉得周围的物件儿都不怀好意似的：接骨木淡紫色的枝头上沉甸甸的青浆果，树篱高处密密实实朝天长着的淡黄海棠果，在阳光下亮晶晶的，还有树篱下落满了打了蔫儿的报春花叶子，这些都让她觉得怪异。随之，她看到什么东西在动。原来是一只鼹鼠悄然在热乎乎的红土地上活动，它嗅嗅闻闻，爬来爬去，扁平的黑色身体看似一个阴影晃来晃去，忽快忽慢，恰似一只快活的小鬼儿。弗朗西丝吓了一跳，像往常一样想叫安妮过来打死这只小东西。可是今天她不愉快，无精打采的，就懒得喊了。她盯着这只小动物蹬来蹬去，嗅来嗅去，摸来摸去，乱跑一气，阳光照在它身上，肚皮和鼻子蹭到了热乎乎奇怪的东西，这都令它狂喜。看到这小活物儿这样，弗朗西丝不禁深深地可怜起它来。

"哎，弗朗，瞧那儿！是一只鼹鼠。"

安妮站了起来，盯着那只迷迷糊糊的黑家伙。弗朗西丝焦虑地皱起了眉头。

"它都不跑，真是的，"小姑娘轻声说道。说着她蹑手蹑脚地接近那家伙，那只鼹鼠见状慌忙乱跑，安妮立马一脚踩住了它，不过踩得不重。弗朗西丝能看到那小动物在安妮靴子下挣扎，那粉红的爪子在舞动，像游泳一样，尖尖的鼻子在扭动抽搐。

"它在扭呢！"漂亮的安妮说着皱起了眉头，心里感到害怕。随后她弯腰去看她踩住的那家伙。弗朗西丝看到靴子边上鼹鼠那光滑的肩部在抽动，瞎着眼的脸在可怜巴巴地翻转，粉红的扁平爪子在发疯般的划动。

"踩死它算了，"弗朗西丝说着扭过脸去。

"别，我才不呢，"安妮笑道，一边往后退一边说："你要乐意，还是你来吧。"

"我不乐意，"弗朗西丝语气不重却掷地有声。

安妮小心翼翼地试了几下，终于揪着那小东西的后脖子把它拎了起来。鼹鼠扬着头，长长的鼻子左右甩来甩去，咧着嘴，粉色的小牙齿龇着，发疯般的抽动着。笨重的身子吊在半空中，几乎动弹不得。

"真是个能折腾的小东西，"安妮观察着鼹鼠，转动身体以防鼹鼠咬到自己。

"你打算怎么处理它呀？"弗朗西丝逼问道。

"就该弄死它，你看它们祸害的这些东西。我把它拿回去让爸爸或者别人杀死它。不能放了它。"

她从衣袋里掏出手帕把那小动物紧紧裹起来，然后在姐姐身边坐下。她们一时间并没说话，安妮在对付挣扎的鼹鼠。

然后安妮突然发问了："这回你没怎么说起吉米。你在利物浦常跟他见面吗？"

"见了一二回，"弗朗西丝说，但听上去没有觉得这个问题怎么令她烦心。

"就是说你不再爱他了吗？"

"我不该再爱他了，他都订婚了。"

"订婚？吉米·巴拉斯！绝不会！我怎么也想不到他会订婚。"

"怎么不会？别人能订婚，他怎么没权利订婚呢？"弗朗西丝不耐烦地说。

安妮在手忙脚乱地对付鼹鼠。

"就算是这样，"她总算停下来说，"我还是不信吉米会订婚。"

"怎么不会？"弗朗西丝没好气地说。

"我不知道，——这只讨厌的鼹鼠，就不安静会儿——跟他订婚的是什么人？"

"我怎么知道呢？"

"我觉得你该问问他，你跟他都认识那么久了。我就觉得他要订婚是因为当上化学博士了。"

这话让弗朗西丝忍不住笑起来。

"那跟订婚有什么关系？"

"肯定有很大的关系。他想显得人五人六的，就订婚呗。嘿，别动，缩进去！"

可是这个时候那只鼹鼠几乎完全钻出来了。它疯狂地扭着挣蹦着，尖尖的脑袋瞎乎乎乱钻，嘴巴朝上大张着像一口小井，皱巴巴的大爪子伸了出来。

"你给我缩回去！"安妮吓唬着它，用食指往回戳它，想把它推回到手绢里去。可鼹鼠的嘴突然咬了她的手指头，那一口像火星一样灼烫。

"哎哟！"她叫道，"它咬我！"

说着她把鼹鼠摔在地上，把那瞎鼹鼠摔迷糊了，一通乱转悠。弗朗西丝几乎要尖叫起来，她希望它赶紧像老鼠一样闪电般的逃走，可它却仍然在那里磨蹭，她恨不得冲它大叫，赶它走。这时安妮突然气不打一处来，抄起姐姐走路用的手杖，一下子鼹鼠就给打死了。弗朗西丝大惊失色。刚才这小可怜儿还在热烘烘的地上折腾呢，一转眼它就像一只黑口袋趴在地上纹丝不动了，一点也不挣扎，连哆嗦的劲儿都没了。

"它死啦！"弗朗西丝急促地喘着说。安妮把手指头从嘴边拿开，看了看那个小伤口，说：

"是死了，我可开心了。都是些恶毒的讨厌鬼，这些个鼹鼠都是。"

这下她气消了，捡起了那只死鼹鼠。

"它的毛还挺漂亮呢，"她自言自语着，食指抚摸着鼹鼠毛，随后还用脸颊蹭了蹭。

"注意点，"弗朗西丝厉声说，"小心裙子沾上血。"

鼹鼠嘴角上挂着一滴殷红的血，随时会滴下来，安妮就把它的嘴往风铃草上蹭干净了。弗朗西丝这下安静了，那一刻她什么都明白了。

"我想它们也是该杀，"她说道。这时她不再伤心了，只是感到无聊、漠然。亮晶晶的海棠果，还有青翠欲滴的柳枝，在她眼里都那么渺小，不值得在意。她心里有什么已经死了，一切就都没什么可悲的了。她心情平静了，不再暗自忧伤，无所谓了，就站起身，朝小溪走去。

"我说你等等我，"安妮喊着，跌跌撞撞追了上来。

弗朗西丝站在桥上看着牛蹄子踩出的红泥洼，洼里一点儿水都没了，但四下里绿茵茵的，青翠欲滴。安妮那么喜欢她，可她为什么那么不在意安妮呢？为什么她对谁都不那么在意？她不知道这是为什么，但她就是这么孤独漠然，有点孤傲。

她们俩踏进一片大麦地，一捆捆大麦堆成了好几排，淡黄色的麦穗朝地面垂落着。麦茬让夏天强烈的阳光都烤白了，大麦地一片白花花的。临界的地里刚下了新种子，又松又软，地面上爬了一层稀稀拉拉的苜蓿草，墨绿的叶子衬着可爱的粉红色小花儿，苜蓿花气味清淡，可是难闻。两位姑娘一前一后走着，弗朗西丝走在前头。

大门附近，一位男青年正挥舞着长柄大镰刀割草，准备下午喂牛吃。看到姑娘们过来，他停下手里的活儿，就愣愣地等她们。弗朗西丝穿一身白布裙，步态端庄，一副超然物外的样子。她那副娴静、心无旁骛的样子让这个男子感到紧张。她爱那个远方的吉米爱了五年，可他有了二心。而眼前这个男人又不怎么让她动心。

汤姆中等个儿，浑身是劲儿。他那光滑白皙的脸晒得通红，但没晒黑，红扑扑的脸更让他显得敦厚随和。他比弗朗西丝年长一岁，如果弗朗西丝对他有意，他早就向她求婚了，可她没有。他这些年的日子过得平平常常，对谁都和蔼可亲，跟很多女孩子都搭过话，但就是没有跟谁搭上，也就没有烦恼。他只是明白他需要娶个女人而已。两位姑娘走过来时，他下意识地把裤子向上提了提。弗朗西丝是个少有的精致女孩，一看到她汤姆就感到一阵奇妙的激动和快乐，又微微感到窒息。这个早上她更是令他感到前所未有的激动。她身着白衣，可他是个老实人，都没注意她穿什么。他的感情就没有理清楚过。

弗朗西丝心里明白，只要她对他表示出好感，汤姆就会来求爱。吉米她是得不到了，得不到就得不到吧，可她还是得有点什么。如果说她得不到那个最佳人选吉米，那个小势利眼儿，那就退而求其次，选汤姆吧。心里想着，表面上还是一脸的漠然。

"你这就回来啦！"汤姆打着招呼。她听得出来他话音里有点拿不准的意思。

"没有，"她笑道，"我还在利物浦呢。"她的话音里透着亲切，令汤姆感到身上热乎乎的。

"那就是说回来的不是你了？"他问道。

她心动了，认可了他。她凝视着他的眼睛，就那么一眼，就以心相许了。

"怎么了，你想什么呢？"她笑道。

汤姆无意中把帽子摘了。这样子她喜欢，喜欢他的怪动作，他的幽默劲儿，也喜欢他的蒙昧和他那种男人的慢性子。

"看啊，看啊，汤姆·斯麦德利，"安妮插话道。

"土老鼠啊！你看到它时它就死了吗？"他问道。

"没有死，还咬我呢，"安妮说。

"哦，是吗！把你气晕菜了，是吧。"

"不是！没有的事。"安妮责骂道，"怎么这么说话！"

"哎哟，咋啦？"

"你说话土了吧唧的，受不了你这个。"

"是吗？"

说着他瞟了弗朗西丝一眼。

"是不怎么好，"弗朗西丝说。其实她倒不在意。一般来说粗俗的话令她不快，吉米是个雅士，这样说话不行。可汤姆这样她就不当回事了。

"我喜欢你说话文雅些，"她补充道。

"是吗？"汤姆受了触动，帽子都歪了。

"平常你说话都挺文雅的嘛，你知道的，"她笑道。

"那我得试试了，"他有点紧张地讨好道。

"试试什么？"弗朗西丝笑嘻嘻地问。

"试着跟你文雅地说话呀，"他说。这话令弗朗西丝一下子涨红了脸，低下头去一会儿，随后快活地笑了，似乎她喜欢他这种笨拙的暗示。

"哎，我说，你现在说话该注意点儿啦，"安妮大声说着拍了这小伙子一下，以示警告。

"你不会这样砸了土老鼠好几下吧？"汤姆揉着胳膊打趣道，现在他心里踏实了。

"确实不用，只敲了一下就死了，"弗朗西丝说，说完觉得自己有点轻浮，暗自恨起自己来。

"打土老鼠，你没那两下子吧？"他转过身问她。

"我要是一生气，没准儿就行，"她坚定地说。

"是吗？"他很上心地问道。

"我行，"她这次口气更坚定了，"如果非打不可的话。"

他反应慢，没感觉出这话的分量不一样了。

"你不觉得非打不可吗？"他心怀顾虑，问她。

"嗯，是吗？"她漠然地盯着他问。

"我觉得是，"他说着避开她的目光，但神态固执。

她扑哧一下笑了。

"可对我来说就没那个必要了，"她有点轻蔑地说。

"是，那倒是，"他说。

她又笑了，笑得身上直抖。

"我知道，是该打，"她说完，两人都没再说话，有点尴尬。

"这么说，你是想让我去杀鼹鼠喽？"停了一会儿她试探道。

"它们太祸害人了，"他气愤地坚持说。

"好，下回我再遇上，就看我的吧，"她挑战般的许下诺言。他俩的目光相遇了，她在他面前放下了身段，不再骄矜。这让他感到得意，又有点不安和迷惑，好像命中注定就这样了。她则微笑着走了。

"哎，"姐妹俩闯过麦茬地时安妮问道，"你们俩刚才嘀嘀咕咕些什么呢，我都听不明白？"

"没明白吗？"弗朗西丝笑了，笑里有话。

"是，我不明白。可是，我就是觉得吧汤姆·斯麦德利比吉米强多了，真的，人也好多了。"

"没准儿是吧，"弗朗西丝冷静地说。

待到第二天，弗朗西丝就悄悄地寻找了半天，终于找到一只鼹鼠，它正在阳光下玩耍呢。她打死了鼹鼠，等到晚上汤姆饭后到大门口来拿着烟斗抽烟时，她就把这只死动物拿给他看。

"你看看吧！"她说。

"是你抓的？"说着他用手指头拎起那皮毛光滑的死鼹鼠，仔细地端详起来。他这是为了掩饰自己内心的不安。

"你以为我不行吗？"她问道，她的脸几乎挨上了他的脸。

"不，我说不准啊。"

她冲着他的脸笑了，是一声奇怪短促的笑，激动得笑出了泪花，毫不掩饰自己的欲望，一下笑得岔了气。这声笑令他又害怕又不知所措。于是弗朗西丝的手搭上了他的胳膊。

"是要跟我出去走走吗？"他心神不定，吞吞吐吐地问。

她扭过脸去，笑得全身颤抖。他立时感到血脉偾张，汹涌澎湃。他想冷静下来，可他管不住自己，六神无主了。看着她那迷人的纤细脖颈，他感到疯狂地爱上她了，同时内心又一片柔情似水。

"那，咱们得告诉你妈，"他说道。这话他是强忍着火热的激情说的，忍得心里直难受。

"好，"她说道，声音是沉静的，但心里快活激动得不行。

玫瑰园里的阴影

一位身量颇为矮小的男青年坐在精致的海滨别墅的窗边，竭力要做出一副读报纸的样子来。此时大约是早上八点半的光景。屋外，朝阳下的茶香月季，花瓣翘耸，恰似一团团燃烧的火焰。这个青年人看看桌子，又看看钟表，再看看自己那块银壳大怀表，脸上露出一副不耐烦的神情。随后他站起身，若有所思地打量一番屋里墙上挂的几幅油画，对那幅《河湾里的牡鹿》仔细地看了看，露出厌恶的神态。他想掀开钢琴盖，可发现盖子锁着。在一面小镜子前照照，他看到了自己的脸，捋了捋自己的胡子，眼中闪过一丝警觉来。他身材着实有点矮小，但机敏灵活。眼睛从镜子上移开时，他脸上的表情半是顾影自怜，半是孤芳自赏。

他心情压抑地走进了花园。他的外套看上去并不差，是新的，穿在一个自负的人身上，让他看上去潇洒又自信。他看着草坪边上一棵茂盛的樗树思忖片刻，又漫步到另一棵树前。这棵苹果树更有看头儿，弯弯的树枝上挂满了紫红的苹果。他四下里扫了一眼，揪下一个苹果，背对着房子喀嚓咬了一口。令他吃惊的是这苹果还挺甜。于是他又咬了一口。这才又转身去观察那些俯瞰花园的窗户。看到一个女人的身影出现在窗口，他心里一惊，不过还好，那是他妻子，她正全神贯注眺望大海，很明显没注意到他。

他盯着妻子看了一会儿。她是个漂亮的女人，显得比他年龄大，脸色有点苍白，不过还算健康，脸上的表情是在渴望什么。她生着浓密的红褐色头发，在前额上头发打着卷儿。她不看他和他周围，而是远远地凝望着大海。她竟然一直这样对他心不在焉，不理会他，这样子令她丈夫感到恼火。于是他揪下几个深红色的苹果冲窗口扔了过去。她一惊，大笑着扫了他一眼，就又看别处去了。随后她几乎是立即离开了窗口。他就进屋去找她。她身材好，神态骄矜，身着柔软的白纱裙。

"我等了很久了，"他说。

"等我，还是等早餐？"她随口一问。"咱们不是说好九点钟吗？我以为你旅行之后得睡一大觉呢。"

"你知道呀，我总是五点就起，不会在床上待过六点。在这样的早上躺在床上跟在矿井里一个样。"

"想不到你会在这里想到矿井。"

她开始在屋里转悠着巡视一番，看看玻璃罩里的摆设。他则伫立在炉前地毯上，颇为不安地看着她，不乐意，也只能忍了。她则耸耸肩膀，然后挽起他的胳膊说：

"来吧，咱们上花园里去，等柯茨太太端来早餐再进来。"

"我希望她快点儿，"说着他捻了捻胡须。她莞尔一笑，靠在他臂弯上走了出去。他边走边点上了烟斗。

他们走下台阶时柯茨太太进屋了。一进屋，这位讨人喜欢、身板挺拔的老妇人就快步走到窗前，要好好看看她的客人。看着这小两口儿走上小径，男的胳膊上挎着妻子步态轻松自如，柯茨太太那碧蓝的眼睛看得直发亮。这女房东看着他们，嘴里就开始自言自语起来，她说话带点柔和的约克郡口音。

"他们刚好一样高。她肯定不会嫁给一个比自己矮的男人。可我觉得他除了这个，别的比不上她。"这时她的孙女进来了，把餐盘摆在桌上，就走到老妇人身边来，告诉她说：

"他刚才吃苹果来着。"

"是吗，宝贝儿？他喜欢就让他吃呗。"

屋外，那俊朗的年轻人不耐烦地听着屋里杯子的响动。屋里终于安静下来了，这对夫妇发出一声叹息，总算进屋吃上早餐了。吃了一会儿，他停下来，说：

"你觉得这儿比布里德灵顿好吗？"

"是啊，"她说，"好多了！再说了，我在这里感到自在，跟陌生的海边房子不一样。"

"你在这里住过多久？"

"两年。"

他吃着思索起来。

"我还以为你更愿意去个新地方呢，"他终于说话了。

她坐着，沉默不语，一会儿才悄悄地试探道：

"怎么？你觉得我在这里会不开心？"

他轻松地笑着往自己的面包上涂了厚厚的一层橙子酱，说：

"我希望你开心啊。"

她又没理会他。

"不过，在村里别说这事儿，弗兰克，"她漫不经心地说。"别提我是谁，也别说我在这里生活过。尤其是，这里的人我一个都不想见，要是他们再次认出我来，咱们可就不自在了。"

"那你为啥还来这儿？"

"为啥？难道你不明白为啥吗？"

"不明白你为什么谁都不想见。"

"我是来看这个地方的，不是看人。"

他不再说什么了。

"女人，"她说，"跟男人不一样。我不知道我为什么来，可我就是来了。"

她关心地给他斟上一杯咖啡，继续说："不过别在村子里议论我。"她笑笑，笑声有点发颤。"我不想旧事重提，那对我不好，你知道的。"说着她用指尖把桌布上的面包屑掸掉。

他喝着咖啡眼睛却看着她。然后他舔舔胡须，放下杯子，平静地说：

“我敢说，你过去的事儿少不了。”

她低头看着桌布，脸上露出点愧疚来，这表情让弗兰克心里舒坦。

“呣，”她哄着他说，“你别泄露我是谁，行不行嘛？”

“不会的，”他安慰她道，说着他笑了：“我绝不泄密。”

他为此感到开心。

她则沉默不语。过了一会儿她抬起头说：

“我得跟柯茨太太商量商量，做不少事儿。那你上午就自己出去走走吧，下午一点咱们回来吃饭。”

“可是你也不能跟柯茨太太一商量就是一个上午吧？”他说。

“哎哟，我还得写几封信呢，还得把裙子上那块污点洗掉。我有很多零碎事儿要做呢，你最好一个人出去转转吧。”

他心里明白，她是想摆脱他。于是她一上楼，他就拿起自己的帽子，心里窝着火，懒洋洋地朝悬崖边走去。

随后，她也出来了。她戴着一顶插着玫瑰花的帽子，白连衣裙上搭着一条长长的蕾丝围巾。她有点紧张地撑起遮阳伞，于是她的脸就半掩在彩色的伞影下了。她顺着狭窄的石板路而行，石板让渔民们踩出了坑。她似乎是在躲闪着周围的什么，好像躲在遮阳伞的阴影里才算安全。

她走过教堂，顺着小巷一直走到路边的一堵高墙下，这才放慢了脚步，在一扇开着的门前停了下来，那门洞在黑漆漆的墙上看上去就像一幅明亮的画儿。透过门洞，能看见阳光下院子里蓝白的鹅卵石地面上形形色色的阴影变幻如同魔术一般，再远处一片绿色的草坪闪着微光，草坪边上一株月桂树，叶子亮晶晶的。她小心翼翼地踮着脚走进院子里，扫视了阴影中的房子。没有窗帘遮挡的窗户看上去黑洞洞的毫无生气，厨房的门还开着。她犹疑着朝前迈了一步，再迈一步，充满渴望地向着前面的花园靠近。

她都快走到房子的拐角上了，这时有人脚步沉重地穿过树林走了过来，走到她面前的是一个园丁。他端着一个柳条浅筐，里面滚动着黑红的大个儿浆果，果子都熟透了。他缓缓地走了过来。

"今天花园不开放，"他平静地对这个漂亮女人说，她正准备往后退。

她一时惊讶得说不出话来。这花园怎么会开放呢？

"它什么时间开放呢？"她灵机一动问道。

"牧师允许访客星期五和星期二进来。"

她伫立思忖着。牧师竟然向公众开放他的花园，这也太奇怪了！

"不过人们都是去教堂啊，"她对那男人循循善诱道，"不会有人来这儿吧？"

那人移动脚步，浅筐里的大浆果就随之滚动起来。

"牧师住在新的宅子里，"他说。

两个人伫立不动。他并不想说让她离开的话。最终还是她冲他露出迷人的笑脸，软硬兼施道："我就看一眼玫瑰花儿行不？"

"我倒不觉得这有啥不行的，"他说着闪开身子让路，"不过您别看太久就是了。"

她向前走了过去，一时间忘了园丁的存在。她神情不安，步态有点乱。她四下里瞟一眼，发现面向草坪的窗户都没挂窗帘，窗内是阴暗的。这座房子看上去死气沉沉的，似乎还在使用中，但并没有人住里面。此时她脸上似乎闪过一道阴影。她穿过草坪去花园，要过一道爬满深红色蔷薇的色彩斑斓的拱门。眼前远处就是柔美的蓝色海湾了，朦胧的晨雾中，最远处海岬上的黑色礁石在蔚蓝的天空和湛蓝的水面之间依稀浮现。这时她那张苦乐交织的脸上表情变得开朗了。她下方的花园是个陡坡，坡上繁花似锦，坡下浓荫密布，遮蔽着那条小溪。

她转身进了花园，阳光下四周花团锦簇。她知道拐角处那株紫杉树下有个凳子。那旁边是一道梯地，上面鲜花盛开，欣欣向荣。从那里伸延出两条小径，在花园两侧顺坡而下。她合上了遮阳伞，漫步在花丛中。四周全是一簇簇的玫瑰，一大排又一大排的玫瑰盛开，有的从柱子上垂下，有的在架子上怒放。开阔的地面上还有繁花绽放。如果她抬起头，就能看到远处汹涌的大海，还能看到那海角。

缓缓地她顺一条小径而行，不时驻足，仿佛回到了过去。突然她触到了几朵深红的玫瑰花，花儿柔软得如天鹅绒一般。她不知不觉中若有所思地抚摸着花朵，就像母亲有时抚弄自己孩子的手一样。她微微俯身去嗅那花香，然后又茫然地徜徉花丛中。偶尔会有一朵火红但无味的玫瑰吸引她的注意力，她伫立凝视，似乎她看不懂这花。站在一团垂落下来的粉红花朵前，她又会觉得那种柔软的亲切感从身上流过。然后她又冲着白玫瑰畅想，那花儿白得发青，花蕊似冰。缓缓地，如同一只凄楚的白蝴蝶，她在小径上漂移而过，最终来到一座开满玫瑰的小花坛跟前。这一坛阳光下怒放的玫瑰花似乎开得密不透风，那么多，那么香艳，令她感到羞赧。它们似乎在窃窃私语，吃吃窃笑，令她感到身处一群陌生的花的世界里。它们令她兴奋，令她忘却了自我。纯净芬芳的空气，令她兴奋得面颊绯红起来。

她快步走到白玫瑰丛中的一个凳子上坐下。她那把鲜红的遮阳伞在地面上投下了一片阴影。她静默而坐，感到自己渐渐消融了。她不过是一朵玫瑰，一朵无法绽放但依然含苞欲放的玫瑰。一只小苍蝇飞落在她膝盖上，停在白连衣裙上。她盯着这只苍蝇，似乎它是落在一朵白玫瑰上。此时她不知自己是谁了。

这时一道阴影闪过，一个人进入了她的眼帘，令她着实一惊。这是个男人，穿着拖鞋，悄然而入。他身穿亚麻布外衣。这个上午算是让他给搅了，幻觉消逝殆尽。她就是怕那人盘问她。那人走上前来，她立即站起身。看清楚那个人时，她浑身一软，又坐了下去。

这是个年轻人，看上去是个军人模样，稍微有点发胖。他的黑发梳得油亮，唇须还打了蜂蜡。但他步态有点乱。她向上看他时，看到他的眼睛，嘴唇都吓得发白了。那双眼是乌黑的，凝视着她，可眼神里却空洞无物。那不是人的眼睛。他正向她走过来。

他盯着她，茫然地冲她打个招呼，就坐在了她身边。他在凳子上挪动了一下，双脚在地上搓动着，然后像个军人那样彬彬有礼地说：

"我，没有打扰您吧？"

她沉默不语，手足无措。他衣着讲究，一身黑，外罩亚麻外衣。她动弹不得。看到他的小手指上戴着她再熟悉不过的戒指，她感到自己似乎要晕眩过去。整个世界都在天旋地转。她干坐着发懵，因为她看到她心目中象征着炽热的爱情的那双手就搭在他壮实的大腿上，这情形令她感到害怕。

"我可以抽烟吗？"他亲切地问她，几乎是在悄声问，说着手伸向了口袋。

她无法回答她，但这也无所谓，因为他已经置身于另一个世界。她幻想着，渴望着，希望他认出她来，希望他能认出来。她就那样痛苦地坐着，脸色苍白。她不得不经受这一切。

"我什么烟都没带在身上，"他若有所思地说道。

但她没注意他说了什么，只是注意着他。他能认出她来吗？难道一切都消逝了？她默不作声地坐着，心悬着，人却僵了。

"我抽的是约翰·考顿牌子①的烟丝，"他说，"我得省着点抽，这烟太贵了。你知道的，我现在不富裕，因为正在打官司呢。"

"哦，"她说，此时她的心已经凉了，魂也僵了。

他挪了挪，随便行了个礼，就站起身走了。她一动不动地坐着，无法看清他的身形，那是她曾经满怀激情爱过的身材。他那曾经结实的军人头颅，还有健美的身材如今都松弛了，那不是他了，现在的他只令她感到难言的恐惧。

忽然他又回来了，手揣在上衣口袋里。

"您不介意我抽烟吧？"他问道，"也许抽了烟，我就能变得更明白些。"

他又在她身边坐下来，开始往烟斗里装烟丝。她注视着他那双手，手指结实而漂亮，总是有点微微发抖。这很早就令她惊讶：一个健康的人何以如此。

---

① 这是当年英国的名牌烟丝。

现在他的手指头不听使唤，弄得烟丝乱七八糟地耷拉在烟斗外面。

"我有官司要打，法律上的事总是没个准儿。我跟我的律师讲得很详细准确，告诉了他我的诉求，可总是办不成。"

她坐着听他不停地说。但说话的不是那个人了。不过那双手还是她亲吻过的手，还有那双闪亮的黑眸子，也是她爱过的。可人已经不是那个人了。她纹丝不动地坐着，只是害怕，沉默。可她得等待，万一他能认出她呢。她怎么就挪不动脚步走啊！不一会儿，他站起身，说：

"我得马上走了，猫头鹰要来了。"然后他又神秘地补了一句："他不叫猫头鹰，只是我那么叫他。我得走，看他来了没有。"

她也站起身。他站在她面前，游移不定。他是个军人气质的英俊男人，但是个精神病患者。她的目光一遍遍地审视他，看他是不是能认出她来，好像她能发现他什么似的。

"你不认识我吗？"她问他，此时她内心是恐惧地闪到一边去了。

他疑惑地回头看她。她得忍受他的目光这样看她。他目光闪烁着，但空洞无物。他在向她靠近。

"是啊，我认识你，"他说着，眼睛死死地盯着她，那是疯子的目光。他的脸快挨上她的脸了，此时她已经恐惧至极，这个强大的疯子离她太近了。

这时一个男人快步赶了过来。

"花园今天上午不开放，"那人说道。

那精神错乱的人停住脚步看着来人。那个园丁走到凳子旁捡起落在地上的烟袋。

"别落下您的烟袋，先生，"说着他把这东西交给了那个穿亚麻外套的绅士。

"我刚才正邀请这位女士留下来午餐呢，"那绅士客气地说，"她是我的朋友。"

这女人转身快步离开了，茫然地穿过阳光下的一排排玫瑰，走出花园，经过没挂窗帘的黑洞洞的窗户，穿过铺着鹅卵石的院子来到街上。她茫然地匆匆赶路，一刻不停地朝前走，漫无目标。很快她就回到了别墅，上了楼，摘下帽子，坐在了床上。她感到她的身体似乎被撕成了两半，导致她无法像一个完整的人思考和感受。她坐在床上凝视着窗户，看到窗前一根常青藤在海风中上下舞动。阳光照耀下的大海泛着某种神秘的光芒，辉映着天空。她纹丝不动地坐着，失去了知觉。她只是觉得自己可能病了，或许是她撕裂的五脏六腑在流血。她就那么呆呆地坐着，一动不动。

不一会儿，她听到她丈夫在楼下走动，脚步声很重。她不用动就能听出他的动静。她听到他又闷闷不乐地走了出去，随后他说话和回话的声音又变得快活起来，重重的脚步声越来越近。

他进来了，脸色红润，乐呵呵的，灵活的身躯，浑身上下透着得意。她木然地动了动，这样子令他走上前的脚步犹疑了。

"怎么了？"他有点不耐烦地问，"感觉不舒服？"

这话令她感到受了折磨。

"有点儿，"她回答道。

他那褐色眼睛眼神变得困惑，还露出愤怒。

"怎么了？"他问。

"没怎么。"

他向前迈了几大步，固执地站住，眼睛看着窗外，问：

"你是遇上什么人了吧？"

"没人认识我，"她说。

他的手开始抽搐。令他恼火的是，她对他麻木不仁，就跟他不存在一样。他终于忍不住冲她发火了。

"遇上烦心事了，不是吗？"

"没有啊，干吗这么说？"她不动声色道。她觉得他除了招人烦就没别的了。

他火冒三丈，脖子上青筋暴起。

"我看就是，"他说道，还努力掩饰自己的愤怒，因为似乎没有生气的理由。说完他下楼去了。她依旧默默地坐在床头，刚才的情绪依然未消，她烦他，因为他老折磨她。过了一阵，她能闻到午餐的味道飘了上来，还能闻到花园里她丈夫抽烟斗的烟味。可她动弹不得，她没劲儿。铃声响了，她听到他进屋了，然后往楼上走。他每走一步都让她的心跟着一揪。这时他推开了房门。

"午餐都摆上桌了，"他说。

她感到难以忍受他在眼前转悠，他总是干涉她的事。她还没缓过劲儿来呢，于是就木然地站起身下楼去了。饭桌上她既吃不下也没话说。她神不守舍地坐着，内心崩溃，丢了魂儿似的。他还装作若无其事吃喝聊天，可最终还是气得不说话了。她抓住机会又上了楼，将房门反锁上。她必须要独处。他叼着烟斗到花园里去了。他压抑了很久，因为她总是对他摆出高人一等的姿态，这令他满心愤懑。尽管他不清楚为什么，但他就是从来都没有赢得她的欢心，她就没爱过他。她是勉强下嫁他的。这让他受不了。他只是矿上一个干活儿的电工，她比他出身高。他总是让着她，但是他心里一直忍辱负重，就是因为她不拿他当一回事。现在他终于气得忍无可忍了。

他转身进了屋。她听到了他上楼的脚步声，这是第三次上楼了。她的心跳滞住了。他转动门把手，推门，可门反锁上了。于是他又再次用力。她的心都快不跳了。

"你把门锁上了吗？"他平静地问，因为女房东能听见。

"哦，是的，你等一下。"

她站起身去拧开了门锁，她是怕他会破门而入。她恨他，因为他不让她自己独处。他嘴里叼着烟斗进来了，她又回到床头坐下。他关上门，背靠门而立。

"怎么回事？"他口气生硬地问她。

她烦死他了，一看见他就烦。

"你能不能让我一个人安静会儿？"说着她扭过脸去不看他。

他扫了她一眼，上下打量了一下，感到羞臊难当。但他似乎还是思考了一会儿，干脆就直接问她了：

"你就是有事儿，不是吗？"

"是的，"她说，"可你不能因为这个就折磨我。"

"我不折磨你。可到底怎么了？"

"你干吗要知道呢？"她恼火地大叫起来。

什么东西咔嚓一声响，他一惊，伸手接住了从嘴里掉下来的烟斗。然后舌头顶出咬断的烟嘴，从唇间取下来看了看。随后他熄灭了烟斗里的火，从坎肩上掸掉烟灰，这才抬起头来。

"我要知道，"他说。这时他脸色铁青，面目狰狞。

两人谁也不看谁。她知道他现在正在气头上，他的心正在怦怦直跳。她烦他，可又拿他没办法。她猛然昂起头来冲他发火了：

"你凭什么要知道？"

他看着她。他那双备受折磨的眼睛和僵硬的面孔令她一惊，但她还是很快就狠心不理他。她从来没爱过他，现在也不爱。

于是她突然再次猛地抬起头来，像是要争取自由的样子。她要挣脱什么去获得自由。倒不是挣脱他，而是挣脱她给自己套上的可怕的枷锁。这枷锁套上了就很难挣脱。现在她痛恨一切，感到自己遭到了毁灭。他背靠着门僵硬地站着，似乎是要永远跟她作对，直到她消失。她看着他，目光冰冷，恶狠狠的。他那双工人的手摊开了贴在身后的门板上。

"你不是知道我曾经在这里住过吗？"她开始口气生硬地说，似乎是故意要伤害他。他鼓起勇气点点头。

"那好。我当时是托里尔府的伯琦小姐的闺蜜，她跟牧师是朋友，而牧师的儿子叫阿契。"她停了一下不说了。他听着，但是闻而不知其声。他凝视着自己的妻子，她坐在床上，手在仔细地将白连衣裙的裙边叠来叠去。她的语气充满了敌意。

"他是个军官，一个中尉。后来跟他的上校起了争吵，就离开了军队。无论如何，"她说着撩了一下裙边，她的丈夫纹丝不动地站着看她，她的一举一动都令他血脉偾张，要发疯。"他是特别爱我的，我也爱他，特别爱。"

"那会儿他多大岁数？"丈夫问。

"是说，说我第一次认识他吗？还是他离开的时候？"

"你最早认识他的时候。"

"刚认识的时候，他二十六，现在嘛，他三十一，快三十二了，因为我今年二十九，他差不多比我大三岁——"

她抬起头来，看着对面的墙。

"那后来呢？"

她咬咬牙，冷漠地说：

"我们跟订婚差不多，那样过了有一年的样子。虽然没人知道，但还是有人议论，当然，不是公开的。后来他就走了。"

"他甩了你？"丈夫粗鲁地说，他是想刺激她，让她回心转意。可她闻之却怒火中烧，用一个"是啊"来激怒他。他倒换了一下脚，气愤地"呸"了一声。随之两个人都不作声了。

"那以后，"她又开始说了，痛苦之下流露出嘲弄的口吻，"他突然就跑到非洲打仗去了，几乎就在我第一次认识你的那天，我从伯琦小姐那里听说他得了热病，两个月后他就死了。"

"那是你跟了我之前的事吗？"丈夫问。

没有回答。二人都没说话。他一直蒙在鼓里，不由得眼睛眯了起来，样子很是丑陋。

"原来你是来故地重游，要看看你们相爱的地方！"他说，"今天早晨你要一个人出去就是为了这个。"

她还是一言不发。于是他从门口走到窗前，背着手，背对着她。她看看他，觉得他的手令人讨厌，他的后脑勺小里小气的。

最终，他几乎是极不情愿地转过身来问：

"你跟了他多久？"

"你什么意思？"她冷冷地回问。

"我的意思是你跟他混了多久。"

她昂起头，扭过脸不看他。她拒绝回答。不过过了一会儿还是说道：

"我不懂混是什么意思。我爱他，从第一次见他就爱上了他，是我到伯琦家住了两个月之后的事。"

"那你以为他爱你吗？"他嘲弄道。

"我知道，他爱。"

"你凭什么这么说？他早就跟你没关系了。"

他们沉默了很久，心里都充满了怨恨。

"你们之间到了什么程度？"他终于开口了，问话的声音僵硬里透着害怕。

"我讨厌你有话不直说，"她受不了他皮里阳秋的辱没，大叫起来。"我们相互有情有义，我们是情人，就是。我不在乎你怎么想，你跟这事儿有什么关系？我们是情人时，还不知道你在哪儿呢——"

"情人，情人，"他说着，气得脸都白了。"你是说你先跟一个军人风流，风流够了再来找我娶你——"

她坐着，有苦难言，好半天没说话。

"你是说你们曾经——可劲儿折腾？"他问，心里还有点难以置信。

"怎么，你以为我有别的意思吗？"她怒吼道。

他泄气了，脸色煞白，变了个人似的。长久的沉默，令人恐惧。他似乎缩成了一团。

"我跟你结婚前你就没想告诉我这一切，"他沉默半天终于挖苦她说。

"你也从来没问过我呀，"她回答道。

"我从来没觉得有这个必要。"

"是啊，那，你该考虑考虑了。"

他面无表情地站在那里，像个孩子一脸的固执样儿，思前想后，心痛得要发疯。

这时她突然补充说：

"我今天就见到他了，他没死，是疯了。"

她丈夫吃惊地看着她。

"疯了！"他情不自禁地说。

"一个精神病人，"她说。她几乎耗尽了脑汁才说出这句话来。说完就又沉默了。

"他认出你了吗？"丈夫低声问。

"没有，"她说。

他还站着看着她。他终于发现他们之间的裂痕太大了。她仍然坐在床上。他无法靠近她。这时谁去接触谁都会给双方带来伤害。这事必须自行化解。他们俩都受到了不轻的惊吓，已经麻木了，相互之间也恨不起来了。又过了几分钟，他离开她出去了。

春天的阴影

一

穿树林过去，路程能短一英里。赛森不知不觉来到铁匠铺前，打开了栅栏门。铁匠与他的伙计默立一旁，看着这个闯入私家领地的人。赛森的样子太文雅了，他们都不好拦着他，任由他默默地穿过那片小小的田地朝森林走去。

这个早晨跟六七年前那个明媚的春天早晨毫无二致。大门边仍然有白的和浅黄色的家禽在刨食，落了满地的鸡毛，刨得满地都是垃圾。树篱笆里两棵粗壮的冬青树之间隐藏着一个缺口，可以从那里翻越栅栏到林子里去。栅栏上依然有看林人的靴子磕碰出来的疤痕。他又回到了老地方，什么都没变。

赛森非常开心，他像一个心神不定的精灵回到了故土，发现故乡丝毫未变，在等待他归来。榛子树依然垂着快活的细枝条，而茵茵绿草丛中和灌木的阴影里蓝铃花还是稀稀拉拉的，花儿也不鲜艳。

林间那条小径在山坡顶上逶迤绵延。四周到处是枝繁叶茂的橡树，此时正冒出嫩黄的叶子。地上长满了车叶草，一片片的山靛和一丛丛的风信子。路上仍然横亘着两棵倒下的树。赛森踮着脚下了一面陡峭崎岖的山坡，来到一片开阔地带，此时朝北看，恰似透过林子里的一扇大窗。他停住脚步，目光越过山顶上的平地，凝视着散落在荒凉的高地上的村子，似乎它是被从奔驰的工业火车上甩下来的，遗弃在那里的。村里有一座僵硬的现代样式的灰色小教堂，还有零散的一排排红砖住宅。背后是亮闪闪的矿井井架和赫然耸立的矿山。一切都在光天化日下一览无余，竟然没有一棵树！一切都不见什么变化。

赛森心里有了底，转过身要走上那条通往林子的下坡路。他感到莫名的兴奋，觉得自己是回到了一处永恒的幻境里一般。随之他一惊，看到几码处站着一个看林人，挡住了他的去路。

"您走这条路是要去哪儿呀，先生？"那人问，他说话带着鼻音，口气里露出挑衅。赛森面无表情地凝视打量这人一番。这是个二十四五岁的年轻人，脸色红润，长相漂亮。他那双深蓝色的眼睛此时正咄咄逼人地盯着这个不速之客。他留着浓密的黑胡子，在小而柔软的嘴唇上方，胡子修剪得很短。无论怎么看，这人都是个漂亮的男子汉。从他的站姿看，他刚刚比中等个儿高点，结实饱满的胸脯，挺拔的身材，洒脱自在的身姿，都令人感到他充满了活力，如同汹涌的喷泉，很有定力。他站立着，枪托杵在地上，目光游移而狐疑地看着赛森。而这个不速之客躁动不安的黑眼睛也在打量着看林人，要看透他，丝毫也不理会他在执行公务，这眼神令看林人感到困惑，脸都涨红了。

"内勒去哪儿了？你接替了他的差事？"赛森问道。

"你不是从大宅那边过来的吧？"那看林人问道。按说这是不可能的，因为大宅里的人都走了。

"不是，我不是从大宅那儿来，"赛森回答道。这问题似乎令他感到可笑。

"那我能不能问您要去哪儿？"看林人问，他生气了。

"我去哪儿吗？"赛森重复着他的问题。"我要去威利湖①农场。"

"不是这条路。"

"我觉得是。顺路走下去，过水井，从白门出去就是。"

"可这条路不对公众开放。"

"我知道不开放。可我曾经常来过这儿，是内勒在这里的时候，所以忘了不开放这一说了。顺便问问，他去哪儿了？"

---

① 劳伦斯家乡北面的莫格林水库经常在他的作品里以"威利湖"的名义出现。——译者注

"得了风湿症，瘸了，"看林人不情愿地回答道。

"是吗？"赛森痛苦地大声说。

"那，您是谁啊？"看林人换了一副腔调问。

"约翰·阿德里·赛森，我原先住在科迪街。"

"曾经追求过希尔达·米勒希普？"

赛森瞪大眼，露出苦笑，点点头，尴尬不语。

"那，你呢，你是谁？"赛森问。

"阿瑟·皮尔比姆，内勒是我叔叔，"那人回答。

"你住这里，住纳特尔？"

"我借住在我叔叔家，就是内勒家。"

"明白了！"

"您刚才是说要去威利湖吗？"看林人说。

"是啊。"

沉默片刻，那看林人突然说："我正在追希尔达·米勒希普呢。"

那小伙子顽强地挑战不速之客，但那眼神又有些可怜。这令赛森感到新奇。

"你，是吗？"他惊讶地问道。那看林人满脸通红。

"她跟我好上了，"他说。

"我不知道！"赛森说。那人颇为局促地等待着。

"那，这事儿定了？"

"什么，定了？"那人阴郁地反问道。

"就是你们是否很快就结婚，等等。"

看林人凝视前方好一会儿，显得爱莫能助的样子。

"我想是吧，"他说，但口气里充满了反感。

"哦！"赛森仔细端详着他。

随后他说："我可是结了婚的。"

"你结了？"那人颇有疑问。

赛森笑了，笑得潇洒但笑声并不开心。

"结了十五个月了。"

那看林人瞪大了眼睛不解地看着他，很明显是在回忆什么，想把头绪理清。

"怎么，你不知道吗？"赛森问。

"不，我不知道，"看林人阴郁地说。

沉默了一阵子，赛森说："好啦，我得走啦。我想我可以走了。"

那看林人默默地站在他对面。两人在开阔的草地上游移不定，山顶上这小块开阔地上开着一小丛一小丛苗壮的蓝铃花。赛森游游移移往前挪动了几步，又停了下来。

"哎呀，这儿多美呀！"他大声说道。

他眼前是整个儿一面山坡的景色。那宽宽的小路从他脚下伸展开去，如一条小河，载着一河的蓝铃花，只有中间一条蜿蜒的小径如一条绿线从花丛中穿过，那是看林人踩出来的小径。这条路恰似一条溪流流淌到平地上一片片蔚蓝色的浅滩上，那里开着一片片的蓝铃花，花丛中依然有那条绿线蜿蜒，如蓝色的湖水中一道纤细的冰水一样。而在灌木丛的紫色枝条下流动着片片蓝色的阴影，似乎洪水卷着蓝铃花淌满了林间。

"啊，多美啊！"赛森大喊着。这是他的过去，是他抛弃的故土，看到它这么美他感到痛楚。斑鸠在头顶上空咕咕叫着，空中响彻了啁啾鸟语。

"既然你都结婚了，你干吗还不停地给她写信，还寄诗集什么的？"看林人问道。赛森盯着他，感到吃惊并受了侮辱。随之他开始露出笑容来。

"嗨，我没听说你们……"

那看林人听了又一脸通红。

"不过，既然您结了婚……"他又指责起来。

"我是结了，"赛森悻悻地说。

然后看着下面那条蓝色的美丽小径，赛森感到了耻辱。"我凭什么还缠着她呢？"他心里对自己说，感到很看不起自己。

"她知道我结婚了，什么都知道，"他说。

"那你还一直给她寄书，"看林人指责他道。

赛森不语，用半是狐疑和半是可怜的目光看着对方，随后他转过身去。

"再见了，"说完他就走了。眼前的一切都令他恼火：那两棵黄华柳，一棵金黄芬芳，沙沙作响，另一棵绿得发亮，树身上长着刚毛，令他想起来他曾经教她怎么授粉。他那时多傻呀！那一切都是愚蠢之极！

"唉，好啦，"他对自己说，"那可怜的家伙似乎怨恨我。我尽力帮他一把吧。"说着他气哼哼地咧嘴笑了笑。

二

那座农场离森林边不到一百码的样子。敞开的四方形院落的第四堵墙是一排树。院子正对着森林。赛森看到李子花掉落在盛开的多彩报春花上，心里一阵纠结。这些报春花是他带来种下的，繁殖得这么快！李子树下一丛丛茂密的报春花开得正盛，有猩红的、粉红的，还有淡紫色的。这时他看到厨房里有人在隔窗看他，听到有男人的说话声。

门突然打开了，她变得那么有女人味儿了！赛森能感到此时自己脸色变得苍白了。

"是你？——埃迪！"她大喊一声，却挪不动脚步。

"谁呀？"是农场主的声音，随后传来男人们的低声回答，那些低声的窃窃私语显得好奇，几乎带着嘲讽，令赛森那备受折磨的心又激动起来。他冲那女人灿烂地笑着，等待着。

"就是我，不是吗？"他说。

女人从脸颊到脖颈都涨红了。

"我们马上就吃完饭了，"她说。

"那我就在外面等吧。"他动了动身子，表示他要坐到门口水仙花丛中那个盛饮用水的红色陶土缸上去。

"哦，不嘛，进来吧，"她赶紧说道。他跟着她进去，在门口他瞟了一眼她家里人，向他们点头致意。大家都露出迷惑不解的样子。那家主人和他妻子，还有四个儿子坐在简陋的餐桌旁，男人们的衣袖都绾到臂肘上，露着胳膊。

"不好意思，午饭时间来你家，"赛森说。

"埃迪，你好！"农场主人说，还是用老方式称呼他，但他的声调是冷漠的。"你好吗？"

说着还跟他握了手。

"你来吃点儿？"他向来访的年轻人发出了邀请，但他知道人家是不会吃的。他觉得赛森已经变得很优雅，不会吃粗茶淡饭的。这年轻人听了这半真半假的话有点不知所措。

"你吃过午饭了吗？"女儿问道。

"没有，"赛森回答说，"还有点早，我要一点半回去吃。"

"你管这叫午饭吗？"家里的长子问道，口气里几乎带着嘲弄。他跟赛森曾经是好朋友。

"好啦，等咱们吃完了，再给埃迪弄点吃的，"病弱的母亲说。

"别，别麻烦。我不想给您添任何麻烦，"赛森说。

"你倒是可以靠新鲜空气和风景活着，"最小的儿子笑道，他有十九岁了。

赛森绕过住房来到后面的果园里，矮树篱旁水仙花随风摇曳，恰似一只只黄色的鸟儿在枝头蹿动。他非常爱这个地方：群山环抱，树林如黑色的熊皮毯子覆盖在每座山巨大的肩膀上，一座座小红砖农场如一枚枚胸针缀在胸前，山谷里蓝色的小溪流淌，牧场一片荒芜，一串串的鸟鸣响彻山谷但几乎没人听到。每当他感到阳光照在脸上，或看到冬天树枝上的残雪，或闻到春天到来的气息，他都会梦到这个地方，直到他生命的最后一天都会。

希尔达非常有女人味儿。在她面前他感到拘谨。她跟他一样也是二十九岁，可她看上去却比他大不少。在她身边他感到自己很愚蠢，似乎都不是真正的人。而她确实那么平静如水。他正用手指头抚弄落在下面树枝上的李子花时，她来到后门，抖开了桌布。家禽从堆谷场上追逐而来，鸟儿从林子里扑棱棱飞了出来。她的黑发盘在头顶像个王冠。她身姿挺拔，表情若即若离。叠桌布时，她眼睛在眺望远处的山峦。

赛森回屋去的那么一会儿，她已经在桌上摆好了鸡蛋、软奶酪和奶油鹅莓。

"你晚上还得吃晚饭，"她说，"午餐我就给你弄得简单了。"

"这太好了，"他说，"你还是那么富有田园诗的意境——用草和嫩青藤编成腰带。"

但他们依然在互相伤害。

在她面前他显得局促不安。她那轻描淡写又颇为自信的话语和若即若离的姿态让他感到陌生。他又欣赏起她淡黑的眉毛和眼睫毛来了。他们的目光相遇了，他看到她淡黑色的眼睛里闪着泪花，还有奇特的光，那一切都表明她冷静地接受了自我，她战胜了他。

他感到自己在萎缩，就尽力用调侃的模样掩饰自己。

她洗碗碟的时候就让他去了起居室。这间狭长的矮屋里家具都是从修道院买来的二手货①，椅子都是用深红色的棱纹布包着，有年头了，椭圆形的桌子是用抛光的胡桃木做的，还有一架钢琴，尽管是老式的，但很精美。虽然看上去陌生了，他还是感到挺高兴的。打开镶嵌进厚墙里的高大橱柜，他发现里面摆满了他的书，有旧课本，还有一本又一本的诗集，英文和德文的都有，都是他寄给她的。房间那边白色窗台下花盆里的水仙花开得耀眼，他能感受到花的光芒。这时他又注意到了老物件的光彩，那是墙上挂的他年轻时画的水彩画，

---

① 指修道院改建的贵族别墅。

不过他不再冲它们发笑了。他这时想到的是十二年前他如何狂热地努力为她作画的情景。

她手里擦着盘子走进来，于是他又看到了她那像白果仁一样美的胳膊。

"你这里很漂亮，"他说道，他们的目光又相遇了。

"你喜欢吗？"她问道，这是以前那种亲昵的沙哑低声，令他感到自己的血流立即变快了，回到了过去美妙的境界，他飘飘然起来，几乎化成了水汽，似乎都灵魂出窍了。

"嗯呢，"他点点头，又像个小男孩那样笑了，她则垂下了头。

"这是伯爵夫人的椅子，"她声音低沉地说。"我在椅垫下发现了她的剪刀呢。"

"是吗？剪子现在在哪里？"

她动作轻快地拿出了她的针线活小筐，于是两人一起端详起那把长把老剪刀。

"真是一首逝去的贵妇歌谣！"①他边说边笑着把手指头伸进伯爵夫人的圆剪刀把儿里去。

"我知道你能使这把剪刀，"她肯定地说道。他看看自己的手指头，又看看剪刀。她的意思是他的手指很细，能伸进剪刀的小圆把儿里去。

"我还有这点可以称道，"他笑谈着，把剪刀放到了一边。她转身朝向窗口，这时他注意到了她脸颊和上唇上细微的绒毛，还有她柔软的白颈就像荨麻花的花萼，她的小臂就像刚刚去了皮的果仁那样光亮。他是在用新的眼光看她，而她在他眼里也变成了一个不同的人了。他不认识她了，但现在可以客观地看待她了。

"咱们出去走走吧？"她说。

---

① 这句话来自罗塞蒂翻译的法国诗人维庸的《往日贵妇》，英文版书名为《逝去的贵妇歌谣集》。

"好！"他回答道，他现在是既兴奋又困惑，但占据他身心的主要是恐惧，惧怕他所看到的这一切。她的举止和腔调还跟从前一样，但她已经不是他过去所认识的她了。他很明白她过去对自己一直意味着什么，但渐渐意识到她其实是另一个人，而且一直是。

她没戴头巾，只是解下围裙，说："咱们就顺着落叶松林走吧。"经过老果园时，她招呼他进去，给他看苹果树上一个蓝山雀窝和篱笆里的一个槲鸫窝。对她的自信还有谦逊外表下隐匿的某种类似高傲的强硬，他感到颇为惊叹。

"看这些苹果花骨朵儿，"她说，于是他意识到弯弯的树枝上挂满了紫红的小花苞。看着他的脸，她的目光变得严厉起来。她看到他的面具掉了下来，而他也将看到她的真面目。这是她过去一直害怕的事情，但又是她的心灵最需要的。现在他将看到她的本来面目了，他将不会再爱她。过去的幻觉一旦破灭，他们就变成了路人，完完全全的路人。但是他会给她应有的东西，她要从他那里得到她应该得到的。

她很是了不起，这一点他并不知道。她给他看鸟窝，那是矮灌木丛中的雌鹪鹩窝。

"看这个巧妇①的窝！"她大声说道。

听到她说出鹪鹩的俗名，他吃了一惊。她的手小心翼翼地伸进带刺的树枝，手指头伸进鸟窝的圆口里。

"五只！"她说，"五只小东西。"

她还给他看知更鸟窝、苍头燕雀窝、赤胸朱顶雀窝、鸦的窝，还有水边的白鹡鸰的窝。

"再往下走，到湖边上，我给你看翠鸟窝……"

"在小冷杉林里，"她说，"几乎每根树枝上都有一个画眉和乌鸫的窝。第一回看到这些鸟窝，觉得似乎我不应该到森林里来。这里似乎是一座鸟城，

---

① 鹪鹩善于搭窝，俗称巧妇。——译者注

早晨听到它们的叫声,让我想起早市的喧闹声,害得我都不敢走进自家的林子了。"

她在用她俩共同创造的语言说话,现在这种语言只属于她独有了,他已经告别了这种方式。她倒不在意他沉默不语,依旧旁若无人地说着,带着他看她的林地。这时他们来到一条泥泞的小路上,这里开满了勿忘我,眼前一片浓郁的蓝色。"我们知道所有的鸟儿的名字,但很多花儿还是弄不清叫什么,"她说。她这么说半是在向他求教,因为他知道各种花鸟的名称。

她梦幻般的向着阳光下沉睡的开阔地带望过去,以不容置疑的口吻说:"你知道吗,我也有了个情人,"但语调似乎马上变得亲昵起来。

这话刺激了他,要跟她争执一番。

"看来我是见过他了,他很英俊,也是个世外桃源里的人。"

她没回话,就转身走上了一条通往山上的幽暗小路,一路上林木茂密。

"古人过去做得不错,"她终于开口说,"不同的神有不同的祭坛。"

"那是啊!"他附和道,"那新的祭坛是为谁而设的?"

"没有旧的祭坛,"她说,"我一直在寻找这一个。"

"那是谁的呢?"他问。

"我不知道,"她与他对视着说。

"我为你高兴,是的,"他说,"因为你心满意足了。"

"哦,不过这个人倒不是举足轻重,"她说。然后两人都沉默了。

"不!"他大声说。他感到惊讶,但还是意识到她有她真正的自我。

"一个人的自我才最重要,"她说,"就是要看一个人是不是本真的自己,并且是不是遵从自己的神。"

两人沉默的时候,他在思索着。小路上几乎没有鲜花,一片幽暗。在路边,他的鞋后跟陷进了泥里。

三

"我，"她十分缓慢地说，"我在你结婚的那天晚上也结婚了。"

他看着她。

"当然不是法律上的结婚，"她说，"而是——事实上的。"

"跟那个看林的？"他说，除此之外他不知道还能说什么。

她向他转过身来，说："你觉得我不能吗？"虽然她显得颇为自信，但还是从脸颊红到了脖颈。

他还是一言不发。

"你懂的，"她试图解释，"我也得理解才行。"

"可是，这能有什么用，这种理解？"他问道。

"很有用，对你来说不是这样吗？"她回答道，"人是自由的。"

"你就没有失望吗？"

"绝没有！"她的声音低沉但真诚。

"你爱他？"

"是的，我爱他。"

"那就好！"他说。

这让她一时无言以对。

"在这里，在他的这个环境里，我爱他，"她说。

他的傲气不允许自己沉默。

"爱情还需要这样的背景吗？"他问。

"需要，"她大声说道，"你总是要让我不是我自己。"

他噗地笑了一下。

"可这是环境的问题吗？"他说。他一直认为她是个完全精神化的人。

"我就像一棵植物，"她回答道，"我只能在我自己的土壤里成长。"

他们走到一处灌木丛稀少的地方，这是一片荒芜的褐色土地，长着砖红色和紫色的松树。地边上长着暗绿色的接骨木树，扁平的花骨朵含苞欲放，下面是鲜亮的蕨菜，叶子像舒展的三角旗。在这片光秃秃的地方最中间矗立着看林人的木屋。地上散落着山鸡笼子，有的里面母鸡咯咯叫着，有些笼子则空着。

希尔达踏着褐色松针来到小屋前，从屋檐上摸出一把钥匙开了门。这是一间空旷的房子，里面有木匠用的长凳和台子，木匠的工具，斧子，捕鸟的网子，捕兽的夹子，墙上钉着兽皮，样样摆得井井有条。希尔达关上门。赛森仔细观察那些用钉子钉着的平坦的野兽皮，那是准备进行加工的，怪模怪样的。她拨动侧墙上一个凹槽，打开门，里面是另一个小房间。

“真够浪漫的！”赛森说。

“是。他是很不寻常的一个人。他有野兽的某种狡猾——从好的方面说，心灵手巧，脑瓜儿灵活，又不过分。”

她拉开深绿色的窗帘，房间几乎让一张长榻占满，上面铺着石楠和蕨叶，再上面铺着一张大兔皮毯子。地板上铺着一张猫皮拼缀成的地毯，还有一张地毯是红色的小牛皮做的，墙上挂着各种别的兽皮。希尔达摘下一张毛皮披在身上，那是一件白兔皮斗篷，斗篷上的帽子很显然是白鼬皮做的。她裹着这件野性的斗篷冲赛森笑着，问他：

“你觉得怎么样？”

“啊——！祝贺你有这样的男人，”他回答道。

“你再看！”她说。

架子上的一只小罐子里插着几束头茬儿金银花，柔弱的白花儿。

“夜里这些花儿会散发香气，”她说。

他好奇地四下张望一番。

“他有不足的地方吗？”他问道。

她凝视他一会儿，然后把脸转向一旁。

“他看到的星星是别样的，”她说，“你可以让它们闪烁，抖动，能让勿忘我花儿像磷光一样出现在我面前。你可以让一切都变得美好。我明白了，这是真的。不过呢，我现在拥有了这一切。"

他笑了，说：

"说到底，星星和勿忘我是奢侈物。你真该去作诗。"

"是啊，"她同意。"不过我现在拥有了这一切。"

听了这话，他又冲她苦笑起来。

她倏地转过身来，发现他正倚在幽暗的小屋的小窗边看着她呢，她站在门口，还穿着那件斗篷。他的帽子已经摘了，所以她能在幽暗的屋里看清她的脸和头。他那一头油亮的黑发，从额头齐刷刷向后梳着。他乌黑的眼睛正在盯着她看，他的脸线条分明，皮肤光滑呈奶油色，在黑暗处微微发亮。

"咱们太不一样了，"她苦涩地说。

他又笑了。

"我明白你不赞成我，"他说。

"我不赞成的是你变成了现在这个样子，"她说。

"你觉得我们或许可以，"——他瞟了小屋一眼——"成为这样，你和我？"

她摇摇头。

"你！不，绝不会！你摘下一样东西，观察它，直到你发现你想知道的它的一切，然后你就将它一丢了之，"她说。

"我是这样吗？"他问，"你的路永远不会成为我的路吗？我估计不一定吧。"

"为什么要这样呢？"她说，"我是个独立的人。"

"不过肯定两个人有时会走一条路，"他说。

"你让我离开了我的自我，"她说。

他知道他误解了她，看错了她。那是他的错误，而不是她的错。

"这么说你一直就知道？"他问。

"不是，你从来就不让我知道。你欺压我，我没有办法。你离开了我，我感到开心了，真的。"

"我知道你开心了，"他说。不过他的脸色更加苍白，几乎像张死人脸。

"可是，"他又说，"是你把我送上了这条路的。"

"我！"她颇为自豪地大声说。

"你一定要我去获得文法学校的奖学金，你还逼我培养可怜的小伯特尔对我产生依恋的感情，直到他离不开我，那是因为伯特尔家有钱有势。因为我跟那个酒商的独生子成了朋友，他就送我去上剑桥大学，这都是你促成的。你要让我出人头地。你一直在把我从你身边支开——我每一个新的成就都成了我们之间的障碍，对你尤其如此。你从来也不想跟我一起走，你是想让我去见识大千世界。我相信你甚至想让我娶一个上流女人。你是想通过我征服社会。"

"好的，我该对此负责，"她颇为讽刺地说道。

"我出类拔萃就是为了取悦你，"他回答道。

"哈！"她大声喊道，"你总是要改变，改变，像个孩子。"

"没错！我的确成功了，而且我知道我成功了，我也干出了一些成绩。不过我觉得你不一样。你对一个男人有什么要求？"

"你想要得到什么？"她说着，眼睛瞪得很大，目光里露出恐惧。

他也反过来瞪着她，目光锋利如刀。

"没，什么都没有，"他轻轻地笑了一下。

外屋门闪响了，随之那个看林人进来了。女人四下里看看，依旧站在里屋门口，身上还披着毛皮斗篷。赛森也没有动。

那人进来了，看见了，默默地转过身去。这两个人也沉默着。

皮尔比姆开始拾掇他的兽皮。

"那我就对你说'为我们不同的命运祝福'。"说着他举起手宣誓。

"'为我们不同的命运祝福'，"她严肃地回答道，腔调是冷漠的。

"阿瑟！"她叫道。

看林人假装没听见。赛森专注地看着，开始笑起来。女人打起精神又叫了一声：

"阿瑟！"这次声调出奇的高，是在警告两个男人，告诉他们她的心在颤抖，达到了一个危险的关头。

那看林人慢慢放下手里的工具，朝她走过来。

"来了，"他说。

"我想介绍你们认识一下，"她声音颤抖着说。

"我已经见过他了，"看林人说。

"是吗？他是埃迪，赛森先生，你听说过的。这位是阿瑟，皮尔比姆先生，"她转向赛森说。赛森向看林人伸出了手，二人默默地握手。

"见到你我很高兴，"赛森说，"咱们就别再通信了吧，希尔达？"

"为什么要这样？"她问。

两个男人茫然地站立不动。

"有什么必要吗？"赛森说。

她还是沉默不语。

"那就由着你吧，"她说。

随之，三个人一起走上了那条幽暗的小路。

"'那时天多蓝，希望多远大。'"① 赛森用法文背诵着魏尔伦的诗，因为此时他不知该说什么。

"你这是什么意思啊？"她说，"再说了，我们无法过轻率的生活，因为我们不曾轻率。"

赛森看着她，感到惊讶。这是他少时的恋人，他的修女，他的波提切利天使②，现在露了如此真容。原来傻子是他。他俩比任何陌生人都更貌合神离。

---

① 这是法国诗人保罗·魏尔伦（1844—1896）的诗集《一切的顶峰》中《感伤的对白》中的诗句。

② 波提切利（1445—1510），意大利文艺复兴时期画家。这里指的是他所绘的斯卡拉的圣马丁医院里的壁画《天使报喜图》。

她只想跟他保持通信联系，而他自然也想保持这种联系，那样的话他就可以给她写信，就像但丁给某个叫贝雅特里齐①的人写信一样，其实那个人根本不存在，只是但丁心里的幻想。

在山下的小路尽头，她独自走了。赛森与看林人一起朝开阔地带和那扇森林边的大门走去。两个男人几乎像朋友一样走着，但他们都没有触及内心所考虑的话题。

赛森没有直接走大门上大路，而是顺着森林边而行，那里的沼泽里有一条小溪流淌，在桤木树下、芦苇丛中一蓬蓬的黄色万寿菊正在盛开。一道道褐色的溪水潺潺流过，黄色的花瓣落满水面。这时空中突然闪过一道蓝光，那是一只翠鸟飞过。

赛森异常感动。他爬上岸来到荆豆丛边上，荆豆花星星点点，还没有聚成火焰。躺在干黄的草地上他发现了远志草的紫色小嫩茎和粉红的飞燕草嫩芽。这是个多么美的世界啊，如此神奇，永远是新的。可他还是感到似乎这是个地下的世界，如同色彩单一的地狱。他感到心里疼，就像有个伤口。他想起威廉·莫里斯②的诗来了，在莱昂内斯的教堂里一个骑士受伤躺在地上，胸口上深深插着一根长矛，他一直躺着，像个死人，可却没死，日复一日，伴随着五彩的阳光从祭坛上的彩窗上照进来又消失。现在他知道他和她之间的一切绝不是真的，一刻也没有真过。真实一直离他们很远。

赛森翻个身。空中响彻了云雀的叫声，似乎天上的阳光凝聚一团又像细雨洒落。在云雀的叫声中能听到清晰的人说话的声音。

"可是，如果他结婚了，又很自愿放弃，你干吗要反对呢？"是那个男人的声音。

---

① 但丁（1265—1321），意大利诗人，在他的长诗《新生命》和《神曲》里赞颂他青年时期对贝雅特里齐的精神恋。

② 威廉·莫里斯（1834—1896），英国艺术家、诗人。

"我现在不想说这个，我就想独处一会儿。"

赛森透过灌木丛看过去，那是希尔达站在林子边，挨着大门。那个男人则在田野里沿着树篱溜达，边走边逗那些停留在黑莓子花上面的蜜蜂。

一阵沉寂，赛森猜想她是沉醉在云雀清脆的叫声里了。突然那看林人叫了一声"唉哟"并开始骂起来。他在紧抓肩膀处的衣袖。然后他扯下外衣，扔在地上，再认真地把衬衣袖子撸到肩膀处。

"嘿！"他揪出那只蜜蜂，一边扔一边发出解气的叫声。随后他扭扭自己白亮的胳膊，尴尬地斜眼瞧着自己的肩膀。

"怎么了？"希尔达问。

"一只蜜蜂，顺着袖子爬上来了，"他回答。

"上我这儿来，"她说。

那看林人过去了，样子像个闷闷不乐的孩子。她用手托住他的胳膊。

"这里，蜇针还在里面呢，可怜的蜜蜂！"

她拔出那根蜇针，嘴巴贴上他的胳膊，吸出了那滴毒液。她看着自己的嘴唇留下的红印，再看看他的胳膊，笑着说：

"这是你得到的最红的吻。"

赛森顺着声音再抬头看过去，他看到阴影里那看林人的嘴巴正贴在他爱人喉头上，她的头向后仰着，头发垂落了下来，一根深褐色的粗糙发辫搭在他赤裸的胳膊上。

"不，"女人回答，"我没有因为他离开就烦恼。这你不懂……"

赛森听不清那男人在说什么，只听到希尔达清晰的回答：

"你知道我是爱你的。他差不多远离了我的生活——别为他烦恼啦……"他吻着她，嘴里低声絮语着。她应付着笑道：

"行，"随后又宽厚地说："我们会结婚的，会的。但不是马上。"那人又开始说什么，但赛森一时听不清。然后听到她说：

"你得马上回家了，亲爱的，否则就没时间睡觉了。"

随后又是那看林人的喃喃声，听上去是因为害怕和冲动感到苦恼。

"可是咱们干吗要马上结婚呢？"她说。

"结了婚，你能得到更多的什么吗？现在这样就很美好。"

最终他还是穿上外衣走了。她站在大门口，没有看他，而是在眺望阳光普照的田野。

等她离开了，赛森也走了，回城里去了。

白长筒袜

一

"我这就起床啦，泰德林克斯，"惠斯顿太太说着就噌地下了床。

"你这是犯的什么神经啊？"惠斯顿问。

"没怎么呀。我就不能起床吗？"她快活地回他的话。

此时大约七点钟，冷飕飕的卧室里还没怎么亮。惠斯顿躺着不动窝儿，看着他妻子。她是个小美人儿，毛茸茸的黑短发乱蓬蓬的。他看着她娇小的胳膊腿儿快活地伸展着匆忙穿上衣服。她马马虎虎套上衣服，这并不令他感到不舒服。看到她拎起衬裙的裙边儿，扯掉裙边上一条撕开的白花边儿，顺手扔到梳妆台上，她这副大大咧咧的样子逗得他忍俊不禁。她站在镜子前随便把浓密的头发那么拢到一起，娇嫩柔软的肩膀欢快地动来动去，他安静地看着她，露出一个丈夫的欣赏目光。

"起来吧你，"她转过身来，冲他猛地挥动一下胳膊喊道，"赶紧抖起精神来。"他们俩结婚有两年了，可只要她离开这屋子，他就会感到他的光和热都被带走了，就会感到早晨寒冷刺骨。于是他就起来了，心里还寻思着她怎么会起这早。平常她都是赖被窝儿赖好久的。

惠斯顿系紧腰带，穿着衬衫和裤子下楼了。他听到她正断断续续地哼着歌儿。他脚下的楼梯咯吱咯吱作响。他穿过那条狭窄的过道儿，她管这条过道儿叫门厅。这套每周租金七先令六便士的房子 ① 是他的第一个家。

他大约二十八岁的样子，是个漂亮的小伙子，此刻睡眼惺忪，一副懒洋洋的样子。他听到她在往铁壶里灌水，一边灌一边吹起口哨来。看到她在水管子下面冲洗着昨晚晚饭时用过的杯子，早餐时再用，这副麻利样儿他喜欢。她看上去是个邋遢的轻浮女子，其实她干起活儿来麻利又灵巧。

"泰德林克斯，"她叫他。

"啥事啊？"

"生火啊，赶紧。"

她穿一件旧黑缎子袍式短上衣，衣襟在胸前用别针别住。可是一只袖子却开了线耷拉下来，露出一段粉嫩的上臂来。

"你干吗不缝上那袖子呢？"他说，那段露出来的嫩胳膊让他看着不舒服。

"哪儿呀？"她叫着目光四顾。"讨厌，"她看到豁开的袖子说了一句，随之灵巧的手继续擦起杯子来。

厨房倒是不小，但光线不足。惠斯顿从炉子里扒拉出了炉灰。

这时过道那边的门口突然砰的响了一声。

"我去，"惠斯顿太太叫着就穿过了门厅。

来的是满面红光的邮递员，他是个退伍兵。他满脸堆笑，递给她几个包裹。

"他们还惦记着你呢，"他逗她说。

"哦，难得他们这样，"她晃晃头说。不过她今天早上只对给她的信封感兴趣。那邮差好奇地等待着，露出一脸讨好的笑容。她一边看着信封上的地址，一边漫不经心地缓缓关上门把他关在门外，那样子似乎就当门口没人一样。

她撕开那个薄信封，里面有一张难看的长方形情人节贺卡。她莞尔一笑，

---

① 旧式的英镑单位分为镑、先令和便士。一镑等于二十先令，一先令等于十二便士。改制后一镑等于一百便士，取消了先令。

就把它扔到了地板上。费了很大的劲儿解开一个包裹上的绳子，她打开了一个白纸盒子，里面是一条白缎子手帕，整齐地叠放在蕾丝花纸下，她的名字字头用淡紫色的线绣在上面，看得清清楚楚。她欣慰地笑笑，轻轻地把纸盒子放在了一边。另一个袋子里也是一个白包裹，一看就知道是一条叠得很整齐的棉布手帕。她将它抖搂出来，发现是一条白长筒袜，脚趾尖的地方装着个小物件儿。她迅速把手臂伸进去，手指头探进脚趾尖部位，从中捻出一个小盒子。她溜了一眼那盒子就赶紧打开左手边的一扇门，进了冷飕飕的小起居室里，心切切，咬住了下嘴唇。

她小有得意地从小盒子里取出一对珍珠耳环，随后走到镜子跟前。她开始认真地把耳环挂在耳朵上，侧身看看镜子里的自己。她向一边歪着头，手指捏着耳垂，神态专注得出奇。

珍珠耳环在她粉红娇小的耳朵下晃动着，她用力甩着头观察耳环晃来晃去的样子。耳环猛地碰到脖颈，她感到有点凉。然后她伫立着看自己，颇有尊严地昂起头来。随后又嘲笑自己一番。与镜子里的自己对视时，她忍俊不禁，冲自己直挤眼儿。

她转身去看那盒子，里面一张纸片上写着一句小诗：

珍珠美，你更美，
为我而佩戴，我爱佩戴人。

看到此她做个鬼脸儿笑笑，还是情不自禁地再次到镜子跟前去看那副耳环。

惠斯顿生着了火就开始找她。听到他的声音，她转过身，心中生出点愧疚。他一出现，她那双蓝眼睛就死死地盯着他。

他没发现什么，这个时候他还睡眼惺忪的，让人感到温暖。他总是令她感到温暖，不慌不忙的。他的眼睛是湛蓝的，人也善良单纯。

"收到什么了？"

"情人节礼物，"她快活地说着转过身向他炫耀那条缎子手帕。她把手帕放到他鼻子下，说："闻闻，挺香吧？"

"谁给的？"他没闻，问她。

"是情人节礼物，"她叫道，"我怎么知道是谁送的？"

"我打赌，你知道，"他说。

"泰德，我不知道！"她叫道，随之摇头，但又不摇了，因为耳朵上戴着耳环呢。

他一时怔住了，感到不快。

"他们现在没资格再送你情人节礼物了，"他说。

"泰德！凭什么不能呀？你不会是妒忌吧？我根本不知道是谁送的。你看，这是我的名字的字头，"她用手指头故意点了点那行淡紫色的刺绣字母。

　　　　E 字代表埃尔茜，
　　　　可爱的小妮子。

她哼唱着自编的歌儿。

"交代，"他说，"你知道是谁送的。"

"我真不知道，"她叫道。

他环顾四周，发现椅子上搭着一条白长筒袜。

"这也是礼物吗？"他问。

"不是，是样品，"她说。"再有就是一张漫画。"说着她拿过那张长方形的画片。

他打开画片，脸色阴沉地看了看，说了一句"傻瓜！"就出了房间。

她跑上楼去，摘下耳环。下楼时看到他蹲在地上吹火呢。他涨红了脸，脸上有些浅麻子，似乎是出天花落下的。不过他的脖颈是白皙光滑的，挺好看。

她搂住他的脖子靠在他身上，害得他踮着脚稳住身子。

"这火起来得太慢了，"他说。

"还有谁性子也这么慢？"她说。

"咱俩当中有一个，我知道，"他说着慢慢站起身来。她还搂着他的脖子，让他给带了起来。

"哈！悠悠我，"她叫道。

他低下头来，她抱着他的脖子悬着，笑出了声。然后才滑下来。

"水壶响了，"她悠悠地说着跑过去拿茶壶。他低下头去继续吹火，脖子上暴起了青筋，似乎他的衬衫领子太紧了点。

> 威尔大夫忙吹火，
>
> 吹起火来噗！噗！噗！①

她边唱边笑。

他也冲她笑着。

她是为自己的珍珠耳环得意呢。

吃早餐时她变得严肃起来。他倒是没注意到这一点。她后来严肃得有点过头了，这令他感到恼火，本来他一直脾气很好的。

"泰德！"她终于说了。

"啥事啊？"

"我跟你撒谎了，"她低声下气，难过地说。

这话搅得人心烦意乱。

"哦？"他不经意地说。

这样子令她不满，她觉得他应该更感动才是。

---

① 这是一首 19 世纪杂耍场里的流行歌曲。

"是的，"她说。

他切了一块面包，问："谎话编得漂亮吗？"

她感到不快。然后她自忖：编得漂亮吗？她笑道："不漂亮，不过没什么大不了的。"

"噢！"他轻松地说了一声，话音里透着对她一如既往的喜爱。"那就说说呗。"

这反倒让她更为难了。

"你看那条白长筒袜，"她诚恳地说，"我跟你说谎了。那不是样品，那是个情人节礼物。"

他不由地微微皱了皱眉头。

"那你干吗编瞎话说是样品？"他问。他了解她这个弱点。他语调里的气愤令她感到害怕。

"我怕你会生气，"她可怜巴巴地说。

"我敢说你很怕，"他说。

"是的，泰德。"

他停了片刻，想理清楚一两样事情。

"那是谁送的呢？"他问。

"我能猜，"她说，"尽管没写一个字，但是——"

说着她跑进起居室，拿了一张纸条回来。

珍珠美，你更美，

为我而佩戴，我爱佩戴人。

他读了两遍，脸就红了起来

"那你猜会是谁呢？"他恼火地问。

"我猜是山姆·亚当斯，"她说着，真有点生气了。

惠斯顿一时语塞。

"傻瓜！"他说。"可这跟珍珠有啥关系呢？还有，只有一条长筒袜，他怎么像是说不止一条呢？他真没脑子，连句话都写不清楚。"

说着他把那张小纸条揉成一团扔进了火里。

"我觉得他以为这一只跟去年那一只就成双了，"她说。

"怎么，他那时就送过一只吗？"

"是的，我没说是怕你知道了会气坏了。"

他气得直咬牙根儿。

随后他起身去洗脸，绾起袖子，解开衬衫露出胸脯。他额头两边线条清晰漂亮，目光沉稳，可他的脸庞下半截却显得挺粗野，这就让他的脸显得有失文雅了。不过她喜欢他这样子。她麻利地收拾清理饭桌时，喜欢看他站在那里洗脸。他就是这样一个人。她喜欢看他洗脸时脖颈上晶亮的水花，这让她感到有趣、欣喜和激动。他是那么自信、稳健，完全控制住了她，让她感到欣然放松，还可以搞点小恶作剧。在他的掌控下，她兴奋地跳来跳去。

他冲她转过身来，冷水冻红了他的脸，蓝眼睛里目光很是清新。

"你一直没见过他吧？"他不客气地问。

"不，见过，"她停顿了片刻才说，似乎被抓住了把柄而有愧。"他跟我上了电车，请我去皇家餐馆①喝咖啡、喝酒。"

"你就轻而易举为自己开脱啦，"他不快地说，"那你去啦？"

"去了，"她回答，那样子像被拷问的叛徒。

他的脖子和脸立即就涨红了，他一动不动地站着，样子很可怕。

"天冷嘛，去皇家餐馆确实不错，"她说。

"一个下等人给你一盒巧克力你也会跟他走的，"他又气又看不起她，心里还难受。奇怪的是，他竟然疏远了她，跟她一下子隔绝开了。

---

① 诺丁汉市场街上有一家餐馆名为"皇家咖啡餐厅"。

“泰德，你不是个东西！”她喊道。“你明明知道的——”她咬住嘴唇，涨红了脸，泪水充满了眼眶。

他走开，打上领带。她忙着收拾家，委屈地噘着小嘴，时而掉下一滴眼泪来。

他准备走了，匆忙戴上帽子，大衣的扣子一直扣到下颚，然后过来跟她吻别。如果不吻她一下就走，他会难过一整天的。她让他吻着。他唇下她的脸颊是湿漉漉的，他的心像被烧着一样痛苦。她深深地伤害了他。而她也感到委屈，并没有完全原谅他。

随后她上楼去找她的耳环。那对耳环在小抽屉里看上去很可爱，就是可爱！她很受用地打量着耳环，然后戴在耳朵上，在镜子前照照自己，摆摆姿势，笑笑，一会儿又一脸的哀伤，时而又显得迷人、魅力十足。为此她感到开心，觉得自己挺俊俏。

一上午，她在家里都戴着那副耳环。面包店的伙计来时她就很注意自己的举动，露出十分迷人的样子，想让他注意自己。商贩们离开她家时都感到很兴奋，暗自喜欢这个娇小的女子，尽管她并没有什么特殊的举动。

一整天里她都很兴奋，根本没想她的丈夫。他是个稳定的基地，她可以从此轻狂地短暂出逃。但到了晚上，她会像小鸡那样回窝儿，回到他身边。

与此同时，惠斯顿这个一家小企业里受器重的旅行推销员一边忙着工作，一边心里还为她着急上火，他渴望的是踏实的日子，可却因为日子不踏实而神经紧张。

二

结婚前她在亚当斯的花边厂批发店里工作。山姆·亚当斯是她的雇主，是个四十岁上下的单身汉，身体开始发福，衣着讲究，脸色红润，留着很大的一撇棕色上髭，可头发却稀稀拉拉的了。一个外表修饰得那么精致的人，谢顶的头发却不争气，肯定令他懊恼不已。他风度翩翩，有点儿爱尔兰血统。

他喜好女色，还有，他招女孩子们喜欢，这一点是出了名的。而埃尔茜这样伶俐、漂亮几乎算得上机智的小女子就很吸引他。她看似机智，但她的话重复起来就完全成了鸡零狗碎。他来批发店时会身着浅黄的双排扣休闲上衣，下身则是精细的黑白条纹裤，头戴大檐儿帽，衣扣里插着猩红的康乃馨，就是为了迷住她。可她并没有为他倾倒，因为他的打扮太过花哨，不对她的品位。他凭直觉有所明白，就换了一身庄重的海军蓝套装。一个身材魁梧的男人，气色红润，留着棕色的络腮胡子，身着漂亮的海军蓝套装，足蹬时髦的靴子，头戴霸气的帽子，他简直是无可挑剔。埃尔茜一下子就迷上了他。

可与此同时惠斯顿也在追求她，于是她在自己卧室的镜子前摆出漂亮的小姿势来，表明自己是忠贞不渝的那种女人。

忠贞不渝，海枯石烂——

那正是她唱过的歌。而惠斯顿天生就是这样的人，所以用不着担心他。

每年圣诞节山姆·亚当斯都会在他家里举办晚会，他请的是他的高级员工，而不是工厂里的低级伙计和工人。他是个慷慨之人，待客热情，真心想让大家玩儿好。

两年前埃尔茜最后一次参加他的圣诞晚会。惠斯顿陪她去的，那时他还是山姆·亚当斯的雇员。

她身着贴身的蓝色绸子裙服，为此感到很骄傲。惠斯顿接上她，相伴出门，她的手在胸前捏着她的开司米大披肩。他迈着大步，裤脚上的松紧带绑在靴子底上，把裤子拉得笔挺，而她的缎子鞋则装在他的长大衣口袋里，塞得鼓鼓囊囊的。

他们穿过花园的大门，她开始兴奋起来。高高的岩石城堡在夜色中巍峨耸立，大路旁光秃秃的树木在寒冷的夜空中沉静地矗立着。

他们姗姗来迟了。在更衣室里，她内心充满了渴望，脱下披肩，换上了缎子鞋，在镜子跟前打量起自己来。看到几缕蓬松的鬈发在脸庞两侧荡漾着，那么好看，她咧开嘴笑了。

在那间灯火通明的房间门口稍息了片刻，很多人在水晶灯下耀眼的灯光中走动着，女人们裙裾窸窣，蓄着连鬓胡、系着白领带的男人在向女人鞠躬。随后她走进灯光中。

山姆·亚当斯马上就迎了上来，张开双臂热情地表示欢迎，脸上笑开了花。

"你故意晚到，"他大喊着，"像皇室贵客一样啊。"

他握住她的手引她向前走去。他一说话就张大了嘴巴，棕色的大胡子下面黑洞洞的地方呼出的热气令人不舒服。不过她是让他挽着飘入人群的，他还是很殷勤的。

"来吧，"说着他拿出她的卡片写下要跳的舞曲。"我就替你安排啦，好吧？"

"惠斯顿先生不跳，"她说。

"那我可真走运！"他说着签下了自己名字的字头。"我可是口含小爱神而生的呀。"①

他继续默默地写着。她则绯红了脸，不懂他说的是什么意思。

"唉，那是什么？"她问。

"是你呀，比你还小，装饰着小翅膀，"他说。

"要想进到你嘴里去我得变得很小才行，"她说。

"你觉得你太大了，是吗？"他随口说道。

然后他把她的卡片递给她，还鞠个躬。

"好啦，亲爱的，我把今晚的事都安排好啦，"他说。

然后他悠然地扫了屋里一眼，她则在他跟前等待着。他准备好了，跟乐队

---

① 此句是模仿"口含银匙而生"（天生富贵）的成语，意思是天生是情种。——译者注

对了个眼神，他点点头，随之音乐声起。他似乎很放松，完全投入了。

"埃尔茜，你听着啊，"他的声音里透着奇特的柔情，一下子就令她浑身温暖起来，很舒服。她喜欢这样，听之任之。

他舞跳得很好，似乎用男人的热情和魅力将她拉近，于是她浑身变得柔软，随他而动，贴近他的身体，他与她和谐而舞，舞成一体。她完全被一股汹涌的热浪席卷，脚步不由自主移动着，只有音乐让她离开他又靠近他，让她投入他的怀抱，他强壮的身体贴着她有节奏地舞动，令她很受用。

一曲舞毕，他高兴得眼里闪烁起奇特的光芒，令她激动，但又觉得那眼光跟自己无关。但那眼光就是迷住了她。他并没有跟她说话，只是死死地盯住她的眼睛，他的目光亮得奇特，令她心神不宁，既害怕又激动。可那眼神里还是掩饰不住地流露出一个浪荡公子的调侃，这让她有点冷静，没有太忘情。

她在另一种相反的冲动下去找惠斯顿了，这种冲动还是更强。他站在那儿，看上去很是郁闷，强使自己承认她完全有权利撇下他自己去享受快活。他对她勉强表示出了一点温存。

"你不想去玩玩牌吗？"她问他。

"嗯，这就去，"他说。

"我真希望你能跳舞。"

"可我不会呀，"他说，"那你就自得其乐呗。"

"可要是跟你一起跳，我会更快活的。"

"没事儿，你那样挺好的，"他说，"我天生跳不了。"

"那你活该！"她叫道。

"行了，是我的错还不行吗？你接着跳吧，"他催她过去。她去了，但心里有点烦。

轮到她同山姆·亚当斯跳了，她满怀渴望地回到山姆的怀抱。不管是跟哪个男人跳舞，她都感到快乐。对惠斯顿她心里有点抱怨，但男伴把她搂紧时，她一激动，就忘了抱怨了。她看着他的眼睛，与他的目光相交，那目光令她快乐。

她感到浑身暖意融融，那温暖渗透到了她身体里，驱走了一切别的东西。只是她的心里还有点发紧，那有点像良心。

一有机会，她就从舞厅躲出来到棋牌屋里。在弥漫的烟雾中他找到了惠斯顿，他正在跟人玩纸牌。她兴高采烈地走上前去跟他打了招呼。她在这间安静的屋里显得十分抢眼。他抬起头，阴郁地皱起眉头来。

"你正玩克里比奇牌呢，来劲吗？怎么样啊你？"她喋喋不休一番。

他看看她。这些问题全都不必回答，他对她一点感觉也没有。她转身去看记分板。

"你是白还是红？"她问。

"他是红，"对手说。

"那就要输了呀，"她仍然冲惠斯顿说。说着她从记分板上拿起红色的小柱。"一、二、三、四、五、六、七、八，你就该跳到这里——"

"你把它放回去，"惠斯顿说。

"刚才在哪儿来着？"她笑哈哈地问着，知道自己犯规了。他从她手里拿走那个小木桩，按进小洞里。

牌就此洗过。

"真丢人，你输了！"埃尔茜说。

"你最好帮他切牌，"那个对手说。

她迅速地切了牌，把牌分了。然后她把手放在他肩膀上看他的牌。

"好牌，"她叫道，"不是吗？"

他没回答，而是甩下了两张牌。他现在感到很不舒服。她的手放在他肩膀上，她的发鬈儿晃动着蹭到了他的耳朵，可她心里想的却是另一个男人。这种强烈的感觉令他血脉偾张。

就在那一刻，山姆·亚当斯进来了。他脸色红润，咋咋呼呼，与其说是喝酒喝醉了不如说是跳舞跳醉了，眼睛里闪烁着奇特的光芒，贼亮贼亮的。

"我就知道会在这儿找着你，埃尔茜，"他高声大气地嚷嚷着。

"你咋会这么想呢？"她开始逗他道。

那红脸膛儿、体格健壮的男人眯缝起眼睛来笑了。

"我从来不在女人堆儿里找你，"他亲昵地说着，粗声粗气地像个动物。他笑着鞠个躬，向她伸过自己的臂弯。

"女士，乐队等着呢。"

她几乎不由自主地就跟着他走了，虽然不情愿，但还是很受用。

那一曲把她跳醉了。刚跳了几步，她就感到自己飘了起来，她几乎明白自己在飘走，尽管她并不想那样。可她必须飘走。她依偎在这个步伐稳健、紧紧拥着她的男人跳着舞，似乎游离了这间屋子，与他融合了。她更深入地进入了另一个他的私密世界里。整间房子里她的周围都变得朦胧模糊，如同一团大气，如同在海底，鸦雀无声中跳着，如同鬼影幢幢。但她自己在舞伴的怀抱里是真实的，而且看上去她与他连在了一起，似乎他肢体的运动就是她自己肢体的运动，可又不尽然，啊，真是美妙绝伦！他也忘乎所以，如入无人之境，一心跳他的舞。他对周围完全视而不见了，只有他性感的身躯在敏感地做着动作。他的手指头似乎要嵌入她的皮肤中去了。每时每刻，时时刻刻，她都感到自己要彻底放任，倒地融化：熔点随时会到，她就要化了，倒在他膝下和脚下浑然无知。他带着她转遍了舞厅，几乎用他自己的肢体支撑着她的全身，他的身体和身上的热量似乎愈来愈近地向她袭来，直到要彻底熔化她，她对他来说仅仅是一股沉醉后熔化的液体。

美极了。跳完一曲后她心旷神怡，几乎喘不过气来。她和他站在舞厅中央，似乎她是独自站在某个遥远的地方。他向她伏下上身，她盼望他的唇会触到她裸露的肩膀上，等待着。可他们并非独处，并非独处一方。这真叫残酷。

"挺好的吧，亲爱的？"他压低嗓门儿快活地对她说。他那低沉兴奋的呼唤有一种奇特的超凡魅力，令她难以抗拒。可是为什么她还是意识到她内心里有一个地方关闭着呢？她按了按他的手臂，他就领着她向门口走去。

她不清楚自己在做什么，只是感到自己有点抵触，这令她烦恼。这个男人是着迷了，但表面上还是清醒的，他带着她向餐厅走去，似乎是要带她去吃点心，实则是狡猾地借此将她带走。他此时热情高涨，但头脑是冷静的，心底里还有怀疑。

餐厅里恰好惠斯顿在，他在为那些相貌平平、受了冷落的女人们端咖啡呢。埃尔茜看到他了，但感到似乎他看不到她。她在他的视线范围之外。她同身边这个高大的男人之间有了某种默契。她吃着蛋黄糕的时候一直感到她受着自己雇主的左右，与他之间虽然没有完全融合但一直如胶似漆。

不过她慢慢冷静了下来。惠斯顿过来了。她看看他，眼光全然不同了。她发现眼前的他是个身材颀长的小伙子，真切而实在。那就是他。可是此时她正迷着另外一个男人，与那人如胶似漆，因此她不能离开那个人。

"打完牌了？"她问，急于躲开他。

"打完了，"他说，"你跳舞跳累了吧？"

"一点都不累，"她说。

"她倒是不累，"亚当斯开心地说，"活泼的姑娘跳舞都不会累的，吃点别的吧，埃尔茜。来点雪莉酒。跟我们喝杯雪莉吧，惠斯顿。"

呷着雪莉酒时，亚当斯几乎是狡猾地看着惠斯顿，想找出他的优点来。

"咱们最好还是回去吧，乐队在等着呢，"他说，"照顾这些女士吃东西吧，惠斯顿，有劳你了，好伙计。"

他开始往回走了。埃尔茜情不自禁随他而去。可是惠斯顿挪到他们边上，跟上了他们。他们没有说话，穿过餐厅去了舞厅。进去后亚当斯犹疑了片刻，环顾一下，似乎他什么都看不见。

有位男士上来约埃尔茜跳舞，亚当斯就去邀另一个舞伴。惠斯顿则站在那里看他们跳。埃尔茜能感到惠斯顿站在那里观察她，他那样子就像个阴魂，或者说像个审判官、一个守护天使。她也更自然、熟悉地感知到另一个男人的身体在舞厅里什么地方舞动着，她仍然属于他，但感到有点心猿意马，感到无助。亚当斯继续跳着，还惦记着埃尔茜，等待着时机，心里感到颇为玩世不恭。

这支曲子结束了。亚当斯被挽留了。埃尔茜此时是在惠斯顿身边。惠斯顿挺像样地坐在那里，他的双膝和清晰的轮廓都挺漂亮，令她依恋。似乎惠斯顿的样子总是那样。她把手放在他的膝盖上。

"你开心吗？"他问。

"太开心了，"她的声音既激动又有点心不在焉。

"快一点了，"他说。

"是吗？"她回答，她并不以为然。

"咱们要不走吧？"他说。

她没说话。一个多小时以来她还是第一次恢复了理智。她为此感到反感。

"干吗要走？"她说。

"我觉得你或许玩儿够了，"他说。

她开始有点冷静了，她的幻想受到了挫折，为此她感到恼火。

"凭什么呀？"她说。

"我们从九点钟待到现在。"他说。

那既不是回答，也不是理由，对她来说等于什么都没说。她跟他坐在一起，但心却在别处。舞厅那边山姆·亚当斯的眼睛在瞟她，她坐在这边，被他看得清清楚楚。

"你不想跟山姆·亚当斯过于随便了吧？"惠斯顿谨慎但痛苦地说道。

"你知道他是什么人。"

"什么，随便？"她问。

"就是说，你不会想跟他过多地搅和到一起去吧？"

她坐着不语。他这是在强迫她明白自己的地位。可他不能控制她的感情，改变她的感情。她有一种奇怪的变态欲望，那就是他别管她的事。

"我喜欢他，"她说。

"你喜欢他什么呢？"他心痛地问。

"我不知道，可我就是喜欢他，"她说。

她是不可改变的。他心情沉重地坐着，都气傻了。他说不清此时心里是什么滋味儿。他坐在那儿发傻，可她却在跳舞。而她心里正矛盾着，在两个男人对峙的力量中茫然无措地徘徊着。在舞曲之间，惠斯顿就坐得离她近些。可她不怎么在意他，只顾不停地看她的那张卡片，看她什么时候能再次跟亚当斯跳，心里又渴望又害怕。有时跳着跳着她与他擦肩而过时会与他的眼睛对视，他生着浅绿色的眼睛，眼神沉稳。有时她也会看到他跳舞时稳重的侧影，感到似乎自己总是依偎在他的手臂上，被他带着旋转，被他带离她自己。同时她总能感到另一个男人的敌意，令她一心二用。

轮到她跟亚当斯跳了。噢，跟他密切接触时多么美妙，他的肢体与她的肢体相触，他的手臂扶着她。她感到自己似乎要化了。惠斯顿从来没有给她真实的感觉，他仅仅是她脑子里一块沉重的东西而已。

可是她却因为紧张而呼吸急促，开始感到痛苦。她感到不安起来。亚当斯也感到难受了。他们两个人都感到局促不安。而且他急了，感到有什么东西像一股相斥的肉体磁力在阻碍着他，感到她有一种比自己还强的劲头开始阻碍他生机勃勃的迫切欲望。

埃尔茜几乎控制不住自己了。她随他向前准备跳舞时，弯腰去取自己衣袋里的手帕。乐队奏响了四对方舞曲，每个人都站好位置。亚当斯靠近她站着，对她施展自己的魅力，他紧张地跃跃欲试。她弯腰拿出手帕，挺起腰抖开，手帕从她手中飘落，令她恼火的是，她看见那不是手帕而是一条白长筒袜，皱皱巴巴的白长筒袜掉在地板上，片刻，亚当斯将它捡起，带着一丝惊喜，笑了。

"这个给我用挺好，"他小声说道，似乎要拥有它。说着他把长筒袜塞进了自己的裤袋里，旋即把自己的手帕递给她。

他们开始跳起舞来。她感到虚弱、眩晕，似乎她的意志化成了水。她痛感失败，再也无法撑下去了，但也就平静了。

跳完舞，亚当斯算是放了她。惠斯顿走过来，问她：

"你掉了什么东西？"

"我以为是我的手帕，可我拿错了，拿的是长筒袜，"她说完沉默不语了。

"他拿走了？"

"是啊。"

"他这是什么意思？"

她耸耸肩。

"你打算让他留着那东西吗？"

"我没让他拿。"

他们半天都没说话。

"我要不要去找他要回来？"他问，他的脸红了，蓝眼睛里露出跟他作对的坚定目光。

"你别，"她说着脸都白了。

"为什么？"

"不，我什么都不想再说了。"

他坐在那里，气急败坏，不知所措。

"你是要让他留着，对吗？"他说。

她默默地坐着，一点儿回答的意思都没有。

"你那是什么意思？"他气疯了，要过去。

"不！"她叫着。"泰德！"一边喊一边抓住他，死活不让他动窝儿。

这让他气得要命。

"为什么呀？"他说。

这时他发现她撇着嘴的样子很招人怜，他弄不懂她，但觉得她肯定有她的道理。

"那我不在这儿待着了，"他说。"你跟我走吗？"

她默默站起身，两人出了屋。亚当斯并没注意到他们。

几分钟后他们就来到了大街上。

"你到底是什么意思啊？"他气急败坏地问。

她在他身旁默默地走着，不为所动。

"那头大猪，你心里只有他，"他加了一句。

然后他们在沉默中走了很久，穿过城里寒冷荒凉的黑暗街道。她觉得她不能进入室内。这时他们快走到她家了。

"我不想回家，"她突然哀伤痛苦地叫道，"我不想回家。"

他看了看她，问："你为什么不呢？"

"我不想回家，"她抽泣着，只有这句话。

他听到有人走过来了。

"好吧，我们再往前溜达一会儿，"他说。

她又沉默了。他们走出了城，走进了田野里。他一手揽住了她，他们说不出话来。

"怎么回事？"他终于不解地问。

她又开始哭。

最终他张开双臂搂住了她，安慰她。她只顾抽搭着，几乎没注意到他。

"跟我说怎么回事吧，埃尔茜，"他说，"告诉我怎么了，我亲爱的，告诉我吧——"

他吻了她哭湿的脸，抚摸着他。可她没有反应。为此他感到困惑，心里疼她，又感到难受。

她后来总算是安静下来了。他又吻她，这回她伸出双臂搂住了他，搂得紧紧的，似乎是又怕又难过。他搂着她，感到莫名其妙。

"泰德！"她呢喃着，然后发狂地叫了一声："泰德！"

"怎么了，我的爱人？"他说着，开始害怕起来。

"你得好好对我，"她喊着，"别苛对我。"

"不会的，我的宝贝儿，"他感到吃惊又伤心。"怎么了？"

"哦，你要好好待我呀，"她抽泣道。

他马上抱紧了他，心里充满了热辣辣的爱情。他惊奇得不行，只能把她拥向自己火热的胸膛，爱她，也相信她。于是她最终算是踏实了。

三

她再也不去亚当斯那里上班了。她父亲不得不听她的，她以健康为由交了辞呈。山姆·亚当斯说了几句风凉话，不过他却耐心得出奇，没有来找碴儿。

几周后她和惠斯顿结婚了。她爱惠斯顿，对他充满了激情，也很崇拜，对他狂热的爱深深感动了他，让他感到彻底踏实了，找到了真实的自己。他不再自寻烦恼了，他感到心满意足了，剩下的就是东奔西忙干事情了。无论他遇上什么麻烦，他心里都是踏实的。这份爱情让他变得自信了。

他们有一两次说起过那只白长筒袜。

"嗨！"他大声说，"那有什么呀。"

他不耐烦，生气，一想这事就受不了。所以这事就这么搁置了起来。

结婚初期她还是很开心的，爱丈夫爱得忘乎所以。后来就习惯了。他一直是她幸福的根基，不过她习惯了他，就如同习惯了呼吸的空气一样。而他却从来没有如此这般地习惯与她相处。

在婚姻生活中她找到了自由。她摆脱了责任，那是她丈夫必须管的事，她可以自由地支配自己的时间。

于是，几个月后她见到了山姆·亚当斯，她对他并没有太不友善，按说她可以那样的。新婚燕尔，她对男人的体验还在新鲜和兴奋阶段，凭她对男人的了解，她感觉到亚当斯还爱着她，她知道他一直对自己充满渴求但从未得到满足。出于好玩儿，她情不自禁要从中取乐，尽管她一点也不拿这个男人当一回事。

情人节离她结婚一周年的日子很近，那天有人寄来了一只白长筒袜和一只紫水晶胸针。幸好那天惠斯顿没看到这件礼物，她也就没跟他说什么。她一点与山姆·亚当斯打交道的意思都没有，可一旦有人寄给她一枚小胸针，那东西就属于她了，她才不管这东西怎么来的呢，留下就是了。

现在她又有了这副珍珠耳环。这礼物更值钱，也更显眼。她打算托她妈妈把这东西送给她，这样就解释清楚了礼物的来历。她都想好怎么办了，为此很是得意。至于山姆·亚当斯，即使是他看到她戴上耳环了，他也不会出卖她的。如果他能看到她戴着他送的耳环，那该多有意思！她会假装那是她从外祖母那里继承来的。下午她去城里时戴着耳环，那对儿好看的东西在鬓发边晃来晃去，令她乐不可支。可是她没遇上什么重要的人。

惠斯顿回到家，又累情绪又低落。一整天里，作为一个男人他心神不宁，这让他疲惫不堪。她说不清为什么要跟他作对，现在有时爱取笑他，跟他产生了隔膜。对此他不明白，十分气愤。在他面前她也不自在。

她知道他是心里窝火。他的手背上青筋暴起，双眉紧锁。可她还是忍不住要刺激他。

"你怎么处理那只白长筒袜了？"他沉闷了一阵后问，声调很是粗野。

"放抽屉里了，怎么了？"她轻描淡写地回答道。

"你为什么不把它扔火里烧了？"他厉声道，"你把它藏起来干什么呀？"

"我没藏，"她说，"我凑了一双。"

他又闷闷不乐，沉默了。她发现无法让他受到触动，就跑上楼去，剩下他一个人在炉火边抽闷烟。她再次戴上耳环。随后她灵机一动，穿上了那双长筒袜。

"看看！"她说，"多漂亮啊。"

说着她把裙子撩到膝盖上，转着圈看自己套着紧绷绷长筒袜的漂亮双腿。

惠斯顿心里有说不出的恼火，把烟斗从嘴里拔了出来。

"这袜子看上去是不是很好看？"她说，"一只是去年的，正好凑一双，省得你再买一双了。"

说着她从肩膀向下看看自己漂亮的小腿肚和衬裤上飘荡着的花边。

"放下你的裙子，别犯傻了，"他说。

"什么叫犯傻呀？"她问道。然后她开始围着屋子跳起舞来了，像个芭蕾舞演员那样做着踢腿动作，无所顾忌，还有点嘲弄的样子。她几乎感到害怕，但还是挑衅般的冲他抬起腿来，一边抬一边还哼着歌儿。她对惠斯顿充满了怨恨。

"你个小傻瓜，别闹了，"他说，"我跟你说了，你得把那袜子烧了。"他气得脸色铁青，一直垂着头。于是她不再跳了。

"我就不，"她说，"穿着挺好的。"

他抬起头看着她，目光犀利逼人。

"你把它们放火上烧了，听见没有，"他说。

他们的战争开始了。她像个芭蕾舞演员那样探过身，牙齿紧紧咬住舌头。

"我就是不烧长筒袜，"她像唱歌似的重复道，"就不，就不，就不烧。"

说着她还围着屋子跳起舞来，边跳边大声说"就不烧"。她的行为确实表明她不在乎了。

"我倒要看看烧不烧，"他说，"臭娘们儿！你是想让山姆·亚当斯知道你穿上这双袜子了，是不是？你就想这美事儿呢。"

"对，我就是想让他看看这袜子我穿有多合适，以后他就会多给我呢。"

说着她就低头看自己漂亮的腿。

他不知道为什么，就是觉得她想让山姆·亚当斯看到她漂亮的腿上穿着那双白长筒袜。这让他越发生气，几乎要仇恨起来。

"你个恶心的臭娘们儿，"他大叫道，"放下你的衬裙，别想那些恶心事儿了。"

"我一点儿都不恶心，"她说，"我的腿是我自己的。凭什么山姆·亚当斯不能觉得我的腿好看呢？"

惠斯顿沉默了片刻。他看着她，目光凝聚成一个光点。

"你是不是跟他一直有来往？"他问。

"我看到他了，刚还跟他说话来着，"她说，"他没你想得那么坏。"

"没有吗？"他喊道，声音里透着明察秋毫。"跟他交往的人我看着就不是好东西，我告诉你吧。"

"干吗，你怕他什么呀？"她嘲弄道。

她这是在挑他的火，让他忍无可忍。他坐着瞪着眼生气。她每说一句话都像火红的烙铁在烫他。再这样下去就要出事了。她也怕了，但她没有被征服，也没被说服。

这时他脸上露出了一丝仇恨的苦笑，很奇怪。他一直对她记仇呢。

"我怕他什么？"他木然地重复道，"我怕他什么？还不是因为你，你这条满街乱窜的母狗。"

她脸红了，这样的侮辱算是狠到家了。

"哼，要是你这么蠢的话——"她垂下眼皮，语气冷漠、孤傲。

"我要是蠢透了，我会在你跟他说第一句话时就扭断你的脖子，"他紧张地说。

"哼！"她嗤之以鼻，"你以为我怕你不成？"她冷漠、无所谓地说。

说归说，她还是怕，嘴唇都白了。

他心里的火也越来越大。

"下次你再跟他来往，我会让你怕我的，"他说。

"你以为我还会告诉你吗，哈！"

她的挖苦、蔑视令他火冒三丈，都要气昏了。他知道他没个准儿，几乎干什么都不顾后果。于是他缓缓地站起身，直愣愣地走出房门，心里窝火，恨不得杀了她。

他靠着花园的篱笆墙站着，看不清也听不清什么。房子下方的远处，城里的灯光迷离一片。他纹丝不动地站着，怒火中烧，气昏了头，不禁抬头去看夜空。

片刻，他仍然在气头上进了屋。埃尔茜此时站在屋里，矮小但固执，双唇紧闭，一双孩子气的大眼睛目光沉郁地看着他，脸都吓白了。惠斯顿步履沉重地从地板上走过，猛地坐进椅子里。

一阵沉默。

"你别告诉我该做什么不该做什么，我不听，"她终于打破了沉默道。

他抬起头。

"我告诉你，"他声音低沉、紧张地说："你要跟山姆·亚当斯来往，我就扭断你的脖子。"

她笑了，笑声尖利，是装的。

"我简直恨透了你那句'扭断你的脖子'，"她撇着嘴道，"听着俗，还粗鲁。你就不会说句别的呀。"

惠斯顿彻底沉默了。

"还有，"她一边讥讽地笑一边说，"你都知道什么具体的？他还送给我紫水晶胸针和一副珍珠耳环呢。"

"他，什么？"惠斯顿突然声音变得正常了，眼睛死盯着她。

"送了一副珍珠耳环，还有紫水晶胸针，"她照实重复一遍，嘴唇都白了。

她那双孩子气黑黑的大眼睛盯着他，惠斯顿此时让她迷住了，中了邪一般。

他缓缓地站起身朝她这边过来，似乎他的脸和他的眼睛直接挨上了她。她看着他，惊呆了。她想喊，可她嗓子里发出的却是很小的咕哝声。

随之，如同闪电一样，他的手背就啪地扇在了她的嘴上，扇得她晕头转向，撞到了墙上。她吓得发出一声怪叫。然后她发现他还要过来，他的目光盯住了她，挥起了拳头，慢慢地走过来，拳头随时会击中她。

她吓傻了，抬起手来，张开手去捂自己的眼睛和太阳穴，张着嘴要叫，却叫不出声。没有叫声。但她的样子却让他缓和下来。他俯视着她，紧紧盯着她，她靠墙蹲着，张开的嘴巴流着血，眼睛大睁着，双手捂着头的两侧。他就想看她流血，要折断她，要毁灭她，这种欲望来自对她的宿怨，让他欲罢不能，他要出这口恶气。

可是看到她吓得可怜的样子，他就别过头去，既感到耻辱又感到厌恶。他走过去重重地坐在他的椅子上，竟然感到了奇怪的放松，头脑一片迷茫，几乎要睡过去了。

她从墙边走到炉子跟前，头晕眼花，嘴唇煞白，木然地擦着流血的小嘴儿。他纹丝不动地坐着。渐渐地，她开始发出微弱的呼吸声，身子抖动着开始抽泣，她是为自己而悲伤。他都不用看，就知道她什么样儿，这令他又要发疯，又想毁灭她了。

最终他还是抬起头来，眼睛露出寒光，盯着她。

"他为什么要给你这些东西？"他一字一句地问着，毫不让步。

她马上就止住了哭泣，他也紧张。

"是当成情人节礼物送来的，"她回答道，挨了打还嘴硬。

"啥时候？今天吗？"

"珍珠耳环是今天的，紫水晶胸针是去年的。"

"你都藏了一年啦？"

"是的。"

她觉着，如果他要站起来杀她，那是什么也挡不住的。她是再也挡不住他了，随他怎么着吧。在这紧要关头，他们都颤抖着，发昏了。

"你跟他都干什么了？"他声音干涩地问。

"没干什么，"她颤抖着声音说。

"你留着这些东西就是因为这是珠宝吗？"他问。

他开始感到疲倦了。这事儿再这么说下去还有什么劲儿？他无所谓了，烦了，腻了。

她又开始哭，可他看都不看她。她一直用手帕擦嘴。他看得到手帕上的血迹，这反倒更令他对自己的责任、暴行和耻辱感到厌恶和厌倦。

等她开始在屋里活动时，本来纹丝不动的他又抬起了头。

"那些东西在哪儿呢？"

"在楼上，"她颤抖着说。她知道他的火气下去了一些。

"拿下来，"他说。

"我不，"她哭着说，感到愤怒。"你不能欺负我，再那么打我的嘴。"

说着她又抽泣起来。看她这样，他既蔑视又可怜她，更加气愤了。

"在哪儿呢？"他说。

"在镜子下的小抽屉里，"她啜泣道。

他慢慢地上楼，划了根火柴照亮，发现了那些小饰物，然后拿在手里下了楼。

"是这些吗？"他张开手掌看着说。

她看着首饰，不语。她已经对这些东西不感兴趣了。

他看着这些小宝石饰物，觉得它们还是挺漂亮的。

"不怨这些东西，"他心里说。

于是他四处慢慢寻找，不停地找，要找个盒子。他把这些小东西捆起来，写上山姆·亚当斯的地址，然后穿着拖鞋就出去寄这个小包裹。

他回来时，她还在坐着哭。

"你最好上床去睡觉，"他说。

她没理会他。他就在炉边坐下，而她还在哭着。

"我睡楼下这儿，"他说，"你去床上吧。"

片刻，她抬起泪水涟涟、肿了的脸，凄凉可怜地看着他。这眼神令他全身一阵发痛。于是他走过去，双手慢慢地、十分温柔地抱住她。她随他抱住，头枕在他肩膀上，抽泣着大声说：

"我从来就不是故意的——"

"我的爱，我的小爱人儿，"他痛苦地叫着把她拥在怀里。

肉中刺①

一

起风了，杨树叶子在风中时不时泛白，像燃着火一般。天上流云阵阵，一会儿阴一会儿又露出碧空。平畴上阳光斑驳，而黑麦地和葡萄园中则阴影片片。远处，大教堂直耸碧蓝的天空，梅斯城②轮廓模糊的片片房舍聚拢在一起，恰似一座小山。

营房就在椴树林旁的田间。这些空旷干燥的土地上建起的临时木头棚子，圆屋顶是波纹铁皮铺就，上面爬满了士兵们种下的鲜艳的旱金莲。兵营旁有一片菜园子，军人们在里面种上了一畦畦嫩黄的莴苣；兵营后面是地面坚硬的练兵场，围着铁丝网。

这个午后时分，棚子里空无一人，所有的床铺上被褥都叠了起来，士兵们在椴树下溜达着等待训练的命令。巴克曼③坐在树阴下的板凳上，树上的花

---

① 写于1913年，1914年曾经以其他标题发表过一部分。1914年进行了较大的修改。最终这个题目源自《新约·哥林多后书》12：7圣保罗语："有一根刺加于我肉中，那是撒旦的信使，提醒我不要过于自高。"

② 梅斯城本来是法国城市。1870—1871年间的普法战争后，与阿尔萨斯和洛林省一并割让予德国。第一次世界大战后，根据《凡尔赛和约》重又归还法国。劳伦斯和弗里达·威克利于1912年5月到此一游，彼时弗里达的父亲正是驻守该城的德国驻军行政长官。

③ Bachmann在德文中是书呆子的意思。

儿散发着腻人的味道。淡绿色的椴树上散落下花儿的残瓣。他在给母亲写每周一次的明信片。这小伙子头发淡黄、皮肤白皙、身材颀长、动作灵活，长得不错。他十分安静地坐着写他的明信片。他躬身写明信片时，那身蓝制服看上去松松垮垮的，丝毫显不出他那青春的体型。他晒得黝黑的手在静静地等待着字词。"亲爱的妈妈"是他写下的仅有的几个字。然后他的手木然地写着："十分感谢您的来信和寄来的东西。我一切都好。我们就要到工事上练兵了——"写到这儿他停下了笔，旁若无人地沉思起来，卡壳了。他又看看明信片，可是再也写不出别的字来。他脑子里就是想不出一个字来了。他签下自己的名字，然后抬头看看是否有人注意他的秘密。

他蓝色的眸子里透着一丝紧张，嘴唇有点儿发白，发白的嘴唇上细嫩的淡黄胡须闪着微光。他模样秀气，举止优雅，有点儿像女孩子。不过他挺有军人意识，似乎他相信自己该约束自己并且乐于恪尽职守。他的嘴巴和灵活的躯体都透着青春的活力和胆大妄为，但这一切此时都含而不露。

他把明信片装进短上衣的口袋里，就去找歇在树阴下粗声大气说笑的伙伴们去了。今天他待在了他们圈儿外，他只是靠近他们感受着他们的热情，理性中有什么东西让他约束着自己。

不一会儿他们就被召集起来排上了队。中士出来指挥了。这是个身体粗壮的四十岁左右的中年人。他伸着脖子，脑袋有点儿像陷在强壮的双肩中似的，突出的下巴显得很是强势。但因为酗酒，他双目红肿，脸上表情麻木。

他粗声吼叫着发出命令，这一小队人马就从铁丝网圈住的院子里走出，来到大路上，有节奏地踏着步子，踢腾起一溜烟尘来。巴克曼排在最中间的四个人里头，在密不透风的队伍中走着，连热带闷带呛，几乎要窒息了。透过伙伴们移动的躯体，他能看到路边沾满尘土的矮葡萄藤，野豌豆丛中的罂粟花儿震颤着散落成碎片，而远处的天空和田野则沐浴在清新的空气和阳光中。可他却焦躁不安，心中一片黑暗。

他仍像往常一样自如地行进着，他这人身体健康，很会自我调理。不过那只是他的躯体在机械地移动着，他的脑子早神魂颠倒了。这一小批士兵愈走近镇子，这小伙子就愈是紧张得魂飞魄散，只有他的肉体在木然行动，丢了魂儿一般。

他们下了大路，成一路纵队走上了一条林中小路。这里一片寂静，葱茏而神秘，树影婆娑，绿草如茵，煞是安宁。不久他们走出了林荫路，走入阳光下的一条壕沟畔，它就在土方工事下开满鲜花的高高草丛中静静地蜿蜒。眼前耸立着的工事墙体拾级而上，表面很光滑，但顶上却生着高高的草丛。雏菊和凤仙花在葱茏的草丛中闪着白影和金光，如此静谧的工事上花草竟然长得这般好。四下里则长满了密匝匝的树木。偶然吹来一阵神秘的风，会吹得工事上这些花花草草垂首摇曳，似乎像听到了警报一般行动起来。

这群士兵站在壕沟的边上，他们那淡蓝和猩红两色的制服显得十分鲜亮。中士在发号施令，那叫喊声在这片十分寂静的地方显得刺耳吓人。大伙儿听着，但怎么努力听也听不懂他在喊什么。

他喊完了，人们散开去做准备了。壕沟的对岸，工事周围的土墙在阳光下显得光滑而洁净，稍稍向内倾。墙头上生着荒草，草丛中冒出些高大的雏菊，在墨绿色的树梢映衬下看上去颇为神秘。喧闹的市声、电车的隆隆声能听得清清楚楚，但那些声音却无法刺破这里的宁静。

壕沟里的水凝滞着。演习默默开始了。一个士兵提着一架云梯沿着工事下狭窄的边沿挪动着，试图将梯子固定在微微倾斜的工事坡墙上，壕沟就在他身后。那士兵独自一人站在墙下，显得又小又孤单，想法子要把梯子支上。折腾了好久总算梯子稳住了，随之他那穿着肥大蓝制服的身躯开始往上爬，其余的士兵们伫立旁观。那中士时而吼叫着发出一声命令，那穿着蓝制服的拙笨身躯缓缓地朝更高处爬去。此情此景令巴克曼吓得快尿裤子了。那个向上爬的士兵朝上方的窄台阶爬去，他那清晰的蓝色身影在油亮的绿草丛中移动着。当官儿的在下面嚎叫着，那士兵移动着，将梯子固定在另一处，然后小心翼翼地往下面的台阶移动。巴克曼看着那人的脚盲目地寻找着梯子磴儿，仿佛觉得脚下的地陷了下去。那个士兵的身子缩着伏在墙壁上，紧紧地贴着墙面，探索着朝下挪动着，就像一只虫子犹豫不定地朝下挪动着，步步惊心。最终那人大汗淋漓、龇牙咧嘴地安全下来了，回到了士兵们中间，但他看上去仍旧浑身僵硬，表情麻木，没个人样儿。

巴克曼心情沉重地站在那儿，像个犯人似的等着轮到自己上去丢人。有些人爬得轻而易举，没有一丝的害怕。那不过表明这事儿可以做得轻轻松松而已，但唯其如此，更令巴克曼心里难受。他要是能做得那么驾轻就熟就好了。

该他了。他凭直觉知道没人知道他的状态。当官儿的仅仅把他当成木头人。他尽量在表面上保持这种样子。可他的内心却很紧张，不过他还是含而不露地拿起梯子顺着墙根走过去。他很麻利地就把梯子架上了，随之他心里有了希望，为此心里感到发狂发抖。然后他开始盲目地向上爬起来。可是梯子并不很稳当，每抓一次他都感到特别恶心，感到自己要散架了。于是他紧紧地抓着梯子，他知道只要他能稳住自己，他就能撑下来。他懂，为此感到痛苦。可他不明白的是，每当梯子扭动起来他为什么就感到巨大的恐惧从心头涌上来，这恐惧令他五脏六腑和关节都化了、瘫了，让他一点劲儿都没了。一旦他的五脏六腑和关节都瘫软融化了，他就完蛋了。他只能拼命挺住。他懂得这种恐惧，知道这恐惧袭上心头的滋味儿，他知道他只能拼命抓紧。他懂得这一切是怎么回事。可每当梯子扭动了，脚踩空了，他就吓破了胆，浑身融化瘫软，越来越无力，吓得没了魂儿，只等着掉下去了。

可他慢慢摸索着越爬越高了，一直一脸绝望地凝视着上方，也一直明白离地面有多远。可是他全副身心都越来越热，热到要融化的地步。他真想彻底放弃算了，一了百了。突然他的心一阵急跳，先是令他恶心地一沉，又一跳，随后感到一阵恐惧。他贴在墙上，木然不动，如同死了一般，僵在那里，但他内心深处感到焦躁，知道这一切还没有完，他还高高地贴在墙上呢。但他已经没了主心骨了。

这时他感到一种小小的异样，这让他清醒了一些。这是什么？渐渐地这感觉强烈了起来。原来是尿水顺着腿在流。他仍然贴在墙上，羞愧得动也不动，能听到中士在下面咆哮。他等了一会儿，开始万分惭愧地振作起来。他早就被深深地羞辱过。那就继续吧，因为他已经战胜了恐惧。大家都知道了他的耻辱，这耻辱公开了。他必须继续。

他缓缓地摸着去抓上面的横档儿，但这时他被吓了一跳，上面有人抓住了他的手腕，他被拉了上去，到了安全的地面。他就像一只麻袋，被一双大手拽着拖过工事的边沿，一下子跪在了工事的顶上，在草丛里连跪带爬挣扎着站了起来。

耻辱，他感到深深的耻辱，羞愧难当，痛苦万分。他站在那里，缩成一团，恨不得找个地缝钻进去才好。

"抬头，眼睛朝前看，"那愤怒的中士吼道，于是这士兵木然地服从命令，被迫与中士四目相对。可中士那张拉长的野蛮脸儿令这年轻人感到碍眼，于是他横下一条心就是不看他。中士那震耳欲聋的喊叫声继续响着，令他浑身痛苦难耐。

他猛然向后仰起头来不动了，他的心几乎要跳出来。那军官的脸突然就杵了过来，那脸都变形了，龇牙咧嘴，目光喷火。他大喊大叫着，嘴里的呼吸直扑巴克曼的鼻子和嘴巴，令他厌恶地向边上挪动了一步。可那人又大叫着把脸杵了过来，害得他本能地抬起胳膊保护自己。可他没想到他的小臂狠狠地打在了军官的脸上，这把他吓坏了。那军官踉跄着转过身去，发出一声怪叫就向身后的土墙倒下去，双手在空中抓挠了一下。只一秒钟的沉寂，就传来他落水的声音。

巴克曼浑身僵硬，平静地看着这一切。士兵们忙着跑过去。

"你还是逃吧，"一个年轻人激动地冲他说。他则本能地立即离开了现场，穿过林中小路走上了大马路，路上有电车进出城里。他心里感到的是报了仇，逃出来了。他逃离了那一切，那个军人的世界，不再受辱，他一走了之。

军官们在街上骑着马悠闲而过，士兵们则走在便道上。上了桥，巴克曼从扑面而来的城里穿过。河边布满了漂亮的低矮的法国式房子，往上走，经过一片屋顶上方的街道就到了那座漂亮但沉郁的大教堂，教堂的好几座尖塔耸入天际。

一时间他感到很平静，如释重负。于是他转身进了河边的公园。绿草坪上一簇簇的紫丁香盛开，很美，成排的婆罗树如同一道道墙，很是壮观，树顶上开着白花，在阳光照耀下看似一座圣坛。军官们从这里走过，步态高雅，脸色都很红润，女人和姑娘们在斑驳的树阴下漫步。这景致确实美，他走在这风景中如梦如幻，他自由了。

二

可是他能去哪儿呢？想到此，他开始从喜悦和自由的梦幻中清醒过来。他又感到了那刻骨铭心的耻辱刺痛着自己，一想就难以忍受。但是那耻辱的伤痛已经深埋在心里，不去理会就是了。

耻辱和痛苦让他变聪明了。他还不敢回想自己都做了什么。他只是知道他需要逃走，离开与自己休戚相关的一切。

可怎么能逃离呢？一阵恐惧袭上心头。他不忍去想让自己那屈辱的身体再次落入当官的手中。那样的手曾经野蛮地碰到了他的身体，令他公然受辱，伤害了他，令他无法控制自己了。

恐惧变成了痛楚。他几乎是盲目地转身向营房的方向走去。他管不了自己，他必须把自己交给某个人去管。随之他的心因为有盼头儿而固执起来，他想起他迷恋的女友来，他要让她来管自己。

他鼓足勇气一跺脚上了那辆飞快行驶的小电车，朝着城外的营房方向而去。他平静地坐在车上，纹丝不动。

他在终点站下了车，开步走去。风还在刮着，他能听到地里黑麦在风中沙沙作响，一阵大风忽然吹来，麦地里会发出嗖嗖声。四下里空无一人。这让他感到空落落的没有人气，于是他走上了矮葡萄藤之间的乡间小径。很多棵树藤向上盘旋着，生出了粉嫩的树芽，树芽上的嫩须随风飘动。这些他都清楚地看在眼里，生出好奇心来。稍远处的一片田地里，男人和女人们在收干草。牛车等在小路上，身穿蓝色围裙的男人和头上包着白布的女人抱着干草往车上运，割过草的田野一片绿生生的鲜亮，这些男人和女人看上去都那么清爽好看。于是他感到自己是从黑暗地带向外观看那个迷人的美丽世界。

艾米莉当女仆的那家男爵花园宅邸方方正正的，颜色淡雅，掩映在树丛中，四周都是田野。那是一座古老的法国农场。兵营就在附近。巴克曼走着，一门心思朝那座院子走去。他进了那座宽敞、光影斑驳的院子。院子里的狗看到来了个当兵的，跳起来低声叫了一下，仅仅是跟他招呼一声而已。院子阴暗的角落里，椴树下静悄悄地矗立着一台水泵。

厨房的门开着。他迟疑了一下，然后走进去，不自然地笑着跟她们打招呼。屋里的两个女人露出惊喜的神色。艾米莉正忙着准备午后的咖啡，布置托盘。她站在桌子那边，见他进来，惊喜中挺直了腰，既高兴又有疑虑。她的眼神既高傲又羞怯，是某种高傲的动物的眼神。她的黑发扎得很紧，灰眼睛凝神看着他。她穿一件印着小朵红玫瑰花的蓝布农家上衣，胸脯丰满，领口紧紧地系着。

桌边坐着另一个姑娘，是幼儿教师。她正从一大堆樱桃中挑选着，把挑出来的樱桃放进碗里。她年轻而俏丽，脸上生着雀斑。

"你好啊！"她愉快地说，"想不到你会来呀。"

艾米莉不语，黑皮肤的脸上泛起红晕。她仍然站着看着他，心里又怕又喜，想逃，可还是没动。

"是啊，"他说道，两个女人看得他既害羞又紧张，"这回我可是挺狼狈的。"

"啥？"幼儿教师的手落到了膝盖上。艾米莉则木然。

巴克曼头都抬不起来了，只是扭头去看那亮晶晶的红樱桃，他还无法缓过神来。

"我把胡伯中士从工事上打翻到河里了，"他说，"不是故意的，可——"

说着他抓起樱桃开始不知不觉地吃起来，只听到艾米莉小声地惊叫着。

"你把他从工事上打翻下去了！"黑塞小姐害怕地重复他的话。"怎么回事呀这是？"

他木然地把樱桃核儿吐到自己手心里，仔细地告诉了她们。

"哎呀！"艾米莉尖声叫道。

"那你是怎么上这儿来的？"黑塞小姐问。

"我逃跑的，"他说。

屋里一阵死静。他站在那儿，等女人们说怎么办。

炉子上发出"嘶嘶"的声音，随之屋里飘起浓浓的咖啡香味。艾米莉马上转身走到炉子边上去。他看到了她朝炉子弯下腰时后背是平坦挺阔的，腰臀很是强健。

"那你怎么办啊？"黑塞小姐吓得呆呆地说。

"我不知道，"他说着又抓起更多的樱桃来。他反正是没辙了。

"你最好去兵营，"她说，"我们去找男爵先生来，看怎么办。"

艾米莉动作轻快地默默准备着上咖啡的盘子。她端起盘子，盘子里的瓷器和银器闪闪发光。她在默默地等巴克曼回答。巴克曼垂着头，脸色苍白，很是倔强。让他回去他可受不了。

"我看能不能去法国，"他说。

"能，但是他们会抓住你，"黑塞小姐说。

艾米莉那双灰眼睛凝视着他。

"我得试试，看我能不能躲到今天夜里，"他说。

两个女子都知道他想干什么。但她们知道这没用。艾米莉端起盘子出去了。巴克曼垂头而立，心里羞愧、无能。

"你反正是逃不掉的，"女教师说。

"我可以试试，"他说。

今天他不能落在军队手里。如果今天他逃了，明天他们爱怎么着怎么着。

大家都沉默了。他一个劲儿地吃他的樱桃。那小女教师的脸开始泛红了。

艾米莉回来布置另一只茶点盘子了。

"可以让他藏在你房间里，"女教师对艾米莉说。

那姑娘转过身去，她受不了别人指手画脚。

"我能想到的就只有这个安全办法，那样孩子们就看不到他了，"黑塞小姐说。

艾米莉没回答。巴克曼站着等女人们做决定。但艾米莉并不想跟他太近乎。

"你可以跟我睡一个房间，"黑塞小姐对艾米莉说道。

艾米莉抬起眼皮，清澈的目光直视着巴克曼，说明对他留了一手。

"你愿意那样吗？"她问，她很洁身自好，防备着他。

"愿，意，"他犹豫不决地说，感到羞愧万分。

她低下头自言自语道："愿意。"

随后她很快把盘子里摆满茶点端了出去。

"不过，你一个晚上走着是过不了边界的，"黑塞小姐说。

"我可以骑自行车，"他说。

"嗯，我觉得这样行，"女教师说。

艾米莉回来了，但显得无动于衷。

"我看这样就行，"女教师说。

随后，巴克曼就跟着艾米莉穿过一间方形的大厅，大厅的墙上挂着一幅幅大地图。他注意到挂钩上挂着一件蓝色的儿童外套，上面缀着铜扣儿，这件衣服令他想起当初艾米莉领着家里最小的孩子走过时，他坐在椴树下看着他们的情景。那已经是很久以前的事了。他已经失去了那样的自由，眼下已经变得焦虑不堪。

他们战战兢兢地快步上了楼梯，然后穿过一条长长的走廊。艾米莉打开她的房门，他就进去了，但心里感到惭愧。

"我得下去，"她嘟哝道。随后她就轻轻关上门走了。

这房间不大，空空的，挺整洁。屋里摆着盛圣水的小盘子，墙上挂着《圣心》图，摆着耶稣受难像，还摆着一张祈祷小桌。铺着白床单的小床很是整洁，一张空桌子上摆着洗手用的红泥小盆，另外还有一面小镜子和一个小衣柜。屋里就这些物件。

他觉得像进了避难所一样安全了，就走到窗边，目光越过院子瞭望午后阳光下的田野。他要离开这个国家和这里的生活。此时感到自己身处于未知之中。

然后他又退回到房间里。这间房子里摆设如此简单肃穆，是一个天主教信徒的小卧室，令他感到陌生但又踏实。他看看那个耶稣受难像，那十字架上的耶稣是个瘦长的农夫的样子，是黑森州的某个农夫雕刻的。巴克曼还是有生以来第一次觉得这是个人的样子呢，它显示的是一个人无助地吊在上面忍受刑罚。他凝视着它，仔细地看着，似乎从中获得了新的认识。

他感到自己体内火烧火燎的，那是令他不安的羞耻感。他无法让自己打起精神来。因为他现在失魂落魄。心里的羞耻似乎令他失去了力量和男子气概。

他坐进椅子里，想起自己如此丢人现眼，他就感到心情沉重，那是一种难言的沉重感。

他此时什么都不想，木然地脱下靴子，解开腰带，脱了外衣，都放到一边，重重地躺下，似乎是吃了安眠药一样昏睡了过去。不一会儿艾米莉来看他，可他睡得很死。她看到他昏睡着，安静得吓人，就感到害怕。他的衬衫领口开着，露出了纯洁的脖颈，皮肉很是干净好看。可他睡得沉沉的，腿上裹着蓝制服裤子，脚上是粗布袜子，这么躺在她的床上，令她感到陌生。随后她就出去了。

三

她心里不安，很烦恼。她想保持清净，不受干扰。强烈的本能令她逃避任何触摸到她的手。

她是个弃婴，或许是个吉普赛人的后代，在天主教的教养所长大。她天真，是个不信教的教徒，从十四岁起在男爵家当了七年的仆人，对男爵夫人很依恋。

除了和家庭教师伊达·黑塞，跟别人她都不来往。伊达心眼儿多，善良，开始不是那么主动。她是个穷乡村医生的女儿。同艾米莉慢慢接触后，她们更像同盟，而不是相互依赖，她开始跟她不分你我了。她们一起干活，一起唱歌，一起散步，还一起去伊达的情人弗兰兹·布兰德的房间呢，在那里三个人一起有说有笑，或者是女孩子们听弗兰兹拉提琴。弗兰兹是个林务官。

这两个姑娘是同盟，但相互之间并不亲密。艾米莉生性孤僻，是个拘谨的本地人。伊达利用她来控制自己的轻浮。但这个机智善变的女教师总是忙于跟她的仰慕者们交往，自然也就想方设法改变艾米莉不跟男人打交道的烈性子。

可这个黑皮肤的野丫头却十分敏感，特别守身如玉。她从那些普通士兵身边路过时背后传来他们做出的咂嘴亲吻声令她怒不可遏，她恨他们那种几乎是戏弄的追求。男爵夫人在护着她。

她对普通男人有说不出来的轻蔑。但她喜欢男爵夫人，敬重男爵，为某个绅士做事让她感到很自在。伺候真正的男女主子时她都感到平静自然。在她心中，绅士身上有一种神秘感，令她觉得伺候他是骄傲的事。而普通的士兵则是粗人，一文不值。她就是想服侍人。

她一直独善其身。星期天下午她路过帝国大厦^①时向窗户里看去，看到士

---

① 指召开大会和进行演出的公共大厦，与政府办公用的市政大厅不同。

兵们和普通人家的女子跳舞，就感到极度反感和气愤。看到那些当兵的解下了皮带，敞开外衣，松松垮垮的外衣里露出衬衫跳舞，她就受不了。他们动作粗鲁，变形的脸上流着汗水，粗壮的手在粗拉拉的姑娘们腋下抓着衣服把她们拉向自己的胸膛。看他们胸贴着胸跳舞，那些男人的腿粗野地挪动着，她就感到厌恶。

晚上她在花园里听到篱笆那边的姑娘在士兵的拥抱下发出含混不清的快活叫声，她就怒不可遏，发出冷酷的大叫：

"你们在篱笆那儿干吗呢？"

她真想抽他们一顿。

可巴克曼不是个一般的士兵。黑塞小姐弄清楚了他的情况，把他和艾米莉撮合到了一起。他是个英俊的小伙子，金发碧眼儿，走起路来腰板挺直，透着自豪，他自己对此没意识，但外人能看得清楚。再说了，他出身富裕农民家族，几代都富有。他的父亲去世了，现在是他母亲管着家里的财产。可是，如果巴克曼任何时候想要一百英镑，他都能要得到。本来他和他的一个兄弟是打造马车的。他们家在村子里干的是种地、打铁和造车的活儿，干这些是因为那是他们熟悉的生活方式。选择了这些，他们就能靠自己的劳动自给自足。

所以，他在情趣上是个绅士了，虽然还不够有智慧。他花起钱来出手大方，又有本地人的良好教养。在他面前，艾米莉有点不知所措。于是他就成了她的男朋友。她也希望得到他，可她又是个处女，人又腼腆，总是要顺从，这是因为她还不开化，不知道怎么过文明生活，也不知道在文明社会里干什么。

四

六点钟的时候军人们来打听了：看到过巴克曼吗？黑塞小姐回了他们，她很高兴掺和这事。

"没有啊，从星期天开始我就没看见过他，你呢，艾米莉？"

"没有，我没看见过他，"艾米莉说，她那份尴尬被人当成了害羞。伊达·黑塞来了情绪，又装模作样问起问题来了。

"胡伯中士没死吧？"她故作惊讶地问。

"没死。他摔进河里了。可摔得够呛，在河边上脚摔碎了，现在正在医院里呢。巴克曼可要倒大霉了。"

艾米莉卷进了这件事，逃不了干系，就站一旁看着。她已经不能置之度外了，她所处的这个控制制度是她理解不了的，对她来说就像神的制度。她不在原来的地方了，她的房子让巴克曼占了，她不再是忠诚的仆人了，不再那么虔诚踏实了。

她现在的处境让她难以忍受。整个晚上，她都感到压抑得活不下去了。那几个孩子得让他们吃了饭上床睡觉。男爵和男爵夫人出门了，她得给他们准备些小点心。男仆跟着马车回来后要吃晚饭。整个这段时间里她都感到乱了套，很无助，她必须自己拿主意，因此手足无措。对她的控制是来自高高在上的那些人，她应该在他们管制下行动。可是现在，没人管她了，因此她很烦。比这更烦的是那个男人，她的情人巴克曼，他是谁啊，他是怎么回事啊？偏偏就是这个男人对她来说是个未知数，令她不知如何是好。哦，她曾经想让他当一个不远不近的情人，不要像现在这样近，令她远离自己的世界。

男爵和男爵夫人出去了，那年轻的男仆也出去玩儿去了，于是她就上楼去找巴克曼。他已经睡醒，正在昏暗的屋里坐着。他听到外面空地上他的同伴士兵们正在六角琴的伴奏下唱一曲黄昏小调：

我去孩子身边，
在孩儿眼里看到母亲。

可他现在与此无关。只有那些年轻士兵们怀着没有得到满足的欲望喊出来的伤感歌声穿透了他的血管，令他微微感到激动。他垂着头，开始渐渐激动起来，全神贯注地等待着，他是身处于另一个世界里的。

他独自坐着专心等待，她一进来就浑身一震，吓得半死，缓过神来，又感到火烧火燎的，一时手足无措。他身穿裤子和衬衫坐在床边，看着她进来，而她则躲闪着不看他的脸，她是不敢看。可她还是走近了他。

"你想吃点什么吗？"她问。

"想，"他说。看到夕阳中她的身影，他只听到自己的心怦怦直跳。他面前正好是她的围裙，她站着沉默不语，有点若即若离，似乎会永远那样站下去，这令他难受。

她似乎是中了魔法一般，像个影子呆立在那里，他则垂着头坐在床边。他心中有另一个强大的意志在支撑着他。她缓缓地靠近他，似乎是不自觉地靠过来。他的心开始狂跳，他得动一动了。当她离他很近的时候，他几乎是难以令人察觉地抬起胳膊，搂住了她的腰肢，半是理智半是出自欲望把她搂过来。他把自己的脸埋在她的围裙里，埋进她那十分柔软的小腹中，此时他就如同一团激情燃烧的烈火，抱着她，忘却了一切。耻辱和记忆一扫而光了，只剩下狂热的激情烈火。

她难以自持，手就抬了起来抱住了他的头，将他的头更深地埋入自己的小腹，这样做时她激动得直发抖。他的双臂紧紧抱住她，两只手张开压着她的腰臀，激情如同火一般热烈，那是她招人爱的地方。他的拥抱令她欣喜若狂，紧张得难忍，都失去了知觉。

清醒过来时，她已经满足而安静地躺在那里。以前她对此一无所知，从不知这该是什么样，为此满心的感激。他跟她在一起。她发自本能敬重、感激他，双臂就紧紧地抱住了他，而他这时正把她抱了个满怀。

他又恢复了原状，紧挨着她。她获得满足后激动中抓住他的那个小动作，令他骄傲得不得了。他们互相爱着，是一个整体了。她爱他，他占有了她，她把自己给了他。没错，他也把自己给了她，他们成了完整的一体。

他们的心是热的，脸是热的，容光焕发，起身时还有点羞涩，但幸福溢于言表。

"我给你弄点吃的来，"她说着又开始高兴地做起惯常的服侍人的活儿了。她离开时还冲他做了个告别的奇怪动作表示对他顺从。他坐在床边，松了口气，感到放松，又有点惊讶，总归就是幸福。

五

随后她很快就端着托盘回来了，后面还跟着黑塞小姐。两个女人看着他吃，看着这个自豪、奇迹般的人，他坐在那里又成了一个金发碧眼的天真的人了。艾米莉为此感到非常满足和幸福，觉得伊达让自己比下去了。

"那你打算怎么办呢？"黑塞小姐问，其实她心里有点妒忌。

"我得逃走，"他说。

不过说什么都是空的，说管什么用？他内心里感到满足，感到自己是自由的，这才重要。

"不过你需要一辆自行车，"黑塞说。

"对，"他说。

艾米莉沉默地坐着，跟他若即若离，但激情把她和他连在了一起，听他们说着自行车和逃走的事，眼睛看着别处。

他们谋划起来，但巴克曼和艾米莉一致决定要一起行动，伊达·黑塞则从旁相助。

他们安排伊达的情人把他的自行车放到外面来，放在他有时要看护的棚子里。天黑时巴克曼去那里取车子，骑上去法国。三个人心情激动，感到很刺激，讨论来讨论去的，兴奋得不行。

到法国后巴克曼就从那里去美国，然后艾米莉去跟他会合，从此他们就生活在一片美好的土地上了。不过这样的幻想倏忽即逝。

艾米莉和伊达得赶到弗兰兹·布兰德的住处去，打了声招呼就走了。巴克曼在黑暗中坐着，听到黑暗中传来回营的军号声。这时他想起给母亲写的明信片，就溜出来追上艾米莉，把明信片交给她让她寄走。他那样子是满不在乎、得意洋洋的，而她则满脸放光，值得信赖。然后他又溜回屋去了。

他坐在床边思量起来。他又回想了一遍下午发生的事，想起自己满心的痛苦和恐惧，他知道自己要爬上城墙非得吓晕不可。一想起这个，他就羞愧得脸红。不过他这么对自己说："这有什么？我管不住自己，就是管不住嘛。我再爬一个高度，我就会彻底瘫软，我拿自己没办法。"可是想起来他还是感到羞臊难当，耻辱如火烧着他。不过他坐在那里，还是忍住了。就得忍，就得承认并接受这样的事实。"我不是胆小鬼，说什么也不是，"他继续思考。"我不怕危险。可我天生就那样，那么高的地方让我瘫软，我就尿裤子了。"鼓起勇气承认事实还是让他感到痛苦。"如果说我天生就那样，我也只能那样，没办法。可我不完全是那样的人。"他想到了艾米莉，就感到满意了。"我什么样儿就什么样儿，随它去就行。"

接受了自己失败的事实，他就坐着边想边等艾米莉，他要告诉她这些。艾米莉后来终于回来了，说弗兰兹今天晚上不能把自行车推出来，车子坏了。巴克曼得再等一天才行。

这下两个人都很高兴。好色的伊达替他们激动了，令艾米莉不知如何是好，但她还是再次回到了这小伙子这里来。她因为不适应而感到痛苦，为了面子而显得僵硬。但他双手抱住了她，脱了她的衣服，她那无助的处女之身令他感到很受用，高兴得都要发疯了。她既感到十分痛苦，也深深地享受到了快乐。朴实的她因为痛苦眼里含着泪水紧紧地抱住他，越抱越紧，两个人都深深地感到得意和满足。然后他们就同寝，他因为得到了满足而睡得很安静，她则沉静地靠近他躺着。

六

　　早晨，军营里的号声传来，他们就醒了，朝窗外望去。她喜欢他白皙的身体，一身的豪气，很沉稳。他则喜欢她身体的柔软，永远是那么美好。他们看着夏日里淡淡的晨雾从绿色的田野上升起，庄稼开始成熟了。附近看不到城镇，放眼望去，只有夏日里弥漫的晨雾。他们的身体贴在一起，心里一片宁静。但随后听到军号声，他们宁静的心里还是开始焦虑起来。她又被呼唤到原先的位置上，对那里的权威她并不懂，但只是想服侍那些有权威的人。但这种呼唤随之又在她心里消失了，因为她的心里满足了。

　　她下楼去干活儿了，奇怪的是她变了样儿。她现在是身处于一个她自己的新世界里了，这是她以前连想都没有想到过的，这就是那片乐土了。她是在乐土上行走，在乐土上活着。她把这种心情也带到了自己的工作中。她感到莫名的幸福，沉浸其中。她不用拼命完成自己手里的活计，她只觉得身上长出了劲儿，不需要谁使唤命令她。这股子劲头儿让她感到甜蜜，就像阳光一样美好，浑身长劲儿，不知不觉就把事儿干好了。

　　巴克曼坐在屋里冥思苦索。他得把计划想周全了。他得给他母亲写信，她得给他寄去巴黎的路费。他要去巴黎，然后很快从那儿去美国。这事儿得做，他必须把所有准备做好才行。最危险的是进入法国，一想这事他就激动不已。白天，他需要一张去巴黎的火车时间表，他需要好好想想。绞尽脑汁想这些令他感到十分愉快，这是件多么冒险的事啊。

　　还有一天，他就会逃走获得自由了。他是多么渴望绝对任性的自由。他赢了，赢得了艾米莉，抹去了自己的耻辱，开始有了自我。现在他渴望继续获得自由。一个家，一份工作，行动和活着的绝对自由，自由地当她的男人，自由地跟她在一起，这就是他的激情和欲望。他想得狂喜起来，一个钟头过得痛苦而紧张。

突然他听到了嘈杂的说话声和脚步声，他的心一下就提了起来，然后又平静了下来。他倾听着。他一直都明白。随之他的身心全静了下来，如同死一般，生命和声音都凝固了，他一动不动地站在卧室里，完全僵住了。

艾米莉在厨房里忙碌着为孩子们准备早餐，这时他听到了脚步声和男爵的说话声。男爵从花园里进来了。他身穿绿色的亚麻上衣，中等个儿，步伐灵活，身材优雅，颇有点奇特的魅力。他的右手在普法战争中中过枪，一到激动的时候总是顺着身体侧面朝下甩，似乎是感到疼痛一样。他正快言快语地同一个站得笔直的年轻少尉说话。两个列兵木呆呆地站在门道里。

艾米莉吓得没了魂儿，脸色苍白，身体僵直，向后退着。

"好的，如果你那么认为，我们就查一下，"男爵脾气暴躁地脱口说。

"艾米莉，"他说着转向这女孩，"昨天晚上是你往信箱里为这个巴克曼投了给他母亲的明信片吗？"

艾米莉直挺挺站着不回答。

"是吗？"男爵厉声问。

"是的，男爵先生，"艾米莉木然回答。

男爵气坏了，那只受过伤的手迅速挥动着。那少尉腰板更直了，这说明他告对了。

"你知道这家伙什么事吗？"男爵盯着她问，他那双灰里透着金色的眼睛此时在喷火。姑娘目光平静地看着他，不动声色，但她的心思完全暴露在他面前了。他又看了她两秒钟，沉默中恼羞成怒，转过身去。

"上楼！"他对那年轻的军官厉声道，那命令不容置喙。

那少尉对士兵下了命令，口气里透着军人惯有的冷峻和自信。他们都穿过大厅。艾米莉一动不动地站在原地，感到自己的魂儿都没了。

男爵快步上了楼梯穿过走廊，少尉和士兵紧随其后。男爵猛地推开艾米莉的房门，看到了巴克曼，他正对着门身穿衬衫裤子站在床边，十分安稳。他的目光与男爵那狂怒喷火的目光相遇了。男爵甩了甩他受过伤的手，就不动了。

他死死盯着这小兵的眼睛，看透了他的心思，似乎他是真的钻到这人心里去了。这个人一筹莫展，因为他暴露无遗而显得更加一筹莫展。

"哈！"他不耐烦地叫着朝过来的少尉转过身去。

少尉出现在门口，他迅速打量了一下这个光着脚的年轻人，认出了这正是他要找的人，就言辞简短地下了命令让他穿上衣服。

巴克曼转身去拿自己的衣服，显得十分沉静。他自己就是一个茫然静止的世界。那两个上等人和那两个士兵站着看着他，可他对他们几乎视而不见。他们是看不懂他的。

他很快就准备就绪了。他立定在那里，出奇的沉默，满脑子空白，似乎有什么永恒的东西占据了他的身心。他忠实于自己。

那少尉命令他开步走。这一小队人小心翼翼、恭恭敬敬地下了楼梯，穿过大厅，到了厨房。艾米莉纹丝不动地站在那里，扬着脸，毫无表情地看着他们。巴克曼没有看她，但他们的心是相通的。然后这一小队人走出去到了院子里。

男爵站在门道里看着这四个穿军装的人走在那排椴树下斑驳的阴影里。巴克曼木然地走着，似乎他身在别处。那少尉漠然前行，远远地走在前面，那两个士兵笨重地走在两边。他们走出院子，走入灿烂的晨光中，身影越来越小，走向军营。

男爵转身进了厨房，艾米莉正在切面包。

"就是说他在这儿过的夜？"男爵问。

女子似看非看地看了他一眼，此时她完全是她自己了。男爵从她那视而不见的眼神里看到了她身体里的赤裸灵魂。

"你们本想怎么着？"他问。

"他打算去美国，"她平静地回答。

"哼！你就应该直接把他送回去，"男爵愤然道。

艾米莉对他的斥责毫不理会。

"他现在完蛋了，"他说。

可他就是受不了她眼睛里那种幽暗的纯净目光，遭了这么大的罪那目光就没怎么变。

"简直就是个傻瓜，"他反复说着，气呼呼地走开，准备接下来采取什么措施。

普鲁士①军官

一

　　从拂晓到现在，他们沿着这条晒得发烫发白的大路行军已经走了三十多公里了。偶尔会遇上一片树阴，但转眼又走入强烈的阳光。大路的一边是宽阔流浅的溪谷，水面闪着灼热的光芒；另一边是一片片墨绿色的黑麦、嫩绿的小麦、休耕地、草地和黑魆魆的松林，在晃眼的天光下热得无精打采。但是前方横亘的山峦则一派淡绿，一片寂静，云岚之上，山顶闪烁着柔和的雪光。就是向着那山脉，这一队人马马不停蹄地进发着。他们走在黑麦地和草地之间，走在参差不齐的果树夹道的大路上。油黑的黑麦散发着令人窒息的热气，他们离山是越来越近了，山的轮廓越来越清晰起来。士兵们的脚越走越热，钢盔下，汗水顺着头发往下直淌，背包背在肩上却不再有火烧火燎的感觉了，倒似乎给人一丝丝冰凉的针刺感。

　　他在沉默中一刻不停地赶路，眼睛凝视着平地拔起的山峰，那山脉层峦叠嶂，一半在人间，一半在天上。那天上屏障，淡蓝的峰岭裂缝中夹着一道道

---

　　①　1866年普奥战争以及1870—1871年间法国与普鲁士之间的战争使得普鲁士成为新的德意志帝国（1871—1918，即第二帝国）中的主要一邦。普鲁士军队吸纳了以前独立州如拿骚和汉诺威的军队。巴伐利亚及其军队在和平时代虽与普鲁士联盟但保持独立，一直到第一次世界大战才与普鲁士军队联合。这里说的普鲁士军官则指其出生地为普鲁士，而不是从普鲁士派到巴伐利亚执行任务的军官，当初身兼双职者实为鲜见。

柔软的白雪。

走到现在，他几乎感觉不到疼了。从一开始他就下决心走路时不露瘸相。迈出头几步时，他直想吐。走头一英里左右时，他屏住呼吸，脑门儿上直冒冷汗。可走着走着疼痛就消失了。那不过是些青紫的创伤罢了！他早晨起床时看了看受伤的部位，在大腿背面青一块紫一块的，伤得不轻。早晨一迈开步伐，他就能感到伤口疼痛，直至现在，因为他一直憋着气忍着痛，他的胸口感到憋闷，火辣辣的。他张嘴呼吸，可似乎吸不到空气。即使这样，他走起路来几乎还是那么步履轻快。

拂晓时分，上尉端起咖啡时，他的手在颤抖。他的勤务兵不是头一回看到他的手发抖了。这时他看到了上尉在前方农舍旁的优美身姿了，他正骑在马上转动着身体。他身材矫健，身着浅蓝色军装，佩着红领章，黑色头盔和剑鞘闪闪发光，绸缎般的栗色马背上淌着黑乎乎的汗水。这个勤务兵感到自己与那个在马背上猛烈转动着的身影息息相关，就像一个影子默默地跟着他，命中注定要跟着他，受他咒骂。那军官总能意识到身后跟随他的沉重步伐，在众人之中听得出哪是他勤务兵的脚步声。

上尉是个高个子，约莫四十岁，鬓角灰白。他身材漂亮，结实，是西部最出色的骑手之一。他的勤务兵给他擦身子时，对他那骑马练出来的肌肉发达的腰身惊羡不已。

除此之外，勤务兵就很少注意这位长官了。他几乎看不到他主人的脸，他压根儿就不去看他的脸。上尉长着一头红棕色的硬发，头发剪得很短。他饱满但粗野的嘴唇上胡子也是又短又硬。他的脸粗粗拉拉的，两颊消瘦。他脸上深深的皱纹和紧锁的双眉，让他看上去像是个与人生搏斗的男人。或许就是因为这些，他才显得更加英俊。他那浓密的金色眉毛下，淡蓝色的眼睛里总在闪烁着冷峻的火光。

他是个普鲁士贵族，傲慢而骄横。不过他母亲曾是位波兰女伯爵。年轻时他赌博欠了太多的债，从而毁了自己在军队中的前程，一直在步兵上尉的官阶上止步不前。他从未结过婚，一是因为他的职位不允许，二是因为还没有哪个女人能让他动心。他的时间都花在马背上——偶尔他会骑着自己的马去参加赛马，其余的时间在军官俱乐部里消磨。他偶尔也去会个情人儿，可事过之后回到军营里，他的眉毛蹙得更紧，目光中透出更深的敌意和恼怒。对他的下级，他尽管公事公办，可把他惹火了他也会发疯如魔鬼。总之，人们怕他，但并不躲避他，躲是躲不开的。

对他的勤务兵，他最初是冷酷、正经、漠然，对小事儿并不挑剔。因此勤务兵对他一无所知，只知道他会下什么命令、希望他怎么去执行。这样很简单。但是，情况渐渐开始变了。

勤务兵二十二岁上下，中等个儿，体魄健壮。他四肢粗壮，皮肤黝黑，唇上生着嫩嫩的黑髭，身上散发着热腾腾的青春气息。他长着浓眉，可浓眉下的黑眼睛却毫无神气，看似从未有过思想，只是通过感官直接感知生命，全然凭本能做出反应。

军官逐渐地意识到身边这个年轻力壮但懵懂的勤务兵的存在了。这小伙子侍奉他时，他不能不注意他。这年轻人就像一团火温暖着长者那紧张僵硬的躯体，它本来已经变得几乎没有活力，僵死了。可这小伙子身上和行动中有某种自由自在的东西吸引着军官。这一点令这普鲁士人恼火。他绝不要让这勤务兵唤起自己的生气。他完全可以把他换了，可他没有这么做。他现在很少直视他的勤务兵，而是侧过脸去，似乎是在躲着不看。可是当这个年轻的士兵自顾自地在房间里走动时，年长者会看着他，会注视那蓝色军服下强健年轻的肩膀如何动作，会注视他弯曲的脖子。眼前的景象令他恼火。这士兵的手年轻漂亮，是一双棕色的农夫手，看到这双手抓起面包或酒瓶子，年长者会感到一阵仇恨和愤怒之火在血管中流窜。军官如此恼怒，不是因为这小伙子笨拙，而是因为他的动作如此自信，像一头无拘无束的年轻动物。

一次，酒瓶打翻了，红酒流到桌布上，军官骂着跳将起来，他那如同喷着火的蓝眼睛令迷惑不解的小伙子愣怔了好一会儿。年轻的士兵震惊了，感到有什么沉了下去，越来越深地沉入灵魂中，那里一直是空荡荡的。这事令他茫然疑虑。他内心的自然踏实感从而失落了，开始有点不安。从那次开始，两个男人之间生出了某种说不清道不明的感觉。

从此这勤务兵开始怕与上司真正对视。潜意识中他仍记得那双冷酷的蓝眼睛和那两道吓人的眉毛，不想再看到它们了。所以他总是一看到他的上司就移开目光，躲着他。还有，他有点焦急地等待着三个月后服役期满。于是他开始在上尉面前显得不自在起来，这士兵比这军官更想一人独处，不动声色地干仆人的活儿。

他侍奉上尉已经有一年多了，知道自己该干什么。这方面他干得得心应手，似乎他天生来就是干这个的。对军官和他的指令他都欣然接受，就像接受太阳和月亮一样自然，侍奉他也是自然的事了，对他来说仅此而已。

可是，如果现在要强迫他与他的上司发生个人之间的交流，他会感到像一头野生动物被困住了，他必须逃走。

可这年轻士兵的存在影响着他，打破了他僵死的戒规，令他心绪不宁。不过他终归是个绅士，手臂修长，举止典雅，这样的人是不会让这种事乱了方寸的。他本是个性情冲动之人，但一直压抑着自己的脾气。偶尔他也会冲士兵们大发一通脾气。他知道他总是在气头上，随时会爆发。但他竭力保持着军人的操守，不动声色。可这个年轻的士兵却彻底地流露出他热烈的本性，一举一动都暴露无遗，他那悠然自得的举止流露出野兽才有的某种热情。就是这一点令军官越来越恼火。

上尉已是身不由己，再也无法对勤务兵不动声色了。他也不能让他一人独处了。他不由自主地盯着他，声色俱厉地给他下命令，尽可能让他忙得不拾闲儿。有时他会冲这年轻的士兵大发雷霆，好生欺负他。一到这个时候，那勤务兵便三缄其口，置若罔闻，沉着涨红的脸等他吼完。军官的话从来没有刺痛他的心，他自有办法将上司的情绪拒之千里。

他的左拇指上有一块伤疤，深深的伤痕横贯指关节。这伤疤一直让军官看不下眼去，一心想采取个什么措施。可那伤疤依然长在那年轻的棕色手上，模样丑陋而粗鄙。上尉终于忍无可忍了。一天，当勤务兵用手抚平桌布时，军官用铅笔将他的手指按住道：

"这伤怎么落下的？"

年轻人疼得缩回手，倒退立正道：

"回长官的话，斧子砍的。"

军官等待着进一步的解释，可没有。勤务兵忙他的事去了。年长者为此很是生气。他的仆人在躲避他。第二天他不得不竭尽全力不去看那长着伤疤的拇指。他想抓住它，可是……他感到自己的血管里燃起了烈火。

他知道他的仆人很快就会自由，会高高兴兴地离开他。眼下，这个士兵对这年长者若即若离的，令上尉越来越发疯发怒。士兵不在眼前时他就不得安宁。而士兵在眼前时，他则会用恼怒的目光盯着他。他仇视那双无神的大眼睛上方漂亮的黑眉毛。士兵那优美的肢体如此自由自在，任何军纪都不能让它们僵硬，这一点也招军官仇视。于是军官冲士兵严厉起来，冷嘲热讽，残酷地欺负他。而年轻的士兵则越来越沉默寡言，面无表情。

"你吃什么奶长大的，不会拿正眼看人？我跟你说话，你要正眼看我。"

那士兵黑黑的眼睛转过来看着军官的脸，但那眼中无光：他似看非看，收敛着目光，觉得上司的蓝眼睛并未看自己。年长者脸色变得苍白了，微红的眉毛锁紧了，随之发了一道模棱两可的命令算完事。

有一次他把沉重的军用手套摔到了这年轻人的脸上。他终于看到了那双黑色的眼睛冲他喷射出怒火来，就像火上加了干柴，心中感到满意了，禁不住微颤着发出几声嘲笑来。

总算只剩下两个多月了。小伙子本能地躲着他，只把他当成个抽象的权威，而不是个人。他全部的本能就是避免与他发生个人的接触，即便心里恨透了他。可仇恨还是不由自主地与日俱增，令他对军官的情绪产生反应。但他还是将仇恨藏在心里，只有到了离开军队才敢承认。他生性活跃，有不少朋友，他觉得他们简直是些好得不得了的人。可他感到莫名的孤独。现在这种孤独越发厉害了。这孤独会伴随着他度过整个服役期。可军官似乎要气得发疯，令小伙子怕得要命。

这士兵有个情人儿，是个朴实但有主心骨的山里姑娘。他们两人走在一起，十分沉默。他找她一起走走，并不是为了走走，而是为了用胳膊揽住她，跟她有身体的接触。这样会令他感到欣慰，从而容易忽略上尉的存在，因为他能够将她紧紧地抱在怀里，得到歇息。而她呢，则是那么的可人儿，对他欣然依从。他们爱上了。

上尉对此有所察觉，气疯了。他让这小伙子整个晚上忙个不拾闲儿，看到小伙子一脸的阴沉相儿，从中取乐。两个人的目光偶尔相遇，年轻人的目光郁闷阴沉，倔犟执拗的年长者的目光中则透着嘲弄和蔑视。

军官试图否认那摆脱不掉的情绪。他并不懂得，他对勤务兵产生的情绪是被一个愚蠢乖张的下人激怒的结果。所以，他说服自己，一切照旧，让那情绪随它去。可受苦的是他的神经。最终他用皮带头照着仆人的脸抽了下去。看到小伙子眼里含着痛苦的泪水、嘴角上流着血惊得倒退，他心里顿感万分欣慰，亦有耻辱。

不过这种事，他自己承认，他以前从来没干过。是那家伙太气人的缘故。不过他自己的神经也为之大受折磨。于是他出去和一个女人过了几天。

那是对愉快的讽刺。他压根儿不想要那个女人，可硬是跟她过了几天。最终他满怀恼怒和痛苦回来了，感到备受折磨。他骑马走了一个晚上，一到家就要吃晚饭。他的勤务兵出去了。军官坐下，修长的手搭在桌子上，十分安静，全身的血液似乎都流干了。

他的仆人终于回来了。他看着勤务兵那健壮、洒脱的年轻身躯，漂亮的眉毛和浓密的黑发，发现这小伙子在一周内就恢复了他那固有的良好状态。看到这一切，军官的双手抽搐着，似乎充满了疯狂的火焰。那小伙子立正，纹丝不动、一言不发。

晚饭在沉默中进行。可勤务兵有点着急，把盘子弄出了响声。

"你急什么？"军官问道，眼睛盯着仆人那紧张、温暖的脸庞。但勤务兵没有回答。

"你能回答我的问题吗？"上尉说。

"能，长官，"勤务兵答着，手上仍托着一摞军用深底盘子。上尉等待着，看着他，又问：

"你着急吗？"

"是的，长官，"这声回答令上尉浑身一震。

"急什么？"

"我要出去，长官。"

"今天晚上我这里需要你。"

军官犹豫了一下，脸上露出奇怪僵硬的表情。

"行，长官，"仆人嗓子眼儿里哼道。

"明天晚上我还需要你。事实上，可以说你所有的晚上都占满了，除非我准你假。"

那长有细嫩胡子的嘴巴紧闭着。

"明白，长官，"勤务兵回答道，他的嘴唇总算张开了一会儿。

说完他又转身朝门外走去。

"你为什么把铅笔头儿夹在耳朵上？"

勤务兵踌躇片刻没有回答，只顾继续向外走。他在门外把盘子摞起来，将铅笔头从耳朵上拿下来放进口袋里。他在给情人的生日贺卡上抄一首诗。他回来清理餐桌时，上尉的眼睛眨了眨，热切地微笑道："你为什么把铅笔头儿夹在耳朵上？"

勤务兵满手托着盘子。他的上司站在绿色的大炉子旁，脸上带着微笑，下颌向前凸着。年轻士兵看到他时，心突然激烈地跳动起来，感到迷茫。他没有回答，而是心慌意乱地朝门口走去。他蹲下去放盘子时，被军官从身后一脚端得朝前扑去。壶、罐儿、盘子什么的哗啦啦滚下楼梯，他扑到了楼梯扶手上。当他站起身时，又被狠踹了几脚，踹得他抱住栏杆喘息了好一会儿。他的上司疾步进了屋，关上了门。楼下的女佣朝楼梯上看着，面对这摔摔打打的场景直做鬼脸。

军官的心在狂跳着。他给自己斟了一杯酒，一部分溢到了地板上。他一口干了剩下的酒，身子斜靠在冰冷的绿色炉子上。听到他的仆人在楼梯上收拾盘子的声音，他苍白着脸，似乎沉迷地等待着。仆人又进来了。看到这小伙子痛苦、惊讶得手足无措，上尉的心感到一阵近乎愉快的创痛。

"帅小子！"他说。

士兵立正，但动作有点慢。

"到，长官！"

小伙子站在他面前，细嫩的胡子显得可怜巴巴的，那黑色大理石般的前额上漂亮的眉毛十分抢眼。

"我刚才问过你一个问题。"

"是的，长官。"

军官的语调甚是尖酸。

"你耳朵上为什么夹一支铅笔？"

仆人的心又激烈地跳起来，喘不过气来。他那双黑眼睛专注地盯着军官，似乎有点着迷的样子。他就那样沉稳地站在那里，头脑一片空白。眼见着上尉眼睛中的笑意在渐渐消失，他这才抬了抬脚。

"我，我忘了，长官，"士兵喘息道，他黑色的眼睛凝视着上尉那闪烁的蓝色眼睛。

"夹在那儿干什么？"

他看到小伙子的胸脯起伏着费力地吐出一句话："我写字来着。"

"写什么字？"

士兵又一次上下打量他。军官能听到他的喘息声。随之，笑意浮现在他蓝色的眼睛中。士兵干巴巴的嗓子嚅动几下，但说不出话来。突然军官脸上的笑火一般燃烧起来，随之他飞起一脚，重重地踹在勤务兵的大腿上，踹得小伙子向旁边趔趄了一步，他变得脸色煞白，两只黑眼睛里目光呆滞。

"说呀，"军官说道。

勤务兵的嘴巴变得干涩，舌头在口中打着转儿就像在牛皮纸上打转儿一样。他的嗓子动了动。军官抬起了脚，仆人吓呆了。

"是一首诗，长官，"士兵哼哼唧唧地说，声音含混。

"诗，什么诗？"上尉怪笑着问。

士兵又动动嗓子。上尉的心突然沉重起来，站在那儿浑身疲惫发虚。

"给我的姑娘，长官，"他终于听到了那个干涩、非人的声音。

"哦！"他说着转身道："把桌子收拾了吧。"

"咔！"士兵的嗓子响着，然后又是一声"咔"，才挤出一声"是，长官"。

年轻的士兵走了，变得老态龙钟，步履沉重。

军官独自一人留下，让自己保持紧张，以此防止自己思想。他的本能警告他，他绝不能思考。内心深处，他感到激情获得了巨大的满足，这种满足感仍然很强烈。可过后他心底里又产生了相反的感觉，他感到心中有什么东西可怕地崩溃了，从而感到懊恼。他一动不动地站了一个小时，身陷混乱的思绪之中，但力图让思维保持空白，防止头脑去捕捉什么。他一直这样挺着，直到最低落的情绪过去为止。然后他开始喝酒，直到喝醉，迷迷糊糊睡过去。一早醒来，他又恢复了本性。但是他努力否认他的所作所为。他拒绝想这事，把这事连同他的本能一起埋葬掉。一个理智的他跟这一切毫无关系。他感觉就像刚刚醒了酒，全身虚弱，发生的事全然模糊不清，难以追忆。他成功地拒绝记忆他感情上有过放纵。所以当他的勤务兵端上咖啡时，军官又恢复了头一天早晨的样子。他拒绝记忆昨天晚上的事，否认曾经有过这样的事，他成功了。他从未做过这样的事，那不是他的所作所为。不管出了什么事，都归罪于那个愚蠢不听话的仆人。

整个晚上，那勤务兵都神情恍惚。他喝了点啤酒，因为他感到干渴，不过喝得不多。酒精使他恢复了感觉，他感到难以忍受。他意气消沉，似乎身上十之八九的人气停滞了，晃晃悠悠的没个样子。一想到挨的那几脚踹，他就感到恶心。再想到以后还会在这屋里挨踹，他的心就剧烈地跳起来，人都要昏过去了。回想挨过的踹，他就喘不过气来。他是被迫说出"给我的姑娘"的。他太精疲力竭了，连哭都哭不出。他的嘴微微张着，像个傻子。他感到空虚，窝囊透了。所以他有一搭没一搭地干着他的活儿，痛苦、缓慢、笨拙，用刷子乱刷一气。坐下后想重新鼓起劲儿来，却感到无比艰难。他的四肢和颔部都松了，没了感知。可他又感到很累。最终他上床了，慵懒地睡了，与其说是睡，不如说是迷糊了一夜，迷糊中不时感到痛苦。

早晨要进行演习。可他没等军号响就先醒了。胸口痛，喉部干涩，不停的痛苦感觉令他睁开了眼，同时感到没劲儿。想都不用想，他就意识到发生了什么。他知道，新的一天到来了，他必须继续他一天的工作。最后一抹黑暗被驱赶出了屋外，他得活动活动他僵硬的身体接着干活儿。他太年轻，经历的麻烦又太少，简直惊呆了。他只希望天依旧黑暗，那样他就可以安静地躺在床上，隐藏在黑暗中。可是什么也不能阻挡白天的到来，什么也不能让他留在床上不去给上尉的马备鞍、不去为上尉煮咖啡。这些活儿等着他呢，非干不可。他觉得这让他难以忍受，可他不会让他闲着。他必须去给上尉送咖啡。他吓坏了，弄不懂这一切，只知道对此无能为力，必须干，再怎么躺下去也躲不过。

他似乎成了一堆惰性之物，鼓足劲儿总算起来了。可他不得不凭着毅力才能朝前挪动每一步。他感到迷茫、晕眩、孤立无助。后来因为疼得太厉害，他一把抓住了床才挺住。看看他的大腿，古铜色的皮肤上落下了青紫的伤痕，他知道如果他用手指头按压那伤痕，他会疼昏过去的。他才不想晕过去呢，他不想让任何人知道这事儿，谁也不会知道的，这事儿只是他和上尉之间的事儿，全世界只有两个人知道，就是他自己和上尉。

他缓缓地、轻手轻脚地穿上衣服，强迫自己迈开步子。除了自己手上的活儿，他对什么都不清楚。不过他还是勉强干完了自己的工作。身上的伤痛刺醒了他已经麻木的感官，恶劣的感觉依旧。他端起盘子上去到上尉的屋里。军官脸色苍白、神情沉重地坐在写字台旁。勤务兵向他敬礼时，感到自己像丢了魂儿一样。他静静地站了一会儿，头脑一片茫然，然后打起精神来，似乎恢复了自我。这时上尉在他眼中变得模糊不清，虚幻起来，于是这小当兵的心跳加快了。他希望上尉不存在了，那样的话他就能活下去。可当他看到他的上司颤抖着手接过咖啡，他觉得一切都破碎了。于是他走开去，感到自己变成了碎片，土崩瓦解了。上尉骑在马上发号施令，他背着枪和背包痛苦万分地站着时，他觉得自己必须闭上眼睛，对一切视而不见。长时间忍着干渴行军让他只剩下一个迷迷糊糊的想法：救自己。

二

他现在连干渴都习惯了。雪峰在天际闪着银光，峡谷中晶莹的冰川河在苍白的浅滩之间蜿蜒，这一切看似超自然的景物。可是他发着烧，又干渴，简直要发疯了。但他还是拖着沉重的脚步走着，毫无怨言。他不想说话，对谁也不想说。河面上飞着两只水鸟儿，像两朵浪花和两片雪花儿。嫩绿的黑麦在阳光照射下散发出令人恶心的气味。队伍仍在继续前行，步伐单调，显得昏昏欲睡。

下一座农舍出现在大路边上，又矮又大的一座，屋外摆放着几桶水。士兵们拥上去喝水。他们喝水时把头盔摘了下来，潮湿的头发上直冒热气。上尉骑在马上环顾左右，他需要看到他的勤务兵。头盔在他明亮凶恶的眼睛上投下一片阴影，可他的胡子、嘴巴和下巴则在阳光下线条分明。勤务兵必须在这个骑马人的左右活动。这并不是因为他害怕或胆小，而是因为他似乎被掏光了五脏六腑，空空如也，如同一只掏空了的贝壳。他感到自己一无是处。不过是阳光下移动的影子。尽管他干渴难耐，可他却喝不下几口水，因为他老是感到上尉就在身边盯着他。他不能摘下头盔擦擦湿漉漉的头发。他想待在阴影中，不想被迫清醒。他一惊，这才注意到军官闪亮的靴子后跟刺了一下马肚子。随后上尉骑着马溜达开去，他这才得以放松，什么都不想。

在这个炎热、明晃晃的早晨，什么也不能让他重新恢复生机。他感到自己像这一切之间的一条沟。而上尉则趾高气扬，一派骄横。年轻的仆人感到一股热流从身上涌过。上尉浑身生机勃勃，稳重傲慢，而他却内心空虚如同阴影。那热流又一次涌遍全身，令他晕眩。不过他的心倒是稍微坚定了一些。

这一连人马上了山，转个弯子向回走。山下的树林中响起了农家的钟声。他看光着脚割草的农夫们撂下活计下了山，长柄儿大镰刀耷拉在肩上，像明晃晃的长爪子在身后打着弯儿。他们看似在做梦，似乎跟他没什么关系。他感到自己在黑暗的梦中游荡：似乎一切东西都在身边，都有形状，可他自己只是一缕魂儿，一片能思能想的空白。

士兵们步履沉重地在明晃晃的山坡上默默跋涉着。渐渐地，他的头开始晕眩起来，缓缓地，有节奏地晕眩。有时眼前发黑，似乎他是透过雾气沼沼的玻璃在看这个世界，眼前的景象虚无缥缈，每走一步头就疼一下。

空气里味道太浓烈，令人难以呼吸。一切绿色的东西都散发着树脂的味道，以至于空气中绿色的气息弥漫，它如此厚重，令人窒息。苜蓿的香气就像蜂蜜一样。那淡淡的辛辣味儿发自山毛榉附近。随后听得一阵怪响，飘来令人窒息的难闻味道。原来他们正从羊群附近走过，牧羊人身着黑衣，手持牧羊的弯柄杖。羊们为什么会在强烈的阳光下拥挤在一起？他觉得牧羊人看不到他，但他能看到牧羊人。

队伍终于停了下来。他们把枪支成锥形，卸下身上背的东西，零零散散围着枪堆摆了一圈，然后散坐在山坡上的小土堆上。士兵们开始聊天儿。他们热得浑身冒着热气，但聊得很是热闹。可勤务兵却静静地坐着看那二十公里外平地上高耸的青山。一道碧蓝的山梁下一条宽阔的大河掩映在黛色的松林之间，晶莹的河水在发红的灰色河滩间流淌。那河水流向远方，似乎流向了山下。一英里开外处漂着一只木筏子。这片农村景色很是奇特。附近山林边上，一座宽敞的农舍依着墙一样的山毛榉而建，房基是白的，墙上开着一孔孔方形窗户。一片片狭长的黑麦田、苜蓿地和淡绿的玉米地错落其间。而在土堆下，他附近就是黑乎乎的沼地，沼地上金莲花在纤细的花梗上静静开放着。一些浅淡的花朵正在怒放，一片碎花瓣在空中摇曳。他觉得自己昏昏欲睡了。

突然，有什么东西进入了他眼前这幅五彩斓景中。是上尉，一个身着淡蓝和猩红军服的小小身影，骑着马，沿着平坦的坡顶，在玉米地间一路小跑而来。旗语兵也过来了。那骑马人傲慢而自信地过来了，这个早上全部的光线都集中在这个迅速移动着的色彩鲜亮的人的身上，而在别人身上只留下淡淡的光影。年轻的士兵坐在那里凝视着军官的身影，显出顺从而淡漠的样子。可是当军官的马渐渐慢下来，缓缓走上最近的陡坡时，熊熊烈火在勤务兵的肉体与灵魂中燃起。他坐着等待。他感到似乎有一团火焰很是沉重地坠在他的后脑。他不想吃什么。他的手一动就微颤。这时候军官骑着马正傲慢地缓缓走过来。勤务兵的灵魂渐渐紧张起来。再次看到上尉在马鞍上那副悠然自得的样子，烈火立时燃遍了勤务兵的全身。

上尉看看山坡上这满眼的淡蓝和猩红色军服和一个挨一个的黑发士兵，感到满意并为之自豪。他的勤务兵就在这群被他统领的人中间。军官在马镫子上稍微站起一点观望着。看到那年轻的士兵表情麻木地扭脸而坐，上尉松了口气坐下。他那匹四腿修长、有着山毛榉果子一样棕色的漂亮坐骑骄傲地朝山上溜达开去。上尉走进了这群人中，他们身上散发着男人的热气，有汗味儿，有皮革味儿，对此他十分熟悉。跟中尉说了两句话后，他朝高处走了几步，坐下，一副不可一世的样子。他那一身是汗的坐骑嗖嗖甩着尾巴，他则俯视着他的人马，也看看他的勤务兵，他全然湮没其中。

这年轻士兵的心就像燃着一团火，令他感到难以喘息。军官向山下看去，看到三个年轻士兵抬着两桶水在阳光下的绿色田野间蹒跚而过。树下支好了一张桌子，身材瘦长的中尉显得十分忙碌。随之，上尉鼓足了劲儿，招呼他的勤务兵。

听到这声命令，年轻士兵感到那火焰蹿到了嗓子眼儿，他迷迷糊糊地站起来，心中闷得透不过气。他站在军官下首向他敬礼，但他并没抬眼看军官。恍惚听到军官在说什么。

"去，到小酒馆儿给我……"军官下了命令，又加了一句："快点儿！"

这最后一句话让这仆人的心忽地跳动加快，他感到一股力量流遍全身。但他还是机械地服从了，步履沉重地下了山，他的裤子在军靴上秃噜着，那样子看上去很像一头熊。军官则目不转睛地看着他茫然地跌跌撞撞跑下山去。

但是，谦卑、机械地服从的只是勤务兵那外在的躯体。而他的内心里渐渐地有了主心骨，他全部年轻生命的活力都集中于此。他完成了自己的使命，加快步伐上山来了。他走起路来头就疼，疼得他脸都歪了。但他的内心是坚定的，他有一个坚定的自我，它绝不会被撕扯成碎片。

上尉上山林里去了。勤务兵步履沉重地从散发着浓重热气的军人们圈子中穿过。现在他体内产生了一股奇特的力量。他觉得上尉比他还不真实呢。他接近了绿色的树林。他看到马站在半阴凉的地方，阳光和摇曳的树影在它棕色的躯体上跳动。林中有一处空地，那是不久前伐倒树木后出现的。而这边耀眼的阳光光束旁，黄绿色的树阴中站着两个身着蓝色和粉红军服的人，那一点粉红显得很是醒目，是上尉在同中尉谈话呢。

勤务兵站在那阳光明媚的空地边上，被剥光了树皮的巨大树干在闪光，横在地上就像棕色的裸尸。人们踩出的路上落满了木屑，看似一地细碎的光影。砍剩下的树桩子四下里到处都是，露着平齐的碴口。稍远些，一棵绿色的山毛榉在阳光下生机勃勃的。

"那我就朝前边骑了，"勤务兵听到他的上尉说。中尉敬个礼，迈着大步走了，他便走上前去。他步履沉重地走向他的长官时，感到腹中涌过一股热流。

上尉看着年轻士兵那有点沉重的身影跌跌撞撞走上前来，自己的血管亦为之一热。这将是男人与男人之间的面对。他在这个强壮但垂首蹒跚的人面前感到自愧弗如。勤务兵弯下腰，把吃食摆在锯得平平的树桩上。上尉盯着那双被阳光晒得发亮发红的赤手，很想跟这小兵子说话，可话到嘴边又说不出。这仆人将一个瓶子顶在大腿上，拔开软木塞儿，把啤酒倒进缸子里。但他仍然低着头。上尉接过杯子，故作和蔼地说："好热呀！"

勤务兵火从中起，几乎要被窒息。

"是的，长官，"他咬紧牙关道。

听到上尉喝酒的声音，他禁不住握紧双拳，手腕感到巨大的痛苦。随之他又听到缸子盖儿盖上时的轻微声音。他抬起头来，发现上尉正在看着他，便迅速将目光移开去。然后他看到上尉猫下腰从树桩上拿起一片面包来。看到那僵硬的躯体弯了下去，一股烈火又传遍了年轻士兵全身，他的手开始颤抖。他扭过脸去，能感到军官有些紧张，掰面包时面包竟掉在地上了。军官吃了剩下的那一片。两个男人紧张地对峙着，主子在费力地嚼着面包，仆人则扭着脸凝视别处，紧握着拳头。

然后这年轻士兵一惊，那军官又打开了缸子盖儿。勤务兵看着缸子盖儿和那只握着缸子把儿白皙的手，似乎有点着迷了。盖儿打开了，年轻人的目光随之移动。他看到军官喝酒时那瘦削但强健的喉头上下嚅动着，他那健壮的嘴巴活动着。年轻人手腕上一直在跳动着的本能突然间爆发了。他跳将起来，感到自己被一股烈火烧成了两半。

军官的马刺被一条树根绊住了，他扑地一声仰面倒了下去，他的脊背正撞在一棵尖利的树桩上，手中的缸子不翼而飞。那勤务兵立即神情严肃、咬住下嘴唇扑上去，将膝盖顶住军官的胸口，推着他的下巴将他的头往后面的树桩子上撞着，一面撞一面感到身心松快了许多，手腕上的紧张感亦全然放松了。他用手掌的根部狠推着那个下巴，那坚硬的下巴上已经长出一层胡茬儿，手中握着这个下巴，令他感到很是愉快。他一点都不放松，全身的血液都凝聚成一股力量，将那个人的头向后猛推，直到听到轻微的"咔吧"声，触到一种

"嘎嘎"的感觉。随之他感到似乎他的头坠入了云雾中。军官的身体剧烈地抽动起来，着实令年轻的士兵感到恐怖。但是，控制住这种抽搐，亦令他感到高兴。他的手不停地将那下巴向后推着，他感到那个人的胸膛在他那强健年轻的膝盖重压下屈服了，他压在军官身上，感到那抽搐着的身体在摇晃着自己，他为此感到快活。

可是那人不动了。他能看到军官的鼻孔里面，但几乎看不清他的眼睛。他的嘴巴奇怪地向外突着，丰满的嘴唇显得更鼓了，胡茬似乎参起来了。他突然一惊，发现军官的鼻孔中渐渐充满了鲜血。那红色的血液充满了鼻孔，俄顷，溢了出来，涓涓细流淌过他的脸，流到眼睛上去。

这景象既让他震惊又令他苦恼。慢慢地，他站起身。那抽搐蠕动的躯体现在不动了。他伫立着，默默地凝视它。可惜的是，它破了相。它远不是那个曾经踢过他、欺负过他的人了。他不敢去看他的眼睛，那双眼睛现在看上去很是可怕，只露着眼白，鲜血正往眼里流着。看到这些，勤务兵的脸都吓歪了。的确如此。他心里感到满足了。他曾经仇视上尉那张脸，现在它总算没有人色了，这让勤务兵大大地松了一口气。这是应该的。可是他不忍心看那具顾长的军人躯体烂兮兮地倒在树桩子上，那修长的手指头僵硬地抽缩着。他想把它藏起来。

于是他手忙脚乱地把尸体抬起来，推到砍伐下来的树干下，那些漂亮光滑的树干两头都架在圆木上。那张脸因为流着血而显得可怕。他便用头盔把他的脸盖上。然后他把他的四肢拉直摆平，又把枯叶从他那身漂亮的军服上拨拉掉。这样，它就十分安详地躺在那下面的阴影里了。一道阳光透过圆木的缝隙照射在他胸前。勤务兵在这具尸体旁坐了好一会儿。他自己的生命也就此完结了。

眩晕之中，他听到中尉在大声对林子外的部下们说，假设下面河上的桥被敌人占领了，现在他们要冲上去如何如何发起进攻。那中尉毫无口才。勤务兵像平时一样听着，越听越糊涂。当中尉又开始讲那一套时，他干脆不听了。

他知道他必须得走了。他站起身来。令他奇怪的是，树叶子在阳光下闪烁，木片反射着地面上的白光。在他眼里，这世界变了。但对别人来说则不然，一切依然。不同的是，他离开了那个世界，不能再回去了。他有责任带着那只啤酒缸子和酒瓶回去。可他不能了。他已经离开了那一切。那中尉仍然在沙哑着嗓子讲解着。他必须走了，否则他们就会抓住他。现在他不能忍受同任何人打交道。

他用手指头揉揉眼睛，试图弄清自己身处何方。然后他转过身。他看到那匹马站在路中央，便走过去上了马。坐在马鞍子上，他感到身上疼痛。一路穿过林子，为保持坐姿他吃尽了苦头。他什么都不在乎，可就是无法摆脱自己与别人分开了的感觉。小路通向了林子外。到了林子边上时，他勒住了马张望起来。阳光下的大峡谷里，士兵们正汇成一群移动着。在那条休耕地上，有个男人在耕作，每到转弯处他都会冲耕牛吼叫。阳光下，那村落和白塔教堂显得很是渺小。但是他不再属于这一切，他坐在远处，像个坐在黑暗中的人。他从日常生活中出走了，进入了不可知的境地，他不能，甚至也不愿意再回去了。

他转过身，不再看那洒满阳光的峡谷，向林子中骑过去。一路上，灰色的树干像人一样沉静地伫立着，丝毫不理会他。一头雌鹿在阳光斑驳的阴影中跑过，而她的身体本身就是活动着的阳光和阴影。阳光穿过林叶，教那一道道缝隙看上去又亮又绿。再往前就全是松树了，阴暗而清凉。他身上疼痛至极，脑袋里一蹦一蹦的，难以忍受，他这是病了。他这辈子还没病过呢。眼下这种情况令他茫然无措。

他费了半天劲想下马，却是跌落下来的，疼痛和失衡令他感到吃惊。马在不安地捣腾着蹄子。他拉了一下马缰绳，放它走了，这可是他与其他事物之间最后的一丝联系了。

他现在只想躺下，不被打搅。他跌跌撞撞地穿过树林，来到一处静谧的地方，这里的山坡上长满了山毛榉和松树。他立即躺下，闭上眼睛，浮想联翩起来。一根粗大的病筋在跳动，似乎要跳入大地中去。他被高烧烧得浑身发干，但他满脑子胡思乱想，已经想得谵狂，对自己的高烧竟然毫无感知。

三

他惊醒了。他的嘴唇又干又硬，心在怦怦直跳，可没有力气站起来。他这是在哪儿啊？是军营还是家里？有什么东西在敲着。他费力地四下里观望着，树木，红红绿绿的落叶，地上洒落下的明晃晃的宁静阳光。他不相信这里只有他一个人，不相信他看到的这景物。有什么在敲打着。他挣扎着想清醒起来，可还是昏了过去。他一再挣扎，渐渐地，他周遭的一切总算跟他有了关联。他明白了，随之他的心头掠过一阵恐惧感。是有人在敲打。他能看到头上的冷杉树那沉重的黑色叶子了。随后他眼前一黑。他不信是他闭上了眼，他没有闭眼。那黑暗渐渐过去了，他又能看到东西了。是有什么人在敲打着。忽然，他看到上尉那染满血污变形的脸，他憎恨那张脸。他吓得动弹不得。但他内心深处明白，上尉该是死了的，没错。可是他已经恍惚谵妄，不能自已。有人在敲打。他全然安静地躺着，跟死了似的，但心中依然恐惧。随后他又失去了知觉。

他再次睁开眼时，不禁吓了一跳，他看到有什么东西正迅速地爬上一棵树。那是一只鸟儿。鸟儿在他头顶上方鸣啭。嗒—嗒—嗒，是这机灵的小鸟儿在啄木，似乎它的头就是一把圆圆的小锤子。他好奇地看着这鸟儿，只见它移动得甚是迅速，像爬一样。随后，它又像耗子一样滑下光秃秃的树干来。那鸟儿疾速爬动，令他感到一阵厌恶。他抬头，感到头十分沉重。随之那小鸟儿跑出阴影跑进一片宁静的阳光中，它的小脑袋摆动得很快，它那双白腿在阳光下看上去闪闪发光。它长得真叫精致，是那么娇小，翅膀上还长着白斑点儿呢。这样的鸟儿有好几只。它们是那么漂亮，可又像老鼠一样急速流窜，在山毛榉树落下的果子中间钻来钻去。

他又躺下，感到精疲力竭，迷糊了过去。他很怕这等小小的爬行鸟儿，它令他浑身的血液都涌上脑袋。可他就是动弹不得。

他醒来后还是精疲力竭，疼痛难忍。他头痛，病得厉害，还是动弹不得。他这辈子还从来没病过呢。他现在不知道自己身在何方，不知道自己怎么了。或许他是得了日射病。还有什么原因？他让那上尉永远沉默了，那是刚才的事，哦不，是很久以前的事了。他脸上有血污，他抬起眼向上看。还不错嘛，挺平静的。但现在他神志迷离了。他从来没来过这里。他活着呢，还是没活着？他是独自一人，而他们则在一个又大又明亮的地方，他身处局外。那镇子，整个农村，是个充满阳光的大地方，而他却身处局外，在这个黑暗的空旷地带，每样东西都是孤独存在的，不过早晚那些人会走出来的。他身后不远处就是那些人。曾经有过父亲、母亲和情人。他们都算什么？这里是一片开阔地带。

他坐起身，听到什么东西厮打的声音。原来是一只棕色的小松鼠儿在地上波浪般的一纵一纵地跑着，模样煞是可爱，那只红色的尾巴同身体恰好形成一条完美的曲线，特别是当它坐起身卷起又舒展开尾巴时更是如此。他看着这松鼠，很是快活。那松鼠又蹦蹦跳跳地跑起来，自是开心。它在狠追另一只松鼠。两只松鼠你追我赶，边追边叫，唠叨声不断。士兵想跟它们说说话儿，可喉咙中发出的只是沙哑的声音。松鼠们蹦开了，蹿上了树。随后他看到树腰上一只在向他张望着。这令他开始感到一阵恐惧，尽管他清醒时感到开心。那小松鼠儿仍然待在树上，机灵的小脸儿从树腰上冲着他，凝视着他，小耳朵耸起来，小爪子紧抓着树干，白胸脯挺着。这副样子吓得他要跑。

他挣扎着站起身，蹒跚而去。他不停地走啊走，边走边寻找着什么，他是在找喝的。因为缺水，他头上燥热，如同着了火一样。他继续跌跌撞撞向前走着，走着走着就迷糊起来，丧失了知觉，可还是跌跌撞撞地走着，嘴巴张开着。

他重又睁开眼睛看这个世界时，感到十分吃惊，他再也不费劲去回忆什么了。在那金黄翠绿的光点后面是浓重的金黄色，再远处是灰紫色的高大树干，后面则一片黑暗，愈来愈重的黑暗正向他袭来。他能感到自己到了一个什么地方，他是在真正的黑底上，身处黑暗的现实中。但是他的头脑因着焦渴而燃烧。他感到轻松了些，不那么沉重了。他觉得这是因为他来到了一个新地方的缘故，空中震荡着轰鸣声。他觉得自己走得很快，正接近解脱——或许他是接近水源了？

　　突然，他恐惧地停住了脚步。面前是一片巨大炫目的金光，它一望无垠，只有几棵黑色树干横亘，像几根黑铁条。那是齐刷刷刚刚抽穗儿的麦子，油亮的绿秆儿上麦穗儿闪着耀眼的金光。一位身着长裙、头缠黑布当头巾的女人如一袭阴影从油亮的青麦田中穿过，走入这金色中。田野上还有一处农舍，在阴影的笼罩下看似浅蓝，木材林则一片暗淡。倒是看得见一座教堂的尖顶，不过它几乎已经融入了那金色之中。那女人继续向前移动着，离他远了。他不知该跟她说些什么。她可是一个明亮而坚实的虚幻之物。她要是说点什么就会令他困惑，她的眼睛会看着他但却对他视而不见。她正从那儿穿过向对面走去。而他则面对一棵树伫立着。

　　最终他转过身，俯视那片狭长的秃树林，林地已经融满了暮色。这时他看到不远处的山脉正笼罩在一片神奇绚丽的光芒中。在近处那浅灰色的山峦背后，是金黄浅灰的连绵山脉，山上的积雪光焰四射，看似淡淡的纯金色。寂静的山峦在天穹中默然闪烁，流光溢彩，俨然是天国的矿石之山。他伫立着凝视这一切，他的脸辉映在这光芒中。就像这积雪流光溢彩一样，他觉得自己的焦渴感随着这晶莹的雪光而去了。他伫立着，凝视着，靠在了树上。随之，一切都悄然而逝。

　　夜里，闪电一直闪个不停，将整个天空都映亮了。他肯定又走了一程。一时间，周围的世界呈现出青灰色，田野在青光下一派平展光滑，树木一片漆黑，白亮的夜空中团团黑云飞渡。随后黑幕如同百叶窗板降下，天空黑作一团。半晦半明的世界在微微震颤，可它就是跳不出这黑暗！田野上又扫过一阵苍白的光芒，黑暗正聚集，头上悬起山脉样的云彩来。这世界简直成了一片鬼影，一时间投射在黑暗之上，但那黑暗最终还是重返，笼罩一切。

他因着病痛和高烧而进入谵狂状态——头脑如这黑夜忽明忽暗。有时他会因着恐惧而抽搐，看到一棵树旁有个长着巨眼的东西。再有就是那场行军的长时间痛苦，那烧干他血液的日头，对上尉刻骨的仇恨，随后又感到慰藉和释然。但一切都走了样儿，源于痛苦，又化作痛苦。

早晨，他完完全全清醒了。焦渴令他恐惧，头脑为之燃烧！阳光照耀在他脸上，露水正从他的湿衣服上淌下来。他着了魔似的站起来。他的面前，一派清爽、线条柔和的蓝色山脉在清晨的苍白天际逶迤。他要这山峦，想独自与之相处，他要离开自身与这山峦化作一体。它们不动，依旧静谧柔和，挂着柔和的雪痕。他静静地伫立，疼痛令他要发疯，僵硬的手握成了拳头，随后他疼得在草地上蜷作一团。

他一动不动地躺着，做着痛苦的梦。焦渴感似乎已经离他而去，变成了一种独自的要求。再后来，他曾经感到的痛苦也变成了另一种独自的要求。他的身体成了一种累赘，是另一种与他无关的东西了。他被分解成各种互相毫无关系的生命。这些生命之间靠某种奇特痛苦的连接物连在一起，不过这些东西正在进一步分崩离析，早晚会全部分裂。太阳光线向他照射下来，穿透了那条联系的纽带。它们早晚会失落，随着时空的流逝而失落。想到此，他的意识再次清醒。他用臂肘撑起身子，凝视起这流光溢彩的山峦来。山山岭岭，层峦叠嶂，在天地间宁静地伫立，自是风光无限。他凝视着，直到眼睛发黑。那美丽的山峦如此洁净清爽，这正是他内心失去的品质。

四

士兵们发现他时，已经是三个小时之后，他头枕着胳膊躺着，黑头发在阳光下正冒着热气。他仍然活着呢。他那张着的黑洞洞的嘴巴吓得士兵们把他扔在了地上。

他夜里死在了医院里，死前再也没有睁开过眼睛。

医生们看到了他腿后面的伤痕，都为之沉默不语。

两个男人的尸体并排摆在停尸房中，一个白皙颀长，僵硬安息。另一个则看似随时都会从睡梦中还魂，他是那么年轻，那么纯良的一个人。

英格兰，我的英格兰①

　　一条小溪从园子的斜坡下流过，溪上一座木板桥，桥的一头连着园中小径，另一头搭着对岸的公地②。他在公地边上干着活儿，打算从桥头起清出一条小路来。他砍下乱蓬蓬的草丛和蕨菜，干巴巴的灰色地皮就裸露了出来，可他怎么也弄不直这条道儿，愁得皱起了眉头。他把树枝堆起来，看看那高大的松树，不知为什么似乎什么都不像样。他睁大了那双北欧人才有的锐利的蓝眼睛再次凝望，但见浓密的松枝像是搭成了一座门道。透过这门道，他看见绿草如茵的菜园小径从木桥头的桤木树阴下顺坡往上直通向阳光下的花丛。坡上盛开着白紫相间的高大耧斗菜花，老汉浦郡的村舍几乎贴着地，掩映在漫野盛开的花丛中。

　　孩子的声音，那是一个女娃尖细的声音，一听就知道她话音中那教训人、霸道的口吻："保姆，你要是不快点儿过来，我就跑到有蛇的地方去。"没有谁会镇定地说："跑吧，我的小傻瓜。"相反，人们总是这样说："别，宝贝儿。好了，宝宝。等一下，心肝儿。小亲亲，你应该耐心点儿。"

　　他失望至极，时而感到厌恶和反感。说是这么说，可活儿还得接着干。除了屈服还能怎么着？

　　灼热的阳光烤着土地，草地上的植物看上去火一样生机勃勃，这是一片

---

①　这个题目来自英国诗人汉利（William Ernest Henley，1849—1903）的诗句，反其意而用之。这句诗第一次世界大战期间在英国军队中得到广泛运用，士兵出征时都列队高呼："英格兰，我的英格兰！"汉利还是一位文学批评家。

②　common，乡村的公共绿地，一般用于公众的娱乐活动，古代时是公共牧场。——译者注

狂野的与世隔绝地带，这里有着野性的宁静。奇怪啊，野性的英格兰在一块块的土地上流连忘返，就像在这儿，在这布满荆豆的草地上，在这南方丘陵附近布满沼泽、毒蛇出没的地方。昔日撒克逊人到来时的那股子原始地之灵仍然在这地方徘徊。

哦，他是多么爱这个地方啊！绿色的园中小路，一簇簇的鲜花，紫的、白的耧斗菜，高大的东方红罂粟、它们那油黑的叶子，还有高高的黄毛蕊——这座五彩缤纷的园子在毒蛇出没的草丛洼地里蔓延，有一千年历史了。是他用鲜花把这园子点缀得姹紫嫣红，阳光灿烂的园子四周围着篱笆，种满了树木。古老，古老的地方啊！是他让这地方更换了姿容。

那座斜顶如斗篷一样的老木屋，人们都不去光顾。它建于小村落和自由民的老英国时期，被孤零零地抛弃在公地边一条草木丛生、荆棘纵横、橡树成荫的宽阔道路尽头。它从来不知道今天的世界是怎么一回事。后来，他艾格伯特带着新娘来到这儿，他在这间屋子里摆满了花儿。

这房子有年头了，住起来一点也不舒服。可他不想改变它。哦，坐在宽大、黝黑的壁炉前是多么好啊。夜里，狂风在头顶上呼号，他砍来的木柴燃烧着，噼噼啪啪地吐着火舌。他坐在炉子这边，温妮弗莱德坐那边。

哦，他是多么爱她——爱温妮弗莱德呀！她年轻、美丽、一身的活力，就像阳光下一团燃烧的火苗儿。她迈着优雅的步子款款而行时，真像是一簇盛开的红花儿在移动。当然，她好像也是古英格兰人的后裔，脸色红润、身体健壮，沉静但不失激情、粗犷和坚韧。他呢，高大、颀长、灵活，修长的腿步态轻快，就像英格兰弓箭手一样优美。她那一头栗色的头发弯鬈着，活力四射。她的眼睛也是栗色的，像知更鸟的眼睛一样明亮。他呢，皮肤白皙，丝滑的头发正由浅黄变成金黄，鼻梁微微隆起，这说明他是一个老式乡村家族的后代。他们俩是漂亮的一对儿。

房子是温妮弗莱德家的。她的父亲也是个精力充沛的人，他来自一个北方穷苦的人家，现在这样算是小康。他在汉浦郡买下了这块廉价的土地，不远处有一座行将就木的村落，在靠近村庄小教堂的地方他盖起了自己的房子，这座宽敞的老农家宅子就建在路边儿上，屋前是一片草地。这座四合院的一面，是一间长长的粮仓或者说是棚屋，他修好了这间房给小女儿普里契拉住。白底儿绿格子小窗帘遮着长长的窗户。屋里，高高的房顶上椽子和房梁是用大根的旧木头做成的。离普里契拉的房子五十码开外，他给另一个女儿麦戈黛琳建了一间小巧的新居，屋前的园子一直伸延到橡树林中。草坪和花园中的玫瑰丛外面，一条路穿过一片杂草丛生的地带，路的尽头有一条长满高大黑松的堤坝。穿过松林子，在倾斜的小沼泽上方，凄凉的大橡树下，温妮弗莱德的屋子蓦然出现，这房子是那么孤单而又那么原始。

这房子是温妮弗莱德自己的，还有这园子，一小片草地和沼泽地也是她的，这儿是她的小领地。就在她爸爸买下这座庄园时她结的婚，那大概是大战前十年吧，所以她把这块地方当成了结婚陪嫁。到底是谁更快活，是艾格伯特还是她？这很难说。那时她年方二十，新郎才二十一岁。丈夫每年大约可以有一百五十镑的进项，除此之外，再也没别的什么。不过，他可是相当迷人的。他没有职业，一个钱不挣，可他能大谈文学和音乐。他喜爱古老的民间音乐，收集民歌和民间舞蹈资料，研究莫利斯舞①和古老的风俗民情，当然靠干这些他有时也能赚几个钱。

在充满青春、健康、热情和希望的日子里，温妮弗莱德的父亲总是慷慨大方的。说到底，他还是个北方人，固执、倔强，因此受了不少打击。不过他在家里就没那股子固执脾气了，他会跟有文化的妻子和健壮热情的女儿们一起作诗、讲故事呢。他是个有勇气的人，从不抱怨，一个人独自承受着重压。他从不让外界过多地介入他家的事。他有一个娇小、感情细腻的妻子，她写的诗在小小的文人圈子里小有名气。至于他自己，他粗犷、好斗，这种精神可是根深蒂固的。但对诗文他却有着孩子一样的好奇心，喜欢甜蜜的诗歌，喜欢有文

---

① 英国古代的一种化装舞。

化的家庭中的娱乐。他血气方刚，甚至近于粗鲁，不过这只能使整个家庭更加生气勃勃、开朗快活。他现在富了，总是喜气洋洋的，像过圣诞节一样美滋滋的。只要他饭后读点诗，他就会边读边大吃一气巧克力、果仁和不少别的稀罕东西。

艾格伯特闯进了这个家，他可是另外一种人。这里的父女们都是些四肢健壮、有血性、真正的英国人，就像冬青树和山楂树是英国的一样。如同你可以把一朵玫瑰嫁接到一棵荆棘上一样，文化嫁接到了这家人身上。这种文化开出了奇异的花朵，但这并没有改变他们的血液。

艾格伯特就是一朵天生的玫瑰。长期的教养赋予了他快乐、自然的性情。他并不聪明，更谈不上懂"文学"。不过，他说话的语调、健美柔韧的身材、细腻的皮肤、漂亮的头发还有微微隆起的鼻梁和炯炯有神的蓝眼睛很轻易地就取代了诗歌。温妮弗莱德爱上了他，爱上了这个南方人，把他看得很高贵。注意，是高贵，不是深刻。至于他，他爱她，每一根神经里都充满了爱的激情。对他来说，她就是生活的温情。

多么好啊，在克罗克汉农舍的那些日子。最初那些天他们总是独处一隅，只是早晨来个女人干点杂活就走了。多么美妙的日子啊，她独自拥有这个高大、温和、肌肤细腻的青年，是独自拥有。而他也拥有她，就像拥有了一团红色的火焰，投身于这团火中，他就能获得再生。哦，也许这些永远不会终结，这股激情，这桩婚姻！那座被无数逝去的人欲所蔓绕着的古老村舍，被他们两人肉体的火焰重新点燃。你在这座黑暗的屋子里待不上一会儿，就会感到这种欲望向你袭来。过去自由民们热血中的欲望就在这儿，在那座小屋子里一代接一代地滋生和繁衍着。这座沉静的房子、厚厚的木板墙和高大黑漆漆的壁炉都笼罩在神秘的气氛中。黑暗与低矮的小窗都沉入了大地。黑暗，像一座兽穴，强壮的野兽在此出没、在此求欢。日日夜夜都是孤寂和落寞，任他们专注于此，一代又一代。这黑暗似乎像咒语一样迷住了这俩年轻人，让他们变了样。他们周身闪烁着神秘的光彩，就是那团让人费解的、若隐若现的火焰把他俩包围了。他们也感到他们不再属于伦敦那个世界了，克罗克汉改变了他们的血液：他们的园子里，光天化日下竟有毒蛇出没、歇息。他手持铁锹朝前走着走着就会看到黑土地上有一堆奇怪的蜷缩着的棕色物件，这东西会突然弹起身，嘶嘶叫着飞速离去，那速度快得令人眼花缭乱。有一天，温妮弗莱德听到从起居室矮窗下的花坛那儿传来一阵怪叫，那声音就像古代黑暗的精灵呼啸。她跑出去，看到花坛上有一条棕色的长蛇，扁嘴巴里叼着一只青蛙，青蛙的后腿挣扎着要脱身，发出奇特、微弱的叫声。她盯着这条蛇，那蛇抬起阴郁的扁额倔强地看着她。她叫喊了一声，那蛇吓得松了青蛙愤愤然地溜走了。

这就是克罗克汉，现代发明的剑戟尚未刺透它，它不为人所知地静卧于此，仍像撒克逊人初来此地时那么神秘、古朴、野性。艾格伯特和她就住在这儿，这个与世隔绝的地方。

他并非无所事事。她也不，有好多事要做呢。工人们走后，房子要最后修一下，靠垫和窗帘要缝，路要铺，水要运回存起来，还有深耕后就没人照管的园子斜坡要平整，要在斜坡上筑出小阶梯，整出小路来，还要种上些花儿。他只穿着衬衫整天不停地干活，忙这忙那。她表面上恬静但内心却丰富，一看到他猫着腰一个人忙乎，她就会过来帮他一把，为的是离他近点。当然，他干得不熟练——他天生就这样。他干得很卖力，可收效甚微，就算能干出点什么来那东西也维持不了多久。在园子里，他用几块窄长的木板撑着梯田，这些梯田很快就会被上面的重量压垮，不出几年就会腐烂断裂，土壤又会成堆地流失到小河的河床里去。可他就是这样，他就没学会掌握什么要领，他总以为没问题。这还不算，他认为除了一时的偶然发明以外，什么都是不可能的。他热爱他那古朴、久经风雨的村舍，热爱过去的英格兰那坚固不朽的东西。奇怪的是，他总觉得过去不朽，对此深信不疑，因此在现实中他总显得幼稚、浅薄。

温妮弗莱德挑不出他的毛病来。对她来说，城里长大的人，他什么都好，就是他挖土时用铁锹的姿势看上去都是浪漫的。不过，艾格伯特和她还没意识到，干活和浪漫是两码事儿。

她爸爸葛德弗雷·马歇最初对克罗克汉的家务是十分满意的。他觉得艾格伯特不错，好多事情他都干得挺圆满，而且他对这小两口儿之间体现出来的肉体激情感到慰藉。对他这位在伦敦拼命干才能维持安定小康生活的人来说，这小两口儿在克罗克汉恩爱劳作，在荒凉的丘陵附近一头扎在公地和荒地里生活，这些真像一篇活生生的浪漫小说。他们是从他——这位老人这里摄取激情之火的燃料，是他给他们的激情之火添了柴，他为此暗自得意。温妮弗莱德仍然要求助于爸爸，以此获得保障、生命和支持，把他当成一切的源泉。她爱艾格伯特，爱得热烈，可在她背后有她爸爸在做后盾。就是她爸爸这股力量，她需要时就来求助。当她陷入困境、产生疑虑时，她从没有求助过艾格伯特，没有的，在所有严肃的问题上，她都依靠父亲。

艾格伯特就没有驾驭生活的打算，他简直半点雄心大志都没有。他出身于一个体面、气氛融洽的农家，家里有一个令人愉快的环境。按说他应该有一个职业，应该学会法律或者做买卖什么的。可是不，那该死的每周三英镑进项就可以让他不挨饿，这就够了，他才不愿自找束缚呢。这倒不是说他这人懒散，他其实总在笨笨拉拉地干活儿，只不过他一点也不愿跻身于尘世，更不愿在尘世里闯出一条路来。不，绝不，这个世界不值得他那样做。他想忽视这个世界，他要独辟蹊径，就像一个漫不经心的朝觐者走上了一条无人问津的幽径一样。他爱他的妻子，爱他的农舍和园子，他要在这儿过得像个享清福的隐士一样。他爱过去的时光，爱古英格兰的音乐、舞蹈和习俗，他试图靠这样的精神过活，而不是以金钱世界的方式生活。

当然，温妮弗莱德的父亲常叫她去伦敦，这老头儿喜欢孩子在自己身边。所以，艾格伯特两口子得在城里置一处小寓所，他们要隔三岔五地从农村搬到城里住住。这城里，艾格伯特有不少朋友，这些人都像他一样是些不重实际的人，就知道鼓捣艺术啦、文学啦、绘画啦、雕塑啦，还有音乐什么的。他倒是有解闷儿的地方。

每星期三英镑的进项可不够他这么花的，是温妮弗莱德的爸爸替他掏腰包，他喜欢掏。尽管他给温妮弗莱德的固定津贴不是很多，可他却常常十镑十镑地给她或艾格伯特零花钱，因此，他们都把老人当靠山。艾格伯特并不在乎被人施恩典、救济点儿，可当他感到这家人在花钱上显得过于降尊纤贵了，他也会生气。

以后，家里添了丁，一个长着轻轻的小脑袋、碧眼金发的小女儿。人人都喜欢她，她还是这家里头一个碧眼金发的小东西呢。她长着跟她爸爸一样雪白、修长、漂亮的四肢，等长大了，又会翩翩起舞，姿态优雅，简直像一朵野雏菊。怪不得马歇一家都喜欢她，叫她乔伊斯[①]。马歇家的人自有其优雅之处，但他们都显得迟钝、笨重。他们个个儿四肢粗壮，皮肤黝黑，个子矮小。现在他们有了这么一朵轻盈的立金花，她简直就是一首诗。

尽管这样，她还是带来了新的困难。温妮弗莱德必须给她找个保姆，是的，必须有个保姆才行，这是她家的规矩。那么谁来付保姆费呢？当然是当外公的付喽，当爸爸的不挣钱么，对，外公会付的，就像他曾付了温妮弗莱德产期的所有费用一样。人们感到手头儿拮据了，艾格伯特要靠岳父来养活。

孩子出生后，他和温妮弗莱德就再也不像以前那样了。这种区别在最初是难以察觉的，可它存在着。首先，温妮弗莱德有了一个新的兴趣中心点。她倒不是要把孩子供起来，而是她和新式的母亲们一样，出自自然的母爱，她心中产生了深深的责任感。温妮弗莱德欣赏她的宝贝女儿，深感对女儿应尽义务。奇怪的是，这种义务感竟变得比对丈夫的爱还深。这是事实，也是常理。在温妮弗莱德心里，母亲的责任感是第一位的，妻子的责任次之。

她的孩子似乎用一根线把她和她的家连起来了，父母、她和她的孩子，对她来说这是人类的三位一体。那么她的丈夫呢？对了，她仍然爱他，不过那像是演戏。婚前，她的义务感和家庭观念曾经是模糊的。婚后，她首先要尽义务的对象是她爸爸，他是顶梁柱和生活的源泉，是永恒的保障。现在，义务的

[①] 即欢乐。——译者注

链条上又多了一环，变成了对父亲、对自己和对孩子的义务。

这不关艾格伯特的事，其实也没发生什么事，他就从这个圈子里渐渐、默默地消失了。他的妻子还爱他，那只是肉体的爱，可是，可是，他事实上几乎成了一个无关紧要的角色。他对温妮弗莱德不好抱怨什么，她仍然在尽自己对他的义务，她仍然爱他的肉体，这种爱让他付出了全部的生命和灵魂。可是，可是——

很长时间里这是一个无穷尽的"可是"。又添了一个碧眼金发、逗人喜爱、动人的小东西，不过，她不像乔伊斯那么傲气和热情。他们给她起名叫安娜贝尔。安娜贝尔出生后艾格伯特才开始真正意识到这个"可是"是怎么回事。妻子还爱他，但是现在，这个"可是"变得严重起来——她对他肉体的爱是次要的，而且愈来愈不重要。说来说去，她经历了这种肉体的爱，两年了，人并不是靠这个活着，不，绝不，而是靠某种更严肃、更真实的东西生活。

她开始恨自己对艾格伯特的爱——有点看不起这种爱了。当然，他漂亮、可爱，特别招人喜欢。可是，可是——哦，这可怕的"可是"阴云！他在她生活的原野上并不像一座力量的宝塔那么坚定，不像举足轻重的强大支柱。不，他倒是像一只围着屋子转的猫，这猫总有一天会销声匿迹的。他像花园里的一朵花，在生活的狂风中摇曳，然后就随风而去，不剩半点风流。作为次要的东西，一个伴儿，他是完美的，不少女人可能会巴不得与他这样的人白头到老，她们会把他看作是最美、最令人渴望的财富。可温妮弗莱德却是另外一种女人。

光阴荏苒，他不仅没有更牢牢地驾驭生活，反倒松懈了许多。从本质上说，他性情令人难以琢磨，很敏感又充满激情，可他就是不投身于温妮弗莱德称作生活的工作中去。不，他绝不流于世俗。为钱而工作，他才不呢。如果温妮弗莱德自找苦吃，非要过超出他们微薄收入的日子，就随她去，那是她的事。

其实，温妮弗莱德并不真的想要他去闯生活、为钱而工作。钱这个字，天啊，成了他们之间一根着了火的木头①，用这个来描述他们最合适，他们俩都被点着了。温妮弗莱德并不真那么在乎钱这玩意儿，她也不在乎他挣不挣钱，她有她爸爸供给她和孩子四分之三的费用。她只是拿挣钱当作借口和武器跟艾格伯特斗气儿。

她想什么，到底在想些什么呢？有一次，她妈妈用那种特有的挖苦语调说："这么说吧，亲爱的，如果你的命运就是照顾那不耕也不织的百合花②，也不算不愉快吧。不少人都是这样的，你干吗不这么想呢，孩子？"

母亲比孩子们要感情细腻得多，对她的话孩子们几乎不知怎么回答才好，母亲的一番话，只能让温妮弗莱德心里更乱。这不是什么百合不百合的问题。要真是那样，她的孩子们应该是盛开的百合花小花朵，她们至少还成长。耶稣不是说"想想百合花是怎么成长的"③吗？好吧，她的孩子们还在成长，可孩子们的父亲那朵高大、健美的花已经长大了，她不想在他身强力壮的时候去照顾他。

不，不是因为他不挣钱，也不是因为他懒，他并不懒散，他总在干活儿，在克罗克汉干零碎活儿。我的天，那些个零活：园中的一条条小路，姹紫嫣红的花儿，还有要修没修的椅子呢！

是因为，他什么志向都没有。就算他干了半天一事无成还赔了本儿也无所谓！他努力干点什么都行。这先不说，就算他坏，是个败家子儿，那温妮弗莱德也会自由得多，她至少还有点可以抗衡的，一个败家子儿的确还算个什么吧，可他就不一样，他会说："不，我绝不支持社会干这种增值、合股的买卖。我要尽我的绵薄之力把这些玩意儿搅乱。"或者，他会这样说："不，我不管别人怎么样。如果我有什么欲望，那是我自己的，我认为它比别人的德行要强。"

---

① firebrand，着火的木头，意思是挑动争执的导火索。

② 《旧约·马太福音》6：28。

③ 同上。

他就是这么个废物、饭桶，站在这么一种立场上说话。他就是成心让人反感，遭人严厉批评，至少在小说中是这样。

艾格伯特！对他这样的人你能有什么辙呢？他没干什么缺德事，他心眼儿好，他简直是慷慨大方。他身体并不单薄，否则温妮弗莱德就会好好伺候他，可他连这一点都不能满足她。他并不羸弱，他并不需要她的抚慰，不需要她的善待。不，谢谢，他有他火热的激情，身体比她强壮多了！这些，他清楚，她也清楚。正因此，她才更为难，更气急败坏，可怜的人啊。他比她高尚、优越、强壮，可他却摆弄他的园子，摆弄他的古老民歌和莫利斯舞，他只顾摆弄这些，反倒要她用自己的心支撑未来。

他开始感到痛苦，露出一脸恶相。他没向她屈服，他不会。他那颀长、白皙的躯体里有七个强壮魔鬼。他健康、充溢着被压抑的生命。是的，既然她不从他这儿支取那蓬勃的生命，他自己就只得把它紧紧锁住。或者说，她只是偶尔支取，因为有时她不得不屈服，因为她还爱他，渴望得到他，他太精致了，是个美男子，比她美多了。对，她呢喃着把自己那尚未泯灭的激情献给了他，他要她了——啊，十分美妙。有时她感到奇怪，一阵激情的飓风席卷而过后他们是怎么活下来的。那对她来说简直是闪电，一道接一道，从她的每根神经中射过，直到完全熄灭为止。

人是注定要活下去的，正如云一样——看似不过是缓缓堆积起来的气体，堆起来充满整个天空，遮住太阳。

同样，爱又回归了。激情的雷电在他们之间剧烈地闪耀，不时会出现蓝瓦瓦、灿烂的天空，然后，地平线上渐渐地又重聚起乌云，缓慢地在天空中移动，偶尔投下冷酷、可恶的阴影，然后渐渐地聚集，布满苍穹。

随着岁月的流逝，闪电辉映天空的现象已成鲜见，蓝天渐少露面。渐渐地，铅灰色的云笼罩，似乎永远也不会离去。

艾格伯特为什么不做点什么呢？他为什么不去驾驭命运呢？他为什么不像温妮弗莱德的爸爸那样做社会的支柱呢？就算做一根纤细、精巧的柱子也行。他为什么不去争取驾驭点什么呢？他为什么不选择一个奋斗的方向呢？

要知道，你可以把一头驴赶到水边，可你就是不能强迫它喝水。尘世就是水，艾格伯特就是头驴。他一点水也不喝，他不喝，就是不喝而已。既然生活并不强迫他为吃喝而工作，他就不会为了工作而工作。你不能让楼斗菜在一月份绽开，你也不能让布谷鸟在英格兰的圣诞节时歌唱。为什么？时令不对。艾格伯特他就不想工作，哦不，他压根儿就不会去想干什么工作。

艾格伯特就是这样，他不能把自己与尘世的劳动连在一起，因为他就没这种基本的欲望。如果说有什么欲望的话，在他内心深处有一种更强烈的欲望：独善其身，洁身自好。不损人，我行我素。现在不是他的时令。

也许他本不该结婚并生儿育女，可你又不能抽刀断水。

温妮弗莱德则恰恰相反，她生来就不能容忍别人的清高。她的家族之树枝繁叶茂，它必须蓬勃向上才行，她家的人要有所信仰。她的生命必须遵循某个方向才行。在她自己家中她还未曾领教过艾格伯特这样的懦夫。她不能理解并因此而大为惊奇。在这个可怕的懦夫面前，她该怎么办，该怎么办呢？

在她自己家里情况就大不一样了。她父亲可能有忧虑，但他一人承受着这些。也许他对我们这个世界和这个社会并不是深信不疑，我们全力以赴地苦心经营这个世界，可最终我们却发现自己把自己经营死了。不过，葛德弗雷·马歇性情粗犷、顽强，但还算有心机，能应付这一切。对他来说，生活是个能得就得，把余下的留给老天爷的问题。不是给他美言添彩，他确实信天命，毫无疑问，他暗自怀有某种信仰，一种刻骨铭心的信念。如同某种长生不死的树液一样，这信念是盲目的，却入木三分，在成长中勃发。也许他有些肆无忌惮，像蓬勃的树一样肆无忌惮，在林中杀出一条路来。

归根结底，还是这种自强不息、树液般的信念让人生存下来。他可以几辈子都生活在他为自己建树的社会大厦里，哪怕人类突然绝了种也没关系，如同梨树和浆果丛一样，照样在墙中园子里一季接一季地结出硕果来。可这围墙中，果树会一点一点地把保护她们的墙挤倒，如果不是有活生生的手来不断地更新和修复，任何一座建筑都会倒塌的。

艾格伯特就不能让自己置身于这种更新与修复的差事中去。他对此毫无感知，就是有也不顶用，他根本就不会对此有所感知。长期良好的教养使他具备了清心寡欲、融融自乐的品质。他岳父跟他差不多一样是个傻瓜，不过人家还是认清了这个理儿：既然我们来到了这个世界，我们就得活得像个样儿才行，所以，他致力于自己那个小范围内的社会工作，尽力为家人干点事，其余的事就听天由命了。一种强盛的血性使得他能够坚持不懈地干下去。当然，有时也会有一股恼人的苦水突然从他心中喷涌而出，让他与这个世界作对。不过，他有自己的必胜信念，这信念会让他干到底的。他不愿意叩问成功意味着什么。成功意味着得到汉浦郡的庄园，意味着不为孩子们的吃穿发愁，意味着他自己在这个世界上也有点举足轻重了，还有，罢！罢！罢！

不过，可别把他小看了，他不寻常着呢。像艾格伯特这样，他知道失望是一种什么滋味儿。也许，他骨子里对成功也有着同样的估价。他颇有点子勇气，有某种权力意志。在他的小圈子里他可以行使他的权力——盲目的自我力量。尽管他娇惯孩子，但还算得上是英国式的父亲：他过于精明，绝对会用大道理来统治人，但值得称道的是，他保持着某种原始的方法——古老、几乎是魔术般的为父的尊严，统治着孩子们的灵魂。在他身上，那古老、余烟绕梁的父权的神灵火把仍在燃烧。

是在这神圣的火炬照耀下，他的孩子们成长起来了。最终他对女儿们彻底放任自流了，但从未让她们跳出自己的手心。可后来，她们一旦进入到我们这个没有父权主宰的世界里，在强烈的光芒中学会用尘世的眼光看待世界，她们学会了指责父亲甚至用尘世的锐利眼光看待父亲，把他看渺小了。当然，这些不过是想想而已。当她们忘记了指责父亲的把戏，他那威权的红光又笼罩住了她们。他的神光是不会熄灭的。

让精神分析家们去大谈什么"恋父情结"吧，这不过是个发明出来的词儿罢了。这位父亲让那古老的父权之火燃烧着，这种父权甚至可以把儿女祭献给上帝，就像以撒做过的那样。这种父权拥有决定儿女们生死的威严；这是一种伟大、自然的力量。直到他的女儿们被另一种更大的威权所左右，直到他的男孩子们长大成人，成了同样的力量中心并继续着同样的男性神话，在这之前，葛德弗雷·马歇就要守住他的孩子们。

看来他要失去温妮弗莱德了。温妮弗莱德很爱她的丈夫，把他看得很了不起，可能她是希望在他身上找到另一种伟大的权威吧，一种比父权更了不起、更优秀的男性权威。一经懂得了男性力量的威风，她就不再容易回到那女性自由、冷漠的独立状态中去了。她会渴望，一生都会渴求真正男性力量的温暖和保护。

是的，她渴求，但艾格伯特是要放弃男性的权力。他本身就与这种权力格格不入，他还要放弃他的责任。归根结底，放弃权力就意味着放弃责任。这样，他就可以我行我素了，他甚至要把他的影响都深藏起来。他会尽量地对孩子们不承担责任，为的是不影响他们。"一个小孩子也会给他们引路的。"①——他的孩子们应该会引路的。他也不会迫使孩子朝哪个方向走，他不想影响孩子。自由！

可怜的温妮弗莱德，这种自由反倒让她成了离了水的鱼儿，她喘息着，要得到那她能栖身于彼的厚重空间。到她生了孩子，她感到她必须对孩子负责，她必须得对孩子有权威才行。

可艾格伯特却悄然涉足，跟她作对，无声无息地就把她对孩子们的权威淡化了。

第三个女儿出生了，打这以后，温妮弗莱德再不想要孩子了，她心寒了。

她管起孩子来了，她要对她们负责。养她们的钱是温妮弗莱德的爸爸出的，她要尽最大的努力对孩子们的生死负责。可是艾格伯特不这样！他不负责任，他一文钱不出不算，还不让她按自己的方式管孩子。他不允许她有那种看

---

① 《以赛亚》11：6。

不见、摸不着、充满激情的权威。他们进行着一场战斗，一场自由与旧式的血性力量的斗争。当然，他赢了，女儿们爱他，崇拜他。"爹爹，爹爹！"她们跟他在一起时是多么自由自在呀。而她们的母亲却要统治她们，为此她常常放纵感情。她意欲用那古老、魔术般的家长权威统治她们，那种权威大得很，无可置疑，是神圣的——如果我们也信奉神明的权威的话。马歇一家信神，他们是天主教徒。

艾格伯特则把那古老、冥冥般的天主教血性权威等同于某种专制。他不让孩子留在她身边，他把孩子从她身边偷走却又对她们不负责任——他在情感上和精神上把孩子们从她那儿偷走，只让她管教她们的举止，这对母亲来说是一桩费力不讨好的差事。他的孩子都爱他，敬重他，可她们一点也不知道她们这是在给自己的未来埋下痛苦——她们长大以后也要有丈夫，就像艾格伯特这样可敬却没有用的人，到那时她们可就苦了。

大女儿乔伊斯仍是他的掌上明珠。她六岁了，是个性情多变的小东西；小女儿芭芭拉两岁，正蹒跚学步。大家大多数时间都在克罗克汉度过，他喜欢那儿，甚至连温妮弗莱德也真心爱这个地方。可现在，当她沮丧、茫然的时候，这个地方对孩子们危险太大了——那儿有蝰蛇、毒果、小溪、沼泽、脏水，什么都有，对她和保姆来说，这儿是块打游击战的地方。这三个碧眼金发、没个安生劲儿的姑娘都不听话。姑娘们有父亲撑腰，在跟母亲和保姆作对，没辙。

"保姆，你再不快来，我就往有蛇的地方跑。"

"乔伊斯，你得耐心等等，我放下安娜贝尔就去。"

就这样，总是这样，在小溪对岸的公地上干活时他会听到这叫声，可他对此置若罔闻，照旧干他的活儿。

突然听到一声尖叫，他甩掉铁锹奔向桥头，像一头受了惊吓的小鹿那样张望着。温妮弗莱德在那儿，乔伊斯受伤了。他向上走进园子。

"怎么了？"

孩子仍在哭叫："爹爹！爹爹！呜，爹爹呀！"

母亲说："别怕，宝贝儿，来，让妈看看。"

可孩子只是一个劲儿地叫着："爹爹！爹爹！爹爹！"

孩子一见膝盖上流出的血就害怕了。温妮弗莱德蹲下，把这六岁的孩子放在自己腿上检查她的伤口，艾格伯特也弯下身去。

"别作声，乔伊斯，"他嗔怒地问，"她怎么弄成了这个样子？"

"她摔倒了，正倒在你砍完草丢在地里的那把破镰刀上。"温妮弗莱德说着，责怪地看了他一眼。

他掏出手帕给她包上了伤口，然后抱起抽抽搭搭的她进了屋，把她放在楼上的床上。在他怀中，孩子变得安静了；可他的心却为痛苦和负疚感所折磨着，是他把镰刀放在草地上，才使得可爱的大女儿受了伤。当然，这是偶然的，偶然的。可他为什么感到内疚呢？也许两三天就没事了，干吗要把这事儿放在心上？他不想这事儿了。

这孩子穿着夏装躺在床上，她可吓坏了，脸色变得苍白。保姆把小女儿带来了。安娜贝尔手捏着裙子站在一边。温妮弗莱德看上去样子可认真了，但有点呆。她弯下腰来，把渗透血的手帕揭了下来。艾格伯特也弯下腰来，他看上去镇静，其实心里着急。既然温妮弗莱德那么严肃，他就得收敛着点。孩子仍在低声呻吟着。

膝盖仍在大量出血，原来是关节处被砍了一道很深的口子。

"你最好去叫医生，艾格伯特，"温妮弗莱德痛苦地说。

"啊，不！不！不嘛！"乔伊斯疯了似的叫喊着。

"乔伊斯，心肝儿，别哭！"温妮弗莱德说着猛地把小姑娘搂在怀里，她这个悲切的动作活脱儿像悲伤的圣母一样。孩子给吓得不作声了。看到妻子抱着孩子的这副凄切的样子，艾格伯特忙转身离去。安娜贝尔却突然叫道："乔伊斯，乔伊斯，别让你的腿流血了！"

艾格伯特骑车到四英里外的村子去请医生。他感到温妮弗莱德有点太过分了，其实膝盖并没伤着！真的，不过是伤了表皮罢了。

医生不在家，艾格伯特留下张条子就飞快地往家骑，他心里急着呢。他大汗淋漓地下了自行车进了屋，这时他看上去显得畏首畏尾的，犯了错儿的人都这样。温妮弗莱德在楼上陪着乔伊斯坐着，面色苍白的乔伊斯在床上吃着薯粉布丁，像立了什么功似的。这苍白、恐惧的小脸儿真让艾格伯特心疼。

"温大夫不在，他大概两点半来这儿。"艾格伯特说。

"我不要他来。"乔伊斯嘟哝着。

"乔伊斯，心肝儿，你要耐心点，安静些。"温妮弗莱德说，"他不会伤害你的，不过，他可以告诉我们怎么才能让你的腿好得快些，他来就是为了这个。"

温妮弗莱德对小孩子们解释起来总是小心翼翼的，她一说，总能止住她们的问话。

"还流血吗？"艾格伯特问。

温妮弗莱德轻轻把被单拨到一边说："不流了吧。"

艾格伯特俯下身去看。

"不流了，"他说。说完他站起身，脸色开朗了。他对孩子说：

"吃布丁吧，乔伊斯，不会怎么样的，只需要静养几天。"

"你还没吃饭吧，爹爹？"

"还没。"

"保姆会给你吃的，"温妮弗莱德说。

"你会好的，乔伊斯。"他笑着，边说边把一缕金发拨开，露出她的眉毛。她冲他甜甜地笑了。

他走下楼，独自吃起饭来，保姆照顾着他。保姆乐意照顾他，所有的女人都喜欢他，愿意替他干点什么。

医生来了，他是个胖乎乎的乡村实习医生，一个挺和蔼快活的人。

"丫头，摔着了？瞧你这聪明孩子干的事儿！什么？把膝盖砍破了！啧，喷！真傻呀。不要紧，不要紧，很快就会好的。咱们看看，不疼，这算什么。拿个碗，端点热水。很快就会好的，很快就没事了。"

乔伊斯冲他笑笑，那苍白的笑容中透出点优越感。她不习惯别人这么跟她说话。

他弯下身去仔细观察孩子那细细的伤膝盖。艾格伯特则在医生身后伏下身。

"天啊，老天爷！好深的一道小口子，讨厌的小口子。不过，不要紧，没事儿，小姑娘，咱们很快就能好的，很快。小姑娘，你叫什么名字呀？"

"我叫乔伊斯，"孩子清脆地回答说。

"哦，真好！"他说，"说的是啊，我也觉得是个好名字。乔伊斯，嗯，乔伊斯小姐几岁了？她能告诉我吗？"

"六岁了。"她被逗乐了，但仍显得有些降尊纤贵。

"六岁！好。来往上数，数到六好不好？好，是个聪明的姑娘，聪明啊。要是让她喝下一勺药去，她一定不会抱怨吧？我敢说不会的，她可不像有些别的小姑娘啊。啊，什么？"

"要是妈妈要我喝，我一定喝。"

"哦，说的是。就该这样。我就爱听一个砍伤了腿躺在床上的姑娘这么说话。该这样。"

这位悠然自得又啰里啰唆的医生包扎好伤口，嘱咐小姑娘卧床休息，注意饮食。他认为，过一两周伤就会好的。幸亏没伤着骨头和韧带，只伤了皮肉。他两三天后还会来的。

乔伊斯放心地卧床休息了，玩具堆了一床。爸爸常跟她玩儿。医生第三天来了，对伤口的愈合很满意。伤口在愈合，可孩子还需卧床。过了两三天他又来了。温妮弗莱德有点不安了，伤口好像只是表面愈合，可伤势很重，有点不对劲儿。她把这个想法告诉了艾格伯特。

"艾格伯特，我敢肯定，乔伊斯的伤口长得不对劲儿。"

"我觉得没什么，不是挺好的吗？"

"我希望温医生再来一下，我不满意。"

"你总往坏处想，其实没什么。"

"你爱怎么说都行，不过我要给温医生发张明信片。"

医生第二天就来了，他检查了腿伤。不错，伤口发炎了。可能是血液中毒，会的。孩子发不发烧？

两周过去，孩子开始发烧，膝盖开始肿大起来，疼得更厉害了。她夜里哭了起来，妈妈必须陪她才行。艾格伯特仍坚持认为这没什么，会好的。可他心里着急。

温妮弗莱德给她爸爸写了信，星期六老头子就来了。一见到这位穿灰衣服，身材短粗的老头儿，她就忍不住要求说：

"爸爸，我对乔伊斯的治疗不满意，我对温医生不满意。"

"好了，温妮，亲爱的，你要是不满意，咱们再想想法子不就得了？"

这位壮老头儿边说边走上楼，他的声音震得屋子直发响，好像刺穿了这紧张的空气一样。

"你好唯，乔伊斯，小宝贝儿。"他对孩子说，"还疼吗？心肝儿？"

"有时会疼，"孩子腼腆，对他挺冷淡。

"宝贝儿，这可真让人不好受。希望你忍住，别让妈妈太操心。"

孩子没回答。他看看膝盖：又红又肿，都不能打弯儿了。

"话又说回来了，"他说，"咱们是得再请别的大夫来试试，干脆说干就干。艾格伯特，是不是骑车去宾郡找韦恩大夫？他曾给温妮的妈妈治过病，我对他挺满意的。"

"您觉得必要，我就去。"

"当然必要。就算没什么大不了的，请他来看看我们也就放心了。我看是非去不可。可能的话，我希望韦恩大夫今晚就来。"

艾格伯特骑着车顶风走了，就像是个跑腿儿的孩子一样。岳父是一根信心十足的顶梁柱，他在家陪着温妮弗莱德。

韦恩医生来看了孩子的病情后，脸色变得很阴沉。孩子的膝盖出了毛病，弄不好会落个终身跛足。

每个人都窝了一肚子火，又是怕又是气。韦恩医生第二天又来做了正规检查，发现孩子膝盖处的伤势很重，应该拍 X 光片。

葛德弗雷·马歇和医生在胡同里来回踱着步。他们在汽车边上徘徊着，边走边商量。他一生中有过太多这样的商榷了。

商量完了，他回到屋里对温妮弗莱德说：

"好啦，亲爱的温妮，最好送乔伊斯到伦敦的私人小医院去，在那儿她可以得到很好的治疗。当然，她的腿可能会出岔子，说不定她会失去这条腿的。你觉得呢，亲爱的？你同意我们送她去城里吗？她在那儿可以得到最好的照顾。"

"哦，爸爸，为了她，让我怎么着都行。这你知道的。"

"我知道你会的，温妮，好孩子。可惜的是已经耽误了这么多天，真不知道温医生都干了些什么。很明显，这孩子弄不好会失去一条腿的。好啦，你把一切都准备好，我们明天就带她进城。我向丹里家订一部大车，让车子十点钟过来等我们。艾格伯特，你马上给杰克逊医生发个电报，他的医院是所儿童外科护理医院，离贝克街不远，我敢说，乔伊斯在那儿会好起来的。"

"噢，爸爸，我自个儿不能照顾她吗？"

"啊，亲爱的，要想让她得到良好的治疗，最好是在医院，那儿有 X 光照射和电疗什么的，需要什么有什么。"

"那将花一大笔钱——"温妮弗莱德说。

"孩子的腿，甚至生命都有危险，还什么钱不钱的，少说这个。"老头儿不耐烦了。

就这样，一辆大汽车载着他们几个人慢慢地驶离克罗克汉。可怜的乔伊斯躺在一张床上，母亲守在她脑袋边，外公坐在她脚边，这粗壮的老头儿蓄着短短的花白连鬓胡子，戴着顶礼帽，一副义不容辞的样子。车子把可怜巴巴的艾格伯特甩在身后，他连顶帽子都没戴。他的任务是锁上门走人，第二天送家里其他人坐火车回城里。

接下来的日子真是既晦气又让人痛苦。这可怜的孩子，可怜的孩子啊，她遭了多少罪呀。在那家医院的苦日子跟钉在十字架上一样。就是这痛苦的六个星期，永远改变了温妮弗莱德的灵魂。她坐在这可怜的孩子的床边，孩子正受着疼痛的折磨。更可怕的是，这种时髦的治疗带来的仍是痛苦。温妮弗莱德感到她的心死了、冷了，她的小乔伊斯，纤弱、勇敢、美丽的小乔伊斯多么像一朵柔弱、苍白的小花儿呀！啊，可她，温妮弗莱德怎么变得那么可恶，怎么那么心不在焉，那么耽于声色呢！

"让我的心死了吧！让我这颗女人的心死了吧！主啊，让我的心死了，救救我的孩子吧。让我的心从世界上、从我的肉体中消失吧。啊，毁掉我这颗任性的心吧，让这颗骄傲的心死去，让它死了吧！"

她就这样在孩子的床前祈祷着。就像心头插着七把剑的悲伤的圣母①，她那颗充满骄傲和激情的心渐渐死去了，淌着血，它死了，还滴着血。她求救于教会，想从那儿得到慰藉。她求助于耶稣和圣母，但更多的是求助于伟大而不朽的罗马天主教。她投到了教会的麾下。尽管她已是三个孩子的母亲了，但在精神上她死了，她那颗骄傲、为激情和欲望所占据的心淌着血死去了，她的灵魂属于她的教堂，她的躯体属于做母亲的职责。

可她并没有尽妻子的职责。作为一个妻子，她并没有妻子的责任感，只有对那个男人的怨恨——她从这个男人那儿懂得了什么是令人神魂颠倒的肉欲。她纯粹是个"悲伤的圣母"，对丈夫，她的心紧锁着，就像一座坟茔。

艾格伯特来看望孩子了，可温妮弗莱德坐着不为所动，似乎她就是他那大丈夫气和为父尊严的坟墓。温妮弗莱德可真可怜，她还年轻、健壮、美丽，

---

① 指宗教绘画《圣母七悲》，其中圣母玛利亚胸口上的七把剑代表圣母的七次悲伤经历。

就像田野里的一朵鲜花儿，可奇怪的是，她那美丽、气色很好的脸庞竟是那么阴郁，她强健、充满活力的身躯竟是那么平稳。她，是个修女！不，不是。可是她的心灵之门却在他面前关闭了。渐渐地关闭，随着一声震响，永远地把他关在了门外。她用不着去修道院，她在意志上已经是个修女了。

这孩子躺在她年轻的父母中间，纤细得就像枕头上的一丝棉线。孩子苍白的小脸儿上露出强忍着疼痛的表情。他受不了了，简直难以忍受。他转过身去了，除了转过身去他再也没什么别的法子了。他转过身去，心不在焉地转悠着。他仍然是迷人的，仍然令人神往，但他却紧蹙着双眉，好像被一把斧头砍了一下，正砍中他的身躯，永远留下一个印记。

孩子的腿算是保住了，可她的膝盖却僵了。现在让人担心的是，她的小腿不是萎缩了就是停止生长了。必须长期不断地给她进行按摩理疗，就是孩子出院后也要天天进行治疗。这笔费用就由孩子的外公来负担了。

艾格伯特现在没个真正的家。温妮弗莱德、孩子们和保姆寸步不离那座伦敦的小公寓。可他在那儿住不下去，他控制不了自己。他的村舍锁门了，要么就借给朋友住。他有时去自己的花园儿里修整一番，让那里保持整洁。夜里，守着这些空房间，他感到心境很坏。一种挫折和徒劳感就像一条蠕动着的蛇，一点点地蚕食着他的心。徒劳、徒劳，这条可怕的沼地毒素钻进了他的血管，把他杀死了。

白天，当他默默地在园子里干活时，他想听到一个声音。可是，没有声音，温妮弗莱德的声音并没有从黑暗的村舍里传出来，孩子们的声音也没有从远处的田野上传来，没有从附近传来。没有声音，什么也没有，有的只是这块土地上弥漫着的沼泽毒气。就这样，他白天发疯般的干活儿，晚上生着火，独自做点吃的。

他茕茕孑立，一个人打扫村舍，一个人铺床铺，不过他不会自己缝补衣服。干活儿时他的衬衫肩头撕破了个口子，肩头的肉裸露了出来，那块裸露着的皮肉可以感觉到空气的流动和雨点的敲打。他会再一次放眼朝公地上望去，那儿不再有黑黝黝的荆豆丛，荆豆凋谢了，开始结籽了，那些红石楠正绽开点点粉红，真像祭奠时喷洒的鲜血。

他的心又回头寻觅那古老、野性的地灵，意欲寻找古老的神明，寻找那古远但已逝去的激情——那种勇猛的冷血蛇的激情——它们嘶嘶作响着从他身边掠过，寻找那血溅祭坛的神话，寻找这里原始人所有逝去的、剧烈的感受，他们的激情仍在空气中沸腾，这沸腾的激情可上溯到罗马人来到这儿以前好久的年月呢。逝去的、冥冥的激情在空气中沸腾着，那些看不见的蛇。

他脸上浮现出一层奇怪、茫然但又颇为刻毒的表情，他不能再在这儿待下去了。忽然，他觉得他必须飞身跃上自行车到——到哪儿都行，随便什么地方，只要离开这儿就行。他要跟妈妈在老家待上几天。像任何母亲一样，妈妈爱他、疼他。可是他脸上又浮现出那种略带茫然的苦笑。就带着这种苦笑，他骑着自行车离开了愁苦的母亲。无论跟什么人告别，他都是这个样子。

总是转来转去——从一个地方到另一个地方，从一个朋友这儿到另一个朋友那儿，与同情告别。当同情像一只温柔的手向他伸过来时，他立即转身走开，本能地，就像一条不害人的蛇那样，转身、转身，从伸过来的手下转开去，他必须这样。有时他也会走回到温妮弗莱德身旁。

他现在让她感到害怕，好像他是在诱惑她一样。她把自己献给了孩子和教堂。乔伊斯又一次站起来了，不过，可惜的是，她的腿瘸了，用铁板支撑着，还得拄拐杖才行。真邪门儿，她怎么变成了一个这样颀长、苍白、野性的小东西？痛苦不仅没有让她变得温顺听话，反倒让她生出了一股子野气、一股子近乎狂暴的脾气。她才七岁，瘦长苍白，但绝不乖巧。她的金黄头发颜色开始变深了，她要面对长久的痛苦，心里要长久地承受瘸子这个记号。

这烙印打在她心上。一股疯狂的勇气似乎充满了全身，好像她是一支细长、充满生气的枪一样。她对母亲的爱护是感恩戴德的，她永远会站在妈妈一边的，不过父亲那种温情下掩盖着的绝望心理也会在她心头闪过。

每当艾格伯特看到他的女儿一跛一跛地走路——不只是跛，简直像个小孩子那样蹒跚，他的心就会因为懊恼而变得死硬，如同钢又淬了火那样。他和女儿之间是心照不宣的：这不是我们称之为爱的东西，而是某种打出来的交情。在他对待乔伊斯的态度中有那么一点调侃的味道，这与温妮弗莱德对乔伊斯的那种让人透不过气的、毫不掩饰的牵挂与关注形成鲜明对照。这孩子一瘸一拐地来到他身边，嘲弄、无所谓地冲他一笑作为回敬。这个奇特的轻浮表情令温妮弗莱德更加郁闷、心情沉重。

马歇一家冥思苦索、费尽心思要治好孩子的跛腿，让她活跃、自由起来，他们舍得花钱出力，他们不懈地努力着，坚信乔伊斯会得到行动的自由、寻回她那自由自在的美好身姿。不管拖多久，她终归会好起来的。

乔伊斯的处境就是这样，一周又一周，一月又一月，她被严酷、痛苦的医治征服了。人们为她做出了可贵的努力，她领这份情。但她那暴烈、随性的性情纯粹是从父亲那儿继承下来的，是父亲照耀着她。他和乔伊斯就像某个非法秘密团体的两个成员一样——相互知晓但不见得相互认识。父女两人有着共同的感知，共同的生活秘密。可女儿是堂堂正正地待在母亲的营帐里的，而父亲却像以实玛利①一样只能在外面徘徊，只是有时回家来坐上一两个钟点儿；像以实玛利那样在营火旁奇特的静谧和拘谨气氛中待上一两个晚上。他心中那块沉寂的沙漠会发出自嘲的回声，根本不顾及家中的什么习俗。

他的存在几乎让温妮弗莱德受不了。她诅咒他的存在，诅咒他眉宇间的那条小沟，诅咒那飘浮不定的、似乎常常挂在脸上的苦笑，还有，说来道去，首先要诅咒的是他那种得意扬扬的孤独，那种以实玛利般的气质。于是，他那柔韧挺拔的躯体就成了一种象征。他站立的那个姿势沉静、阴险，就像一个挺拔、柔韧的活生生的象征。这条血肉之躯与她沮丧的灵魂对峙着，对她来说简直是一种刑罚。他就像一个柔韧、活生生的幽灵在她眼前晃动，于是她感到似乎看看他自己都会遭到诅咒。

---

① 以实玛利：《圣经》中被其父亲亚伯拉罕抛弃的儿子。

可他来了，在她这个小家里过得挺自在。每当他一来，在她眼前静悄悄地晃来晃去时，她就会感到，似乎她选择的那条赖以生存的伟大的献身法规失灵了。他正是以他的存在废除了她的生存之法的。那他用什么来代替这条法规呢？在这个问题面前，她横下心来回避了。

她不得不让他在自己的眼皮底下转悠——穿着衬衫，用他那沙哑的嗓子高声对孩子讲话。安娜贝尔对他简直崇拜极了，他总逗她。芭芭拉那小东西对他还不太信得过，她从一生下来就跟他认生。就连家中的保姆看到他衬衫破口处露出肉来也觉得怪不像话。

温妮弗莱德感到这不过是他对付她的另一种武器。

"艾格伯特，你还有别的衬衫，你干吗穿那件又破又旧的，嗯？"

"干脆就穿烂了拉倒，"他巧妙地回答说。

他知道她是不会提出替他缝的，她不会缝衣服。哦，不是她不会干，是不愿干。她难道没有自己要服从的神吗？难道她能背叛他们，转而服从艾格伯特的贝尔和阿丝塔罗斯神①吗？太可怕了，他的身影，这身影就像另外一个启示录，似乎把她和她的信仰都湮没了。他的身姿像一尊专门对付她的熠熠闪光的偶像，这活生生的偶像很可能会占上风的。

他时来时去，而她则泰然处之。后来，大战爆发了。他这人不会堕落，他就是不会放荡，他骨子里是个地地道道的英国人，就是他要豁出去变坏也坏不起来。

所以当战争爆发时，他完全本能地反对打仗。他压根儿就不想战胜什么外国人或替他们收尸。他头脑里就没有什么大英帝国的概念，大英的统治对他来说纯粹是个笑话。他是个地地道道的英国人，纯种，可当他是一个真正的自我时，他绝不因为自己是英国人就好斗，就像一朵玫瑰绝不因为自己美就咄咄逼人一样。

---

① 男女丰饶之神。

他不想抬高英国贬低德国，对他来说，德国与英国的区别不是好与坏的区别。他们①之间的不同只在于他们是蓝色的浮萍还是红的、白的灌木花。只是不同而已，是野猪与野熊之间的区别。辨别一个人是好是坏要看他的本质，而不是看他的国籍。

艾格伯特有着良好的教养，这是他天然领悟能力的部分。把一个民族看作是一个整体来仇恨，这对他来说简直是违反天性的事。有些人让他喜欢，有人他则不喜欢，至于说大众嘛，他可是一无所知。有些做法他不喜欢，有些对他来说似乎是自然而然的，但对大多数做法他没有特殊的感受。

当然，他有一种根深蒂固的纯粹本性，要避免自己的感情被大众的感情所左右。他的感情是他自己的，他的认识方法也是他自己的，他绝不情愿违背自己的感情和自己的认识方法。乌合之众们希望你降低自己的感知和自我去随大流，难道因为他们希望你这样你就这样吗？

毫无疑问，艾格伯特感受的微妙之处正是他岳父苦心孤诣的所在，甚至他岳父的内心活动更激烈些。这两个男人尽管有所不同，但他们是两个真正的英国人，他们的本性是一样的。

葛德弗雷·马歇要思考一下这个世界了。德国要侵略，可英国人的观念则是自由与"和平攻势"——工业化。即便对军事和工业的选择是对两个罪恶的选择，这老头子当然要选择后者，他的灵魂无法容忍强权。

而艾格伯特干脆不去思考这个世界。他甚至干脆不去选择什么德国军国主义或英国工业主义，哪个都不要。至于暴行，他蔑视施暴者，认为那在罪犯里都算等而下之者。其实，对于犯罪，就没有什么民族的标准。

可是，战争！战争！仅仅是战争！既不是对的也不是错的，只是战争而已。他应该征战吗？他应该献身于战争吗？这个问题一连几个星期在他脑子里打转，这倒不是他认为英国是对的而德国是错的。也许德国是错的，不过他拒

————————

① 原文如此。——译者注

绝做出选择。倒不是他受到什么煽动，不，这不过是场——战争。

让他想不通的是，他要置身于别人的权力之下，置身于一个民主国家军队里乌合之众的精神统治之下。他应该献身于此吗？难道要他脱胎换骨，献身于某种精神上低于自己的东西吗？难道他应该献身于一种低级统治的力量吗？应该吗？他应该背叛自己吗？

他就要把自己置身于比自己低劣的力量统治之下了，这一点他很清楚，他要服从于他人。他将被那些没有正规军衔的小老百姓和群氓甚至有正规军衔的军官群氓指挥来指挥去。他，一个生来自由并在自由中长大的人，应该这样吗？

他去问妻子："温妮弗莱德，我要去参战吗？"

她沉默了。她从本性上说也是坚决反战的。在一种巨大的反感驱使下她说：

"你有仨孩子要养活，不知你想过没有。"

这时战争刚刚开始三个月，可人们按照老习惯总觉得战争还没开始。

"当然想过，不过我去参战对他们来说并没什么影响。我每天至少挣一个先令呢。"

"我觉得你最好对爸爸讲讲这事。"她闷闷不乐地说。

艾格伯特跟岳父谈了，这老头子满肚子意见。

"我说，"他有点儿酸楚地说："这是你能做的最大的善事。"

艾格伯特立即就参军了，当了一名列兵，被编入轻炮兵团。

温妮弗莱德现在对他有了一种义务：妻子对一个为世界尽义务的丈夫尽义务。她还爱他。只要凡夫俗子间的爱还在延续，她就会永远爱他。不过，她是在尽义务。当他身穿卡其服作为一个士兵回来时，她以一个妻子的身分委身于他，这是她的义务。不过，她再也不会屈从于他的激情了。有什么东西在阻止她，永远地，甚至她内心深处的选择。

他又回到军营中去了，当个新式的兵让他很不习惯。穿着一身又厚又粗糟恼人的卡其服，他那敏感的躯体被消灭了，如同死了一般。在军营里那种丑恶的亲密气氛中，他那完美的情感干脆被贬低了。不过，他既然这样选择了，他就得接受这现实。于是他脸上露出了一个承认自己堕落的丑恶表情。

报春花开了，流苏般的花缨挂满了榛木丛。温妮弗莱德到克罗克汉来了。她感到，艾格伯特大部分时间里都因在军营里，她该跟他和解。乔伊斯在伦敦受了八九个月的罪，回来了。一看到花园和公地，她可高兴坏了。她的腿还瘸，仍用铁板固定着，不过她使劲儿一拐一拐地走路，还挺有活力。

艾格伯特回来过周末了。他穿着粗粗的厚黄卡其服，打着裹腿，戴着那顶讨厌的帽子。这还不算，他看上去才可怕呢。他脸上的表情有点复杂，嘴角略带一丝苦笑，好像他吃喝过量，或者，他的血变得有点不干净了似的。军营生活使他健壮了，却变丑了。他不适合过这种生活。

温妮弗莱德心怀些许尽义务和献身的热情等待着他，她自愿献身于作为战士的他，而不是作为一个人的他。这让他内心感到更丑恶。周末对他来说是一种折磨，让他回忆起了军营和军营里的生活，甚至看到那可憎的卡其布裹腿对他也是个折磨。他感到这身可恶的衣服似乎进到自己的血肉中去了，给自己的血中掺了砂子、污染了它。温妮弗莱德则欣然为当兵的而不是为男人献身。孩子们跑来跑去，玩着，叫着，那娇嗔的样子是有保姆和家庭教师的有教养之家的做派。可乔伊斯的腿瘸了啊！从军营中回来，一切对他说来都变得不真实了。这儿的一切只能让他生气。于是，星期一一大早他就走了，高高兴兴地回到军营里那真实和平庸的气氛中去了。

温妮弗莱德绝不要在村舍中再见到他，他们只在伦敦见面，在那里过世俗生活。有时朋友们在乡间宅子里逗留时，艾格伯特会独自回到克罗克汉，并在园子里干会儿活儿。这年夏天，园子里蓝色的牛舌草和大红罂粟盛开了，毛蕊花儿那轻柔的花缨在空中飞扬——他喜欢毛蕊花儿，伴着猫头鹰的叫声，金银花散发出的香气就像一阵阵记忆。他和朋友们及温妮弗莱德的姐妹们坐在火塘边唱着歌谣。他穿上了单薄的平民衣服，于是他的魅力、他的俊秀和躯体的柔韧线条又焕发出了光彩。但温妮弗莱德不在场。

夏末时节，他去弗兰德斯①真正参战了。他似乎早已脱离了生活，超越了苍白的人生。他已经难以记起他的生活了，就像一个准备从高处往下跳的人那样，他只盯住要落脚的地方。

两个月中他受了两次轻伤，这点伤不足以让他离开火线。把敌军打退了，他们也撤了下来。他是殿后的，管着三挺机关炮。整个国家都是愉快的，战争并未使之消沉，只是气氛沉闷，等待着死亡。他参加的那场战斗是微不足道的一次。

机关炮都安置在一座村庄外浓荫覆盖的小山包上。间或会传来清脆的步枪声，说不清是从哪个方向打来的。远处还响着炮弹的爆炸声。这个下午天气寒冷，像冬天一样。

一个中尉站在梯子上的一块小铁平台上瞭望，报告目标，用他那尖尖的声音机械地喊叫着。空中回响起尖厉的命令声，先喊预备数，然后叫声"放！"炮弹放了出去，活塞弹了回来，随后是山响的爆炸声，空中聚起了一道薄薄的烟雾；接着，另外两门炮也响了，随之是一阵寂静。当官的也不太清楚敌人的位置。山下那一片浓密的栗树没有什么变化，只是远处响着沉重的炮声，不过那炮声太远了，足以让人产生安全感。

两边的荆豆丛幽深幽深的，只闪现着几朵黄花儿。静谧中，他心不在焉地看着这些景物。他只穿着衬衫，寒气已袭上了双臂。他的衬衫肩头处又破了，露出了肉。他又脏又邋遢，不过面容还算安详。意识中很多东西流走了，直到我们不会再思想为止。

在他鼻子尖底下，一条大路从深深的草丛和荆豆丛中穿过。他看到了那

---

① 第一次世界大战期间弗兰德斯战场激战最猛，牺牲最为惨烈，是那次大战的标志性战场。劳伦斯的小说《查泰莱夫人的情人》开篇中就提到这个战场，查泰莱男爵也是入伍参战的年轻人，在此落得终身残疾。

条灰蒙蒙发白的路和路上深深的坑洼，兵团的人马就歇息于此。现在，万籁俱寂；有声音，但那来自外界，他这块地方仍然静谧、凉飕飕的。远处树林间的白色教堂只能说像是在沉思。

一听到头顶上当官的尖叫声，他立即闪电般地产生了反应。机械，纯粹服从的机械行动，纯粹是机械地使用枪炮。这扼杀了灵魂——这在黑暗的赤裸躯体中思索着的灵魂。最终，灵魂变孤独了，在原始的潮流上思索，就像一只鸟在黑暗的大海上飞翔。

除了大路，什么也看不清，十字架被击得东倒西歪，还有就是晦暗的秋日原野和森林。某个制高点上出现了三个骑兵，走在耕耘过的山顶上，显得身影很小。他们是自己人，而敌军呢，连个影儿都看不到。

仍然是一片沉寂，突然一声令下，新的指示下达给炮手们，炮击新的方向，随之是一阵激烈、紧张的动作。可在心中，人的灵魂仍然黯淡无光、超然、孤独。

即便是这样，灵魂仍听到了一个新的声音。一声沉重的"嘭"，开火了，那声音好像触及到了灵魂。他迅速操纵着炮，汗流浃背，可在他的灵魂中，回荡着的是这新的、深沉的声音，这声音比生命更深刻。

作为回应，随着一阵可怕的微弱嗖嗖声，飞来一枚炮弹，它几乎是突然发出刺耳钻心的呼啸，那呼啸把生命的记忆撕成了碎片。他的耳朵里响起了这声音，紧张的灵魂也听到了。炮弹飞过去在远处爆炸了，他松了一口气。他听到了炮弹爆炸时的咆哮，也听到了士兵呼唤战马的叫声。但他没有回转身去看，他只看到一棵带红浆果的冬青树倒在下面的路上，像一件礼品。

不是时候，不是时候啊。你去哪里，我将跟随。[1] 他是否对炮弹这样说了？不是对炮弹又是对谁说呢？你去哪里，我将跟随。然后，一声轻啸，又落下一枚炮弹，他的血管收缩了，血液凝固了，等着迎迓。这枚炮弹越来越近

---

[1] 《新约·路得记》1：16。

了，像一阵可怕的狂风那样卷了过来。他的血液不再思索了，不过在悬疑的那一刻，他看见沉重的炮弹俯冲下来，落在右边的灌木覆盖的乱石堆中，泥土、砂石冲腾而起。他好像什么声音也没听到，泥土、砂石、灌木、碎屑又落回到地面上，世界又恢复了原先的沉寂。德国人击中了目标。

他们要转移吗？要后退吗？会的。当官的以闪电般的速度下了撤退前的最后一道炮击命令，一发炮弹不知不觉地急速射出去了，它打进了寂静中，打进了灵魂思索的空间，然后是爆炸声，随之一片昏黑，一团愤怒和恐怖的火焰。啊，他看到那黑鸟向他飞来了，这次是飞回家来。瞬间，生命和永恒在怒火中腾起，落下的是黑暗的重压。

黑暗处有什么东西在微微挣扎，他意识到那是他自己，他感觉到了沉重的重压，听到了咔咔的响声。他知道死的那一刻是怎么回事了！死前还要再回顾一次，这就是命运，就是死，它也不放过你。

疼痛又袭来了，像是从意识之外来的，像一只在近处鸣响的铃，他知道这是他自己，他必须把自己与这疼痛融为一体。又努力了一会儿，他才找到了痛之所在——在头部，一处大伤口在轰鸣，他认出了自己，然后又失去了知觉。

一会儿他似乎又醒了过来，知道自己是在前线，他被杀死了。他没有睁开眼，光明不属于他。头部轰鸣的伤痛已在意识中响彻，于是，他失去了知觉，在无以言表的厌恶中抛弃了生活。

渐渐地，他注定要知道，他的头部被击中了。起初只是隐隐约约地猜测，可阵痛愈来愈逼近，让他痛苦地产生了意识，也意识到了痛苦。渐渐地，他意识到——他头部伤了——左眉心被打中了。要是这样，那会有血呀，左眼里有血吗？轰鸣声似乎疯狂地烧尽了他头脑中的记忆。

他脸上有血吗？热血是否流下来了？或者，是否血凝固在双颊上了？他花了好长时间去问这些问题：时间对他来说只是黑暗中的痛苦，无法计算长短。

睁开眼睛好久，他才发现自己在看什么——什么，什么，他试图回忆那宝贵的东西——不，不，不去回忆了！

　　那是天上黑暗中的星吗？这可能吗，黑暗中的星？星星？世界？哦，不，他不能知道那是什么了！对他来说，星星和世界都已去了。他闭上了眼睛。没有星星，没有天空，没有世界。没有，没有！只有浓黑的血。是该在痛苦中沉入浓黑的血中去了。

　　死亡，啊，死亡！整个世界都是血，鲜血与死亡混在一起，灵魂像黑魆魆海面上小小的光点，血之海。这光点闪烁着，冲撞着，在无风的波涛中起伏，想冲出来，但力不从心。

　　曾有过生活，有过温妮弗莱德和孩子们。可是，捕捉记忆的稻草——过去的生活，这份飘忽不定的努力只能让他十分恶心。不，不，没有温妮弗莱德，没有孩子。没有世界，没有人。宁可要前面毁灭的痛苦也不要努力后退的恶心。宁愿要向前的可怕——溶化在死亡的黑海中，彻底极端的毁灭，也不要回头求生。忘却，忘却吧！彻底地忘却，在伟大的死亡中忘却一切。撕碎核心，打破生活，投入到一片黑暗中去，只能如此。截断线索，融入，再融入黑暗中，没什么前思后虑，让死亡的黑色海洋自己来解决未来的问题！让人们的意志垮掉吧、放弃吧。

　　那是什么？一线光明，那是可怕的光明！那是一个人吧？那是一匹巨马的四肢吧？那巨马就在他头的上方，巨大，巨大的马，是吧？

　　德国人听到了一个轻轻的声音，吓了一跳。然后，在燃烧弹的火光中，他们看到在炮弹掀起的泥土中，有一张死人脸。

买票嘞！

在中部地区①有一条单线电车轨道②。电车大模大样地驶离小城，一头开进那黑乎乎的乡村工矿区。只见它在山谷间起伏，穿狭长丑陋的工人住宅区，越运河和铁路，过傲立于烟雾和阴影之上的一座座教堂，再穿过荒凉肮脏而又冷飕飕的小集市，然后忽地掠过电影院和商铺，下到布满煤窑的山谷中，再向上，路过一座白蜡树掩映的乡村小教堂，猛然冲向终点站，这里是工业区最后一片丑陋的地方，这座冷飕飕的小镇子就在那阴郁的荒野边缘上颤抖着。这辆绿白双色的电车似乎暂时停歇于此，机车发出了满足的咕噜声，声音挺奇怪。但几分钟后，批发合作社商店③角楼上的钟声响了，电车就此开始新的冒险。又是一通儿向山下的鲁莽飞驰，左拐右拐，晃晃悠悠。然后又到了山顶集市上冷风呼啸的车站停靠。开到教堂下面时，坡很陡，车开得摇摇晃晃令人心惊肉跳。到环路上时又得耐心停住等待出来的车。如此这般一番，开了长长的两个小时，终于看到庞大的煤气厂那边的城市轮廓了，靠近了狭窄的工厂，来到了这座大城里肮脏的街上，然后这车挤进终点站停下，与红白双色的城市汽车比起来电车显得寒酸，但还是挺生气勃勃，有点像个贼大胆儿，如同黑乎乎的矿

---

① the Midlands，是英国中部地区，但劳伦斯的作品中这个词特指诺丁汉和达比郡一带。

② 这条单线电车道从诺丁汉通向里普里，1913 年开通，穿过劳伦斯的故乡伊斯特伍德，终点站是达比郡的里普里镇，劳伦斯的妹妹阿达在里普里居住。劳伦斯出国后回故乡曾坐过这趟电车，深有体会。

③ 英国的合作运动开始于 1840 年代，很多地方都建有合作社，商店与顾客分享销售利润。劳伦斯的母亲就参与本地合作社的事务。

区园子里的一棵绿生生的欧芹。

坐这样的电车总归是一场冒险，因为在战争[①]期间，电车司机都是些不能服兵役的人，如瘸子和罗锅儿。他们的胆儿才叫贼大。坐车如同参加障碍赛马一样。加油！我们猛然越过运河大桥，到了四车道的拐弯处，车发出一声尖叫，擦出一溜火花，就拐过来了。说实话，电车经常会出轨，可那又怎么样！它掉进沟里，直到别的电车过来再把它拉出来。经常见的是，满载着活人的电车就纹丝不动地停了，在黑夜里停在了荒郊野地的黑暗地带。这时司机和女售票员就会喊："都下来，车着火啦！"可是乘客们不是惊恐万状地逃出车来，而是木然地回答："接着开，接着开！我们不下去，就待在原地。乔治，赶紧开。"就这么着一直待到火真着起来为止。

人们不愿意下车，是因为夜里天太冷，外面寒风呼啸，这时一辆车就是一个避难所。矿工们从一个村子到另一个村子，为了换个电影院看电影，换个姑娘玩，换个酒馆喝酒。于是电车就挤得满满当当。谁愿意冒险下车到黑暗的外面去，耗上大约一个钟头等另一辆车呢？说不定等来的车上挂着一个令人绝望的通知牌子，上面写着"只到站停车"，说是因为出了什么差错。或者等来的是一辆三节车厢的明晃晃的电车，可那车挤得水泄不通，根本不停，只发出一声嘲弄的嚎叫就开过去了。夜里驶过的电车[②]。

这是英国最危险的电车，官员们不无自豪地这样宣称。这趟电车上的售票员全是女子，司机则是些略有残疾但莽撞的男人，或是些蹑手蹑脚的羸弱年轻男人。那些女售票员个个儿轻佻粗野。她们身着丑陋的蓝色制服，裙子刚及膝盖，头上戴着有帽舌的旧帽子，那帽子早就走了形，都像老军人一样临危不惧。车里挤满了矿工，下层车厢里的在嚎叫般的唱着圣歌，上层车厢的则哼

---

① 指第一次世界大战。小说写于 1918 年。

② 这半句是模仿朗费罗的《路边客栈故事集》里的诗句，原诗是"夜里驶过的船相互招呼 / 仅是黑暗中的信号和遥远的声音 / 在人生的大海上我们擦肩而过互相招呼 / 仅是一个眼神和一声招呼 / 然后又是黑暗和寂静"。

着黄曲儿对唱，对此这些女子全然置若罔闻。发现哪个年轻人在验票机前逃票她们就扑上去抓个现行，直逼得他们无路可逃。她们可不吃眼前亏，她们是谁呀。她们谁都不怕，反倒是谁都怕她们。

"哈喽，安妮！"

"哈喽，泰德！"

"哎哟，小心我的鸡眼，斯通小姐。我肯定你铁石心肠①，你又踩我鸡眼了。"

"你应该把那鸡眼藏你兜儿里，"斯通小姐说完就往上层车厢走，她穿着高筒靴子，走起路来"噔噔"的。

"买票嘞！"

她口气专横，疑心重，随时准备出手，多少人都不是她的个儿。站在电车踏板上就如同守护着赛莫皮莱火门关口②。

这样一来，车上就肯定会发生些粗野的浪漫事儿，安妮那厚实的胸膛里也藏着浪漫呢。轻松浪漫的时候都在上午十点和下午一点之间，那会儿没什么人坐车，就是说除了集市开集和周六，这段时间都很空闲。安妮就可以四处看看了。她经常跳下车到一家商店里去买她已经看中的东西。而这时电车司机则在主路上跟人聊天儿。这些女孩子和司机们感情都不错。这趟开足马力运送乘客的电车在大地上颠簸前进就如同在波涛汹涌的大海上航行，他们难道不是患难与共的伙伴吗？

还有，在这闲散的几个小时里，查票员们常常来车上。因为各种原因，这条电车线上的员工都是年轻人，没上岁数的、上岁数的干不了这个。所以那些查票员都正当年，而他们的那个头儿长相还挺好。你看他身着长油布雨衣站

———————————

① 斯通的英文 stone 是石头的意思，在此一语双关。——译者注

② 这个字在希腊语里的意思是火门关。斯巴达王列昂尼达曾在公元前 480 年对波斯的战争中英勇守卫这处狭窄的关口。

在晦暗的早晨雨地里，帽檐遮到眼睛上，正等着上电车呢。他脸色红润，唇上的棕色小胡子沾着雨水，脸上露着粗鲁的微笑。他个头儿挺高，穿着雨衣动作还很灵活，一下子就跳上了车，跟安妮打招呼。

"哈喽，安妮！躲雨呢？"

"嗯。"

车厢里只有两个乘客，票一下就查完了。随后就站在脚踏板上没完没了地胡聊起来，海阔天空地一聊就聊出十二英里去。

这个查票员名叫约翰·托马斯·雷诺——但大家总是叫他约翰·托马斯①，只有搞恶作剧时才叫他"科迪"②。人们从远处喊他这个短名字时他会气得一脸怒容。好几座村子里都流传着约翰·托马斯的丑闻，说他白天跟女售票员调情，晚上她们下了班离开终点站，他就带她们出去散步。当然，女孩子们经常辞职不干了，他就跟新来的调情并带她们出去散步，当然他总是挑长得漂亮的，而且愿意跟他散步的。值得一提的是，大多数女孩子都挺好看的，她们都年轻，电车上这种漂泊的生活让她们变得像水手一样大胆莽撞。当船靠了岸，管她们怎么着呢，反正明天她们还会来车上的。

安妮则有点像鞑靼人，她那张刀子嘴令约翰·托马斯一连数月不敢靠近她。或许这反倒让她更喜欢他了，因为他总是一来就笑，笑得有点放肆。她眼看着他征服了一个又一个姑娘。从他早晨跟她调情时嘴巴的动作和眼神上就能看得出来他昨天晚上跟这个或那个姑娘出去溜达了。他可是个万人迷③呢，安妮就是这样看他的。

在这种微妙的较劲中他们知己知彼如同老朋友，一眼就能看穿对方，几乎如同夫妻一般明白彼此。不过安妮总是不让他靠近，再说了，她是有男朋友

---

① "约翰·托马斯"在当地方言中是阴茎的意思。

② Coddy，词根是 cod，指睾丸。

③ cock-of-the-walk，本意是自负的人，但劳伦斯在此将"公鸡"与"散步"两个词组成的这个词用于描述这个借散步为由勾搭女人的男人则是一语双关。

的人。

可到了十一月份，贝斯特伍德镇的斯塔图特节①就开始了。正好赶上那个星期一晚上安妮歇班。那天晚上下着小雨，挺让人讨厌的，可她还是打扮好去集市上玩了。她独自一人，希望能很快找到个伴儿。

旋转木马在音乐声中转着圈儿，杂耍儿能闹多欢闹多欢。在打椰子游戏的地方没有椰子，只有战争期间的替代品，那里的伙计说绑在铁棍上的这些都是假椰子。跟以前比现在的集市衰落了，不光彩照人，也不讲究了。这地面还是像以前一样泥泞，可照样人挤人，头碰头，灯光明晃晃的，到处还都弥漫着汽油味儿、炸土豆味儿和电灯发热的味道。

游乐场上第一个同安妮小姐打招呼的不是别人，正是约翰·托马斯。他穿着黑大衣，领口系得紧紧的，粗花呢帽子帽檐下拉着，遮住了眉毛，红润的脸上带着微笑，像往常一样殷勤，他的嘴巴一咧一笑的样子她早就司空见惯了。

有个"男友"，她为此挺高兴的。在这个游艺场上没个伴儿是挺扫兴的事。他这个情种马上就带她上了青面獠牙的龙形过山车。其实这东西还没电车来劲呢，不过坐在震荡的绿色龙车里，高高在上看下面无数的人脸，在低空中快速颠簸前行，而且有约翰·托马斯叼着烟卷儿挨着她，让她觉得就该这么玩儿才是。她是个身材丰满的姑娘，聪明又活泼，玩得十分起劲儿开心。

约翰·托马斯让她留下来再转一圈。这回，他的胳膊揽住了她将她拉近一些，那动作很热情，有点像搂抱，她几乎不能因为害羞而拒绝他了。再说了，他还是挺克制的，尽量做得隐蔽。她向下看看，发现他那干净发红的手隐藏在人们看不见的地方。他们此时心照不宣，玩得兴致勃勃。

玩过了龙车他们又去玩旋转木马。每次都是约翰·托马斯付钱，所以她

---

① 贝斯特伍德是劳伦斯在小说中经常写到的一个地名，指的就是他的故乡伊斯特伍德。这个节日是小镇上每年举办的两个节日之一，起源于早年招工的集市。

只能听之任之了。他自然是叉开腿骑在外圈的马上面，那马的名字叫"黑白厮"，而她则侧身坐在旁边里圈的马上，面对着他，她的马名叫"野火"。约翰·托马斯才不手握铜棒小心翼翼地骑马呢。他们在灯光下骑着马起伏转圈时，他在马上身子一转，一条腿悠过来搭在她那匹马上，脚尖上下颠着，这动作挺危险的。他一边颠着，一边半躺在马上嘲笑她。他玩得十分开心，而她则吓得不行，生怕帽子歪到一边去，但她还是很兴奋的。

这之后他往桌子上投套环，为她赢了两个浅蓝色的大帽夹子，随后听到电影院里传来的嘈杂广播声，宣布下一场电影开演了，他们就上了木板台阶，进了电影院。

电影放映中机器经常出毛病，电影院里自然就时不时一片漆黑。随之人们发出疯狂的嘘声和装出来的响亮接吻声。一到这时，约翰·托马斯就将安妮往自己身边拉。还别说，他似乎很会用胳膊拥抱女孩，抱得热烈而让人舒服，这方面他似乎做得十分周到。无论如何，这样让他搂着很愉快，安妮感到很受用。他倾身靠着她，她的头发能感到他呼吸的气息。她知道他想吻她的唇。无论如何，他是那么热情，而她也温柔，两人挺般配的。她确实想让他触碰自己的嘴唇了。

可灯刷的亮了，她也像触电般的惊起，把帽子戴正了。他的胳膊则无动于衷地放在她背后。嗯，这挺好玩儿的，同约翰·托马斯一起过斯塔图特节令她颇为激动。

看完电影，他们徒步穿过黑暗潮湿的田野。他调情的手段可高明了，特别会搂抱女孩子们。他跟她在淅淅沥沥的黑暗雨地里坐在栅栏的梯磴①上，他几乎悬空把她抱了起来，他的身体很温暖，浑身都很快活。他的吻一派温柔、悠缓，嘴巴边吻边探寻着什么。

---

① 英国乡村各家的田地之间都用栅栏隔开，但栅栏间留有一些豁口供行人穿过，这些豁口上有铁或木头做成的梯磴供人攀登翻越。

就这样，安妮跟约翰·托马斯出去玩儿上了，不过她同时还没跟自己的男友断，若即若离的。有些电车上女售票员显得很凶，不过这样的生活环境中，你遇上这样的人也没办法。

安妮很喜欢约翰·托马斯，这是毫无疑问的。只要他在身边，她就会感到心里十分充盈和温暖。而约翰·托马斯也是真心喜欢安妮，不是一般的喜欢。安妮待人温柔，能跟别人处得融洽，似乎她完全融入了他的身心，这对他来说可是非同小可，让他觉得美滋滋的，安妮这一点他最欣赏了。

随着两人越来越熟悉，他们也就越来越亲密。安妮想把他当成一个男子汉，想跟他有心灵上的交往，想从他这里得到心灵的回应。她并不只想跟他像黑暗中的人那样交流，可至今他还是这样一个黑暗中的人。让她感到骄傲的是，他离不开她。

但是她弄错了。约翰·托马斯存心掩饰自己，不想在她面前成为一个真实立体的人。当她想在精神上了解他、他的生活和他的性格时，他就开始躲避。他讨厌精神上的了解，而且他知道唯一能阻止她这样做的办法就是逃避。安妮心中那女性的占有欲开始冒头了，所以他就离开了她。

说她不吃惊那是假的。开始她吃了一惊，感到完全出乎意料，因为她一直满把满攥地相信自己拿住他了。一时间她手足无措，觉得对什么都没把握了。随后，她哭了，又气又火，外加失落和痛苦。哭过后她感到一阵绝望袭上心头。后来他来了，仍然是那么没皮没脸地来到她车上，仍然跟她熟悉地招呼着，但他摇头晃脑的样子向她显示他现在跟别人好上了，跟新欢处得不错，看他这样安妮决定报复他。

她心里很清楚约翰·托马斯跟什么样的姑娘好上了。她去找诺拉·波蒂。诺拉是个高个子女孩，脸色苍白但身材很好，一头金发很漂亮。这人嘴巴很严实。

"嗨！"安妮轻声地跟诺拉搭讪，"现在约翰·托马斯正跟谁混呢？"

"我不知道啊，"诺拉说。

"咋？你知道，"安妮带着嘲弄的口吻说起土话来，"你跟我一样知道。"

"成，我知道还不行吗？"诺拉说，"反正不是我，管他呢。"

"是西茜·威金，对不？"

"是，是就是呗。"

"他还要不要脸呢！"安妮说，"我就不喜欢他那么厚脸皮。他再来找我，我就把他从踏板上推下去。"

"总会有人收拾他的。"诺拉说。

"就是，早晚的事儿，等有人收拾他了，看他怎么丢人现眼，你说呢？"

"我倒无所谓，"诺拉说。

"你跟我一样想煞他威风，"安妮说，"咱们哪天得揍他一顿，好丫头。什么，你不想干吗？"

"干呗，"诺拉说。

其实诺拉比安妮更想报复。

一个接一个，安妮联络上了那些个老情人儿。碰巧西茜·威金不久后就离开了电车车队，是她妈让她不干的。于是约翰·托马斯又开始瞄上别人了。他瞄了一眼过去的那一群，又盯上了安妮，觉得对她有把握，再说了，他也是喜欢她的。

她说好星期天晚上跟他散步回家的。正好她那趟车会在九点半进站，而末班车会在十点一刻到站，这样约翰·托马斯准备在那里等她。

始发站上姑娘们有一间自己的小休息室。屋子很简陋，但挺舒适，有炉子、烤箱和一面镜子，还有桌子和木椅子。那六七个熟知约翰·托马斯的姑娘选了这个星期天下午上班。于是，随着车一辆接一辆进站，姑娘们就早早下车进了休息室。她们并不急着回家，而是围炉而坐喝起茶来。屋外一篇漆黑，这正是无法无天的战争时期。

约翰·托马斯坐安妮后面的车回来了，这时大概是差一刻十点钟。他把头探进姑娘们的休息室，问：

"凑一块儿祈祷啊？"

"对，"劳拉·夏普说，"只许女人进啊。"

"我就是呀！"约翰·托马斯说。这是他最爱嚷嚷的一句话。

"关上门，小子，"莫丽尔·巴加里说。

"把我关哪边呀？"约翰·托马斯问。

"愿意关哪边关哪边，"波丽·伯金说。

他进了屋，把身后的门关上了。坐成一圈儿的姑娘们动了动，给他腾出靠炉子的地方。他脱掉长大衣，把帽子推到后脑勺上。

"谁管倒茶啊？"他问。

诺拉·波蒂为他默默地倒了一杯茶。

"想吃点我的烤肉油抹面包不？"[①] 莫丽尔·巴加里问他。

"好，来点儿。"

说着他就开始吃起面包来，边吃边说："哪儿也不如家好啊，姑娘们。"

他如此放肆地说这句话时，大家都看着他，那样子似乎是在很多姑娘面前晒太阳。

"那得不怕摸黑回家才行啊，"劳拉·夏普说。

"我！我一个人走怕黑。"

他们一直坐到末班车回来。不一会儿爱玛·豪斯里进来了。

"过来，我的老乖乖！"波丽·伯金招呼道。

"冻——死——啦，"爱玛说着把手伸向火炉。

"我怕，摸黑，回家，"劳拉·夏普唱着，她刚想起这首歌儿来[②]。

"你今儿晚上跟谁一起走，约翰·托马斯？"莫丽尔·巴加里冷冷地问道。

"今儿晚上吗？"约翰·托马斯说，"哦，我单个儿走，我落单儿喽，噢。"

---

① 这里的油指的是烤肉时滴下的肥肉油，普通人家都舍不得扔掉，用来煎面包或抹面包。

② 这原本是一首美国歌，1909 年前后在英国的杂耍厅里流行起来。

"我就是呀！"诺拉·波蒂学着他自己的话说。姑娘们听了都尖声笑起来。

"我也是啊，诺拉，"约翰·托马斯说。

"不懂你啥意思，"劳拉说。

"是啊，我这就开拔了，"说着他起身去拿他的大衣。

"别啊，"波丽说，"我们都在这儿等你呢。"

"咱们明天一早儿还得按时起来呢，"他打着官腔儿说着体贴的话。

大伙儿都笑了。

"别呀，"莫丽尔说，"别把我们扔下不管呢，约翰·托马斯，带一个走嘛！"

"那我就都带上，只要你们乐意，"他很仗义地说。

"那可不行，"莫丽尔说，"两个算是伴儿，七个就坏事儿了。"

"不，带一个，"劳拉说，"公平合理，全都算上，你说你挑哪个吧。"

"嘿，"安妮这才开口，"挑吧，约翰·托马斯，我们听你的。"

"别呀，"他说，"我今天想安安静静地回家。感觉挺好的，就这一回。"

"说什么呢？"安妮说，"挑个好的呗，那就。反正你得带上我们当中的一个。"

"不行，我怎么能带一个呢，"他不安地笑笑道，"我可不想树敌哈。"

"你只会树一个敌，一个，"安妮说。

"选谁谁就成敌人，"劳拉说。

"哎哟，天啊！姑娘们，别这么说呀！"

"不行，你得挑一个，"莫丽尔说，"脸冲墙转过去，谁摸你你就说出名字来。来，我们只摸你后背，我们当中一个人摸。开始，转过脸去，别往后看，说出来是谁摸你。"

他心里惴惴的，不信她们的话。可他又不敢夺门而去。她们把他推到墙根儿，面壁而立。姑娘们在他背后做着鬼脸儿，吃吃窃笑着。他那样子十分好笑。这时他不安地转过身来张望。

"来呀！"他喊道。

"你看了，你看了！"姑娘们叫起来。

他转过头去。突然，安妮像一只动作迅速的猫一样一步上前，一巴掌掴在他头上，打飞了他的帽子，打得他身体直晃。他赶忙转过身来。

安妮一个手势，她们就一拥而上，开始扇他、拧他、揪他头发，她们这么做除了因为怨恨和愤怒，更多的是要耍弄他。可他气红了脸，蓝眼睛里露出害怕和愤怒的眼神，撞开姑娘们冲到门前。门锁上了，他就使劲扭动门把手。姑娘们明白了，警觉地围过来看着他。他面对着她们，准备做最后挣扎。在那一刻，他觉得她们身穿蓝色短制服的样子着实恐怖。他确实怕她们了。

"来呀，约翰·托马斯！来，挑啊！"安妮说。

"你们想干吗这是？开开门，"他说。

"就不开，你挑了我们才开呢！"莫里尔说。

"挑什么呀？"他问。

"挑一个你要娶的呀，"她回答道。

他迟疑了片刻。

"开开这该死的门，"他说，"冷静点儿好不好。"他用权威的口吻说。

"你得挑！"姑娘们喊叫道。

"挑啊！"安妮盯着他的眼睛喊道，"来呀！挑呀！"

他很是茫然地朝前走了一步。安妮已经解下了自己的腰带，抢起来，啪的一声，皮带扣就狠狠地抽在他头上了。他跳将起来抓住了安妮。可是其他姑娘们立马就扑到他身上，连拉带拽地揍他。她们的火气现在彻底上来了，他现在就是她们的玩物，她们要报复他，让他也受受。她们这些个怪人，抓住他，撞他，要把他压倒。他内衣的背面已经撕扯到领子上了，诺拉揪着他的后脖领子，如果不是前面的衣扣崩开了，他就得给勒死。他疯狂地抗争着，又愤怒又恐惧，几乎是吓疯了。他的内衣背面被扯掉了，袖子扯没了，胳膊裸露着。姑娘们扑上来，手紧紧揪住他，拽他。还有的撞他，推他，狠狠地顶他，或者拼命砸他。他躲闪着、缩着，还冲两边还手。这下她们打得更激烈了。

最终他倒下了。姑娘们一拥而上，用膝盖把他压住。他喘不上气来了，更没力气动弹，脸被抓破了，长长的伤口在流血，上眼眶给打青了。

安妮跪在他身上，别的姑娘跪在地上按着他。她们满脸通红，披头散发，眼神奇怪。他总算是趴着动弹不得了，脸朝一边扭着，如同一只动物被打垮了，听凭猎人处置。有时他的眼睛会朝后瞟一眼姑娘们那疯狂的脸。他在粗重地喘着气，手腕也破了。

"伙计们，接下来怎么着啦，该？！"安妮喘着粗气说。"该，那就——"

听到她那可怕又冷漠的欢叫声，他突然像只动物那样开始挣扎起来，可是姑娘们扑上来，不知哪儿来的大力气，硬是把他按了下去。

"对，接下来，啊！"安妮终于喘息着喊道。

屋里一片寂静，人们的心跳声都能听得见。每个人心里这时都打着小鼓儿。

"你这会儿知道你怎么回事了吧？"安妮说。

他裸露的白胳膊简直要令姑娘们发疯。他又怕又恨，昏昏沉沉趴在地上。姑娘们则感到浑身充满了莫名其妙的力量。

突然波丽笑了起来，是忍俊不禁的咯咯咯狂笑，随后艾玛和莫丽尔也跟着笑起来。但安妮、诺拉和劳拉则依旧紧张、警觉，眼露寒光，这眼神令他胆寒。

"哼，"安妮奇怪地压低嗓门儿，语调神秘而吓人。"哼！你罪有应得啊！你知道自己都干了什么事儿，对不对？你知道的。"

他不出声，也不动弹，只是扭着脸趴着，眼睛发光，脸上流着血。

"你就该挨宰，你就该，"安妮咬牙切齿地说，"你个挨千刀的，"她的声音能把人吓死。

波丽不笑了，但还是哼哼了一阵子才恢复了常态。

"得让他挑，"她含混地说了一句。

"对，他得挑，"劳拉解恨地说。

"你听见了吗？听见没有？"安妮问，说着她猛地把他的脸扭过来冲着她自己，这一扭他吓坏了。

"你听见没有？"她摇晃着他再次问他。

他一句话也没有。她狠狠地扇了他一耳光，扇得他动了一下，眼睛也瞪大了。但最终还是阴沉着脸，不服。

"你听见没有？"她又问。

他不语，只是敌视地看着她。

"说啊！"说着话她的脸恶狠狠地凑近他的脸。

"说什么呀？"他几乎是屈服了。

"你得挑一个！"她叫喊道，似乎这是某种可怕的威胁，又似乎不能说太白，那样自己会难受。

"挑什么？"他胆怯地问。

"挑你的女人，科迪。你这就得挑一个了。你要是再耍花招儿，小子，小心打折你的脖子。你没跑儿了。"

一阵沉默，他再次扭过脸去。他倒在地上还在动心眼儿，他并不是真的服软了，就是她们把他撕成碎片他也不会。

"那好吧，"他说，"我挑安妮。"他声调古怪，充满怨恨。闻之，安妮放开了手，似乎他是一块烧红的煤块儿一样。

"他挑了安妮！"姑娘们齐声叫起来。

"我！"安妮叫道。她还跪着，但是已经躲开了他。他仍旧扭着脸趴在地上。姑娘们不安地聚拢了过来。

"我！"安妮又叫了一声，声调十分苦涩。

随之她站起身，怀着奇怪的厌恶和苦涩离开了他。

"我才不搭理他呢，"她说。

可她的脸痛苦地抽动着，似乎要倒下。别的姑娘们都转过身去。他还趴在地上，衣服扯破了，扭着的脸在流血。

"哦，既然他挑上了——"波丽说。

"我不要他，他还是再挑一次吧，"安妮说，此时她仍然是痛苦无望的。

"起来，"波丽拉起他的肩膀说，"起来吧。"

他缓缓地起来，一副奇怪、破衣烂衫的惊弓之鸟的样子。姑娘们远远地望着他，既好奇又小心翼翼，还气势汹汹。

"谁要他？"劳拉粗野地叫道。

"没谁，"大家不屑地回答道，可每个人都等待着他把目光投向自己，巴望他能看看自己呢。但只有安妮不这么想，她的心早就伤透了。

他还是脸色阴沉，扭着头不看她们。大家沉默着，这事儿算结束了。他拣起内衣的碎片，却不知道怎么办才好。姑娘们不安地围着他，红着脸直喘，一边下意识地整理着头发和衣服，一边还看着他。可他一个也不看她们。他看到角落里有他的帽子就过去拾起。他戴上帽子，见他这副德行样儿，一个姑娘发出了吓人的歇斯底里的笑声。可他并不理会，而是直接走向挂着他大衣的地方。姑娘们躲着他，似乎他是一根电线。他穿上大衣，从上到下系上扣子。然后把内衣的碎片卷起来，默不作声地站在锁着的门前。

"谁去开开门，"劳拉说。

"钥匙在安妮那儿，"有人说。

安妮默默地把钥匙拿出来给大家。诺拉打开了门。

"这叫一报还一报，爷们儿，"她说，"拿出男子汉的样儿来，别怨恨。"

可他还是一言不发，连个手势都没打，就拉开门走了。依旧绷着脸，耷拉着头。

"这下儿学乖了，"劳拉说。

"科迪！"诺拉说。

"闭嘴吧，看在上帝分儿上！"安妮愤怒地喊着，似乎她很痛苦。

"行啦，我也该走啦，波丽。当心点！"莫丽尔说。

姑娘们都急着要走，一个个忙着整理自己的衣着和头发，没有话，也没有表情。

你摸过我

陶器作坊主人的家是一座难看的方形砖房，房子和作坊的场院都让院墙围着。具体说，一道水蜡篱笆半掩着房子和院子，篱笆外是陶器作坊和场院。说掩，也仅仅是半掩着而已。透过篱笆墙能看到荒凉的院子和开着好些窗户的作坊，看着跟工厂厂房似的，越过篱笆墙能看到很多烟囱和户外厕所。可在篱笆墙里，却有一个赏心悦目的花园，还有一片斜坡草坪，通向一泓垂柳环绕的池塘，作坊的用水就来自这里。

陶器作坊已经关张了，场院的大门彻底关闭了。再也看不到包装棚子旁堆起的露着黄草的大货箱了。再也看不到山路上高头大马拉着的货车了，车上的货物堆得老高。再也看不到那些做陶器的姑娘们了，她们穿着土黄色的罩衣，灰头土脸的，高声大气地跟工地上的男人们说笑着。这些场景再也看不到了。

"这样更好，哦，好多了，安静多了，我们更喜欢这样，"玛蒂尔达·罗克里说。

"哦，是的，"她妹妹艾米附和说。

"我想你们更喜欢这样，"来访者说。

可是，罗克里两姐妹是真的更喜欢这样呢，还是她们想象如此，这还说不准呢。现在，没有四处飞溅的灰泥巴了，场院里也不尘土飞扬了，她们的生活反倒因此越发消沉枯燥。她们以为同那些高声大气叫喊的姑娘们一直朝夕相处，烦透了她们，其实心里还是挺想她们的。

玛蒂尔达和艾米已经是老姑娘了。在一个纯粹的工业区里，女子们如果不甘心平庸，就难找到夫君。这座丑陋的工业镇子里到处都是男人，是想结婚成家的年轻男人。可他们不是矿工就是制陶工，仅仅是卖力气的。罗克里姐妹只等她们的父亲一过世，每人就能继承到一万英镑：也就是价值一万英镑的房产。这可小觑不得，她们就是这种感觉，说什么也不能让一个区区无产者男人拣了这便宜去。于是，银行职员啦、新教牧师啦，甚至学校教师都没有上赶着求婚的，玛蒂尔达早就放弃嫁出去的念头了，就打算在这座陶器作坊老家里扎根了。

玛蒂尔达是个瘦高白净的优雅姑娘，就是鼻子有点大。她和艾米就如同《新约》里的玛利亚和马大①。也就是说，玛蒂尔达喜欢绘画和音乐，读过不少长篇小说，而艾米则爱管家。和姐姐比，艾米长得矮胖，没什么艺术特长，因此对蕙质兰心的玛蒂尔达她很是折服。

尽管暗自神伤，这姐妹俩还算开心。她们的母亲已经过世，父亲则卧病，他是个聪明人，受过些教育，但喜欢将自己等同于劳动者。他酷爱音乐，提琴拉得很不错。可这会子他上了年纪，肾病缠身，病入膏肓了。这人一辈子嗜酒如命，威士忌不离口。

这家人雇了个女佣，安安静静地住在陶器作坊的宅子里，一住就是许多年。朋友们来来往往，姑娘们出出进进，父亲照旧酗酒，病得越来越重。院子外街上矿工们的喧嚣声、狗吠和孩子们的叫声响成一片。可院墙内却是寂寥静谧。

这家人也有自己的烦心事，那就是父亲台德·罗克里家有四个千金，却独独无子。姑娘们一个个都长大了，他发现自己总是身陷一群女人之中，为此感到恼火。于是他去了趟伦敦，从一家救济院里认领了一个男孩子做养子。父

---

① 参见《新约·路加福音》10：38. 耶稣到了一座村庄里，一个叫马大的女人接他到自己家。马大照料家事，妹妹玛利亚却只顾坐在耶稣跟前听道。马大向耶稣要求吩咐玛利亚去干家务，耶稣说玛利亚选择了最至高无上的事情，不能去干家务。

亲把那个六岁的宝贝哈德里安领回家时，艾米十四岁，玛蒂尔达十六岁。

哈德里安不过是个救济院里的普通孩子，头发是常见的那种淡棕色，眼睛是那种常见的淡蓝色，说一口惯常的伦敦土话。他来这个家时，罗克里家还有三个姑娘没出嫁呢，她们对这个不速之客很是反感。这一点，凭着他那种救济院孩子的本能，一眼就看了个明白。虽说只有六岁，哈德里安与这几个女子对视时，脸上竟然露出了一丝嘲讽。姑娘们坚持要他叫她们表姐，弗罗拉表姐、玛蒂尔达表姐和艾米表姐。他照办了，但腔调里透着嘲讽。

不过这几个姑娘还是天生善良的。弗罗拉出嫁离开家后，哈德里安与玛蒂尔达和艾米相处得很不错，算是随心所欲，尽管她们有时候对他管得很严。他在这座房子和陶器作坊的场院里跑来跑去长大了，上了小学，人们最终还是得管他叫哈德里安·罗克里。他对玛蒂尔达和艾米表姐很淡漠，一个人沉默寡言。姑娘们说他滑头，其实这不公平，他只是小心谨慎，不够直率而已。他叔叔台德·罗克里对此心照不宣，这爷儿俩倒是很投脾气，一老一少相互喜欢，但从不动声色。

这孩子十三岁上家里送他进郡府上了中学，但他不喜欢上学。他的玛蒂尔达表姐想把他培养成一个小绅士，可他就是不干。只要一教他表现得优雅点，他就会轻蔑地撇嘴，露出救济院孩子特有的那种腼腆的笑容。他后来就逃学，把他的书、帽子和校徽甚至唯一的围巾和衣袋里的手帕都卖给了同学，然后不知道在什么地方把钱都造光了。他那两年的中学就是这么混下来的。

十五岁那年，他号称要离开英国去殖民地。他一直和这个家有联系。罗克里家的人知道，哈德里安只要半带调侃地轻声宣布点什么决定，谁也别想反对。所以，最终这孩子离开了，去了加拿大，他是从他所属的那个救济院取得的护照。他跟罗克里家告别时连句感谢的话都没说，就那么走了，似乎一丝痛苦都没有。玛蒂尔达和艾米一想到他是那么离开大家的就时不常落泪，甚至她们父亲的脸上也会出现异样的表情。不过哈德里安倒是经常从加拿大写信回来。他进了蒙特利尔附近的一家什么电厂，干得不错。

可后来战争打响了。随之哈德里安参了军来欧洲作战。但罗克里家的人连他的面都没见到。他们和往常一样，在陶器坊的家里过着日子。这时的台德·罗克里已经因为浮肿要死了，死前他一心想要见到那孩子。停战协议签订后，哈德里安有一个长假，他写信来说要回陶器坊的家来看看。

这事让姑娘们十分不安。说真话，她们有点怕哈德里安。瘦高的玛蒂尔达身体不怎么好，另外，姐妹俩都因为伺候父亲而累得心力交瘁。五年前他哈德里安铁石心肠地离开了家，现在长成了一个二十一岁的大小伙子了，这时候要来跟她们同住一个屋檐下，这可够她们受的。

大家一阵慌乱。艾米总算说服了父亲把他的床搬到楼下的起居室里来，腾出他楼上的房间给哈德里安住。折腾完这事，就开始准备迎接客人了。可谁也没料到，上午十点的时候这小伙子突然就出现了。艾米表姐额前的刘海打着绺儿，很是滑稽，正在忙着擦洗楼梯地毯的压梗，玛蒂尔达表姐则在厨房，在泡沫里埋头清洗客厅的装饰品，她绾着袖子，露着细胳膊，头上包着一块抹布，怪模怪样的，但看上去挺可人的。

看到那小伙子拎着背包沉着镇定地走进屋，摘下帽子放在缝纫机上，玛蒂尔达表姐立时羞红了脸。他个头不高，但很自信，浑身上下出奇的整洁，那是在救济院里养成的习惯。他脸膛儿黑红，唇上留着两撇短髭，个头矮小，但充满了活力。

"哎呀，那不是哈德里安吗！"玛蒂尔达表姐惊呼一声，忙着抹掉手上的泡沫。"我们以为你明天才到呢。"

"我是星期一晚上出来的，"哈德里安说着眼睛四下打量着。

"真想不到啊！"玛蒂尔达表姐说着擦干了手，走上前来，伸出手说："你好吗？"

"挺好的，谢谢，"哈德里安说。

"你已经是个大男人啦，"玛蒂尔达表姐说。

哈德里安瞟了她一眼。她此时看上去并不是最佳状态，太瘦，鼻子显得太大，头上还缠着一条粉白相间的抹布。她感到自己模样欠佳，但她一想到自己经历了那么多的苦难和悲伤，也就不在乎什么了。

仆人这时进来了，这人不认识哈德里安。

"来看看我父亲吧，"玛蒂尔达表姐说。

来到门厅里，艾米吓了一跳，像只受了惊的鹧鸪①。她正在楼梯上安放那些亮晶晶的地毯压梗，见他们进来，手就本能地去整理额头上打了绺的刘海。

"怎么回事！"她不快地说，"你怎么今天就来了？"

"我早出来了一天，"哈德里安说，他的声音是那种十分低沉的男人声，十分出人意料，让艾米表姐感到像是受到了一击。

"你瞧，正赶上我们忙乱的时候，"她不愉快地说。说着三个人都进了中厅。

罗克里先生穿戴整齐，就是说他穿好了裤子和袜子，但是在床上。他倚靠在窗下，从那里可以看到他鲜花盛开的心爱的花园，此时郁金香和苹果花开得正艳。他看上去病得不那么重，因为水肿让他虚胖，脸色还行。但他的肚子却是胀得厉害。他王顾左右，只是转着眼珠子，头并没有动。他虽然卧床，但仍看得出当年是个仪表堂堂、身材魁梧的人。

看到哈德里安，他脸上露出一丝异样的勉强的微笑。小伙子怯生生地同他打了个招呼。

"你不像一个近卫军，"他说，"想吃点什么？"

哈德里安四下里看看，似乎是在找吃的。

"行啊，"他说。

"要吃什么，煎蛋和咸肉行吗？"艾米忙问。

"好啊，都行，"哈德里安说。

姐妹俩到厨房去了，一边吩咐仆人把楼梯地毯弄好。

---

① 鹧鸪胆小，易受惊，遇到响声或异物出现，立即表现不安。

"他是不是换了个人啊？"玛蒂尔达悄声道。

"可不嘛！"艾米说，"真是个小男人！"

说着两人做个鬼脸儿，紧张地笑笑。

"把煎锅拿过来，"艾米对玛蒂尔达说。

"不过他还是那么自大，"玛蒂尔达眯起眼睛明白地摇摇头说，边说边把煎锅递过来。

"小矬子儿！"艾米嘲笑道。哈德里安羽翼未丰却故作男子汉，很不招艾米待见。

"他还算不错嘛，"玛蒂尔达说，"你可别对人家有偏见啊。"

"我没偏见，我觉得他看上去还行，"艾米说，"可他身上的小男人气太重了。"

"居然在我们手忙脚乱的时候来了，"玛蒂尔达说。

"他们这种人从来都没脑子，"艾米轻蔑地说，"你上楼去打扮一下吧，好玛蒂尔达。我才不理睬他呢。我照看着这里，你去跟他聊聊吧，我反正不去。"

"人家是要跟咱爸聊，"玛蒂尔达话里有话。

"滑头！"艾米大叫一声，随之扮个鬼脸。

这姐妹俩认为哈德里安这次来是想从她们父亲那里捞点什么，是想得到一份遗产。至于能不能拿到，她们心里没底。

玛蒂尔达上楼去换衣服了。为接待哈德里安和给他个好印象她费尽心思了，可却让他看见她头上缠着抹布，两只瘦胳膊在一盆肥皂泡沫里洗东西。不过她不想那事了。现在她要认真地打扮一番，把美丽的金色长发悉心盘起，在苍白的脸颊上搽了些胭脂，又戴上精致的水晶项链，长长的珠子垂在柔软的绿外套上。这样一装扮，她看上去很优雅，像杂志插图里的女子，但有点不真实了。

她发现哈德里安和她父亲聊得正欢。这小伙子本来少言寡语，但跟他"叔叔"就能有话说。他们都在啜饮杯中的白兰地，抽着烟儿，像老朋友那样聊着。哈德里安在说加拿大的事，说假期一结束就回去。

"那你是不乐意留在英国了？"罗克里先生问。

"不，我不愿意留在英国，"哈德里安说。

"那为什么？这里有很多人干电气呢，"罗克里先生说。

"我知道。不过这里干活的和雇主之间差别太大了，那个我受不了，"哈德里安说。

那病人仔细打量他一番，眼中露出异样的笑意。

"就因为这个，是吗？"

玛蒂尔达听明白了。"那就是你的大主见了，小男人，"她心里说。她一直说哈德里安对什么人或什么事都没有敬重之心，他是个滑头，是个俗人。于是她下楼到厨房去和艾米说悄悄话去了。

"他很拿自己当回事儿呢！"她悄声说。

"人家是个人物，他就这样！"艾米轻蔑地说。

"他觉得这里的主人和雇员之间差别太大了，"玛蒂尔达说。

"加拿大有什么两样吗？"艾米问。

"哦，是不一样，民主些吧，"玛蒂尔达回答说，"他觉得那里人们都平等。"

"哼，他现在是在这里，"艾米冷冷地说，"他就该老实点儿。"

正说着，她们发现那小伙子溜达到花园里了，正若无其事地看花儿。他的手揣在衣袋里，军帽一丝不苟地戴在头上。他看上去很是悠闲，似乎是这里的主人。这两个女人感到紧张，扒着窗户盯着他看。

"咱们清楚他为什么回来，"艾米气呼呼地说。玛蒂尔达久久地凝视着那个身着卡其布军装的整洁身影。他身上仍然有救济院孩子的痕迹，可现在是个男人的身姿了，精干，充满普通人的活力。这让她想起他在她父亲面前谴责有产阶级时那激昂的声调。

"你不清楚，艾米。或许他并不是为那个来的，"她这样反驳妹妹。她们指的都是钱的事。

她们还在盯着那年轻的军人看。他站在花园的尽头，背冲着她们俩，手揣在衣袋里，凝视着垂柳环绕的水塘。玛蒂尔达那深蓝色的眼睛里透着异样的眼神，那布满浅蓝纤细血管的眼睑低垂着。她微微抬着头，但脸上露出的是痛苦的表情。花园尽头的小伙子转过身朝小径这边看过来。或许他是看到窗后的她们了。玛蒂尔达见状赶紧躲到暗处去了。

　　那个午后，她们的父亲似乎又病弱了许多。他这人很容易疲惫。医生来看过，告诉玛蒂尔达说病人随时说死就死，但也不尽然，大家该有个准备才是。

　　日子就这么过了两天。哈德里安在这里住得悠然自得。他一大早就穿着淡褐色的运动衫和卡其布军裤开始溜达，运动衫无领，他的脖子全露出来了。他在陶器坊四周转悠着，似乎有什么秘密目的。罗克里先生精神好点时，他就跟他聊天。一看见这一老一小像朋友似的在一起聊，姐妹俩就生气。不过他们聊的多是国家大事。

　　哈德里安来后的第二天傍晚，玛蒂尔达和父亲待在一起。她是在临摹一幅素描。屋里很静。哈德里安外出了，谁也不知道去了哪里，艾米正忙着。罗克里先生歪在床上朝外默默地看着暮色中的花园。

　　"我要是有个三长两短，玛蒂尔达，"他说，"你不能卖这房子，你得守在这儿——"

　　玛蒂尔达凝视着父亲，眼神中露出些儿疲惫。

　　"哦，我们不会的，"她说。

　　"你不清楚你会做什么，"他说，"东西你和艾米平分。你那份儿你想怎么处理都成，但有一点，你不能把房子卖了，别离开这房子。"

　　"不会的，"她说。

　　"把我的怀表和表链儿给哈德里安，从银行的存款里给他取一百镑，如果他需要帮助，就帮帮他。我没把他写进我的遗嘱里。"

　　"您的怀表和表链，还有一百镑，好的。可他回加拿大时您还好好的呢，爸。"

"啥事都难料啊，"父亲说。

玛蒂尔达坐着，疲惫的眼睛凝视着父亲，看了很久，似乎看得出神。她看得出来，他知道自己不久于人世了，对此她像个超人一样看得准。

随后她把父亲交代的怀表、表链和钱的事告诉了艾米。

"他——"这个他指的是哈德里安，"他凭什么得到爸的表和表链儿，他跟爸是什么关系啊？就让他拿着那笔钱走人算了，"艾米说。她是爱父亲的。

那天晚上，玛蒂尔达在自己房里坐到很晚。她心焦、心碎，脑子似乎恍惚不清，连哭都哭不出，一心想的是自己的父亲，只有父亲。最终她觉得必须去他跟前。

快午夜了。她穿过走廊去他的房间。外面淡淡的月光透进屋里。她在他房间外倾听片刻，然后轻轻推门进去。屋里有点黑。这时她听到床上有点动静。

"睡着了吗？"她轻声问着来到床边。

"睡着了吗？"来到床边，她温柔地又问道。说着，她在黑暗中伸出手摸他的额头。她的手指轻柔地触到了鼻子和眉毛，她就让自己细巧的手放在他的眉毛上。似乎那眉毛清新而柔顺，太清新和柔顺了，让她感到一阵惊奇，几乎把她惊得清醒过来。但她还是没有清醒过来。她向床边倾过身去，手指摩挲着他的短眉毛。

"今天晚上睡得着吗？"她问。

床上的人忽地动了一下，"我睡得着，"有个声音在说。那是哈德里安的声音，把她吓了一跳，立即从夜半的恍惚中清醒了过来。她这才想起父亲是在楼下，哈德里安则住在父亲的房里。他站在黑暗中，似乎是被蜇了一样。

"是你啊，哈德里安？"她说，"我还以为是我父亲呢。"她惊吓得动弹不得。那小伙子尴尬地笑了一声，翻过身去。

她总算走出了那间房。回到自己的房间，开开灯，关上门，她站住脚，把触摸过他的那只手举起，似乎那手受了伤。这份震惊简直让她无法忍受。

"算了，"她强打精神对自己说，"这只是个误会，别当回事儿了。"

可她就是无法说平静就平静。她痛苦，感到别扭。她那只右手轻柔地摸过他的脸和年轻的皮肤，现在感到疼痛，似乎是真的受了伤。这个误会让她无法原谅哈德里安，因此她特别讨厌他。

哈德里安也没睡好。他让开门的声音吵醒后，没听懂玛蒂尔达问话的意思。可她的手轻柔摩挲了他的脸，唤醒了他的心。他是个救济院出来的孩子，孤傲，而且多多少少算是穷途末路。可她那轻柔美妙的抚摸却让他深受触动，茅塞顿开。

早晨来到楼下，她从他眼睛里看出他有心事。她装作没事儿人似的，装得很像。她历经苦难，能平静地控制自己，表现得若无其事。她那暗淡无光、几乎神情麻木的蓝眼睛看了看他，与他眼睛中的火花相遇，一个眼神就将那火花熄灭了。随后她伸出修长漂亮的手为他的咖啡加了糖。

但是，他可不是她想控制就控制得了的。他的心昨晚被蜇痛了，生出了全新的感觉来，身心里有新的东西在耸动。他表面上理智、不动声色，可他内心深处的秘密是鲜活灵动的。她现在是让他支配着，因为他是个不管三七二十一的人，跟她可不一样。

他好奇地看着她。她并不美，鼻子大了些，下巴小了点，脖子又太细。但她的皮肤干净细嫩，心性高雅敏感。这种奇特的美好与高尚与她父亲如出一辙。这个救济院的孩子从她那戴着戒指的白细手指上看出了这一点。那个老人身上的魅力现在他又在这个女人身上看到了。他想拥有这个，让自己成为它的主人。在陶器坊旧址上溜达时，他脑子里就开始谋划起来。她抚摸他的脸时，让他感到了一种奇特的柔美，他要拥有那种柔美，立志要获得它。他开始为此秘密地筹划起来。

他注视着玛蒂尔达逡巡的身影，她也感觉到了他的注视如影随形。但她的孤傲让她对此视而不见。当他手插在衣袋里在她身边溜达时，她对他表现出的依旧是那种司空见惯的友善，这比轻蔑更能让他止乎于礼。她的高贵出身似乎让他不敢造次。她让自己对他像以前一样，让他感到自己是个小男孩，与大家同住一个屋檐下，但是个外人。但她不敢想她的手抚摸过的他的脸。一想起来，她就惊悚不已。她的手给自己惹了祸，她想把那手割掉。还有，她发疯般的想把这事从那小伙子的记忆中抹去。她以为她做到了这一点。

有一天他坐在他"叔叔"床边聊天时，盯着那病人说：

"我就不想在罗斯里这地方住到老。"

"是的，嗯，你不必那样啊，"那病人说。

"你觉得玛蒂尔达表姐喜欢这样吗？"

"我觉得是。"

"我不觉得在这里日子过得有什么劲儿，"小伙子说，"她比我大几岁呀，叔？"

那病人看看那小兵子说："大不少。"

"有三十多了吗？"哈德里安问。

"哦，不太多。三十有二。"

哈德里安思忖片刻说："她看上去可不像。"

那生病的父亲又看了看他。

"您觉得她愿意离开这里吗？"哈德里安问。

"不，我不知道，"那位父亲有些不安。

哈德里安默默地坐着想自己的事。然后，他似乎是自言自语，轻声说：

"我愿意娶她，要是您让我这么做的话。"

那病人突然抬起眼皮凝视他，盯了他良久。那小伙子则不可思议地看着窗外。

"就你！"那病人口气有点嘲弄地说。哈德里安转过身与他对视。这两个人很是心有灵犀。

"如果您不反对的话，我就娶她，"哈德里安说。

"不，"那父亲说着侧过身来，"我不反对，但我从来没想过这事。还有，还有，艾米是最小的姑娘。"

说着他脸红了，看上去更有生气了。他心底里是喜欢这孩子的。

"您不妨问问她呀，"哈德里安说。

老人思忖着。

"你自己去问不是更好？"他说。

"可她更听您的话呀，"哈德里安说。

两人都不言语。这时艾米进屋来了。

一连两天，罗克里先生都很有兴致，一副若有所思的样子。哈德里安则默默地出来进去，悄然无声，不再问什么。后来父女俩有机会在一起了，那是在清晨，父亲感到很难受了一阵子，疼痛减轻后，他静躺着沉思。

"玛蒂尔达！"他突然看着女儿说。

"哎，我在呢，"她说。

"诶！我想让你做件事——"

她应声站起来听他吩咐。

"别，坐啊。我想让你嫁给哈德里安——"

她觉得他是在说胡话。她站起身，一副惊诧害怕的样子。

"别，好好坐着，好好坐着。你听明白我的话了吧？"

"可你不知道你在说什么，爸。"

"嗨，我太清楚了。我就是想让你跟哈德里安结婚，我说明白了吧？"

她目瞪口呆，知道他是个说到做到的人。

"照我说的做，"他说。

她盯着他问：

"你怎么会这么想？"语气是不屑的。

"是他让我这么想。"

玛蒂尔达几乎要蔑视他，她的自尊大受伤害。

"凭什么？这是可耻的，"她说。

"为什么？"

她目不转睛地看着他。

"你干吗要问我呢？"她说，"令人恶心。"

"那孩子挺好的，"他试探道。

"你最好让他走人，"她冷冷地说。

他转过身去看着窗外。她则红着脸直挺挺地坐了很久，最终她父亲向她转过身，一脸的凶煞。

"如果你不，"他说，"你就是个傻子，我会让你为自己的愚蠢付出代价的，你懂吗？"

她立即感到一阵阴冷，害怕了。她无法相信自己的感觉。她惊恐万分，盯着父亲，相信他神志不清、发疯或是醉了。她该怎么办才好？

"我告诉你吧，"他说，"如果你不，明天我就把惠特尔找来。你们姐妹俩什么也别想从我这里得到。"

惠特尔是他的律师。她太了解她的父亲了：他会叫来律师，立一份遗嘱，把他的财产全给哈德里安，什么也不给她和艾米。这样是太过分了。她站起身，走了出去，到了楼上她自己的房间里，把门反锁上。

一连几个小时她都没有出来。直到晚上很晚的时候，她对艾米说了这件事。

"那个讨债鬼，他是想要钱，"艾米说，"咱爸昏了头了。"

一想到哈德里安仅仅是想要得到钱，玛蒂尔达感到又受了一击。她不爱那个不懂礼数的年轻人，但还没有觉得他是个恶毒的东西。现在他在她心目中则成了一个可恶的人。

第二天艾米跟她父亲吵了一通儿。

"您昨天跟咱们玛蒂尔达说的那些话不是真心话吧，爸？"她气冲冲地问。

"是，"他回答。

"怎么，您要改遗嘱吗？"

"要。"

"你不能改，"气愤的女儿说。

可他给她的是一个刻毒的微笑。

"安妮！"他叫道，"安妮！"

他还有力气喊呢。那女仆闻声从厨房进来了。

"穿好衣服，到惠特尔办公室去一趟，就说请惠特尔先生尽快来见我，请他带一份遗嘱表格来。"

说完那病人向后靠靠——他无法躺下。女儿像是受了一击，一动不动地坐着。然后她离开，出去了。

哈德里安正在花园里闲荡。她直冲他而去。

"听着，"她说，"你最好这就走人。最好拿上你的东西离开这里，快点儿。"

哈德里安缓缓地打量着这发怒的姑娘，问："谁这么说？"

"我们这么说。走人，你干的坏事够多的了。"

"叔叔这么说的吗？"

"对，他是这么说的。"

"那我去问问他。"

艾米像个愤怒的女神拦住他。

"别，你用不着去问，你什么也不用去问他。我们不需要你，所以你可以走了。"

"可这里叔叔说了算。"

"一个快死的人，你还围着他转，从他那里套钱！你就不配活着。"

"什么！"他说，"谁说我在套他的钱？"

"我说的。不过，我爸对我家玛蒂尔达说了，她可是知道你是个什么东西，知道你想捞什么。所以，你干脆走人。你就是个大街上的盲流。"

他转过身去背对着她，他要想想。他没想到她们会认为他是冲钱来的。

他确实想要这钱，非常想。他非常想自己当雇主，而不是当雇员。但他再怎么打自己的小算盘，也没有想过为了钱才要娶玛蒂尔达。他既要钱，也要玛蒂尔达。但他告诉自己，这两个欲望是两回事，不能混为一谈。没有这笔钱，他跟玛蒂尔达就没戏。但他不是为这钱才找玛蒂尔达的。

想清楚了，他要找机会对她表明自己的心思。他在暗中观察着。可她在躲他。晚上，律师来了。罗克里先生似乎来劲儿了。一份新的遗嘱订好了，使旧遗嘱里的条款受到新的条件制约。根据这份遗嘱，只要玛蒂尔达同意嫁给哈德里安，旧遗嘱依然有效。但如果她拒绝，六个月后，全部财产都过户给哈德里安。

罗克里先生把这事告诉那小伙子时，露出了刻毒而满意的表情。他似乎怀有一种怪异的欲望，十分莫名其妙的欲望，那就是报复那两个长期围绕他、精心伺候他的女人。

"那就当着我的面告诉她吧，"哈德里安说。

于是罗克里先生就差人去叫两个女儿了。

她们都来了，脸色苍白，沉默不语，表情倔强。玛蒂尔达似乎远远地逃避着，艾米则看似一个斗士，准备战斗到死。那病人靠在床上，目光炯炯，浮肿的手在发抖。但他的脸却又像以前一样容光焕发，一脸的英气。哈德里安安静地靠边坐着，但表现出的是一个不屈而阴险的救济院孩子的神情。

"这是遗嘱，"父亲指指文件说。

两个女人沉默地坐着，纹丝不动，对此置之不理。

"要么你嫁给哈德里安，要么他得到全部财产，"老父亲得意地说。

"那就让他得到一切好了，"玛蒂尔达冷冷地说。

"他不能！不能！"艾米急切地叫道，"他不能得，这个街头的盲流！"

父亲的脸上露出一丝有趣的表情。

"你听见了吗，哈德里安，"他问。

"我要娶玛蒂尔达表姐，但不是为了钱，"哈德里安说着涨红了脸，身体在座位上扭动着。

玛蒂尔达缓缓地打量着他，蓝色的眼睛里眼神暗淡无光。在她看来，哈德里安是个奇怪的小魔鬼。

"行了吧，你这个骗子，知道你就是图钱，"艾米叫道。

病人笑了。玛蒂尔达还在凝视着那年轻人。

"她知道我不是图钱，"哈德里安说。

他也是有勇气的，就像老鼠，逼急了也不屈。哈德里安就有着地下的老鼠的品质，瘦小，谨慎，但他或许是最有勇气、最不屈不挠的老鼠了。

艾米看看她姐姐，说："没事儿，玛蒂尔达，别搭理他。让他把财产都拿走，我们可以自己养活自己。"

"我知道他会把财产都拿走的，"玛蒂尔达神情恍惚地说。

哈德里安没说话。他心里清楚，如果玛蒂尔达拒绝了他，他就可以拿走一切。

"真是个狡猾的小男人！"艾米做一个挖苦的鬼脸说。

那父亲无声地笑笑。不过他是累了……

"去吧，"他说，"去吧，让我安静会儿。"

艾米转过身看着他。

"你这样是活该，"她尖刻地冲她父亲说。

"走吧，"他温和地说，"走吧。"

又过了一夜。这一夜护士彻夜未眠守护着罗克里先生。又一天到来了，哈德里安还像以前一样，身着紧身毛线衣和粗卡其布裤子，露着脖子。玛蒂尔达羸弱的身影在屋里走动着，显得若即若离。艾米尽管是碧眼金发，却绷着个脸。大家都保持着安静，因为他们不想让那个神神叨叨的仆人知道点什么。

罗克里先生又疼得不行了，疼得无法呼吸，看来是快死了。大家都沉默着，僵持着，谁都不让步。哈德里安独自想自己的事。如果他娶不成玛蒂尔达，他会带着两万英镑回加拿大。这本身就很能让他心满意足。而如果玛蒂尔达同意下嫁，他就什么都得不到，而玛蒂尔达则能得到她自己那一份财产。

艾米采取行动了。她出去找到律师并把他带回家来。大家面谈了一次，惠特尔律师吓唬了那小伙子一顿，想让他放弃，可没有成功。牧师和罗克里的亲戚们也给请来了，但哈德里安瞪着他们，不予理睬。这阵势甚至令他恼火了。

他想与玛蒂尔达有个单独相处的机会。可过了好些天都不成，因为她躲避着他。后来终于有一天，趁她出来采黑豆果时他猛地蹿出来堵住她的路，把她吓了一跳。他开门见山地问她："你是不想跟我对吗？"他话里有话，其实是在说服她。

"我不想跟你说话，"她说着转过脸去。

"可你的手放我脸上来着，"他说，"你要是不那么着，我怎么着也不会有那想法儿。你就不该摸我。"

"如果你还是个体面人，就该明白那是个误会，忘了那事儿，"她说。

"我知道那是个误会，可我就是忘不了。你把一个男人弄醒了，你不能说让他再睡他就能睡着了。"

"如果你还有点良知，你就该走开，"她回答道。

"我不想走开，"他说。

她向远处看去，终于开口道：

"你这么折腾我，还不是为了钱嘛？我老得可以做你的母亲了。可以说我一直在当你的母亲。"

"那没关系，"他说，"你在我眼里根本不是母亲。咱们结婚吧，然后去加拿大，不如就结了吧，因为你摸过我。"

她脸色煞白，浑身发抖。突然她红着脸气愤地说："这太下流了。"

"怎么下流了？"他反驳说，"你摸我来着呀。"

她从他身边走开了，感到他把她套牢了。而他则是又气又沮丧，感到自己再次遭到了蔑视。

当天晚上，她就进了父亲的房间里。

"好吧，"她突如其来地说，"我嫁给他。"

她父亲抬头看看她，此刻他疼痛难忍，病入膏肓了。

"你现在喜欢他了，是吧？"他说着微笑了一下。

她向下方看过去，直视着他的脸，知道他不久于人世了。随之她转身冷冷地离开了这间房。

律师叫来了，所有的准备都在匆忙中进行。这期间玛蒂尔达没跟哈德里安打一个招呼，他招呼她她也不理会。早上他走近了她。

"你想通了，是吗？"他愉快地看着她说，他目光闪烁，那眼神几乎算是友善的了。她垂目看他一眼，转过身去。她看不上他，从里到外都看不上。但他坚持不懈，终于成了。

艾米一通大骂大哭，这下什么秘密都暴露了。但玛蒂尔达沉默不语，不动声色。哈德里安不动声色，但暗自得意，不过心里也小有害怕。但他战胜了自己的恐惧。罗克里先生病危了，但仍然不改初衷。

第三天，他们结婚了。玛蒂尔达和哈德里安登记后就直接开车回家了，然后直接进了垂危的父亲房里。他眼睛一亮，笑了。

"哈德里安，你得到她了？"他嗓音有点沙哑。

"是的，"哈德里安说，此时他脸色苍白。

"好啊，我的孩子，你总算成我的人了，"那垂死之人说。然后他的目光投向玛蒂尔达。

"让我看看你，玛蒂尔达，"他说，他的声音异样，而且含混不清，"亲亲我，"他说。

她弯下腰去亲了他。她还从来没吻过他呢，从小到大都没有。她神情平静，无动于衷。

"亲亲他，"濒死的人说。

玛蒂尔达顺从地努起嘴唇吻了年轻的丈夫。

"这就对了！这就对了嘛！"那垂死的人嗫嚅着。

公　主

在她父亲眼里，她是公主。可在她波士顿的姨妈和舅舅眼里，她不过是"杜丽·厄克特，可怜的小东西"。

柯林·厄克特有点迷狂。他出身于一个古老的苏格兰家族，却号称有皇家血统，血管里流着苏格兰国王的血。因为这事，他美国的亲戚们都说他"有点毛病"。他们再也受不了听他说他血管里流的是什么皇家血。这件事让他们觉得很可笑，令他们恼火。他们知道的事实是，他并不是斯图亚特家族①的后裔。

他是个美男子。一双蓝色的大眼睛有时显得迷茫，柔软的黑发低低地盖住了额头，挨上了宽宽的低眉。他的身材也是迷人的。另外，他的声音特别优美，平时有点羞赧，可有时会洪亮如铜钟，让你领略他的魅力。他长得像古代凯尔特英雄，那模样，似乎应该穿上灰色的苏格兰短裙，系上毛皮袋，露出膝盖来才好②。他的声音直接发自古老的奥西恩的喉咙③。

除此之外，他是一个绅士，有足够的财富，但还不够奢华。五十年前，他盲目地游荡，但从来没达到什么目的，从来没干成什么事，而且从来没有个名分，可是却在不止一个国家的上流社会里受到欢迎，为人所熟识。

他结婚时已到不惑之年，娶的是新英格兰④的富家小姐普里斯科特。当

---

① 斯图亚特王朝（1603—1649，1660—1741）。

② 苏格兰士兵和苏格兰高地男子通常穿短裙，裙前系毛皮袋。

③ 公元 3 世纪苏格兰地区传说中的游唱武士诗人。

④ 美国东北部地区，包括康涅狄克、缅因、马萨诸塞、新罕布什尔和罗德岛。

时，二十二岁的汉娜·普里斯科特被这位一头柔软黑发（当时一丝灰白发都没有）、长着一双蓝色的大眼睛、目光迷茫的男人迷住了。在她以前，不少人迷上了他，可这位柯林·厄克特却由于"迷茫"而未能与别人结成良缘。

厄克特太太被丈夫的翩翩风度迷惑了三年，后来这东西把她毁了。跟他生活在一起就像跟一个迷人的精灵在一起一样。对好多事他都视而不见，真可恶。他的声音总是那么低沉优美、那么殷勤、那么优雅，像唱歌一样，可就是心不在焉。一到关键时刻，他就迷糊了，俗话管这叫"犯傻"。

结婚第一年的年底，她生了个女孩。他当上爸爸了，可这并没有让他更加现实起来。几个月以后，他的英俊和那迷人的歌唱般的嗓音让她感到恐怖了，这是一种奇特的回声：他就像一个活生生的回声一样！他的肉体，当你触摸他的肉体时，会感到这不太像一个真人的肉身。

可能就是因为他有点迷狂吧——孩子出生的那天晚上她肯定了这种看法。

"哈，我的小公主终于降生了！"他用凯尔特人那种歌唱般的喉音说，这声音像幸福地唱着赞美诗时发出的，飘飘然沉醉的声音。

这孩子娇小羸弱，一双蓝色的大眼睛露出惊奇的眼神。他们为她洗礼，命名为"玛丽·亨利厄塔"。她叫那小孩为"我的杜丽"，而他总叫她"我的公主"。

你对他发火也没用，他只会把一双大眼睛睁得更大些，像小孩子一样默不作声，一本正经地看着你，让你一点办法也没有。

汉娜·普里斯科特身心一直不健，生存欲望并不怎么强烈，孩子两岁那年她就猝然撒手人寰了。

尽管嘴上不说什么，可实际上普里斯科特家的人对柯林·厄克特极其反感，他们指责他自私。汉娜在佛罗伦萨下葬后一个月他们就停止支付汉娜名下的那笔钱了，因为他们催促这位父亲把孩子过继给他们，这一要求遭到他断然拒绝，拒绝时的声音都像在歌唱。他不把普里斯科特家的人看作他的同类人，不把他们当回事，他们只是些偶然的现象，或者说是留声机，是不得不予以回答的会说话的机器。他回答了他们的话，可从没注意过他们的真实存在。

经过争论，他们认为他不适合做孩子的监护人。可这事说出去会成为一桩丑闻的，所以，他们干脆不再搭理他了。可他们却给这孩子不厌其烦地写信，在圣诞节时送她一些小钱，在她母亲逝世纪念日那天他们也这样做。

对这位公主来说，波士顿的亲戚多年来都名存实亡。她和父亲一起生活着，而父亲却不停地旅行，他收入微薄，因此行事低调。他从来也不去美洲。这孩子总在换保姆。在意大利，她的保姆是一位农民；在印度，是一位女佣；而在德国又换上了一位黄头发的农家女。

父女俩是不分开的。他并不是个隐士，不管到何处，人们都可以看到他正式地访东串西，出席午餐会或茶会什么的，但绝少有宴会，每次去都带着孩子。人们叫她厄克特公主，好像那是她受洗礼时取的名字一样。

她是个机敏轻盈的小东西，一头金黄的头发已经变成了亚麻色；稍稍凸出的大眼睛是蓝色的，显得既坦率又精明。她在成长，可又一直没有真正长大。她聪明得出奇，但又总显得孩子气。

这都是她父亲的错儿。

"我的小公主绝不要太注意别人，不要太注意别人的言行，"他一次次这样对她讲。"别人不知道他们在做什么或说什么，他们嚼舌根，相互伤害不算，还常常自我伤害，直到哭了为止。别理他们，我的小公主，那些算什么，不值得理会。在每个人的内心里都有另一个动物，一个不顾一切的魔鬼。你能剥去他们的外表，就像厨师剥洋葱皮一样；但是，在每个人的心中有一个绿色的魔鬼，你剥不掉它。这个绿色的魔鬼从来不会改变，它才不管身外都发生了什么事情呢，才不管什么嚼舌根不嚼舌根，什么丈夫、妻子、儿女，什么烦恼，什么麻烦，不管这些。你剥去人身上的一切，剩下来的就是每个男人或女人心中的绿色、挺立着的魔鬼；这个魔鬼就是一个男人真正的自我，也是一个女人真正的自我。这东西不在乎别人，它属于神和原始的仙人——它们就是什么都不在乎。不过，尽管如此，魔鬼还是有高大和渺小之分，美丽与庸俗之分。但童话里的高贵仙女都没了，只有你，我的小公主才是仙女。你是古老的皇族的最后一位女儿，最后一位呀，我的小公主，没别人了。你和我是皇族最后的两个人了。我死后，就只剩下你一人了。就因为这个，亲爱的，你才永远不要太关注世界上其他的人呢。他们心中的魔鬼早就变渺小，变庸俗了，他们不是皇族。你继承了我的血统，是皇族。永远记住这个，永远记住，这是一个大秘密。如果你告诉了别人，他们就会设法杀死你，因为他们忌妒你是公主。这是咱们的大秘密，亲爱的。我是王子，你是公主，我们有着古老又古老的血统。这事，只能你我两人知道，并且咱俩要保守这秘密。所以，亲爱的，你要对所有的人表现得有礼貌，因为贵族行为理应高尚嘛。但是你要永远记住，你是公主中最后一位，别人都不如你，不如你高雅，他们庸俗。对他们要有礼貌，要温和、要友善，亲爱的。但是，你是公主，他们是庶民。千万不要以为他们也像你一样，他们才不一样呢。你会发现，他们总是缺少什么，缺少皇家的气质，而这一点只有你才有呢——"

公主幼年时就上了她的第一课——要绝对矜持，不得与父亲以外的人亲昵；第二课是，要天真，稍稍表现出乐善好施和礼貌。这个小孩子，她的性格有些定型了，她纯洁无瑕，尽善尽美，像水晶一样透明。

"宝贝儿！"她的女管家这样说她，"她太精致，太老气，这么一位女子呀，可怜的小孩儿！"

她挺着腰身，非常娇小。她总是那么小，身材可说是袖珍型的。和她那高大、健美、有点痴狂的父亲相比，她好像是一个丑小孩儿一样。她衣着简单，总是穿蓝色的或浅灰色的衣服，衣服上的小领子是旧时米兰式的；或者穿做工精美的亚麻布衣。她那双精巧的小手弹起钢琴来，琴声像在古钢琴上奏出的一样。外出时她非常喜欢穿大衣和斗篷，戴有点像十八世纪款式的帽子，不穿女式上装。她的肤色跟苹果花一样纯净鲜艳。

她看上去就像画中走出的人物，但直到她离世，仍没有谁确切地弄懂她父亲把她制成了一幅怎样奇怪的画，她从来没有从那幅画中走出来。

她的外公和外婆以及默德姨妈，曾两次要求看望她，一次在罗马，另一次在巴黎。可每一次见到她后，他们感到她迷人，又生她的气。她是那么娇美，那么纯真的一个小人儿，可她又那么老气、持重得出奇。她那奇特的降尊纡贵态度以及那内在的阴冷把她的美国亲戚惹恼了。

真正被她迷住的是她的外公，他被她搞得神魂颠倒，有点爱上这个白璧无瑕的小东西了。他老伴儿常发现，他见到外孙女很久以后还在想念着她，想得出神，渴望再见到她。一直到死，他还热切地希望她来同他和外婆一起生活呢。

"谢谢你，外公。你太好了。可我和爸爸是老伙伴，你知道，我们这一对充满怪癖的老伙伴生活在我们自己的世界里。"

她爸爸让她以旁观者的身分看这个世界，还让她从小就读书。她十几岁上就读左拉和莫泊桑的书，读了这些书，她就用左拉和莫泊桑的眼光来看巴黎了，不久后，她又读了托尔斯泰和陀思妥耶夫斯基的书。陀思妥耶夫斯基让她感到困惑，不过对于其他作家，她倒能够读懂他们的作品。她精明、机敏，不仅能看懂这些书，还能读古意大利文的《十日谈》，也能读懂《尼伯龙根之歌》。令人不可思议的是，她对事物的理解是完全冷漠的，不带任何热情。她像一个小怪物，不太像人。

这也使她不可思议地招人厌恶。出租车司机和铁路搬运工们，特别在巴黎和罗马，会在她孤身一人的时候突然恶毒粗鲁地对待她。他们好像用一种蓦然而升的强烈厌恶眼神看她。他们感到她傲慢得出奇，对他们感受最深的东西，她轻易地表现出一种傲慢态度，是那种无聊的傲慢。她太稳重了，这朵少女之花没一点香味儿。她会认为罗马的一位色眯眯充满肉欲的司机是个怪人，认为他在逗她笑。她在左拉的书中认识了这种人。她对他发号施令显得她特别降尊纡贵，好像她是唯一的实实在在的人，一个纤弱美丽的人；而他，则是一个粗鲁的魔鬼，像凯列班[①]一样在美妙的荷花池畔的泥水里踉跄前行。她这架势会突然惹怒那家伙，他可是地道的地中海人，为自己男性的美而自豪，对他来说阳物的神秘是唯一的神秘。于是他会凶恶地看着她，粗暴地恶狠狠地恫吓她。对他来说，她干干巴巴的，除了那种可咒的傲慢再也没别的了。

类似这样的遭遇让她发抖，她意识到她必须从外界得到支持才行。可她的精神力量并没有触动这些下等人，他们具有肉体上的力量。他们对她的每一次发怒，都让她意识到一种毫不宽容的仇恨，不过她没有失去理智，平静地付了钱就转开去了。

这种时刻对她来说是危险的，不过她学会了对付他们。她是个公主，是来自北方的仙女，无论如何也弄不懂这些粗俗的人何以对她爆发出火山一样的仇恨，那是一种来自阳物的仇恨。他们对她父亲就从不发怒。很小的时候她断定他们恨的是新英格兰母亲遗传给她的那些毛病。她从来也没有用旧罗马人的眼光看自己，看出自己毫无生气，像一朵装模作样不结果的花儿那样令人难以忍受；可罗马的司机却这样认为。他希望碾碎她这朵不结果的花儿，这花儿尽管美但不性感，她那副威严的样子激起的是他粗暴的反抗。

她十九岁那年，外公死了，给她留下一笔可观的遗产，由很负责任的托管人代理。他们会把这笔收入交给她的，条件是她要一年中在美国居住六个月。

"他们凭什么跟我讲条件？"她问她爸爸，"我拒绝每年在美国蹲半年监狱。我们让他们留着这笔钱吧！"

"明智点，我的小公主，让我们明智点吧。我们几乎是穷人了，又总受到野蛮人的威胁。我不允许任何人粗暴地对待我，我恨，我恨这种粗暴行为！"说着他的眼睛直冒火。"哪个男人或女人对我粗暴我就宰了他。可是，我们是在世界上流浪，我们没有力量。如果我们真的穷困，我们真没有力量，那么我

---

① 莎士比亚戏剧《暴风雨》中的妖怪，他妄想玷污米兰达。

就去死。不会的，我的小公主。我们接受他们的钱，有了钱他们就不敢对我们造次了。让我们接受这笔钱，有了钱就等于穿上了防止别人进攻的衣服。"

他们在五大湖区、加州或西南地区度夏天，他们的生活开始了一个新阶段。父亲爱写点诗，女儿则爱绘画。他在诗中描写这些湖泊或红杉树，她则画一些精巧的素描。他体格健壮，所以喜欢户外生活。他可以同她一起在外面度过好些天，划独木舟旅行，在篝火边入眠。这小公主尽管很纤弱，可她不示弱。她会同他一起骑马在山间小路上奔跑，直到累得魂不附体，任小马搭着她行走为止。她从来不服输。晚上，他用毛毯把她裹起来，让她睡在松枝搭成的床上。她躺在床上默默无语地看着天上的星星，她是在扮演自己的角色呢。

她二十五岁，一转眼又三十岁了。随着岁月的流逝，她还是那副纯洁娇小的公主样儿，可老气、毫无激情，像个老妇人。人们问她：

"将来你父亲不能和你在一起的时候，你怎么办，你想过没有？"

她用冷漠、精灵般无动于衷的眼神看看问话者，说：

"没有，我从来没想过这个。"

在伦敦她有一座小巧玲珑、优雅的房子，另一座在康涅狄克，尽管小，但很完美，每一处房屋都有一位忠诚的看护人守着。她有两个家可以选择住，她认识很多有趣的文艺界人士，她还需要什么呢？

光阴荏苒，对此她毫无察觉。她就像毫无性感可言的仙女，所以她没有变样，都三十三岁的人了，看上去才二十三岁的样子。

可她父亲变老了，越变越古怪。现在，他一在家里发狂，她就得监护着他，这成了她的任务。他一生中最后的三年是在康涅狄克的家中度过的。他变得太陌生了，有时他发起狂来那股疯劲儿几乎把这小公主置于死地。肉体的狂暴太让她害怕了，几乎要让她心碎。不过她找到了一位比她小几岁、受过良好教育、性情敏感的女人来，给这疯老头子做护士和伴儿。这样，老头子发疯的事从来没有外扬。这位小姐名叫肯明斯，她对小公主怀着忠心，又对这位英俊、谦恭的白发老人怀有特殊的感情，那感情中掺杂着爱情。那老人从来都意识不到自己在发疯。

公主三十八岁那年她父亲过世了。她还没变样儿，仍然那么娇小，像一朵尊贵但无味的花朵。她那头柔软的棕发很像海狸毛，剪得短短的，柔软蓬松地包着红苹果花一样的脸蛋，再加上那弯弓似的鼻子，她真像一个古佛罗伦萨画像上傲慢的人儿。她的声音、举止和风度都是娴静的，她就像一朵开在阴影里的花。她那双蓝眼睛显示出这位公主挑战的神态，那种挑战是她固有的，一眼就看得出，随着年龄的增长，几乎变成一副嘲讽的神情。她是公主，嘲讽地观望着这个没有王子的世界。

她父亲的死让她松了一口气，同时似乎一切都从她身边消失了，像蒸汽一样蒸发了。她一直住在温室里，被她父亲的狂气熏陶着，突然，这座温室被移走了，她被置身于阴冷、广漠、庸俗的旷野里。

她怎么办？她似乎面临着绝对的虚无。只有肯明斯小姐分享着她的秘密，几乎也分享着她对她父亲的激情。事实上，公主感到她对自己那发狂的父亲所怀有的激情在过去几年中大部分奇妙地转移给了恰洛特·肯明斯小姐。现在，肯明斯小姐成了装有对这死人的激情的容器，而她，公主本人则成了一只空空如也的容器了。

她是世界这座仓库中一只空洞的容器。

她怎么办？她觉得，既然她不能像酒一样从拔去塞子的瓶子里蒸发得一干二净，她就必须做点什么。她一生中还从来没有这种使命感呢。从来，从来她没有感到她必须做点什么，她原来以为那是庸俗人的事。

她爸爸一死，她才发现自己已濒临芸芸众生的边缘，像他们一样必须要做点什么了。这有点让人抹不开面子，她感到自己变俗了。同时，她发现她开始用狡狯的眼光看男人了：那是求偶的眼光。倒不是说她突然对男人发生了兴趣或者说被他们吸引了。不，她仍然没有对活生生的他们产生兴趣，也没在生命上被他们吸引。但是，结婚，这个特殊的抽象概念对她产生了一种魔力。她认为，抽象地说，结婚是她必须做的事，这意味着她与一个她了解的男人结合。她知道所有这些事实。可是男人似乎是她头脑中的产物而不是男人本身，不是一个人。

她父亲死在她三十八岁那年夏天，在她生日的一个月后。一切都料理清了之后，很明显要做的一件事就是旅游，和肯明斯小姐结伴出游。这两位女子相互很了解，很亲密，不过还不够亲密无间，她们之间本能地保持着一段距离。肯明斯小姐来自费城，出身于书香门第，聪明但游历不广。她比公主小四岁，完全把自己当成"夫人"的小妹妹了。她对公主怀有一种激情的崇拜，在她眼里，公主是不能用年龄和时间来衡量的。一看到柜子里公主那一排排娇美雅观的小鞋子，她心头就禁不住漾起一股柔情，一种敬畏感油然而生。

肯明斯也是处女，可她那棕色的眼睛却露出惊恐困惑的眼神。她皮肤苍白洁净，身段很好，但表情茫然。相比之下，公主的表情倒显出文艺复兴时代的庄严来，这有些不可思议。肯明斯小姐的声音是又轻又低，几乎接近于耳语，这是在柯林·厄克特屋里养成的。但这轻而低的声音有点沙哑。

公主不想去欧洲，她打算往西走。既然父亲已去世，她打算一直朝西走。毫无疑问是沿着帝国的边界地带向西，很快就到了太平洋沿岸，走入蜂拥的海水浴人群中。

不，不要太平洋海岸，她不去那儿了，要去西南，那里还不算太庸俗。她要去新墨西哥。

八月底她和肯明斯小姐一起到了塞罗·库多农场，这时人们开始回东部了。牧场在大山脚下四英里开外的地方，一条沙漠中的小溪从这里流过，这里离印第安人居住区圣克里斯特堡有一英里远。这座农场是富人们的去处，公主和肯明斯小姐一天要付三十美元。但她是自己单住在果园的苹果树丛中的一间小屋里，还雇了一位优秀的厨师侍候自己。不过，晚饭她们要到大酒店去吃，这位公主仍然想着结婚这件事儿。

塞罗·库多农场的来客中没有穷人，除此之外形形色色的人都有，都是有钱人，不少人还挺罗曼蒂克呢。有些人很有魅力，有的很俗气，那些电影界人士俗气中不乏优雅，还算有魅力，还有不少犹太人。公主不喜欢犹太人，尽管通常跟他们聊天是最有趣的。所以她就跟犹太人聊天儿，和艺术家一起作画，同高等学校的年轻人一起骑马出游，总的来说很享受。但是她觉得自己是离了水的鱼，投错了林的鸟。结婚还仍然是个抽象的概念，她还不能把结婚这个词同这些年轻男人连在一起，甚至不能同他们中的佼佼者连在一起。

公主鲜艳的丹唇，娴静的神态，娇嫩的处女的纯洁容颜，让她看上去就像二十五岁，绝不会比这大了。只是她的眼神太单调了，让人感到有些失望。当她不得不写明自己的年龄时，她就写二十八岁，那个"2"字写得不很清楚，但不会让人认为是"3"。

男人们暗示要跟她结婚，特别是那些大学生们隔着老远就对她有所表示。可一看到公主那讥讽的目光，他们就认输了。她觉得他们太荒唐，太可笑，有点无礼。

唯一唤起她兴趣的是一名姓罗麦洛的导游——多明戈·罗麦洛。罗麦洛十年前以两千美元的价格把他的农场卖给威基森。卖掉农场后他就远走高飞了，后来又返回来。父亲老罗麦洛是这个西班牙家族里最后一个拥有圣克里斯特堡周围方圆数英里土地的人。可是，白人的到来，经营众多羊群的破产，还有那能够战胜一切人的惰性毁灭了大山脚下沙漠中的罗麦洛家族，到了最后这一代，他们变成了一群墨西哥农民。

多明戈这个继承人花完了那两千美元，就靠给白人干活谋生了。他三十来岁，高高的个头，沉静的双唇紧紧地闭着，黑眼睛沉郁地扫视着别人。从背影看，他体格强壮，身材曲线自然，脖子的肤色很深但形状很漂亮，是充满活力的一个人。可是他的脸太长，脸色阴沉，几乎有点凶恶，一脸的空虚，这是这个地区墨西哥人的特点。他们看上去强壮健康，欢笑着相互揶揄，可他们的体魄及他们的本性却似乎是静止的，好像他们的力量无处发泄一样。他们的脸因为阴郁而显得变形了，似乎没有生存的意义，更没什么激进的味道。他们要么是在等死，要么就是在等待什么来激起他们的热情和希望。不少双黑眼睛中有一种奇特的魂牵梦绕般的秘密，忧郁而且令人厌恶，看上去就像那些自行鞭笞肉体者一样①。他们在自我折磨和死之崇拜中找到了生存的意义。他们不能从自己生长于斯的广袤美丽但又有惩罚性的大自然中获得积极的意义，于是就折磨自己，通过自我折磨来达到对死的崇拜。这种神秘忧郁都在他们的眼睛中显示出来。

不过一般来说，墨西哥人的黑眼睛沉郁但尚有生气，有时露出敌意，有时显得挺友好，总笼罩着宿命的印第安之光。

多明戈·罗麦洛几乎是典型的墨西哥人模样。长脸，脸色阴沉忧郁，面部修饰得很整洁，厚重的嘴唇几乎显得有些粗野。他的眼睛是黑色的，有点像印第安人，只是在绝望中闪烁着一星骄傲、自信和不屈。凝固的绝望和黑暗中仅有这么一星光亮。

但这一星光亮把他与成群的男人区分开来，它给他的举止添了一分敏感，给他的长相添了一分美。他不像一般的墨西哥人那样头戴沉重的头饰，而是戴了一顶帽檐很低的黑帽子，他的衣着单薄且雅观。沉静，超脱，在自然风景中几乎看不透他。但他是理想的导游，聪明机智，能预见到将要出现的困难情况，他还会做饭，往篝火旁一蹲，消瘦的棕色双手干起活来挺熟练。他唯一的缺点是不主动，不爱聊天，不温柔。

"哎哟，可别让罗麦洛来陪我们，"犹太人说，"你说话他没反应。"

旅游者们来来往往，但他们极少看到什么内在的东西，他们当中谁也没看到过罗麦洛眼睛中的那一星光，他们没那么强的生命力，所以看不到它。

公主那天雇他做导游时看到了这星光。公主在峡谷中钓鳟鱼，肯明斯小姐在一边读书，马匹都拴在树干上，罗麦洛往她的钓线上拴一只渔钩。他拴好了渔钩，把钓线递给她时抬起眼皮看了她一眼。就在那一刻，她看到了他眼中的光亮。她立刻懂得，他是一个绅士，他心中的"魔鬼"正如她父亲所说，是

---

① 在墨西哥、新墨西哥和科罗拉多有些人出自宗教原因自行鞭挞。

个好魔鬼，于是她对他的态度立即发生了变化。

他们来到三角叶杨树林外静静的湖边钓鱼。他引她到一块高高的岩石上，时值九月初，峡谷里已经冷了，不过三角叶杨还是绿的。公主身穿柔软的灰色紧身外套，剪裁合体的灰马裤，脚蹬一双高靿黑靴子，小巧的灰帽子下散落出几缕松软的棕发，站在石头上显得娇小，十分完美。她是一个女子吗？不完全是。她是个小精灵，来到这个杀气腾腾的野性的峡谷里，被安置到这块岩石上。她十分懂得如何驾驭一根钓线，她父亲把她训练成了一个渔夫。

身穿黑上衣、宽松的黑裤子，裤腿塞进大马靴里，罗麦洛在稍远的地方垂钓。他把帽子放在身后，长着黑发的头低向水面监视水中的鱼。他钓上了三条鳟鱼。他不时朝上游公主占据的那块石头看去，她姿势优雅，但什么也没钓着。

不一会儿，他就悄然收起了自己的钓线朝她走过去。他机敏的目光盯着她的钓线，观察着她的位置。然后他轻声建议她调整一下，棕色的手在她面前比划着。然后他后退了一点，靠在树上默默地站着观望她。他在远处帮她的忙呢，她知道这个，有点儿激动。不一会儿，就有鱼咬钩，两分钟后她就钓上来一条漂亮的鳟鱼。她四下里扫了一眼，看看他，眼里闪着光，双颊变得红润起来。当她与他的目光相遇时，他的脸上闪过一丝友好的微笑，忽而那笑容里透着不可思议的甜美。

她知道他在帮助她。她感到了他举止中那微妙、含而不露的男人的友善，这一点在他侍候她之前她从未感受到。于是，她的面颊绯红了，蓝眼睛的光泽变深了。

从这以后，她总要寻找他，寻找男人那种奇特的黑色友好之光，这束光他可以给予她，它来自他的胸膛，来自他的心房。这东西她以前从来没领略过。

一种朦胧、难以言表的亲密感在他俩之间日益增长。她喜欢他的声音，喜欢他的面孔，喜欢他的仪态。他的母语是西班牙语，他讲起英语来像是说外语，缓慢，有点犹豫，但余音里仍带有西班牙语忧郁的共鸣。他的面容有些难以琢磨的正经，因为他的脸总是刮得很干净。他头发浓密，顶上留得很长，但脑后的头发却总是很认真地修饰一番。他那考究的黑色开司米外套，宽宽的皮带，以及塞进装饰着刺绣的牛仔靴中的宽松合体的裤子都带有某种难以磨灭的优雅。他没戴银戒指，也没戴什么扣形装饰物，只是靴子上部绣着花，并用丝毛皮革装饰了一下，看上去很高雅，身材颀长而又壮实。

令人奇怪的是，他同时给她这样的感觉：死亡离他不远了。也许，他的一半在和死亡相连着。不管怎样，这种感觉反倒使他变得更"可能"合适她。

尽管身材矮小，她可是个好骑手呢。他们把农场上的一匹栗色牝马给她骑，这匹马颜色很漂亮，身架很好，强劲的宽脖颈和下塌的脊背说明它是一匹快马。这马的名字叫坦茜。坦茜唯一的缺点是容易变得歇斯底里，这也是一般牝马的缺点。

就这样，每天公主都同肯明斯小姐和罗麦洛一起骑马到山里去，有一次他们还和另外两位朋友一起到野外宿营了几天。

"当只有我们三个人时，我觉得更好。"公主对罗麦洛说。

他立刻对她报以漂亮的笑容。

很奇怪，当她钓不上鱼、骑马感到厌倦，或者坦茜突然受到惊吓时，没有哪个白种男人能对她表现出这种微妙的绅士气度，默默地帮助她但又跟她保持一段距离，似乎只有罗麦洛可以从他的心中向她发出一道隐秘的光线，帮助她、支撑她。她以前从来不知道这个，这太让她激动了。

他一笑，黑脸膛上就起皱纹，露出健康洁白的牙齿来。打起皱纹的脸几乎让他变成了一个野性的怪人，可同时，这笑容里有什么东西非常温暖，那对她来说是一团温厚的隐秘之火，这团火让她变成了真正的她自己。

这团生动隐秘的火，她看到了，她知道他意识到了她的感觉。他们暗通款曲，默默地、微妙地。在这种微妙的沟通中，他就像一位纤敏的女性。

他的存在只是启发她去领悟"结婚"这个概念。不知为什么，她那奇怪的小脑瓜就没有想到跟他结婚，说不上到底是为什么。他本身是绅士，她的钱也足够两个人花的，并不存在什么实际障碍，也不是因为她循规蹈矩。

不是因为别的。现在她弄懂了：好像他们两人的"魔鬼"可以结合，或许已经结合了；只是他们两人——厄克特小姐和多明戈·罗麦洛先生本身因为某种原因不能相容。他们之间有一种特殊的亲密感，他们相互沟通了，可她不明白这怎么能导致结婚。如果同哈佛或耶鲁大学的漂亮小伙子结婚倒似乎比同他结婚更容易些。

时光流逝，她对此听之任之。九月底，山顶上白杨叶子变黄了，橡树丛变红了，但是峡谷中的三角叶杨却没有变化。

"你什么时候走？"罗麦洛茫然的黑眼睛盯住她问。

"十月底，"她说，"我要在十一月初去桑塔·巴巴拉。"

他在她面前藏起自己眼中的星光。不过她看到他不高兴地撅起了嘴，那样子很特别。

她多次冲他抱怨说，除了金花鼠和松鼠或者偶尔有臭鼬和野猪外，她没见过什么野生动物。从来没看到一头鹿，一头熊或山上的狮子。

"这些大山中就没有更大的动物了吗？"她颇为不满地问。

"有，"他说，"有鹿，也有熊，我见过它们的脚印。"

"可怎么就见不到这些动物呢？"她显得很不满而又充满渴望，那样子就像个小孩子。

"那太难了。你无法靠近它们。你要想看动物，就得在它们出没的地方保持安静才行。要么你就得寻着它们的足迹跟踪好久才行。"

"不看到它们我就不甘心离开这儿。一头鹿，或者一头熊都行。"

他突然开心地笑了。

"那，你想怎么办？你想到山上去等它们吗？"

"对。"她带着一种天真的冲动劲儿毫无顾忌地说。

他的脸色立即变得暗下来，显出了他的责任感。

"那好，"他嘲讽似的说，"那你得在那儿找到一间房子。现在夜里很冷，你得整宿都待在房子里才行。"

"山上没房子吗？"她问。

"有，"他说，"有一间小木屋是我的，是很久以前一个找金子的矿工建的。你可以到那儿去住一宿，没准儿你能看到点什么。不过我说不准，也许什么也不会来。"

"有多大的可能性呢？"

"我说不上。上次我在那儿看到三头鹿下来喝水，我射死了两头浣熊。不过，也许我们这次什么也看不到。"

"那儿有水吗？"她问。

"有，有一个圆圆的水潭，就在云杉树下。雪化了以后，水就流进潭里。"

"远吗？"她问。

"远，挺远的。你看那道山梁，"他转向大山，很优雅地抬起胳膊指指遥远的西面说："就是那道山梁，没有树，只有那一道岩石。"他黑色的眼睛凝视着远方，表情漠然，似乎有些痛苦地说："你翻过那道山梁，往前走，下去，穿过云杉树就到那座小木屋了。我父亲从一位破产的矿主手里买下了那块矿床，可谁也没在那儿挖到什么金子，从此再也没人去那儿。待在那儿太孤独了！"

公主遥望着层峦叠嶂、沉重耸立的落基山脉那美丽的轮廓。还是十月初呢，白杨就开始落下金黄的叶子，高处，云杉和松树颜色似乎更浓了，山顶上大片大片的橡树丛像火一样红。

"我可以去那儿吗？"她问道，转向他时她的目光遇上了他眼中的星光。

"可以，"他说，"你可以去。可是山梁上会下雪的，冷得吓人，寂寞得可怕。"

"我愿意去。"她坚持说。

"那好，"他说，"只要你想去就去吧。"

不过，她怀疑威基森家不会让她去，至少不会让她和罗麦洛及肯明斯小姐一起去。

但是，此时她那发狂般的固执性格占了上风，这是她特殊的本性。她想越过大山去看到它们的内心，她想要到云杉树下清凌凌的碧水潭边的那座小木屋中去。她想去看野生动物，看它们毫无意识地转来转去。

"我们去跟威基森家说，我们想到弗里休里斯峡谷旅行。"她说。

到弗里休里斯峡谷旅行是常见的事，既不艰苦，也不冷，也不会有孤独寂寞感，他们可以在一家圆木建成的所谓旅店中休息。

罗麦洛迅速瞟了她一眼说：

"要是你打算这样说，你可以对威基森太太讲。只是，如果我把你们带到山上那个地方去，她会冲我大发一通脾气的。我得带着驮行李的马先行一步，运些毛毯和面包去。也许肯明斯小姐受不住，这趟旅行是艰苦的。"

他说话和思维方式都是墨西哥式的，啰唆而不连贯。

"没关系！"公主突然变得很有主见，很坚定，说话具有权威性。"我想去。我会同威基森太太安排的。咱们星期六就出发。"

他慢慢地摇着头，说："我得星期天带着马运杂物和毛毯上去，星期天以前你去不了。"

"那好吧！"她很不满意地说，"那我们就星期一去。"

哪怕受到一点小小的挫折她就生气。

他知道如果他星期天清晨就把东西运上山，到晚上才能回来。不过他还是同意星期一早上七点出发。听话的肯明斯小姐按吩咐为弗里休里斯之行做准备。星期天罗麦洛一天不在，到晚上公主就寝的时候也没看到他。但星期一早晨她穿衣打扮时，看到他从畜栏牵来三匹马，她高兴极了。

夜间很冷，水渠的边缘上都已经结冰了，金花鼠都爬到阳光下来取暖，它们大睁着痴呆、焦急的眼睛，冻得都跑不动了。

"我们可能要去两三天。"公主说。

"好，不过到了星期三你们再不回来我们可要为你们担心了。"威基森太太说。这位来自芝加哥的女人既年轻又能干。"当然，"她补充说，"罗麦洛会一直陪伴你们，他这人可靠。"

他们踏上了进山的路程时，阳光早已照耀在沙漠上，照得肉叶刺茎藜和鼠尾草看上去像浅灰色的沙漠，广阔的地平线一片辉煌。右边是砖坯建成的印第安人村庄的投影。房屋平矮，几乎难以辨认，身后是农场和一丛丛高耸着的毛茸茸的三角叶杨，那淡黄的树梢与纯净的蓝天连成一线。

西南的广阔地域，一片秋声秋色。

这三个人一路缓缓地跋涉着，朝着太阳走去。阳光正在莽莽群山上洒下金黄的斑点。侧山坡早已亮起些黄色，天上淡淡的蓝光与这黄色一起燃烧着。正面山坡笼罩在阴影里，山坡上橡树丛里有点点红色若隐若现，杨树泛黄了，松树绿得浓重，岩石则显出灰蓝色。整座峡谷呈现出墨绿色。

他们成一路纵队前行。罗麦洛骑着一匹黑马走在最前面，他身着黑衣，像广阔风景中跳跃着的黑点儿，大自然罩在一片朦胧的淡霭中，甚至稍远处的松树的绿色都变浅了。罗麦洛默默地骑着马，穿过毛茸茸的肉叶刺茎藜丛。公主骑着她的栗色牝马随后。肯明斯小姐不太快活地骑在马上殿后，在前面两匹马蹄子踢腾起的尘土中穿行，她的马时而打一个喷嚏，她就时而跟着浑身一惊。

他们缓缓前行。罗麦洛从不四下顾盼，他能听到后面尾随着的马蹄声，他只听这声音。

他只顾朝前走。这个黑影总离开公主一段距离，这让她感到出奇的无助，除了这一点，她情绪很高涨。

他们靠近了苍白、圆圆的小山包，这里点缀着黑色的矮松和雪松丛。马蹄踏得石头嘚嘚作响。偶尔会遇上一大蓬肉叶刺茎藜丛中伸出的毛茸茸金黄花束来。他们拐进蓝色的阴影中，忽而又上了陡峭的石坡，把苍白的世界甩在脚下，甩得远远的，然后下到了圣克里斯特堡大峡谷的阴影中。

小溪涨得满满的，湍湍流淌。偶尔马会叼一口路边的青草。路变得越来越窄，路上石头很多，石块都挤在一起。越往上走天就越黑、越冷，树枝盘根错节地缠作一团，塞满了峡谷。他们进了三角叶杨林里了，林子垂直平缓地向上伸展，长得非常高，树梢是金黄色的，上面辉映着阳光。可是在马匹攀登石岩的地方，在树林中，水边仍然投射着绿影，偶尔会碰上垂落下的灰色穗状物，这里那里会有一枝淡淡滴着汁的鹳草花在树枝间和处女地的碎石上闪现。公主的心浸入了冰凉气息，她意识到这片处女林中充满了腐烂和绝望。

他们下了坡，再涉过小溪，爬上岩石后顺着另一边的小路前行。罗麦洛的黑马停了下来，审视地看了看倒下的树木，然后从上面轻轻地迈了过去。公主的马谨慎地跟了上去。可肯明斯小姐的鹿革色马却受惊了，不得不安抚一下。

他们在峡谷中纷乱密布的树影中静悄悄地向上攀登，周围只听到马蹄声和过小溪时飞溅的水花声。有时在过溪水时公主会仰望上面，每次她的心都会滞住。高空中，山巅闪烁着金黄色，金黄的山顶上点缀着黑色的云杉，那清晰的轮廓几乎就像点点水仙，与公主所处的阴影上方那静谧的青绿色交相辉映。她的马穿越较为宽阔的山坡时，她会揪一把血红的橡树叶，说不上心里感受几何。

他们已爬得很高，偶尔会到峡谷上方，来到色彩斑斓金光闪闪的峰顶下的一条沟壑里，然后趟过小溪。马匹小心翼翼跨越横七竖八倒下的杨树干，突然在一堆乱石中踉跄起来。黑马在前方隐现，马尾在摇动。公主让自己的牝马立住脚，然后这匹马脱离了惊恐状态，跟上了黑马。可这时后面那匹鹿革色马却疯了似的乱了脚步，公主注意到罗麦洛那黝黑的脸转回来四下张望着，那神情很奇特，像魔鬼一样专注。然后她也回过头去，看到鹿革色马在远处的岩石堆中一瘸一拐地走着，一条腿浅黄的膝盖处流着血。

"它几乎瘫倒了！"肯明斯小姐叫道。

罗麦洛已经跨下马鞍子急急忙忙转过来。他对马发出点什么声音，然后开始检查受伤的膝盖。

"它受伤了吗？"肯明斯小姐焦急地问，说着赶忙从马上下来。

"噢，我的天！"她看到鲜血顺着马的一条修长的腿流了下来，失声大叫，"太可怕了。"她脸都白了。

罗麦洛仍然在耐心地抚摸着马的膝盖。他让马试走了几步，然后他站起身摇摇头说：

"问题不太大，还好没骨折。"

他又弯腰看了看马腿，摸了摸，然后抬头看着公主说："它可以继续走，没问题。"

公主默默地看着他黝黑的脸。

"什么？继续往那上面走？"肯明斯叫道，"要几个小时？"

"大概五个小时！"罗麦洛简单地回答道。

"五个小时！"肯明斯小姐叫道，"一匹瘸腿的马走五个小时，山这么陡，天啊！"

"不错，那儿是挺陡。"罗麦洛说着把帽子往脑后推推，眼睛凝视着马那流血的膝盖。鹿革色马有点恐惧，沮丧地站着。"路是陡，可这马能行，我觉得行。"罗麦洛补充说。

"不！"肯明斯小姐叫道，眼里突然充满了泪水，"我不这么认为。我不骑它上那儿去，就是给钱也不去。"

"为什么不？"

"它会疼的。"

罗麦洛又蹲下身去察看马腿。

"它可能会疼点儿，"他说，"不过它能行，它的腿不会僵硬的。"

"什么？骑它走五个小时，爬这么陡的山？"肯明斯小姐叫道，"我不能，我做不到。我可以牵着它走一会儿，看它行不行，可我再也不能骑它了，我不能，还是让我步行吧。"

"可是亲爱的肯明斯小姐，罗麦洛不是说了它能行吗？"公主说。

"我知道它的伤口会疼，噢，我不忍心骑它。"

他们对肯明斯小姐一点办法也没有，她一想到受伤的动物，就有点歇斯底里。

他们牵着鹿革色马走了一会儿，这马一瘸一拐地走着。肯明斯小姐一屁股坐在一块石头上叫道：

"啊，看着它多让人难受啊！太残酷了！"

"你不瞧它，它就不拐了，"罗麦洛说，"现在它装疯卖傻，瘸得厉害，因为它想装给你看。"

"我不觉得它是在装样子，"肯明斯痛苦地说，"我们看得明白，它伤口疼得多么厉害。"

"不怎么厉害嘛。"罗麦洛说。

肯明斯小姐用沉默表示自己的不满。

他们陷入了僵局。这几个人一动不动地停在路上，公主坐在鞍子上，肯明斯小姐坐在石头上，罗麦洛在远处有气无力的马身旁默默地站立着。

"好吧！"罗麦洛最后突然说，"那我们就回去吧。"

他说着迅速地扫了自己的马一眼，马儿啃着山上的牧草，蹄子踩着拖在地上的缰绳。

"不！"公主叫着，"不！"她的声音里满是失望和愤怒。接着她又克制住了自己。

肯明斯小姐用力站起身冷冷地说：

"让我牵马回家，你们两个去吧。"

他们用沉默回答她。公主俯视着她，那眼光既尖刻又残酷。

"我们才走了两个小时，"肯明斯小姐说，"我不在乎牵马走回去。不过，我不能骑它，它的腿那样子，我可不能骑它。"

还是没人回答她的话。罗麦洛无动于衷，几乎一动不动。

"那好吧，"公主说，"你牵马回去，不会有什么事的。回去告诉他们，我们上去了，明后天回去。"

她口气很冷，话语很干脆，她不能忍受别人的不恭顺。

"最好都回去，改天再一起来。"罗麦洛持折中意见。

"不能改天，"公主叫道，"我要接着走。"

她凝视着他的眼睛，目光与他眼里的星光相遇了。

他轻轻耸了耸肩。

"如果你要这样，"他说，"我陪你。不过，肯明斯小姐可以骑我的马到峡谷口，我牵鹿革马走，然后我再返回来。"

就这么定了。肯明斯小姐把自己的马鞍子装在罗麦洛的黑马马背上，罗麦洛拉起鹿革马的缰绳，他们就踏上了归程。公主独自一人慢慢往山上骑。她刚才很生肯明斯小姐的气，怨她做事想得太不周到。边想边信马由缰前行。

她的怒气一直未消，一个多小时后还在生气。这时，她已经来到很高的地方了，马一直走得很稳。来到一面光秃秃的山坡上后，小路开始在杨树丛中曲折起来。风吹着，一些杨树早已落光了叶子，还有一些正飒飒地落下黄黄的圆叶儿，像花瓣儿一样，前面的山坡一片金光闪烁，像一张柔软的狐皮，像水仙，在高山上的阳光和风儿中生机勃勃。

她停下来朝后看去。近处的大山坡上涂抹着金黄和黑色，那是云杉的颜色，像一只飘忽不定的鹰，山坡上的颜色在闪动。透过峡谷的罅隙，可以看到远处淡青色的沙漠，那沙漠形似一只蛋，还能看到里约格兰德峡谷那黑色的裂隙。更远，更远些，则是那蓝色的群山，如同地平线上耸起的天使的篱笆。

她开始思考自己的冒险行动。她要单独同罗麦洛一起上山了。她对自己很自信，罗麦洛绝不是那种违反她意志的人，她最先想到的就是这一点。她执著地要越过山脊去看看落基山内部的紊乱状态。她要同罗麦洛一起去，因为他对她有一种特殊的亲近感。他俩之间有某种特殊的联系。肯明斯小姐不过是一个不和谐的音符罢了。

她继续前行，终于来到了山顶。远处的大凹谷中充满岩石和枯死的树木，群山抵着苍穹。近处是茂密的云杉，脚下是顶峰下的山坳，坳底平缓，长满了枯萎的草丛和枯黄的杨树，小溪像一条线一样从坳底流过。

　　小溪就从这个小峡谷中的岩石层中汩汩流出，淌到低处峡谷中的岩石和树林里。她周围笼罩着一派童话般的温柔气氛：枯黄的小草纤细缠绵，细嫩的杨树干上正落下金光闪闪的叶子来，柔细的溪流潺潺淌过枯草丛。

　　这里恰似一个小小的天堂，你也许会看到鹿、山羊或别的野生动物。她将在这里等待罗麦洛共进午餐。

　　她松开了马鞍子，"哗"一声把它从马背上拉下来，让马拖着长长的缰绳徜徉。坦茜看上去多漂亮啊，那一身栗色毛在黄色的树叶中像枯萎的大地上发亮的圣餐盘一样。公主身穿一件毛茸茸的浅黄皮革外套，那颜色就像这枯草一样，马裤是橘黄色的。她觉得自己像在画中一样。

　　她从马鞍袋里掏出午饭包，在地上铺开了一小块布，坐在上面等待罗麦洛的到来。然后她生起一堆火，吃了一只破碎的鸡蛋，就去追赶坦茜，坦茜这时已经跨过小溪了。追上坦茜，她就坐在阳光下的杨树旁，静静地等待罗麦洛。

　　天空瓦蓝瓦蓝的，耸入云天的山顶就像一片柔软纤弱的童话地界。可是，远处耸起一片大山坡，山坡上覆盖着毛茸茸的云杉，岩石间布满了灰色的死树，山坡呈现出黑色，这黑色上点缀着金黄。美丽但暴虐、沉重、残酷的大山，时而也会流露出些温柔来。

　　她看到坦茜抬起腿跑了起来。两个魔鬼般骑马的人影在小溪彼岸的黑色云杉林中出现了。那是两个印第安人，就像裹在浅灰色棉毯中的木乃伊一样。他们的枪在马鞍前面伸出来，一直朝她这边的烟火奔过来。

　　接近她时，他们撩开裹在身上的棉毯向她打招呼，黑色的眼睛好奇地盯着她。他们的黑发有点乱，垂到肩上的发辫上沾着土星儿，看样子他们是累了。

在那一小堆火旁他们下马——这里毕竟是个营地——用毯子围住腰的下部，松开马鞍子，然后才坐下。他们当中那个年轻的，她以前见过，另一个上年纪了。

"就你一个人？"年轻的问。

"罗麦洛马上就来，"她说着朝后面的小路望去。

"啊，罗麦洛！你跟他？你们去哪儿？"

"围着山脊转转，"她说，"你们呢？"

"我们下山去村子里。"

"出来打猎？几天了？"

"打猎，五天了。"年轻的印第安人干笑了一声。

"打着什么没有？"

"没有。我们发现了两头鹿的踪迹。不过没打着。"

公主注意到一个马鞍下可疑地凸出来的大包，那里面肯定是一头窝起来的鹿。不过她没说什么。

"你们一定冻得够饿了。"她说。

"是啊，夜里着实冷，又冷又饿，从昨儿到今儿个还没吃东西呢。带的东西全吃光了。"说着他又干笑了一声。看这两人黑瘦的脸，就知道他们饿着呢。公主伸手从马鞍袋中去掏食物，有一块常备的咸猪肉和一些面包。她把这些递给他们，他们就开始用一根长棍子穿着面包在火上烤起来。罗麦洛骑马来到山坡时看到的是这么一幅景象：公主穿着橘黄色马裤，头发用一条蓝棕相间的绸子手帕扎着坐在篝火旁，火堆另一边坐着那两个印第安人，其中一个身子前倾着在烤着咸猪肉，他的两根辫子似乎在疲倦地晃来晃去。

罗麦洛毫无表情地骑马过来。两个印第安人用西班牙语同他打招呼。他松开马鞍子，从袋子中掏出食物，然后坐下吃起来。公主到溪边去汲水、洗洗手。

"有咖啡吗？"印第安人问。

"没带。"罗麦洛说。

他们在温暖的午间阳光下消磨了一个多小时，然后罗麦洛备上马鞍，印第安人仍然蹲在火堆旁。罗麦洛和公主骑马上路，在小溪这边冲印第安人喊声"再见"，然后这两个奇特的身影就消失在茂密的云杉林中了。

只有他们两人了，罗麦洛转过身好奇地看着她，他的目光是严厉的，这让她难以理解。她第一次想到自己是否草率从事了。

"我希望你不介意单独和我在一起。"她说。

"你需要就行。"他回答。

他们来到了岩石顶峰下光秃秃的大山坡上，这里稀稀拉拉戳着几棵死云杉树，就像灰色的死猪身上的毛一样。罗麦洛说，二十年前，墨西哥人曾烧山驱赶白人。这灰色的山坳斜坡就像一具死尸。

小路几乎难以辨认出来。罗麦洛寻找着森林保护委员会烧过的树。他们就在死尸般的斜坡上，在横倒着的灰色死树间穿行，一直进入大风吹打着的地带。风从西边刮过来，从峡谷的漏斗形地方钻上来，风来自沙漠地区。那沙漠就像一座巨大的海市蜃楼，巨大而苍白，缓缓向着西方倾斜。公主简直不敢看它一眼。

有一个小时，他们的马以巨大的冲力向上攀着，有时稍喘息一下又继续攀登，一步步地在这面铁青色的斜墙上爬着。风就像一台巨大的机器在吼叫。

一小时后他们开始下坡，不再向上攀了，身边的一切是灰暗与死亡，马就在灰色尸体般的云杉中跨来跨去地拣着落脚地。他们接近顶峰了，快到山脊了。

连马到终点前都要来一番冲刺，他们转来转去来到了山顶附近的一片云杉树前。他们赶忙骑进林子里，躲开那魔鬼般无情地呼啸着的寒冷的狂风。穿过阴暗的树屏，他们到山顶了。

展现在眼前的尽是群山，莽莽苍苍，巍峨矗立，错综叠嶂，没有生命，没有灵魂。在云杉那黑色的羽毛下是一片片的积雪。毫无生气的峡谷里，一壑岩石和云杉。圆形的、陡峭的山头此起彼伏、团团簇簇，就像静卧着的牧群。

这幅景色把公主吓坏了，太野蛮了。她以前没想到它是这样野蛮，太没有生的气息了。但是，它满足了她的一种欲望。她看到了这莽莽的群山，这可憎可恶的落基山的核心。这庞大、深重的可恶的群山尽收眼底。

她想回去，此时她想回去。她俯瞰着这乱肠盘般的群山，感到害怕，她要回去。

可罗麦洛却继续骑马前行，他行进在云杉背风的一面，那里是峡谷的上方。他向她转过来，举起棕色的手指着山坡说：

"有个矿工曾试图在这里找金子。"一个洞的附近堆着一堆灰色的土，洞就像獾掘出的一样，那土看上去还挺新鲜的。

"就在最近吗？"公主问。

"不，很久以前，二三十年前。"他说着松开了马缰绳，举目望着群山。"看啊！"他说，"那里是森林保护委员会的足迹——沿着那些山脊，再过去，到那儿才有政府修的路。我们下到那里去吧。你看那座山，上面没有树但是有草。"

他坐在他的黑马上转向她，抬起胳膊，棕色的手指点着，黑眼睛的光直刺向远方。陌生，可怕，他对她来说简直是一个魔鬼。在高处，她感到眩晕，有点恶心，再也看不下去了。她只看到远处空中一只鹰转过身来，投下它的身影。

"我能走那么远吗？"公主喃喃地问，有点儿不快。

"啊，当然！现在一切都容易了，再也没有难走的路了。"

他们顺着起伏的山脊走着，走在阴影笼罩下的背风面，这里很冷。小路又向上了，于是他们出现在狭窄的山脊路上，大山渐渐向两边倾斜下去。公主害怕了，有那么一瞬间，她朝外首看去，看到沙漠、沙脊。越来越多的沙漠和绿色的山岭，在脚下远远地闪着微光，沙漠那庞大的、苍白的闪光体渐渐西斜，那非人的广漠世界太可怕了，它闪烁着，一片苍白，如同一个巨大的磨砂体。这景象令她无法忍受。左首，是混沌起伏叠嶂的群山，都屈膝在脚下。

她闭上眼睛，让意识消散。牝马顺着小路前行，一直走下去，他们又来到了风中。

他们转过身去背对着风，面朝着山体，她以为他们的马已经离开了正路，那路太难辨认了。

"没有走岔，"他抬起手指点说，"你没看见前面那些烧死的树吗？"

她费力地去辨认死云杉树灰色树干上斧子砍过的旧伤痕。但此时，在这样的高处，寒冷和山风已经使她的大脑变麻木了。

他们转而往下走，他告诉她，他们离开了正路。马蹄在松散的石子上滑动着，挑选着落脚的地方。这是下午四点左右，太阳在脚下的天空中闪耀着光芒。马匹稳稳地、缓慢但坚定地继续赶着路。天更冷了。他们钻进了低矮的山峦之间，陷入了陡峭的深谷之中。她几乎忘却了罗麦洛的存在。

他跨下马，帮她从马背上下来。她踉跄了一下，但她绝不显出自己的虚弱来。

"咱们得从这里滑下去才行，"他说，"我来牵马。"

他们来到了一条山脊上，对面是一块长满草的浅褐色陡峭山坡，夕阳照亮了整个陡坡，陡坡下面是凹谷。公主觉得她可以像一架雪橇一样滑下去，滑进那巨谷中去。

她振作起来了，她的眼睛又燃起兴奋和坚定的火焰。一阵风刮过来，她可以听到山下很远的地方云杉林在咆哮。风吹着她的头发，发梢拂过她的面颊时，她脸上亮起了一片光点。她看上去就像神话里野性的小东西一样。

"不，"她说，"我要自己牵马。"

"可你要注意，别让马把你压在它身子底下。"罗麦洛说。他走了，灵活地滑下苍白陡峭的山坡，滑过岩石和草丛，然后顺着倾斜的沟往下走。他的马跳着、滑着，紧跟着他，有时马会猛停下来，前蹄扒着坡面，拒绝继续走下去。他置身于马的下方，朝上看着，轻柔地拉拉马缰绳以示鼓励。然后马才猛不丁松开前蹄，他们继续往下走。

公主漫无目标地往下滑，踉踉跄跄，但还挺灵活。罗麦洛不停地回头关注她，但见她像一只奇特的小鸟那样蹦跳着，她那穿橘黄色马裤的腿就像鸭子的腿在闪动，她的头发用黄绿相间的头巾包着，圆圆的，就像绿顶鸟的头一样。在她身后，棕色马摇摇晃晃地往下滑行着。公主紧张地下滑着，就像褐色的空旷山坡上一个活泼的小点儿在动。太小了！就像一只纤弱的鸟蛋一样。这幅情景不禁引起罗麦洛的百般遐思。

他们必须下去，避过这强烈的寒风。下面是云杉树，岩石间淌过一条涓流。罗麦洛滑着、盘旋着冲下山去。尾随他的是衣着鲜艳、娇小的公主，她握紧长长的缰绳的一头，牵着踉踉跄跄的马蹦跳着跟下来。

他们终于下来了。罗麦洛坐在阳光里避风处的浆果丛旁。公主走近了，面颊上闪着红光，她的眼睛是黛绿色的，颜色比她头上的头巾还要深，眼光有些不自然地闪动着。

"咱们下来了。"罗麦洛说。

"对。"公主说着丢下缰绳，坐在草地上，不说话也不思想。

谢天谢地，他们躲过了寒风，来到了阳光中。

几分钟后，她的意识和控制能力又开始恢复，她喝了一点水，罗麦洛去整理马鞍子，随后他们又上路了。牵着马沿着小溪边走上一段，然后又上了山。

他们来到河岸，进了一片茂密的杨树林，在那些细长、密匝匝、光滑苍白的树干间左弯右转地前进。阳光洒进林子里，圆圆的树叶儿舞动着，打着奇特的旗语，好像要把金色的光都送到她眼前一样。她就在这令人目眩的金光中骑着马前行。

然后他们来到了阴影中，这里全是黑乎乎的胶质的云杉树。凶恶的树枝总想把她扫下马来，她不得不东躲西闪才行。

沿一条古道走下去，他们来到云杉树林边的阳光下，这里有一间小木屋。

小小的、光秃秃的峡谷底部有一块灰色的大岩石和一堆堆的碎石，还有一潭绿得发黑的洞水。

阳光就要离去，阴影笼罩了小屋，笼罩住了她自己，给峡谷染上暮色，头顶的山峰却仍然是一片辉煌。

这间小屋子位于云杉树林附近。泥土地，门敞着。屋里有一张木床，三根锯开的圆木当板凳。还有一座不像样子的壁炉，除此之外再没有也放不下什么别的东西了。这间小屋子很难装下两个人。屋顶早没了，罗麦洛找来云杉树干架在上面算安上了房顶。

这里满是原始森林那奇特的肮脏景象，布满了牲口的粪便，是野性世界的肮脏，这让她感到特别的厌恶，她感到疲倦，感到虚弱。

罗麦洛很快又弄来些树枝，在炉架上生起一小堆火，然后出去照料马匹。公主机械地往火上添着树枝，麻木地看着火苗，显得木然、迷茫。她不能把火烧得太旺，那样会把整座房子都给烧着的。生上火后，破损的泥石烟囱里漏出了烟。

罗麦洛提着马鞍袋和马鞍子走进来，把马鞍子挂在墙上。娇小的公主木然坐在破烂的炉架前的木头上，在火上烤着她的小手，她那橘黄色的马裤闪着光，就像是另一堆火焰一样。她正处在麻木状态。

"你是这会儿就喝点威士忌或茶，还是等着喝汤？"他问她。

她站起身，明亮的目光凝视着他，她听懂了一半，面颊兴奋地闪着光彩。

"喝点茶，"她说，"茶里放点威士忌。壶在哪儿？"

"等等，"他说，"我就拿来。"

她从她的马鞍上取下大衣，跟随他来到了户外。一片阴影笼罩着谷地，可头顶上，天空依旧闪亮，山顶上的杨树像燃着火一样。

他们的马啃着石缝间的野草。罗麦洛爬上一座石堆，开始挪动圆木和石块，直到露出那淘金者挖的小洞穴来，这是淘金者的地下储藏室。罗麦洛拽出些地毯、炊具，一架野营油炉子和一把斧头。他的动作非常迅速，富有活力，充满了力量。这种爆发力让公主感到有些吃惊。

她拿起一口长柄平底锅到溪边去取水。这里非常宁静，四周是墨绿色的，纯洁透明，就像玻璃一样明澈。这地方有多么寒冷，多么神秘，多么可怕呀！

她身穿黑大衣蹲在水边刷着锅，只感到头上的冷空气沉重地压迫着她，那阴影像巨大的重物要把她压倒。阳光正远离山顶而去，离去了，把她留在巨大的阴影中，这阴影很快就会把她彻底压倒。

星光，还是彼岸的眼睛在冲她闪动？她凝视着，感到进入了催眠状态。她锐利的眼睛看到薄暮中水边蹲着一只短毛儿猫，那身影淡淡的，就像它身卧其中的石头一样。那猫的嘴和鼻子向前伸着，毛耳朵紧张地支棱起来，用冷酷、电光般奇特的眼睛盯着她，目光中透着冰冷的好奇与无畏，倒有点像没心肝的魔鬼。

她迅速动了一下，水洒了。那东西一下跳开去，蹦着逃跑，它动作奇特，挺轻；它尾巴上的毛又短又少，真好玩儿。可它的目光是那么阴冷专注，像魔鬼一样！她又冷又怕，不禁打个寒战，她太怕、太讨厌野性的东西了。

罗麦洛搬进卧具和露营装备。房子没有窗户，屋里已经黑下来，他点亮了油灯，然后拿着斧子出去了。她在屋里，往火上添着木头烧水，听到他在外面砍木头的声音。当他夹着橡树枝进来时，她正把茶叶往水里放。

"坐下，"她说，"喝茶吧。"

他往她的搪瓷杯中倒了些非法买来的威士忌①。两人静静地坐在圆木上，吸吮着滚烫的酒茶，时不时被烟呛得咳嗽起来。

"我们烧这些橡树枝吧，"他说，"这种木头不怎么冒烟。"

他很怪，令人感到生分，除些必须说的话外一句也不多说。她也跟他保持着距离。他们似乎离得很远，很远，像隔着几个世界，可他们又坐得很近。

他解开一捆铺盖，在木床上展开毛毯和绵羊皮。

----

① 那时正是美国历史上的禁酒时期。

"你躺下歇着吧，"他说，"我来做晚饭。"

她决定听从他的建议。她用大衣裹紧身子躺在床上，脸冲着墙壁。她能听到他在油炉子上准备晚饭的声响。很快她就闻到了汤的味儿，他在烧汤呢；不一会儿，她又听到他在锅里炸鸡的声音，嘶啦嘶啦的。

"现在吃吗？"他问。

她挣扎着摇摇晃晃爬起来坐在床上，把头发甩到脑后，很难为情地说：

"递给我，我在这儿吃。"

他先端上来一杯汤。她坐在毛毯中，慢慢地喝着。她饿了。然后他又给她送上一搪瓷盘炸鸡、葡萄干果子冻和涂了黄油的面包。太好吃了。他们一边吃他一边就煮好了咖啡。她一言不发，心中积满了反感，觉得为难。

晚饭后，罗麦洛洗了碗盘，擦干，仔细地把一切都归置停当，否则这间小屋就转不开身了。橡树枝燃起的火又亮又暖，真惬意。

他六神无主地站了一会儿才问她："你这就睡吗？"

"这就睡，"她说，"你在哪儿睡？"

"我在这儿打个地铺，"说着他指指墙根附近的地面，"外面太冷了。"

"是的，"她说，"我觉得是这样。"

她一动不动地坐着，面颊滚烫，思想很矛盾。她看着他在地上卷着毯子，把一块绵羊皮垫在下面。她出去，走进黑暗中。

星星很大，火星就端坐在山的边缘，就像一头卧着的狮子那燃烧般的火眼。可她却深深地、深深地站在阴影笼罩下的"坑"中。紧张的寂静中，她似乎听到了云杉在寒冷中冻得爆裂着。那片凝固的水面上流曳着奇特的星光。夜要冻住了。山上响彻北美狼发出的哭也似的嚎叫。她想，不知马现在怎么样了。

她冻得发抖，就又走向小屋去。温暖的光透过小屋的裂缝流泻出来。她推开摇曳着的半开的门问：

"马怎么办？"

"我的黑马不会走远，你的牝马会和它在一起的。你现在就上床吗？"

"嗯。"

"好吧，我给马喂些燕麦去。"

他走进了黑色中。

他去了好一会儿才回来。这时她早已裹紧身子躺在床上了。

他吹灭灯，坐在床上脱衣服。她背向外躺着，不一会儿就在静寂中睡着了。

她梦见天下雪，白雪透过屋顶落在她身上，轻轻地、轻轻地，不可阻挡，她会被雪活埋的。她身上越来越冷了，雪重重地压着她，也要把她变成雪。

她浑身一抽动，痛苦地醒来了。她真的很冷，可能那沉重的毯子也把她压麻了。她的心似乎跳不动了，她感到自己动不了了。

又是一下抽动，她坐了起来。屋里漆黑一团，连一星儿火光都没有，木头烧完了。她坐在浓重的夜色中，只有透过屋顶的缝隙才见到一颗星。

她想要什么？哦，要什么？她坐在床上，痛苦地晃着身子。她能听到熟睡中的那个男人发出的均匀的呼吸声。她冻得发抖，她的心似乎都跳不动了，她需要温暖和保护，她需要什么人把她带走。也许，同时她更想要洁身自好，不被别的什么所触碰，谁也别想对她施加压力，谁也不能对她有什么要求。非常必要的是，谁也不能，特别是男人不能对她施加压力，不能对她有什么要求，谁也不能拥有她。

可是，太冷了，她抖得太厉害，她的心都跳不动了。啊，有谁来帮助她的心起搏呢？

她想说话，可说不出，她清了清嗓子。

"罗麦洛，"她声调奇特地说，"太冷了。"

她的声音来自何方？是谁的声音，这黑暗中的声音？

她听到他立刻坐起来，有些吃惊，瓮声瓮气地说：

"想让我暖一暖你吗？"那声音洪亮地在屋里震荡着向她扑来。

"是的。"

他把她抱在怀中，她想叫喊，不让他碰她。她挺直了身子，但她浑身冻僵了。

他是温暖的，不过他身上那可怕的动物的热量却似乎要毁灭她。他像一头情欲旺盛的动物那样喘息着，她屈服了。

她从来、从来没有想过要对此屈服，可她下决心让这事儿在她身上发生。她按照自己的意志躺着任其发生。可她从来没想过这事儿，她从来没想过被这样袭击，被这么对待，被这么折腾。她想要洁身自好。

可她意识中要让这事儿发生，于是发生了。事过之后，她松了一口气。

可是，这时她还得躺在另一个人的怀抱中，被他紧紧地强有力地钳着。她害怕，不敢挣扎着离开他。她太怕冷，怕那冰冷的床。

"你想离开我吗？"他用奇特的腔调问。啊，要是他离她千里远该多好！可她却让他离得这么近。

"不。"她说。

她能感到他身上又涌起了一阵奇特的快感和骄傲，这是以她的牺牲为代价的。他得到了她，她感到自己是个受害者，可他却高兴得发狂，他占有了她，他从她这儿获得了快乐。

黎明时分，他睡熟了，她突然坐起来。

"我要火。"她说。

他睁大了那双棕色的眼睛，笑了，那笑中含有令人难以捉摸的温柔和惬意。

"我让你去生火。"她说。

他瞟了一眼墙缝里透进的光亮。一到白天，他棕色的脸就阴沉下来了。

"好吧，"他说，"我来生火。"

他穿衣服时她埋着脸，不愿看他，他满心眼儿的骄傲和惬意。她几乎绝望地埋起脸来。他打开门时，一阵冷风钻了进来，她蜷缩着身子钻进被窝中去，躺到他刚才待过的地方。可那儿的热气消失了，他一走热气就没了！

他生起火后又出去，回来时打来了水。

"倚在床上待着吧，太阳出来时再起来，"他说，"太冷了。"

"把大衣递给我。"

她用大衣裹住身子坐在毛毯堆里。火堆已经开始散发出热量。

"咱们是不是吃了早餐就回去？"

他正蹲在野营炉前炒鸡蛋。他突然抬起眼皮朝她看看，滞住了。他那棕色的眼睛刚才还是那么温柔、惬意，现在直盯着她，问：

"你想走？"

"我们最好尽快回去，"她说着，避开了他的目光。

"你想离开我？"他重复着昨天晚上的话，有点担心。

"我想离开这儿。"她断然地说，她真想离开，彻底离开这儿，回到人的世界中去。

他端着铝炒锅慢慢站了起来。

"你喜欢昨天晚上吗？"他问。

"不怎么喜欢，"她说，"怎么了，你喜欢？"

他放下炒锅，凝视着墙壁。她知道她给了他残酷的打击。她一点也不留情，她要赢回自己，她要重新拥有自己，可现在，她感到罗麦洛仍然在部分地占有她。

他环顾四下，慢慢地打量着她，他的脸色阴沉。

"你们美国女人，"他说，"总想压男人一头。"

"我不是美国人，"她说，"我是英国人。我也不想压哪个男人一头，我现在就是想回去。"

"回去后你对他们怎么说我？"

"说你对我很好，很好。"

他蹲下身去搅鸡蛋。他递给她盘子和咖啡，然后坐下吃自己那一份早饭。

可他似乎咽不下去。他抬眼看看她，问：

"你不喜欢昨晚那一夜？"

"不怎么喜欢，"她很困难地说，"我并不在乎那种事。"

听她这样说，他脸上闪过一阵茫然和惊奇，紧接着他露出怒色和冷酷、恶毒的绝望神情。

"你不喜欢？"他问，目光锐利地盯着她的眼睛。

"不怎么喜欢，"她同样坚定地回以敌视。

他的脸上似乎冒出一股怒火。

"我会让你喜欢。"他像是在自言自语。

他站起身，手伸向挂在木钩上的她的衣服：漂亮的白麻内衣，橘黄色马裤，毛绒上衣和黑绿相间的头巾；然后又去拿起她的马靴和镶珠子的软鞋。他把这些都团在自己怀中，打开了门。她坐起来，看到他大步走向深谷里寒冷的阴影笼罩下的墨绿色水塘。他把衣物和鞋子全抖在水塘里。塘面上结着冰。公主看到，在蓝灰色阴影的笼罩下，那纯洁墨绿色的镜面上堆着她的衣物，白麻内衣，橘黄色马裤，黑靴子，绿软鞋，煞是色彩缤纷的一堆。罗麦洛拣起石块用力砸着冰面，直到那些衣物颤颤地消失在嘎嘎作响的冰水里。随之嘎嘎声在峡谷中回响起来。

她绝望地坐在毛毯中，用浅蓝色大衣裹紧了自己。罗麦洛径直大步走回小屋。

"现在，你得跟我待在这儿了。"他说。

她愤怒了，蓝色的眼睛与他对视着。就像两个魔鬼在对视。他的脸上，没有缓和的阴沉中透着魔鬼般的死之欲望。

他看到她在环视小屋，打着主意。他看到她的目光停留在他的来复枪上。他抄起枪走了出去。回来后，他拉出她的马鞍走到水池边扔了进去，然后又抽出自己的马鞍，也扔进水中。

"现在，你还走吗？"他笑问。

她内心里琢磨着怎么骗他。可是她知道，他是骗不了的。她坐在毛毯中又冷又绝望，心寒，怒不可遏。

他干了些杂事，就带着枪走了。她穿着蓝色的睡衣起了床，全身缩在大衣里，站在门口。墨绿色的池塘平静下来了，石坡苍白冰冷。阴影仍然笼罩着这里的一切，就像死亡后的景象。远处，她看到，马儿在吃草料。要是她能抓住一匹就妙了！明亮的太阳已经升起，九点钟了。

她孤单地待了一天，很害怕，怕什么，她也不知道，也许是怕阴暗的云杉林中那嘎嘎的响声，也许怕的是这野性、残酷的山峦。她在门口的阳光下坐了一天，看着，盼望着什么，内心一直充满了恐惧。

她看到一个黑点在阳光下的草坡上缓缓移动，或许那是一头熊吧。

下午，罗麦洛默默地回来了，手上提着一支枪和一头鹿，看到他，她心中的恐惧松弛了，但她感到更冷了。她怕他，那惧怕是冰冷的。

"有鹿肉吃了。"他说着把死鹿扔到她的脚下。

"你别想离开这里，"他说，"这地方不错。"

她缩进木屋中去了。

"到太阳下来吧。"他紧跟着她进去。她看着他，眼睛里充满敌意和恐惧。

"到太阳地里来吧，"他重复着，轻轻地拉住她的胳膊，有力地攥住。

她知道反抗是徒劳的。他默默地把她拉到门口，自己坐下来，手仍然抓着她的胳膊。

"太阳下很暖和，"他说，"瞧，这是个好地方。你是这么俊的一个白人，干吗对我那么恶？这儿多么好啊！来！来，这儿来！这儿肯定暖和。"

他把她拉向他，不管她冷酷的反抗，他脱下她的大衣，让她只穿一件薄薄的蓝睡衣。

"你真是个俊气的小白女子哩，又小又俊，"他说，"你肯定不会对我使坏。你不想对我使坏，我知道的。"

她毫无表情，毫无力量，只得屈从他。阳光照耀着她白嫩的皮肤。

"有了这一回，下地狱都不怕了。"他说。

他似乎又产生了一种奇特而又丰富的幽默感。但是，尽管她身体没有力气，可她内心里却坚定、冷酷地反抗着他。

他离开她时，她突然对他说：

"你以为你这么着就可以征服我，妄想！你永远也别想征服我。"

他僵滞地站着，回头看着她，脸上露出矛盾的情绪：惊奇、愕然、恐怖和一种无意识的痛苦，这些情绪使他的面孔扭曲，变成了一副面罩。然后他一言不发地走出去，把死鹿挂在树干上，开始剥皮。他剥皮的当儿，太阳落下去，寒夜又袭来了。

"你知道，"他一边蹲着做晚餐一边说，"我不会让你走的。我觉得，昨儿晚上，既然你招呼我，我就有了权利。要是你现在跟我商量好，说你想跟我，我们就定下来下山回农场去结婚，或者，你想怎么着都行。可你得说你想跟我过，否则我就待在这儿，除非有什么事儿发生。"

她沉默了一会儿才回答说：

"我不会违背我的心愿去跟什么人过。我并不讨厌你，至少你要支使我之前我还不讨厌你。我不听任何人的支使，你不行，谁也不行。你永远也别想让我听你的。你的好日子也长不了，他们很快会派人来找我的。"

他思忖着这话，她后悔自己这么说了。然后他阴郁地弯腰去做饭。

他征服不了她，不管他怎样侵犯她，因为她的精神像钻石一样坚硬无瑕。可他能毁掉她，她知道她会被毁掉。

他过分阴郁、暴虐地对她发泄了一通欲望。她痛苦极了，每一次都觉得自己要死了，因为，他奇特地把握住了她，把握住了她身上某种未被她意识到的东西，那是她不想意识到的。她心中的怒火燃烧着，她感到她的生命线会被扯断，她要死了。她的内心受着烈火的烤炙。

她要是能再一次独立，洁身自好该多么好啊！她要是能再一次成为自己多好啊！她还能够，还能够成为自己吗？

至于他这个人，即便到如今，她还是不恨他，恨不起来，这就像某种折磨人的命运。可作为人，他几乎是不存在的。

第二天，他不再生火，因为烟会招来人。天色灰蒙蒙的，她感到很冷，在毛毯中纹丝不动，他则用油炉子热汤。

下午，她把大衣蒙在头上，哭了。她一生中还从未真哭过呢。他扯下她身上的毛毯，看看是什么让她打颤。她歇斯底里般情不自禁地哭泣着，他又给她盖上，然后走了出去。他看着群山，山上聚集着乌云，下着小雪，这可是个可怕的大风天儿，冬天的恶魔赶来了。

她哭了好几个钟头，哭过后，他们都默不作声，他们是两个死人了。他没有再碰她，晚上她躺着，像一条濒临死亡的狗，她感到那颤抖撕裂她的内脏，她会死的。

最后，她不得不说话了：

"你能把火生起来吗？我太冷了。"她说着，牙齿直打颤。

"想到这儿来吗？"他问。

"我想让你生个火。"她的牙齿打着颤，每个字都分成了两半往外挤。

他站起身点燃了火，热乎气儿开始弥漫小屋，她可以睡了。

第三天仍然很冷，还刮着风。不过有阳光。他沉静地转来转去，一脸死相。现在她被拖得很疲乏，甚至希望罗麦洛干点什么，别再继续这种对峙。如果现在他让她跟他下山，求她嫁给他，她会同意的。那有什么？什么都无所谓了。

可他不问她。他的欲望死了，就像他心中的冰一样，但他一直在监视着这间房子。

到了第四天，她正裹着毛毯缩在门口晒太阳，突然看到两个小小的身影，那是两个骑马人正穿过草坡走来。她不由叫出了声，他迅速朝上看去，看到了人影。那两个人下了马，正在找路。

"他们在找我呢。"她说。

“那好啊。”他用西班牙语说。

他拿来枪，坐下，把枪搁在膝盖上。

“天啊！”她叫道，“别开枪！”

他扫了她一眼，说：“为什么不？你要跟我在一起吗？”

“不要，”她说，“可你不能开枪。”

“我不想进班房。”他说。

“你不会蹲班房的，”她说，“别开枪！”

“我要开枪。”他咕哝着。

说着他立刻跪下仔细地瞄准目标。公主一筹莫展，绝望地坐着。

枪响了，她看到立即有一匹马前蹄腾空而起，滚下坡去。骑手掉进草丛里不见了。第二个人跨上马，在陡峭处一个大转弯掉头冲进最近的云杉丛中。“砰！砰！”罗麦洛的枪响着，可每次都未打中。马狂跑着像袋鼠一样，躲了起来。

罗麦洛摸到一块岩石背后，在耀眼的阳光下，一片紧张的寂静。公主坐在小屋里的床上，蜷缩着，吓瘫了。好像过了好几个钟头，罗麦洛还跪伏在岩石后观察。他身着黑衣，头上也没戴帽子。他动作敏捷、身材很好，公主不明白为什么自己不可怜他。她的精神是冷酷的，她的心是无法融化的。但是，现在她要呼唤他过来，她爱他。

不，不，她不爱他。她永远不会爱上男人的，永远不！爱凝固了，封在心里了，几乎是报复性地凝固、关闭了。

突然，她一惊，差点从床上掉下去，一声枪响，就在小屋后很近的地方。罗麦洛一下子跳到了空中，两臂张开着，跳起时转过了身。当他还在半空中的时候，又是一声枪响，他摔在地上，痛苦地蠕动着，双手抓着小屋门边的土地。

公主一动不动地坐着，僵住了，呆呆地看着这个匍匐着的人。不一会儿，森林保护委员会的一个人在屋子附近出现了，他是个年轻人，戴着宽边帽，穿着黑法兰绒上衣，脚蹬马靴，手里提着一杆枪。他大步走向趴在地上的那个人。

"打中你了，罗麦洛！"他大声说，翻过死人的身体，罗麦洛的胸口贴过的地面上早已积了一汪血。

"嗨！"森林委员会的人说，"比我猜得还准。"

他蹲下凝视着死人。

远处他的同伴在喊，他站起来。

"哈罗，比尔！"他叫道，"哈，打中了！结果了他，没错。"

另一个人骑着灰马钻出了树林，他脸色红润，表情善良，圆圆的棕色眼睛吃惊地瞪着。

"他还没死吧！"他焦虑地问。

"像是死了。"头一个人冷漠地说。

第二个跨下马来，弯腰看着死尸，然后伸直腰点点头说：

"是的！他真的死了。没错儿，是他，小伙子是多明戈·罗麦洛。"

"哈！我知道！"另一个人说。

他困惑地转过身看看小屋里面，公主蹲在红毯子中间，大睁着一双猫头鹰似的眼看着外面。

"哈喽！"他说着走向小屋，摘下了帽子。天啊，她感到这多么可笑！

可不管她想什么，她都无法开口。

"这人为什么要开枪？"他问。

她琢磨着寻找词儿，但嘴唇是麻木的。

"他神经出毛病啦！"她结结巴巴地说，很严肃、很自信。

"天啊！你是说他犯神经病啦？嘿！太可怕了。不过这就说明问题啦，得！"

他二话不说，接受了这种解释。

他们很艰难地把公主送到了山下的农场，可她也犯起神经病来，还不轻呢。

"我搞不清，我是在哪儿。"她躺在床上对威基森太太说，"你能对我解释一下吗？"

威基森太太很策略地解释一番。

"哦，对了！"公主说，"我记起来了。我在山上出了事，不是吗？我们是不是遇上了一个男人，他发疯了，从下面射击我的马？"

"是的，你遇上了一个男人，他神经出了毛病。"

事件的真相被掩盖起来了。两周后，公主在肯明斯小姐的照顾下离开这儿到东部去了，很明显，她完全恢复过来了。她是公主，是一个洁身自好的处女。

可她的额头上的刘海变得灰白了，眼神也有点疯狂。她是轻度发疯。

"我在山上出过事儿。一个男人发疯了，从我下面射击我的马，我的向导不得不打死这个人。从那以后，我一直感到不安定。"

她对谁都这么说。

后来，她嫁给了一个老头儿，似乎感到满意。

太 阳

一

　　"让她去晒晒太阳，"医生说。她对此持怀疑态度，不过还是同意和孩子、保姆、母亲一起坐船出国。

　　船要在午夜启航。一连两个小时，她丈夫都陪着她。孩子早已睡了，旅客们正陆陆续续上船。这个漆黑的夜晚，哈德逊河漆黑的流水在激荡，河面上闪烁着星星点点的光亮，她倚着栏杆在遐想：这就是海了，不过它比想象中的海更深，载着更多的记忆。一时间大海似乎如同永恒的混乱之蛇狂舞起来。①

　　"这样的告别没什么好处，你知道的，"她丈夫在她身边说，"没什么好，我不喜欢这样。"

　　他的话音里透着恐惧和忧虑，有点像抓住最后一根救命草似的。

　　"没错，我也不喜欢这样，"她淡淡地说。

　　她还记得他俩曾经多么渴望分开。别离的伤感又触动了她的情思，不过是教那插在心灵上的刀子插得更深罢了。

　　他们此时都情不自禁地把目光投向熟睡的儿子，做父亲的立即湿了眼眶。但是流泪的眼睛算不得什么，不可改变的是铁定的习惯，是那年复一年形成的一辈子的习惯，是深度撞击造成的。

---

　　① 典出《圣经·启示录》20：1—3。

他们两人之间充满着敌意的力量撞击，如同两台转速不同的发动机，他们相互在毁灭对方。

"都上岸喽！上岸喽！"

"莫利斯，你走吧！"

她心里说：对他来说是"上岸"！对我来说则是"下水"！

航船徐徐离岸了，他站在夜幕笼罩下寂寥的码头上向她挥动着手帕，一群人中的一分子而已。一群人中的一分子！不过如此罢了！

渡船载着一排排的灯光仍在横渡哈德逊河。那片黑乎乎的地方一定就是拉卡瓦纳车站了。

船在夹岸的灯火中徐徐驶出哈德逊河，那条河似乎永远也没个尽头。不过船最终还是驶到了港湾处。巴特瑞公园灯火阑珊，幽暗之中，自由女神雄赳赳地高擎着她的火炬。这时能听到海涛拍岸的声音了。

尽管大西洋一片铅灰色，但他们终归来到了阳光之下。她竟然拥有一栋能俯瞰世界上最蓝的海面的房子。这所房子带一个大花园，或者不如说那是一个葡萄园，满园的藤蔓和橄榄，在一层又一层的梯台上垂挂着，一直铺展到岸边的平地上。这所大园子里布满了神秘的去处：远处塌陷处是一片浓荫的柠檬树丛，丛林中有一泓湛蓝的水潭；一个小山洞中喷出一股泉水，那是古代西库罗斯人①饮水的地方，后来希腊人才来；一头灰色的山羊被拴在一座古老的坟墓上咩咩叫着，那墓上的壁龛里空空如也。园子里弥漫着含羞草的清香，而远处则是白雪皑皑的火山。

她看着眼前的这一切，这景致对她是个小小的慰藉。但是这毕竟是些外在的东西，她对此并不真正上心。她还是她，内心深处充满了恼怒和委屈，这叫她无法对任何事物产生真情实感。儿子模仿她，破坏了她心灵的平静，这令她恼火不已。她深深感到对他要负极大的责任，似乎要关心他的每一口呼吸才

---

① 西西里最早的居民。

行。这无论对她、对孩子还是对其他有关的人，都是一种折磨。

"朱丽叶，你知道医生让你不穿衣服躺在太阳下晒日光浴，为什么你不这样做？"母亲问她。

"我能那样时再那样做吧。你是不是要害我？"朱丽叶没好气地回敬道。

"害你？胡说！我只是为你好。"

"看在上帝的份儿上，别再想怎么为我好了吧。"

母亲感到受了极大的伤害，怒气冲冲地走了。

大海泛白了，一片茫茫。随之滂沱大雨从天而降。一下子，那些为日光浴者建的房子里变得阴冷起来。

又是一个旭日东升的早晨，太阳从天际混沌之处跃出，光芒四射，在海平面上变得一览无余。房子面朝东南，朱丽叶就坐在床上看日出，那样子倒像她从未见过日出似的。不错，她确实没见过一颗赤裸裸的太阳挺立在海平线上，像抖掉身上的水那样把黑夜抖落下去。这一轮太阳，饱满而赤裸无余，令她心驰神往。

她心中隐隐涌起一股欲望——裸着身子走向太阳。她心中暗自珍藏起这个秘密，她真想与太阳聚首。

她现在想的是离开这座房子，躲开这儿的人。这种想法在每一棵橄榄树都长着眼睛、每一处缓坡都可以一览无余的国家里是不易实现的，你甭想隐藏起来，更甭想与太阳交媾。

但是她总归是找到了这样一处地方，那是一块伸向大海与阳光的悬崖，上面长满了一蓬蓬俗称"刺儿梨"的仙人掌。就在那茂密的仙人掌丛中挺立着一株柏树，一根树干苍劲粗壮，树梢悠然地在蓝天中歪向一边。它就像一个面海而站的哨兵，或者说像一根蜡烛，其黑暗的身影正如同一团黑色的火焰在亮丽的空中燃烧，像一条黑暗的火舌舐着天空。

朱丽叶坐在柏树下，脱掉上衣。扭曲变形的仙人掌像一片丑陋但迷人的林子环绕着她。她坐下，向着太阳挺起酥胸，即便在这样的时刻，她仍然不无痛苦地叹息着，为的是她不得不献出自己，这令她颇感残酷。但她仍然欢喜，因为太阳情人毕竟不是人。

太阳在蓝天上行进着，把自己的光线洒向大地。她能感受到轻柔的海风抚着她的双乳，似乎她的乳房永远也不会成熟。可是她几乎感受不到阳光。她的双乳没有成熟，像是要萎缩的果子。

不过很快她就感到阳光进入了她的乳内，比爱要温暖得多，比奶水和婴孩的双手还要温暖。终于，她的双乳在强烈的阳光下长成一对雪白的葡萄了。

她褪去身上全部的衣物，赤裸裸地躺在阳光下。透过指缝她看着中天的太阳，看他那蓝色的脉动，其边缘正流溢着耀目的光彩。太阳！优美的蓝色脉动，活生生的日头，他的周遭正流溢着耀眼的白光。他正燃着一身蓝色的火焰俯视着她，这火焰拥抱着她的双乳、面庞、脖颈、倦怠的小腹、双膝、大腿和双脚。

她闭着眼睛躺着，那玫瑰色的火焰穿透了她的眼皮。那光线太强了，她伸手摘了树叶盖在眼上遮阳，随后她又躺下，像阳光下一只长长的青葫芦，一定会在日照下成熟而变成金色。

她可以感到阳光刺入了她的骨骼中，不，更深入，刺入了她的情感与思想之中。于是，她那阴郁紧张的情绪开始松弛，阴冷隐秘的心绪块垒开始化解。她翻了个身，让肩背、腰臀、大腿的背面甚至脚后跟都冲着太阳。她躺着，为身上发生的奇妙变化感到吃惊。那倦怠冷漠的心开始溶化、溶化，渐渐蒸腾发散而去。只有她的子宫还保持着紧张和抵抗，那是永恒的抵抗，它甚至抗拒阳光。

她穿上衣服后又躺下去，仰视那棵柏树，它纤细的树梢随清风摇曳着。与此同时，她能感到那巨大的太阳在天上运行，她也能感到她内心对阳光的抵抗。

就这样，她在眩晕中往家里走去，阳光的照耀令她感到恍惚迷离。对她来说这种迷离就像一笔财富，这幽暗、温暖、沉重的半意识状态如同一笔财富。

"妈咪，妈咪！"儿子叫着向她跑来，那呼唤如同小鸟的渴求声，总是在渴求什么。令她惊讶的是，她那迷离的心这次对儿子的呼唤并未产生一丁点焦急的爱的回应。她抱起孩子，可心里却在想：他不该这么沉！如果他体内有一点点阳光，他就会弹跳起来。她又一次感到她的小腹内生出一股力量在拒斥这孩子，拒斥一切。

她特别反感孩子那双手抓住她的手，尤其反感那双手揪住她的脖子。于是她扭过头去躲开他的手，不让他抓。随后她放下孩子，说："跑！跑到太阳地里去！"

然后她又脱掉他的衣服，让他赤裸着身子站在温暖的台阶上。

"就在太阳地里玩儿吧！"她说。

孩子吓坏了，要哭了。可她让阳光晒得懒洋洋的身子和漠然的心对此毫无感觉，相反，她的小腹在拒斥这一切。于是她拿起一只橙子，让它顺着红砖地滚过去，这孩子晃着柔软不成熟的身体蹒跚着追赶那只橙子。可他刚把橙子抓到手就把它扔了，因为他的手对这玩意儿感到陌生。他回过头看看她，咧开嘴哭了。他是给吓哭的，因为他赤裸着身子。

"把橙子拿过来，"她说，她自己都感到惊讶：她何以对儿子的恐惧这样漠不关心，"把那个橙子给妈咪拿过来。"

"这孩子长大后不会像他爸爸的，"她自言自语道，"简直像一条没见过太阳的虫子。"

二

她以前太牵挂孩子，那种责任感总折磨着他，似乎因为生了他就得为他的一切负责。即便是他流鼻涕，也会令她的神经受刺激，产生反感，似乎她不得不对自己说：看看你生养的这个东西吧！

现在不同了。她再也不为这孩子殚精竭虑了，她卸掉了那令人不安的思想包袱。这孩子反倒因此而活泼了。

她现在想的是辉煌的太阳，想着他如何透穿她的身体。她的生命现在成了一种秘密的仪典。她总是天不亮就醒来，仰视着破晓时分的天空从灰白到微红直至淡黄色的变幻过程，盘算着白云是否就停滞在海天交接处。令她快慰的是，太阳的裸体边上升边溶化，将那白蓝色的火焰抛入温柔的天空。

不过有时太阳的脸红扑扑的，就像一头巨大而腼腆的动物。有时他动作缓慢，脸色猩红，一脸的怒气，缓缓地抖动着双肩。有时她看不见他，他似乎在云墙后运动着，只透过云际洒下金黄火红的色彩来。

她很幸运，几个星期过去了，尽管有时清晨阴天，有时黄昏灰暗，但没有一天不曾没有阳光。大部分日子里，尽管是在冬天，阳光依旧灿烂溢彩。单薄的野藏红花在阳光下绽放出带条纹的淡紫色花朵；野水仙花像一颗颗冬日的星星。

每天，她都去那棵柏树旁，来到淡黄色悬崖上的仙人掌丛之中。她现在长心眼儿了，想得周到了，只穿一件淡青色的罩袍和一双凉鞋，这样她可以马上剥光衣服，裸露在太阳下面。而一旦再穿上衣服，她又变得一团灰暗，让人难以发现。

每天，在接近正午时分，她都躺在那棵粗壮的柏树下面，太阳此时就在天空漫步。现在她知道，阳光已渗透了她身上的每一根神经。她那颗焦虑的心，那颗因焦虑而扭曲的心全然消失了，就如同一朵花在阳光照耀下枯萎了，只留下小小的成熟果子。而她那紧张的子宫，尽管还关闭着，但已经渐渐开启了，就像水中的百合花蕾，在阳光神秘的轻抚下缓缓、缓缓地开启了，就像水中的睡莲花蕾那样，渐渐地向着太阳长高，最终绽开，只向着太阳。

她知道她体内充满了阳光，那有着炽烈的蓝白色边缘的太阳正在喷着火焰。尽管他①照耀着全世界，可一旦她除去衣服裸着身体躺在太阳下面，他的光焰就会聚集到她身上。这就是太阳的一个奇迹：他尽可以照耀千百万人，但他仍然是聚光于她一身，这灿烂、辉煌、独特的太阳。

她确信太阳渐渐穿透她是为了了解她，那是一种宇宙肉欲的表达，凭着她对太阳的这种理解，她感到自己开始疏远人们，虽然还能忍受人类，但她蔑视他们。她认为他们远离自然，远离太阳了。简直就像坟墓中的虫子一般。

甚至那些牵着毛驴走过那条古老的石子路的农夫，尽管皮肤晒得黝黑，可阳光并没有穿透他们的身体。他们体内有一个小而苍白的恐惧之核，如同壳中的蜗牛，那是人的灵魂，它十分害怕自然的生命之风。他们都不敢注视太阳，因为他们内心怯懦，所有的男人都如此。

干吗要接受男人呢！

既然不在乎别人，不在乎男人了，她也就不担心让人看见了。她对替她去村里采购的玛丽妮娜说，是医生让她来晒日光浴的，她得照医生的嘱咐去做。

玛丽妮娜是个六十来岁的女人，高瘦挺拔，一头深灰的鬈发，一双深灰的眼睛，目光中透着沧桑岁月中养成的精明，她半嘲讽似的笑意表明她很有历练，缺少历练往往酿成悲剧。

"在太阳下光着身子一定很美，"玛丽妮娜狡黠地笑道，目光直视着朱丽叶。朱丽叶淡黄的短发在额头上卷成了一朵云似的花朵。玛丽妮娜来自马格纳·格雷西亚②，她对遥远的过去有着记忆。她看看朱丽叶，说："女人漂亮的时候，她就可以对着太阳展露自己？这不是很对吗？"说着她发出一串世故奇特的笑声，笑得直喘不上气来，那笑声属于过去年代的女人。

"天知道我算不算漂亮！"朱丽叶说。

---

① 原文如此。——译者注
② 位于意大利南部的古希腊殖民地。

无论是否漂亮，她感到她受到了太阳的欣赏，这和自己漂亮是一回事。

有时中午晒完太阳，她会悄然跨过山石走过悬崖来到深深的溪谷中，柠檬树叶正洒下清凉的阴影。她默默地脱掉罩衣，在深而晶莹的绿溪中洗着身子，她发现，柠檬叶子滤出的青绿的夕阳辉映着她的玉体，她的身体渐渐由玫瑰色变成了金黄色，她完全变成了另一个人，另一个人了。

于是她记起古希腊人说过，没晒过太阳的苍白肉体是病态冰冷的。

她还会往身上搓一点橄榄油，让油浸入皮肤，随后在柠檬掩映下的幽暗阴影中徜徉一阵子。她把一朵柠檬花摆在肚脐眼儿正中，情不自禁地笑起来。很可能某个过路的农民会看到她。如果哪个农夫看到她这样子，害怕的不是她反而是农夫。她太了解穿衣服的男人体内那苍白的恐惧内核了。

她知道，甚至她幼小的儿子也如此。她脸上漾着阳光嘲笑他时，他对她是那么疑心重重！她坚持要他每天裸体在阳光下蹒跚。现在他弱小的身子晒成粉红色了，眉毛以上的头发浓密起来了，浅古铜色的小脸蛋儿晒得红彤彤的。他变得如此健美，仆人们十分喜爱他晒黑的皮肤、红扑扑的脸和蓝蓝的眼睛，都把他看作天使下凡呢。

可他不相信母亲，因为她老是嘲笑他。她分明看到，孩子紧蹙的眉头下那双蓝蓝的大眼睛里藏着恐惧，她相信所有的男人都有这样的目光。她称之为恐惧太阳的目光。为此，她的子宫对所有的男人都紧闭着，对这些害怕阳光的男人。

"他害怕阳光。"她低下头凝视着孩子的眼睛自言自语。

她看着他在阳光下摇摇晃晃、跌跌撞撞，嘴里发出小鸟儿般的叫声，就知道他是在躲避太阳，至少他心里是这样的。所以他才显得笨拙，走不平稳，动作才那么粗俗。他的精神就如同壳中的蜗牛，他躲在自己内心深处一条阴冷潮湿的罅隙中。这副样子令她想起他的父亲，她真希望她能够使他不顾一切地挣脱身上的硬壳，来迎迓阳光。

她下决心要把他带到仙人掌丛中的柏树下。她得小心看护他。仙人掌刺太多了。在那个地方，他一定会从自己心中的壳里走出来。随之，他眉头上那个文明造成的紧张的结也会松弛开来。

她为他铺了一块地毯，坐了下来。随后，她褪去罩袍躺下来仰望蓝天上的鹰和摇曳的柏树树梢。

儿子在地毯上玩着石块。他站起身蹒跚离开地毯时，她也站了起来。儿子转回身看着她。她几乎从儿子那蓝色的眼睛中看到了真正男性挑战般的热辣辣的神情。儿子是英俊的，黑里透红的肤色实在使他看上去十分英俊。他并不算白，他的皮肤带一点古铜色。

"小心刺扎着你，宝贝儿。"她说。

"刺！"儿子像鸟儿一样叫着学她说话，可他仍然扭着头怀疑地望着她，真像画上裸体的小胖孩儿 [①] 一样。

"讨厌的刺。"

"讨厌的刺！"

说着，他穿凉鞋的双脚在石块上摇晃起来，忙用手去抓干薄荷草。见此情形，母亲像一条蛇一样跃过去，挡住了他，总算没摔倒在荆棘上。这一举动教她自己都吃了一惊："我怎么像只野猫一样啊！"她自言自语着。

就这样，阳光明媚的天气里，她天天带儿子到柏树下来。

"走啊！"她说，"咱们去柏树那儿吧。"

若是赶上个北风呼啸的阴天去不了，这孩子就会没完没了地叽叽喳喳叫着："柏树！柏树！"他现在与她一样依恋那棵树。

那不仅仅是晒日光浴，其意义比晒日光浴要丰富得多。有时，在她未敞开的心扉中，她暗自把自己许给了宇宙。在内心深处，某种神秘的意志，她的理智与意志无法明了的神秘意志教她把自己与太阳连成一体。于是阳光从她体内穿流而过，环绕着她的子宫。而她的自我，理智的自我则变成了次要的东

---

① 文艺复兴时期和巴洛克绘画中经常出现裸体的胖男童。

西，几乎变成了一个旁观者。真正的朱丽叶是生活在那穿身而过的阳光流溢之中的，那是一种黑色的光线之流，像一条旋回而流的黑紫色河水，一圈圈绕着甜美、封闭的子宫之蕾流动。

她一直是自己的主人，能意识到自己在做什么，能控制自己的紧张情绪。可现在她感到，她体内生出了另一股力量，比她自身要强大得多的力量，那是更为黑暗与野性的自然之流在冲击她。于是，在某种超越自我的魔力之下，她感到迷惘了。

<h1 style="text-align:center">三</h1>

二月底，天突然大热起来。一阵轻风拂过，杏花便如粉红的雪片纷纷飘落。红中泛白的小小银莲花在绽放，高高的日光兰也含苞欲放，而大海则如同矢车菊般一片幽蓝。

朱丽叶开始对什么都满不在乎了。一天的大部分时间里，她都和孩子裸体晒日光浴，这就是她唯一向往的事了。有时她也去洗海水澡，但她更乐意在洒满阳光的小溪中流连，无人看得见她。有时她看到一个农夫牵着驴走过，农夫也看到了她，但她和孩子我行我素。阳光对人的身心起着愈合作用，人们对此早已有所感知，所以他们见此情形并不大惊小怪。

现在孩子和她晒得黝黑，浑身黑里透红。“我简直换了一个人。”她看着自己那黑红的胸部和大腿喃喃自语道。

孩子也像换了个人似的，吸足了阳光，显得格外安静。他只顾一个人默默地玩儿着，根本不用母亲管他。当他独自一人时，他似乎不用人看管。

没有风，大海格外安详。她坐在高大的银色柏树下，沉醉在阳光中，但她的乳房十分警觉，膨胀着充满活力。她开始意识到她体内涌动着什么，这东西在唤醒她的另一个自我。但是，她仍然不想明白这是怎么回事。新的觉醒意味着与外界新的接触，她不想这样。她太懂得文明这架巨大而冷酷的机器了，知道与它接触意味着什么。可要躲避又是多么困难。

儿子走开了，到石子路旁巨大的仙人掌丛那边去了。她能看到他，一个真正的金黄的风之天使，能看到他金黄的头发和红扑扑的小脸。他正在捡满地细碎的瓶子草花，把花儿摆成一串。他现在走路平稳多了，一有紧急情况也能马上应对了，真像一头专心致志玩耍的小动物。

突然，她听到他在叫："看呢，妈咪！妈咪，你看啊！"那小鸟般的叫声让她急忙探头去看。

她的心一下子滞住了，原来他正扭头看着她，小手却指向一条蛇，那条蛇正在离他一码开外的地方，翘起身子，张开了嘴，它的牙齿和柔软的信子像黑暗的影子在闪烁，发出嘶嘶的叫声来。

"看啊，妈咪！"

"对，宝贝儿，那是条蛇！"母亲缓缓地低声叫道。

孩子看看她，大睁着蓝色的眼睛，不知该不该害怕。她的镇定使他消除了疑虑。

"蛇！"他像小鸟一样叫着。

"是的，宝贝！别碰它，它会咬人的。"

蛇缩了回去，离开了它晒太阳打盹儿的窝，缓缓地将它颀长的金棕色身子挪到石缝间。

儿子转过身默默地看着蛇曲曲弯弯的身子蜿蜒而去，这才说："蛇跑了！"

"是的，让它走吧，它喜欢独个儿待着。"

孩子仍然盯着蛇缓缓移动的身子，直到它漠然地爬出视线为止。

"蛇回家了，"他说。

"对，它回去了。到妈咪这儿来一下。"

儿子走过来，光着胖胖的身子坐在母亲赤裸的腿上，母亲抚着他的头，把那乱蓬蓬金光闪闪的头发捋平。她感到事情已经过去，就没再说什么。太阳奇特而散淡的力量融进了她体内，它犹如一种魔力弥漫在这块地方，蛇与她及她的儿子组成了这个地域的一部分。

有一天，在长着橄榄树的梯田上，她看到一条黑蛇正在沿着石壁横行。

"玛丽妮娜，"她说，"我看见了一条黑蛇，有毒吗？"

"黑蛇没毒！黄蛇有毒！被黄蛇咬过，人就会死。不管黑蛇还是黄蛇，我一见就怕，黑的我也怕，怕得要死。"

朱丽叶依旧带孩子去柏树下面。但从此她警觉地环顾四周以后才敢坐下。她还会四下里细看一遍，查看孩子可能去的地方是否有蛇，然后才冲着太阳躺下，那晒黑了的梨形乳房向上挺着。此时她根本无暇去想什么明天。[①] 她一出了那园子就拒绝思想，也不写信，而是吩咐保姆去写。不过她躺在太阳下的时间并不太久，因为阳光渐渐地变得过于强烈了。就这样，不知不觉中，隐在她体内最隐秘的深处那朵紧闭的花苞渐渐地绽开了，那曲曲弯弯的花梗也渐渐挺直起来，黑色的顶端绽开后，露出的是光灿灿的玫瑰。她的子宫在狂喜中绽放着，像一朵粉红的荷花。

四

春夏之交，阳光十分强烈。在炎热的几个小时里，她就躺在树阴里，甚至会下山到凉快的柠檬林中去。有时，她会到阴凉的溪谷深处，顺着谷地走回家。儿子一言不发，在她身边蹦蹦跳跳，像一只小动物一样。

一天中午，她赤裸着身子穿过幽暗谷底中的灌木丛缓缓往回走，在拐过一块巨石时迎面碰上了邻里小农庄的农夫，他正弯腰捆着刚砍下的一堆木柴，旁边是他的驴。他身穿一条夏布裤子，弯腰时臀部正对着她。那地方十分幽静、隐蔽，是小峡谷深处的一个阴暗的去处。一时间她感到全身虚弱，动弹不

---

① 参见《马太福音》6：34："不要为明天忧虑，明天自有明天的忧虑。"

得。那男子把柴捆甩到强壮的肩膀上转身找驴，看到她时，惊呆了，似乎他眼前是个幻影。随之他的目光与她的目光相交了，她立时感到一股蓝色的火焰从四肢蹿向小腹，在狂喜中无法自持地向全身扩散开来。他们仍然面面相觑，烈焰在他们之间传递着，如同从太阳的核心流溢出的蓝色火流。在那一刻，她看到他的阴茎在衣服下挺立起来了，她知道他会过来的。

"妈咪，一个男人！妈咪！"儿子的一只手碰碰她的腿，说，"妈咪，一个男人！"

她听出孩子心里害怕，忙转过身说："没事的，儿子！"说着拉住了他的手躲到石头后面去。农夫看着她裸露的臀部上下起伏着。

她穿上罩袍，抱起儿子，沿着那条陡峭的羊径，穿过开满黄花的灌木丛，一直爬到光线充足的地方，然后走到房下的橄榄树旁，坐了下来，她想清理一下自己的思绪。

大海一片湛蓝，十分柔静，她的子宫绽开着，如同盛开的荷花或仙人掌花，花开得很艳，充满着渴望。她能感到这一点，它完全占据了她的意识。她的乳中生出一股深深的懊恼，既是因为这个孩子，也是因为这无以名状的挫折。

她认得那个农夫：宽厚结实的三十多岁的男人。许多次从自家的台地上她看见那个人牵驴而过，或看着他修剪橄榄树枝，他总是独自干着活。这是个强壮有力的男人，宽大的红脸膛上神情镇定自若。她同他说过一两次话，几次与他那双蓝色大眼睛的目光相遇，那目光深邃，是南方人特有的火辣辣的目光。她懂得他那突如其来的动作是什么意思，那种动作有点暴烈，却十分大气。但她从来没有思念过他。她倒是注意到了，他总是衣着整洁，一看就知道有人悉心照管他。后来有一天，她看到了他的妻子给他送饭来，夫妻两人坐在角豆树下，铺开一块白布，对坐着吃饭。后来，朱丽叶发现他老婆比他大，是个黑皮肤，傲慢又阴郁的女人。不久，又一个年轻的女人带着一个孩子来了，这男人便和那小孩跳起舞来，那样子年轻又有激情，但那不是他的孩子，他没孩子。他同那孩子活活泼泼跳舞的时候，仿佛充满着被压抑的激情，令朱丽叶不得不注意他了。但即使是这样，她也从来没有思念过他。他有着那样宽阔红润的脸膛，那样宽厚的胸膛，但腿有点儿短。简直是头粗蛮的野兽，一个农夫，不值得她去思念。

但是现在，他目光中那奇特的挑战神态吸引住了她，他的目光如此蓝如此有魅力，就如同太阳一样。她看到他薄薄的裤子下疯狂挺起的阴茎——那是为她举起的。他那红润的脸和宽阔的身板，在她看来就像太阳一般，一颗灼热的太阳。

她对他的感知太强烈了，无法离开他了。

于是她继续坐在树下。然后听到保姆在家中摇响了铃铛叫他们回去。儿子答应了，她也得起身回家去了。

下午，她坐在屋前的台地上，下面是通往大海的橄榄坡地。她看到那个男人从草屋里出出进进。那小草屋就在仙人掌丛的边上。那男人抬头眺望她家的房子，看着坐在高台上的她。于是她感到她的子宫向他绽开了。

但她没有勇气下去找他，她瘫软了。她用过茶，仍坐在台地上，那男人便出出进进一次次向她投来一束束目光。直到村头的教堂里响起了晚钟声，夜幕徐徐降临，她还坐在台地上没有动弹。直到月上中天，她看到他在月光下往驴背上驮了东西，垂头丧气地牵着驴上了那条小径。她听到他从屋后的石子路上走过的脚步声，他过去了，去他村里的家，去睡觉，同他老婆一起睡，而他老婆肯定要问他为什么这么晚才回家。他是沮丧而归的。

朱丽叶一直坐到深夜，望着海上的那轮月亮。太阳已经使她的子宫绽开了，她因此而无法获得自由。那朵荷花绽放后给她带来了麻烦，但她没有勇气迈开脚步跨过那条溪谷。

后来她便睡着了。一早醒来，她感到好些了，她的子宫似乎又关闭了，那朵荷花又恢复到蓓蕾状态，她太希望这样了。只剩下沉寂的花蕾和太阳！她永远不会思念那个男人了。

她走到很远的谷底，远离山中的小溪，在柠檬林中的大水池中沐浴。儿子在柠檬树下的黄花丛中跑来跑去捡着成熟坠落的柠檬，那晒得黝黑的身体在林中的光影里一闪一闪的，浑身洒满了亮晶晶的光点。这时她坐在溪谷的陡坡上晒太阳，感到又一次几乎获得了自由，她体内的鲜花垂首打蔫儿，又变成了蓓蕾，她感到安全了。

突然，玛丽妮娜出现在坡顶上，背负着淡蓝的天空，头上缠着一块黑布，轻声地叫着："太太！朱丽叶太太！"

朱丽叶转过脸，站起身来。玛丽妮娜看呆了。她看到那赤裸的女人警觉地站着，阳光下浅黄的金发像一朵小小的云彩。老女人飞快地沿着那条洒满阳光的小路跑下陡坡。

她直挺挺地站在几步开外处，诡谲地打量着面前这个晒得乌亮的女人。

"你可真美，真的！"她淡然又不无嘲讽地说，"你丈夫来了。"

"什么丈夫？"朱丽叶叫道。

老女人尖笑一声，是那种老式女人的嘲笑。

"你不是有个丈夫吗？嗯？"她奚落道。

"在哪儿？在美国呢。"朱丽叶说。

老女人瞟了她的肩膀一眼，又无声地笑了。

"什么美国？他追着我上这儿来了。他会迷路的。"说着她一仰头极有女人味儿地暗笑了一下。

这里的路全被高高的蒿草覆盖着，路边开满了野花，真像是荒野中的鸟径一般。奇怪的是，这古老但生机勃勃的荒野却不让人觉得生分。

朱丽叶若有所思地看看这个西西里女人，终于说："嗯，很好！让他来吧！"

说着，她感到体内冲腾起一束小小的火苗，鲜花又绽开了。他怎么也算个男人吧？

"就把他带到这儿来吗？"玛丽妮娜问，她灰色的眼睛里透着嘲笑看着朱丽叶。随后她肩膀微微一抖，说："那好！就照你说的办吧！不过对他来说，这倒是少见！"

说着她莞尔一笑，指指正往怀里堆柠檬的男孩，说："瞧，多漂亮的孩子呀！简直是个小天使。他爸见他这样肯定会高兴的，小乖乖。那我这就去带他来了？"

"去吧。"朱丽叶说。

老妇人迅速顺原路爬上山去，发现莫利斯在葡萄梯田上迷路了。他头戴灰毡帽，身穿深灰色西装正站在那儿。在那个阳光明媚、景色优雅的古希腊风格的世界里，他看上去显得可怜巴巴的，很是各色，就像灿烂阳光下坡上的一个墨点儿。

"来这儿！"玛丽妮娜冲他叫道，"她在下边呢。"

她快步在前面带路，迈着大步，蹚着杂草走了过来。突然，她在陡坡坡顶停住了脚步，下面就是柠檬丛了，林梢一片墨绿。

"你下去，从这儿。"她对他说，他抬头迅速瞟了她一眼，谢过她。

这是个四十来岁的男人，脸色发灰，胡须刮得很干净，文静而腼腆。他悉心地照料着自己那摊子买卖，没什么惊人之举，但很有成效，不过他对谁都信不过。这位来自玛格纳·格雷西亚的老妇人一眼就看透了他。他人不错，她心里说，但不是个男人，可怜的东西。

"太太就在下边，"玛丽妮娜像个命运女神似的指给他看。

他又一次连眼都不眨地连说："谢谢！谢谢！"边说边踏上小路，走得小心翼翼的。玛丽妮娜阴笑着抬抬下颏，转身回家去了。

莫利斯一步一步小心地在杂草丛中探着路，所以直到走到一个拐弯处几乎到了妻子跟前才发现她。她正在一块凸出的岩石旁赤裸着身子站立着，浑身泛着光彩，洋溢着火热的生命。她的乳房似乎支棱着，警觉地谛听什么，她的大腿晒成了棕色，变得十分敏捷。在她体内，子宫在紫色的阳光下敞开着，如同一朵盛开的巨大荷花。看到一个男人向她走来，她几乎激动得不能动弹。他像一张吸墨纸上的墨水点小心翼翼地挪过来了，她疾速、紧张地扫了他一眼。

莫利斯这可怜的家伙犹豫了一下，目光从她身上躲开，脸也扭到一边去。

"朱丽，你好！"他紧张地咳了一声，"真了不起！了不起！"

他扭着脸走过来，战战兢兢地瞟了她几眼，她那晒得黝黑的皮肤绸缎般闪光溢彩。不过她看上去并不像完全赤裸着，那一身金黄透红的肤色就如同衣服一般。

"你好，莫利斯！"她说着往后退，立即有一片阴冷的影子遮住了那刚绽开的子宫之花，"没想到你这么快就来了。"

"噢，不，"他说，"我是想法子才早溜出来几天的。"

说着他又冷不丁咳了起来，有意无意之中他把她吓了一跳。他们相隔几码对站着，谁也不说话。可面前这个女人是个新的朱丽了，那一身古铜色和风吹日晒过的大腿，使她看上去已经不再是那个脆弱的纽约女人了。

"好！"他说，"嗯，这样很美，很美！你很美啊！孩子呢？"

他感到自己体内的最深处涌上一股欲望，要她的四肢，要这个晒成古铜色的女人的肉体，要这个肉体的女人。这是他生命中涌起的新的欲望，这欲望令他痛苦。他想说点别的。

"他在那儿呢，"朱丽叶指指那边，那小顽童正在把柠檬一个个地垒起来。

做父亲的怪笑一声，几乎是在嘶鸣："啊，是他！在那儿呢！是个小男子汉！好啊！"他那紧张、压抑着的灵魂立时激烈地颤动起来，他忙竭力让自己清醒过来，"嘿，乔尼！"他叫道，但他的声音很微弱。"嘿，乔尼！"

孩子抬头看看他，柠檬全从他那小胖手中滚落了，可他没有回答。

"咱们还是下去到他那儿去吧，"朱丽叶说着转身上了小径。不知不觉之中，她那绽开的子宫之花上笼罩的阴影渐渐消失了，每一片花瓣都重新颤抖起来。她丈夫跟在后面，看着她扭摆着腰走在前面，玫瑰色的臀部轻快地起伏着。他一时间喜欢得不行，但又感到茫然。他习惯了作为人的她，可现在的她已不再是个人，而是让太阳晒黑的灵活的肉体，没有灵魂，腿和臀部泛着光斑，像一个居于山林水泽的仙女。他该怎么办呢？他这副样子同眼前这情境一点都不协调。他身着深灰色西装，头戴浅灰色毡帽，长着一张灰不溜秋腼腆的生意人脸，有着生意人灰暗的心地。一股奇特的冲动袭遍全身，冲撞着他的下部和他的腿。他感到恐惧，因为他发现自己想狂叫，想冲着那个浑身晒黑了的女人扑过去。

"他看上去挺好的，不是吗？"朱丽叶说。他们两个从柠檬树下开着黄花的酢浆草丛中走过。

"嗯，是的，是的！嘿，乔尼！还认识阿爸吗？乔尼，还认识阿爸吗？"
他顾不得笔直的裤线，蹲下去向儿子伸出双手。

"柠檬！"儿子像小鸟般的叫着，"两个柠檬！"

"两个柠檬！"父亲回答道，"一大堆柠檬！"
孩子走过来往父亲的双手中各放了一个柠檬，然后退一步看着父亲。

"两个柠檬！"父亲重复道，"过来，乔尼！跟我说'你好，阿爸！'"

"阿爸回去吗？"儿子问。

"回去？噢，不，今天不走。"说着他把儿子揽进怀里。

"把衣服脱了！阿爸，把衣服脱了！"儿子说着挣开他，躲避他的西装。

"好，儿子！阿爸这就把它脱了。"
他脱下西装，小心翼翼地放在一旁，又看看自己的裤线，抻了抻，这才蹲下，把儿子揽在怀中。孩子那火热的裸体贴在他怀里，几乎令他晕眩。那赤裸的女人看着这个穿衬衫的男人怀抱着浑身黑红的孩子。孩子摘下父亲的帽子，朱丽叶看到男人光柔的头发，黑发中夹杂着些许白发，梳得一丝不苟。可是，没有阳光，一丝阳光也没有。她的子宫之花又被阴影笼罩住了。父子俩在聊着，孩子喜欢他父亲了。可她却一直沉默不语。

"莫利斯，你看这该怎么办呢？"她突然问。

听到她粗鲁的美国口音，他迅速侧过脸扫了她一眼。刚才他都把她给忘了。

"呃——朱丽，什么怎么办？"

"所有的事！就说这个吧！我不能再回东四十七街①了！"

"呃，"他犹豫一下说，"是不行，至少现在不行。"

"永远不！"她说，说完又沉默了。

"这，呃，我不明白。"他说。

"你觉得你能出来，上这儿来吗？"她很野性地问他。

"能！我能待上一个月。我觉得我能在这儿坚持过一个月。"他犹犹豫豫地说。说罢，他又意味深长地瞟了她一眼，然后又扭过头去。

她垂下眼帘看着他，双乳警觉地支棱起来又软下去，似乎是在不耐烦地甩掉那片阴影。

"我不能回去，"她缓缓地说，"我不能离开这里的阳光。如果你能来这儿——"

她话没说完就住了口。那个口操粗鲁的美国口音的女人消失了，但他仍能听到一个纯肉感的女人，一个在阳光下成熟了的肉体发出的声音。他一次又一次地瞟她，欲望渐起，恐惧感在渐渐消失。

"不！"他说，"这儿更适合你。你很不简单。是的，我觉得你是不能回去了。"

听着他那温存的声音，她的子宫之花又情不自禁绽开了，花瓣在抖动着。

他眼前幻化出她在纽约公寓里的身影，苍白、沉静，令他感到十分压抑。在人际关系上，他可是个彬彬有礼，懦弱羞怯的人，孩子出生后妻子的沉默和敌意着实让他害怕。因为他意识到她是情不自禁，女人都这样，她们的感情会向相反的方向发展，甚至与她们的自我作对，那真叫灾难。同这样一个女人住在一个屋檐下实在是太可怕太可怕了，她的感情甚至扭曲到与她的自我作对的地步。他感到让她的敌意压得抬不起头来。她甚至把自己都折磨苦了，孩子也

---

① 纽约曼哈顿的时尚街区。

让她折磨苦了。算了，宁可不要这样的女人。谢天谢地，日光浴似乎把那个可怕的鬼女人驱走了，她变了。

"那你呢？"她问。

"我？哦，我！我可以接着做我的买卖；呃，可以来这儿度长假。反正你是要住在这儿的，想住多久就住多久吧。"他的眼睛死死地盯着脚下的那一片地，他太怕激活她那慑人的复仇女性脾气，他太希望她就保持住眼前这个样子，像一粒裸体的熟草莓——女人就像水果。他抬头，不安的眼睛哀求地望着她。

"就永远这样下去？"她问。

"可不嘛，只要你愿意就行。永远，是个很长的时间，人无法定时间。"

"我想怎样就怎样吗？"她逼视着他，发出挑战。面对她那风吹日晒后硬朗起来的黑红的裸体，他感到无能为力，怕就怕唤醒她体内的另一个女人——一个充满报复心的鬼魅美国女人。

"呃，行！怎么都行，随你。只要你和孩子不觉得不痛快就行。"

说着他又意味深长地向她投去不安的哀求眼神。他此时想的是孩子，可为的是自己。

"我不才呢。"她快言快语地说。

"对！"他说，"我就知道你不会这样。"

他们沉默不语的片刻，村里的钟响了，急急地敲响着，报告中午到了，该吃中饭了。

她套上灰色的绉丝和服，在腰间系了一条宽宽的绿腰带，然后又给孩子套上一件蓝衬衣，领着孩子上山回家。

坐在餐桌旁，她注视着她丈夫，盯着他那张发青的城里人的面孔，以及那抹了头油的头发，注视着他在餐桌上一丝不苟的举止和吃喝时表现出的十足的节制动作。有时，他也怯生生地瞟她几眼。黑睫毛下是一双胆怯的金灰色眼睛，像是一只幼小时就被捕获、以后一直被圈养的动物，那双陌生而冷漠的眼睛是不懂得热烈的期盼的。只有那浓黑的眉毛和眼睫毛还算可爱。她没有把他放在眼里，甚至对他视而不见。她这样一个浑身洋溢着阳光的人是看不见他的，那个浑身不沾一点阳光的人就如同不存在一样。

吃完饭他们到阳台上去喝咖啡，阳台顶上开满了紫红色的九重葛花朵。他们家往下不远处的农庄里，那位农夫和他老婆正坐在青青麦田田头的一棵角豆树下，夫妻二人中间铺着一块白布，面对面而坐。布上仍然放着一大块面包，不过他们已经吃过了，正各自端着杯子喝红酒。

这两个美国人一出现，那农夫就抬头朝他们所在的台地这边遥望过来。朱丽叶让丈夫背对着他们，然后她坐下来看他们，直看到农夫的黑脸老婆转过脸来看她为止。

五

农夫算是白爱了她一场。她看到他那张宽扁的红脸膛冲着她，目不转睛地盯着她。待他老婆也扭过脸来看时，他便端起酒杯，一口把酒全喝了下去。他老婆久久地望着阳台上的人。她很健美，但很忧郁，看上去比她丈夫年纪大。夫妻俩很不一样，一个是性格刚烈、有优越感的四十多岁女人，一个不过三十五岁左右，是个没什么责任心的男人。他们之间像是差了一代。"他同我是一代人，"朱丽叶心想，"而他女人则是莫利斯那一代的人。"朱丽叶还不到三十呢。

身着白布裤、浅红衫、头戴破旧草帽的农夫样子很迷人，他是那么洁净、那么健康。他身材宽大结实，虽然个子矮，可浑身充满活力，似乎随时会跳起来去干活，甚至像她见过的和孩子在一起的样子，随时会跳起来去玩耍。他是典型的意大利农夫，总想奉献自己，激情满怀地要奉献他强壮的肉体和一腔的热血。可他毕竟是个十足的农夫，他总要等女人先迈出第一步。他会长久地等待，被动地压抑着欲望等待着，只期待女人来找他，绝不会先去找女人，绝不。他要等女人先来，而他则在她的近处等待。

他感到了她看他的目光，就甩掉他的旧草帽，露出圆圆的头来，深黄色的头茬很短。他伸出一只巨大的古铜色手臂去抓那只大面包，掰下一块来就大口大口嚼起来。他知道她在看他呢。她把他迷住了，迷住了这个热情、沉默的动物，浑身的血管里涌动着滚烫的血液！他全然让阳光晒得火热滚烫，又如同月亮一样宁静。他狂热而又腼腆地等待着，无休无止地等待，但就是不先靠近她。

和他在一起，那是沐浴在另一种阳光里，这个太阳沉重、巨大、汗水淋漓，但随后就会全然忘却。作为一个人，他并不存在。那只是一种火热、强壮的生命之浴，随后又会彻底忘却。可是这种生命创造之浴，如同沐浴着阳光。

这不是很好吗！！她太倦于人与人之间的接触了，倦于与这个男人交谈。可同那个健壮的男人在一道则令她感到满足。她坐在那儿，感到生命就从他身上向她流溢，她的生命也同样向他流溢着。从他的举止上她能看出来他对她的感知比她对他更为强烈。这种感受对他们来说如同一种肉体上的痛楚，他们都感到被各自的配偶往回拉扯着，被其尖锐的目光监视着，那是他们各自主人的目光。

朱丽叶此时在想：我为什么不能去找他？为什么不能为他生个孩子？就如同为无知无感的太阳和大地生育一个孩子，就像树上结一个果子一样。想到此，她的子宫之花粲然怒放，它可不理会什么情绪或主宰，它只渴求男人的露珠，一味地渴求。可她的心头仍然笼罩着恐惧的阴影。她不敢！不敢！如果那个男人能找到什么途径该多好！可他不会那样做。他只会在附近盘桓等待，压抑着无尽的欲望等她涉过溪谷。她不敢那样，而他依然徘徊等待。

"你晒日光浴时怕不怕别人看见？"她丈夫说着转回身去看那一对农民。溪谷那边农夫阴郁的老婆也转过身看着这边的别墅。这是一场战斗。

"不怕！没什么可看的。你也来吧，来晒日光浴？"朱丽叶问道。

"哦？呃，行！我在这儿了，就晒吧。"

他的眼中放射着一道光芒，表明着一种强烈的愿望和勇气——他要品尝一下这粒新的果实，这个晒黑了的女人，她那一对让太阳晒成熟了的黝黑的乳房在罩袍下高耸着。而她则在想象他那苍白瘦小的城市人身体如何在阳光下行走着，绝望地要行使一个丈夫的权利。想到此她又感到一阵迷狂的晕眩。这个优秀的城里人，这个在阳光下看似打上罪犯烙印的小个子家伙，他肯定是十二分地不乐意裸露自己的身体！

于是她的子宫之花又渐渐变得迷狂起来。她知道她得接纳他，为他生孩子。她知道，是为他，这个有着城市烙印的小男人，她的子宫之花才粲然绽开放出异彩，像一朵荷花，又像一朵绽开的紫色白头花，而花蕊却是黑暗的。她知道她不会去接近那个农夫，她没有足够的勇气，她还不够自由。

她也知道，农夫绝不会先来找她。他像大地一样顽固被动，只是等待、等待，只让自己出现在她的视线中，一次又一次地在她眼前晃动晃动，怀着一腔动物的渴求顽强地等待、晃动。

她在农夫红扑扑的脸上看到的是他冲动的热血，她能感到他那炯炯的目光中突然向她喷射出蓝色的热量，能感到他硕大的阴茎挺立了起来——那是为她，为她才耸立起来的。可她永远也不会去找他，她不敢，不敢，阻止她的东西太多太多了。

她丈夫那苍白瘦小的城市人的肉体仍会主宰她，他那渺小但疯狂的阴茎会在她体内种下另一个孩子。对此她无能为力。她被缚在俗世这固定的大轮子上随之旋转，没有帕修斯神①来砍掉这绳索帮她解脱。

----

① 希腊神话中杀死蛇发女怪美杜莎的英雄，他拯救了被缚在石头上的美女安德洛米达。

木 马 赌 徒

有个美丽的女人①，她命好但运气不好。她为了爱情而结婚，可爱却化为乌有。她有漂亮的孩子，但她觉得他们是强加给她的，对他们爱不起来。他们冷眼看她，像是在挑她的毛病。于是她慌了，觉得必须掩饰自己的一些缺点。可要掩饰什么呢？她根本不知道。然而，当她孩子在场时，她总是觉得她的心肠变硬了。这令她困惑，她对孩子变得更温柔了，但温柔中透着焦虑，似乎她很喜欢他们。但只有她自己知道，她的心中有一块坚硬的小地方，那里无法感受到爱，没有，对任何人都爱不起来。别人谈到她都说："她是个好母亲。她疼她的孩子。"但只有她自己和她的孩子们才知道根本不是那样。他们从彼此的眼睛里就能看出这一点来。

家里有一个男孩和两个小女孩。他们住在一座令人愉快的房子里，房子带一个花园，家里有仆人小心伺候着，孩子们感到自己比邻里都高高在上。

虽然他们过着时髦的生活，可他们总是觉得这个家被焦虑所笼罩着。家里的钱总是不够花的。母亲进项不多，父亲也收入有限，这点钱是不够维持他们的社会地位的。父亲进城去当了职员，但是，尽管前景良好，可这前景总也得不到实现。缺钱的问题总在折磨着他们，可生活水准必须保持不能降。

最终母亲说："我想看我自己能不能干成点什么。"但她不知道怎么开始。她绞尽脑汁，左试右试，可什么也干不成。失败给她脸上添了深深的皱纹。可

---

① 故事中的海斯特取材于劳伦斯的朋友辛西娅·阿斯奎斯夫人，出身名门，做了当时英国首相的儿媳妇。她的儿子约翰自小患有自闭症。该小说曾四次被改编成影视作品。

她的孩子们在长大，得去上学。必须有更多的钱，必须有更多的钱才行。孩子的父亲，总是很潇洒，品位也高，但他好像永远也不会做任何值得做的事情。母亲呢，对自己倒是充满信心，但同样一事无成，可她的品位却也同样高。

如此一来，这座房子里就无声地响着这样的话：必须有更多的钱！必须有更多的钱！孩子们随时都能听到这句话，尽管没有人说出来。圣诞节时他们听到了这句话，昂贵而精美的玩具摆满了儿童房。在光灿灿的时髦摇马后面，在精明的布娃娃的房子后面，一个声音就开始窃窃私语："必须有更多的钱！必须有更多的钱！"而孩子们会停下游戏，倾听一会儿。他们会看看别人的眼睛，看看他们是不是都听到了。而每个孩子都从另外一个孩子的眼睛里看得出来，他们也都听到了。"必须有更多的钱！必须有更多的钱！"

这窃窃私语来自静止不动的摇马里的弹簧，甚至那垂头咀嚼中的木马也听了。粉红色的大布娃娃乐呵呵地坐在她的新童车里，能听得一清二楚，似乎故意笑得更厉害了。那愚蠢的小狗顶替了玩具熊的位置，他看上去愚蠢得无以复加，没有其他原因，就是因为他听到了整座房子里回响着那窃窃私语："必须有更多的钱。"

然而，从来没有人把这话说出来。既然耳语无处不在，那么谁也无需说了。正如没有人会说："我们在呼吸！"尽管人们一直在又呼又吸。

"妈妈！"男孩保罗有一天说，"为什么我们没有自己的车？为什么我们总是用舅舅的车，要不就叫出租车呢？"

"因为我们是家里的穷人呗，"母亲说。

"可这是为什么呀，妈妈？"

"嗯，我想，"她缓慢而痛苦地说，"这是因为你爸没运气。"

这男孩沉默了片刻。

"运气就是钱吗，妈妈？"他怯生生地问。

"不，保罗！不完全是。运气就是让你有钱的那东西。"

"噢，"保罗懵懂地说，"我想，奥斯卡舅舅说的铜臭就是钱吧。"

"铜臭确实指的是钱，"母亲说，"但它是钱，而不是运气①。"

"啊，"男孩说，"那啥是运气呢，妈妈？"

"就是什么能让你有钱。如果你运气好，你就有钱了。所以说最好是天生幸运，而不是天生富有。你有钱，但你可能会失去你的钱。但如果你运气好，你总能得到更多的钱。"

"噢，是吗？那爸爸是不是不幸运？"

"很不幸运，我得这么说，"她痛苦地说。

这男孩的眼睛迷离地注视着她。

"为什么？"他问。

"我不知道。从来没人知道为什么一个人幸运，另一个倒霉。"

"是吗？从来没人知道吗？难道就没谁知道吗？"

"也许上帝知道！但他从来不说。"

"他应该说。你们难道也不走运吗，妈妈？"

"我不行，因为我嫁给了一个倒运的丈夫。"

"要是靠你自己不行吗？"

"结婚前我曾经以为我行，可现在我觉得我倒霉透了。"

"为什么？"

"嗨！算了！或许我真不行，"她说。

孩子看着她，看她是否真是这个意思。但他从她说话时嘴唇的样子就看得出，她只是想对他隐瞒点什么。

"嗯，不管怎样，"他坚决地说，"我是个幸运的人。"

"为什么？"母亲突然笑着说。

他凝视着她。他甚至不知道他为什么把话说出来了。

"上帝告诉我的，"他大言不惭地说。

---

① lucre（钱）和 luck（运气）在拼写和发音上相似。

"我希望他告诉你了，亲爱的！"她又笑着说，但笑得苦涩。

"他真说了，妈妈！"

"太好了！"母亲说，她用的是她丈夫的感叹口气。

小男孩看出来她不信他的话，或者说，她没拿他的话当回事。这让他生气，他要逼着她拿他当回事儿。

他在懵懂中独自去了，开始以幼稚的方式寻找"走运"的路子。他神情专注，对别人视若无睹，有点蹑手蹑脚地溜达着，一心要寻找运气。他要走运，他要，就是要走运！两个女孩在儿童房里玩布娃娃时，他就坐在他的大摇马上，疯狂地向空中冲杀，吓得小女孩儿们心惊胆战。那匹马狂野地飞奔，小男孩黑发飘飘，眼睛里闪烁着奇特的光芒。小女孩们都不敢和他说话了。

他疯狂骑马的旅程结束了，他爬下来，站在他的摇马前，凝视着低垂的马脸。摇马那红色的嘴微微张着，大眼睛像玻璃一样亮。

"听着！"他会悄悄地给打着响鼻的公马下命令，"这就带我去有运气的地方！这就带我去！"

他向奥斯卡舅舅要了一根小鞭子，用它来抽打马脖子。他知道马可以带他去有运气的地方，只要他打它就行。于是他再次跨上马背，开始骑马狂奔，希望最后能到达那里。他知道他能到达那里。

"你会打折了你的马，保罗！"护士说。

"他总是这样骑！我希望他下来！"他妹妹柔安说。

但他只是默默地朝下看着她们。护士管不了就不管他了。她拿他没办法，他长大了，她弄不动他了。

有一天，他母亲和他的奥斯卡舅舅进来时，他正在疯狂地扬鞭策马飞奔着。他没有跟他们搭话。

"嘿，年轻的赛马骑手！你要成大赢家吗？"他舅舅说。

"你是不是长得太大了，摇马禁不住你了？你再也不是个小孩子了，你知道的，"妈妈说。

但保罗只是用蓝色的凝眸瞪了她一眼。他在跃马扬鞭时任谁也不理会。母亲看着他，脸上露出奇怪的表情。

最后，他突然停住，不再强迫他的马奔腾了，他滑下马背来。

"哈，我到那儿啦！"他狂热地宣布，他的蓝眼睛依然燃烧着，他粗壮的长腿叉开站着。

"你上哪儿去啦？"妈妈问。

"我想去哪儿就去哪儿，"他回敬她。

"这就对了，孩子！"奥斯卡舅舅说，"别停，一直骑到那儿。这马叫什么名字？"

"他①没名字，"男孩说。

"怎么能连个名字都没有呢？"舅舅问道。

"嗯，他有不同的名字。上周他叫圣索维诺②。"

"圣索维诺，嗯？赢了阿斯科特的比赛③。你怎么知道他名字的？"

"他总和巴塞特聊赛马的事，"柔安说。

舅舅很高兴地发现，他的小外甥了解所有赛事的新闻。年轻的园丁巴塞特左脚在战争中受了伤，是通过他找到的这份工作，以前他是奥斯卡的传令兵，是赛马行家。他一心摽在赛马上，这小男孩则摽上了他。

奥斯卡·克莱斯韦尔从巴塞特那里了解到一切。

"保罗少爷来问我，我只能告诉他，老爷，"巴塞特说，他神情非常严肃，似乎是在谈论宗教问题。

"他给他喜欢的马下注了吗？"

"嗯，我不能出卖他。他是个小赌家，很好的赌家，老爷。您最好问他

---

① 原文如此。——译者注

② Sansovino，是一匹著名的赛马，1924 年在阿斯科特获得威尔士亲王奖。

③ 每年 6 月举办皇家阿斯科特赛马会。

自己行不？他有点喜欢上了这个，或许他会觉得我出卖了他，老爷，请您别怪我。"

巴塞特十分认真，像个牧师。

舅舅回到他的外甥身边，带他坐汽车兜风。

"我说，保罗，老伙计，你赌马吗？"舅舅问道。

那男孩凝视着这个英俊的男人。

"你为什么以为我非干那个呢？"他避而不谈这个。

"没关系！我想也许你能给我透露点林肯赛马会赌马的情况。"

车子加速开到了乡下，到奥斯卡舅舅在汉普郡的住处。

"当真？"外甥说。

"真的，孩子！"舅舅说。

"好吧，赌水仙。"

"水仙！我对此表示怀疑，好孩子。米尔扎怎么样？"

"我只知道赢家，"男孩说，"那就是水仙！"

"那就赌水仙？"

他们沉默了一会儿。水仙相对来说是一匹没名的马。

"舅舅！"

"怎么了，孩子？"

"你别再接着赌了，行吗？我答应过巴塞特。"

"该死的巴塞特！这跟他有什么关系呢？"

"我们是一伙的！我们一开始就伙着干！舅舅，他先借给我五先令，可我输了。我答应了他，真的，这是我们俩的事。你给了我十先令的票子，我才开始赢。所以我觉得你是走运的人。你别再接着赌了，好吗？"

这男孩子蓝色的大眼睛凝视着舅舅，目光滚烫，他的两只眼睛挨得很近。舅舅受到了触动，不安地笑了起来。

"你说得对，孩子！我会替你保密的。那就赌水仙喽！多少钱，你在它身上押了？"

"留了二十镑，剩下的我都押进去了，"男孩说，"我那是留本儿。"

舅舅觉得这事很好笑。

"你留二十镑做本钱，你这个小浪漫家？你押多少呢？"

"三百，"男孩严肃地说，"就咱俩知道，奥斯卡舅舅！真的。"

这话引得舅舅大笑。

"成，就咱俩，你这个纳特古尔德①，"他笑着说，"但是你的三百镑在哪儿呢？"

"巴塞特替我存着呢。我们是同伙。"

"你，是吗？巴塞特在水仙身上押多少？"

"他不会像我押那么高，我猜。也许他会押一百五。"

"什么，便士吗？"舅舅笑道。

"不，是镑②，"孩子惊讶地看着舅舅说，"巴塞特本钱比我多多了。"

舅舅奥斯卡感到又吃惊又好笑，然后沉默了。他不再追问了，但他决定带外甥去林肯的赛马会。

"好吧，孩子，"他说，"我在米尔扎身上押二十，我再给你五镑，你喜欢哪个就赌哪个，你选哪个呢？"

"水仙，舅舅！"

"那五镑不要给水仙！"

"如果是我自己的五镑，我就那么下注，"孩子说。

"好！好！听你的！我五，你五，赌水仙。"

这孩子从来没有见过赛马会，他的眼睛里燃着蓝色的火焰。他紧闭着嘴

---

① 一位以赛马为题材的著名小说家。

② 旧时一英镑等于二百四十便士，1971年改十进制后是一百便士。一百五十便士在当时还不足一英镑，这话表示奥斯卡对园丁的轻蔑和不相信。

巴看着。前面一个法国人把钱押在了兰斯洛特身上。他疯狂地上下舞动着手臂，扯着嗓门大喊"兰斯洛特！兰斯洛特！"满口的法国腔儿。

水仙排第一，第二是兰斯洛特，米尔扎第三。这结果让这孩子满眼通红，但人却出奇的平静。他的舅舅给他带来五张五镑的票子：赔率是四比一。

"我拿这些钱干什么呢？"他在孩子面前挥舞着钱喊道。

"我想我们要跟巴塞特谈谈，"男孩说，"我要有一千五百镑：留二十的本儿，再加上这二十。"

他舅舅揣摩了他一会儿。

"你看，孩子！"他说，"你别跟巴塞特认真，别拿那一千五当回事，行吗？"

"我得认真当回事儿。但就咱俩知道，舅舅！真的！"

"好，就这样，孩子！不过我得跟巴塞特谈谈。"

"你要是想成为巴塞特和我的同伙儿，舅舅，咱们就成。可你必须答应，拿名誉担保，舅舅，就我们三个人，不让别人知道。巴塞特和我运气好，你一定也能走运，是你给了我十先令，我才开始赢的。"

奥斯卡舅舅花了一个下午的时间在里士满公园同巴塞特和保罗谈话。

"是这样的，你看，老爷，"巴塞特说，"保罗少爷让我给他说说赛马的事，我就是瞎编，你知道的。他总是想知道我是赢了还是输了。大约一年前，我替他把五先令押在'黎明丛林'身上，结果我们输了。然后，时来运转，拿您给的十先令我们押在'僧伽罗'身上。从那以后走得相当稳。你说呢，保罗少爷？"

"我们拿得准的时候就没事儿，"保罗说，"拿不准时，我们就输。"

"哦，但我们很小心，"巴塞特说。

"但你们啥时候拿得准呢？"奥斯卡舅舅笑道。

"那得说保罗少爷行，老爷，"巴塞特说，语调神秘而虔诚，"就好像他是从天上得到的。就像水仙，还有林肯这次，手拿把攥。"

"你也押水仙了？"奥斯卡·克莱斯韦尔问。

"是的，老爷！我押了我的钱。"

"我外甥呢？"

巴塞特固执地沉默着，眼睛看着保罗。

"我赚了一千二，是不是，巴塞特？我告诉舅舅，我押了水仙三百。"

"那好吧，"巴塞特点了点头说。

"哪儿来的钱呢？"舅舅问。

"我把它安全地锁起来了，老爷。保罗少爷随时可以用。"

"什么，一千五百镑？"

"还有二十！就是四十，算上这次赢的这二十。"

"这太神奇了！"舅舅说。

"如果保罗少爷让您入伙，老爷，如果我是您，我就入，请原谅我这么说，"巴塞特说。

奥斯卡·克莱斯韦尔思忖片刻。

"我得看到钱，"他说。

他们再次开车回家，果然，巴塞特带着一千五百英镑的票子来到了花园别墅里。那二十镑储备交给赛场的会计乔·格里做押金。

"你看，没问题吧，舅舅，我拿得准！以后我们会变得强大，我们值。是不是，巴塞特？"

"我们就这么干，保罗少爷。"

"你什么时候拿得准？"舅舅说着笑了起来。

"哦，哦，有时候我绝对拿得准，比如水仙吧，"男孩说，"有时候，我有主意，有时我什么主意都没有，是不是，巴塞特？所以我们很小心，因为我们多数时间赢不了。"

"是吗！比如你相信水仙，凭什么呢，小家伙？"

"嗯，我不知道，"男孩很不自在地说，"我敢肯定，你知道，舅舅，那就行了。"

"好像他是从天上得到的，老爷，"巴塞特重申。

"应该是吧！"舅舅说。

于是他成了合伙人。当莱格尔的赛马会开始时，保罗对"活力火花"拿得准，这是一匹很微不足道的马。这孩子坚持把一千镑押在这匹马上，巴塞特押五百，奥斯卡·克莱斯韦尔二百。结果活力火花排第一，赔率是十比一。保罗赢了一万镑[①]。

"你看，"他说，"我绝对相信他。"

连奥斯卡·克莱斯韦尔都干挣了两千。

"我说啊，孩子，"他说，"这种事情弄得我很紧张。"

"没必要啊，舅舅！也许很长一段时间里我又拿不准了呢。"

"但是，你打算拿你的钱干吗呢？"舅舅问。

"当然，"男孩说，"我是为妈妈干这个的。她说她没有好运，是因为爸爸运气不好，所以我想如果我走运的话，家里就没人叨叨了。"

"怎么能停止唠叨呢？"

"我们的房子！我恨我们家房子里到处都有叨叨声。"

"叨叨啥？"

"为什么——为什么，"男孩坐立不安道："为什么，我不知道！但是，家里总是缺钱，你知道，舅舅。"

"我知道，孩子，我知道。"

"你知道有人送母亲传票，对不对，舅舅？"

"我想我知道，"舅舅说。

"然后房子里就开始有嘀咕声，像是有人在你背后笑话你。好可怕！我想如果我要是走运的话——"

---

① 1926年的一万英镑相当于现在的二十五万英镑。

“你可以不让它嘀咕，”舅舅说。

小男孩蓝色的大眼睛看着舅舅，那目光中透着一团不可思议的冷火，他一言不发。

“那好！”舅舅说，“我们怎么办？”

“我不想让妈妈知道我走运，”男孩说。

“为什么不呢，孩子？”

“她会拦着我。”

“我不认为她会这样。”

“哦！”孩子奇怪地扭动着说，“我不想让她知道，舅舅。”

“好吧，孩子！咱们想办法不让她知道。”

他们很会做。保罗在大家建议下把五千多英镑交给他舅舅，舅舅把这钱存在家庭律师那里，他会通知保罗的母亲说，一个亲戚给了他五千镑，用这钱来每年支付一次，给她买生日礼物，一共为期五年。

“这样，她将连续五年每年有一份价值一千英镑的生日礼物，”奥斯卡舅舅说，“我希望五年后别因为这个她日子难过了。”

保罗母亲的生日是在十一月。最近这座房子里的嘀咕声越来越厉害了，保罗的好运气也对此奈何不得。保罗受不了了。他非常渴望看到生日信的效果，律师的信会告诉他母亲那一千英镑的事。

没有客人时，保罗就和他的父母一起吃饭，因为保姆管不了他了。他的母亲几乎每天都进城。她发现，她有画毛皮和衣料的诀窍，于是她就偷偷地在一个朋友的工作室里干上了，这人是当地大布商们的“艺术家”。她为报纸的广告画些身着皮草、丝绸，戴着饰物的仕女。这位年轻的女艺术家一年能赚几千英镑，可保罗的母亲只挣几百，于是她又不满意了。她特别想在哪方面坐头把交椅，可她没有成功，甚至给报纸广告画素描她也没拔头筹。

生日那天她下楼来用早餐。她读信时保罗盯着她的脸。他知道是律师的信。母亲看着信，脸变得僵硬，毫无表情。接着嘴角上露出一种坚定的样子。

她把信藏在一堆文件下面，一言未发。

"你没收到什么生日礼物吗，妈妈？"保罗问。

"还不错，"她说，她的声音冷漠、心不在焉。

她没再说什么就进城去了。

但下午奥斯卡舅舅来了。他说，保罗的母亲与律师谈了很久，问整个五千镑能不能一次提前支取，因为她负有债务。

"你怎么想，舅舅？"男孩说。

"听你的，孩子。"

"哦，让她支取吧！我们可以赚更多呢，"男孩说。

"一鸟在手胜过两鸟在林呢，孩子！"奥斯卡舅舅说。

"但我敢肯定我能知道全国大赛怎么赌，还有林肯赛或达比赛①，我肯定能赢其中一场，"保罗说。

所以，奥斯卡舅舅签了协议，保罗的母亲取走了整个五千。接着发生了一件很奇怪的事。房子里的声音突然变疯了，就像是春天傍晚的青蛙大合唱。家里添了一些新家具，保罗有了私人教师，秋天他真的要上伊顿公学了，是他父亲上过的学校。冬季里家里都有鲜花，还有保罗母亲习惯拥有的奢侈品。可是，房子里的声音简直开始变成了尖叫，那声音发自含羞草和杏花的背后，发自流光溢彩的靠垫下面，如同狂喜的叫喊："必须有更多的钱！哦，哦！必须有更多的钱！哦，现在，现在，这就来，必须有更多的钱！"这声音比以往任何时候都叫得更欢。

保罗非常怕这声音。他跟着私人教师学拉丁文和希腊文。但他最紧张的时间是同巴塞特一起度过的。全国大赛已经过去了，他这回没有"知道"，输了一百英镑。夏天近了，他开始为林肯的赛事着急了。可林肯这回他也没能"知道"，又输了五十英镑。他开始目露凶光，人变得古怪，好像他身上有什

---

① 全国大赛和达比赛是当时的两场主要赛事，一场在 4 月，一场在 8 月。

么东西要爆炸。

"别在意，孩子！别管它！"奥斯卡舅舅劝他说。但男孩仿佛不能真正听懂他舅舅说的话。

"达比这回我得知道！我得知道达比！"孩子重复着，他蓝色的大眼睛里燃烧着炽烈的疯狂火焰。

他母亲发现他过度紧张。

"你最好去海滨度假！难道你不喜欢去海边，还等什么？我觉得你最好去！"她说。她焦急地看着他，心情为他感到莫名其妙的沉重。

但孩子抬起蓝眼睛，不可思议地看着她。

"我不可能在达比赛之前走，妈妈！"他说，"我不可能！"

"为什么不呢？"她说，她遭到反对时声音就变得沉重了。"为什么不呢？你仍然可以从海边去看达比赛呀，跟你奥斯卡舅舅一起去，如果你愿意。你不需要在这里等。此外，我认为你太在意这些比赛了。这是一个不好的兆头。我的家是个赌博的家庭，你长大了才会明白这多么害人不浅。它已经害了我们。我得把巴塞特打发走，并要求奥斯卡舅舅不跟你谈赛马的事，除非你答应控制自己别太过分。到海边去，忘记它。你太紧张啦！"

"我会做你喜欢的事，妈妈，只要在达比赛以后您不把我送走就行，"男孩说。

"我送你走，离开哪儿？是离开这个房子吗？"

"是的！"他凝视着她说。

"为什么，你这个好奇的孩子，是什么使你这么关心这房子，而且这么突然？我从来不知道你喜欢它！"

他凝视着她没有说话。他有一个秘密中的秘密，他从没有透露过，甚至对巴塞特或他的奥斯卡舅舅也没有。

但他的母亲，举棋不定地站了一会儿，有点闷闷不乐地说：

"很好嘛！达比赛后也不去海边，你不乐意就不去。但请答应我你不会让你的神经崩溃！保证你不这么关注赛马，不想什么你所说的赛事！"

"哦，不会的！"孩子随口说，"我不会过多地想这事，妈妈。你不必担心。如果我是你，我就不担心，妈妈。"

"如果你是我，我是你的话，"妈妈说，"我不知道我们该做什么！"

"但是你知道你不用担心，妈妈，是不是？"男孩重复道。

"我如果知道我会非常高兴的，"她疲劳地说。

"哦，哦，你可以，你知道。我的意思是你必须知道，你不用担心！"他坚持说。

"必须？我想想再说，"她说。

保罗秘密中的秘密是他的摇马，它没有名字。由于他不用护士和保姆管他了，他就让人把他的摇马移到顶层自己的卧室里了。

"你当然长得太大了，摇马经不住你了，"母亲曾告诫他说。

"嗯，你看，妈妈，等我有了一匹真正的马，我就不玩摇马了，我喜欢身边有动物，"他怪里怪气地回答。

"你觉得它是跟你做伴吗？"她笑了起来。

"哦，是的！它非常好，我在家时它总是陪伴我，"保罗说。

就这样，那寒酸的马就后腿着地站在男孩的卧室里了。

达比赛马会临近了，孩子变得越来越紧张。他对别人的话充耳不闻。他非常虚弱，眼神不可思议。他的母亲会突然为他感到莫名的不安。有时，一连半小时，她会突然为他焦虑，那感觉几乎就是痛苦。她真想跑到他身边，看看他是不是安全。

达比赛前两个晚上，她在城里参加一个大聚会时，她对长子的牵挂一下子让她感到揪心得不行，几乎说不出话来了。她竭尽全力与这种感觉抗争着，因为她还是相信常识的。可这感觉太强大了，她不得不离开舞会，去楼下给乡下家里打电话。孩子们的保姆被夜间的电话铃声吓坏了。

"孩子们都好吗，威尔莫特小姐？"

"哦，是的，他们挺好的。"

"保罗少爷呢？他没事吧？"

"他上床睡觉可踏实了。要我跑上楼去看看他吗？"

"不啦！"保罗母亲勉强地说，"不！别麻烦啦。没事儿。别起来了。我们很快就会回家。"她是不想让她儿子的隐私受侵犯。

"那好吧，"保姆说。

半夜一点时，保罗的母亲和父亲开车回到他们的家。家中一片寂静。保罗的母亲来到她的房间，脱下她的白色毛皮大衣。她曾告诉她的侍女不用等她。她听到她的丈夫在楼下正在把威士忌和苏打水兑在一起。

因为在她心里感到出奇的焦虑，就蹑手蹑脚上楼到她儿子房间。她悄悄地顺着楼上的走廊走着。是不是有一个微弱的声音？那是什么声音？

她浑身僵硬地站在他门外，听着。有一个奇怪、沉重但不大的声音。她的心滞住了。这是一种暗哑的声音，但急匆匆、强有力。有个巨大的东西在寂静中剧烈地晃动着。那是什么？到底是什么？她必须得知道。她觉得，她知道这声音，她知道这是什么。

然而，她弄不清楚。说不清那是什么。可那声音不停地响着，像在发疯。

轻轻地，她在焦虑中害怕地转动门把手。

房间里很暗。然而，在靠近窗户的地方，她听到和看到有什么东西在来来回回蹿动。她恐惧、惊讶地凝视着。

然后，她突然打开灯，看见儿子穿着绿色的睡衣睡裤在摇马上疯狂地起伏着。电灯光突然照亮了催马奋进的他，也照亮了她，金发碧眼，浅绿色衣服上佩着水晶，站在门道里。

"保罗！"她叫道，"你在干什么？"

"是马拉巴尔！ ①" 他高声大叫着，"是马拉巴尔！"

他喷火的目光奇怪而木然地盯着她看了片刻，不再策马。然后，他颓然倒地。这时她感到备受折磨的母爱一下涌上心头，忙冲过去扶他。

他昏迷了，一直昏迷着，大脑发烧了。他说着胡话，辗转反侧，他的母亲木然地守在他身边。

"马拉巴尔！是马拉巴尔！巴塞特，巴塞特，我知道：是马拉巴尔！"

孩子这么哭喊着，想起来去催他的摇马给他灵感。

"他是什么意思，什么是马拉巴尔？"心灰意冷的母亲问。

"我不知道，"父亲冷冷地说。

"马拉巴尔是什么意思？"她问她的弟弟奥斯卡。

"是达比赛上的一匹马，"他回答。

同时，奥斯卡·克莱斯韦尔还是禁不住同巴塞特商量，他自己在马拉巴尔身上押了一千镑，赔率是十四比一。

病后第三天至关紧要，大家观望着等待有好转。这个生着长长鬈发的男孩，在不停地辗转反侧。他既不睡觉也没恢复知觉，他的眼睛像蓝色的石头。他母亲坐在那儿，感到她的心都丢了，自己其实变成了一块石头。

晚上，奥斯卡·克莱斯韦尔没来，但巴塞特送来信，问他能不能来一下，只来一小会儿。保罗的母亲为此感到很生气，不想让他来打扰，但转念一想，她同意了。这个男孩还是老样子，巴塞特或许能让他苏醒呢。

那园丁是个小个子，蓄着棕色短髭，棕色的小眼睛里目光尖锐，他蹑手蹑脚进了房间，摸一下头算是冲保罗的母亲致脱帽礼，然后悄然来到床边，亮晶晶的小眼睛盯着奄奄一息中扭动着的孩子。

---

① 当时确有一匹赛马的名字叫马拉巴尔，但并不是达比赛的冠军。另据弗雷泽的人类学巨著《金枝》记载，马拉巴尔是印度西南部的一个古王国，那里的国王享有十二年的神权，但在任期满时必须割颈自杀。有些国王把这项权力转送给一个替代者。此人享有五年最高权力，期满后被处决。

"保罗少爷！"他耳语道，"保罗少爷！马拉巴尔跑了第一，全胜。我照你告诉我的做了，你赢了七万镑，你现在的钱超八万镑了。马拉巴尔真的赢了，保罗少爷。"

"马拉巴尔！马拉巴尔！我说是马拉巴尔吧，妈妈？你觉得我走运吗，妈妈？我知道马拉巴尔，不是吗？八万多英镑！我管这叫走运，你说呢，妈妈？八万多英镑！我知道，难道我不知道我知道吗？马拉巴尔真的全赢了。如果我骑我的马，骑着骑着感到拿得准了，我就告诉你，巴塞特，你想押多高就押多高。你押到最高了吗，巴塞特？"

"我押了一千，保罗少爷。"

"我从来没有告诉过你，妈妈，如果我可以骑我的马，骑到了那儿，那我绝对拿得准。哦，绝对！妈妈，我告诉过你吗？我幸运！"

"不，你没有说过，"母亲说。

但是，到了晚上孩子就死了。

他尸骨未寒，他母亲就听到弟弟对她说："天啊，海斯特，你是赚了八万多，那可怜的儿子却亏了。可怜的孩子，可怜的孩子，他总算不用骑着木马找赛马冠军了，不用过那种日子啦。"

爱岛的男人

第一座岛

有个男人，他爱海岛。他出生在一座岛屿上，可这座岛令他感到不适，因为这岛上除了他自己，还有不少别人。他要的是一座完全属于自己的岛屿：并非是要独处岛上，而是让它成为自己的一个世界。

一座岛屿，如果太大的话，那简直就是个大陆了。它必须得十分娇小，才会让人觉得像座岛。这个故事就是要告诉你一座岛该小到什么程度，才能让你设想将小岛融满你自己的人格。

而命运竟对他如此偏爱，这个爱岛之人在三十五岁上真的得到了自己的一座岛屿。这岛的产权并不属于他，但他拥有这座岛屿九十九年的租借权。这对于一个人和一座岛来说事实上等于是永久拥有。就算你像亚伯拉罕一样想让自己的子孙多如海岸上的沙粒^①，你也不会选择一座岛来繁衍。很快人口就会过剩，过于拥挤，形成贫民窟。对于一个热爱海岛之静谧的人来说，这景象令人恐怖。不，一座岛屿是一个窝，它只拥抱一个蛋，只一个。这只蛋就是这位岛民。

我们这位未来的岛民所得到的岛屿并非在遥远的大洋中。它几乎像家一

① 见《圣经·创世记》22：17，亚伯拉罕表示愿意牺牲自己的儿子作祭品，主向他许诺说："我会将你的种子撒播如海岸上的沙粒一样多。"

样，没有棕榈树，海上没有冲浪板，没有任何诸如此类的东西，只有一栋坚固的住房，颜色十分晦暗，就建在登陆上岛的地方，不远处是一座小农舍，几间棚子和几块边边角角的耕地。登陆处的小港湾旁，有一拉溜儿三座村舍，看似岸边哨兵的住房，整整齐齐，刷得雪白。

还有什么比这更加舒适如家的呢？假如你要绕岛走上一遭，路程是四英里，要穿过荆豆丛和黑刺李丛，走过陡峭的海岸岩石上方，还要下到长满报春花的小片林间空地上。如果你照直走翻越那两座小山包，穿过卧牛吃草的乱石地，蹚过稀疏的燕麦田，再到荆豆丛，再到低矮的悬崖畔，只需走上二十分钟。一旦你来到崖畔，你就会看到另一座大点的岛屿，离这里不远。在你和那岛屿之间是大海。而当你穿过立金花摇曳的林间空地回到东边，你会看到东边也有一座岛屿，不过是一座小的，跟大的比就如同牛犊之与母牛。这座小岛也属于这位岛民。

这样看来，甚至岛屿也愿意结伴相处。

我们这位岛民对他的岛挚爱有加。早春时节，小路和沼地上黑刺李的花儿已经纷纷如落雪，给这寂静的凯尔特绿地和灰色石地增添了白色的生机，乌鸫在这一片白色中发出早春第一声悠长得意的叫声。紧随黑刺李和若隐若现的报春花绽开的，是蓝色幻影般的风信子，蓝色的风信子开在灌木丛中和林间空地上，恰似一片蓝精灵的湖泊，一匹匹光滑的蓝色绸缎。在岛上你还可以窥视许多鸟儿窝呢。这是一个多么神奇的世界啊！

夏天一过，立金花儿就谢了，雾气中开始弥漫起野玫瑰淡淡的清香来。干草地上，毛地黄的花朵低垂着。在一处小山坳中，阳光洒在苍白的花岗岩上，你可以在此晒日光浴，岩缝中则是一道道阴影。在雾霭悄然袭来之前，你就穿过成熟中的燕麦地回家了。此时，另一座岛上的雾角开始哞哞响起，随之，高天上辉映着的海水之光渐渐隐退了。然后海上开始起雾，是秋天了，地里倒伏着一捆捆燕麦；金黄的月亮从海上升起，宛如又一座岛屿，愈升愈高，大海随之白亮起来。

秋天在雨中结束，冬天来了，天空阴沉，潮湿多雨，但很少霜冻。这座岛屿，你的岛屿，缩进黑暗中，躲开了你。你能感到，在那些潮湿阴郁的凹地里，那反叛的精灵已经蜷缩一团，就像一条浑身湿透的狗忧郁地蜷缩起来，或者说像一条半睡半醒的蛇。到了夜里，风停了，不像在海面上那样咆哮狂吼，这时你感到你的岛屿是一个宇宙，如同这黑夜一样无边无际，一样古老；它不是一座岛屿，而是一个无边黑暗的世界，过去黑夜中的灵魂都生活在这里，那无尽的遥远就近在咫尺。

从你这宇宙小岛上，你莫名其妙地进入了那黑暗、巨大的时间王国，那些不死的人侧身扑向他们庞大奇特的使命。这小小的人间岛屿已经消弭，像一个跳动的地方，跳入虚无，那是因为你身不由己地跳离开了，跳入时间那黑暗的神秘中，那里，过去生机勃勃而未来并未与之割断。

这就是当一个岛民的危险。在城里，你套着白色的鞋罩躲避车流时，尽管脊梁骨上感到了死亡的恐惧，你仍感到安全，并未受到无边的时间的恐吓。瞬间是你时间的小岛，你周围飞奔着的是宇宙。

可一旦将自己孤立在时空之海的一座小岛上，瞬间开始喘息并一圈又一圈地扩展开来时，那坚固的土地便消失了。随之，你那光滑赤裸的黑暗灵魂出壳，来到无尽的时光世界中，那里，所谓死人的四轮马车在世纪的老街上狂奔，灵魂拥挤在人行道上，我们活在瞬间的人称之为逝水流年。所有死人的灵魂都复活了，并且在你周遭活泼泼地跳动着。你这是灵魂出壳来到了另一种无限之中。

这类事发生在我们的岛民身上了。他生出了神秘的"感觉"，这感觉令他不适：他莫名地感到了远古时代的人和别的什么对他产生了影响。长着大胡子的高卢人①曾来到这座岛上，后来又消失了，但他们从来没有从这里夜晚的空气中消逝。他们仍然在这里，那巨大强壮但隐匿的身体在夜空划过。那里有的

---

① 罗马人征服不列颠，曾进入英吉利海峡，但没有到达外赫布里底群岛。

牧师携带着金刀和槲寄生，还有的戴着十字架①，海盗在海上杀戮。

我们的岛民很不安。他不信大白天里如此这般的胡话。可到了晚上这就成了真的。他自己变得渺小如宇宙里的一个点儿，既无长度亦无宽度，既然如此，他不得不走开到别处去。这正如你非得踏入海里，可海水冲走了你的立足点。于是他就得在夜里躲开，进入生生不死的另一个时间世界中去。

他在黑暗中躺着，莫名其妙地感到，黑刺李林子甚至在空间和白日的王国中都显得有点神秘莫测，可在黑夜里却在石头祭坛周围同看不见的种族的古人一起哭泣。白日里角木树下的废墟，到了难以言表的黑夜里，就变成了戴着十字架血迹斑斑呻吟着的牧师。粗粝的石头间的洞穴和海滩，到了漆黑的夜晚，就成了诅咒海盗的青紫嘴唇。

为逃避更多诸如此类的感觉，我们的岛民每天都集中精力于其物质的岛屿上。为什么它不能最终成为快乐岛呢？为什么它不能成为那个金苹果园②所在的最后小岛呢？那可是个完美的地方，那里寄寓着自己美好如鲜花的精神，一处完美的人造小世界。

他开始像我们一样费尽心机重获天堂，靠的是花钱。他修复了那座旧式的半封建时期的住处，令其更加明亮。他给地板铺上了美丽的地毯，给沉闷的窗户挂上色泽明快、花团锦簇的窗帘，在石穴中摆上美酒。他从外边带来了体态丰腴的女管家和一位言谈斯文、经验丰富的男膳食管家。这些人也将成为这岛上的岛民。

农务管家和两个帮手安排在农舍里。泽西母牛在荆豆丛中悠闲地漫步，脖子上的铃铛缓慢地叮咚作响。中午时分会有人发出膳令，晚上歇息时分烟囱会静静地吐出袅袅青烟。

---

① 前一类属于前罗马的 Druid 教牧师，施行人祭，并对槲寄生抱以特别敬重态度；后一类是罗马基督教福音派教会牧师。

② 希腊神话中的仙女保卫着地球最西端幸福岛上的金苹果园。

一条摩托帆船停泊在海湾避风处，就在那一溜三间白色的农舍下方。还有一条小帆船，两只舢板停在沙滩上。竿子上晒着渔网，一船新的白木板杂乱地摆放着，一位妇女正拎着水桶去井台上汲水。

在农舍的末端一间里，住着快艇驾驶员、他妻子和儿子。他来自另一座大岛屿，对这片海域很是熟悉。每当天放晴，他就会和儿子一起出海捕鱼，于是天一好岛上就有鲜鱼吃了。

农舍中间那间屋里住着一位老人和他的妻子，这是一对儿十分忠诚的夫妇。老头儿是个木匠，但什么活儿都干。他总是在干活儿，不是刨就是锯，埋头苦干。他是另一种岛民。

剩下的那间农舍里住着泥瓦匠，他是个鳏夫，带着一个儿子和两个女儿。在儿子的帮助下，他挖沟建篱笆，垒起扶壁并在室外又建起了一座房子，还从小石场上采来石头呢。他的女儿们则在大房子里干活儿。

这是个平静但忙碌的小世界。这位岛民把你请来岛上做客时，你首先遇上的，是微笑着的快艇驾驶员，瘦瘦的黑胡子阿诺德，然后是他儿子查尔斯。在宅子里，那走遍全世界的膳食管家巧言令色地招待你，周围的气氛如此不可思议的和谐，让你感到宾至如归。这种奢侈氛围，只有训练有素但实际上并不那么可信的仆人才能创造得出。他缴了你的械，让你听任他的摆布。那丰腴的女管家冲你微笑着表达着某种微妙的敬重和熟稔，她只有对真正的绅士才这样。面若粉团儿的女仆瞟你一眼，似乎你来自外部大世界，是了不起的人物呢。随后你见到了来自康沃尔笑容可掬但目光警觉的农务管家，他的农场帮手来自伯克郡，老婆长得白白净净的，带着两个小孩子；另一个表情沉郁的帮手来自伯佛克。泥瓦匠是肯特郡人，如果你乐意，他会在院子里跟你说话。只有那老木匠态度粗暴，另有心思。

不错，这是个自得其乐的小世界，每个人都感到安全，他们对你都不错，似乎你真的是个特殊的人物。不过这是岛民的世界，而不是你的。他才是这里的主人。人们脸上那特有的笑容，特有的注意力，都是冲主人而来的。他们都知道自己有多么富有。所以这位岛民就再也不是"某某先生"。对岛上的每一位，甚至对你来说，他都是"主子"。

嗯，这很理想了。这位主子并不霸道，哦，不！他是个感觉细腻纤敏，相貌堂堂的主子，他想要一切完美，让每一个人幸福。当然了，他自己就是这幸福和完美的源泉。

可是，他在某种程度上是个诗人。他盛情款待他的客人，对待仆人宽宏大量。其实他很精明。他从不对他的人摆老板架子，可他对什么都看在眼中，就像精明的蓝眼睛赫耳姆斯神①一样。他掌握的知识之丰富，实在令人叹为观止。令人吃惊的是他对泽西牛、乳酪制作、挖沟、筑篱、园艺、造船和航海了如指掌。他知识渊博，无所不知。但他把知识传递给他的人民的方式却很奇特，半带嘲弄，半似自命不凡，好像他真的属于奇特的似神非神的世界。

他们听他讲话时往往都把帽子摘下捧在手中。他喜欢白的或奶白的衣服，还喜欢斗篷和宽边帽子。于是，天气晴好时，农务管家会看到那身着奶白哔叽的高个子雅士像一只鸟儿到地里看人们给萝卜除草。随之他会数次脱帽，会讲上几分钟不可思议的俏皮话。农务管家会充满敬意地回答，帮工们会扛着锄头默默地倾听，听得瞠目结舌。

或者，在某个起风的早上，他会站在开掘中的沼泽排水沟边上，顶着狂风跟沟里的人讲话。湿热的海风撩动着他的斗篷，沟里的人们目光迷茫地抬头盯着他看。

或者是在雨夜里，人们会发现他急匆匆穿过院子，宽边帽檐被风吹得向上翻卷起来。管家的老婆会急叫起来："是主人！起来，约翰，清理一下沙发，腾个地儿。"随后门开了，传出叫声来："怎么，真是主人啊！这么坏的天气，您还来我们这种地方。"管家接过他的斗篷，他老婆接过他的帽子，两个帮手忙把自己的椅子往后挪。他在沙发上落了座，顺手抱起身边的一个孩子，他跟

---

① 在希腊神话中 Hermes 的任务之一是守护畜群和羊群。

孩子们挺投脾气的，跟他们聊得很开心，正如管家老婆说的那样，他这样子令人觉得像我们的救世主①。

他总是受到人们的笑脸相迎，受到同样特别的敬重，在人们眼里他似乎是个高高在上但又羸弱的人。人们对他几乎是温柔以待，且抱以谄媚之态。可他一走或人们在他背后谈论起他时，他们脸上经常露出微妙嘲讽的笑容。他们用不着怕"主人"。就让他自行其是吧。只有那老木匠有时真敢对他无礼，所以他对这老东西爱搭不理的。

这里的男男女女是否真的喜欢他，还是个疑问。同样可疑的是，他是否真的喜欢这里的任何一个男女。他想让他们幸福，让这小世界完美。可是任何一个想让世界完美的人一定要慎重，不能真爱什么或真不爱什么。你唯一能具备的只是一颗泛泛的善心。

天啊，不幸的是，一颗泛泛的善心总是被其施爱的对象视作侮辱，从而导致一种特殊的恶意。当然了，泛泛的善心是利己的，它理应得此下场！

不过我们的岛民自有消遣。他在自己的藏书室里一坐就是好几个时辰，他正在编一本参考书，参考内容是所有希腊和拉丁作者的书中提到的花卉。他并非古典学问大家，资质平平。可现如今优秀的翻译作品很多，可提供帮助。将开在古代世界的花——研究一番，那又是多么美的差事啊。

岛上的第一年就这样过去了。因为做了不少事，账单便汹涌而来，于是对什么都认真的主人开始研究它们了。这一研究不要紧，研究得他脸色苍白，难以将息。他并非富翁。他知道他是花了一大笔钱让这座岛进入正常运转的。可仔细看看，才发现除了花钱，什么也没留下。这座岛吞食了成千上万的英镑，却一无所成。

当然，大笔的钱是不用再花了！这座岛现在该能自助了，即使它不盈利！他当然感到很保险。他付了很多账单，并不怎么把这当一回事。但他很是

---

① Our Saviour，指耶稣基督。

受了一番惊吓，决定明年一定要节俭，要过紧日子了。他简洁但动情地对他的子民这样说了，他们都说："那自然！那自然！"

于是，室外风雨交加时，他会同农务管家坐在他的藏书室里，吸着烟斗，喝着啤酒，谈论农事。他抬起漂亮狭长的脸，蓝眼睛变得迷离起来。"好大的风啊！"风刮得像在打炮。这时他想到被泛着泡沫的海浪冲刷的海岛没人能上得来，不禁感到狂喜……不，他不能失去它。于是他又满怀热情，充满机智地回到农事话题上来，白皙的手打着手势以示强调，那管家连声称是："是的，先生！是的，先生！您说得对，主人！"

可这人并没听他说什么。他在看着主人蓝色的细麻布衬衫，缀有火红宝石的古怪领带，珐琅袖口纽和别致的戒指，戒指上镶着刻有圣甲虫图案的宝石①。这位凡夫俗子那双寻觅的棕色眼睛一遍遍地打量优雅完美的主人，缓缓地揣摩，为之惊叹。如果他正巧与主人那明亮兴奋的一瞥目光相遇，自己的眼睛会不禁一亮，露出有分寸的热情和适度的敬重，轻轻地垂首。

他们就此决定了该种植什么，该在不同的地方施什么肥料，该引进什么种的猪和哪一类火鸡。这就是说，这农务管家时而谨慎地赞同主人，其实是置身其外，让这年轻人自己拿主意。

主人知道自己在说什么。他善于抓住一本书的要点，懂得如何运用他的知识。总之，他的主意是对的。管家对此清清楚楚，可这凡夫俗子心中就是没有响应的热情。他棕色的眼睛微笑着表示出热情和敬重，可他那两片薄嘴皮就是不会应变。主人像个孩子伶牙俐齿，巧言巧语，聪明地将自己的想法描述给另外一个人。管家露出敬佩的目光，可并未往心里去，他不过是在看着主人，就像看一只古怪陌生的动物那样，毫无同情，毫不受其影响。

方案一俟定下，主人就摇铃叫膳食管家送三明治进来。主人心里高兴，这一点膳食管家看出来了，转身送来了凤尾鱼和火腿三明治及一瓶新开的苦艾

---

① 刻有圣甲虫的宝石（scarab），古代埃及人用来做护身符。

酒。家里总是准备着一瓶刚刚开启的什么酒。

跟泥瓦匠也是一样。主人同他商量某块地上的排水问题，订购更多的管子，更多的特殊砖，更多的这个，更多的那个。

天终于放晴了，岛上的活计暂停了一阵子。主人乘游艇做短暂出游。这并非真是一条游艇，只是一条干净的小帆船。他们沿着大陆海岸而行，在每个港口停留。每到一处，都会有朋友来，膳食管家就会在船舱里做精美的饭菜招待。随后主人会被请到别墅或饭店去，他的仆人们伺候他上岸，俨然伺候一位王子。

可这一趟花销太大了！他不得不给银行拍电报去要钱。回到家后再省吃俭用。

排水沟挖着挖着，小小沼地上金盏花已开得一片灿烂。现在他有点后悔了眼下的工程，从此这黄黄的漂亮花儿将不会在这儿灿烂开放了。

粮食丰收了，此时必有一顿庆丰收的家宴。长长的谷仓已经修整一番，比原先大了。木匠打制了一张张长桌子。一盏盏灯笼从高高的房梁上垂挂下来。岛上的人们全都聚集于此。晚宴由农务管家主持，席间一片欢快。

宴会快结束时，主人身着天鹅绒外衣带着客人出现了。管家此时站起身祝酒道："主人健康长寿！"所有的人都热情欢快地为主人的健康祝酒。主人就此做了个简短的答辞，大意是：他们在这岛上自成一个小世界。把它建成一个真正幸福美满的世界，靠的是他们。每个人必须尽自己的努力。他希望自己做了自己能做的事，因为他的心思在这岛上，同他的岛民们在一起。

膳食管家回应道：只要这座岛有这样一位主人，它就只能是岛民们的小小天堂。这话得到了管家和泥瓦匠的热烈响应，那快艇驾驶员则喜不自禁。然后大家开始跳舞，老木匠拉起了小提琴伴奏。

但是，这只是表面现象，情况并不太好。第二天一大早儿，农家孩子就来报信儿说一头母牛从悬崖上摔下去了。主人忙去查看。他从不太高的斜坡上探头看下去，看到那母牛摔倒在晚开的金雀花丛下的青石上死了。漂亮金贵的一头牛，已经怀了孕，身子都大起来了。它真傻，就这么白白地送死！

现在的问题是找几个人把它从崖下拽上来，剥皮后埋葬。没人忍心吃它的肉。这一切太让人恶心了！

这是这座岛屿的象征。如同人的心中快活地升起一股情绪一般，一只看不见的手默默地伸出来，恶狠狠地砸在这岛上。这里不应该有欢乐，甚至连任何平静也不许有。某个男人断了腿，另一个人患风湿病瘫了。猪得了奇怪的病。风暴将游艇卷到岩石上。泥瓦匠讨厌膳食管家，从而拒绝让自己的女儿在别墅里伺候。

这种气氛酝酿出一种恶毒，如磐石般沉重地压在人们心上。这座岛本身就显得恶毒。有时它会一连几周恶毒伤人。某个早上它又会突然变得美丽可爱，似天堂上的早晨一般，一切都是那么美丽动人，于是每个人都会开始大大地松一口气，充满了幸福的憧憬。

一旦主人像一朵绽开的花儿那样敞开心扉，就会遭到某种丑恶的打击。有人会给他送来一封匿名信，谴责岛上的别人。还有人会来对他的仆人皮里阳秋地说上一番话。

"有人觉得他们岛上活儿轻巧，挖挖沟就行了！"泥瓦匠的女儿在主人的眼皮子下冲文雅的膳食管家嚷嚷。主人则对此置若罔闻。

"我男人说，这座岛肯定是埃及的瘦母牛①，它会吞下一大笔钱，让你一分钱也赚不回来，"农夫的老婆对主人的一位客人说了实话。

这里的人民并不满足，他们并非岛民。"我们觉得我们没有善待孩子们，"有孩子的人们说。"我们觉得我们没有善待自己，"那些没孩子的人们说。各家开始相互仇视起来。

不过这座岛还是很可爱的。当空气中飘起忍冬的清香，当月光在海面上闪烁，甚至连抱怨的人都会对这岛产生奇特的依恋。它让你产生渴望，无边无

---

① 见《创世记》41 章，法老梦见七头瘦牛吞吃了七头肥壮的牛。

际的渴望。或许是渴望回到过去，回到这岛屿那遥远神秘的过去，那时人们的脉搏有着别样的跳动。你心头翻卷过奇特的激情洪流，荡起奇特强烈的欲望，生出残酷的想象。对这样的血脉、激情和欲望这座岛屿并不陌生。神秘莫测的梦想，似梦非梦，似醒非醒的渴望。

主人自己开始有点害怕自己的岛屿了。在这里他感到了以前从未有过的奇特强烈的感受，感到以前与自己毫不沾边的欲望油然而生。现在，他十分明白，他的子民并不爱他。他知道他们同他默默地作对，心怀歹意，嘲弄他，妒忌他，暗中想毁了他。于是，他对他们也小心翼翼、遮遮掩掩起来。

这样太过分了，到第二年末，有几个人走了。女管家走了。主人总是对自视甚高的女人谴责最甚。泥瓦匠说他再也不愿受人嘲弄了，于是他带着家小走了。那位患了风湿症的农夫雇工也走了。

随后，这一年的账单下来了，主人结算完毕。尽管粮食丰收了，可同一年的花销比，这点收成显得可笑。这座岛屿损失的不是几百镑，而是上千镑。这简直不可思议。可你就是不敢相信，那些钱都上哪儿去了呢？

主人在书房里翻着账本儿度过了意气消沉的日日夜夜。他垮了。女管家走了，事实清楚了：她骗了主人。或许每个人都欺骗了他。但他不愿去想这个，暂时将这事搁置起来。

他结清了那笔无法收支平衡的账目，变得脸色苍白，双目下凹，似乎腹部被什么踢了一脚。这情形实在可怜。但是钱没了，永远追不回来了，他的资金又损失了一大笔。人们怎么能这么没有心肝？

很明显，他撑不下去了。他很快就会破产了。他不得不给他的膳食管家发出了表示遗憾的通知。他都不敢弄清楚他的膳食管家到底骗了他多少钱，因为这人无论如何算得上是个出色的管家。还有，那农务管家也得走人，对此主人毫不遗憾，田产上的损失几乎令他苦不堪言。

第三年是勒紧腰带过的。这座岛屿仍然神秘迷人，亦危机四伏、残酷无情，其险恶程度可说是玄机莫测。岛上白花儿和风信子开得如火如荼，毛地黄垂着玫瑰样的红色铃铛状花儿，可爱而不失庄重，尽管花儿这样美妙，可这岛屿仍是你的死敌。

裁员，削减工资，这第三年过得黯然失色。这种奋斗是无望的。田产仍然损失很大。还有，剩下的资金上还有一笔巨大的亏空。这是亏空后所剩无几的资金上的又一大亏空。这座岛在这方面同样显得神秘莫测：似乎有谁在从你腰包里掏钱，似乎那是一只章鱼，偷偷伸出爪来，从各个侧面偷你的钱①。

可主人爱岛如初，只是现在有了几分怨怼。

第四年的后半年他是在大陆上紧张工作中度过的，为的是摆脱这座岛屿。可是，要甩掉一座岛屿可真是太难了。他原以为任何人都会渴望得到他这样的岛屿，可事实上并非如此。压根儿没人愿意出钱买这座岛。于是他现在想甩掉它，就像一个男人要不惜任何代价离婚一样。

直到第五年年中，他才以巨大的损失为代价，将这岛转让给了一家旅店业公司，这家公司有意拿这岛做投机生意。他们要把它建成一处便利的蜜月岛兼高尔夫球场！

谁知道这岛什么时候才能变富，让他们把它拿走吧！让它变成个蜜月岛兼高尔夫球场吧！

第二座岛

这位岛民得挪地方了。但他并不去大陆，哦，不！他去了另一座小点的岛屿，那座岛仍然是他的。他带去了忠诚的木匠两口子，他从来不防着这两口子；一位寡妇和她的女儿，过去一年中他们娘儿俩一直帮他看房子；还有一个孤儿当老人的帮手。

---

① 章鱼有八只爪子。

这座小岛十分小。不过这块海中的石堆比它看上去要大点儿。岛上有一条小径在石头和灌木丛中蜿蜒起伏，这样你花上二十分钟就可以绕岛一周了。这比你想象的时间要长一点。

尽管如此，这仍然是一座岛屿。岛民带着他所有的藏书搬到一座有六个房间的宅子里，他得从登陆的石码头上上下下走一阵子才能到达这里。这里还有两处连在一起的村舍。老木匠和妻子及那个男孩儿住一间，寡妇和女儿住另一间。

最终一切就绪。主人的书籍摆满了两间屋子。已经是秋天了，猎户星座开始远离海平线。在漆黑的夜里，主人可以看到以前那座岛上的灯火。那是那个旅店公司正在待客，他们将为新的度假地做蜜月高尔夫球场广告。

但在这座乱石岛上，主子依旧是主子。他开发了边角地、巴掌大的零零碎碎平面草地和扒着独棵钓钟柳的悬崖地，夏季褐色的籽粒就在海的上方孤独地完好无损。他俯视着老古井，视察石头猪栏。他自己则养了一头山羊。

是的，这的确是一座岛。在这些石头下是凯尔特人的海，羽毛一样灰蒙蒙的海水在吸吮、冲刷、击打着。这大海发出着多少种不同的声音啊！深沉的爆裂声，轰鸣声，奇特的长长叹息和哨声。还有震耳的喧嚣声，似乎是在水下的市场里。还有远方的铃声，那肯定是真实的铃声！再有就是一阵悠长警号般的颤抖声及其低沉喑哑的喘息声。

这座岛上没有人的鬼魂，没有任何古老种族的鬼魂。这海，这泡沫，这风，这天气将它们全席卷而去，只剩下这大海自己的声音，它自己的鬼魂。整个冬天里，它发出千万种声音，在密谈，在谋划，在呐喊。只有这海的气味，和着几片短粗的荆豆丛和粗粗拉拉的石楠的气味。那些荆豆丛和石楠丛生长在透明的灰石头堆之间，笼罩在灰蒙蒙、较之更为清澈的空气中。这种寒冷，这种青灰色，甚至从大海上升起，缓缓爬上来的轻柔雾气！这座石头堆起的小岛，就像宇宙间最后的一个角落。

绿色的天狼星矗立在海平线上。这座岛屿看似一个阴影。海面上，一艘船上闪烁着细碎的光点。划艇和机帆船停泊在岛屿下方的石湾里，平安无恙。木匠的屋子里透出一道灯光来。如此而已。

当然了，那寡妇屋里是亮着灯的，她在准备晚饭，女儿给她当帮手。岛民进屋用餐了。在这里他不再是主子，他又成了一个岛民，拥有了宁静。那老木匠，那寡妇及其女儿都十分忠诚，那老头儿，只要天还有一丝儿光亮，能看得见，他就干活儿，因为他干活儿上瘾。那寡妇和她那沉默羸弱的三十三岁的女儿为主人劳作着，那是因为她们乐意伺候主子，主子为她们提供了避难之处，她们对此万分的感恩戴德。不过她们不叫他"主子"。她们称呼他："卡斯卡特先生！"叫得轻柔，充满了敬意。他也轻柔文雅地回她们的话，那样子就像一个来自远离这个世界的地方的人，生怕弄出点儿声音来。

这座岛再也不是一个"世界"了。它成了一处避难所。这位岛民再也不为什么奋斗了，他用不着。似乎他和他的几个食客是一群海鸟儿，在默默无言地一起作穿越宇宙的飞行时落到了这块石头上。旅行的鸟儿们自有其沉默的神秘之处。

他一天中的大部分时光是在书房中度过的。他的书正在进展。那寡妇的女儿可以把他的手稿打出来，她还不是个没受过教育的人。打字机的响声成了这岛上一种奇特的声音。但很快这种噼噼啪啪的声音就同海声风声融为一体了。

时光一月复一月地过去。这位岛民躲进他的书房工作着。岛上的居民默默地干着他们关注的事情。山羊生了一只黑崽儿，眼睛则是黄的。海里有鲐鱼，那老头儿便带着那个男孩儿乘划艇去捕。风平浪静时，他们就驾着机帆船到最大的那座岛上去取邮件。他们还带回给养来，从不浪费一个大子儿。白天黑夜，如此过去，没有欲望，但也说不上无聊。

这种无欲的平和如此奇特，简直令岛民惊诧不已。他是无所求了。他的心终于安静了下来，他的精神就像水下晦暗的岩洞，水面上的海藻在蔓延但很少浮动，沉默的鱼儿拖着阴影出没其间。一切都是如此沉寂、柔软，没有呼声，可又那么生机勃勃、根深蒂固，如同海藻。

岛民问自己："这就是幸福吗？"他对自己说："我成了一个梦了。我没有感觉，或者说我不懂自己的感觉。可我似乎感到幸福。"

不过他非得依靠什么，他的精神活动才能开展。于是他长时间默默地待在他的书房里工作，既不紧张也不自以为是，让文字从笔端悠悠抽出，像懒洋洋的游丝。至于写得好坏，他早已不在意了。他缓缓地悠悠地写着，就像蜘蛛绕丝一般，即便作品像蛛丝在秋天溶化，他也不在乎。现在只有这溶化中的轻柔蛛丝般的东西对他来说似乎是永恒的。永恒的迷雾就在其中缭绕。而石头建筑，比如说教堂吧，在他看来似乎是凭着一时的抵抗力在嚎叫，因为它们知道自己终归是要倒塌的；它们长期隐忍，那种张力似乎一直在嚎叫。

有时他会到大陆上去，进城里去。一到这时候，他就会优雅起来，身着最时髦的服饰去他的俱乐部。进剧院，他要坐正厅前排；逛商店，他要上最繁华的大街。谈到出版他的书时，他自然会讨价还价一番。可他的脸上露出那种朦朦胧胧的表情来，看似十分落伍。这副表情令庸俗的城里人感到占了他的便宜，而他则高高兴兴打道回府。

即便是他一辈子也出不了书，他也不在乎。岁月渐渐化作轻柔的迷雾，没有什么能从中突破。春天来了。他的岛上一棵报春花也找不到，却有乌冬头属植物。岛上长着两丛蔓延的黑刺李，还开着一些冬季花儿。他开始把小岛上的花列出一张单子来，为此而专心致志。他注意到了一丛黑加仑，在一棵长不高的小树上寻找接骨木花朵，又找到一片金雀花的黄花瓣儿和野玫瑰。石竹、兰花、刺草、白屈菜，他为它们自豪，如果它们是人，他倒不见得会这样。他遇上金色的虎耳草时，发现它们在一个潮湿的角落里如此渺小，他竟迷狂地向它们俯下身去，不知盯了多久。"可它并没什么好看的，"当他向寡妇的女儿展示这花儿时，她这样说。

他曾十分得意地对她说："我今天早上发现了金色的虎耳草。"

这个花名儿听起来很帅。她棕色的眼睛痴迷地看着他，那眼中透着某种痛苦，有点儿令他害怕。

"是吗，先生？那花儿好看吗？"

他撇撇嘴，扬扬眉毛。

"唔，不太艳丽。如果你想看，我回头给你看。"

"我乐意看。"

她很文静，但内心充满渴望。他感到她身上有一种韧劲儿，这令他不安。她说她十分开心，真的开心。她跟随着他，像个影子，走在石径上。那条石径窄得容不下两人并肩行走。他走在前边，能够感到她顺从地紧随其后，仰慕地盯着他。

是一种怜悯让他成了她的恋人，尽管他从来都没有意识到她对他具有多大的支配力以及她是如何为此费尽心机的。可是在他被攻克的那一刻，他感到浑身的不自在，觉得这一切都错了，从而对她产生了厌恶。他不需要这个，而且他似乎觉得，她的肉体也不需要这个。她的意志需要这个。于是，他走开了，冒着脖子受伤的危险爬下，到海边的一块礁石上。他在那儿一坐就是好几个小时，心烦意乱地凝视着海面，痛苦地对自己说："我们不需要这个。我们真的不需要这个。"

是性这东西又一次在无意识之中攫取了他。他倒不是仇视性。他像中国人一样认定性是一大生命神话。不过，性现在变得机械、自主了，他要逃避这个。无意识的性弄垮了他，令他感到某种死亡。他认为他过来了，达到了某种无欲的宁静。或许超越了这些，他们在人迹罕至的土地上相遇，两人之间生出了一种新鲜细腻的欲望，一种若即若离的微弱的情感交流。

尽管可能如此，但这并非如此。眼下这东西毫不新鲜。它是无意识的，排除在意志之外。甚至她自己，她真正的自我并不想它。它在她体内无意识中行事。

他很晚才回到家，看到她脸色苍白，那是因为怕他的敌对情绪。他可怜她，于是对她轻柔地说点什么来安慰她，但对她敬而远之。

她不露声色，依旧沉默地服侍他，她内心怀有一种服侍他的渴望，渴望靠近他。他能感到她的爱在追随着他，那种执著奇特而可怕。她并不要求什么。可是，当他看到她那双明亮但莫名其妙空洞的棕色眼睛时，他从中看出了那个无言的问题，那个问题以一种他从未意识到的意志力量直接向他提出。

　　于是他屈服了，再次问她。

　　"不，"她说，"如果那让你仇视我，就不。"

　　"怎么会呢？"他恼怒地说，"肯定不会的。"

　　"你知道的，我会为你做一切。"

　　只是在这之后，他在愤怒中想起了她的话，因此更加愤怒。她为什么佯装为他做这些？为什么不是为她自己？可他越是恼火，陷得越深。为了获得某种他从未获得过的满足，他沉迷于她了。岛上每个人都知道了。但他不在乎。

　　尽管他仅有的欲望都离他而去，他还是感到彻底垮了。他感到，需要他的是她的意志。现在，他垮了，心中充满了蔑视。他的岛屿被玷污了，毁了。他最终到达了罕见的无欲的时光层面，可他却失去了自己的位置，又倒退了回去。如果那是他们之间真实细腻的欲望，如果那是在男人和女人可能相遇的第三个罕见的空间发生的细腻的接触，当他们都忠于自身那细微、敏感的橘红色欲望之火，那该多好。但是没有无意识这么一回事：它是意志的行动，而非真正的欲望，这让他感到屈辱。

　　他离开了小岛，毫不在乎她沉默的责难。他在大陆上游荡着，漫无目标地寻找着能够安身的地方。可是他与这世界不合拍，再也无法适应这个世界了。

　　来了一封信，是弗劳拉写来的，她的名字叫弗劳拉，她说她恐怕要有个孩子了。读到此，他像挨了枪击，一屁股坐在地上，坐了好久。他回信说："为什么要怕呢？是就是，我们应该高兴，而不是怕。"

　　就在此时，碰巧有个拍卖海岛的拍卖会。他弄了张地图来研究一番。随后在拍卖会上他花了一小笔钱买了另一座岛屿。这岛只是几英亩石头地，在这片岛屿边上靠北的地方。这岛不高，在大洋上显露着。岛上没有一座建筑，甚至连棵树也没有。它只是北面的一片海上泥炭地，上面有一座雨水水塘，一丛丛白莒，一片石头，还有一群群海鸟儿。除此之外，再没有别的。头顶上是一片湿漉欲滴的天空。

他去查看他的新财产。一连几天，因为隔着海，他无法接近它。后来，在海上雾气不重的时候他上了岛，发现上面雾霭缭绕，地势低缓，很明显岛的形状很长。不过这只是个幻觉而已。他在冒着泉水的湿漉漉泥炭地上走过，铁灰色的山羊从他身边鬼影般跳开去，发出沙哑的咩咩叫声。他到黑乎乎的水塘边看了看，水塘边生满了白莒。随后踩着湿漉漉的地面走到灰色的海边，海水在疯狂地舐吮着乱石。

这的确是一座岛屿了。

于是他回家，回到弗劳拉身边。她半是内疚半是惧怕地看着他，但她神秘莫测的目光亦因着得意而闪闪发亮。他再次显得温柔起来，他珍视她，甚至又想要她，那种欲望竟是如此奇特，近乎牙疼。于是他带她到大陆上，他们结了婚，因为她就要为他生个孩子了。

他们回到岛上。她依然给他送饭，也把自己的饭一起带过来并坐下跟他一起就餐。他决意要这样的。那寡妇母亲愿意留在厨房吃。弗劳拉就宿在他宅子里的客房中，做他住宅的情妇。

他的欲望，不管算不算，终归是以厌恶结束。孩子还有几个月才出生。他的岛屿令他反感，俗气得像乡下。他自己则已经失去了自身全部的优良品质。时光一周又一周过去，就像在监狱中度过，很感屈辱。但他撑了下来，直到孩子出生。随之他筹划着逃跑，对此弗劳拉甚至一无所知。

保姆来了，同他们一桌吃饭。医生有时来看看，如果碰到海上有风暴，也得留宿。这人很爱喝上几杯威士忌。

他们俨然是戈尔德斯格林①镇上的一对年轻夫妇一般。

女儿终于出生了。做父亲的看着孩子，沮丧到了极点。这副磨盘算是给他套上了。但他试图掩饰自己的感受。弗劳拉是不知道他想什么的。她身体恢复过来之后仍然面带快乐的微笑，显得机智又得意。随之她又开始以隐忍不禁、暗含挑逗的目光看他了。她就是如此地爱慕他。

这一点让他受不了。他告诉她他要出去一段时间。她听后哭了，不过她认为她拥有了他。他告诉她，他已经将他财产的一大部分算在了她名下，为她写明能从中获得多少收入。她对此置若罔闻，只顾用那种沉重、敬慕、冒失的眼光看着他。他给了她一本支票，把该给她的钱都存上了。这的确引起了她的兴趣。他还告诉她，如果她厌倦了这座岛屿，她可以选择任何地方为家。

她棕色的眼中透着那种痛苦的目光，目不转睛地看着他离去，可他甚至没有看到她哭泣。

他一直向北而去，为他的第三座岛做准备。

第三座岛

这第三座岛很快就收拾得能住人了。他雇了两个男人用水泥和采自沙滩上的巨大鹅卵石给他盖了一间小屋，顶子铺的是波纹铁。用船运来了一张床，一张桌子，三把椅子，一个漂亮的衣柜，还有几本书。他储备了煤、煤油和食物，不过他需要的很少。

这座房子就建在他登陆的那片铺满鹅卵石的平缓沙滩附近，他就把他的小船泊在沙滩上。在一个阳光明媚的八月天里，男人们乘船离他而去。大海一派平静，海水呈现出淡蓝色。他看到海平线上邮船缓缓地朝北面驶去，如同走路一样。这艘船每两周给外岛送一次邮件。需要时，他会划船去找邮船，只要

---

① Golders Green，当年伦敦北部郊区的中产阶级小镇，现在已经成了繁华的地带。

海面平静。他还可以利用屋子后面的旗杆向邮船发信号召唤它。

岛上留了五六只羊给他做伴儿，还有一只猫绕膝。在这北方明媚的八月天里，他会穿过乱石堆和这小小领地的湿泥炭地，来到奔腾不息的海边。他观察每一片树叶，看它是否有别于其他树叶子，看那无边无际的海藻在海水中起伏荡漾。压根儿没有一棵树，甚至没有一丛石楠需要他保护。只有这石炭地，石炭地上弱小的植物，池塘边的白菖和大洋里的海藻。他高兴，他不需要树木或灌木丛，因为它们矗立着像人，过于自负了。淡蓝色的海水中，他这座荒芜缓坡的岛是他唯一所求。

他不再写他的那本书了，对此早就没了兴趣。他愿意坐在岛上稍高的地方，看海。不看别的，只看这淡淡的、平静的海；同时感受自己的头脑柔化、朦胧，如这朦胧的海面。有时，他会产生蜃景的幻觉，看到陆地的阴影颤抖着向北边升起。那是远方的一座大岛，可就是显得不那么实在。

察觉到附近的海面上来了邮船，他几乎吃了一惊，他的心因着惧怕而紧缩起来，生怕它会停下来干扰他。他焦虑地看着它离去，直到它走出视线，他才真正松了口气，又镇定下来。等待人的靠近时那种紧张实在残酷。他并不想让谁接近他，不想听到声音。他无意中跟猫说句话，都会被自己的声音吓着。他为此责备自己打破了这非凡的寂静。一旦他的猫向上看着他，发出喵的一声轻轻哀叫，他都会恼火。他冲它皱皱眉头，它懂这个意思。它于是在石头堆里疯狂地蹿来蹿去，可能是在捉鱼吧。

他最讨厌的就是这群羊中有一只张开嘴巴哑着嗓子乱叫。他看着它，它也抬起头用可恶粗野的眼神儿看着他。他开始极端不喜欢这群羊了。

他只想倾听大海的呢喃和水鸟的尖叫，这是另一个世界向他发出的叫声。而最喜欢的还是这里空前绝后的寂静。

他决意不要这些羊了，只等船一到就不要它们了。它们现在对他已经习惯了，站立着用黄色或无色的眼睛目空一切地盯着他，那眼神儿乎透着冷漠的嘲讽。它们让人觉得粗鄙，他太讨厌它们了。它们连蹦带跳地下了石堆，它们的蹄子重重地在干燥的地上踢腾，宽宽的脊背上羊毛飘荡着，这副样子让他感到厌恶，觉得它们卑鄙。

明媚的天气过去了，开始天天下雨。他经常赖在床上倾听雨水从房顶上流到锌皮桶里去，透过敞开的门看雨，看黑乎乎的石头和朦胧的海。岛上现在有许多的水鸟儿，各种各样的海鸟，构成了另一个生命的世界。其中有许多鸟儿他以前从来都没有见过。随之旧的冲动在他身上复萌，他要找书来查查它们的名字。在这种看到什么就要知道其名称的冲动的刹那，他甚至决定摇船去找那艘汽艇。这些鸟儿的名字！他非得知道它们的名字不可，否则就算跟它们失之交臂了，它们在他眼中就算不得活物儿。

但这欲望离他而去了，他只是看着鸟儿们在他身边盘旋或打转，眼神迷离地看着它们，分不清哪只是哪只。所有的兴趣都离他而去了。只有一只鸟儿特别，那是一只巨大的黄鸟儿，前前后后，后后前前地在他的小屋敞开的门前徘徊，似乎它肩负着什么使命。这只鸟儿个儿很大，羽毛呈珍珠灰色，浑身圆滚滚的，光滑可爱如同一颗珍珠。只是它收敛的翅膀掩映着些许黑点儿，还有，在紧闭的黑色羽毛上点缀着三个鲜明的白点儿，组成一幅图形。岛民感到十分好奇，这来自远方寒冷海域的鸟儿身上为何有这等装饰。鸟儿前前后后，后后前前地在小屋前甩着淡金色的爪子踱步，淡黄色的嘴巴高高翘起，嘴巴尖成钩状，模样儿奇特又面露某种陌生的庄严，教岛民很是纳闷儿。它带有某种兆头，有某种意义。

以后这鸟儿就不再来了。随之，这座岛布满了海鸟儿，到处扑闪着鸟翅，回荡着翅膀飞舞和鸟儿惊恐叫声的岛屿开始再次变得荒凉起来。它们不再像一个个活生生的人儿那样蹲在石头上和泥炭地上摇头晃脑，很少飞起来到他的脚边。它们不再跑过泥炭地上的羊群，用低垂的翅膀支撑起自己的身子。巨大的鸟群消失了。但总还是有一些鸟儿留了下来。

天变短了，世界变得可怕起来。一天，那船来了，似乎是突然间从天而降。岛民因此觉得受了冒犯。跟那两个衣着寒伦的男人说话跟受折磨没什么两样。他们之间的那种熟络劲儿令他反感。至于他自己，他衣着整洁，他的小屋也洁净整齐。他讨厌任何人来打扰他。那两个渔民笨拙寒伦，步履沉重，实在让他反感。

他们带来的信，他拆都没拆就让它们躺在一个小盒子里。其中一个信封里装的是他的钱。可他连那都不忍心拆开。因为任何一种接触都让他厌恶，甚至阅读信封上他的名字。他干脆把信藏了起来。

手忙脚乱、忐忑不安地抓羊、捆羊并将它们装上船，一通儿折腾下来，让他对所有的动物都厌恶至极。是何等讨厌的神造出了动物和浑身恶臭的男人呢？他的鼻子闻得出，这些渔民和羊一样浑身恶臭，是新鲜的土地上的肮脏之物。

船最终扬起风帆，在平静的海面上渐渐离去时，他仍然感到神经备受折磨。几天之后，一想到羊儿的咀嚼声，他就会感到恶心。

暗无天日的冬季渐渐到来。有时一整天就那么似是而非地过去了。他感到病病歪歪的，似乎在溶化，似乎他已命中注定要溶化了似的。一切都是黄昏，无论室外，还是在他心中。一次，他走到门边，发现人们在他的海湾里游泳，水面上布满了黑脑袋。一时间他感到头晕目眩，是这种震惊造成的。他害怕不期而遇的人接近他。黄昏中的恐惧！这种震惊几乎毁了他，令他魂飞魄散，他这才意识到那些黑黑的东西是海豹的头在海面上浮动。他松了口气，但感到恶心。这场震惊之后，他几乎昏迷了过去。然后，他坐在那里哭了，那些不是人的脑袋，他为此感到庆幸。不过他压根儿没有意识到自己哭了，因为他过于迟钝了，就像外星的奇怪动物一样，他再也不清楚自己在干什么了。

他只是从孤独中获得满足，绝对的孤独，将自己同宇宙融为一体。灰蒙蒙的海是孤独的，那被海水冲刷着的岛上立足点也是孤独的。没有别的联系，任何人类的恐怖都与他没有干系。只有空间，潮湿、晦暗、被海水冲刷的空间！这是他灵魂的食粮。

正因此，一遇风急浪高之日，他就最为开心。可什么也拿他奈何不得，外部世界中什么也不能触动他。不错，狂烈的风暴令他吃尽苦头。可与此同时，它也为他把这个世界涤荡得干干净净。因此他总是喜欢大海波涛汹涌。那样就没有船来找他的麻烦。风暴和海浪就像海岛四周建起的永久壁垒。

他忘记了时间，再也不想打开书本了。印刷物，印刷的字体是那么像腐朽的话语，看上去十分淫秽。他扯下了煤油灯上的铜标签，不让他的小屋里有任何一点文字的东西。

他的猫没了，这反倒让他高兴。一听到她那细声细气冒冒失失的叫声，他就浑身发颤。这只猫一直住在煤棚子里。每天早晨他都给她^①送上一盘粥，跟他自己吃的一样多。他洗她的盘子时禁不住恶心。他不喜欢她到处乱滚。可他还是耐心地喂她。但有一天她没有来吃粥，可她是一直喵喵叫着要粥喝的。从此她再也没回来。

他冒着雨在岛上徘徊，身着宽大的油布雨衣，不知道自己在看什么，也不知道自己出来看什么来了。时光停滞了。他站了很久，轮廓分明苍白的脸上，一双目光尖锐的蓝眼睛凝视着晦暗的天空下晦暗的大海，这目光热切甚至残忍。如果他看到寒冷的海面上一艘渔船上展开的风帆，他的脸上会露出奇特刻毒的愤怒表情。

有时他会生病。他知道自己病了，因为他走起路来不禁蹒跚，说摔倒就摔倒。于是他停住脚步想想这是怎么一回事儿。随之他到储藏间里，取了麦乳精来吃，吃完他就又忘却了这些事，他不再铭记自己的感情。

天开始变长了。整个冬天里，天气一直比较温暖，只是多雨，雨水过多了。这让他忘记了阳光。可突然间天气变得很冷，令他开始颤抖起来。他感到恐惧。天色阴沉，夜里天空中没有一颗星星。太冷了。越来越多的鸟儿飞到岛上来。岛上寒气刺骨。他颤抖着双手在壁炉里生上了火，他是给冻怕了。

天还是那么冷，一天又一天，冻得人麻木不仁，如同僵死一般。偶尔空

---

① 原文如此。——译者注

中也飘起点儿细碎的雪糁儿来。天色晦暗，一天长似一天，可寒冷一天也没有缓和。连天光都呈现出冰冻的灰色来。鸟儿飞来又飞走。他看到地上有一些冻死的鸟尸，似乎一切生命都退缩了，萎靡了，从北方缩到南方。"很快，"他自言自语道，"一切都会消失，这片地带什么也活不了。"想到此，他感到一阵子残忍的满足。

这之后的一个晚上似乎情形有所缓解，他睡得好些了，没再睡着睡着颤抖起来，半睡半醒中浑身扭动。他已经习惯于自己的身体震颤扭动了，对此已经毫不在意了。睡安稳了，倒让他在意起来。

早晨醒来，他感到天光白得奇特。窗户被雪遮住了。他起来，打开门，浑身一激灵。嚯，好冷！大地一片白茫茫，海面则是一片灰暗，黑色的礁石上点缀着白雪片片，看上去怪模怪样的。海上的泡沫不再纯洁，看着脏乎乎的。海水在吞噬着尸体样的白色陆地，凌乱的雪堵塞着死一样的空气。

陆地上的雪有一英尺深，洁白、光滑而柔软，雪面上没有一丝风的痕迹。他操起一把铁锹清理房屋和棚子四周的积雪。晨曦渐渐变暗。冰冻的空气中，远方响起奇怪的雷鸣，一道晦暗的闪电穿过漫天的飞雪。雪在平缓地飘飘洒洒着，看似无声无息，无影无踪。

他出去了几分钟，走起来很困难。他一个趔趄摔倒在雪地上，脸感到钻心的疼痛。虚弱眩晕的他，总算挣扎着回了家。清醒过来之后，他又努着劲儿去煮牛奶喝。

雪一直下个不停。下午，天上又响起了隆隆的闷雷声，闪电在飘洒的雪花中闪着微微的红光。他感到不适，便上床躺着，大睁着眼睛，却不知在看什么。

早晨似乎永远也不会到来。他躺在床上等了很久，等待夜空中出现晨曦。最终，天空中总算露出些惨白，他的屋子像一间被微光映亮的小小牢房。他意识到，雪已经堵住了他的窗户。他在冰冷中起来，打开门，发现凝重的雪已经堆到了他胸口那么高。看看雪堆的顶端，他能感到死气沉沉的风在缓缓地吹动，雪粒儿被风卷起，如送葬的列车一样移动着。黑乎乎的海水搅动着，狂吼着，似乎要吞噬这雪，但对此无能为力。天空一片灰暗，但泛着微光。

他开始疯狂地努力要到他的船上去。如果他被堵在屋里，那定是他自己的选择而不是大自然的力量使然。他必须到海上去，必须到他的船上去。

可是他身体正虚弱，有时他会被雪所战胜。雪落在他身上，他被埋在雪中，生气全无。但是每一次他都能在关键时刻活着站起来，随之又在高烧中倒在雪地上。他精疲力竭，但绝不屈服。他爬进屋里，煮了咖啡，烤了咸肉吃。他已经好久没做这么多吃的了。然后他再到雪地中去。他一定要战胜这大雪，战胜这种聚集多时与他作对的新生的残忍势力。

他在这可怕的风中劳作，把雪推到一边，用铁锨拍实。雪在风中变得冰冷坚硬，尽管太阳露了一下脸。阳光照亮了他周围白皑皑毫无生气的世界，黑乎乎的海面上浪涛沉郁地翻滚着，海平面上散落着黯淡的泡沫。不过太阳还是让他的脸感到了温暖。这已经是三月份了。

他来到了船边。他把雪推到一边去，坐在它背风的一面看海，海浪几乎要涌到他的脚边。在整个世界都看似不可思议的时候，这些鹅卵石却显得出奇的自然。阳光不再闪烁，雪成片成片地落下，一经落到那坚硬的黑色海面上即刻神秘地溶化了。海浪嘶鸣着冲刷着鹅卵石海滩，冲向陆地上的白雪。湿淋淋的礁石黑乎乎的，看上去很是野蛮。纷纷扬扬魔鬼般的雪片落到黑暗的海面上，落下来又消失了。

夜里袭来了一场风暴。他觉得自己能听到那铺天盖地的风雪一刻不停地敲击着整个世界；风似空洞的枪弹在嗖嗖呼嚎，风声中会划过一道刺眼的闪电，随之会响起比风声更猛的雷鸣。黎明时分，黑暗的天空终于露出熹微，风暴也多少减缓了些。但是天上又刮起了劲风。雪都堆到他的门楣上了。

他沉郁地挖着雪想出来。他终于靠着坚韧出来了。他现在处于一堆好几英尺高的积雪后面。穿过来之后才发现这边的冻雪不过才两英尺厚。但他的岛屿消失了，其形状变得面目全非：本来不曾有过山的地方隆起了巨大的白色山包，高不可攀；雾气腾腾如同火山，可又没有齑粉飞落。他感到厌恶，没了力气。

他的船窝在较小的一堆雪中，可他就是没有力气清除它，只能无助地看着它。铁锹从他手中滑落，他陷进雪中，忘却一切。在雪中能听到大海的回声。

有什么东西让他清醒了过来。他爬回了自己的屋子。他几乎变得没有感觉了。但他还是挣扎着暖自己的身子，让歪倒在雪地中昏睡时的那半边身子烤烤火。随后他又煮了牛奶，喝下去，再生起火来。

风声小了。是不是又到了晚上？沉寂中，他似乎能听到大雪像豹子落地一样地下着。一道炫目的红色闪电闪过后，附近响起了一声炸雷。他躺在床上如同昏迷一般。自然的力量！自然的力量！他心里麻木地重复着这句话。你无法斗得过大自然！

这样过了多久，他不知道。最终，他像个幻影一样出了门，爬上了他这座面目全非的岛上一座白山的山顶。阳光炽热。"到夏天了，"他自语道，"树该绿了。"他痴痴地俯瞰着这座令他陌生的岛屿，俯瞰着生气全无的荒凉海面。他幻想着自己看到了船影，因为他太明白在那片黑暗的海域上再也不会出现一条船了。

就在他看岛看海的当口儿，天空神秘地暗下来，冷下来。远处传来怨怼般的雷声，他明白这是大雪滚过海面的信号。他回到屋里，能够感到这股气息向他涌来。

美丽贵妇

　　波琳·阿坦伯拉七十二岁了，可有时在光线昏暗的地方，人们会误以为她才三十岁。她的确保养得很好，是个美人儿。当然了，有一副好身段是很可以使她看上去年轻不少的。她有着一副优美的身架和精致的头型，像伊特鲁里亚地区某些女人一样，她颅骨的曲线和看似稚嫩的牙齿仍透着女性的魅力。

　　阿坦伯拉长着一张略显扁平的椭圆脸，这种脸型最抗老。她脸上的肌肉一点也不松弛，鼻子的曲线柔和而优美。只是她那双灰色的大眼睛略为凸显了些，使她的美貌减色不少。淡蓝的眼睑看上去重了些，似乎为保持眼睛睁着、目光炯炯而受累，并时时感到疼痛。她眼角上的细鱼尾纹一松弛就会打褶子，于是她会随时打起精神，露出一脸的兴奋灿烂表情来，列奥那多的女人[1]，能够真正地开怀大笑。

　　她的侄女西西丽娅可能是唯一看出有一条无形的线把波琳的鱼尾纹同她的意志连在一起的人。西西丽娅留心看着那双憔悴、苍老和疲惫的眼睛，一连几小时都是如此，直到罗伯特回家，连接波琳的意志与波琳的脸的那条无形的线一下子就缩紧了，那双憔悴的大眼睛突然开始放光，眼睑也抻开了，额头上紧蹙的八字眉开始舒展，表情含而不露，于是人们又看到了一位真正风情万种的可爱女人。

　　她真的握有永葆青春的秘密，就是说她可以像鹰一样再一次重披青春的

---

　　① 应该是指列奥那多·达·芬奇的名画《蒙娜丽莎》。

外衣①。可她没有这样做。她太聪明了，只在极少数人面前装装嫩而已。她儿子罗伯特晚上都来她这儿喝茶，而威尔夫莱德·尼伯爵士有时来喝喝下午茶。礼拜天罗伯特在家时有时还会有客人来访。在这些人面前，她是可爱的、一成不变的她自己，她一点儿都不显老，习惯也并不过时。她是那样光彩照人、和蔼可亲，尽管有点小小的不自在——像蒙娜丽莎一样心里有数。波琳当然阅历不浅，她才不会显得沾沾自喜。她会发出可爱的逗趣笑声，笑得开怀，但从无歹意。她总是显得善良大度，对善恶都能包容，当然包容别人的美德更不容易。她就是这么调皮的一个人。

只有在西西丽娅侄女面前她用不着保持自己的光环。西丝（西西丽娅的爱称）并不太敏锐，甚至可以说有点平平，可她却和罗伯特恋爱上了。更有甚者，她都三十岁的人了，还依赖她的波琳婶娘。哦，西西丽娅，为什么给她找麻烦呢？

这位被婶娘和堂兄罗伯特称作西丝的（像猫口喷东西一样的发音）是个皮肤发暗、脸部扁平的年轻女子。她很少说话，真要张嘴说，又语无伦次。她父亲是位公理会的穷牧师，是波琳婶娘的丈夫罗纳德的兄弟。波琳的丈夫和兄弟都已作古，于是由波琳负责监护西丝，都五年了。

她们住在一座虽小却雅致的安妮女王朝代样式②的宅子里，在离城二十五英里开外的幽静溪谷中，周围景色宜人。对七十二岁的波琳婶娘来说，这是一处理想的养老之地。当翠鸟在她花园里的小溪边飞起、在桤木林中飞过时，她就动了恻隐之心。她就是这样的女人。

罗伯特比西丝年长两岁，是位律师，他每天都要进城去法律协会的律师事务所上班。他的年收入约有一百镑，这是个掉价儿的数字，对旁人是保密

---

① 据说鹰到了一定年龄就将自己的羽毛和爪拔掉，然后长出新的来，从而可以获得第二次青春。

② 这种风格的建筑起始于 18 世纪初的英国。

的。他简直就无法比这挣得再多了。当然，少挣倒容易些。这倒也无所谓，因为波琳有钱。不过，波琳的钱总归是波琳的。尽管她可以十分慷慨地赠予他人，这份可爱的礼物仍然会教人感觉无功受禄，可波琳却会说这样无功受禄的礼物才更好。

罗伯特也是个平平常常，沉默寡言的人。他中等个儿，身材宽大但不肥胖。只是他那张奶油般光洁、修理得干干净净的脸有点胖，脸上沉静神秘的表情教人觉得他像个意大利牧师。他长着一双与母亲一样的灰色眼睛，不过他很腼腆，有点局促，可不像母亲那样泼辣。可能只有西丝一个人懂得他这人是多么腼腆，知道他与生俱来的感觉错位——就像一个灵魂进入了与之不配的肉体一样。不过他从来没有为此采取过什么行动。他仍旧每天去他的事务所研读法律。是那些教人不可思议的陈旧法律程序吸引了他。他收藏了不少古墨西哥的法律文件，包括诉讼程序、辩护辞、指控书，那是一批数量可观的收藏，全是十七世纪墨西哥不可思议的法律文件，教会法与普通习惯法混在一起，这批收藏外人都不知道，只有他母亲知道。他是偶然读到一篇两个英国海员1620年在墨西哥犯谋杀罪的审判报告后开始这方面研究的。随后他继续研读，又读到另一篇报告，指控堂·米修尔·伊斯特拉达在1680年诱奸奥萨卡圣心修道院的一位修女。

波琳和她儿子罗伯特常在晚上兴致勃勃地研读这些古旧的文件。这位可爱的女人懂点西班牙文，她那身打扮甚至教她看上去有点像西班牙人：头上别一把高高的梳子，披一条绣花的棕色披肩，花案全是用银色丝线绣成。她端坐在漂亮的古旧桌前，深棕色的桌面如天鹅绒一般柔软，她头发上别着一把高梳子，耳挂一串耳坠了，裸露着仍然美丽的臂膀，颈上点缀几颗珍珠，身着褐色天鹅绒衣裙，加上那漂亮披肩，在烛光辉映下，真像一个三十二三岁的出身高贵的西班牙美女！她把蜡烛摆在某个方位上，正好衬托出她的脸，她知道这对她最合适。她脑后的高背椅上铺着古旧的绿色锦缎，映衬着她的脸，使她看上去如一朵圣诞时节盛开的冬玫瑰。

她们总是三人一起坐在桌前喝上一瓶香槟酒。波琳两杯，西丝两杯，其余的归罗伯特。可爱的女人波琳神采奕奕。西丝黑发鬈曲，宽宽的肩，身着波琳婶娘帮她做的一件十分合体的衣服，她一会儿看看婶娘，一会儿又看看堂兄，一脸的迷惑，淡褐色的眼中透着茫然的神情，表现出一定的理解力，扮演着一个合适的听众角色。她的确被震住了，甚至被波琳婶娘的风采震得哑口无言，五年过后仍然这样。可在她内心深处，她觉得婶娘和堂兄就如同罗伯特研读的文件一样不可思议。

　　罗伯特总摆出一副绅士的样子，以一种古板的谨小慎微来掩饰他的腼腆。西丝知道，罗伯特与其说是腼腆，不如说是困惑。他比西丝更为困惑。西西丽娅不过是五年前开始困惑的，而罗伯特则一定是在出生前就困惑了，在那个可爱的女人子宫中他就一定感到困惑了。

　　他对母亲十分关心，就像一朵可怜的花向着太阳那样依恋着母亲。但他像个牧师，朦胧地意识到旁边还有一个西丝，可她被排除在外了，这有点不对劲。他意识到这屋里还有第三个灵魂。而在波琳的心中，她的侄女西西丽娅只是背景的一部分，绝非一个清晰的灵魂。

　　罗伯特同母亲及西丝在温暖的客厅中用咖啡，客厅中的家具十分漂亮，那是阿坦伯拉太太的收藏品——她挣了钱，私下从一些穷国购进绘画、家具和稀世珍品。他们三个人闲聊，往往要聊到八点或八点半，气氛十分融洽，感觉十分舒服，很有家庭氛围。波琳用这些典雅的东西把屋子装饰成了一个真正舒适的家。这样的聊天很简单，也很欢快。波琳这时露出了真性情，和蔼地调侃嘲弄一番，高高兴兴，一直聊到没人说话为止。

　　每到这时，总是西丝先站起身道个晚安，随手端走咖啡托盘，省得伯纳特进来添乱。

　　这时候，母子之间的亲昵开始，美好的夜晚也就开始了。他们辨认着手稿上的字迹，讨论着。这时波琳表现出的是一个少女的渴望，十分真切，她这样子是有了名的。她神秘地控制着自己，不让自己在这个男人面前太冲动。而罗伯特呢，稳重、沉默不语，倒像比她年长似的——就像一个牧师同一个女学生在一起。他的感觉就是这样的。

西丝的住处在院子对面马车房和马厩那边。马倒是没有，罗伯特在马车房里停放汽车。西丝的三间房很漂亮，一溜儿排开成一行。她早就习惯了马厩里滴答作响的钟声了。

不过有时她并不回自己房中去。夏天的夜晚，她会在草坪上小坐，透过楼上客厅敞开的窗口，可以听到波琳那开怀的笑声。而在冬季，这年轻女子则会穿上厚厚的大衣，缓缓踱上溪水上的小桥，凭栏回首遥望客厅那三扇灯火通明的窗口，看那母子二人欢快相处的景象。

西丝爱罗伯特，而且她相信波琳是打算在自己死后让这两个年轻人结婚的。可是，可怜的罗伯特，他本是个畏首畏尾的腼腆的人，无论在什么人面前他都很腼腆。还不知他母亲死后他会怎样——也就几年后的事了。他会变成一只空壳，一个没有生活过的男人空壳。

这个老人的阴影遮住了两个年轻人，阴影下这对年轻人之间默默无语的同情像纽带把罗伯特和西丝连在了一起。可是还有一条纽带，西丝不知该如何拉紧它，这就是激情的纽带。可怜的罗伯特，其实他天生是个有激情的人。他的沉默和含蓄的腼腆（他为此十分恼火），是由某种隐秘的肉体激情造成的。而波琳怎能利用他这一点呢！哦，西丝的眼并不瞎，她看到了罗伯特那双盯着他母亲的眼睛，那眼神既着迷又屈辱。他感到屈辱，那是因为他知道自己算不得一个男人。而他又不爱他的母亲，他只是为母亲着迷，全然被她迷住了，除此之外，他这一辈子都困惑无能。

西丝一直在园子里待到波琳卧室中亮起灯，大概已是十点钟了。那可爱的女人要歇息了。罗伯特还要一个人单独待上一个来钟头才去睡。黑暗中的西丝有时真想爬上去找他，并对他说："嗨，罗伯特！这样不对，不对！"可波琳婶娘会听到的。西丝无论如何不能那样做。于是她返回自己的房中去，不再出来。

早晨，三个人分别在自己房间里喝上了用托盘送来的咖啡。然后，西丝九点钟要到威尔弗莱德·尼伯爵士家中去给他的小孙女上两小时课。这是她唯一正经的职业，除此之外她还要弹钢琴，可那纯属个人爱好。九点左右罗伯特也开始上路进城去了。按常规，波琳婶娘午饭时分才露面，而有时甚至要到下午茶时分才露面。她一出现便红光满面，显得很年轻。不过，她喜欢一露脸就隐退，就像白日里一朵没浇水的花一样。她的好时光是在晚上燃起蜡烛时。

　　就这样，她总在下午休息。有太阳时她会晒晒日光浴。这是个秘密。她午饭吃得极淡极少，中午前后要晒晒日光浴，随她愿意什么时候，通常是在午后，当阳光温暖地照到马厩后的一片紫杉树围起的小场院时。这时，西丝就会打开躺椅，铺上毛毯，并在废马厩的红砖墙边、黑紫杉篱笆围起的安静的场地里支起阳伞来。一切就绪后，那可爱的贵妇人便带着书出来了。此时，西丝要在自己的屋里为婶娘站岗，防止什么脚步声打扰这位听觉灵敏的婶娘。

　　一天下午，西西丽娅也想晒晒日光浴来打发冗长的午后时光。她开始变得不安分了。她想到了马厩上的平顶，她可以从阁楼爬上去，这想法让她开始冒险了。以前她也常上平顶上去拨时钟，这是她给自己定的任务。这会儿她带上一块地毯，爬了上去。看看天空，望望榆树的树顶，再看看太阳，她脱了衣服，静静地躺在护墙下的一角，全身沐在阳光里。

　　让全身沐在阳光与空气中实在是太可爱了。是的，的确如此！阳光和空气甚至消溶了她心中的酸楚，那是一个永不消解的难言的块垒。她美美地舒展四肢，让阳光把她晒个透。如果说她没有情人，那这阳光就算一个吧！她尽情地打着滚儿。

　　突然，一个轻柔的声音传来，令她的心骤然间几乎停止跳动，她毛发悚然。

　　"不，亲爱的亨利！你没娶那个克罗蒂娅就死了，那不怨我呀！不，亲爱的。虽然她不配你，可我是十分十分乐意你娶她的呀。"

　　听到此，西西丽娅瘫坐在地毯上，惊出一身冷汗来。那可怕的声音，那么轻柔，若有所思又那么不自然，根本不是人的声音。可是，一定有个人，有个人在房顶上！是这人在说话。哦，太可怕了，说不出的可怕！

她抬起虚弱的头，顺着倾斜的铅板屋顶望过去。可那边空无一人！烟囱太细窄了，后面是藏不住人的。屋顶上的确没有人。那一定是有人在榆树林中。如果不是人，那一定是某种非人的声音！太可怕了！她不禁高高地仰起了头。这时，又传来了那个声音：

"不，亲爱的！我对你说过，不出半年你就会腻烦她的。你瞧，是真的吧，亲爱的！是真的，真的，真的！我可以原谅你这一点。不是我让你想那个愚蠢的克罗蒂娅想得面黄肌瘦、浑身乏力的。那个可怜的东西，看上去一副愁眉苦脸的样子！就为要不要她，你把自己弄得不知所措。我只能劝你，我还能怎样？你丢了魂，就那么死了，再也不懂我的心了，真惨，真惨——"

那声音总算消失了。一阵紧张的倾听之后，西西丽娅终于疲惫地倒在地毯上。真是太可怕了。阳光依旧明晃晃的，天空依旧瓦蓝瓦蓝，周围一切都是那么可爱，可爱的夏日午后。可这又是多么可怕！她不得不相信有超自然的东西存在，她真恨这超自然的鬼魂、声音，恨一切。

那个让人毛骨悚然的低吟声，不像发自人的身体，沙哑而刺耳！怎么好像似曾相识呢？熟悉又那么不可思议。可怜的西西丽娅只能赤裸着身体待在那儿，感到无助，内心因恐惧而崩溃了。

后来她又听到那东西在叹息！深深的叹息，陌生而又熟悉。那又不像是人的声音。"唉，算了，算了吧。心反正是要流血！最好是流血，省得破碎。伤心，伤心！可这不是我的错，亲爱的。如果罗伯特愿意，他明天就可以娶我们那可怜无聊的西丝。可他不在意，那么为什么要逼他这么做？"这声音高低起伏，有时只是沙哑的呢喃。听！听！

听到这最后两句，西西丽娅几乎要发出歇斯底里的大叫。她立即警觉起来。那是波琳婶娘啊！一定是波琳婶娘在练口技什么的，她真是个魔鬼！

她这是在哪儿？她一定就躺在西西丽娅下方的某个地方。那声音不是魔鬼的口技就是一个人的心思在发出声音。那声调很不平稳，有时难以听见，有时又像噪音。西丝细细听着。不，绝不是口技，它比口技更糟，是心绪的流露，很可怕。西西丽娅仍然无力地躺着，吓得不敢动弹。不过，她因为将信将疑而变得很平静了。她知道，是那个超自然的女人耍的恶毒诡计。

她真是个魔鬼般的女人！她甚至知道西西丽娅在心里谴责她杀死了自己的儿子亨利。可怜的亨利是罗伯特的哥哥，比罗伯特大十二岁。他在二十二岁那年突然死了，因为他狂热地爱上了一位年轻漂亮的女演员，而她母亲则对他这份感情抱以幽默的蔑视态度，害得他内心好生激烈地斗争了一番。他是突然患病的，后来病毒进入大脑，一晕过去就再也没有醒过来。这事西丝是从自己父亲那里得知一二的。后来，她觉得，波琳会像害死亨利那样害死罗伯特的，很明显，这将是谋杀，一个母亲要谋杀迷恋上她的敏感的儿子。这位母亲是个地地道道的塞西①！

"我怕是该起来了，"那冥冥中的声音说。"晒太多了跟没晒一样。足够的阳光，足够的爱的刺激，足够的可口食物但又不过量，一个女人能得到这些就可以长生不老。我绝对相信这一点。只要她获得的能量与支出的相等，或许稍稍多那么一丁点，就没问题！"

那肯定是波琳婶娘了！真太可怕了！西丝听到了波琳婶娘的思想！恐怖！波琳婶娘像无线电一样传播自己的想法，而西丝则在接收这电波。太可怕了，无法忍受的灾难！她们当中有一个人必须为此而死。

西丝扭动一下身子又颓然躺倒，眼神迷离地盯着前方发愣，似乎是在盯着一个洞，但又视而不见。那个洞就从铅皮屋顶的水槽向下滑去，对她来说毫无意义，只是教她感到害怕。

突然，从那洞中传来一声呢喃的叹息。"啊，行了，波琳！起来吧，今天就晒到这儿吧！"天啊，声音是顺着漏水管传上来的。漏水管成了一个话筒！

---

① 《奥德塞》中的女巫，将尤利西斯及伙伴变成了猪。

不可能吧，可又有这可能。她在书上读到过类似的事：像波琳婶娘这种内心有愧的老妇人，会大声地自言自语。没错，就是这样！

西丝心中不禁一阵悲喜交加：原来是这样，怪不得她不让任何人，甚至不让罗伯特待在她的卧室里。怪不得她从来不在椅子里打盹儿，不在任何地方闲坐，总是爱回到自己的卧室中去。只有她警觉的时候才与别人在一起。原来她一松懈就要自言自语！她自言自语的声音既轻柔又疯狂。不过她本人并没发疯，她下意识地自言自语，是她的思绪迫使她那么做。

她是对可怜的亨利有愧呀！她应该感到愧心！西丝相信，波琳婶娘爱她那个高大、英俊、聪明的长子，大大胜过爱罗伯特。亨利的死对她来说是个可怕的打击，令她十分懊恼。亨利死时，可怜的罗伯特只有十岁，从此，他就成了亨利的替代品。

哦，太惨了！

波琳婶娘是个怪人。亨利很小的时候，也就是罗伯特出生前好几年，她就离开丈夫了。他们并没有争吵，有时她还与丈夫会面，很友好但不免有些嘲弄的样子。她甚至还给他钱。

波琳靠自己的钱养活自己。她父亲是驻东方某国的领事，后来又在那不勒斯做领事，热衷于收藏异国珍品。亨利出生不久他就去世了，把所有的珍藏都留给了女儿。波琳对美的东西的确有激情和鉴赏的天分，无论对它们的质地、形状还是色彩都很在行。她父亲的收藏就成了她的第一笔财富。她也收集、收购并向收藏家和博物馆出售她的藏品。她是第一个向博物馆出售非洲古木雕和新几内亚象牙雕的人。她一见到雷诺阿的作品就买，不过她不买卢梭①的作品。她的财富全是这样积累起来的。

丈夫死后她没再嫁。人们甚至不知道她是否有过情人。如果说她有过情

---

① 历史上有两个法国画家都叫卢梭，估计这里指的是与雷诺阿同期的亨利·卢梭（1844—1910），法国原始派画家。

人，那绝不是那些仰慕她、对她十分虔诚并公开献殷勤的男子，她与这些人只是"朋友"而已。

西西丽娅穿上衣服，拿起地毯，忙而不乱地走下梯子，进了阁楼。刚下楼就听到那个富有乐感的声音："好啦，西丝！"这意味着那可爱的女人晒好日光浴，回到自己屋中了。此时此刻，她的声音变得出奇的年轻、清脆、平稳而镇定，与她喃喃自语时的微弱声音判若两人，那时她的声音是个苍老女人发出的声音。

西丝快步走到紫杉树围起的地方，那儿仍然摆着舒适的躺椅和各式各样的精致的小地毯。波琳的东西都是精品，连地板上的草垫都是精美的。高大的紫杉树开始投下长长的阴影，只有乱放着些小地毯的那个角落是热的，那儿依旧阳光充足。

卷好地毯，收起椅子，西西丽娅弯下腰去看那漏水管口。它就在角落里的小小房檐下，掩在墙边浓密的爬山虎丛叶中。如果波琳躺在那儿，面向墙壁，她就可以对着漏水管说话了。西西丽娅肯定了自己的猜想。她听到了婶娘的想法，的确，但并非是通过什么神秘的渠道。

那个晚上，波琳似乎意识到了什么，显得比平时沉默多了，尽管她看上去仍然镇静自若、神秘莫测。用过咖啡后，她对罗伯特和西丝说："我困了。晒太阳晒得好困。我觉得自己就像一只蜜蜂，浑身让阳光晒了个透。我上床休息去了，如果你们不介意的话。你们俩就坐这儿聊吧。"

西西丽娅赶紧瞟了堂兄一眼。

"你可能更喜欢一个人待着吧？"她问他。

"哦，不，不，"他回答道，"如果您不怕麻烦，就陪我坐上一会儿。"

窗子敞开着，窗外飘来金银花香和猫头鹰的叫声。罗伯特吸着烟默不作声，他那纹丝不动的宽厚身体内蕴藏着某种绝望，看上去就像一根负重的柱子。

"你还记得亨利哥哥吗？"西西丽娅突然问。

他惊讶地抬起头，说："记得，记得很清楚。"

"他长得什么样？"她说着目光直视他那双困惑的大眼睛，那眼神中流露着太多的挫折。

"他很英俊，高个儿，脸色红润，头发像母亲一样，棕色，很柔软。"可事实上波琳的头发是灰色的，"女人们十分爱慕他。他一场舞会都不落。"

"他性格怎么样？"

"可善良了，天生性情快活。他喜欢逗乐，脑子灵活，像母亲一样。他还是个好伙伴。"

"他爱你母亲吗？"

"爱得很深。母亲也爱他，爱他胜过爱我，这是事实。亨利更接近她心目中男人的形象。"

"为什么他更接近呢？"

"高大，英俊，迷人，又能与人相处得很好。我相信他能在法律方面很成功。同他相比，我恐怕样样不及。"

西丝凝神望着他，那双淡褐色的眼睛让人一看就知道思维不很敏捷。可她透过罗伯特平淡的外表看出他内心很痛苦。

"你大不如他，你那么认为？"她问。

他低头不语，好久才说："没错，我的生活就是一个不成功的例子。"

她迟疑了片刻才问："这你很当一回事吗？"

他没回答，这教她的心为之一沉。

"你瞧，恐怕我的生活也像你一样不成功，"她说，"我开始为这事苦恼了，我都三十了。"

说到此，她注意到他那双白嫩如奶油的手在颤抖。

"我想，"他看也不看她地说："等到上了年纪，人就会开始反抗命运。"

这话从他嘴里说出来委实有点奇怪。

"罗伯特，"她说，"你喜不喜欢我？"

言谈间她注意到他那阴沉无表情的脸变得苍白了。

"我很喜欢你，"他喃喃道。

"吻吻我好吗？从来没人吻过我呢。"她期期艾艾地说。

他看着她，恐惧与孤傲使他的眼神变得很陌生。他站起身，悄然朝她走过来，在她的面颊上轻轻地吻了一下。

"西丝，这真羞死人了！"他小声说。

她抓住他的手贴在自己胸前。

"什么时候跟我一起到园子里坐坐。"她艰难地呢喃着，"行吗？"

他焦虑、怀疑地看着她问："母亲那儿怎么办？"

西丝挤眉弄眼地笑笑，眼睛直勾勾地看着他，他一下子满脸通红，扭过脸去，那模样真叫人难受。

"我知道的，"他说，"我做不了女人的情人。"

他如此淡漠、自嘲，即使是西丝也不懂他内心的耻辱。

"你从来就没试过做个情人！"她说。

他的目光又变得神秘莫测了。

"非得试试不可吗？"他问。

"那当然了！不试怎么能做成一件事？"

他的脸又变苍白起来。

"或许你是对的，"他说。

几分钟后她离开他回自己的房中去了。无论如何她试过了，试图要揭开那个封存很久的盖子。

以后几天依旧阳光明媚，波琳继续晒她的日光浴，而西丝依旧躺在房顶上"偷听"。但漏水管中不再传上声音来。她一定是脸朝天躺着的。西丝凝神谛听着，可只能辨别出那些微弱的呢喃声，没有一个音节是清晰的。

夜晚的星光下，西西丽娅默默地坐在椅子上凝视着客厅的窗户和通往花园的旁门。她看到婶娘的卧室中灯亮了，又看到客厅中的灯光熄灭了。她等待着，可他没有来。她在黑暗中坐到半夜，室外猫头鹰在不停地叫着，伴着她的孤影。

一连两天，她什么也没听到。婶娘的想法没再吐露，夜里也没发生什么。可到了第二天晚上，就在她固执、无助地坐在花园中时，她蓦地一惊，发现他出来了。她站起身，悄悄地穿过草坪向他走过去。

"别说话！"他低语道。

他们默默地在黑夜中穿过花园，经过小桥，走向围场。那儿，刚割下的草扎成一堆一堆的垛在场上。星光下，他们忧郁地伫立着。

"你看，"他说，"在我感觉不到爱的时候，我怎么能求爱呢？你知道我是真的敬重你的。"

"在你什么感觉都没有的时候，你怎么能够感觉到爱？"她说。

"没错，"他回答。

她在等待下面会发生什么事。

"我怎么能结婚呢？"他说，"我连钱都不会挣。我总不能向母亲要钱吧？"

听完这话，她深深地叹了口气。

"那就先别为结不结婚苦恼，"她说，"只需爱我一点点，行吗？"

他干笑一声，说："若说开始做起来很难是不是太残酷了点？"

她又叹息起来。而他则僵硬不动。

"坐下待会儿好吗？"她说。他们坐在草垛上，她又说："我摸摸你，你介意吗？"

"是的，我很介意。不过，你愿意怎么样就怎么样吧。"他是那么腼腆而又那么坦率，他知道这样子有点可笑。可在他心中，这近乎谋杀。

她的指尖抚弄着他整齐的黑发。

"我想总有一天我会起来反抗的，"他突然说了一句。

他们一直坐到凉意袭身。他紧紧握住她的手，但没有拥抱她。最终她起身道了晚安回自己的房间去了。

第二天西西丽娅又到屋顶上去晒太阳，晒得浑身发热，头脑发晕，不禁感到有些恼火。这时她又惊呆了，又传来了一个声音。

"Caro，caro，tu non I′hai visto！"①那呢呢喃喃的话是西西丽娅听不懂的语言。她缩紧了四肢，凝神屏息地倾听，可她听不懂。那轻柔、温存而又略带些狠毒与傲慢的话是意大利语："Bravo，si，molto bravo，poverino，ma uomo come te non lo sara mai，mai，mai！！"②只有用意大利语才听得出这声音恶毒的美。那么温柔，灵活，可又是那么自私。西西丽娅痛恨这叹息和呢喃。为什么，为什么这声音是那么轻妙、那么美，那么有节制，而她西西丽娅却是那么愚笨！哦，可怜的西西丽娅，她在午后的斜阳下蜷缩一团，因为她深知自己笨得像个小丑，一点也不会讨好别人。

"不，罗伯特，亲爱的，尽管你长得有点像你父亲，但你绝不会成为他那样的人。Cara，cara mia bellisima，ti ho aspettato come l′agonizzante aspetta la morte，morte deliziosa，quasi quasi troppo deliziosa per un′anima humana.③像花儿一样柔美，可又像热情的鸟儿一样啄人。他把他献给女人就像把自己献给上帝一样。莫罗！莫罗！你是多么的爱我呀！多么的爱我呀！"

她说完后又陷入了幻想之中。现在西西丽娅证实了自己以前的猜想：罗伯特不是罗纳德叔叔的儿子，而是某个意大利人的儿子。

"我算对你失望了，罗伯特。你一点火气都没有。你父亲是个阴险狡诈的人，可他也是世界上最完美的情人，爱得最热烈的一个人。你也狡猾，但只是鱼缸中的一条鱼。你的那位西丝像捉你这条鱼的猫。你还不如可怜的亨利。"

西西丽娅蓦地弯下腰把嘴对准漏水管口憋足气说："你饶了罗伯特吧！别

---

① 原文是意大利文，意为：亲爱的，亲爱的，你从来没有见过他。

② 原文是意大利文，大意：可怜的人，他那么像你，可永远永远永远不会成为你这样的人。

③ 亲爱的人，我最漂亮、亲爱的人，我一直在等你，就像垂死的人等待死亡，美妙的死亡，让人的精神难以消受的美妙。

再杀一个人。"

死一般的沉寂。在这个炎热的七月天里，午后的天色阴沉下来，雷雨就要来了。西西丽娅平躺着，心跳得很快。她凝神屏气地倾听，似乎整个的灵魂就是一只耳朵。终于，她听到了那个低语声："有人在说话吗？"

她又一次俯向漏水管口，缓慢、清晰、深沉但又压低嗓门儿说："你已经杀死了我，别再杀罗伯特了。"

"啊！"那头传来一声压低了的尖叫，"谁在说话？"

"亨利！"她沉着嗓门儿说。

又是一阵死静。可怜的西西丽娅全身乏力地在死静中躺着，一直到那个呢喃的声音又出现：

"我没有杀死亨利！没有！没有！亨利，你怎么也不能怨我呀！我爱你，亲爱的，我只想帮帮你。"

"可是你杀了我！"那个低沉的假声谴责说，"现在，请让罗伯特活下去，放了他，让他去结婚成家！"

停了片刻那沉思般的声音道："多么多么可怕！可以，亨利，你是个精灵，你怨我吗？"

"是的，我怨你！"

西西丽娅感到她的一腔怒气算是顺着雨水管子发泄下去了，不由得想笑。这样子很可怕。

她躺着倾听，听了一阵子，可那边却没了声音！时光似乎凝固了，她仍在渐渐稀薄的阳光中躺着，直到远处响起雷声。天空正呈现出黄色，她忙坐起来穿上衣服下楼，走出马厩的角落。

"波琳婶婶！"她小心翼翼地叫道，"你听到打雷了吗？"

"听到了！我这就进屋，别等我了。"答话声极微弱。

西西丽娅又退了回去，从阁楼上看那可爱的妇人，她浑身裹在一块漂亮的蓝色旧丝绸里，蹒跚着回屋去了。

天色渐暗，西西丽娅卷起地毯匆匆回房间去。随后就下起了大雨。那天晚上波琳婶娘没有出来用晚茶，她让雷声搅得心烦。罗伯特也是过了喝茶时间才回来，那会儿雨下得正急。西西丽娅顺着走廊回到自己房中细细打扮一番来吃晚餐，胸衣上别着几朵白色的楼斗花。

客厅中灯光柔和。罗伯特身着礼服在听雨声。他看上去也有些紧张不安。西西丽娅进来了，胸前的白花儿一颤一颤的。罗伯特好奇地看着她，那表情是从来没有过的。西西丽娅走到门边的书架旁查找什么，耳朵却在谛听。她听到一阵窸窸窣窣，随后门轻轻地开了。就在门开的一刹那，西丝猛然打开了门旁那盏光线极强的电灯。

她婶娘就站在门道里，着一身象牙白衣裙，镶的是黑纱花边儿。她的脸化过妆了，可掩饰不住一脸难以言表的怒气，似乎是多年来压抑着的对家人的怒火和厌恶突然把她变成了一个老女巫。

"哦，婶婶！"西西丽娅大叫。

"怎么了，妈？你看上去老了！"罗伯特像个受惊吓的小男孩一样叫着，好像母亲是在开个小玩笑。

"你才发现呀？"老女人恶毒地怒吼。

"是的！不过，我想——"他的声音在恐惧中渐弱了。

憔悴的老波琳怒气冲冲地说："下去吗？"

她甚至都没注意到屋中过强的灯光，尽管她一直在躲避那光线。她下楼时几乎是一步一蹒跚。

餐桌旁，她的脸就像气炸了的面具一般。她看上去十分十分的苍老，就像个女巫。罗伯特和西西丽娅只敢偷眼看她。同时西丝发现，罗伯特被他母亲的样子吓坏了，也感到厌恶，他因此几乎也变了一副样子。

"怎么回家的？"波琳嗔怒地问。

"碰上下雨了，"他说。

"你还知道啊，真叫聪明！"他母亲的脸上刚才的呆笑已转变成阴笑。

"我不明白，"他温和地笑道。

"这不明摆着的吗？"母亲说。她进食的速度很快，吃得汤水四溅。

她像一条疯狗一样吃完了晚餐，这样子令仆人都感到吃惊。吃完饭后她便离开餐桌，像只螃蟹一样爬上了楼梯。罗伯特和西西丽娅忙尾随上去，像两个受了雷声惊吓的同谋似的。

"你们喝咖啡吧。我讨厌这个！我走了！晚安！"这老女人发出一连串的叫声，跌跌撞撞出了客厅。

沉默无语了好一阵子，他终于开口说："妈妈怕是不舒服吧？我得劝她去看医生。"

"没错！"西西丽娅说。

这个晚上就在沉默中过去了。罗伯特和西丝燃起炉火，待在客厅里。屋外，正是冷雨霏霏。两个人都摆出读书的样子，他们不想分开。这夜晚充满了不祥与神秘，但时间过得很快。

十点左右，门突然开了，波琳身着蓝衣出现了。她随手关上门，径直朝壁炉走来。她看着这两个年轻人，目光中充满仇视，真正的仇视。

"你们俩趁早结婚算了，"她恶声恶气地说，"结了婚会让人觉得更体面些。真是一对走火入魔的恋人！"

罗伯特默默地抬眼看着她，说：

"我以为，你坚信堂兄妹是不能结婚的，妈妈。"

"我是这么认为的！可问题是，你们不是堂兄妹关系。你父亲是个意大利牧师。"说着波琳把一双套在绣鞋中的小脚移到炉火边，做出一副老派的风骚样儿。她全身都试图重复那种老派的雍容的举止，可她的神经却不怎么听指挥，于是她那样子就显得像漫画了。

"你说的可当真，妈？"他问。

"当然！你以为呢？他可是个出众的男子，否则怎么会成了我的情人？他那么一个优秀的男人怎么会有你这样的儿子！让我摊上这么个好儿子。"

"这一切都太不幸了，"他缓缓地说。

"你不幸吗？你够幸运的了。不幸的是我哟！"她尖酸地说。

她看上去的确可怕，就像一只摔碎后又拼凑起来的威尼斯花瓶，浑身支棱着玻璃碴子。

她突然又悄悄地走了出去。

一连一个星期，她都没有缓过劲儿来，似乎她身上的每根神经都开始发疯地乱叫。医生看过后给她开了镇静药，因为她一直失眠。不服药她就睡不着，只是在屋中徘徊，一脸的恶毒相。她不能容忍儿子和侄女，不想看见他们。只有他们当中某一个进来时，她才恶狠狠地问：

"我说，什么时候举办婚礼呀？已经合卺了吧？"

起初西西丽娅被波琳的所作所为吓坏了。但她隐约感到她的婶娘是这样一个人，一旦她那美丽的外壳被戳穿，她就会颓然崩溃，痛苦地蠕动。这真叫可怕，西西丽娅为此后悔死了。可转念一想，她本来就这样，就让她以自己真正的面目度过残生吧。

可波琳怕是活不太久了，她正在一点点萎缩下去。她闭门不出，谁也不见，连镜子都不照，干脆把它移走了事。

这段时间里罗伯特和西西丽娅常在一起坐坐，疯波琳的嘲笑并未把他们分开。可是西西丽娅却不敢坦白她做了什么。

"你觉得你母亲真正爱过什么人吗？"一天晚上，西丝满怀希望地试探着问他。

他凝视着她说："只有她自己！"

"她甚至连自己都不爱，"西丝说，"她爱某种东西，到底是什么呢？"她抬起头，一脸的困惑不解。

"是权力！"他说。

"可，是什么权力呢？"她问，"我不明白。"

"蚕食别人生命的权力，"他不无痛苦地说，"她曾经是个美人，她的美是靠蚕食人的生命获得的。她蚕食我的生命，就像她蚕食亨利的生命一样。她把吸管探入别人的灵魂中去，把别人生命的精髓全吸掉。"

"你不能原谅她吗？"

"不能。"

"可怜的波琳婶子！"

可这并不是西丝的心里话，她只是惊呆中随口说说而已。

"我知道我还是有良心的，"他捶着胸口诉说着，"可这心快给吸干了。我知道我是有灵魂的，我恨那些要控制别人的人。"

西丝沉默了，她能说什么呢？

两天以后，人们发现波琳死在她的床上。她服了过量的佛罗那，心力衰竭而死。

可她躺在坟墓中居然还能给儿子和侄女狠命的一击。她给罗伯特留下了可观的一千镑遗产，西丝只得了一百镑。其余的，包括价值连城的古董收藏，全用来建了波琳·阿坦伯拉博物馆。

人生之梦①

没什么比回到我生活过二十年的家乡更令我沮丧的了，它就在位于诺丁汉和达比郡交界处的矿乡——纽托比村。这地方变大了些，但也不过如此。这儿的矿井依然破破烂烂。仅有的变化是那唯一的一条街上有了一条通向诺丁汉的有轨电车道，还有汽车通往诺丁汉和达比郡；商店比原先的大了，多了些玻璃橱窗，街上添了两家电影院和一家跳舞厅。

可是没有什么能把这地方从中部地区的贫穷和肮脏中拯救出来：龌龊的石板顶小砖房依然如故，尽收眼底的仍是那种小家子气和难以言表的丑陋景象，在这样的环境中人们依然摆出自尊的样子上教堂做礼拜。这一切都与我儿时别无二致，只是更变本加厉罢了。

现在，一切都变得服服帖帖的了。三十年前，这个地方的经济仍处在上升阶段时，情况糟透了。不过那个时代矿工并不很受尊敬。他们充斥着小酒馆，在里面吞云吐雾、脏话连篇，进进出出身后都有恶狗相随。那时处处弥漫着潜在的野性和刚烈气氛，中部的漆黑夜晚充满着冒险感，令人感到振奋，而周末下午则可以看到人们在足球场上喧嚣欢腾。一座座矿区之间的乡村景色显得寂寞、荒蛮而美丽，那半是荒芜的地带时有偷猎的矿工带着他们的狗出没其

---

① 这是一篇奇特的散文体故事，用第一人称叙述，自传与幻想和神话交织，难分彼此。本文写于 1927 年，但幻想的是千年后 2927 年作者的家乡伊斯特伍德的情境。原文没有标题，后人出版时给它起过几个题名，如《自传碎片》《纽托比 2927》。劳伦斯学者萨加在 1971 年编纂的短篇小说集《公主》中收入本篇故事，题名为《人生之梦》，取自小说中的一句话"人生一梦最终成真"。

间。仅仅是三十年前!

眼下和以前大不相同了。今天的矿工都是我的同辈人,是当初一起上学校的同伴们。我很难相信这是真的,他们曾是那样粗犷、野性的孩子。可现在他们并不是这样的大人。公立学校、星期天主日学校,还有"希望俱乐部"①什么的,特别是他们的母亲主宰了他们,从而驯服了他们,让他们变得冷静、清醒、体面了,教他们成了好丈夫。我小时候,若说谁是个好丈夫,那他准是个例外。那些坏丈夫的妻子若指出谁是好丈夫,是个光辉典范,其实是指他是个穿裙子的男人,她们的话中含有那么点贬义。

可是我这一辈的男人几乎全成了好丈夫。瞧他们站在街头的模样:苍白、萎缩、衣着光鲜而体面,当然了,他们窝囊。我父亲那一辈酗酒的矿工可不窝囊。可我这一辈体面的矿工却给彻底制服了。他们很有耐心,很能忍受,十分情愿听人讲理,随时准备着靠边站。这些站在街头巷尾的人,当年同我一起上学的粗犷孩子,现在长大成人了,有了可人的女儿、霸道的老婆和会抽烟的儿子。他们站在那儿,苍白如同廉价的白蜡烛,如同鬼影幢幢,似乎他们已没了主心骨儿。这些体面、耐心、自生自灭的人,经历过世界大战,拿过最高水平的工资,现在呢,囊中羞涩,又一次潦倒了,是彻底地垮了。现在他们与当年的父辈一样穷了,不同的是,他们现在穷得毫无希望,周围的新世界物价却飞涨着。

我小时,大人们仍惯于唱:"好日子快到了,孩子,好日子就要到!"②不错,有过好时候,它一去不复返了。若再唱,那就应该唱:"现在世道坏,更坏的在后头。"可我这辈人却沉默无言,他们屈服了,老实了。

至于下一代,那就不同了。自负的母亲会造就他们想要的那种儿子。我母亲那一代女人是第一代变得自负的工人阶级妻子。而我祖母那一代女性则对

① 年轻人宣传戒酒的组织。《儿子与情人》中的保罗就参加了这样的组织。

② 19世纪的一首歌,在第一次世界大战期间的英国获得再次传唱。

祖父们唯命是从，那会儿的男人十分鄙视那种穿裙子的男人。可她们的下一辈就至少在精神上自由了，摆脱了丈夫的统治，成了那种教化的力量，就是塑造人的性格的大学校——她们就是我母亲那一辈人。我敢保证，我这一代男人的性格十有八九是由这样的母亲塑造出来的；我这一代女人的性格也莫不是如此塑造而成。

这是什么样的性格呢？这么说吧，我母亲那一辈女人曾与她们那专横固执的丈夫们做斗争，反对他们下酒馆自娱，反对他们把养家的一点点小钱浪费在酒馆里。这些女人感到自己是有高尚道德的人。从经济角度说这确实无疑。于是她们就担起了家庭的主要责任，她们的丈夫也听之任之。她们进而开始塑造下一代人。

当然是按照她们未实现的欲望去塑造下一代人。她一生中要的是什么呢？是"好"丈夫——温文尔雅、善解人意、道德高尚、不下酒馆酗酒、不浪费工资、一心一意为老婆孩子着想。

在英国，维多利亚统治的后期，千千万万的女人无意识地在按照类型塑造她们的儿子。她们确实塑造了千千万万这样的好儿子，他们当上了稳健善良的好丈夫，一心一意为老婆为家口而活着。这些人，我们看到的这些人就是我的同代人，四五十岁的男人，他们人人有一个大写的母亲。

还有女儿呢！那些塑造了众多"好儿子"和未来的"好丈夫"的母亲们与此同时在养育着女儿，尽管她们对女儿并不太在意，也不太将自己的意志强加在她们身上，可这一切还是不可避免的。

这些道德责任感强烈的母亲会养育什么样的女儿呢？我们可以猜得出，一定是些在道德方面自信心十足的人。母亲至少在这种优越感上还懂得节制一点。可她们的女儿则十分自信。这些女儿永远正确。她们与生俱来就有一种自以为是，这种感觉时而表现得傲慢时而看似渴求，但终归是要表明"我对"。我这辈的女人从她们母亲的乳汁中汲取了这种不容置疑的"对"而且一定"对"的自我感觉。这如同天生独眼，没法改变。

我们就是我们祖母梦想塑造的那样子。这个可怕的道理万万不可忘记。我们的祖母幻想着在一个"纯洁"的世界中成为"自由"的女性，被"可敬的、心灵高尚的谦谦君子"环绕着。而我们的母亲则将此梦幻付诸实施，我们就成了这种梦的实现，我们就是我们祖母用来做梦的材料。

不可否认的事实是：我们这一辈人就是无可救药的"纯洁"世界中"自由"女性和可怜的"可敬及心灵高尚的谦谦君子"的后代了。

我们或多或少都是我们祖母用来做梦的材料。可是，每一代祖母都在更新着这个梦。到我母亲这儿，她切实地梦想让她的儿子们成为"可敬的、心灵高尚的谦谦君子"的同时，她还开始做起自己的隐秘的梦——梦想着有唐·璜这样的人，他们的影响足以使狄奥尼索斯的葡萄藤成长并爬满公理教会教堂的布道坛①。作为她的儿子，我可以看到她这种梦的萌动，它不时地从她想要个"好儿子"的既定设想中显露端倪。我是轮到当"好儿子"的。而我的儿子才该轮到去实现她其他的梦，那些隐秘的梦。

谢天谢地我没有子嗣，也就无人承担这项重担了。想想那是什么情景：每个父亲都对他的儿子说：听着，儿子！这就是你祖母关于男人的梦想。你要注意！我亲爱的祖母，我母亲的母亲，我肯定我几乎与她梦中的我八九不离十，除去个别的细节。

但是，从丈夫的角度看，她们的女儿可是紧步其母亲的后尘。我母亲辈的女儿们或我同辈母亲的女儿们一般都是以"好丈夫"作为起点的，这些"好丈夫"永远不会与她们分庭抗礼，他一生的态度是：行，亲爱的！我知道我错了。这就是我辈丈夫们的态度。

这就彻底改变了妻子的地位。女人通过斗争把缰绳抢到自己手中，可一旦到了她手中，瞧着吧，那缰绳也就把她拴住了。从此她就会驶向别处，把婚姻的大车拉向别的方向。"行，亲爱的！由你决定，反正你比我更懂！"丈夫

---

① 狄奥尼索斯是希腊神话中的酒神，象征激情。这里的葡萄藤象征着酒。

在任何一件家务事上都这样对妻子说。于是她必须无休止地决定下去。倘若丈夫偶尔反抗一下，她就不甘罢休直至他让步为止。

当孩子幼小时，驾驶婚姻的大车是件冒险的事。可以后女人会自忖："去它的大车吧！我是从哪儿上这辆车的？"她会感到自己从中一无所获，这样做不够好。无论你做拉车的马还是当赶车的把式，似乎没什么两样，因为无论你扮演其中哪一个角色，你都被拴在了这车上随它走。

于是我辈女人开始为她的儿子想法子了。他们最好别只当个不闻不问的"好"丈夫，像他们的父亲那样。他们最好再有点活力，也给他们的女人多注入点"生命"。说到底，什么叫家庭？它吞噬一个女人直到她五十岁为止，然后把她的骨头渣子吐到一边了事。这可不行！不！我的儿子必须更像个汉子，他得会为女人多挣钱，还要让她享受"生活"，而不仅仅是个"好"和"对"的笨蛋。说到底，什么叫"对"？及时行乐而已。

于是年轻的一代走入了社会，这是我的儿子，如果我有的话。前世修来的母亲的重任时刻响在耳畔："赚钱，过好日子，也让我们大家过好日子。享受吧！"

年轻的一代开始实现我母亲那潜在的梦想了。他们放纵但不粗蛮。他们有点唐·璜气，但让我们祈盼，一点不粗野或俗气。他们更典雅，但不过分地精神化。在女人面前，特别是在这样的女人面前，他们还是谦谦君子。

我母亲那隐秘的梦终于实现了。

如果你想弄清你的下一代到底会变成什么样，你必须弄懂你妻子隐秘的梦，这是些四十来岁的女人的梦，从中你可以找到线索。而如果你想知道得更详细，那就看看二十来岁的女人对男人抱有什么幻想。

可怜的二十岁的女人，她对男人抱的幻想如此执著，那她的第二代也不会好到哪儿去。

我们就是我们祖母用来做梦的材料。甚至矿工也是他们祖母用来做梦的材料。如果说维多利亚女王的梦在乔治王身上实现，那亚历山大女王的梦就在

威尔士亲王身上实现，那么玛丽女王的梦中人又该是谁呢？ ①

但这一切并不能改变这个现实：我的故乡在我眼中比死亡还令我难过。我希望我的祖母及她那一代人曾做过比这更好的梦。"谢天谢地，那些女子早已入土"，可她们的梦仍伴随着我们。可怕的是，做过的梦会变成肉体的存在。

看到年轻一代的矿工打扮成威尔士亲王②的样子下酒馆喝酒、上舞厅跳舞，身着晚礼服演奏着乐器或身后拖着个长腿女子骑摩托车从黑乎乎的街上招摇过市，我会希望我辈的母亲包括我母亲，她们的梦不要做得太轻浮。而现实生活中，她们是那么执著！我们的母亲坐在教堂的长凳上一脸的圣人相，她们曾是些多么轻浮的梦幻者啊！她们潜意识中一定在梦想着爵士乐和短裙，跳舞厅，电影和摩托车。够了，这些足以使最神圣的记忆痛苦了。"仁爱之光引路"③，第十一诫就该是"享受"！

好吧，好吧！甚至祖母的梦也并不能都成真，现实不总能允许它们成真。本来是可以成真的，可命运，还有那个长龙般绵绵不断的境遇，常常要作祟。我相信，我母亲的梦没有一个不是发财梦。我那可怜的祖母可能还梦想着某种高雅的贫穷——像我现在这副穷高雅的样儿！可我母亲才不呢！在她那隐秘的梦中，袖子都是用金线缝的，袜子都是丝绸做的。

可是命运这个恶魔却挫败了这些梦幻。矿井不出煤了，工资减了，工钱少了。年轻的矿工跳舞的丝袜穿破了就很难再买得起一双新的，他们得穿毛袜子了。至于年轻女人的毛皮大衣，哼！可能是海豹皮或其他结实的皮毛，但绝不是随季节换毛的轻盈灰鼠的皮或松鼠的皮了。

年轻的女人们若是等她们的矿工父亲给她们买皮衣，就不能想得到就得

---

① 1901 年爱德华七世在维多利亚女王后继位，其妻是亚历山大女王；1910 年他们的儿子威尔士亲王继位，成为乔治五世，其妻为玛丽女王。

② 1927 年的威尔士亲王是乔治五世的长子，后来登基成为爱德华八世国王，但在 1936年退位，由其弟弟接任国王，成为乔治六世。

③ 19 世纪的一首通俗赞美诗。

到。这倒不是因为做父亲的不给她们买，一个男人不就是要养活妻子儿女吗？可是你无法从石头中挤出血来，同样，你无法在矿工衣袋里摸出钱来，他们没钱了。

这是一个湿润、雾蒙蒙的十月天，墨绿色的中原大地看似消沉了一些，橡树泛着棕色，田野上陋屋星星点点，整个乡村在迷雾笼罩下呈现出一派死气，那黑乎乎的样子像是被一笔抹去了踪迹。好生奇怪的事，乡村会与它的居民一起死去。这片乡村死了，或者说，凭它那种死气沉沉的僵化样子，形同死亡。小时候最爱上那座牧羊桥上去摇晃，现在它变成了铁桥。当年我们捉小鱼的那条小溪的河底现在抹上了水泥。那个给羊洗药澡的地方也是我们洗澡的地方，现在也消失了，那座水车坝和小小的瀑布也都销声匿迹了。现在，全离不开水泥了，就像下水沟。人们的生活也是这样，全都纳入水泥通道中，就像一条巨大的排污沟。

我小时候爱坐在机车街的十字路口，看一辆辆来回调运煤的车、一匹匹大灰马和赶车的人。可现在没车了。按说在十月份，应该有几百辆车才对。可现在没了订货，矿井也处在开半工状态。今天干脆不开工，矿工们全待在家中，没了订货，也就用不着上班。

矿井在静静地冒着烟，过滤器不再喧嚣，矿井口的轮子也不再转动。这样的情况，若不是发生在周日，在我小时候都是不祥的征兆。卷扬机的轮子在光天化日下闪烁，那就意味着劳动和生活，意味着人们"在挣生活"，如果生活是可以挣到的话。

矿井对我来说算是陌生了，周围竟有了那么多的建筑，如电厂什么的。奇怪的是，竖井的模样都大同小异。我们曾在竖井旁观看一笼一笼的矿工从井下被运上来，猛丁儿停在矿井口，矿工们鱼贯而出，去交矿灯，然后滚滚灰色的人流沿马路回家去。过滤器仍在咣咣作响，井台高处，有一匹马在拉运"垃圾"，把它拉到出车台边倒下去。

现在情况可不同了：一切都变得没有人情味儿了，全让机器代替了。我想今天的孩子肯定不会在星期天往竖井里扔煤块了。那时一到星期天就会听到孩子们扔煤块把井壁砸得一片轰响，大家听着，听煤块一直砸到井底发出的最后一声悠远的碰撞声。我父亲知道我们往井下扔煤块总会大发脾气：要是井下有人呢，一下子就会被活活砸死。你们怎么爱玩这个？——我们也不知道怎么爱玩这个。

莫格林水库也今非昔比了，可以说是面目全非了。甚至当年似乎喜爱矿工的玫瑰湾的柳兰，也已不再在秋天展示自己的毛茸茸的枝叶，井口的池塘和岸边也见不到柳兰星星点点的花朵了，剩下的只是些金鱼草和柳穿鱼草了。

从莫格林水库向上走有一条小路，穿过采石矿和田野就到了兰肖家的农场①。我最爱沿这条路散步了。小径旁深深的旧矿坑长满了橡树，盛开着绣球花，蔷薇丛盘根错节交织一片。矿坑的露天处，整整齐齐砌着一圈石墙，坑底很平整。春天里，露天地里一片绿茵茵的，开着丁香花。而到了秋天，荆棘丛中会长出漂亮的黑莓来。谢天谢地，现在已是十月底了，黑莓子已落了，否则你会看到一些寒酸的男人手提篮子，小里小气地在荆棘丛中仔细搜寻着那些仅存的黑莓子。在我儿时，一个大男人挎个小篮子在树丛中捉虱子般的采几个黑莓子会教人笑掉大牙的。可我这辈的男人则早把自尊揣进了衣袋，现在他们的衣袋里一文不名。

矿坑是令儿时的我魂牵梦萦的地方。我爱这地方，是因为这儿露天的地方让人觉得是一个阳光明媚、干爽温暖的去处。那里有白白的石头，坑底浅黄似沙滩，开着丁香和雏菊。而旧矿坑深处，又是那么可怕的去处。那儿总是幽暗漆黑，进去后得在灌木丛中爬行。你会不小心碰上忍冬或茄属植物。背阴的一面还有不少可怕的小石洞，我想那定是蝰蛇的天地了。

传说这些小洞或小壁龛是"永恒的水井"哩，它们同麦特洛克那些永恒的水井的传说相同，在麦特洛克，水滴到洞里就成了长生不老水。你可以在

---

① 此处指的是劳伦斯的第一任女友杰茜·钱伯斯家租赁的海格斯农场。

那儿放一只苹果、一串葡萄，甚至你可以砍掉你的手放在那儿，它们都不会腐烂，永远新鲜如初。甚至你放上一束丁香，它也不会死去，丁香会在水中永生。

可我长大后去仅仅十六英里之外的麦特洛克，我看到了那些不朽的井，真叫臭名昭著。那水不过滴得到处都是，使得灰白石浆结成丑陋的疙瘩，那只所谓的石头手也不过是装满沙子的一个物体。我看呆了，直觉得恶心。可是看到人们盛在碗中的石头做的装饰水果时，我相信这些半透明的紫色石葡萄和柠檬是永恒之水浇灌出的真水果。

在这个潮湿寂静的午后，我发现矿坑没怎么变样儿。荆棘丛上红莓子仍在闪烁。在这个寂静、温暖的隐秘之处，我又感觉到了儿时的渴望，渴望穿过大门，深入到一个更为幽静，阳光更为明媚的世界中去。

阳光照射了进来，可是阴影已经很浓重了。可我得钻进灌木丛深处，到下面长满树木的矿坑中。我像以往一样感到那儿一定有什么东西。我在盘根错节的树丛中左弯右拐、弯腰曲背地摸索着，突然，我听到一阵泥土塌落的声音。矿坑一定有部分塌陷了。

我找到了那个地方，是在树和灌木丛深处，塌陷的黄土、白土和苍白的石头堆成一堆。在这土堆顶上，石头中间裂开了一道斜口子。

我好奇地看着这个地方，看着草木深处苍白的一堆新土堆。一线阳光透过橡树林叶照在新土堆和它上面的裂缝上，照得土堆闪闪烁烁的，我得爬上去看看那闪光的是什么。

那儿有一个不大的石洞，闪光的是混在普通石块中的一小块石英石，它苍白无色，俗称晶石，麦特洛克的人用它来做小碗或纪念品。可是这边沿光滑的无色晶石中却有一道宽宽的淡紫晶石线，它曲曲折折向里伸延，看上去像动脉，这就是十分珍奇的"蓝色约翰"晶石线。

这地方教我着了迷，特别是那紫色的晶石线。我要爬进那个洞中去，它刚好能让我藏身其中。里面似乎很温暖，那块闪光的石头热乎乎的，像是有生命力似的。我似乎还觉得四周弥漫着一种奇特的香味儿，那是石头、活生生的石头的气味，像是坚实光滑的人的体香与淡淡的福禄考混合起来的香味。这种香味细腻而醉人，是一种神秘的幽香。我爬进那个小洞中去，一直爬到那条紫色脉线的尽头，像一头动物一样蜷缩在自己的洞穴里那样。"现在，"我想，"我可以安全地待上一会儿了。身外庸俗的世界对我来说犹如不存在一样。"我蜷起身子，感到一阵温柔而奇特的舒适。那种如同福禄考的生命幽香，淡淡的，像鸦片或块菌一样教人麻醉，我想我是睡过去了。

后来，不知过了多久，可能是一分钟，也可能是几个世纪，我感到什么东西把我举了起来，那奇妙的动作几乎令我恶心又令我激动。那托举的动作缓慢而有节奏，如同喘息一般，既轻柔又有力，既剧烈又儒雅，既彬彬有礼又残忍粗暴。我无能为力，甚至无法醒来。但我并不感到恐惧，只是惊呆了。

喘息般的托举终于停止了，我觉得冷了。有一样粗粝的东西拂过，我感到那是我的脸，我意识到我还有一张脸。就在这时，某种刺痛和撕咬的感觉一直深入到我体内，可能是从鼻孔中进来，一直冲到我的胸部。我从这种可怕的震惊中醒来，突然又有什么新的东西冲入我体内，像浪头一样横扫着我，与此同时，我又感到与第一次同样的刺痛感在我体内某个地方涌动，发出轰鸣。

一阵眩晕，我感到我的意识像鹰一样盘旋着飞向天空，要离我而去，可我又感到我的生命在一点点向我的意识靠近。突然，它们交汇到一起，我知道我醒了。

我知道我又活过来了。我甚至听到一个声音在说："他活了！"这是我醒来听到的第一句话。

我睁开眼，白天的光线令我害怕地眨着眼。我又一次闭上眼，感到是在空间一样。当我再次睁开眼，我甚至能看到东西了，很大的东西，忽而在这儿，忽而在那儿。那种外空间的感觉一点点向我靠近着，靠近着。

就这样，我的意识盘桓着，涌动着，猛然返回到我身上。我意识到我是我了，还意识到这个我是一具肉体，有双脚和双手。脚！对，是脚，我甚至记起了这个字，脚。

我惊醒过来，看到近处一个浅灰色的东西，我认出来了，那是我的身体，什么可怕的东西在它上面移动，让它产生感知。怎么是灰色的呢？我能感受到那东西，我称之为声音。"岁月的尘埃！"这就是那声音："岁月的尘埃！"

在另一个瞬间，我知道在我身上制造感觉的东西是什么了，它在剧烈地动着，那是另一个人。那是另一个人，一个男人，意识到这一点，我感到恐惧和惊讶。一个男人在我身上制造着感觉！一个男人在说："岁月的尘埃！"一个男人！我仍然不明白，我无法一下子完全明白。

可一旦这个概念植入我的体内，我的意识就自我诞生了。我动了动，我甚至挪动了我的双腿和那双远离我的脚。是的！一个声音是从我体内发出的，它甚至就是我的声音，还知道我长着喉咙。再过片刻，我应该会知道得更多。

突然，我看到了一个男人的脸。那是一张红润的脸，脸上有鼻子和修剪得整齐的连鬓胡子。我更明白了，问："怎么？"

那张脸马上转过来看着我，那双蓝色的眼睛凝视着我的眼睛。我挣扎着想起身。

"你醒了？"那人问。

我知道我心里说了声"对！"可没发出声音来。

可我知道，我知道！我恍惚明白我正躺在阳光下那小洞前新掘的土堆上。我还记得我藏身的那个小洞呢。可我不明白为什么我竟然躺在外面的阳光下，竟然是赤身裸体地躺在土堆上。我也不知道那是谁的脸，是怎么一回事。

又有声音了，是另外一个人的声音。我意识到，还有一个人。又一个！又一个，不止一个！我突然感到什么东西促使我马上动起来，似乎向许多方向动着。我再一次意识到我的身体有多大，意识到声音是从我喉咙中发出的。我甚至记起我身上的那个新物件儿。许多感觉在向所有的方向奔放着，可有一个是主要的，它让我感觉到在下沉。那是水，是水！我记起了水，或者说我知道那是水。他们在为我洗着。我甚至垂头看到了那白色的东西，那是我，一具白色的肉体。

我记起来了，当我全身触到水时，我喉咙里发出了叫声，于是人们都笑了。笑！我记得那笑声。

他们这一洗把我弄醒了，我甚至坐了起来。我看到土地和岩石。我看看天空，知道是下午了。我赤身裸体，有两个男人在为我洗着，他们也赤裸着。我全身白皙，白而瘦，可他们则皮肤红润，一点也不瘦。

他们托起我，我站着靠在一个人身上，另一个人为我洗着。我依靠着的那个人身上很暖和，他的生命在温暖着我，另一个人在轻轻地为我擦着。我又活了，我看到我白皙的双脚像两朵奇葩。我一一抬起两只脚，因为我还记着怎样走路。

一个人扶着我，另一个人给我披上了一件毛衣式外罩之类的东西。那衣服是浅灰与红色相间的。随后他们为我穿上鞋。一个人到小洞里去了一趟，观望一阵，回来时手上拿着几样东西：扣子，几枚掉了颜色但还有用的钱币，一把小钝刀，一粒马甲扣子和一块失去光泽的手表，表面已磨得发乌了。但我知道这些东西是我的。

"我的衣服在哪儿？"我问。

我感到有人在看我，一双蓝色的眼睛，一双棕色的眼睛，目光中充满着奇妙的生命。

"我的衣服！"我叫道。

他们对视一下，说了几句我听不懂的话。然后那个蓝眼睛的人对我说："没了！岁月的尘埃！"

在我眼中他们是陌生人。他们生着规规矩矩的面庞，一脸的宁静，连鬓胡子修剪得很整齐，看上去像埃及人。我无意识中依靠着的那个人十分安详地站着，他比午后的阳光更加温暖。他似乎在向我传递生命，我觉得一股暖流在充溢着我的全身，在给我以力量。我的心开始十分有力地狂跳。我转头看看我依傍着的人，遇到了他那闪烁的蓝色目光。他冲我说了些什么，声调平静而洪亮，我几乎能听明白他的话，因为他的口音很像我家乡的方言。他又说了一遍，轻柔而平静地说着，他的话说到我心里去了，我能懂，就像一只狗能理解声音而非语句。

"能走吗？要不就扶你？"

他的话似乎是这个意思，很像我的家乡话。

"我想我能走。"我说，我的声音与他那轻柔、抑扬顿挫的声音相比显得太粗糙了。

他缓缓走下，到那堆松散的土石堆上去，我还记得那些土石塌落的情形。但这边与那边不一样。老矿坑里没有一棵树，光秃秃的，像新开采过似的。可走出来则置身于一个全新的世界中了。脚下是满矿坑的树木，再也不是没有树林的草坡了，这树木欣欣向荣的地方，如同一座公园。没有矿井，没有铁路，没有篱笆，没有封闭起来的田园，可是这田野看上去仍像耕作过一样。

我们站在仅仅一码宽的石子路上。另一个人从矿坑下上来了，他手提工具，身着灰色的外衣，腰系一根红绳，讲话声音很轻柔、很细小。我们走下小路，我仍然依傍在那个人肩上。我感到自己在颤抖，身上增添着新的力量。但又有点像魔力。我感到一种奇妙的轻飘，似乎走起路来脚不着地，而搭在那人肩上的手在把我撑起来。我想知道我是否真的像梦中一样浮了起来。

我把手猛然从那人肩上拿下，稳稳地站住。他转过头看我。

"我可以一个人走。"我说，又像在梦中一样向前挪了几步。这是真的。我全身充满了一股力量，这力量几乎把我浮起来，教我无法触地。我颤抖着，感到出乎意外的强壮，同时又觉得飘浮了起来。

"我可以一个人走！"我冲那人说。

他们似乎听懂了我的话，笑了。那蓝眼睛的人一笑就露出牙齿来。我突然这样想：他们可真美，就像开花季节的树木！可那更是我的感受，而非观察得来的。

蓝眼睛的人走在前面，我轻飘飘地冲动着走在那条小路上，十分兴奋、十分骄傲，忘记了一切。另一个人则默默地尾随在后面。这时我意识到这条小路拐弯后与一条洼地中的大路并行，洼地中流淌着一条小溪。路上一辆双牛车在咣咣当当缓行，赶车人浑身赤裸着。

我伫立在高处的小径上，试图思想，竭力要清醒过来。我意识到太阳在我身后落山了，在这个十月的午后，太阳是金黄金黄的。我还意识到我面前的这个人也赤裸着身子，他很快就会感到冷的。

随后我又努力环视四周。左边的坡地上是一块方方正正的黑油油的耕地，农夫们仍在耕作着。右边是洼地草滩；小溪彼岸，林木丛生，浑身花斑的牛缓缓前行。小径仍在向前方起伏伸延，穿过池塘磨房和几间小小农舍，又爬上了一座陡峭的小山包。小山顶上有一座小镇子，在黄昏的天光中，小镇子呈现出满目金黄来：从黄叶掩映下的果园旁耸立起高大逶迤的黄色墙壁，它的上方是一长串的建筑，形成一道椭圆的弧线，圆形的和锥形的塔顶高高耸立。这幅图卷既柔和又庄重：其曲线柔和而有力度，但绝无尖角亦无锋利的房檐，整个镇子透着柔和的金色，如城市金色的肉体。

即使在我眺望它时，我仍然明白那是我出生的地方，是肮脏的红砖房组成的一座丑陋矿区小镇。即便在儿时，每当我从莫格林水库回家时，我都会抬头望望这个城镇，我看到了方方整整的矿工住宅（是公司建的），它们耸立在山顶，在夕阳辉映下如同耶路撒冷城的墙壁一般；即使我年纪尚幼，每当看它时我都希望它是礼拜堂的圣歌中所唱的一座金碧辉煌的城市①。

现在这愿望实现了。这种圆梦之感，加之"眺望"时过于聚精会神，使得我体力大减，没了活力。我可怜巴巴地向与我同行的人求救。那蓝眼睛的人过来抓住我的胳膊并把它搭上他的肩，他的左臂环绕住我的腰，手放在我的臀部。

就在这一刹那，他那轻柔而温暖的生命节奏再次在我身上散发开来，我

---

① 赞美诗中有这样的歌词："金色的耶路撒冷，遍地牛奶与蜂蜜的福地。"

对自我的记忆随之消沉睡去。我就像一道伤口，被他们轻轻一触，伤口便立即得以愈合。我们再次踏上了那条高处的小径前行。

三个人骑着马从后面缓缓赶上来了。在夕阳西下的时候，整个世界都踏上了回小镇的家的路。三个人并行时，他们都放慢了速度。这些男人穿着轻柔的无袖束腰外衣，也生着规规矩矩的埃及人的脸，连鬓胡子也像我的同行者一样修剪得很整齐。他们袒露着手臂和腿，骑马不用马镫子。可他们都戴着形状奇特的山毛榉叶做成的帽子。他们直愣愣地瞪着我们，我的伙伴则报以敬礼。随后这几位骑马人继续缓缓前行，身上的金色长衫柔曼地飘舞着。没人说话。万籁俱寂，但有一种魔力让生命密切交织。

此时，路上挤满了人，这些人缓缓翻过这小山向城里走着。他们中大部分人都光着头，身着灰红相间的毛背心，腰系红腰带。不过另一些人面部修得很干净，身着灰色衬衫，还有一些人扛着工具，另外一些人背着饲料。人群中也有女人，她们身穿蓝色或淡紫色的罩袍；倒是一些男人穿着猩红色的罩袍。可人群中还有一些人像我的向导一样，几乎赤身裸体。一些年轻女人边走边笑，罩袍团在头上顶着。她们那修长、晒黑了的身体几乎全然赤裸着，只有腰间束着细细的一条白的绿的或紫的腰带，带子垂在臀部，随着她们的步子飘摆着。还有，她们脚上穿着软鞋。

她们瞟了我几眼，又冲我的伙伴问候几句，但没人问问题。那些赤裸的女人头上缠着衣服庄重地走着，可她们比男人爱笑。她们真像灌木丛上的莓子一样可爱。这也是所有这些人的品质：他们都有一种内在的安详与平静，就像树开花结果一样安详平静。每个人都像一只完整的果子，肉体、头脑和精神是完整的一体。这让我感到一种莫名其妙的悲伤与妒忌，因为我自己不那么完整。与此同时，我又感到十分振奋，一种力量又回到了我身上。我第一次感到我似乎要跃入生命的大海，虽然迟了点，可我仍然算先锋中的先锋。

我看见城市的巨大防护墙了，随后大路突然拐弯通向大门，人们蜂拥而入，分成两路进了狭窄的旁门。

门道很大，是用黄色石头砌成的，门内空间也很大，铺着白石头，旁边是黄色石头筑成的楼房，满目的金黄色。拱廊的支柱也是黄色的。我的向导拐进一间房中，那里有几个穿绿衣的男人把守着，另外有几位农夫候着。他们让开路，我被领到一个人面前，他靠在深黄色的沙发上，身上穿着黄罩衣。他生着金发碧眼，连鬓胡子修剪得整整齐齐，长长的头发剪成个圆形，样子很像佛罗伦萨的侍者。他尽管不健美，但他身上有一种内在的特质，教他看上去很美。但他的美是花的美而不是莓子的美。

我的向导向他行了礼并用我几乎听不懂的话向他简单地解释着。听了他们的话，那人平静而彬彬有礼地看着我。如果我是他的敌人，那目光会教我害怕的。他冲我说话，我猜他的意思是问我乐不乐意留在他们的城市里。

"您是问我想不想留在这儿？"我回他的话道，"可你看，我甚至不知道我在何方。"

"你来到了纳斯拉普镇，"他缓缓地说，他的英语讲得很蹩脚，像外国人讲英语，"你要不要同我们在一起住些日子？"

"如果可以，那太谢谢了。"我说。连我自己都感到惊讶我何以说出这样的话来。

我们出来了，有个穿绿衣服的卫兵跟着我们。人们都拥到黄色房屋之间的小路上去。一些人在门廊下走着，另一些则走在露天的马路上。前面某个地方突然音乐声大作，很像有三支风笛在协奏。人群向前走着，来到防护墙边一处椭圆形的地方，面对着正西。此时，太阳那红色的球体已接近地平线。

我们转到一座大门口，顺楼梯走了上去。绿衣卫兵打开一扇门领我们进去。

"这些都归你了！"他说。

裸体的向导随我进了屋，屋子的门窗向那椭圆的场子和西方开启着。他从衣柜里取出一件亚麻衬衫和一件毛织束腰外衣，微笑着递给我。我明白，他这是在向我索回他的衬衫，便马上连衣带鞋一起交还给他。他匆匆握了一下我的手，然后穿上他的衣服和鞋走了。

　　我穿上他拿出来的衣服，一件蓝白相间的格子束腰外衣，白袜子和蓝布鞋，随后向窗口走去。西边，红红的太阳几乎已经触到远处的林木茂密的山顶，舍伍德森林①又变得莽莽苍苍。这是这世上我顶顶熟知的风景了，现在，凭其外貌，我仍然看得出那是它。

　　场子里静得出奇。我从窗口跨出去，来到平台上向下俯视，只见人群已经有序地排好，男人们站在左边，他们身着灰衣或灰红条子的衣服，有的干脆着纯猩红色的衣服；女人们则站在右侧，身着各种蓝色和深紫色的长衫。拱顶廊中聚着更多的人。太阳的红光照耀着一切，直至整个场子都映得一片红彤彤的。

　　当太阳那火球触到树梢时，风笛便一一作响，全场立时沸腾起来。男人们像公牛一样跺着脚，女人们则轻轻摇晃着身子，拍着手，那种奇怪的声音像沙沙的落叶声。而在拱廊下，椭圆场子的另一边，男人和女人们在对唱，男人的声音低沉浑厚，女人的声音尖细锐利，歌声的节拍也很奇特。

　　这些歌声还算轻柔。舞步则愈来愈急，歌声与舞步的协调一致真是教人不可思议。我不相信有什么外力在控制着他们的舞蹈。这一切都出自本能，就如同鱼群打旋儿或跃出水面，鸟儿在天空低回展翅。突然，所有的男人以一个惊人的动作唰地向空中举起了双臂，一只只手臂赤裸裸地在空中闪烁生辉。然后，随着一声轻柔的鸽子叫声，他们的手臂又缓缓落下，这些熠熠生辉的手臂缓缓搭在那些女人肩上，一片灰红交错；女人们身着深蓝色衣衫，火星般四散开来，如同白杨树般飒飒作响着，她们从男人们环抱着、下沉着的手臂下向各个方向散去，形成一束束细小的淡紫色人流，与那些结成一团的红灰色的男人的群体相映成趣，女人像是从男人这个灰红交错的瘤节上长出的枝子。

　　与此同时，太阳在缓缓下沉，投下一片阴影。人们的舞步开始变缓了，

――――――――――――

　　①　这片森林曾经覆盖诺丁汉郡五分之一的面积，据说是绿林好汉罗宾汉出没的地方。

蓝衣女人们在西下的太阳辉映下旋转。人们跳着舞送太阳下山，他们就如同鸟儿盘旋、鱼儿聚群那样全然是受着某种奇特的本能所驱使，步调一致地跳着。这场景既惊人又壮丽，令我欲罢不能，我真想飞奔下去，加入他们的行列，成为那生命波浪中的一滴水。

太阳落下去了，人们转身向着城里的方向跳起来。男人们柔缓地踏着步点，女人们的衣裙窸窣，轻轻地拍着手，歌手们的歌声仍旧在风中萦回。随后，缓缓地，男人们的手臂齐刷刷地举向空中，似乎是在敬礼。当男人们的手臂沉下去后，女人们缓缓地举起了手臂，这构成了一幅美妙的图景，像是两排无数的翅膀在轻缓地舞动，似猫头鹰在缓缓地上下拍打着翅膀飞翔着。随后这动作戛然而止，人们默默地四散开去。

两个男人来到椭圆的场子中间，其中一人肩扛一根杆子，杆上挑着一盏盏明灯，另一人则在廊中迅速地挂起灯来照亮小镇。夜幕降临了。

有个人给了我们一盏灯就走了。夜晚，我独自一人住在一个小房间里，守着一张小床，地上的一盏灯和一只没有燃火的小壁炉，设施简单又自然。壁橱里挂着一件厚重的蓝大衣。还有几只大小不一的盘子，但是没有椅子，只有一块叠好的长长的黑毡子，可供人倚在上面。灯光从下向上照亮了奶油般光洁的墙面，像白亮的搪瓷一般。我独自一人，十分孤独，离我的出生地仅几百码远。

我害怕，怕的是我自己。这些人在我看来根本不是人。他们有着植物的安详与完整，你就看他们是如何以一种惊人的本能步调一致地聚集成一团的吧。

我坐在深蓝色的毡子上，身上披着蓝色斗篷。我很冷，可又没有办法点燃壁炉中的火。有人敲门，进来的是一位绿衣卫兵。他像发现了我的人一样安详，有着水果一样的光泽，这种美的特质是内在的，以某种奇特的肉体形式表露出来。我喜欢这种气质，可它令我感到愤怒。因为在他们面前，我显得像一只没晒过太阳的青苹果，而他们似乎占尽了所有的阳光。

他带我出去，让我看过厕所和浴室，冲洗器下站着两个壮汉。然后，他又带我走下去，到了一间环形大厅里，大厅中间是高高的壁炉，炉中火势正旺，火与烟直冲上一个石头垒成的漂亮漏斗型烟囱。壁炉的底座很大，旁边有些人倚在叠起的毛毡上，面前铺着白布，他们正在用晚餐，吃的是稠稠的粥，牛奶，稀黄油，新鲜的莴苣，还有苹果。他们都脱光了衣服，任炉火中星星点点的火光映着他们健康如同水果般的身子，他们的皮肉微微泛着油光。环形墙下，筑有一个高台，上面也倚着一些人，他们或吃饭或歇息。一个男人不时地端着食物进来，又端着空盘子出去。

我的向导带我出来看一间蒸汽腾腾的房子，里面的男人们各自洗着自己的盘子和匙子，洗净后把它们挂在自己的小架子上。随后我的向导给我布、托盘和碟子各一。我们走进一间简朴的厨房，那里，文火上温着大碗大碗的粥，一口深锅里盛着化好的黄油，牛奶、莴苣和水果则摆在门附近。三位厨师在管着厨房，不过外面的人静静走进来，各取所需，再回到那间大屋子中或回自己的小屋子中去。每个角落都是那么洁净体面，那是本能使然。他们的每个动作都是那么体面，似乎人们最深处的本能得到了教化，使得他们变美了。那轻柔安详的美就像一个梦，人生一梦终于成真了。

尽管我不怎么想吃，还是盛了点粥。我感到身上鼓起了一股奇特的力量。可我在人群中又有点像个鬼影。我的向导问我是去大圆屋用餐还是回我自己的房间。我懂他的意思，就选择了大厅。于是我在曲廊里挂好自己的大衣，进了男人们的大厅。我靠在墙根下的毛毡上，观察着这些人，听他们说什么。

他们一感到热就把衣服脱了，似乎衣服是一种负担或一种小小的耻辱。他们歪着身子轻声交谈着，不时发出低低的笑声来，其中一些人在下跳棋和象棋，但大都安详沉静。屋子是靠吊灯照明的，里面没有一样家具。我独处一隅，可我羞于脱掉身上的白色无袖衫。我感到这些人没有权力如此这般的毫无羞耻、这样沉静自然。

绿衣卫士又进来问我是不是愿意去见一个人，那人的名字我没弄清是什么。于是我带上罩衣，来到了圆柱门廊下灯火阑珊的街上。街上行人如织，一些人身着大衣，一些人只穿束腰外衣，女人们则迈着轻快的步子从街上走过。

我们向着城里的最高点走去，我觉得我一定是正从我出生的地方走过，因为这里就挨着美以美教会的礼拜堂①。可是，如今这里处处是灯光柔和，金灿灿的长廊了，人们身着绿衣、蓝衣或灰红相间的大衣从廊下走过。

我们到了山顶，走出来，来到一个环形的场子，这儿一定是公理会礼拜堂的旧址②。场子中间耸立着一座锥形塔，就像一座灯塔一样，塔身在灯光下呈现出玫瑰色。塔顶上的一根圆柱上，一只巨大的灯球光芒四射。

我们穿过环形场子，踏上了另一座建筑的台阶，又穿过人群熙攘的大厅来到走廊尽头的门边，那儿坐着一位绿衣卫兵。绿衣卫兵起身进去报告我们的到来。随后，我跟他穿过前厅进了室内，屋中间的壁炉里，木块正燃着，火苗十分清晰。

一个身着洋红色薄束腰外衣的男子上前来迎接我。他长着棕色的头发和粗硬的红连鬓胡子，浑身透着难以言表的光彩帅气。他不像埃及人那么沉静，也不像普通人那样如同水果一般冷漠，更不像城门口的黄衣首领那般沉稳并鲜花一样粲然，这个人身上闪烁着一种震颤的光芒，就像穿过碧水的光线一样。他接过我的大衣，我立即感到他明白我的心思。

"或许，醒来是残酷的，"他一板一眼地用英语说，"即使在一个美好的时候。"

"告诉我这是在哪儿！"我说。

"我们管这地方叫纳斯拉普，不过它以前是不是叫纽托比？告诉我，你什么时候睡过去的？"

"今天下午，好像是 1927 年 10 月吧。"

"1927 年 10 月！"他声调奇怪地笑着重复。

---

① 劳伦斯的出生地十字路口西北处有一座美以美卫理公会的礼拜堂。

② 此处指的是小镇的中心街道诺丁汉街，该街横穿全镇最高的山脊。

"我真睡过去了？又真的醒了吗？"

"你不是醒了嘛？"他笑道，"靠在靠垫上吧，要不就坐下。看！"他指着一把坚固的橡木椅子，那是一把现代仿古椅子，孤零零摆在屋子中间。那椅子年代已久，颜色发黑了，看上去都抽巴了。我浑身一激灵。

"那把椅子有年头了吧？"我问。

"也就一千来年吧！是专门保存下来的。"他说。

我顿时木然。我只能坐在地毯上痛哭一场。

那人正襟危坐了好一会儿，然后走过来，双手握住我的手。

"别哭！"他说，"别哭！当了这么久的孩子了，现在该做条汉子了。别哭了！这样不是更好受点儿？"

"现在是哪一年？"我问。

"哪一年？我们称之为橡子年。你的意思是用数字表示？那就叫它 2927 年吧。"

"这不可能。"我说。

"没错，正是。"

"那就是说我都一千零四十二岁了？"

"怎么，不对吗？"

"怎么会这样呢？"

"怎么会？你睡过去了，像一只蝶蛹，睡在地球的一个小小的蝶蛹子宫中，你的衣服早化成了尘土，只剩下了扣子，你一觉醒来，像一只蝴蝶那样醒了。为什么不呢？你为什么害怕像蝴蝶那样从黑暗中醒来？为什么怕自己变美了呢？变美吧，像一只白蝴蝶那样。脱掉你的衣服，让火光照在你身上，赐给你什么，就接受什么吧。"

"你觉得我还能活多久？"我问他。

"干吗老要掐算？生命又不是一只钟表。"

"没错，我就像一只蝴蝶，只能活一会儿，所以我不想吃东西——"

逃跑的公鸡

一

耶路撒冷附近有一位农夫养了一只斗鸡。起初这只小鸡看上去挺寒碜，可春天一来，他就长出了一身美丽的羽毛。待到无花果树梢儿上吐出嫩叶时，这鸡的脖子已挺若弯弓，橘红的颈毛鲜亮耀眼。

这位农夫穷，住在土坯房里，只有一个小小的院子，他的整个领地上只有一棵模样不济的无花果树。他在葡萄园、橄榄园和麦地里为主子拼命劳作一天，收工后回小路旁的土坯房里睡觉。不过，他挺为自己的小公鸡骄傲的。在这个院子里还养着三只丑陋的母鸡，生的鸡蛋很小，却把身上不多的毛抖落一地，还造得四处都脏兮兮的。在角落的草棚子下，还养着一头傻呆呆的驴子，常跟随这农夫下地干活儿，不过有时也待在家里。农夫的老婆眉毛黑黑的，模样儿挺年轻，但不怎么干活儿，也就是往地上撒些粮食或倒点剩粥什么的喂鸡，或者用镰刀给驴割些青草吃。

那小公鸡长大了，模样很是出众。在那个三只褴褛母鸡出没的脏乎乎的院子里，他命中注定是个花花公子哥儿。听到别的公鸡叫，他就引颈高叫一通儿算是回答，其实那些公鸡跟他隔了不知多少道墙，他一点也不知道那边怎么回事儿。但是他的叫声很特别，火气十足，远处别的公鸡一叫，就会意想不到地惹得他大发雷霆。

"听他叫的，"农夫站起身，一边脱着衣服一边说。

"他能顶二十只母鸡呢，"老婆说。

农夫出去，骄傲地看着他的小公鸡。这羽毛华丽的漂亮公鸡已经跟那三只羽毛凌乱的母鸡混熟了，可他全然不理会母鸡们，只顾昂着头倾听远处不知什么地方的公鸡发出的挑战，那地狱般的地方神秘地冲他发出了鬼叫，他不甘雌伏，报之以响亮的挑衅叫声。

"他早晚有一天得跑，"农夫的老婆说。

于是他们用粮食把他引过去把他抓住了，尽管他又扑棱翅膀又踢腿地挣扎。两口子随后用细绳拴住鸡脚脖子，一头绑在小柱子上，另一头拴在驴草棚的柱子上。

小公鸡被松开了，他愤怒地迈开大步，昂首挺胸从农夫夫妇身边走开，但很快就让绷紧的绳子拽住动弹不得。他那条被拴住的腿蹬了几蹬，就摔倒在地上。他在肮脏的地上疯狂地挣扎起来，把那些模样寒酸的母鸡吓得够呛。然后他姿势难看地歪了几歪重新站了起来，开始动起脑子来。农夫两口子见之开怀大笑。小公鸡听到他们笑，心知事情不好：是自己的腿给拴住了。

从此他再也不昂首挺胸了，也不扑棱他的羽毛了。他只在绳子的范围内愁眉苦脸地溜达着。不过见到好吃的，他依旧狼吞虎咽。有时他照样会留下点特别好吃的东西给他一时宠爱的母鸡。有时他的这些妻妾漠然走入他的范围内，他会昂首阔步，浑身颤抖着冲她们发泄一番，并含而不露地引诱她们一下。早晨，一听到什么地方有公鸡叫，他仍然会发出挑衅的啼鸣。

但是，他吞食的样子显得过于贪婪，抓住可怜的母鸡时显得得意忘形。更突出的是，他的声音失去了那种饱满的音色。他的腿被拴住，他心里明白。被拴住的不仅是身体，灵魂和精神都被那根绳子拴住了。

但在他内心深处，生命依旧顽强，不肯破灭。该扯破的是那根绳子。于是在一个早上，就在晨曦初现之前，他从微睡中惊醒，凭着突如其来的一股力量，他扑棱起翅膀向前飞扑，那根绳子就这么让他挣断了。他发出一声野性的怪叫，一蹦就上了墙头，在墙头上发出一声咯咯咯的高叫。这叫声响亮，把农夫给唤醒了。

就在这同一个早上的同一个时辰，同样在晨曦初露时分，有个被缚的男人从漫长的沉睡中醒来了。他醒来时，浑身冻得发麻，发现自己是在一孔凿出的石洞中。漫长的睡眠中，他的身上备受创伤，现在身上还布满伤口。他没有睁开眼，但他知道自己醒了，冻得麻木僵硬，浑身是伤，还被捆着。他的脸让冰凉的带子箍着，两腿被捆绑在一起。只有手没被捆上。

他只要想动就能动，这他知道。但他没有这种想法。谁想死而复生呢？一有要动的预感，他心里就生出了深深的厌恶。这种重返意识的动作是那么奇怪、难以招架，他已经对此反感了。他并未期待这个。他一直想身处意识之外，待在这个连记忆都已经僵死如磐石的地方。

但是现在有什么东西把他送了回来，就像送回了一封信，在这个过程中，他躺着，感到厌恶。可是，他的手突然动了起来。他的手抬了起来，冰冷，沉重，疼痛。可还是抬起来，把蒙在脸上的布扯掉，并开始拉扯绑在肩膀上的带子。随之，他的手又落下，仍然冰冷，麻木，并因为活动过多而厌倦了，绝不愿意再动一动。

他的脸露出来了，肩膀自由了，但他又死了过去，变得冰冷、一钱不值。这样最合他的心意。他完全得到了自己最想得到的，那就是：彻底冷漠地置身于意识之外。

可是，就在他几乎死去时，他的手腕突然感到一阵疼痛，这疼痛驱使着他的手举起来去推开绑在膝盖上的带子，他的脚开始抽动，尽管他的胸口还是冰冷僵死的。

最终，他的眼睛睁开了。周围黑暗依旧！可是隐约有那么一点微光，是那闹人的光线正穿透这黑暗。他的头抬不起来。眼睛闭上了，一切又结束了。

俄顷，他突然斜着身子站了起来，整个世界开始旋转。束缚他的带子都脱落开去。那狭窄的石墙向他砸下来，再一次将他囚禁起来，令他忿忿然。不过总还是有光线透进来。凭借一股因为反感产生的力量，他朝前倾着身体，在那狭窄的石穴里，将虚弱的手放在透过光线的罅隙上。

这力量来自某个地方，来自反感。随着一声爆响，射进一道波浪般的光芒，这个死人蜷缩在他的穴居中，面对着洪水猛兽般的光芒。天尚未大亮，但是晨光那奇特尖锐的气息已经扑面而来。这意味着他完全苏醒了。

慢慢地，慢慢地，他带着浑身的伤口从石穴中小心翼翼地爬了出来。绷带，麻布和香料全抖落开去。然后他蹲在地上，面对石墙想找回自己的记忆。他看到了他伤痛的脚又触到了地面，其痛无比，难以言表，它们本来是永远不要再触到地面的。他看到自己那已经死去的瘦弱双腿，感到一种莫名的疼痛，疼得他魂飞魄散，逼得他站了起来，一只破裂的手扶着坟墓里凸出的地方。

回！再回来，经历过那一切之后！他看到麻布绷带脱落到死去的脚下，便弯下腰去，将绷带拣起叠好，放回他离开的那个石穴。然后他拿起香料熏过的麻布单子，围在自己身上当披风，转身走了，走向苍白寒冷的清晨。

他是孤独的。而死过一回后，则更加孤独。

依旧怀着难以言表的幻灭感和厌恶，这个男人踮着脚走下了石坡，从野月桂树下身披毛斗篷熟睡的士兵身边走过。他满是伤痕的脚包着白麻布默默地走着，边走边低头看着士兵们僵滞的身体，觉得他们就像一堆肉一般。这些士兵令人恶心，缓缓散发着肢体的臭味。不过他心中生出了一丝怜悯之情。他从他们身边走过到路上去，还生怕惊醒了他们呢。

他不知去向何方，就转身离开了山坡上的城市。他沿着背离城市的道路走着，橄榄树下紫色的银莲花在寒冷的清晨里冻低下了头，肥绿的草丛长得厚实苗壮。这世界，这自然的世界依然，绿色茵茵。一只夜莺在小溪边的灌木丛中发出迷人、渴望、诱惑的叫声，它在这个世界里，这个从早到晚轮回生生不死的自然世界里，而他则在此死过一回了。

他继续向前，伤痕累累的脚走着，既不是在这个世界，也不是另一个。既不是在此地，亦非在彼地。既非在看，也非盲目。他两眼昏花地走过，离开城市和城圈，不知自己为何这样行走，可就是冥冥中受着幻灭中生出的深深厌恶感驱使，受着某种连自己都不清楚的决心的驱使。

在橄榄园干燥的石墙下昏昏沉沉地走着，他被附近的一只公鸡疯狂的啼鸣惊醒，这声音令他如同过电一样颤抖起来。他看到路边树上有一只羽毛黑橙相间的公鸡，又看到在高处的橄榄林里有一个身着灰色毛外套的农夫在奔跑着。从那一片绿色中跳出了那只公鸡，黑橙相间的羽毛，红冠子，尾巴上的毛流光溢彩。

"哦，拦住他，先生！"那农夫叫道，"那是我家的鸡跑了！"

这人听到招呼，脸上莞尔一笑，在跳动的公鸡跟前张开自己的大斗篷。那公鸡扑棱着翅膀倒退着，那农夫见状跳上前来。鸡翅膀好一阵子扑打，羽毛纷飞，那农夫终于将公鸡牢牢地夹在胳肢窝下。只见那公鸡的翅膀收拢了，拼命朝前曳着脖子，滴溜溜的圆眼睛从白眼圈儿里瞪了出来。

"这是我家的公鸡，他要跑！"那农夫的左手摩挲着抚慰那公鸡，满脸流着汗抬头看着身裹白亚麻布的来人。

当这农夫凝视那死过一次的人的脸时，他立即变了脸色，呆立不动了。那张死人才有的白脸上表情是那么平静，脸上的胡子似乎在他死了以后还一直在生长。还有那双圆睁的黑眼睛，透着阴郁的眼神，那也是死过一次的！还有那白蜡一样的额头上洗过的伤口！眼前这一切令这个反应迟钝的庄稼人耷拉着下巴，像个孩子一样不知所措。

"别怕，"斗篷里的人说，"我不是死人。他们把我放下来放得太早了，[①] 所以我就又站起来了。不过要是他们在此发现我，他们还会再让我死一回。"

他的声音透着一贯的厌恶。人！特别是手握权力的人！他们能做的只有一件事。他黑色的目光漠然地盯着农夫那游移不定的眼睛。农夫退却了，在这如此漠然、陌生、冷峻、坚毅的目光下，他感到虚弱无力。他只能说出那句他不敢说的话。

---

① 这里指的是十字架。此人明显是耶稣基督。

"到我家躲躲吧，主子？"

"那我就去歇歇儿。不过，要是你告诉了什么人，你知道那会怎么样。连你也得一起受审。"

"我？我不会说的。咱们快着点儿吧！"

那农夫害怕地四下里张望着，真不知道为什么自己倒了这份霉。那满脚是伤疤的人痛苦地爬上橄榄园，跟随着神情阴郁、脚步匆匆的农夫穿过掩映在橄榄树丛中的绿色麦田。他能感觉出脚下经历过死亡的麦苗此时凉丝丝、光滑滑的，但能明显感觉得出它有着与之迥异的粗粝的生命。在石沿旁，他看到猩红的银莲花枝上长满银色茸毛的花蕾低垂着。这些花也是生长在另一个世界中的。在他自己的世界中，他是孤独的，全然孤独。而周围这些东西则是生长在一个永远不死的世界里的。而他自己则是死过一回的，是死在它们之外的，现在剩下的只是因为幻灭生出的十足的厌恶。

他们来到土坯农舍前，农夫沮丧地等他进去。

"进去呀！"他说，"进吧！没人看见咱们。"

那身着亚麻的人进到这土房子里，浑身散发着奇特的香料味儿。农夫关上了门，穿过门道来到院子里，高墙中拴着驴子，免得让人偷走。那农夫心神不宁地将公鸡拴了起来。那面色如蜡的男人一下子就坐在了壁炉前的席子上，他精疲力竭，神情恍惚。但他还是能听清农夫跟他老婆在门外耳语，那女人一直站在房顶上看着呢。

他们很快就进屋了，那女人赶忙捂上自己的脸。她随后倒上水，又在木盘子里放上面包和无花果干。

"吃吧，主子！"农夫说，"吃吧！没人看见咱们。"

可是来者根本就没有胃口。不过他还是把一片面包蘸了点水吃了，反正还得活。但他体内的欲望算是灭了，甚至对食物和水。他再生了，但没有欲望，甚至没有生的欲望，一切皆空，只有那巨大的幻灭感如同一种厌恶感，那就是他的生命之所在。不过，或许比幻灭更深重的是一种无欲的决断，比意识还深刻。

农夫和他老婆站在门道里看着他。他们看到陌生人枯瘦、惨白如蜡的手和脚上青紫的伤痕和他额头上的一道道伤口。他们闻到他身上散发出的浓重香料味儿。此情此景令他们感到恐惧。再看看这人身上精细昂贵的雪白亚麻，他们觉得他可能是一个恐怖地死去的国王。现在他仍然身处那个冰冷遥远的死亡之地，近乎透明的身上散发着香料味儿，像是来自某种奇特的花朵一样。

艰难地咽下蘸了水的面包后，他抬起眼睛看看他们，发现他们狭隘拮据，举止毫无光彩，缺少勇气。但他们就是他们，是自然界中迟钝的分子。他们毫不高贵，但是恐惧令他们变得富有同情心。

于是这陌生人对他们再次顿生同情，他知道他们会对文雅报以文雅，会再次笨拙地回报他。

"别怕，"他温文尔雅地对他们说，"让我跟你们待上一会儿。我待不长的。待会儿我就彻底一走了之。别怕，我不会给你们带来伤害的。"

他们马上就相信了他，可是恐惧仍然没有散去。他们说：

"待着吧，主子，想待就待着吧。歇着吧，安安静静地歇着！"

可他们还是感到害怕。

他也就随他们去了。那农夫牵着驴子走了。太阳明晃晃地升起来了，可在关上门的黑屋子里，这人又觉得像回到了坟墓中。所以他对那女人说："我想躺到院子里去。"

于是她为他清扫了院子，给他铺了一张席子，让他顺墙根儿躺在阳光下。他躺着，看到合围的无花果树上第一茬绿叶像火焰般蓬蓬勃勃舒展开来，从光秃秃的树干伸展向头顶上的春天。可是这死过的男人不能观赏，他只是静静地躺在不那么热的阳光下，体内没有欲望，连动一动的欲望都没有。他躺在阳光下，两腿干枯，香料熏过的黑发落进空荡荡的领口中，瘦弱苍白的胳膊纹丝不动。他躺在那里，母鸡们咯咯叫着在地上刨食，而那只逃跑过的公鸡这会儿被拴住了双腿，在角落中发出威胁的叫唤声。

农夫的老婆害怕了。她过来窥视着，见他纹丝不动，生怕这男人死在院子里了。阳光变得强烈起来时，他居然睁开眼睛看她了。看着这男人活过来了，她又怕了，不过没说什么。

他睁开眼睛，又发现这世界像玻璃一样明亮。这是生活，但这里面没有他的份儿了。它只是在他身外闪光：蓝天，光秃秃的无花果树，上面挂着几片小小的叶子。是如同玻璃一样明亮，可他不属于它，因为欲望已经没了。

可他在这儿，并没有灭绝。白天过去了，就像一个逗号，晚上他又进屋了。那农夫回家来了，害怕得一句话也说不出来。陌生人也吃起了豆子，吃得很少。然后他洗了手，转过身去对着墙壁沉默了。农夫也沉默着。他们看着客人睡了。沉睡离死亡那么近，他还能睡。

太阳升起来时，他又出去躺在院子里。太阳是唯一能拉动他并摇晃他的东西，而他也想用鼻孔感受一下早晨的清凉空气，看看头顶上淡蓝的天空。他仍然不喜欢被关在屋里。

他一出屋，那小公鸡就叫了起来。那叫声弱了，是硬挤出来的，但那叫声中透着某种坚强，表示他不懊悔。他要活下去，甚至要高叫着表达生命的昂扬。那死过的男人站着凝视着这只逃跑后又被抓起来的公鸡，只见他扑棱着翅膀站立起来，试图向前迈步，甩起头来，张开他的嘴巴，以生的姿态向死挑战。那勇敢的声音响了起来，尽管因为他的腿被拴着，他的叫声也微弱了下去，但这声音没有被阻挡住。这死过一次的男人毫不掩饰地凝望着生命，他看到到处都充溢着果敢精神。那是一只橘红色的公鸡，在朦胧的蓝色风暴中或浪尖上挺立起来；或是无花果枝头耸立着的绿色的火舌。这些东西和春天的生灵在勃发，浑身闪烁着欲望，表达着自己的主张。他们的勃发就像泡沫的浪尖，是来自隐匿的欲望之蓝色的血液，来自力量的广漠海洋。他们五光十色，形状清晰，稍纵即逝，但绝没有死气。这个死过的男人眼看着这些东西一晃而获得生命，他们不会死了。不过他再也看不到他们的欲望如何颤抖着获得生命和存在了。他听到的是他们的清越的声音，这声音丁零响着，是对其他业已生存的事物的挑战。

这男人仍然躺着，曾经死过的眼睛现在圆睁着，眸子仍旧黑黑的，看到的是生命亘古不变的坚韧。那只公鸡回过头来，目光闪烁着，似看非看地猛扫了他一眼。这死过的男人像往常一样，看到的不只是这只鸡而已，还看到了生命短促但汹涌的浪头，这只鸡最具生命活力了。他看着这东西吞食一块块食物时嘴巴奇怪地活动着，他的眼睛在充满活力地闪动着，显得十分机警、自负、谨慎，他的叫声生气十足，豪迈而骄横。可他又被现实的绳子拴着动弹不得。那公鸡心爱的母鸡下了蛋，他便自豪地模仿起母鸡咯咯的叫声来。这时男人似乎听出了这叫声中生命奇特的絮语，那叫声依旧因为腿被绳子拴着而透着懊恼。当这男人扔点面包给公鸡吃时，公鸡冲他发出了十分温柔的叫声来，叫着胡乱吃点儿，还不忘给母鸡剩下些碎面包渣。母鸡们便贪婪地跑过来，把面包渣儿叼到被缚的公鸡够不到的地方去吃。

公鸡自鸣得意地尾随其后，可突然被绳子绊住了，不得不就此罢休。他的冠子耷拉了下来，似乎要销声匿迹，躲到阴影中去了事。可他还年轻，尾巴上的羽毛仍是那么亮闪闪的，还没有完全长大呢。直到晚上，他体内的生命潮汐才会让他忘却白天的一切。他的爱妃漫不经心地靠近他，冲他丢个媚眼儿，他便颤动着浑身的羽毛朝她扑将上去。这死过的男人看着那弓着身子颤抖不定的公鸡，他看到的不是那只鸡，而是一个生命的浪峰一时间和另一个生命的浪峰相重叠。在汹涌的生命之海的潮汐中，对他来说，生的命运似乎比死的命运更不可抗拒。与生命、不可遏止的生命强劲的命运相比，死的末日不过是一片阴影而已。

黄昏时分，农夫牵着驴子回来说："主子啊，听说园子里的尸首被偷走了，坟墓空了，当兵的给调走了，该死的罗马人！那里的女人都在哭呢。"

死过的男人看着没有死过的男人说：

"很好。什么也别说，咱们没事儿。"

农夫松了一口气。他看上去脏兮兮、傻乎乎的，尽管脸色有点儿像他拴住的小公鸡那样红，可就是没有光彩。他是个没有火气的人。不过那死过一回的男人想："为什么要让他拔地而起？泥土做的肉身变成了食物，但是不能脱离大地。让土地仍旧是土地吧，让它依旧自成天地。我错把它托举了起来。我试图介入，我错了。毁灭的犁铧将要扎进犹太人的土地，这个农夫的生命将要像一块泥巴一样被翻动。没有人能够让土地免遭耕种。这是耕种，不是拯救……"

于是他用怜悯的眼光来看待这个农夫了，因为这农夫命中注定是不会得到再生的。不过这个死过一回的男人还是对自己说："他是我的东道主。"

早晨，他感到好点儿了。这死过的男人站起来，忍着脚痛缓缓地原路返回那个园子。他是在一个园子里被人出卖，① 然后埋在园子里的。当他拐过石地旁的月桂树时，他看到一个身着蓝斗篷黄袍裙的女人在坟墓旁徘徊着。② 她向洞口看去，觉得它就像一个深深的柜子。但里面空空如也。于是她绞着双手哭了起来。当她转身离开时，她看到了那着白衣的男人站在月桂树下。她大叫一声，以为那人是个探子，对他说：

"他们把他弄走了！"

那人则对她说："玛德琳！"

她摇晃着身子险些摔倒，她认出他来了。他对她说：

"玛德琳！别怕。我活了。他们埋我埋得太早，所以我又活了。我活过来后躲在一户人家里。"

她不知该说什么才好，只是匍匐在他脚下吻他的脚。

"别碰我，玛德琳，"他说，"先别碰我呢！我的伤还没有好，还不能跟人接触。"

她哭了，不知怎么才好。只听他说：

---

① 这里指喀西玛尼花园。犹大在此为了三十个银币以一吻作暗号出卖了耶稣基督。

② 抹大拉的玛利亚，在遇上基督之前是个妓女。见《约翰福音》20：11—17。

"咱们上边上去，到灌木丛里去，在那儿说话没人看见。"

身着蓝斗篷黄袍子的她随他进了树林，坐在爱神木下。他说：

"我还没彻底缓过来呢。玛德琳，接下来怎么办？"

"主子！"她说，"我们一直为你哭泣！你回到我们当中来好吗？"

"已经完结了的就让它完结吧。对我来说，末日已经过去了，"他说，"溪水会继续流，直到天不再下雨，那时水就会干。对我来说，那个生命已经完了。"

"你能放弃你的胜利吗？"她哀伤地说。

"我的胜利，就在于我没有死。我完成了我的使命，分毫不差，但没死。这就是我的胜利。我超越了生与死，仍然是个男人。我还年轻，玛德琳，连中年都没有到呢。[①]我很高兴，那一切都过去了。应该过去。我高兴，这一切结束了，我的受难日过去了。作为导师和救星的我死了，现在我可以干我自己的事，过我自己的日子了。"

她听到了他的话，但不大懂他的意思。不过他的话令她感到失望。

"那你还会回到我们中间吗？"她坚持问道。

"我不知道我将做什么，"他说，"我的伤痊愈后，我才能知道。不过我的使命是完成了，行教也结束了，死亡把我从自我拯救中拯救了出来，哦，玛德琳，我想过我自己的日子了。我的公共生活结束了，那是我自视重要的生活。现在我可以随波逐流，一言不发，也不会有谁来背叛我。我想超越我的手脚的局限，所以我让背叛降临到自己身上。我知道我错怪了犹大，我可怜的犹大。因为我死过一回了，我才知道了自己的局限。现在我可以过不驱使别人的日子了。因为我能够到的是我的指尖能够到的，我能迈出的步伐最远不过我的脚尖处。但是我能够拥抱众生，以前我从来没有真正拥抱过一个人。是犹大和大牧师们将我从自我拯救中拯救了出来，很快我就会面对我的命运，像一个黎明中

---

① 以现代的时间算法，耶稣在公元 29 年被钉在十字架上，时年三十五岁。

独自来到海中洗浴的人一样。"

"你是想从此一人独处？"她问道，"难道你的使命一钱不值吗？都是假的吗？"

"才不呢！"他说，"你过去的情人们也绝不是一钱不值了。他们对你来说很重要，但你获得的比你给予的要多得多。然后你来找我，要我把你从过分的获得中拯救出来。而我在执行我的使命时，做的也过分了点儿。我给予的比我获得的要多，那也是灾难，是出于虚荣。于是犹大和大牧师们将我从我过分的拯救中拯救了出来。玛德琳，千万别给予得过多了，那只意味着另一次死亡。"

她闻之痛苦地思考起来，因为她意欲过分地给予，不忍受到否定。

"那你不回到我们中间了吗？"她问，"你活过来只是为你自己吗？"

他听出了她话中的嘲弄，看着她那张美丽的面孔，从那上面仍然看得出她过分的需求——她要将自己从过去拯救出来，不再是过去那个女人，不再是用自己的意志攫住男人的女性。那种需求的阴云仍笼罩在她脸上，要将自己从过去的刚强的夏娃角色中拯救出来，那时她拥抱过很多男人，获得的比给予的要多。现在另一种末日降临在她身上了。她只想给予而不索取。这对于其温暖的肉体来说也是艰难和残酷的。

"我死而复生并不是为了再次死去，"他说。

她抬眼看看他，看到他白蜡似的脸上呈现出疲惫来，黑亮的眼睛里充满了失落，透着难以察觉的漠然。他感觉出了她那一瞥的意味，对自己说："现在我的追随者要让我再死一回，因为我死而复生，但有负他们的期望。"

"你会来我们中间，看望我们，看望这些爱你的人吗？"她问。

他莞尔，道："啊，是的！"随后又说："你有点儿钱吗？你能给我点儿钱吗？算我借的。"

她没有多少钱，但能给他，这让她感到欣慰。

"你觉得，"他对她说，"我会去跟你生活在你的家里吗？"

她抬起头，看着他的蓝色大眼睛里放射出奇特的光芒。

"现在吗？"她的话音里透着一种特殊的得意。

而他现在早就没了任何得意感，对她说："不是现在！等我的伤全好了，还有，等我能够接触肉体时。"

说这话时他有点犹豫。他心里明白，他永远不会去她家住，因为他看到了她眼中闪烁的得意，那是给予的贪婪之光。可她却在狂喜地低吟着：

"你知道的，我会为你献出一切。"

"别！"他说，"我没有这样的要求。"

他再次感到要从以前他熟悉的生命中抽身而出，他感到一种幻灭的厌恶，感到自己腹中一阵翻腾。随之他蹲在爱神木丛下，浑身乏力。但他的眼睛是睁着的。她又抬眼看看他，发现他不是弥赛亚。弥赛亚没有复活。他的热情和灼人的纯洁已经去了，那个狂热的青年已经去了。他的青春已死。这个男人已届不惑，充满了幻灭感，有着吓人的冷漠，还有一种爱情无法战胜的果断。这不是她仰慕的主子，那个年轻、热情、无形中提升她的灵魂的人。这个人近乎她以前有过的情人了，但对个人问题十分不屑，缺乏敏感。

对他的仰慕令她既狂热又痛苦，难以求得平衡。这个复活的人让她死心了，不再做梦了。

"你该走了，"他对她说，"别碰我，我还死着呢。三天后我会再到这个地方来。如果你要来，就在黎明来吧。咱们再说说话儿。"

她走了，郁闷沮丧地走了。走着走着，她忘却了现实的痛苦，重又变得惊喜起来：原来主子复活了，不再是死人了。他，救星，崇高的人，创造奇迹的人，复活了！他复活了，但不再是个人，而是个纯粹的神，因为他不需要肉体的接触，他注定要进天堂的。这才是最最荣耀和最最神奇的奇迹呢。

那死过的男人这时也抖起了精神，缓缓地朝那农夫家走去。他乐意回到他们中间，躲开玛德琳和她的同伴们。农夫们有着俗人的慵懒，会让他休息的，也不会强求他什么。

那家女人正站在房顶上寻找他呢，生怕他一去不回。他来到这座房子里，对她来说就像一杯淡淡的酒。看见他，她忙快步走到门口迎迓。

"您这是去哪儿了？"她问，"您干吗要走呢？"

"我到一个园子里走走，见到了一位朋友，给了我点儿钱，给你吧。"

他伸出枯瘦的手，手中攥着一点点钱，那是玛德琳给他的全部的钱。农夫老婆的眼睛为之一亮，因为缺钱。她说：

"哦，主子哟！这真的是给我的？"

"拿着吧！"他说，"用它买面包，面包能带来生命。"

于是他又躺在院子里，又身陷孤独之中了，不仅闷闷不乐。跟农民们在一起，他可以独善其身，可他的朋友们不许他孤独。在这个安全的院子里，那只小公鸡挺招他喜欢的：他孤独无助但满怀生命热望地叫着，最终因为腿被缚着而在无助的耻辱中停止了叫声。这一天中，驴子在棚子里"嗖嗖"地甩着尾巴。那死过的男人躺着，全然远离生命，意气消沉，厌恶了这死一样的生。

那女人拿来了酒、水和甜糕饼，叫醒了他。他便吃了一点，为的是让她高兴。天儿热，她蹲着伺候他吃喝时，他看到了她罩衫下枯瘦的胸前垂着的乳房。他知道她希望他要她，她还年轻，不怎么丑。从来没有领教过女人的他，只要想，就会对她产生欲望。但他不能对她有欲望，尽管他微微地感到被蹲在一旁的她那柔软但丑陋的肉体吸引着。但他不能同她的思想和她的意识相融。她喜欢的是他的钱，还想从他这儿得到更多。她想拥抱他的肉体，但她那个小心眼儿却僵化、短视、贪婪，她的肉体自有其贪欲，对回报毫无敬重。因此他对她悄声说了句好话，就扭过身去了。他不能抚摸那娇小的身子，便毫不迟疑地转身不睬她了。

从死亡中复活了，他终于意识到肉体也有自己的小小生命，甚至有着超越这生命的更伟大的生命。他因为躲避了肉体小小的贪婪的生命而获得了贞节。可他现在知道那种贞节其实是一种贪婪的形式。他知道这具肉体复活了，是为了给予和获得，获得和给予，但毫不贪婪。现在他知道，他复活是为了那个女人或女人们，她们懂得肉体更强的生命，无论给予还是获得都不贪婪，他可以将自己的肉体跟她们相融。不过既然死过了，他就有耐心了，因为他懂得什么是时间和时间的永恒。他因此变得没有贪欲了，无论是将自己给予别人还是为自己攫取什么东西。因为他死过了。

那农夫干完活计回来，说："主子，谢谢您给我钱。不过我们没想过要钱。我有的钱都是您给的。"

那死过的人感到悲哀，因为他看到那小模小样儿的农夫站在那儿，眼睛分明发亮，期盼着以后从他这里得到更多的钱。不错，这农夫接他进来时没要钱，而且是冒着得不到钱的险。但他是动了脑筋想要钱的。即便如此，也是人之常情。天不早了，农夫要扶他起来，他对农夫说：

"别碰我，兄弟。我还没有升上去见我父呢。"[①]

夕阳的色彩愈来愈浓，映了小公鸡一身的光芒。那农夫不断地换绳子，拴得这小东西跟犯人似的。但是生命的火焰一直烧到公鸡冠子上，因此他斜视那死过的人时，眼神里透着十足的傲慢。那人笑笑，对他宠爱有加，冲他说道：

"在鸟类里，你算是升上去见过我父的了。"

那小鸡闻之，发出啼鸣算是回答了。

第三天早上这人去到花园里，冥思苦想着，思考着肉体更为广博的生命，超越个人渺小狭隘的生命。想着想着他穿过了石头附近月桂和爱神木茂盛的屏障，突然间他发现那三个女人在坟墓边上。一个是玛德琳，另一个女人是他母亲，还有一个是他认识的，名叫约安。他看到了她们，她们也看到了他。大家都心生惧怕。

他伫立在远处，以为她们来这里就是要他的肉体回去的。但他是绝不会

---

① 在《圣经》中，这话是说给抹大拉的玛利亚的："先别碰我，我还没有升上去见我父呢。"见《约翰福音》20：17。

回到她们中间的。他脸色苍白，站在灰蒙蒙的晨光中，要落雨了。他看看她们，转身走了。玛德琳疾步追了上来。

"不是我带她们来的，"她说，"是她们自己来的。看，我给你带钱来了！……您不对她们说点什么吗？"

她给他几枚金币，他接了，说："我能要这些钱吗？我会需要的！我不能对她们说什么，因为我还没有升上去见过我父呢。现在我必须离开你了。"

"那，你去哪儿呢？"她叫道。

他看看她，发现她要抓住的是已经死去的那个男人，是年轻的他，怀有使命的他，童贞的他，恐惧的他，有着渺小生命的他，那个只知给予不知索取的他。

"我必须去见我父！"他说。

"你是要离开我们吗？你母亲在那儿呢！"她叫着，满怀怨怼转过身，这一腔怨怼依然令她心里甜滋滋的。

"可我现在必须升上去见我父，"说着他退缩进灌木丛中，迅速转过身走了，心中自言自语道：

"现在我不属于任何人，没有任何联系，我的使命和福音都离我而去了。哈！我甚至不能创造自己的生命，何谈拯救别人？……我能学会孤独。"

就这样他回到了农夫的家，来到院子里，那小公鸡被绳子拴着腿待在那儿。他不想跟任何人在一起，最想的是独处，别人在场令他感到孤独。阳光和春日微妙的药剂让他的伤口愈合了，甚至五脏六腑中幻灭的巨大伤口也愈合了。他对男人和女人的需要，他意欲拯救他们和被他们拯救的狂热也消弭了。无论他与人类的接触会产生什么后果，都不应逾矩，不能强制。他对自己说：

"我试图强迫他们活，所以他们就强迫我死。总是这样，强制。退缩毁灭了前进。现在我该独处了。"

于是他不再去那花园儿了，只顾静静地躺着看太阳，要不就在黄昏时分穿过种着橄榄的坡地散步，坡地上绿色的麦子一遇上个艳阳天就能长一巴掌那么高。他总是暗忖：

"完成了我的使命，也跟它脱了干系，实在太好了。现在我可以独处了，把一切都留给他们去。无花果树爱秃就秃吧，富人们爱富就让他们富去吧。我只管走我自己的路。"

于是那无花果树上蓬勃的绿芽儿就没有舒展开来，尽管那树干里流淌着亮闪闪半透明的绿色血液。那只小公鸡在阳光照耀下浑身的毛愈来愈亮，可还是让一根绳子拴着腿。夕阳西下，色彩愈来愈绚烂地隐没在金黄火红的天际。这死过的人对这一切看在眼里，心想：

"《圣经》不过是夜间叮人的蚊子。人被字词所折磨就如同被蚊虫叮咬，它会跟着人进坟墓的。可是人超越了坟墓，它就鞭长莫及了。我现在就穿越了那个地方，字词想叮咬我也无能为力，空气清新了，我无话可说。我独处于自己的皮肤之中，自己的皮肤是我全部脏腑的墙壁。"

他就是这样将自己的伤口愈合了，享受着生的不朽，免去了一切烦恼。因为在坟墓里他躲过了那个我们称之为烦恼的圈套。在坟墓中他离开了那个奋争的自我，不再忧虑，不再坚持自我。现在他那无忧无虑的自我又破镜重圆，在自己的皮囊中变得完整了，他以纯粹孤独的姿态冲自己笑了，这也是一种不朽。

随后他对自己说："我要在世界上流浪，什么都不说。因为这个现象的世界上，没有什么比孤独更美好的了。这个现象的世界如此汹汹，但又是孤独的。我没有看到过它，因为我身处其中深感困惑，我让这困惑遮住了双眼。现在我要在这个汹涌的现象世界上流浪了，因为是这些汹涌的东西让我纯粹孤独。"

他就是这样只顾思量着，决定要当一个医生。这是因为，任何大人孩子触动了他的同情心，他仍然有力量去愈合他们的伤口。于是他按照正常的样子剃了自己的头发，剪了胡子，自己冲自己笑了。他给自己买了鞋，合身的斗篷，头上缠了得体的头巾，遮住了所有的伤口。那农夫问：

"主子，您这是要离开我们吗？"

"是的，时候到了，是该回到人中间了。"

他给了那农夫一张票子，对他说：

"把那只逃跑过的公鸡给我吧，他让绳子拴着呢。他应该跟我走的。"

就为了这张票子，那农夫把公鸡送给了那死过的男人。随后，在黎明时分，那男人迈入了这现象的世界，要在孤独之中完善自己。以前他是与这世界过于密切了点，然后他就死了。现在他必须回去，在红尘中独处。但就是现在他也并没有很孤独，因为在他的腋窝下夹着那公鸡呢。公鸡的尾巴在他身后欢快地摇曳着，还激动地朝前探着头，因为这公鸡也是头一遭涉足这更为广阔的现象世界中历险，公鸡躁动的身体亦是这世界的一部分。农夫的老婆掉了几滴泪就进屋去了。毕竟是农夫婆，她这是又回去看那点儿钱去了。在她眼中，似乎那一张张钱在闪光，实在美妙。

那死过的男人继续朝前流浪着，还好这是个艳阳天。他边走边看着，一串运货车从身边驶过朝城里进发，他忙站到一边去，心里说：

"这个现象的世界可真叫怪，说它脏吧，还挺干净的。我也一样。不过我是独善其身的！生命以不同的方式涌动着，可我以前为什么要所有的生命都以一个方式涌动呢？真后悔我向人们布过道！一种训诫很容易凝结成泥巴并堵住泉水，还有赞美诗或唱诗也是这样。我犯了错误。我明白了，他们处死我是因为我对他们布道。可是他们不能彻底将我处死，我现在孤独地复活了，成为凡尘的一员，我没有想驾驭它。在万物的涌动中我会保持孤独，永远要保持的就是孤独。不过我得把这只鸡甩入涌动的现象中去，因为他必须赶他的浪潮。他浑身洋溢着生命，身子滚烫滚烫的！不定在哪儿，我会尽快把他放到母鸡们中间去。或许某个晚上我会遇上一个女人，她能吸引我复活的肉体，又能让我保持孤独。我欲望的肉体已经死了，我跟什么都失去接触。可我怎么知道，所有一切都是有生命的！这只鸡闪烁着孤独的光芒，尽管他对母鸡的引诱予以回报。我要尽快赶到前面山上的村子里去。我已经很累很虚弱了，我想闭上眼睛什么都不看。"

他快步走着，只想早点到。路上他超过了两个慢慢走着聊天的人。他步履轻巧，听到了他们的话，议论的正是他自己。他还认识他们，他活着传教时就认识他们。于是他跟他们打了招呼，但借着黄昏的遮掩没有暴露自己，他们并不认识他。[①] 他对他们说：

"那个该当国王的人让他们给害死了，那个人怎么样？"

他们疑虑地问："为什么你问他呢？"

"我一直跟他熟，挺想他的，"他说。

他们于是回答说："他活了。"

"啊！那他在哪儿呢？他怎么生活？"

"我们不知道，因为这秘密还没有公开呢。不过他是活了，很快就会升上去见他父亲。"

"哦！他父亲在哪儿呢？"

"还不知道？你是异教徒吧！父亲在天堂啊，在云彩之上的天空。"

"真的？那他可怎么个升法儿呢？"

"他是预言家，会光荣升上去的。甚至升上天堂。"

"那他并没有在肉体上复活吧？"

"是肉体复活。"

"他的肉身也一块儿升天吗？"

"天上的父会接他的。"

那死过的男人没再说什么，因为该说的他都说了。字词生字词，就像蚊子生蚊子一样。不过有个人还是问他："你干吗带着一只鸡呀？"

"我是个能治伤的人，"他说，"这鸡有德性。"

"那你不是个信徒了？"

---

① 参见《路加福音》24：13—31。

"当然是！我相信这只鸡生机勃勃，有德性。"

说完，他们默默地走着，他感到他们不喜欢他的回答。于是他自己冲自己笑笑，觉得世界上危险的事就是，一个人信仰狭隘，不许他的邻居孤独。他们走到村边时，那死过的男人站在夕阳中用自己原来的嗓音说：

"不认识我了？"

他们立即恐惧地叫了起来："是主人！"

"对呀！"他微笑着说。说完，没等他们明白过来，就转身走进一条僻静的胡同的墙根儿下了。

他进了一家酒馆，院子里拴着几头驴子。他叫了油煎饼，店家给他做了。吃完他就在棚子下睡了。早上他是让一阵响亮的鸡叫吵醒的，满耳朵里响的都是他的公鸡的叫声。他看到酒馆儿里的公鸡踱过来打架了，身后跟着好大一群母鸡呢。他的鸡跳上去，鸡之战开始了。酒馆的主人出来救自家的鸡了，但那死过的男人说：

"如果我的鸡赢了，我就把他送给你。要是他斗输了，你就杀了吃他。"

鸡们打得昏天黑地，那死过的男人的鸡竟然将院子里那只普通的公鸡咬死了。这男人冲他的鸡说：

"你好歹为自己争了块地盘儿，母鸡们也归你了。你没白孤独一场，挺有出息的，母鸡们冲你献媚呢。"

他把公鸡留下，深入到现象的世界中去。这个世界广漠而复杂，纵横交错，充满诱惑。他问了自己最后一个问题：

"这种混乱何以会得到拯救，会走向何方？"

他继续走着，依旧孤独。但这世界的路是过去的信仰之路，他看到到处都是激情、命运和强迫奇特地混杂一团，强迫造成的是昏沉沉的失眠症。是恐惧，归根结底是对死亡的恐惧使人发疯。所以他必须向前走。一旦他停下来，他的邻居们就让恐惧包围他，欺压他。他什么也不能触动，因为所有一切都疯狂地将自我强加给他，强迫他，侵犯他内在的孤独。是城市、社会和群体的偏执要强迫一个男人，强迫所有的男人。因为男人和女人一样因恐惧自身的空虚而发疯。他想到了自己的使命，想起了自己是如何要将爱强加于所有的男人。想到此，那种固有的厌恶就又袭上心头。因为没有什么接触是不带有微妙的强迫企图的。他甚至被强迫死去了。对旧世界的厌恶重又沉渣泛起，他厌恶地重新看这世界，害怕这世界中卑劣的接触。

二

内陆风又硬又冷，是从黎巴嫩那看不见的雪地上吹过来的。不过那面朝西南埃及方向的寺庙则沐在灿烂的冬日阳光中。他顺着弯弯曲曲的路向大海走下去时，能感到阳光的温暖和灿烂从画柱间流溢而出。但大海却隐匿难现，因为这满山遍野的树把大海挡住了，不过在沙沙作响的松林中依然能听到大海的涛声。邻近午后，天光渐渐变成金黄色。服侍爱茜斯①的女仆身着黄袍，仰视

---

① 关于埃及神话中生育和繁殖女神爱茜斯（Isis）和地狱审判官奥斯里斯（Osiris）的知识，劳伦斯可能多从弗雷泽的名著《金枝》中获得。从1915到1922年，劳伦斯至少两次读过这部著作。关于这两个传说人物的情况：奥斯里斯是地神赛伯和天女神纳特的后代。他有几个兄弟姐妹，其中，弟弟赛特后来背叛了他，而妹妹爱茜斯则嫁给了他。奥斯里斯对埃及人来说是一位重要的神。据说是他教给他的人民种植粮食，他还同埃及人民赖以生活的尼罗河每年的潮涨潮落有直接关系。赛特嫉妒自己的哥哥，就安排人比照奥斯里斯的身材特制了一口棺材。在一次宴会上，作为一个游戏，男宾们逐个躺进棺材但身材不符，只有奥斯里斯能轻易适合棺材的尺寸。趁他在棺材中伸展身体时，赛特和他手下的人猛然盖上了棺材盖，将盖上盖的棺材扔进了尼罗河中。爱茜斯立即去寻找死去的丈夫并找到了棺材，但棺材已经神奇地变成了一棵大树的枝干，被砍下来做了叙利亚沿岸某个国王王宫的柱子。爱茜斯想尽办法将棺材复原，携丈夫的尸体回到埃及。赛特发现了这具尸体后就将它切成十四段分散到埃及各地。这次爱茜斯忠诚地寻回这些碎片将丈夫的尸体复原。她找到了所有的部位，只有生殖器没有找到，是被尼罗河中的鱼吃掉了。爱茜斯于是不得不做一个生殖器的模型。太阳神怜悯哀伤的爱茜斯，就使复原后的奥斯里斯复活了。奥斯里斯从此成为冥界的主。由此可见，埃及人是把奥斯里斯当成复活的象征的。他还是作物神、树神、丰饶之神（自然和人）和冥神。

着斜向大海的陡峭山坡，坡上的橄榄林子在风中闪着银光，像水一样泼洒着。除了女神，只有她一个人了。冬日的午后，那看不见的海边上，阳光直射下来，融满了岸边的山间。她朝着太阳走去，穿过地中海松林和常青的橡树林。在两道海湾之间林木覆盖的一小片地上矗立着那座寺庙。

路途并不远，很快她就站到石头上干枯的松树干之间，海水在脚下的石头间冲刷、回卷着。广阔的海面上冬日的阳光辉煌绚烂。海水则是黯淡的，几乎是靛蓝色的。蓝色的海水从岸边退去，卷起层层白浪来。风之手奇特地将海水刷出阴影来，却将山坡上的橄榄林刷出银色来。这时的海上没有船出海。

那三条船被拖到了小海湾的陡峭鹅卵石滩上，停在那座灰色的小塔旁。在鹅卵石滩的边上矗立着一道高墙，墙内围着一座花园儿，占了海湾里的小块儿平地，然后朝上沿着梯地直到陡峭的坡地都是花园。从那儿再往上一点儿，在另一道墙里，是低矮的白色别墅，孤孤单单的就像这海岸俯视着大海。而再往上，一直往上，在橄榄树和松树交界处，是岸边公路，始终保持高于那些通向海湾的溪谷。

一月份灿烂的阳光普照。或者说，什么都是这巨大太阳的一部分，大海的光芒、大海及其无比的孤独，都是太阳的一部分，亮得纯净无瑕。

黯淡的海水在荡漾起伏，海水上方的石头上蹲着两个赤膊的奴隶，他们在给鸽子煺毛，准备做晚饭吃。他们刺透了一只活生生的蓝色鸽子的喉咙，让鸽子血滴进喘息着的大海中去，干活儿时出奇的聚精会神。他们这是在上演某种祭典，或者说是在进行某种妖术。庙里的女人身着黄衣白裙，孤独如一朵冬日的水仙花站在半岛上的松树间，那寺庙藏在松林中注视着这一切。

一只黑顶白身的鸽子，似一袭白精灵一般，忽地从黯淡的海面上逃出，迅速飞走，在风中斜了几斜，就上升着，蹿上天去，掠过松林，朝内陆盘旋而去，变成了天上的一个小白点儿。它逃跑了。那女祭司听到奴隶男孩在叫，是园子里的奴隶，十七岁左右。他看到鸽子盘旋着飞走了，气得朝天举起手臂。这年轻人愤怒地伸出自己赤裸的手臂来，转过身，一气之下抓住那个女孩，握紧沾满鸽子血的手打她。女孩趴在地上，捂住自己的脸，无助地浑身发抖。女主人看着他们。看着看着，她发现了另一个旁观者，是个陌生人。那陌生人戴着宽边帽子，帽檐低垂，身着一件样式简陋的灰大衣，下巴上留着黑黑的胡子。他站在石头堤道上，那正是半岛上通往寺庙的咽喉。他的深灰色大衣在风中飘起，她看到了他。他也看到了她，在石头上，如一朵白黄相间的水仙花儿，那是因为她上身着黄色的毛披风，披风下露出那件白色亚麻布的长衫。他们二人都在看着那两个奴隶。

那男孩突然住手不打那个女孩了。他弯下腰去，触摸她，试图让她说话。可她却纹丝不动地趴着，脸贴在光滑的石头上。他用双臂将她抱起，可她却重又滑到地上去，像个死人，可比任何死人滑的都快。那男孩儿拼命地抓住她的臀部，将她搂向自己，将她的身子转过来。她的身子僵着，只有肩膀还在抗争着。他想都不想，用力将她扭过来，双手伸到她的两腿之间去要把腿分开。一时间，他凭着一个男孩第一次的冲动，盲目疯狂地扑在她身上。他那年轻的赤裸身体在她身上疯狂地疾速颤动了一阵子，然后停住了，如死人一般。

良久，他恐惧地抬眼看看。他四下里扫了一眼，缓缓地站了起来，整理了一下腰间的破布片子。他看到了这个陌生人，然后又看到远处石头上站立着的爱茜斯的女人，是他的女主人。看到她，他整个身体吓得蜷缩了，随后，他变得卑躬屈膝，拐拐哒哒地朝门口走去。

那女孩坐起来，看着他离去。看到他的身影消失了，她也朝四下里看看，看到了这陌生人和女祭司。随后她阴郁地转身走开，装作什么都没看到似的，径直朝那四只死鸽子和石头上的刀走过去。她开始煺那些短毛茬儿，羽毛在空中飘舞起来像灰尘一样。

女祭司转身走开。奴隶！让那个旁观者看他们吧，她对此不感兴趣。她又缓缓地穿过松林，朝半岛中空地上的寺庙走去，它正沐在阳光里。这座小庙是座木建筑，刷成粉、白和蓝色，前脸儿矗立着四根木头柱子，像四根根茎通向顶上膨胀的埃及莲花① 花蕾，支撑着屋顶和屋檐下外中楣上绽放着的尖尖的莲花瓣。柱子前的台子下有两磴低矮的石阶，柱子后的厅开着门。厅里建有一座矮矮的石头祭坛，石穴中残留着灰烬，末端的石槽里残留着黑色的血迹。

她对这座庙了如指掌，因为这是她花自己的钱修建起来的，照管它有七年之久了。它矗立在空地中，粉白相间，由墨绿的橡树作衬，看上去活像一朵花儿。午后的阴影已经开始笼罩柱子的底座了。

她缓缓地进来，穿过庙堂朝黯淡的内室走去，屋里点着油灯，油里搀了香料。她像往常一样关上门，朝女神面前的火钵里扔了几粒香，随后坐在女神面前，在黑暗中坐下沉思，进入女神的梦中。

是爱茜斯，但不是当了赫鲁斯之母的爱茜斯② 。是那个哀伤的爱茜斯，那个寻夫的爱茜斯。那大理石上画着的女神扬起脸来，一条腿蹬开轻飘的袍子，一副寻夫的哀伤苦相。她是在寻找死去的奥斯里斯的碎片，他死后被割碎成碎片抛撒，撒遍了广袤的世界。她必须找到他的手和脚，他的心脏，大腿，头，腹，她一定要把他重新拼起来，张开臂膀将他重新拼起来的身体抱住，直到他的身体重新变得温暖起来，唤醒他的生命，从而他也能拥抱她并能够滋润她的子宫。多少年，寻找的狂热和痛苦一直在继续，狂得奇特，苦得奇特。她扯着嗓门叫着，她空洞的目光在审视自己寻找的狂喜，审视着轻薄的罩衫下自己花蕾一般的小腹上娇小的肚脐，不停地在寻找中追问，追问自己。多少年过去了，她一点一点地寻找他，心脏，头颅，四肢和身体都找到了。但她就是找不到那最后的真实，那是他最终的线索，只有它才能真正将他交还给她。因为她爱茜斯属于那微妙的莲花，即隐匿的含苞待放的子宫，等待对方来触动——等

---

① 埃及睡莲是伴随着尼罗河的潮汐成长开放的，是与太阳崇拜有关的丰饶象征。

② 在埃及神话中，死去的奥斯里斯神秘地令爱茜斯怀孕，让她成为赫鲁斯的母亲。但在劳伦斯的笔下，爱茜斯只有同复活后的奥斯里斯－耶稣在肉体上结合才能怀孕。有关埃及神话，参见张子清等编译的《世界神话大全》(1990，北岳文艺出版社)。——译者注

待着男性奥斯里斯腰腹① 处流溢出阳光来照射。

这女人从二十岁上开始一连七年为之祈祷的就是这个神话，现在她都二十七岁了。在这之前，她小时候住在世界上各个地方，住在罗马、伊弗瑟斯② 和埃及。她父亲曾是安东尼手下的将领和同志，和安东尼一起作战。恺撒被杀时他是站在安东尼一边的，一直坚持到最后的耻辱日。在罗马失宠后他又来到亚洲，在黎巴嫩那边的山区遇害。他的遗孀眼看着没有希望得到奥克塔维斯的青睐，就携带十九岁待字闺中的漂亮女儿隐居到黎巴嫩的海岸边。

髫龄时期，这女孩儿就认识恺撒了，他那副鹰一样贪婪掠夺的样子让她害怕。金发的安东尼③ 经常和她坐在一起跟他讲哲学和神，安东尼身材赫然，浑身洋溢着男子气。总角之年就迷上了神，尽管他嘲弄他们，还故作忘记了他们。不过他对她说：

"我为你向维纳斯祭了两只鸽子④，我怕你没什么献给这位甜美的女神。小心点儿，别得罪她。怎么，你这朵花儿为什么心里这么冷？难道从来就没有一线阳光照亮你的内心吗？哎，过来，当太阳俯身来抚慰一个少女时，这少女应该向太阳绽放。"

安东尼俯视着她，那明亮的大眼睛向她透着笑意，她沐浴在他的光辉之

---

① 腰腹（loins）这个词经常在劳伦斯小说中出现，源于《圣经》，如《约伯记》中就称其为力量与勇气的所在，是蕴藏生殖力的中心。在《创世记》中则有国王等出自腰腹间的说法。英文俗语 to be a child of one's loins 即指自己的亲生子女。这个词作复数时亦有耻骨区和生殖器的意思。因此劳伦斯对这个词的使用率很高，但往往意思不一，有时确指腰臀部。但译成腰腹时则暗指生殖器部位，须根据上下文明察。以下段落中多处出现这个词。

② Ephesus，小亚细亚一古城。

③ 马库斯·安东尼是裘力斯·恺撒的朋友。恺撒死后安东尼接替恺撒成为埃及女王克莉奥帕特拉的情人，从而冷落了自己的妻子，也荒疏了国事。有关安东尼、奥克塔维斯和克莉奥帕特拉，参见莎士比亚悲剧《安东尼与克莉奥帕特拉》。他于公元前 30 年自戕，因此说不上是基督的同时代人。

④ 对爱神维纳斯和月神爱茜斯来说，鸽子是神圣之物。

中。她感受到了他那男性美的光芒，他的爱沐浴着她的全身。但是，正如他所说的那样：无论他的光芒怎样流淌，她的子宫之花终归是凉的，几乎是冷的，像冰霜阴影中的花蕾。所以，安东尼尽管爱着她，但出于对她父亲的敬重，还是离她而去。

情况一直如此。她见过许多男人，老的少的都有。但总的来说他喜欢年纪大一点儿的，因为他们说话沉稳，显得诚恳，而且不需要她像花儿一样冲他们的男性阳光绽放。有一回问一位哲学家："所有的女人都是为男人生的吗？"那老人缓慢地回答道：

"很少有女人会等待再生的男人。你知道的，莲花是不会对太阳的所有光和热做出反应的。她将自己黯淡的头藏进深处，绝不挣脱出来。直到夜间某个隐秘的太阳被杀死了，不再闪耀了，便在隐秘的紫色背景下的繁星中升起，像紫罗兰一样，在黑夜里放射出稀有的紫光。莲花便在这时躁动起来，似乎是迎接这紫光的抚慰，穿过如水的光芒向上升起来，抬起自己垂着的头以其他花儿不可比拟的姿态怒放开来。莲花放射出自己耀眼的祝福之光，以别的花儿不可比拟的姿态在死后默默重新升起的暗紫色太阳那如水的光芒穿刺下展示出自己柔媚金色的深层。但对安东尼这样倏忽即逝炫耀的金色阳光和恺撒那种权力的冰冷阳光，莲花是不会躁动的，永远不会。他们只能将花蕾撕开。啊，让我告诉你吧，等待那再生的人，等待花蕾的躁动。"

于是她等待着。在罗马时代，所有的男人都是士兵或政客，表面上英武逼人、光彩夺目，可内心里却下作，乏善可陈。罗马和埃及一样唯独剩下她没有动心。她是个独善其身的女人，绝不会被表面上的光彩所俘虏，也不会理性地结婚。她要等待莲花的躁动。

到了埃及，她遇上了爱茜斯，明白了她的神秘之处。她把爱茜斯带到了西顿岸边住在一起，跟她一起在神秘中寻找她丈夫。而爱管事的母亲则游刃有余地控制着这小小的庄园和奴隶们。

这女人从沉思中清醒，起来向爱茜斯做最后的简单礼拜，然后给油灯加了油，便离开了祭坛，锁上了门。外面的世界中，夕阳西下，阳光在沙沙作响的树林间凉了下来。尽管风势在减弱，林子里依旧沙沙作响。

一个头戴宽边黑帽的陌生人从寺庙角落里的台阶上站起身来，在风中摘下了帽子。他脸庞黝黑，下巴上蓄着尖长的胡子。

"哦，夫人，我能在谁家落个脚？"他冲那身着黄色披风站在一根绘着粉的和白的图案的柱子旁的女人说，女人站在比他高一层的台阶上。她脸型狭长，脸色苍白，暗黄的头发上罩着薄薄的金丝网。她垂首看看这流浪汉，表情漠然。这眼神就像看她的奴隶似的。

"干吗从路上下来了？"

"我发现这庙像岸边上一朵苍白的莲花，就想在这片树林里歇歇，不知道夫人让不让。"

"她是寻觅中的爱茜斯，"她回答他道。

"女神了不起，"他说。

她仍旧疑虑地看着他。那人黑亮的眼睛里分明透着一丝淡淡的笑意，尽管他瘦削的脸上一脸的沧桑。那流浪者猜透了她的疑虑，便调侃她。

"站在台阶上，"她说，"会有个奴隶带你去找落脚的地方。"

"埃及女神是慷慨的。"

她走下了隆起的半岛上的石子路，她脚上穿着镀金的便鞋。白衣下露出的她那双玉足很美，而黄色披风上长着一头金发的头垂着，似乎思绪万千。这是个为自己的梦所缠绕的女人。这个男人莞尔一笑，笑得有点儿苦涩，又坐到台阶上等着，在寒冷的暮色中裹紧了自己的披风。

良久，终于有个奴隶出现了，也是一身灰衣。

"想在我们夫人这里找个歇脚的地方？"他傲慢地问。

"可以这么说吧。"

"那就来吧。"

这傲慢无礼的年轻奴隶像对待一个流浪汉一样带他穿过树林下到一条小

小的石壁溪谷中，那里，几乎在黑暗中掩映着一座小小的山洞，洞外石松下方的岸边荒地上长着一小片石楠丛。这地方一片黑暗，但绝对安静，避风。空气中依然飘着山羊的气息。

"就睡这儿！"那奴隶说，"山羊再也不来这个半岛了。水在这儿！"说着他指指那个小小的石坑，坑里有一汪水，四周长着青草。

那奴隶不屑一顾地照料一番就走了。那死过的男人爬出来，来到狂涛拍岸的半岛尽头。天色迅速地变暗了下来，星星出来了。到了晚上，风势减弱了。陆地上，布满沟壑的陡峭山坡上一片漆黑，一直黑到透明的天际下逶迤的山顶。只是到现在，才看到有一盏灯笼忽闪忽闪着朝别墅移动过来。

那死过的男人回到了住处。他从随身携带的皮袋子里掏出面包，在那一小汪泉水里沾沾，慢慢地吃起来。吃罢，把嘴洗净，他再次望望纯净天空中明亮的群星，铺上草权当床了。他摘了帽子，脱了便鞋放在一边，将皮袋子放在头下当枕头，就睡了，他是太累了。可是半夜里他给冻醒了，那寒冷一口一口地咬噬着疲劳的他。外面已经是星光灿烂，依然刮着风。他坐起身，缩着身子缩成一个逗号的样子，直到黎明才又睡过去。

清晨，阴影中的海岸依然寒冷，尽管太阳已经在山后升起了。这时那女人从别墅里出来朝女神这边走来。大海是净洁的，泛着淡蓝色，在万象更新的早晨显得煞是可爱，这时风终于住了。但是海浪仍旧拍击着乱石，溅起白花花的浪来，在卵石滩上碎成珠玑。那女人缓缓地走过来，向着她的梦走来。不过她意识到会有什么打扰她的。

她顺着那条窄窄的石子路朝半岛走着，翻过树林间的陡坡向寺庙走去时，上面下来一个奴仆，站住向她行个礼。不过他这种谦恭中透着一点无礼。

"你说吧！"她说。

"夫人，那个男人在那儿，他还睡着呢。夫人，我有话，能说不？"

"说吧！"她说。她开始对这家伙反感了。

"夫人，这人是个逃犯。"

这奴才说出了这个坏消息，似乎显得很得意。

"怎么看出来的？"

"你看呀，看他的手和脚吧！夫人想看看吗？"

"你带路！"

那奴才迅速带着她翻过山包，下到小溪谷中。到那儿后他站到一边去，女人穿过缝隙朝山洞里走去。她的心跳快了起来。她首要的事是保护她的寺庙不受侵犯。

那流浪者正枕着袋子睡觉呢。身上裹着披风，但为了取暖，他那满是土的双脚在一起搭着，他的手微微握成拳头。平时穿着便鞋的脚这时露在外头，苍白的皮肤上能看到伤疤，半握着的手掌上也有伤疤。

她对这个男人没有兴趣，特别是对奴隶阶级的男人不感兴趣。这张熟睡中的脸，憔悴的面容、塌陷的双颊，挺丑的。但作为一个真正的女祭司，她从中看出了另一种美，那是深层生命展露出的宁静。甚至，那塌陷的双颊上方的黑眉毛都透着一种威严。她看得出，他留着长发，这一点跟罗马人不同，额角上的头发已有几许灰白，尖尖的胡子也白了几根。那一定是受苦受难造成的，因为这人挺年轻的，他那晦暗的皮肤仍透着年轻的光彩。

这张有点丑陋的脸上透着一种苦难的美和高贵的生命之奇特的宁静柔光。她有生以来第一次看到男人心头为之怦然，似乎是生命之火的火舌触到了她。这是第一次。男人令她心头百感交集，但从来没有这样以生命的火舌舔过她。

她又回到了那奴才等待的石头下。

"我算知道了！"她说，"他不是什么逃犯。而是东方来的一个自由民。别打扰他。不过，他醒来时，带他来见我，我有话跟他说。"

她语气冷漠，因为他觉得奴隶们总归是讨厌的。他们是那样根深蒂固地陷于下等生活中，他们的品位和小小的心眼儿都不怎么招人待见。想到此，她收起自己的梦到寺庙去了，一个奴隶女孩儿带了冬季玫瑰和茉莉花儿来摆到祭坛上。不过今天即使是在主持宗教仪式时，她也心烦意乱的。

太阳升到了山头上，阳光灿烂地洒落在岸边长满松树的半岛和粉红的寺庙，带来一片清新。那死过的男人醒了，穿上他的便鞋。他又戴上帽子，将袋子甩进他的披风下，就出去看那清晨的丽日蓝天。他扫了一眼遍布石头缝里的黄白水仙，发现那奴才在等着，像是什么东西威胁着他。

　　"主子啊！"那奴才说，"我家夫人想让您去爱茜斯的房子，她有话跟您说。"

　　"那好吧，"流浪者说。

　　他缓缓地走着，不时停下脚步来看淡蓝的海，觉得它就像一朵没有一丝皱褶的花儿，那石缝间的白浪就像一朵朵长在石头中的白花儿。从岸边朝山顶陡峭而上的斜坡，上面长着灰色的橄榄树，生着鲜绿的麦苗儿，那座小小的别墅就建在上头。在这个一月的清晨，一切看上去都是那么清新纯净。

　　太阳照在寺庙的屋角上，他在阳光下的台阶上坐下，耐心地开始漫长的等待。他再生了，但获得的不再是原来的生命，那时的人要小，日子要短。再生了，他有了另一条命，获得的是人类意识中绵长的日子。他变得孤独，远离了那种短暂的日子，与过着普通日子的人们失去了联系。他尚不能说"不要触我"，那会将再生的人与俗人分开的。但这种分离是一种绝对，而在这座庙里他感到的是宁静，是异教徒的宁静，这里的气氛冷酷而不乏快活，但奴隶们则充满了敌意。

　　那女人来到了庙里晦暗的门道中，她是从神殿里来的，正犹豫地站在那里。她能看到那男人黑乎乎的身影，他纹丝不动的坐姿令人害怕，她感到一种不祥的预兆，那男人的忍耐似乎在威胁着她。

　　她走过寺庙的外堂，那男人意识到她来了，就站起身来。她用希腊语同他打招呼，可他却说："夫人，我不怎么会说希腊话。还是让我讲世俗的叙利亚话吧。"

　　"你从何处来？到何处去？"出于女祭司的职业习惯，她忙问他。

　　"从大马士革以东的地方来，向西方去，顺着道儿走到哪儿算哪儿。"

她瞥他一眼，眼神中透着焦虑和羞涩。

"可你身上为什么有逃犯的印记？"她突然问。

"难道是夫人在我睡觉的时候偷看我来着？"他阴沉着脸厌恶地说。

"是奴才们警告我的，说你的手和脚——"她说。

他看看她，道：

"夫人允许我向她道个再见上路吗？"

一阵风刮过来，掀起了他的披风和帽子。他抬手去扶帽檐，这时她又看到他枯瘦的手上的伤痕。

"看！伤疤！"她指着他的手说。

"那又怎么样？！"他说，"再见了。请代我向爱茜斯致敬，谢谢您让我在此歇脚。"

他要走了。她蓝色的眼睛疑惑地看着他问："你不看一眼爱茜斯了？"她突然冲动起来。这话令他心动，像是一股痛感划过。

"在哪儿呢？"

"来吧！"

他跟随她进了内殿，里面几乎漆黑一片。待到他的眼睛适应了油灯的微光时，他看到女神撩开袍子，迈着大步如同一艘船向前进发，他忙向女神鞠躬致敬。

"伟大的爱茜斯！"他说，"寻夫的她超越了死亡。一个女人迈着这样的步伐，真是了不起。她的目标也了不起。所有的男人都赞美你，爱茜斯，你伟大胜过男人的母亲。"

守护爱茜斯的女人听到了他的话，往火钵里又扔了些香，然后看着这男人。

"在这儿过得惯吗？"她问，"爱茜斯让你感受到她了吗？"

他惊诧不解地看看女祭司。

"我不知道，"他说。

但这女人在揣测，他就是失去的奥斯里斯。她用心感觉出来了。于是她开始躁动不安起来。

他不能待在这黑暗封闭、香气弥漫的神殿里了，便出来再次来到清晨的清凉空气中。他感到有什么在靠近他触摸他，他全身仍然感到疼痛并在受诫：不要触动我！不要触动！哦，不要触动我！

那女人跟随他来到外面，心里既渴望又怯懦。他在离去。

"哦，陌生的客人，别走！哦，跟爱茜斯待上一会儿！"

他看看她，发现她的脸如花绽放，好像她身体里在冉冉升起着一轮太阳。于是他的腰腹部又感到了躁动。

"您是要扣留我吗，爱茜斯的姑娘？"他问。

"留下！我肯定你就是奥斯里斯！"她说。

他闻言突然放声大笑起来。

"我可不够格儿！"然后他看看她渴望的面庞道："不过我会在山羊洞里再睡上一宿，如果爱茜斯让我这样的话。"

她闻言像个孩子那样幸福地将两手合在一起。

"啊，爱茜斯会开心的！"她说。

于是他内心十分烦乱地走下山到海岸边去，心里对自己说：我要服从这触摸吗？要吗？男人用他们的触摸将我折磨致死。可这爱茜斯的姑娘却是一团愈合伤口的温柔火焰。我虽是个医生，可是我不能像这温柔的姑娘一样用温柔的火焰愈合伤口。温柔女孩的火焰！就像春天第一茬浅浅的藏红花。我怎么能对一个如同藏红花一样温柔女人体内的愈合力量和祝福视若无睹呢？啊，温柔啊！比我的死还要来得可怕又美好。

他在石缝中拣了些贝壳，美美地吃了一顿，发现这单纯的海味很是美妙。可他心里却在颤抖，暗忖：我敢于接触吗？这可是远远超越了死啊。我敢于让他们的手触动我把我弄死，但我敢于接受这生命的温柔触摸吗？我，这可真难为我了。

那女人再次走进神殿，陷入了沉思中。许久，她凝望着那充满渴望迈着旋风般步伐的女神，凝望着她那花蕾似的小腹，觉得她像一头躁动着寻觅着的海豹。于是她完全沉溺于女人的思绪，服从那觅夫的爱茜斯的冲动。

太阳快落山的时候，她到半岛上去找他。她发现他向着太阳走去，就像她昨天那样。他正坐在树下的松叶上，那正是她第一次看到他的地方。现在她忐忑不安缓慢地朝他靠近，生怕他不需要她。她站在他身边，不让他看见自己。突然他从帽檐下朝上瞟了一眼，看到西下的夕阳正洒在她网状的头发上。他吃了一惊，不过他正盼着她来呢。

"那是您的家吗？"他指指橄榄坡上低矮的白色别墅问。

"那是我母亲的宅子。她是个寡妇，我是她唯一的孩子。"

"这些人都是她的奴隶吗？"

"除了我的，都是她的。"

他们的目光相遇了。

"您也坐下看太阳落山好吗？"

他对她说话时并没有站起身，因为他知道那样身上会很痛。所以她坐在了棕色的干松叶上，将橘黄色的披风拢到膝盖上。这时有一条船划了进来，从夕阳辉映下的海面上驶进了海湾的阴影中，奴隶们举起小网子，水面上回响起他们七嘴八舌的话音。

"这里就是您的家了，"他说。

"可我是在服侍寻夫的爱茜斯，"她回答道。

他看看她，觉得她就像一朵在思考的柔软的云彩，终归是有点遥远。此时他感到自己的灵魂受着激情和怜悯的冲击。

"衷心希望您能找到自己的欲求，姑娘，"他突然认真地说。

"难道您不是奥斯里斯吗？"她问道。

他的脸刷的红了起来。

"就算是吧，只要您能愈合我的伤口！"他说，"我仍然受着死亡和孤独的威胁，我摆脱不掉这个。"

她柔和的蓝眼睛看着他，一时间感到恐惧起来。然后她垂下头，和他共同沐浴在西斜的夕阳那温暖的光芒中。一个是死过的男人，另一个是服侍一心寻夫的女神的女人。

太阳向海里落下了，在冬日里映出一片巨大的辉煌。阳光照耀在奴隶们熠熠闪光的裸体上，他们粗壮的腿和臀部晒得发红，小脑袋上生着黑发。他们在鹅卵石滩上边跑边展开渔网。宽容一切的潘神①在看着他们，他应该永远是他们的神才对。

太阳正没入海平线，女人站起身说：

"您如果还要在这儿坐下去，我让人送吃的和盖的来。"

"令堂大人会怎么说？"

爱茜斯的女人不解地看看他，眼神里透着点儿惧怕。

"东西是我自己的，"她说。

"那就好，"他微笑着说，但知道会有麻烦的。

他看着她离去的背影，她那么专心致志，一举一动都透着自我奉献的精神。她生着暗褐色的头发，头微微低着，雪白的亚麻披风在象牙般洁白的脚踝上摆动。他看到赤裸的奴隶们伫立着注视她，目光显得有点惊诧，亦有点邪恶。但她依旧心心无旁骛地穿过了海边的门走了。

死过的男人仍旧坐在俯瞰海滩的树下，小小的海滩上什么事都有。在地界墙下的小溪旁，女奴们仍然在浣洗麻布，不时传来她们在小池塘边的光滑石头上拍打布的"空！空！"声。空气里弥漫着橄榄废渣的气味，花园里传出磨橄榄的石磨声和奴隶们赶驴的吆喝声。随后，一个女人从门里迈出，是一个灰白头发身着白色毛斗篷的女人，后面跟着一个身着宽大罩袍的光头罗马男人，可能是她的管家或监护人。他们站在海边高处的卵石滩上，四下里迅速瞟了一

---

① 潘神是希腊神，代表造物的神圣。

眼。那些腿臀粗壮浑身发红的奴隶们专心致志地弯着腰拉着渔网，浣洗麻布的女人们用力甩着手拍打着，那老奴则神情专注地在水边洗着鱼和珊瑚虫。那女人和她的监护人一眼就把这些看了个清楚。他们还看到半岛石头间的树下独自漠然而坐的那个陌生男人。那死过的男人听到他们在谈论他。从半岛这小小的神圣之地看那个俗界，发现它仍旧有些敌意。

太阳正触到海面，窄窄的海湾对面，高耸的岬地在海面上投下长长的阴影。阴影下，蓝色的寒冷卵石滩上，那老妇人也拖着阴影步履沉重地走着，去看蹲在水边的一个老头儿平底篮子里的鱼。那是个赤裸的奴隶，臀部和肩膀都很肥胖，最后一抹夕阳在他晒红了的身上辉映着，消失了。那老奴继续专心地清洗着鱼，并没有抬头看妇人，似乎觉得她是一片阴影照在他身上似的。

这时门里走出两个奴隶姑娘来，头上顶着平底儿篮子。一个篮子里斜放着一只赤陶酒坛子和一只油罐子。宽广的卵石海滩上走来了姑娘们，爱茜斯的侍女身着亚麻斗篷也在夕阳中随她们来了。远处的海面上夕阳还闪着余晖，这边则是一片阴影了。

头发灰白的母亲站在海边上看着头发暗褐色的女儿目不斜视、旁若无人地随女奴们朝半岛的颈部摇摇摆摆走去，女儿这是行进在她自己为之心醉的另一个世界里。老母亲一动不动地看着那一行三人走上高耸的岬地，走在树木中，然后被掩映在树林里消失其中。奴隶们谁也没有抬头去看她们。头发灰白的女人仍然在看着女儿消失其中的树林。然后又瞟了一眼那棵树下，那死过的男人仍坐在树下，不过现在看不见他了，因为阳光已经消失了，只有远处的海水还闪着光芒。是晚上了。耐心些！让命运自行其是吧！

母亲迈着沉重缓慢的步伐在卵石滩上走着，跟女儿不一样，她个子不高，走起路来身体也不摇摆，并不痴迷。相反，她矮矮的个子，走起路来步伐坚定。这时，石崖下疾步走来两个赤裸的奴隶，肩上扛着墨绿色的大包，所以他们粗壮的光腿在大包下晃动着，颇像虫子的腿，头全埋在大包下面了。他们一门心思小跑着穿过卵石滩，当那罗马人模样的监护人叫他们时，他们便猛地停住了脚步。他们被压在重负下，看不见他们，好像是被捕后要逃跑一般。一只手指指半岛，那绿包下的两个奴隶便朝寺庙那边小跑而去。这时头发灰白的女人来同这男人会合，两个人缓缓地穿过大门，从卵石滩走回别墅的地界去。随之，那膀大腰圆的老奴隶提着从海里打上来的鱼站起身，阴影中他的身影模模糊糊的。女人们从池塘边也站起身来，欢快地将湿亚麻布堆到平底篮子里。清洗渔网的奴隶们也收起了白渔网。老奴肩膀上扛着一篮子鱼，女人们头上顶着一篮子一篮子湿亚麻布，两个奴隶拖着叠好的渔网，一个奴隶肩上扛着桨，那男孩儿胳膊上挎着船帆，这些赤裸的人聚集在门旁，那死过的男人听到了他们嗡嗡的交谈声。起风了，这些人开始往门里走。

这是这个小小海湾里一天的生活，是些小人物的生活。那死过的男人自言自语道：除非我们将这种日子与更大的日子融为一体，将这种小小的生活圈子纳入更大的生活圈子，否则这一切就都是灾难。

甚至山顶也笼罩在阴影中了。只有天空还向上放射着光辉。大海已经是一片广漠的浑浊阴影。这时，那死过的男人才僵硬地站起身来，回到树林中去。

寺庙里一个人也没有。于是他回自己的石穴去。男奴隶们已经把原来当床铺用的草弄了出去，清扫了石头地面，正在铺上优质的爱神木，在上面铺上一层粗草，草上再铺上柔软的灌木梢儿，做成床铺。床铺做好后，又在上面铺上一张糅制精良的白牛皮。女仆们在石穴顶头上铺了叠好的毛垫子，摆上酒坛子、油罐子、赤陶的杯子和一只篮子，篮子里装着面包、咸奶酪、无花果干儿，整整齐齐地摆放着鸡蛋。还有一钵炭。这石洞立时显得满满当当，像个住处了。

爱茜斯的侍女站在那口小小的泉眼旁的凹陷处。

这里一次只能通过一个奴隶。年轻的女奴们等在这窄地方的进口外面。那死过的男人一出现，那女人便令女孩们走开。男奴们仍在铺床铺，尽量拖延时间。但是爱茜斯的侍女把他们也支走了。那死过的男人过来看他的屋子了。

"这样好吗？"那女人问他道。

"十分好，"他回答道，"不过令堂和他，很明显是她的管家，是看到奴隶们运东西过来的。他们不会跟你过不去吧。"

"这家也有我一份儿！难道我还不能把我自己的给你吗？谁会跟我和神过不去呢？"她有点愠怒地说，她被激怒了。由此他知道她母亲会跟她过不去的，卑微的生命会同伟大的生命精神斗争。他想：为什么爱茜斯的侍女要将世俗世界里的一份放弃呢？她应该发疯地保护她自己的东西！

"想吃东西，喝水吗？"她问。"灰里温着鸡蛋呢。我要回别墅里用晚饭了。到半夜第二个时辰，我会下到寺庙里去。哦，你那会儿也来爱茜斯身边吗？"她看看他，眼睛里闪烁起一道奇特的光芒来。这就是她的梦，这个梦比她自己还重要。她现在全然被女人神秘的光环笼罩着，他可是不忍伤她的心。

"我要在庙那儿等吗？"

"在第二个时辰等我，我会来的。"他听出了她话音里绵绵的恳求，立时感到自己的神经颤抖起来。

"那令堂大人呢？"他温顺地说。

女人看看他，吃了一惊。

"她拦不住我！"她说。

他听得出来，那位母亲会阻拦女儿的，因为女儿把自己的财产交给了母亲管，母亲会紧紧地抓住不放的。

说完她走了，这死过的男人头靠在床铺上，从灰中取了鸡蛋吃。面包则蘸了油吃，因为他的肉体已经干枯了。随后他将酒和水混在一起喝。吃喝完毕就安安静静地躺在床铺上。油灯闪着一星儿火花。

他着了迷，被新的感觉所困扰。爱茜斯的侍女对他很好，与其说是表现在形式上，倒不如说是其美妙的女性光芒在闪烁。一层又一层的阳光将她淹没在神秘的火焰中，那是一个活力十足的女性身上的神秘火焰，触摸她就如同触摸火焰一样。最最美妙的是她对他怀有的那股温情，如同阳光，轻柔静谧地温暖着他。

"她就像阳光照在我身上，"他自言自语着伸个懒腰，"我以前从来没有在这样的阳光下伸个懒腰，那就是她对我的情。这是神赐给我最伟大的情。"

与此同时，他由于害怕外面的世界而感到惶惶然。"只要他们能够，他们就会杀了我们，"他自忖，"不过好在有太阳的法律来保护我们。"

他再次对自己说："我是赤裸的身上带着记号再生的。如果我为这种接触而赤裸无余，就算没有白死一场。这之前我是受着束缚的。"

想到此，他起身走到外面来。寒冷的夜空中繁星闪烁，一派冬季的风采。"风采是有其命运的，"他冲夜空说，"在我们经历了卑微、下作和痛苦之后。"

他默默地朝寺庙走上去，在黑暗中靠墙等待，凝视着黑夜、星星和树梢。他又对自己说：风采是有其命运的，还有一股更大的力量。

最终，他看到她的绸布灯笼在树间摇摇摆摆而来，不过她走得很快。她是一个人来的，走近了，灯光柔和地洒在她的披风皱褶上。他因着恐惧和快乐而颤抖起来，心里说：我怕这种接触，比死都怕。我对此更无防范。

"我在这儿，夫人，"他在黑暗中轻声说。

"啊！"她叫了起来，她也怕，但也很迷狂。她完全受着梦的指使。

她打开神殿的锁，他尾随她进去了。然后她再次关上了门。神殿里暖融融的，空气中香气弥漫。那死过的男人站在门旁看着女人。她先向女神走过去。那微光下的女神雕像似乎是在向前进着，有点恐惧，就像一个高大的女人急迫赶路的样子。

那女祭司并没有看他。她脱下暗红的披风放在一张低矮的睡椅上。微光中，她身着白的束腰外衣，裸露着双臂。不过她仍然在躲避着他。他退到阴影中看着她轻轻地扇着钵子里的火并向里面撒着香。空气中弥漫起好闻的香气来。她转身以朝拜的姿态向着雕像，微微摇曳着蹒跚着向前走，像一只泊在水中的船儿。她就这样踮着脚尖向女神靠近。

看着这个狂热的女人，他心里说：我得让她独自狂热，独享其女性的神秘。她仍然踮着脚尖，摇摆着身子，踏着奇特的步点儿朝女神走来。然后她突然间开始用希腊语叨念起来，他一点也听不懂希腊话。她呢喃着，渐渐地停止了摇摆，像海上的一条船停泊了下来。他看着她，看到了她孤独的灵魂，那是不同于别的灵魂的女性灵魂。他心里说：她跟我真是不同，不同得令人匪夷所思！她是怕我，怕我身上跟她不同的男人味。她已经让自己的恐惧暴露无遗了。她是那么敏感，那么细腻，有着那么活生生的生命！她是那么富有活力，她的生命与我是那么不同！这是多么美呀，那么细腻，有着奇特的生的勇气。这一点跟我是那么不同，我有的是面对死的勇气！多么美丽，就像玫瑰的心，像火焰的核心。她全然令自己处在被穿透的位置上了。哦，如果让她失望或冒犯她，那是多么可怕的事！

她转过身，脸上辉映着女神的光彩，问他：

"你是奥斯里斯，是不是？"问得很是天真。

"你说是就是呗，"他说。

"你想让爱茜斯审查一遍吗？你难道不能脱去你的衣服吗？"

他看着这女人，感到自己呼吸局促起来。随之，他身上的伤口，特别是穿透腹部致他死命的伤口又开始嚎叫起来。

"太疼了！如果我退却，你千万要原谅我。"

不过他还是脱下了大衣和外罩，赤裸着走向那偶像，他感到胸口因着突然的剧痛而起伏喘息，对剧痛和巨大哀伤的记忆着实令他痛苦不已。

"他们把我折磨死了！"他为自己解释着，脸转过来看了看她。

看着他赢弱的赤裸身躯站在自己面前，她看到了他体内的死神。突然她感到恐惧，感到自己被掠夺而去了。她感到狰狞的死亡之翼那灰色影子占了上风。

"啊，女神，"他用土话冲偶像说，"只要你再次给我指路，我就愿意活下去。"

面对生命的要求，他再次感到了绝望，他仍旧承受着过去死亡的重负。

"让我给你擦油！"女人温柔地冲他说，"让我为你的伤口擦药吧！让我看看你的伤口，让我给你擦药！"

再次引起的伤痛让他忘了自己此时是裸体的。他坐在床边沿上，她把一点油倒到他的手掌上。她擦着他的手，那一切又回来了：钉子，钉子眼，那种残酷，对他这个只奉献善良的人来说是那么不公平。不公和残酷带给他的痛苦此时再次痛遍他全身，就像他死去的时候一样。她在给他的手擦着油，喃喃道："撕裂的地方长出了新肉，伤口里充满了新的生命，这块伤疤是紫罗兰的眼睛。"

她那种天真的专注神情令他忍俊不禁。她的梦想就是如此，他不过是她梦的对象。她是永远也不会知道或理解他的。特别是，她永远也不会知道他经历的那场死亡是怎么回事。可那又怎么样？她跟他不同。她是个女人：她的生与死都跟他不同。但她就是对他好。

当她用油擦他的脚，温柔地为他治伤时，他忍不住对她说：

"曾经有个女人用泪水为我洗脚，用她的头发擦干我的脚，还给我的脚上了名贵的油。"

女神的爱茜斯停住手，抬头看看他问：

"那会儿就伤了吗？你的脚？"

"没有，没有！那会儿还没有伤。"

"你爱她吗？"

"对她来说没什么爱不爱的了。她只想伺候我。"他说，"她是个妓女。"

"你让她伺候了？"

"嗯。"

"你让她那具爱的僵尸伺候你了？"

"嗯！"

突然间他意识到：我曾经要求他们用爱的僵尸来服侍我的。最终我向他们奉献出的也只是我的爱的僵尸。这是我的肉体——拿去，食之——我的僵尸。

他感到一阵羞愧难当。他想：说了半天，我是想让他们用死的肉体来爱。如果我是以活生生的爱来亲吻犹大，或许他永远也不会以死来吻我。或许他对我的爱是肉体的爱，可我却以为这爱跟肉体无关，是僵尸之爱——

他开始意识到接触产生的温暖的爱，这爱充满了愉悦。——可我却对他们说：保佑那些悼亡者①——他对自己说。天啊，就是我以死亡之身哀悼这位女人，尽管我应该保持死亡之身，可我是那么希望活。是生命把我带到了这位双手温暖的女人面前。她的抚慰比我的任何言语都重要。我要活——

"去吧，到女神面前去！"她柔声地说着，将他轻轻推向爱茜斯。当他赤裸着身子像个没有出生的人那样眩晕地站在女神面前时，他听到那个女人向女神喃喃着，喃喃着，喃喃地发出哀求。她现在弯着腰看着他肋窝柔软处的伤疤，那伤疤就像一只不停哭泣而红肿的眼睛，就在臀部上方柔软的肋窝处。他的血就是从这里流出来的，还有他致命的种子。这女人浑身战栗着，嘴里喃喃着希腊语。而他，再次为自己的死感到惊诧，为自己对生命的强迫感到痛苦和困惑，此时他觉得自己身上的伤口正高声嚎叫着，身体深处也在嚎叫：我是被杀死的，我是自己送死的。是他们杀了我，可是我自己送上门去找死的。

这女人现在倒是平静了，但身上仍在战栗。她把油倒在手上，擦他右肋上的伤口。他抽缩着，伤口又一次吸吮着他的生命，以前多少次了一直这样。在黑暗中，剧痛和疯狂的意识汇成一句呐喊：哦，她怎么能让这死亡从我身上离去？怎么能？她不知道！她永远也不会懂！她永远也不会补偿我的死！

沉默中，她轻柔、有节奏地用油擦着他的伤疤，完全沉迷在履行女祭司的职责中。她轻柔地用着力，而他的生命却在狂嚎。但是，随着她逐渐地用力，手转到另一侧的伤疤上时，他感到温暖逐渐取代了冰冷的恐惧。他想：我会再次热起来，我就要变得完整了！我会像这个早晨一样温暖，我会成为一个

---

① 见《圣经·马太福音》第5章。

男人。用不着理解。只需要鲜活的东西。她给我带来了鲜活。

他倾听着自己的伤口发出微弱的哀吟,似乎一直就在意识的地平线之下作响。不过这哭声渐渐变弱了,越来越微弱了。

他在琢磨这个在他身上忙碌着的女人:她不懂啊!她没有意识到我死过。不过她有着另一种意识。她是从黑夜的另一端向我走来的。

她用油擦遍了他的下身,缓慢但紧张地做完了一个女祭司的工作。这时,他伤口的呐喊变得越来越微弱。突然,她将自己的乳房扑到他左肋的伤口上,双臂抱住了他,将右肋的伤口遮住。她已活泼泼、热乎乎地搂住他,像一条河湾一样。他身上的伤口止住了哀嚎,头脑里一片寂静和黑暗,那是坚不可破的黑暗的寂静,黑暗寂静成为了一体。

渐渐地,他感到自己漆黑的体内有什么在躁动着,那是黎明,是一轮新的太阳。他全然黑暗的体内正升起着一轮新的太阳,他喘息着等待着它,因着恐惧和希望而战栗……"现在我不是我自己了,我是个全新的……"

就在太阳上升的时候,那活生生的女人从他身上滑落下去了,随之而去的是那股热量和光芒,将他独自赤裸裸地留在原地。他不禁到吸一口凉气,失望了。女人精疲力竭,掩面蹲在女神的脚下。

他弯下腰,将手轻轻地搭在她温暖光滑的肩膀上,立时感到一股欲望流遍全身,一阵又一阵的冲击令他猜想:这是不是另一种死亡?不过确实很美妙。

现在他全部的心思都在那个掩面而蹲的女人身上。他在她身边弯着腰,轻柔、盲目地抚慰着她,嘴里喃喃地说着什么。此时,他的死和牺牲的激情都算不得什么了,他一门心思只知道那个蹲在地上丰满的女人,那是一块生命的白色柔石……"我的生命就根植于这块石头上"——这活生生的女人之石,蜷缩着,但可以穿透的女人之石!这掩面的女人。而他自己弯着腰,一身力气,鲜活如黎明。

他朝她蹲下去,感到男子汉的光焰和力量从腰腹处油然升起。

"我上升了！"

在他腰腹的最深处，他自己的太阳升起来了，辉煌无比，势不可挡，这火焰射向四肢，他的脸庞都不自觉地闪烁起光芒来。

他解开了麻布外衣上的带子，将衣服脱下，直到看到了她雪白的双乳。他抚摸着它们，感到自己的生命都溶化了。——我父！——他说，——你为什么藏着这些不让我看呢？——他抚摸着它们，感到极端奇妙，感到欲望在刺痛自己。——哦！——他说。——这是祈祷所达不到的。——是这种深深的、层叠的温暖，活生生的、可以穿透的温暖，女人玫瑰的花心！——我的大厦就是这错综复杂的温暖玫瑰，我的欢乐就是这盛开的花朵！——

她猛地抬头看他，她的脸就像一束光，充满渴望与温柔；她的眼睛就像无数朵鲜花。于是，他满怀激情、温柔和无上的欲望将她拥入自己的怀中，最后一个念头是：——我的时光到来了，我浑然不知随她去了——

从此他懂得了她，与她合为一体。

随后，她在朦胧中好奇地用自己的指尖触摸他两肋上的巨大伤疤，道：

"它们不再疼了吧？"

"它们是太阳了！"他说，"因为你抚摸了它们，它们就闪光。它们是我们合为一体的回报。"

离开寺庙时，正是黎明前寒冷的时候。关上门时，他又看了看女神，说："爱茜斯是个善良的女神，充满了柔情。伟大的神都是热心肠儿，都有温柔的女神相伴。"

那女人将自己裹在斗篷中，默默地回家了。她一路上视若无睹，只顾沉思，就像一朵莲花，花瓣合上了，但金色的内心却充盈着鲜活的生命。她什么也看不到，因为她自己的花瓣就是一张外壳。她只是在想：我的身体里装满了奥斯里斯，我的身体里装满了复活的奥斯里斯！……

不过，这男人在看着黎明前闪烁的繁星雨一般落向海面，绿色的天狼星①滑向海边。他想：它是多么柔顺，全是曲线和皱褶，就像一朵隐形的黑边儿玫瑰，只有曲线和皱褶才显示出沾上的露水！多么饱满，比什么都神圣。它就那么斜挂在我的附近，而我就是它的一部分，这宇宙的伟大玫瑰。我就像它上面的一滴香水，女人就是它上面的一个美丽斑点。世界就是一朵多瓣的黑玫瑰，而我就在它的清香中，如同与其相触。

　　于是，就在万籁俱寂中，全然感受着相触，他在洞中睡了，不知不觉中天破晓了。这之后起风了，刮起了一场风暴，下起了冷雨。于是他便待在洞中，享受着接触后的宁静和快乐，快活地听海，听落地的雨声，看着一朵白黄色的水仙被淋得垂下头，越来越湿了。他自言自语道："这是最大的补偿，让我有了接触。灰色的海和雨，淋湿的水仙和我等待的女人，看不见的爱茜斯和看不见的太阳都在接触中融为一体了。"

　　他在寺庙中等待那女人，她终于冒着雨来了。可是她却对他说：

　　"让我跟爱茜斯坐一会儿。你亲近我，你能在夜里第二个时辰亲近我吗？"

　　于是，他回到洞里，静静地躺下，回味着接触的欢乐。他在等待那女人夜里来，使接触变得完美。夜里，那女人果然来了，兴高采烈地来了，因为她也怀着强烈的欲望与他接触，离他更近点儿。

　　日复一日，夜复一夜，他们的交流变得完美充盈。他说：我什么也不问她，连名字都不问，问了名字就等于疏远她。

　　她也对自己说：他就是奥斯里斯。我不再奢望知道得更多了。

　　树上的李子花儿落了，水仙花的季节过去了。银莲花开了遍野又谢了，

----

　　① 天狼星是天上最亮的星。据弗雷泽的《金枝》解释，地球上水的涨潮必伴随着天上同样的现象。在古埃及，纪元前三四千年前，夏至前后最亮的天狼星在黎明日出时分出现在东方，此时尼罗河也开始涨潮。埃及人称之为爱茜斯之星。

田野里弥漫起大豆的香味儿来。一切都变了，世界的花朵变幻着花瓣儿，摇身一变就令人刮目。春天过得充实，关系确立了，这男人和女人满足了对方，该是分手的时候了。

一天他和她在树下见面了，此时朝阳正灼热，晒得松树清香四溢，山坡上最后一茬犁花儿正纷纷谢落。她缓缓地朝他走来，一步一徘徊，温情变得矜持起来。他明白她身上起了变化。

"你是不是怀上了？"他问。

"为什么？"她问。

"你像一棵树，花儿谢了以后，绿叶就水灵。你有点蔫儿了。"

"是这样的，"她说，"我是怀了你的孩子。这样好吗？"

"当然！"他说，"这怎么会不好呢？从此峡谷里的夜莺再也不唱了。可是你在哪儿生下这孩子呢？我除了一条命，一无所有啊。"

"我们就待在这里，"她说。

"可是令堂大人会怎么想？"

她脸上闪过一片阴影，没说话。

"她一旦知道了会怎么办？"他问。

"她已经知道了。"

"她会伤害你吗？"

"哦，伤害不了我！我有的都是我自己的。我怀的是奥斯里斯的孩子……不过，你要小心那些奴隶们才是。"

她看着他，焦虑破坏了她母性的宁静。

"你别烦心！"他说，"反正我是死过一次的人。"

他知道告别的时候到了。他得一个人走，这是命。但他并不孤独，因为他带着那种触觉，即使不能触摸到她了。跟他同在的还有那一轮一轮看不见的太阳呢。

他必须得走了。因为海湾里妒忌和财物之争又开始了，激情和生殖曾一度使之得以缓解。那寡妇和她的奴隶打着财物的名义要报复他，因为他吃了这里的饭，跟这里的女人建立了活生生的关系，在这女人身上找到了欢乐。他说：不能再这样下去了！他们不能亵渎我同女人的接触。我跟他们势不两立。

他小心注视着，他明知他们在使坏。于是他从洞里搬了出来，找到了另一个住处，海边上一个小小的沙窝，在石头下，既干燥又隐秘。

他对那女人说：

"我得马上走。奴隶们要找我的麻烦。不过我是个男人，大路朝天任我走。咱们之间的缘分是铁定了的。放心吧。什么时候夜莺在你的峡谷里又唱起来了，我就又回来了，准回来。"

她说："哦，别走！跟我待在这岛上。我会为你和我建一座房子，就建在寺庙旁的松树下。我们可以分而居之。"

但她知道他会走的。她甚至希望自己凉丝丝的头发能帮自己从焦虑中解脱出来。

"如果我待下去，"他说，"他们会把我出卖给罗马人，让我伏法。我是坚绝不能再让人出卖了。所以我走，去伴着孩子长大，然后再回来。不管远近，咱们都有好缘分。太阳会随着季节转回来的，我也会回来的。"

"先别走呢，"她说，"我让一个奴隶去半岛最窄的地方监视去了。先别走，等灾害出现了再走也不晚呢。"

一个寂静的夜里，他正待在自己的小窝里，听到了轻轻的桨声，听到船撞击石头的声音。于是他爬出去听个究竟。听到的竟是罗马管家的话：

"悄悄地到那羊圈里去。里西普斯用网子套住那个睡觉的逃犯，咱们得让他伏法，爱茜斯的女人对此会一无所知的……"

他们爬过去时，死过的男人闻到了身上擦了油的赤裸奴隶们身上的肉味，然后是罗马人身上淡淡的香水味。他爬近了海边。坐在船里的奴隶只顾纹丝不动地把着桨，海面十分平静。死过的男人认识他。

所以他透过石头缝声音清晰地冲他说：

"你就是那个在爱茜斯眼皮子底下占有少女的人吗？你不就是那个年轻人吗？说呀！"

那小伙子恐怖地在船中站了起来。他一动，船就乱撞石头。那个奴隶惊恐中跳出船来，逃上了石坡。死过的男人迅速抓住这条船，一脚迈了进去，将船推开。船桨上还留着奴隶的手留下的不雅的热乎气。不过他还是渐渐地将船拉到沿海岸的湍流中，这船会默默地载着他走的。星光灿烂的天际下是漆黑的海岸线。半岛上一丝灯光也没有：女祭司没有在做夜祷。死过的男人缓缓地摇着船随波逐流，笑着自言自语：我种下了我生命和复活的种子，永远将抚慰给予时下最可人的女人，我的肉里带着她的香味，就像玫瑰的香精。在我中年时候，她成了我的亲人。不过此时那条流光溢彩的金蛇①又蜷缩起身子来了，就睡在我的树下。

"让这船带我走吧，明天又是一天。"

---

① 在瑜伽中，人的心理能量被象征性地表述为盘在脊椎下的一条龙或蛇。这条龙或蛇等待着时机，一旦其能量得到释放，就会向上攀升。

母女二人

　　弗吉尼亚·波德茵有一份好工作。她是某个政府机关里的部门负责人，而且，像巴尔扎克那样有整有零地说，她每年能挣七百五十镑。这笔收入已经够可观的了。而她母亲拉切尔·波德茵的年收入则在六百镑上下，自打她那个不争气的丈夫去世后，靠这笔钱，她就在欧洲的一些首都轮流居住。

　　如今，母女二人分别几年也"自由"了几年后，又想起来安居乐业了。多年的经历，让她们两人变得更像一对夫妇而不是母女。她们相互十分了解，各自对对方都十分"敏感"。她们时聚时散，已有好几回了。弗吉尼亚今年三十了，一点看不出要结婚的样子。她和亨利·鲁波克一起过了四年，其实和结婚差不多。那是个被宠坏了的年轻乐手。后来亨利让她失望了，有两个原因。一是他无法容忍她的母亲，而她母亲也无法容忍他。波德茵太太不能容忍谁，她就要欺压谁，欺压得很厉害。亨利深感备受岳母欺压，为此苦恼不堪。而弗吉尼亚呢，因为不得不对家忠心耿耿，也就站在母亲一边对付亨利。她并不真想欺压亨利，可经她母亲一挑唆，她就没了主意。因为，归根结底她母亲对她有一种支配的力量，那是一种奇特的女性力量，与长辈的权威毫无关系的力量。弗吉尼亚早就把父母的权威丢到脑后去了。可她母亲对她有另一种权威力量，一种微妙的统治力，让人震颤的女性力量。所以每当拉切尔说："制服他！"弗吉尼亚就会恶狠狠地，兴高采烈地冲上前去。亨利被制服时心里也十分明白。这也是他背弃维妮的原因之一。他称她维妮时，波德茵太太十分厌恶，总要纠正他道："我女儿叫弗吉尼亚——"

　　第二个原因是，弗吉尼亚那时——我们仍借用巴尔扎克的说法——一个子儿也没有，而亨利仅有可怜的二百五十镑。弗吉尼亚到了二十四岁时已经能挣四百五十镑了，那可是她挣的，而亨利靠他那宝贵的乐谱每年才凑合着挣十二镑，再多挣一个子儿都难了。所以，除非找一个能养他的女人结婚，否则他是没希望结婚的。维妮可以继承她母亲的遗产。可是波德茵太太身体很健壮，很有点斯芬克斯的样子。她会永远活下去，寻找可以供她吞噬的男人。亨利与维妮在一起生活了两年，这是具有婚姻意义的生活。维妮则感到他们的确是结婚了，只差一个仪式而已。不过维妮总有她母亲做后盾。她们有时相距很远，母亲在巴黎或比阿利兹，但总是在书信可到的地方。她从来没意识到她母亲甚至在信中也要挤对亨利一通儿，而每到这时她自己脸上会露出那种精灵般的微笑来。她从没意识到，在精神上，她也在由着性子恶作剧般的挤对亨利，她无法控制自己不这样做，就像无法不让潮汐随月出月落而涨落一样。她做梦也没想过他对此有所感受，没想到他那男性的自尊心全然受到了伤害。女人们常常是相互暗示，然后浑然不知地去轻轻扭她们全心爱着的男人的脖子。一旦那男人不喜欢她们扭他的脖子，她们就称之为变态。她们认为他这是在拒绝其至深的爱情。女人总是在浑然不知中相互接受暗示的。

最终，亨利退却了。他发现自己让两个女人给贬得一钱不值。一个是老女巫，有着斯芬克斯般的肌肉；另一个年轻的则是个被迷住的女巫，大方、机灵而柔弱，她宠着他，可却要把他的骨髓一起吃掉。

拉切尔从巴黎的来信会是这样的："我亲爱的弗吉尼亚，我投资发了一小笔横财，得与你分享。随信寄上一张二十镑的支票。毫无疑问你需要这笔钱给亨利买套衣服，春天到了，他在光天化日下会露出寒酸相的。我可不想让我的女儿和一个街头乐手到处丢面子。不过裁缝的手工钱你付吧，反正以后也得你付。"亨利穿上了一套西装，不过，那纯粹是"耐瑟之衣"①，其毒液会渐渐将

---

① 希腊神话中，赫拉克勒斯的妻子出于妒忌而给了他一件染有毒血的衣服，即耐瑟之衣。他穿上后备感痛苦，最终自戕。

他蚕食的。

于是他退却了。他不是跳出去的、蹦出去的或杀出去的，他是悄然隐没的。他是一年多以前告退的。他喜欢维妮，没有她，他受不了，也替她难过。可他实在是不愿意把她和她母亲拆散。她年轻、软弱，是个爱挥霍的女巫，是她那个张牙舞爪的母亲的同谋。

亨利有了别的伙伴，在别处找到了立足点，从而渐渐从这母女二人身边解脱出来。他拯救了自己，可是他感到已失去了许多青春，让她们吞噬了大量的精气。现在他开始发胖，体态臃肿了些，总之变得有点可鄙，他曾经是十分帅气、精神的一个人。

失去他后，两个女巫大吼大叫了一通。可怜的弗吉尼亚真真是有点发疯了，简直不知如何是好。她气急败坏地躲避母亲。而波德茵太太对女儿是又气愤又瞧不起：她竟让这么一条上了钩的鱼溜掉了！她竟让这么一个人给甩了！

"我真不明白我的女儿怎么会让亨利·鲁波克这么个懒惰的寄生虫始乱终弃的！"她写道，"如果说是这样的话，我想那是该怨某个人——"

母女二人相互躲避着，一躲就将近五年。可那种魔力是驱不散的。波德茵太太的心从来也没有离开过女儿，而弗吉尼亚也总能意识到母亲就在世上某个地方。她们时不时地互通书信、见见面，可她们却是在相互躲避着。

可她们毕竟是让一种魔力牵连着，渐渐地，这魔力起了作用，教她们更为友好起来。波德茵太太到伦敦来住了，与女儿住在一家旅馆中，那是个僻静的旅馆，三年来，弗吉尼亚一直在此租着两个房间。最终，她们决定共租一套寓所。

弗吉尼亚这年三十出头了，仍旧那么瘦弱，模样古怪，像个精灵一般。她棕色的眼睛中微微透着调皮的神情，莞尔一笑的样子很古怪，说话的声音仍是那么低沉，吐字慢悠悠的，这声调对男人来说真像是细巧指尖的抚摸。她的头发依旧自然地鬈曲着，只是稍嫌纷乱。她的衣着依旧是那么自然典雅，只是稍欠打理，看上去有点别扭。她那昂贵全新的长筒袜上仍旧会有个破洞，而她一到客厅喝茶就爱脱鞋，露出穿长筒袜的脚来。不错，她的脚很好看，就像她本人一样，总的来说可算作高雅之流。可这不说明什么，既不是卖弄风情也不是虚荣做作。问题的关键是，找了一位优秀的鞋匠，花五基尼做了一双简朴而自然的鞋子，没走上半里地，它就夹脚，她就非得脱掉这鞋不可，甚至是不顾一切地坐在马路边上脱了它。这是命中注定的事。她的脚有点淘气，有点放荡，绝不肯老老实实待在规规矩矩的鞋中，事实上，她总是穿母亲的旧鞋。"当然，我是穿母亲的旧鞋长大的。如果她死了，不再有旧鞋供我穿，我想我得坐着轮椅行走了，"她怪模怪样地笑笑说。她是个十分优雅的女子，可又十分慵懒。她的魅力也就在于此了。

其实她同母亲大不一样。她们可以换着穿对方的鞋和衣服，这倒奇了，因为波德茵太太看上去比女儿高大多了。不过弗吉尼亚的肩很宽。若说她偏瘦，那她的骨架可够大的了，甚至在她看上去像个瘦弱的可怜虫时，她的身架还算大的。

波德茵太太看上去六十岁上下，身上蕴藏着很强的内在能量和某种强大的活力。不过她很会掩饰这一点。她的坐相很文静，双手搭在一起端坐，见此情景，你会想，这真是个娴静的女人啊！这想法正如同你在月光下看一座白雪覆盖下沉默的火山山顶，你会想：真是好一派宁静！

是一种奇特的雄性力量钳制着波德茵太太，真奇怪，不少女人一过五十岁就浑身充溢着这种能量，一般来说，其表现形式是招人讨厌的。可从另一方面说，这或许说明了年轻人的慵懒。

不过波德茵太太倒是有自知之明，明白这一代人招人生厌的是什么，所以她学会了娴静。她说到"娴静"二字时，能把第二个字的音节拖得很长，恨不得拖到天上去，这正说明她在如何压抑自己的能量。面对泛起的银丝与黑眉毛的对比，她很聪明，绝不去染黑假冒青春。她研究了自己那张脸和整个身材，确认还很不错。这是无可置疑的：没有病弱的体态，没有下陷的双颊，总之不是凋花残枝美人迟暮之相。她的体态虽不丰腴，但还算丰盈健康，还有些许紧绷绷的。她脸上挺着一只贵族式的鼻子，那双灰眼睛分明透着目空一切的贵族神情，面颊微长但很饱满。这模样虽说不上迷人但也绝无故作青春状。

像任何一个独立的女性那样，她善用心计，倍加小心让自己既不显得太年轻轻浮，也不太迷人。她保持着自己的尊严，喜欢这样。她很实际，她喜欢实际，习惯了这种实际，所以她就是要做个实际的人。

她倾向于十八世纪那个实证主义时代，求助于伏尔泰、尼昂·德·朗克罗斯①和庞巴多侯爵夫人②，求助于公爵夫人和侯爵先生什么的。她断然否认她与庞巴多夫人或公爵夫人之类的是一路人，倒是同侯爵先生算同类人。不错，是这样的。她的银发干净利索地向后梳过去，露出透着自信的前额和眉毛，头发剪得很短，在脑后向外翘着，这样的发型配上她那张丰满粉红的面孔和修饰成两道细细月牙形的眉毛，配上那高耸的鼻子和目空一切的双眼，让她越发像一位十八世纪上半叶的人了。这一派更似侯爵先生而非公爵夫人的气度又让她看上去委实摩登。

她的外表是完美的。她身着讲究的灰色和粉红色相间的衣服，那灰色中稍带点深铁灰色，佩戴的首饰是柔和的陈旧色人造宝石做成。她的举止可谓静中有动，沉静而自信。说句大俗话，她算个人尖子了。

她手头有几千镑，而弗吉尼亚则总是欠着一身的债。不过说什么也不能嘲笑弗吉尼亚，因为她毕竟每年有七百五十镑的进项呢。

弗吉尼亚并不聪明，可她有点歪才。她并非真的懂什么，因为凡是能一时引起她兴趣的东西，她都能一下子学会。她学起语言来就易如反掌，一种语言不出两星期她就能说得滚瓜烂熟。这等本事对她的工作很有帮助。她可以同工业界的头目们侃侃而谈，无论他们来自何方。可她绝非"懂"哪种语言，甚至连她的母语她都说不上懂。她能在梦中学会任何事，不懂照样会。

---

① 尼昂·德·朗克罗斯（Ninon de Lenclos，1620—1750），法国作家，以机智见长。

② Antoinette Poissons（1721—1764），路易十五的情妇，文学艺术界的赞助人。

这使得她很受男人青睐。尽管她做事出奇的干练，男人们在她面前并不感到自己渺小，那是因为她工作起来像一台机器。她需要别人把她发动起来，需要男人先启动她，然后她能很聪明地运转起来。她能收集到最有价值的信息，这样的人很有用。她同男人一道工作，大部分时间都和男人们待在一起，事实上她的朋友都是男的，她和女人无法相处。

可是她却没有情人，没哪个人表现出急于娶她的样子，甚至没哪个显得急于靠近她。波德茵太太说："恐怕弗吉尼亚命中注定只有一个男人。我就只有一个男人，我母亲和我外祖母也都这样。我一生中只有弗吉尼亚她爸爸这一个男人，就这么一个。弗吉尼亚恐怕也会这样，她这人很固执。不幸的是，她的男人是这号人，她这辈子算白活了。"

而亨利则说波德茵太太远非只有一个男人的女人，她生活中一个男人也没有。他还说，如果让她得了手，地球上所有雄性的东西就会被一扫而光，只剩下雌性的东西。

不过，波德茵太太觉得现在是该搬搬家了，于是她和弗吉尼亚在布鲁姆斯伯里广场老区选了一套很漂亮的公寓，精心装修一番，配上家具，摆上些很可爱的装饰品，又雇了一个不错的奥地利男人做饭，母女俩从此就一块儿过上了。

最初的那些日子好不激动人心。那两间俯瞰广场花园中肮脏老树的客厅实在宽敞，每一间都有三扇大落地窗。壁炉架是十八世纪末风格的。波德茵把房间装饰成介乎路易十六和大英帝国之间的风格，让人无法断定属于哪一种。不过她还是从自己家中带来了一块精美绝伦的奥巴松法式地毯。它看上去仍像新的一样，就像两年前织成的。地毯在地板上一展开，那图案着实美得惊人：边沿是玫瑰红色，上面是一朵朵银灰和金灰色的玫瑰花、百合花、优美的天鹅和喇叭涡旋形的图案。眼光高雅的人们会认为这图案过于刺眼张扬了，他们喜欢的是在大卧室中铺一块颜色发旧的暗黄色奥巴松地毯。可波德茵太太就是喜欢她客厅中这块。它实实在在但又不俗气，那似锦繁花中透着某种磅礴之气。

这样的地毯踏上去她才感到脚踏实地。同时，这样的地毯与她那浓描重彩的柜子、金灰色锦缎面的椅子和中国大花瓶是很匹配的，她很爱往这些大花瓶里插上大朵大朵盛开的鲜花，如牡丹、玫瑰、郁金香和橘色百合。伦敦那昏暗、阴沉的房间与这些自由绽放、争鲜斗艳的大朵鲜花很是谐调。

而弗吉尼亚则有生以来第一次感到安置一个家的快乐。她再一次受制于母亲，完完全全受着母亲魔力的驱使。她根本不知道母亲竟拥有这等宝物，如地毯、绘花柜子和锦缎面椅子，这里面有不少是爱尔兰菲茨帕特里克家的遗物，波德茵太太是这个家族的人。弗吉尼亚就像个孩子、像个新娘似的忙于整理这些房间。

"弗吉尼亚，我就把这儿当成你的公寓了，"波德茵太太说，"我不过是陪伴你的老婆子，你有什么想法说出来我就会照办。"

自然弗吉尼亚会说些想法的，但谈得不多。她带回了几幅穷艺术家创作的狂放的绘画，她是他们的赞助人。波德茵太太认为这些画把错的东西表现得实实在在的，不过她还是尽量让它们挂在家中，就权当它们是现代丑陋的必要成分了。不过，凭这些现代丑陋的成分，就足以看清弗吉尼亚引进家里来的是什么货色了。

或许安个家是件挺让人上心的事，你会沉迷于此。你感到你是在创造着什么。如今，这已经不再是"家"或窝了，它意味着"我的那些房间"或"我的宅子"，它就是展示和装饰"我性格"的巨大衣着。波德茵太太是有意为弗吉尼亚策划，因此显得相对冷静，可就是她也变得狂热起来了，对装饰品和家具的那份专注和狂热样子真令人吃惊。而弗吉尼亚则一直为此迷狂，似乎是她一声"芝麻——开门"就触到了生命之灰墙上的某个开关！随之她那些可爱绚丽的房间便从仙境里蜂拥而出。对她来说，这一切比继承了一处公爵领地还要动人美妙。

这以后母女二人就开始大宴宾客了，母亲身着淡淡的红褐色衣裙，女儿则一身银白色。当然了，宾客中大多是些男人，波德茵太太一招待女人就十分不耐烦，而弗吉尼亚的熟人也多半是男人。所以，家中总有晚宴，夜生活常常安排得丰富多彩。

一切都很顺当，可这之中总缺少点什么。波德茵太太想表现得优雅些，便有点矜持起来。她对人稍稍保持点距离，表情沉静，很有点十八世纪的味道，她决心要为聪明且精明的弗吉尼亚作陪衬。可这种姿态会妨碍什么。她对那些男人很好，不管她心里怎样瞧他们不起。可男人们同她在一起很不安，因为他们怕她。

所有的男宾都有这样的感受，对他们来说其实并没发生什么事，只是发生在她们母女之间，所有的交流都产生在母女之间。某种微妙的、迷人的咒符把这两个女人环绕了起来，无论男人们怎样努力，他们还是被排除在外了。不止一个年轻男人迷迷糊糊地钟情于弗吉尼亚，可这是毫无希望的事。他不仅仅是被排除在外，他甚至在某种程度上被湮没了，他的自然冲动完全被扼杀了。这两个女人神采飞扬地坐在桌子两端，全然是磁铁的两极，就像两个女巫，比《奥德赛》中的女魔塞西还要厉害，她们不仅是要把男人变成猪，还要把他们变成烂泥，相比之下，男人们则更愿意变成猪。

可悲的是，波德茵太太想让弗吉尼亚去恋爱结婚。她很希望这样，而且把女儿的止步不前归罪于那个没出息的亨利。可她从没意识到那教人迷狂的魔力缠绕着她和弗吉尼亚，令男人们根本无法接近她们母女二人。

在目前的情况下，波德茵太太的幽默还藏而不露。她的确会很幽默地模仿别人。她模仿爱尔兰祖居的仆人，模仿拜访她的美国女人们，还模仿那些摩登的娘娘腔的男人，管他们叫"日光兰花儿"。"你肯定知道这是一种洋葱，长歪了的洋葱。"他们喃喃低语着、挤眉弄眼地窥视她，是想让她感到自己渺小，只是个中产阶级女人。她可以惟妙惟肖地模仿他们，那份幽默还真有点天赋呢。可这样做的结果是灾难性的，这样一来其幽默的对象大受伤害，像是让锤子无情地砸成齑粉，又一点点化成乌有，这一招教人害怕，特别令男人害怕，把他们吓跑了。

所以她要隐藏自己的幽默，她还真隐藏住了。不过这东西仍然听从她的调遣，这种无情如斧锤的幽默，可以敲在别人头上让他们头破血流。她试图放弃它，她装作放弃的样子，甚至在弗吉尼亚面前也装作她没有这种天分了。可这是徒劳的，那藏在袖口中的斧锤在每一位来宾头上盘旋，每位来宾都感到头皮发麻。而弗吉尼亚则感到心头发麻。看到又一个傻男人被神秘地敲了一下子，她心里就忍不住恶作剧般的傻笑。这是一种危险的游戏。

母亲要弗吉尼亚恋爱结婚的计划是注定无法实现的。不错，那些男人是笨，不过，至少还有一位教波德茵太太心生希望的。这是个健康正常的俊小伙子，出身良家。虽然没有钱，可在上院当秘书，很有前途的。虽然他本人不算精明，可他就是图弗吉尼亚的聪颖。这也正是波德茵太太自己要嫁的那种男人。不错，跟三十一岁的弗吉尼亚比，这个二十六岁的小伙子是小了点。不过他是牛津赛艇队的八个划手之一，喜欢马，一聊起马[1]来就很起劲。他纯粹是爱上了弗吉尼亚的聪明。在他眼里，弗吉尼亚是世界上最聪明的人，像柏拉图一样了不起，但比柏拉图更有魅力，因为她是女人，有女性的魅力。你就想象一个鬈发飘飘、眯着细细的眼睛、透着女人寻求保护的可怜神情，这样一个迷人的柏拉图该是怎样一个人吧。由此想象得出阿德林对弗吉尼亚的感情如何了。他对她五体投地，又觉得可以保护她。

“没错，他真是个好小伙子！”波德茵太太说，“他是个小伙子，这就够了。他永远是个小伙子，这是男人中最好的人了，你只能同这种人一起生活：一个永恒的小伙子。弗吉尼亚，你难道没让他迷住吗？”

“是的，妈！我觉得他就像你说的那样是个特别棒的小伙子。”弗吉尼亚回答说，声音低沉、富有乐感，很有魅力。可她那语调中小小的嘲弄味算是让阿德林没戏唱了。弗吉尼亚才不会去嫁个好小伙子呢！她也会恶毒地嘲弄一下母亲的眼光。对此，波德茵太太也只好罢休，尽管表现得有点不耐烦。

---

① 此处 talk horse 的双关意思是“吹牛皮”。

她一直在为自己寻找一条后路，这就是，如果弗吉尼亚嫁给阿德林的话，就把整个寓所都给她，还要搭上自己收入的一半。是的，做母亲的早就在算计着，一旦女儿同那个十分迷人的——尽管有点缺少头脑——小伙子幸福结合，她怎么靠每年三百镑照样过很有尊严的日子。

　　一年以后，弗吉尼亚三十二了。阿德林已经娶了一位富有的美国女子，与此同时他的工作也换了，在华盛顿的法律部门工作。他一到伦敦就忠心耿耿地来看弗吉尼亚了。他忠心耿耿地跪在她脚边，诚恳地认为弗吉尼亚同他一起可以创造奇迹，因为她是最优秀的人物。可这种奇迹是永远也创造不出来了，因为他已经跟别人结婚了。

　　现在弗吉尼亚看上去一脸的枯槁憔悴。她同母亲的"双人之家"计划一点都不成功。女儿在工作上也开始露馅儿了。不错，她很敏捷，可这并不总能奏效。她得去挣自己那份钱，挣得很辛苦，勤勤恳恳、专心致志。当她可以凭着敏锐的直觉而不负什么责任地工作时，她总是干得很起劲。可一旦把她摆在一个真正负责的岗位上教她兢兢业业地苦干，她就会疲惫不堪，因为她不得不殚精竭虑地做这一切。可是她又没有男人那样的奋斗精神。一个男人尽可以唤起自己天生的犯罪本能去苦斗以干好自己的工作，可女人却只能靠殚精竭虑才行。她没有男人那种拼搏劲头。女人的本性与这种工作无缘。所以说，精神上的责任感、心智的专注和耗损最使女人憔悴不堪，特别是当她是一个部门的头头自以为不是在为别的什么人干活时，就更是如此。

　　可怜的弗吉尼亚就这样疲惫憔悴了下来了。她变得瘦削，干枯如柴，精神上彻底崩溃了。可她又一刻也放不下那该死的工作。每到晚茶时分回到家里她都一言不发，无精打采。这副样子令她母亲备受折磨，她真想说："有什么不顺心的吗，弗吉尼亚？今天办公室里有什么让你特别心烦的？"可波德茵太太学会了管住自己的嘴，一言不发。她知道她一问，弗吉尼亚就会抓住机会发一通脾气，尽管这老女人会沉默忍让，可她照样会为此伤透心。以往痛苦的经验让她学会了对付女儿，那就是让她一人独自向隅，就像把一个快要裂口子的硫酸桶扔到一边一样。但是，她的心不会不牵挂弗吉尼亚的，想不牵挂是不可能的。可怜的弗吉尼亚，一边是紧张的工作，一边是母亲那可怕的牵肠挂肚，这一切真让她处在了崩溃的最边缘。

波德茵太太一直不喜欢弗吉尼亚出门工作。而现在她则痛恨她的工作。她对政府办公室的工作恨得咬牙切齿。这份工作不仅仅把弗吉尼亚死死拴住，教她大失尊严，还把她波德茵太太的千金变成了一个干瘦如柴、唠唠叨叨的可怕的老姑娘。对一个出身高贵的爱尔兰女人来说，只有英国人才这德性，才让人感到如此受辱没。

整整一天，波德茵太太都在忙于收拾这套公寓：灵巧地织补那几把椅子的锦缎面，把几面威尼斯产的镜子擦了又擦直到满意为止，然后是挑选鲜花，上街采购，打扫屋子，把一切都收拾停当，下午情绪高涨地接待了几位访客，用完下午茶后上楼去写几封信，随后是沐浴，梳洗打扮，她乐此不疲地将自己打扮一番，这才下来吃晚饭，那模样是容光焕发，如花似玉一般，浑身充满活力。这时她是准备通宵达旦不睡的。

她焦急地盼着弗吉尼亚回家来，可是直到晚饭时分才见到女儿的面。弗吉尼亚悄然而入，便直奔她自己的房间去了，没再到客厅来用茶点。波德茵太太一听到弗吉尼亚用钥匙开锁的声音就会飞快地躲进某一间屋子，免得弗吉尼亚看到她。可怜的弗吉尼亚，从办公室回来若看到家中有人她的神经就受不了，更不能听到客厅里有来访者的喃喃低语声。

可波德茵太太会猜：她好吗？今天晚上怎么样？真不知道这一天她是怎么熬过来的。这种牵挂之情会教躺在自己房间中的弗吉尼亚感受到的。可是当妈的会强忍住这份焦虑，直到晚饭时分才和女儿见面。她见到弗吉尼亚，发现她眼圈黑黑的，瘦骨嶙峋，神情紧张，一看就是个刚下班的人，一身的上班族痕迹：衣着难看，情绪不好，胃口不佳，百无聊赖，全是工作害的。这副样子令波德茵太太感到屈辱，但她会尽量克制住自己，寡言淡语地说几句家常话，只顾姿态完美地守着一桌悉心为取悦弗吉尼亚准备的饭菜。而弗吉尼亚根本就没在意自己吃了些什么。

波德茵太太渴望着一个生气勃勃的夜晚，可是弗吉尼亚却只顾把收音机音量开得很高，躺在沙发上听个没完。或者她会在唱机上放一盘幽默唱片，有滋有味地听了一遍又一遍，一直听上六遍，那种差强人意的幽默段子，波德茵太太都能背下来了。

"我说，弗吉尼亚，要是你乐意，我可以给你背诵那张唱片，省得你费事去摇唱机了。"

弗吉尼亚稍怔了一下，似乎没听清母亲说什么，然后回答一句："没错，我相信你能。"

这简单一句话就足以表达她对拉切尔·波德茵全部的轻蔑，她看不起她的能量、她的活力、她的头脑、她的肉体，总之，她本身的存在都让女儿看不起。这不禁令老女人心寒。她感到似乎罗伯特·波德茵灵魂附在弗吉尼亚的体内，借女儿之口吐着毒液。弗吉尼亚这时又放上唱片听第七次了。

在可怕的第二年里，波德茵太太感到这场游戏该结束了。她算被打垮了，从此她不再有任何目标，也没有什么意义可寻。她那可怕的女性幽默之锤，曾敲击过不少人的头，凡是她接触的人，没有不曾领教过这幽默之锤的，现在这锤子则反过来击到了她自己头上。这是因为她女儿恰恰是她的另一个我。波德茵太太全部生命的秘密、意义和力量都储存在那活生生的幽默之锤中，这锤子见什么就敲击什么。那即是她的欲望和激情——以幽默之锤敲击每个人和每件事物。她感到这使她大受启发，她认识到这是一种使命。她曾经渴望把这锤子传给弗吉尼亚，她那聪慧、虽不稳当但却实际的女儿弗吉尼亚。弗吉尼亚是拉切尔自我的延续，是她的另一个我。

可悲的是，这想法只对了一半。弗吉尼亚还有过一个父亲。这个事实一直被做母亲的忽视了，可随着那幽默之锤莫名其妙地退缩，她开始渐渐地意识到了这个事实，即弗吉尼亚还是她父亲的女儿。在自然的结构中，还有什么比这更不合时宜、更可怕、更违反常情的？罗伯特·波德茵是全然被拉切尔的锤子击倒了，他活该。可他却在波德茵太太的另一个自我——她的女儿——身上复活了，还有什么比这更令人恶心的？他开始用一把可恶的小锤子回击她了，那简直就是大卫手中的卵石与歌利亚的战斧在作战！ ^①

可那小小的卵石却是致命的。波德茵太太感到它深入到了她的眉毛、她的印堂，她感到自己完了。从此，她手中的锤子悄无声息地滑落了。

这两个女人在大部分时间里都独处一隅。弗吉尼亚一到晚上就累得不想跟别人在一起，于是就只与唱机和收音机为伴，或者干脆保持沉默。母女两人都开始痛恨这座公寓了。弗吉尼亚感到这是母亲用来欺压她的最后一招，那气势汹汹的奥巴松法式地毯，面目可憎的威尼斯镜子，还有那被过分精心摆弄过的一大束花朵，都让她感到压抑。她感到那精美的饭菜也令她压抑，她甚至又怀念起索赫^②的餐馆和旅馆里她那两间陋室。她痛恨这所公寓，见什么讨厌什么。可她没有力气搬走，没力气做任何事。她艰难地干她的工作，剩下的时间里就这么仰面躺着混光景儿。

弗吉尼亚这副疲惫不堪、慵慵懒懒的样子真令波德茵太太一筹莫展。这就像大卫手中甩出的一枚卵石，击碎了她的额头。"我可不乐意参加我女儿的葬礼，让她办公室的同事来安慰我，我受不了那种屈辱。才不干呢！如果弗吉尼亚非要当个女办事员，从现在起她必须自己负责，我再也陪不起她了。"

波德茵太太费尽口舌说服弗吉尼亚放弃工作陪她。为此她还提出付她一半的收入呢。可是这是徒劳的，弗吉尼亚仍守着她的办公室。

行！随它去！这间公寓房算是完了。波德茵太太真恨不得把它弄成碎片。于是那锤子开始了它最后的一击！"弗吉尼亚，你是不是觉得咱们应该摆脱这所房子，还像以前那样这儿住住那儿住住？你说呢？"

"可是你花了那么多钱，而且租期是十年呢！"弗吉尼亚习惯性地大叫

---

① 《圣经》中记载的古以色列国王，童年时杀死勇士歌利亚。

② 伦敦一个餐馆云集的地区，为下层人所充斥。

一声。

"管它呢！我们乐意花这钱。再说，我们在这儿住，也有不少乐趣。现在，我们最好离开这儿，越快越好，对吗？"

说时迟那时快，波德茵太太这就伸手去扯墙上的画，卷起了地上的奥巴松地毯，把瓷器从镶着象牙内层的陈列橱中抽了出来。

"咱们等到星期天再决定吧，"弗吉尼亚说。

"离星期天还有四天呢。要那么久吗？咱们心里不是早就定了？"波德茵太太说。

"还是等到星期天再说吧，"弗吉尼亚说。

第二天晚上，那个亚美尼亚人要来吃晚饭。弗吉尼亚操着法国腔称呼他阿诺特。波德茵太太不大能容忍他，总也记不住他的名字，那个名字很不好念，就叫他亚美尼亚人或者拉哈特·拉科姆（一种蜜饯的名字）或干脆称他为"软糖"。

"妈，阿诺特今晚来吃饭。"弗吉尼亚说。

"真的吗？'软糖'来吃晚饭？要我准备点特色饭菜吗？"听她的口气好像她准备做蜗牛肉冻似的。

"我看没必要。"

弗吉尼亚常和这位亚美尼亚人见面，她是代表贸易董事会在同他谈判。他是个六十岁左右的男人，曾因经商成了一个百万富翁，大战中遭了难破产了，现在正在恢复元气，当上了保加利亚的贸易代表。他本是要与英国政府谈判，但英国政府对他有所戒备，先通过弗吉尼亚与他接触。现在，阿诺特先生与贸易董事会之间相处得很好，他们之间的关系也由官方的发展到了有某种私交的关系。

"软糖"六十了，头发花白，身体肥胖。在保加利亚，他子孙满堂，可他至今仍然是个鳏夫呢。他的灰白胡子剪得如同刷子一样，明晃晃的棕色眼睛上垂着沉沉的眼睑，睫毛是白的。他的举止很谦卑，可这副外表分明又透着某种固执和傲气。人们有时会在犹太人身上发现这二者的结合。他曾经十分富有，人人都对他卑躬屈膝。后来他遭了殃，大受屈辱。而现在他顽强地东山再起，有他儿子在保加利亚为他做后盾呢。你会感到他并不孤独，他身后有儿子，有家，有他的家族，他们都在近东地区。

他英语讲得不怎么样，可带小舌音的法语他却讲得比较流利。他话不多，只是坐着，两条大腿又肥有短，似乎要永久坐将下去。他那端坐的肥硕身躯里蕴藏着某种奇特的力量，似乎他的臀部就坐在地球的中心上。可他的头脑呢，一门心思想着做买卖，很是灵活呢。生意教他入了魔，可那又不只是他个人的主张，似乎让人觉得那是因为他的家庭和宗族在他身后拭目以待，生意是为他的家庭和宗族做的。

他同英国人在一起就显得谦卑，因为英国人对他来说太陌生了，他们不会对他谦卑的，而他又是跟土耳其人学经商的，到了英国人面前就只有谦卑了。他一直是个局外人，社会上没人理会他，因此他只能做个局外人，端坐一旁而已。

"弗吉尼亚，我希望咱们招待别人时你别请个'土耳其地毯'来，"波德茵太太说，"我还能容忍他，可别人却会挑咱的刺儿。"

"在你自己家里选择你自己的朋友竟难到这份儿上，"弗吉尼亚说起了风凉话。

"那倒不是！我无所谓呀，我什么都能凑合。我相信，卖起土耳其地毯来，你那熟人是把好手。可我不认为你会把他当成私交。"

"我当然把他当朋友，我很喜欢他。"

"那好啊！随你便。可你得替别的朋友想想。"

波德茵太太这回可是真的受辱不轻。在她看来，这亚美尼亚人就像塞得港上头戴土耳其毡帽贩卖劣质织锦的肥胖的中东人，或者是尼斯港上的那些算不得人、更像虫子一样的小贩儿。被迫同这样的下贱坯子打交道已经够令她恶心的了，可一旦知道他曾是个百万富翁，现在可能会东山再起，她就更感到恶心。她甚至无法碾碎他、消灭他，因为他已经是一堆渣子了，无法碾得更碎。渣子本身已经是被碾碎的、叫人生厌的废物。

不过这看法并非完全公正。他是个胖子，大腿短粗，坐在那儿就像一只癞蛤蟆坐化一样。他的皮肤上像涂了一层脏兮兮的涂料，沉沉的眼睑下目光逼人。而且别人不对他说话他这人就不开口，就像一个奴隶般沉默。

不过他那一头刷子般支棱着的浓厚白发倒很有一种男子气概。那双奇小的手，肤色同样陈旧如涂料，却十分肥厚，富有几分男子气。一双棕色眼睛中凝滞的目光在白睫毛的映衬下透着蛇一样的微妙神情。他很疲惫，但远非垮掉。他一再奋斗、胜利、失败再奋斗，总走背字。他属于被打败的那一类人，他们接受失败，可又以机智讨回胜利。他是儿子的父亲，一家之长，又是一个被打败但却无法毁灭的宗族的首领。他并不孤独，因此你无法对他指手画脚。他有的只是一种宗法意识。因此，尽管他谦卑，可他绝不会被毁灭。

在餐桌上他举止谦卑，一点不引人注目，可却透着谦卑人的倨傲。他的举止很优雅，很有点法国味。弗吉尼亚用法文同他闲聊，他则以一种戒备漠然的语气回答着，一说起法文来他就只能摆出这种举止和表情来。波德茵太太能听懂他们的法文，可她说起外文来不流利，所以一张口就说英文。于是那位"软糖"只能拙嘴笨舌地用英文回答她了。他说法文不能怨他，只能怪弗吉尼亚。

他对波德茵太太表现出一派温良恭谦。他时时谦卑地迅速扫一眼波德茵太太，那眼神似乎是在说："没错！我看出来了！你是个了不起的人物，几乎是个完美的人，品位高尚。"他用鉴赏家和文物商的目光评估着她，挑一下浓粗的白眉毛，似乎是在说："可是，老天呀，身为女人，你算怎么一回事？你既不是妻子，也不是母亲，又不是情妇；你毫无性别气味，比一个土耳其士兵或一个英国军官还可怕。这世上没哪个男人敢拥抱你。你这个食尸鬼，是阴间的妖怪！"随之他会暗自叨念着神的名字来保佑自己。

可他偏偏又爱着弗吉尼亚。他最看中的是她的孩子气，似乎她就是失落在阴沟中的婴儿，这个流浪儿棕色的眼睛很迷人，她一直在等着别人来把她拾起。一个没父亲的流浪儿！而他却是一个宗族的父亲，当了许多年的父亲了。

另外，他对弗吉尼亚在业务上的无私与精明又是那么了解。她的无私与精明令他着了迷：她在生意场上有着超人的精明之处，可她又表现得那么公正无私。这令他感到好生奇怪，但对他的计划又十分有帮助。他并不能真正地理解英国人，他对他们茫然无知，可与她在一起，他就能找到任何东西的线索，因为她算得上英国人中的尖子，尤其是这些英国官员中，她是个佼佼者。

快六十的人了，他的家在东方很有点根基，他的孙子辈都长大了，因此他很有必要在伦敦住上几年。这个姑娘对他来说十分有用处。她将来能从母亲那儿继承点钱财，虽然现在没什么钱，但他愿意冒一次险，让她成为他生意中的一笔投资；还有这套公寓，着实教他喜欢。他注意到了屋子里显示尊贵的标志，奥巴松地毯上绣着的百合与天鹅确实令他难忘。弗吉尼亚对他说："母亲把这套房子送我了。"这使他感到稳妥了。最后一点吸引他的是，弗吉尼亚几乎像个处女，或许很纯洁，在他这个以男性为中心的东方人看来，弗吉尼亚就算完全是个处女了。他对英国人那种傻乎乎的少男少女间的性关系知之甚少，那与他那种持久的男性的放荡求欢全然不同。他迷上了弗吉尼亚，还有一个原因是，他在肉体上很孤独，人也老了、疲惫了。

弗吉尼亚当然说不清为什么喜欢和阿诺特在一起。她那份精明一接触到实际生活就荡然无存，人也变得无比笨拙。她认为他"英俊"，还认为他那戒备淡漠的法语"逗人"。她觉得他在业务上"狡猾"，还发现他长长的白睫毛下那双明亮的黑眼睛颇有"男子汉魅力"。他们常见面，在他住的旅馆里喝茶，有一天还同他一起驾车去了海边。

当他把弗吉尼亚的手握在自己温柔的掌心中，她感到他的手中饱含着抚爱与占有，他向她倾着的身子是那么陌生又实在，她怕得直颤抖，可她无法不由着他这样。"你太瘦了，真是个可爱的小瘦东西，你需要歇息，歇一歇你这朵花才会开放。可怜的小花蕾，变胖点吧。"他用法语这样说着。

她颤抖着，由他握着她的手。这实在是奇特！他是那么陌生而又实在，似乎力气十足。一旦他意识到她会屈服于他的力量，他就控制了整个局面，于是他不再犹豫也不再谦卑。他不仅仅是想与她做爱，还要娶她，他有各种理由这样做。而且他一定要主宰她才行。

他拉过她的手触到他的唇上，似乎以亲吻她瘦干的手来把她的生命融入自己的生命中。"这可怜的孩子累了，她需要休息，需要抚爱和照应。"他仍然说着法文，渐渐靠近了她。她惊恐地仰视他那白睫毛下闪烁着的黑眼睛。他有些倦了，可他顽强地死死回视她，心想她一定会屈服。他的身子靠近了她。一只手轻抚着她的脸，叫她把脸贴进自己的胸膛，另一只手抚慰着她的手臂。

"亲爱的小东西！亲爱的小东西哟！阿诺特太爱她了！阿诺特爱她！或许她会嫁给她的阿诺特。亲爱的小姑娘，阿诺特会在她的生活中铺满鲜花，让她的生活充满花香，教她心满意足。"

她靠在他的胸前，任他抚摸。此时此刻，她突然想到了母亲，心中半是酸楚半是自辩。于是她感到冥冥中的命运之神。哦，太好了，不用再奋斗了，随命运怎么安排吧。

"她会嫁给她的老阿诺特吗？嗯？会嫁给他吗？"他问道，那声音满含着抚慰，同时又带着不容置疑的口吻。

她抬起头望着他：浓厚的白眉毛，疲倦但明亮的眼睛。多么奇特，多么富有喜剧性啊！让他控制着，这多么好笑啊！他的样子看上去有点尴尬。

"我？"她恶作剧般的笑笑。

"是的！"他老练沉静地看着她说。"是的！我会让你满意的，不信就等着瞧吧。"

"你会让我满意！"她莞尔一笑，对他的自信感到有趣，"你真能让我满意吗？"

"我保证！保证做到！你会嫁给我吗？"

"你必须告诉我母亲。"她说着又一次调皮地靠在他的西装马甲上，与此同时他的男性骄傲之心又一次胜利了。

波德茵太太并不知道弗吉尼亚同"软糖"亲密上了，她压根儿就没盯着女儿的活动。那顿重要的晚饭上，她表现得平静而超脱，十分自持。但用过咖啡之后，弗吉尼亚就出了屋，只剩下母亲和"软糖"在一起。波德茵太太并不开口说话，只是用眼睛瞟着这个身着一丝不苟的晚礼服的矮胖子，心想，他这样的胖子怎么能像《巴格达的窃贼》[①]中的摊贩那样戴上阿拉伯圆帽，穿上穆斯林马裤。

"你真的喜欢吸水烟筒吗？"她拉长声问。

"水烟筒是什么？"

"像水管子一样的东西。东方人是不是都吸这个？"

对此他只能露出一脸茫然和谦恭，无言以对。她根本不知道他沉静的心中在盘算什么。终于，他开口了。

"夫人，"他说，"我想请求您件事！"

"是吗？干吗不说？"她又拖长声音沉郁地说。

"那好，我就说了。我希望我能有幸娶您的女儿。她同意了。"

一阵沉默，随后波德茵太太向他倾过身子，显出一脸的惊奇。

"你刚才说什么来着？"她问，"再说一遍！"

"我希望我能有幸娶您的女儿。她同意嫁给我了。"

说着，他那黑亮的眼睛凝视了她片刻，随即目光又飘移开去。她仍倾着身子，死死盯住他，像着魔一般凝固住了。她身上佩戴着粉红的宝石饰物，但在他看来那肯定是人造的，很一般。

"你是说她同意嫁给你了？"那边又传来沉郁而遥远的拖腔。

"夫人，我认为是这样的，"他说着鞠了一躬。

"还是等她回来再说吧，"她说完后直起了身子。

---

① 《天方夜谭》中的故事，1924 年拍成了电影。

又沉默了。她只顾盯着房顶。他则仔细地环视屋中的家具和镶着象牙内层的陈列橱中的瓷器。

"我可以通过法律手续把五千英镑授给弗吉尼亚小姐，夫人，"他说，"她会把这座公寓和公寓中的财产一并当陪嫁带过来，我说得对吗？"

屋中出现死一样的沉寂。他觉得如同在月球上一般。不过，他沉得住气，一直坐到弗吉尼亚回来。

弗吉尼亚进屋时，波德茵太太眼睛仍然盯着天花板，她已经变得铁石心肠了。弗吉尼亚看看她，却冲阿诺特说："阿诺特，喝杯威士忌苏打水吗？"

他站起身走到她身边，同她站在一起，他又宽又胖，一头白发，心中暗自害怕。瓶中的苏打水发出嘶嘶的声音。他们又回到椅子上坐下。

"阿诺特同您谈过了，妈？"弗吉尼亚问。

波德茵太太直挺挺坐起来，一双猫头鹰般的大眼睛凶残地盯住弗吉尼亚，令弗吉尼亚十分恐惧不安。母亲确实受了伤害。

"弗吉尼亚，你愿意嫁给这个，呃，东方绅士，是吗？"波德茵太太慢吞吞地问。

"没错儿，妈，一点不错。"弗吉尼亚轻柔地调侃道。

波德茵太太很愕然，露出一脸凶相，但仍然一字一板地说："是不是可以原谅我不想与这事有什么关系？就是说不与你未来的丈夫有什么来往，我指的是不同他有任何生意上的交往。"

"哦，当然可以！"弗吉尼亚惊恐之下不知所措地笑道。

沉默。波德茵太太感到自己老而无用，但仍振作起来，不驯服地说："你未来的丈夫是要占有这套公寓，我理解得不错吗？"

弗吉尼亚脸上掠过一丝苦笑。阿诺特只是坐在那儿像被粘住一般，听她们说话。她依赖他。

"嗯——可能吧！"弗吉尼亚说，"可能，知道这房子归我，他会很高兴的。"说着她看看阿诺特。

阿诺特只顾郑重地点头。

"那么，你也希望这房子归你？"波德茵太太缓缓地说，"你是打算与你丈夫住在这儿？"她一字一顿地说，好像是在发出最后的通牒。

"是的，我是这么想的，"弗吉尼亚说，"你知道你说过，这房子归我。"

"没错！这房子会归你的。我会让我的律师来找这位东方先生，不过你得写一纸命令放在我的写字台上我才会这么做。我可不可以问一句，你打算什么时候结婚？"

"你说呢，阿诺特？"弗吉尼亚问。

"两周之内好吗？"他说着坐直身子，手放在膝上。

"两周之内吧，妈妈，"弗吉尼亚说。

"我听到了！两周之内。那好吧！两周之内，什么都会成为你的。不过现在嘛，请原谅。"说着她站起身，轻轻鞠一躬，然后平静地退出屋去。她不能大吵大闹，也不能把那个东方人轰出门去，这比杀了她还难受。可她没那样做，她决定克制自己。

阿诺特站着，目光炯炯地环视着这房子。这就要变成他的了。他的儿子们来英国时，他就能在这儿招待他们了。

他看看弗吉尼亚，她也是一脸苍白、一脸凶相。她似乎是反感地从他身边躲了开去。她是对母亲的失败反感。她现在还有能力抛弃他，再回到母亲身边去。

"你母亲真是个不寻常的女人，"他说着走过去握住弗吉尼亚的手，"可是她很不幸，没有丈夫为她撑着。她将一个人过，这使我很难过。若是她来和我们一起住，我会很高兴的。"

这狡猾的老狐狸深知自己在做什么。

"恐怕没希望，她不会那样做的。"弗吉尼亚又恢复了那种嘲弄的腔调。

她坐在沙发上，他则像父亲一样轻轻地抚慰着她。这一切竟发生在她母亲的客厅里，实在让她觉得好笑。他看到客厅里的东西既美观又价值连城，现在这些都属于他了。为此，他热血沸腾，不禁以十足的热情来抚爱身边这个瘦姑娘。是她，代表着这价值连城的一切并让这一切成为他的。他说："跟我在一起，你会过得很舒适，很满足，哦，我会让你满意，绝不会让你像你母亲那样。你会丰满起来，会像玫瑰一样开放。我会让你像一朵玫瑰一样绽放。就定在下周吧，嗯？下周，下周三，咱们结婚，行吗？星期三是个好日子，行吗？"

"行！"弗吉尼亚说。她在这个男人的抚摸中已经又一次产生出了美好的归宿感，全然听从了命运的安排，决定不再努力，一生都不再努力。

波德茵太太第二天就搬到一家旅馆去住，只有女儿不在的时候才回公寓来取走她的私人物品，好将自己解脱出来，从此她和女儿将只在必要时通通书信。

只用了五天时间，波德茵太太就搬完了自己的东西，该安排的都安排了，她的所有箱子都搬走了，一共五只，这是她的全部家当了。财产遭剥夺，人也给赶了出来，她只能在巴黎度过残生了。

临走前一天，她在客厅中等弗吉尼亚回来。她戴着帽子，身着出门的衣服，俨然是一个陌生人。

"我是来道别的。"她说，"今天上午我去巴黎，这是我的地址。我想该办的都办了，如果还有什么遗漏的，告诉我，我会处理的。行，再见了！我希望你过得十分愉快！"

她恶狠狠地说出这最后几个字，这让快失控的弗吉尼亚又恢复了理智。

"哦，我想我会的，"弗吉尼亚苦笑道。

"我一点不怀疑，"波德茵太太尖刻而阴沉地说，"我知道，这位亚美尼亚爷爷知道他在做什么。说到底，你也就是个妾罢了。"这话字字掷地有声，句句透着轻蔑。

"我想是的！很有意思嘛！"弗吉尼亚说，"可我这么做是从哪儿学的？不会是从你这儿，妈妈。"她恶作剧地说。

"我觉得不是。"

　　"可能女儿们都像做反梦那样朝相反的方向走，"弗吉尼亚恶意地打趣道，"你跟小妾一点不相干，那就轮到我来当了。"

　　波德茵太太瞪了她一眼道："你真值得我好好可怜一番。"

　　"谢谢您，亲爱的。可您只能得到我一丁点儿可怜。"